BERNHARD ROGGE / WOLFGANG FRANK

SCHIFF 16

Tatsachenbericht

Mit 35 Bildern und 3 Karten

WILHELM HEYNE VERLAG

MÜNCHEN

HEYNE-BUCH Nr. 469
im Wilhelm Heyne Verlag, München

7. Auflage

Genehmigte Taschenbuchausgabe
Die Originalausgabe ist im Stalling-Verlag erschienen
Copyright © 1955 Gerhard Stalling Verlag, Oldenburg und Hamburg
Printed in Germany 1975
Umschlag: Atelier Heinrichs, München
Gesamtherstellung: Ebner, Ulm

ISBN 3-453-00039-0

INHALT

Vorwort von Vizeadmiral Bernhard Rogge 7
Vorwort von Captain J. Armstrong White 8

1. Ausbruch im Norden 9
2. Ein Schiff baut um 16
3. Wolf im Schafspelz 28
4. Das erste Opfer 34
5. Minen vor Cap Agulhas 41
6. »Abbekerk« ex »Kasii Maru« 48
7. Ein Norweger namens »Tirranna« 51
8. Hilfskreuzer-Alltag und »City of Bagdad« 60
9. Ein Fensterputzer aus London 68
10. Rendezvous mit »Talleyrand« 72
11. Verdächtiger Schatten »King City« 87
12. Bunte Beute 93
13. Wer funkt, stirbt! 106
14. Tiefpunkt Sundastraße 115
15. Öl, Benzin, geheime Dokumente 125
16. Wasser von den Kerguelen 138
17. Neue Opfer 153
18. Öl von »Ketty Brövig« 163
19. Affäre »Zam Zam« 175
20. Auf Messers Schneide 188
21. Noch einmal um den Globus 200
22. Das Ende 213
23. »Die Admiralität gibt bekannt . . .« 229
24. Trotz allem – Heimkehr 233

Nachwort. Menschenführung auf »Atlantis« 240
Nachlese. Die andere Seite 249

VORWORT

Der Ausbruch des Zweiten Weltkrieges, 1939, traf die deutsche Kriegsmarine unvorbereitet. Im Deutsch-Englischen Flottenabkommen von 1935 hatte sie ihre Stärke freiwillig begrenzt, um jede Möglichkeit einer Wiederholung der sinnlosen und für beide Nationen mörderischen Auseinandersetzung zur See ein für allemal auszuschließen. Nun, da der Kampf dennoch wieder ausbrach, mußte sie ihn mit unzulänglichen Mitteln führen.

Die Flotte, in der ersten Phase ihres Neuaufbaues begriffen, verfügte über nur wenige kampfkräftige Einheiten. Die Last des Krieges ruhte auf einigen wenigen U-Booten und auf den für Kriegszwecke umgebauten Hilfsschiffen, u. a. den Kaperkreuzern. Unter der Maske harmloser Handelsschiffe griffen sie auf allen sieben Meeren den feindlichen Handel an und zwangen den Gegner, überall in der Welt See- und Luftstreitkräfte zum Schutze seines Seehandels einzusetzen und so seine Kräfte zu zersplittern.

Die Entscheidung zur See war bei der krassen materiellen Unterlegenheit der deutschen Kriegsmarine nicht zu erzielen. Trotzdem tat sie unbeirrbar ihre Pflicht, die Vorbilder von 1914–1918 vor Augen. Menschlichkeit gegenüber dem bezwungenen Gegner und Ritterlichkeit der Kampfführung waren ihr erstes vornehmstes Gebot.

Ich habe mich bemüht, das mir anvertraute »Schiff 16«, den Hilfskreuzer »Atlantis«, nach diesen Grundsätzen zu führen. Wenn wir Erfolge errangen, so ist das in erster Linie meiner vortrefflichen Besatzung zu verdanken, die auf dieser längsten Kreuzerunternehmung der Seekriegsgeschichte in 655 Seetagen eine menschliche Bewährungsprobe erster Ordnung beispielhaft bestand. Ihr gilt, auch an dieser Stelle, mein Dank.

Da sich das Original-Kriegstagebuch der »Atlantis« noch immer als Kriegsbeute in englischer Hand befindet, war es uns als Quelle für dieses Buch nur auf Umwegen in Übersetzung zugänglich.

Was unser Buch zeigt, ist ein Bild von der Leistung und Bewährung deutscher Seeleute. Es erzählt von ihrem harten, entbehrungsreichen Leben im Dienst an Bord auf den weiten Ozeanen im vergangenen Zweiten Weltkriege. Es gibt einen Bericht menschlicher Bewährung, der, glaube ich, erkennen läßt, daß die Menschen der verschiedenen Nationen, keine wesentlichen Differenzen untereinander haben und sich trotz politischer und nationaler Zwistigkeiten im Menschlichen zu finden vermögen. Um so mehr muß es unser aller Bestreben sein, den Ausgleich auch zwischen den Völkern dieser Erde zu schaffen und den wahren ungeteilten Frieden in Freiheit und Recht zu sichern.

Hamburg-Großflottbek   *Bernhard Rogge, Vizeadmiral a. D.*
Elbchaussee 243
im Sommer 1955

VORWORT

Krieg ist für mich in ihre ausschweifendste Form gebrachte Idiotie. Daher, glaube ich, sollte ich der letzte sein, der eingeladen wird, das Vorwort zu einem Buch wie diesem zu schreiben, das vom Kriege handelt; und dies um so mehr, als der Verfasser ein so erfolgreicher Kriegsmann ist – oder war.

Unsere Berufe waren, obwohl von einiger Ähnlichkeit (zumindest während des Krieges), einander in Ziel und Auswirkung nahezu entgegengesetzt. Er diente strikt in der strengen Härte der deutschen Vorkriegsmarine, während ich als Angehöriger der Britischen Handelsmarine mein ganzes Leben den friedlichen Zielen des Seehandels gewidmet hatte.

Trotzdem gab es ein gewisses Bindeglied zwischen ihm und mir, schon ehe ich ihn traf. Es lag in der Tatsache begründet, daß wir beide Seefahrer waren und daher mit den gleichen Elementen ringen mußten.

Beide hatten wir unzählige Male über die gleichen Wogenbilder hingeblickt, über ihr verschwenderisches Blau unter tropischer Sonne oder ihr drohend steiles, schaumgestriemtes Grau in den höheren Breiten. Spielende Schweinsfische und das Schweben der Albatrosse, die glitzernde Mondbahn auf den dunklen Wassern, sie waren für uns beide der gewohnte Anblick. Beide teilten wir die zeitlose Verwandtschaft mit der See.

Und dann kam der Krieg mit seinen zusätzlichen Schwierigkeiten und Gefahren, und noch ziemlich in seinem Anfang trafen zu meinem Unglück mein Schiff, die »City of Bagdad«, und sein bewaffnetes Schiff »Atlantis« aufeinander – dabei wurde mein Schiff versenkt und ich sein Gefangener.

Daß es eine Kameradschaft der Seefahrer gibt, wie ich es behauptet habe, ist außer Zweifel. Und Rogge bewies es auf das vollkommenste in der Haltung und dem Auftreten, das er seinen Gefangenen gegenüber an den Tag legte. Von dem Augenblick an, da wir sein Schiff betraten, war die Behandlung, die er uns angedeihen ließ, korrekt und menschlich in jeder Einzelheit. Sein erster Gedanke und seine erste Maßnahme galt immer den Verwundeten, in zweiter Linie bemühte er sich, den übrigen Gefangenen soviel Komfort zu gewähren, wie es die Umstände eben erlaubten. Nach meinem besten Glauben und Wissen ist niemals gegen ihn eine Klage laut geworden, weder seitens seiner Gefangenen noch aus seiner Besatzung. In Anbetracht der sehr langen Zeit, die er auf See zubrachte, und der sehr großen Zahl Gefangener, die er machte, ist das wirklich eine große Leistung. Und darin liegt der Grund, daß die Mehrzahl seiner Gefangenen anfing, zuerst ihn zu achten und dann – ihn gern zu haben. Es ist der gleiche Grund, aus dem ich mich freue, seinem Buche ein Wort mitgeben zu können, das Zeugnis ablegt für sein aufrechtes und ehrenhaftes Verhalten.

Diese Würdigung gewinnt vielleicht noch dadurch an Gewicht, daß sie von einem Seemann anderer Nationalität stammt, der durch die Macht der Tatsachen – unglücklicherweise – in die Lage versetzt wurde, beide Seiten des Bildes zur gleichen Zeit zu sehen – und das aus der besten Perspektive.

August 1955   Captain J. Armstrong White, T.S.M.V. City of Durban

1 AUSBRUCH IM NORDEN

In der letzten Märzhälfte 1940 liegt ein merkwürdiges Schiff vor der Elbmündung im Süderpiep, ein großer Frachter, dunkel und einsam.

Die Büsumer Fischer oder das Cuxhavener Rettungsboot, die im Vorüberfahren ein wenig näher heranzuschließen versuchen, um einmal festzustellen, was es mit dem fremden Ankerlieger auf sich hat, sehen norwegische Abzeichen und eine norwegische Kontorflagge, und das paßt zu dem Küstenklatsch, daß es sich um eine Prise handele, die hier in Quarantäne liegt. Gelbe Flagge, das kann seine Zeit dauern.

Eines Tages dann ist der rätselhafte Fremde verschwunden; der Ort, an dem er so lange zu Anker gelegen, ist leer; die schlickgrauen Elbwasser unter dem Frühlingshimmel verraten nichts; Wasser bewahrt keine Spur.

Das Schiff läuft indessen nach Norden. Es läßt seine Bewacher zurück, und nach einer Weile nimmt es andere auf: zwei Torpedoboote, die voraus und seitlich in seinen Kurs einscheren und ihm bis zum Abend das Geleit geben. Dazu Flugzeuge: He 115 und Messerschmitt-Jäger. Endlich: ein U-Boot.

Als der neue Morgen über der Nordsee graut, ist das Schiff allein. Nur das U-Boot zieht noch, einige Meilen seitlich herausgesetzt, auf dem gleichen Kurse mit. Absichtlich? Zufällig? Wie lange noch? Und, unter Brüdern: gewährt es im Ernstfalle Schutz?

Sicher ist nur eines: endlich hat nun die Reise begonnen, von der niemand weiß, wann sie enden wird; und begonnen hat damit der große, unwahrscheinliche, so lange erwartete und minuziös vorbereitete abenteuerliche Einsatz in einer von Feinden beherrschten Welt!

Das Schiff ist jetzt, da die Nacht ihre bergenden Schatten vom Meere hebt, plötzlich kein Norweger mehr. Es hat auch nicht mehr die zwei Schornsteine, die es vor wenigen Wochen noch besaß, als es in Kiel lag, oder als es, kriegsschiffgrau wie ein Sperrbrecher, im Kielwasser des Zielschiffes *Hessen* durch den vereisten Nordostseekanal ging. Das Schiff ist jetzt ein Russe, genauer: ein sowjetisches Hilfskriegsschiff, und es marschiert in schneller Fahrt nach Norden, auf die erste Gefahrenschwelle zu, die Bergen-Shetland-Enge zwischen Westnorwegen und der Inselgruppe nördlich von Schottland, die nach Luft-Fernaufklärung und entsprechenden Warn-Funksprüchen von mehreren britischen Kreuzern bzw. Hilfskreuzern kontrolliert wird.

Seit der Anker aus dem Schlickgrund des Süderpiep gebrochen wurde und das Schiff die Reise antrat, hat es zunehmend frisch aus Süden und Südwesten gebrist; der Himmel war wechselnd bedeckt, die See mäßig bewegt, die Luft grau und diesig – kaum fünf Meilen Sicht – und die Temperatur nur wenig über dem Nullpunkt. Mit einem Wort: schedderig.

Gegen Abend nimmt die Sicht noch ab. Ein Wolkenvorhang zieht auf. Die Nacht kommt, schwarz, unsichtig, das wenige Mondlicht von schweren Wolken erstickt. Es herrscht gerade das richtige Wetter: Durchbruchswetter. Mit dem auffrischenden Winde knistern zuweilen Regenböen über Decks und Aufbauten.

Windig, bedeckt und regnerisch bleibt auch der Tag. Nichts kommt in Sicht, außer gegen Abend drei Fischkutter auf der Klondyke-Bank. Stumm und eilig, ohne seinen Kurs zu ändern, zieht das Schiff an den dreien vorüber nach Norden.

Aber an Bord wird vermerkt, daß kurz nach der Begegnung, wenn auch in leicht abweichender Peilung, Funkverkehr in englischem Fünf-Buchstaben-Code einsetzt. Verrat?

Dann kommt die neue Nacht. Und mit der Nacht der Sturm. Zuerst frischt es auf, denn springt der Wind um, von Süd in einem einzigen Satz nach Nordost, bis er sich wenig später auf rein Nord einpendelt und nun aus vollen Lungen zu wehen anfängt: Stärke sieben, Stärke acht und schnell auflaufende, grobe See.

Das U-Boot meldet sich; es kann die hohe Geschwindigkeit gegen die See nicht halten; der Schutz wird zum Hemmschuh.

Kurze Überlegung bei verhaltener Geschwindigkeit: Jetzt langsam marschieren heißt, den Geleitweg Schottland–Bergen und das von englischen Kreuzern kontrollierte Gebiet vor Nordnorwegen zu spät und bei ungünstiger Tageszeit passieren. Schutz durch das U-Boot, ohnehin fraglich, ist jetzt noch fragwürdiger wegen des groben Seegangs, in dem kein Waffeneinsatz mehr möglich ist. Entschluß: allein mit hoher Fahrt weiterzumarschieren, das U-Boot später östlich der Dänemarkstraße wiederaufzunehmen.

Es weht jetzt mit vollen zehn Windstärken aus Nordnordwest, die See läuft hoch und drohend mit wehenden Bärten, die Luft heult; wehende Gischt und harter Regen prasseln über das Schiff und hüllen es bis zu Schornsteinhöhe in weiße Schleier; es herrscht genau das Wetter, das man sich für einen Durchbruch wünscht.

Im grauenden Morgen kommen hinter den wandernden Bergen und dem wehenden Gischt die Mastspitzen und Schornsteinkappen von zwei Schiffen in Sicht, eines davon ohne Lichter, das andere mit Positions- und Dampferlaternen und – zusätzlich – für kurze Zeit einem roten Topplicht.

Beide arbeiten schwer in der himmelhohen See; jeweils für Sekunden verliert sie das Auge hinterm Doppelglas, wenn sie in eins der tiefen Wellentäler eintauchen, und diese Sekunden benutzt das Schiff, um unmerklich von den Fremden wegzudrehen und mit höchster Maschinenleistung abzulaufen.

Höchste Umdrehungen – das ist mehr, als die Verbände auf die Dauer gegen diese See auszuhalten vermögen; es bedeutet Kraft für 17,5 Seemeilen stündlich, erzeugt von zwei auf eine Schraube wirkenden Dieseln, die einen Schiffskörper von 155 m Länge, 18,6 m Breite und 8,2 m Tiefgang, ein Schiff von 7860 BRT, unerbittlich gegen schwere Sturmsee nach Norden drücken. Volle Fahrt voraus gegen Windstärke 10 und Seegang 6, das bedeutet den Ansatz von Tausenden von Pferdestärken gegen den ungeheuren

Druck der mit der Wucht wandernder Bergketten unerschütterlich heranrollenden Seen.

Das Schiff bebt in allen Verbänden, wenn es, vom Gipfel einer halb überwundenen See abwärtstauchend, den Bug in die nächste einsenkt. Es schüttelt sich wie bei einer Kollision. Es ächzt. Es vibriert in langen, durch die Füße spürbaren und den ganzen Körper sich mitteilenden Bewegungen. Es rüttelt schließlich, wenn die Schraube, mit dem Heck emporgehoben, augenblickslang in die Luft schlägt, ehe die schäumende Flut sie wieder umfängt.

Niemand mutet seinem Schiff Beanspruchungen wie diese unnötig zu. Kaum sind daher die Fremden hinter der Kimm versunken, als die Maschine mit den Umdrehungen heruntergeht und das Schwingen, Beben und Rütteln nachläßt.

Gegen elf Uhr vormittags, bei erneutem Drehen auf Nordost, erreicht der Frühjahrssturm seinen Höhepunkt. Die Bewölkung reißt vorübergehend auf; die Sonne bricht durch und wirft ihr Licht auf eine gigantisch tobende, gleißende Wüste, auf der Schaum und Gischt einherfegen, die ihre Farbe aus stumpfem Grau plötzlich in Tiefblau und Flaschengrün wandelt, und in der unendliche Reihen donnernd brechender, sich überstürzender und immer neu emporgereckter Brecher majestätisch dahinwuchten.

Am Mittag dieses Tages hat das Schiff seit dem Verlassen des Süderpiep 624 sm zurückgelegt; das sind 1156 Kilometer; es steht auf der Gefahrenschwelle, im Schottland-Norwegen-Track, jeden Augenblick unerwünschter Begegnungen gewärtig.

Zuerst kommt ein Wilhelmsen-Frachter in Sicht, die *Taronga*, wie sich aus späterem Funkverkehr ergibt; dann ein verdächtiges, sehr hohes Mastenpaar auf einem so ungewöhnlichen Kurs, daß es wahrscheinlich zu einem Hilfskreuzer gehört. Ist das schon das Ende? Der Atem geht kurz während des Beobachtens hinter dem Doppelglas. Hart abdrehend und mit äußerster Kraft läuft das Schiff davon, ungesehen . . .

Am Nachmittag ein deutsches Aufklärungsflugzeug – Typ Dornier 26. Danach weiter nichts. Aber selbst die Sekunden, bis endlich feststeht: eigenes Flugzeug – dehnen sich zu Ewigkeiten.

Mit dem Höhepunkt des Vormittags ist die Kraft des Sturmes gebrochen; es flaut ab; die Pausen zwischen den Böen längen sich; der Wind dreht auf Nordnordwest und weht bald nur noch mit der Stärke einer frischen Brise.

Nun geht auch die See zurück und beruhigt sich ein wenig; nur die Dünung läuft weiter: mächtige Rücken aus Norden und Nordost.

Als der Abend fällt, erhellen zuckende Nordlichter, Strahlenbündel, Lichtspeere, farbige Fächer, Bänder und wie Wetterleuchten zuckende Blitze den Himmel, und so bleibt es die ganze Nacht hindurch, während der das Schiff gegen die immer noch grobe Dünung weiter nach Norden pflügt, Meter für Meter, Meile für Meile, durch die Shetland-Enge hindurch und mit Scheinkurs hinaus in den freien Raum des nördlichen Atlantik.

Früh um neun Uhr passiert es den Polarkreis – knapp drei Tage nachdem es das Süderpiep verließ – und marschiert bei aufreißender Bewölkung, bei Schauern und wechselnder Sicht gegen die immer noch grobe Dünung an, hügelauf, hügelab in einem nun schon fast gewohnten Rhythmus, stetig und meilenzehrend wie ein gutes Pferd im Dauergalopp.

Bis zum Abend behält es den Scheinkurs auf Murmansk bei; dann schwingt es nach Westen herum. Es steht nun schon so weit im Norden, daß auch sein neuer Kurs unverdächtig erscheint: er verläuft auf der Murmansk-Island-Route, und er berührt zugleich den Punkt »Nixe«, wo das Schiff das U-Boot wieder anzutreffen hofft.

Denn nun steht der zweite Durchbruch bevor: der Ausbruch entweder durch die Dänemarkstraße nördlich von Island oder, falls das die Eislage unmöglich macht, der gefährlichere auf der »Südroute«.

Auf dem neuen Kurs hat das Schiff wieder Wind und See hart gegenan. Auch die Nacht wird nicht mehr recht dunkel. Der Nordwest hat die seltsam flachen Wolken mit den hellschimmernden Häuptern, die bei Tage so eilig unter dem frischblauen Himmel dahinreisten, nach und nach auseinandergeweht und vertrieben; der Himmel – hoch, rein und riesenhaft! – schmückt sich mit phantastisch zuckendem, unablässig wechselndem Nordlicht, und St.-Elms-Feuer tanzen, geistergrün aufflammend, bald hier, bald da auf dem Schiff, das namenlos, unter fremder Flagge und fremdem Abzeichen die einsamen, wüsten Weiten des Nordmeers durchpflügt, von niemand bemerkt, niemandes Aufmerksamkeit wünschend, verdeckte Absichten, versteckte Eigenschaften, geheime Ladung, ja selbst verkleidete, auf russisch frisierte Besatzung an Bord.

Das Wetter bessert sich zusehends. Im Laufe der Nacht flaut der Wind ab; morgens ist es still, und das junge Licht ergießt sich in strahlender Fülle über eine unendliche, seidig und metallen schimmernde lichtblaue und wie Goldemaille schillernde Fläche, die sich in der auslaufenden Dünung wie in mächtigen Atemzügen sachte hebt und senkt. Die Luft ist kristallklar, die Sicht fast unbegrenzt, die Temperatur eben unter dem Nullpunkt.

Gegen Abend kommt auf Punkt »Nixe«, wie verabredet, das U-Boot in Sicht, ein schmaler, auf einer Seite minimal angehobener waagerechter Strich mit einem niederen, dunklen Würfel auf dem ersten Drittel: dem Turm.

Das U-Boot steht bereits seit dem Vormittag in Wartestellung; es hat fast schon die Hoffnung aufgegeben, das Schiff noch zu treffen; seine Marschgeschwindigkeit ist mithin unterschätzt worden. Nun kommt es nahe heran, nimmt den herübergegebenen Schlauch auf und schluckt 25 Tonnen Brennstoff und eine halbe Tonne Schmieröl aus den Beständen des Schiffes.

Die Schiffsführung benutzt die Gelegenheit der Beölungspause, dem U-Boot-Kommandanten ihre Absichten vorzutragen. Ihr fehlen genaue Unterlagen über die Eisverhältnisse in der Dänemarkstraße. Also wird sie diese mit dem eigenen Schiff an Ort und Stelle erkunden. Nach der einzigen vorliegenden Meldung soll nördlich Island viel und schweres Treibeis vorhanden sein. Über die Passierbarkeit der Straße ist nichts verlautbart worden. Die Notwendigkeit, die Südroute einschlagen zu müssen, gewinnt an Wahrscheinlichkeit.

Für alle Fälle legen daher die beiden Kommandanten ihre nach Ort und Zeit und Wartedauer genau bestimmten Treffpunkte fest. Sie sind damit noch nicht völlig fertig, als ein Funkspruch von der »Marinegruppe West« eingeht:

»*Berichte aus 66° 42' Nord, 24° 40' West: Leichte nordöstliche Winde, gute Sicht. Festeis-Grenze liegt nahe 66° 48' Nord, 25° 20' West bis 67° 12' Nord, 24° 10' West bis 67° 30' Nord, 23° 10' West ...*«

Und dann der entscheidende Nachsatz:

»*Eisverhältnisse gestatten Durchfahrt nördlich Islands, auch bei Nacht.*«

Damit ist die Lage klar: das Schiff wird ohne vorherige Eis-Erkundung am nächsten Tage den Durchbruch auf der nördlichen Route versuchen. Das U-Boot erhält Weisung, sich nicht wie zuvor weit abgesetzt, sondern in unmittelbarer Nähe, möglichst in Sichtlee des Schiffes zu halten und im Falle, daß Fahrzeuge in größerer Entfernung passieren sollten, nicht zu tauchen, sondern aufgetaucht dicht neben dem Schiff weiter mitzumarschieren.

Das Schiff wird versuchen, so nahe wie möglich an die Festeis-Grenze heranzugehen, um aus dem dort zu erwartenden Nebel den größtmöglichen Nutzen zu ziehen. Ebenso wird es – auf Grund der Karten der Bordwetterwarte – auf der Nordroute mit starken Winden aus Nordost rechnen können, während es auf der Südroute Gegenwind zu erwarten hätte.

Nach Beendigung der Beölung treten die beiden ungleichen Gesellen den Marsch nach Westen an. Da sie von Nordosten anlaufen und nicht vor Abend in die Dänemarkstraße gehen können, laufen sie mit mäßiger Geschwindigkeit, in leichter See, zwischen Nebel und Schneeschauern und bei langsam aber stetig zunehmendem, zunächst wechselndem, dann auf Nordnordost einpendelndem Wind auf die Eiskante zu.

Nachmittags reißt die Wolkendecke auf, ein blaßblauer Himmel spannt sich von Kimm zu Kimm, klar und kalt. Der Wind nimmt schnell zu, die Temperatur sinkt unter den Nullpunkt. Das Licht der Sonne ist blaß und kraftlos. Um die Kaffeezeit kommen die ersten Eisschollen in Sicht, kleine, runde Täfelchen, die in geringem Abstand voneinander auf den Wellen reiten und den Seegang niederhalten. Die Wassertemperaturen, laufend gemessen, sind von $+1°$ um neun Uhr früh auf $-2,5°$ um elf Uhr abgesunken und schwanken im weiteren Verlaufe des Tages zwischen $-0,5°$ und $-1,4°$ C.

Kurz nach Mitternacht trifft das Schiff auf Felder von Eisschollen, die aussehen wie tellergroße Quallen, und setzt seinen Kurs darum etwas südlicher; Begegnungen mit grobem Eis zur Nachtzeit sollen tunlichst vermieden werden.

Als sich der Morgen mit grauem Licht über dem Kielwasser des Schiffes ankündigt, weht es mit Sturmesstärke aus Nordost. Schwere, steile Seen laufen hinter dem Schiff her. Die Wassertemperatur beträgt Null, die der Luft $-7°$ C, und über den gestern so klaren Himmel spannt sich eine dichte und gleichmäßig fahlgraue Wolkendecke. Das U-Boot signalisiert: »*Zunehmende Vereisungsschwierigkeiten. Nicht mehr alarmtauchklar ...*« Man kann sich das gut vorstellen; immer wieder wird der niedrige Rumpf mit der winzigen Turmplattform von den groben Seen überrannt. Die Wassertemperatur beträgt jetzt $-2°$ C, die der Luft $-7,6°$ C. Und es weht, weht ...!

Die Schiffsführung wartet indessen voller Ungeduld auf die Übermittlung isländischer Wetterfunkmeldungen durch die Heimatfunkstelle. Nach drei Stunden endlich:

»*Vorderfront eines südlich Island liegenden Tiefs steht an der Nordküste Islands mit Wind in Stärken bis 8 und Schneetreiben* ...«

Das ist die Entscheidung für den Durchbruch in der Nord-Passage. Das Schiff dreht etwas nördlicher, um die Eiskante zu suchen und die Dunst- und Nebelfelder auszunutzen, die laut Segelhandbuch dort zu erwarten sind.

Die stürmischen Winde haben sich inzwischen zu vollem Nordoststurm entwickelt; das U-Boot, immer nahe neben dem Schiff, fährt mehr unter als auf dem Wasser. Erbarmungslos eingedeckt von der hohen, eisigen See, kämpft es sich mühsam westwärts.

Das Schiff signalisiert ihm zwei Fragen hinüber:

»*Welche Erfolgsaussicht bei Einsatz Ihrer Waffen?*« und: »*Sind Sie bereit, bis zur Eiskante mit mir zu gehen?*«

In den Intervallen zwischen den Brechern, die den U-Boot-Turm überlaufen, kommt die Antwort:

»*Zu 1. Wird auf jeden Fall versucht. Zu 2. Ja.*«

So steuern die beiden Fahrzeuge planmäßig die Eiskante an. Nachmittags um 15 Uhr, in 67° 24' Nord und 24° West haben sie sie richtig in Sicht. Der starke Nordost hat das Eis zu einer scharfen Kante zusammengepreßt; das Wasser davor ist frei von Treibeis und Schollen. Auf den mächtigen, brechenden Seen reitet das Schiff an der Eiskante entlang. Es weht nun mit 9 Windstärken aus Nordost; die weite, wüste Nordlandsee liegt leer; die Bewacher, die hier sonst ihren eintönigen Dienst tun und deren Besatzungen sich in harten und eisigen Tagen und Nächten die Seele aus dem Leibe schlingern, haben in den nordisländischen Fjorden Schutz gesucht. Wer soll bei solchem Wetter schon zur See fahren!

Die Dunstschicht über dem Eise ist dünner als erwartet, und vor der Eiskante, über dem Wasser, herrscht auf etwa fünf Meilen klare Sicht.

Die Eisdecke selbst ist scharf begrenzt; sie besteht aus feinem Treibeis kleiner Schollen mit eingestreuten großen Blöcken aus hartem Blaueis und Eisbergen in größerem Abstand. Die Eisgrenze verläuft mit kleineren Einbuchtungen in 230°, also annähernd in südwestlicher Richtung.

Kurz vor Einbruch der Dämmerung meldet sich wieder das U-Boot:

»*Waffen nicht mehr voll einsatzbereit. Muß beidrehen, da Gefahr Volllaufens über Turmluk.*«

So entschließt sich die Schiffsführung, das Beidrehmanöver des Bootes zu unterstützen, den Erfolg abzuwarten und es anschließend zu entlassen. In den gigantischen Seen, die das schmale, lange Fahrzeug ununterbrochen in seiner ganzen Länge überlaufen, und bei der herrschenden Kälte sind seine sämtlichen Überwasserteile, Umbau und Ventilköpfe, Flutklappen und Verschlüsse völlig vereist; während des Beidrehens scheint es manchmal, als würden die Seen, die in brausenden Bänken darüber hereinbrechen und das Boot weit über 45° überlegen, es einfach rundumrollen und für immer begraben; aber allmählich bekommt es doch die Nase auf die See und liegt nun gut und sicher.

Da dreht das Schiff, dem es so lange gefolgt ist, langsam auf Westkurs zurück und gibt, während es Fahrt vermehrt, ein letztes Signal: »*Entlassen. Herzlichen Dank für bisherige Begleitung. Herzlichen Gruß in der Heimat.*«

Und von dem U-Boot blinkt die Klappbuchs durch den sinkenden Abend die Antwort zurück: »*Viel Erfolg und glückliche Heimkehr.*« — Ja, denken die Männer auf dem Schiff, vielen Dank — das ist es, was wir brauchen, Erfolg und glückliche Heimkehr ...

Wenige Minuten später haben sich die beiden Weggenossen aus Sicht verloren. Das Schiff ist jetzt endgültig allein.

Es setzt seine Reise unverzüglich fort, zunächst noch entlang der Eiskante in brüllendem Nordost bei Temperaturen um $-8°$ C, in denen jedes Stück Eisen an Oberdeck vor Kälte zu glühen scheint und die Luft in jedes Fleckchen ungeschützter Haut wie mit Messern einschneidet.

Am anderen Morgen biegt die Eiskante nach Westen ab; und hier reißt der wütende Nordost große Eisfelder, Blaueisblöcke und Eisberge aus der Festeiskante heraus und treibt sie vor sich her in den Atlantik hinaus. Das Schiff muß viele Stunden mit größter Vorsicht operieren, um ihnen auszuweichen.

Endlich, ziemlich pünktlich um Mitternacht, tritt es in den Golfstrom ein, und das ist nicht viel anders, als wenn man aus kalter klarer Winterluft durch eine Tür in einen warm geheizten Raum eintritt. Binnen kürzester Zeit steigt die Wassertemperatur von unter Null auf $+5°$ bis $+6°$ C an. Auf dem Wasser wallt dichter Wärmedunst, und die Wassertemperaturen wechseln von fünf zu fünf Minuten zwischen $-1°$ und $+6°$ C.

Als der Morgen anbricht, hat das geheimnisvolle russische Hilfskriegsschiff, das bis zum Vorabend mit einem deutschen U-Boot zusammenarbeitete, die zweite Gefahrenschwelle seiner Reise glücklich hinter sich. Bei abflauendem Wind aus Nord, unter bewölktem Himmel und angesichts leichten Dunstes am Rande des Golfstromes marschiert es aus der Dänemarkstraße heraus in den offenen Atlantik, ohne — wie das Kriegstagebuch feststellt — »*auch nur ein einziges Fahrzeug gesichtet zu haben*«.

Am Mittag dieses Tages, immer noch an der Küste Grönlands entlang südwestwärts marschierend, fängt das Schiff einen Funkspruch des U-Bootes auf. Er ist an die Seekriegsleitung im Oberkommando der deutschen Kriegsmarine gerichtet und lautet: »*Schiff 16 verlassen in Quadrat 2957 AD — Nordoststurm — beigedreht.*« Er informiert den Oberbefehlshaber, Großadmiral Raeder, und seinen operativen Stab, daß der erste deutsche Hilfskreuzer des Zweiten Weltkrieges, der frühere Frachter *Goldenfels* der Bremer Hansa-Linie, jetzt dienstlich *Schiff 16* und mit Traditionsnamen *Atlantis*, in den freien Atlantik durchgebrochen ist.

2 EIN SCHIFF BAUT UM

Am Abend dieses Tages, des 7. April 1940, werden die Borduhren von Deutscher Sommerzeit auf Ortszeit zurückgestellt. Ab Mitternacht sollen anstatt der vierstündig wechselnden Kriegswachen die normalen Seewachen mit Kriegswachtposten und verstärktem Ausguck aufziehen und zur gleichen Zeit die Maschine auf ökonomische Marschfahrt – 10 sm/st mit nur einem Diesel – übergehen.

Alle diese Maßnahmen zeigen: Der Ausbruch in den Atlantik mit seiner rücksichtslosen Beanspruchung aller körperlichen, nervlichen und seelischen Kräfte und belastet mit den Unzulänglichkeiten der Eingewöhnungsphase ist beendet. Nun muß sich das Leben an Bord »normal einspielen«.

Der Wind, immer noch stürmischer Ost, in dem das Schiff rollt und mühsam arbeitet, erstirbt um Mitternacht; für wenige Minuten ist es still. Aber in der Stille hört man das Zischen und Brausen der Brecher, die sich rings um das Schiff mit geisterhaft phophoreszierenden Schöpfen auftürmen und wie betrunkene Giganten durcheinanderschwanken, bis plötzlich wie mit Geißelhieben ein neuer Sturm, diesmal aus Südsüdwest, über sie hereinbricht und das Heer der Sturmseen, die er mit sich heranführt, sie überrennt und in seine Richtung zwingt.

Es weht nun mit 9 Windstärken, und es herrscht Dunst und Schneetreiben. Irgendwo weit im Süden führt ein griechischer Dampfer, *Calliope S.*, Funkverkehr in spanischer Sprache.

Früh acht Uhr wird Cape Farewell, die Südspitze Grönlands, querab liegen, und dann wird auch *Schiff 16* mit Kurs Süden in wärmere Gewässer und freundlichere Breiten zurückkehren!

Der Kommandant, dem diese Gedanken durch den Kopf gehen, während er sich über die Karte beugt und im eng begrenzten Zirkel des Lampenlichts die Distanz abgreift, atmet einmal tief durch. Wozu vor sich selbst leugnen, daß er erleichtert ist, die schweren Hürden am Anfang der Unternehmung glücklich genommen zu haben?! Die Zeit, die vor ihm liegt, bis er sein Operationsgebiet erreicht, wird er benutzen, um aus seiner Besatzung das zu machen, was er unter einer Hilfskreuzerbesatzung versteht; jetzt fehlt noch eine Menge daran, aber das wird sich schon ändern. Er lächelt, wenn er bedenkt, was alles sich geändert hat, seit er zum ersten Male den Fuß auf dieses Schiff setzte, damals die *Goldenfels*, die an der Pier der Deschimag in Bremen lag und nach nicht existenten oder halbfertigen Plänen in einen Hilfskreuzer verwandelt werden sollte. Unmittelbar nach Kriegsbeginn gerade noch zur Weser aufgekommen, war sie sofort nach dem Löschen der Ladung der Werft zugeführt und ihre Besatzung bis auf den Ersten Offizier, den Bootsmann, einen Maschinen-Assistenten, zwei Mann und – selbst-

Atlantis vor dem Südsee-Atoll Vana Vana

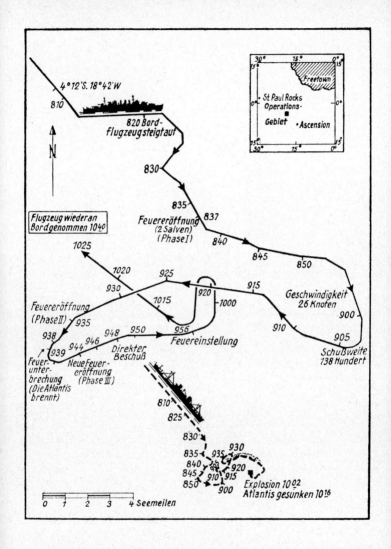

Die Versenkung der ATLANTIS durch den britischen Kreuzer DEVONSHIRE am 22. November 1941.

verständlich – den Kapitän abgemustert worden. Später war dann dieser Kapitän, ein schon alter und nicht sehr kriegstauglicher Herr, ebenfalls ausgestiegen und durch den Lloydkapitän Kamenz ersetzt worden. Und was diesen betraf, so merkte der Kommandant sehr bald, daß er in ihm einen hervorragenden Mitarbeiter gewonnen hatte.

Aber davon jetzt einmal abgesehen – wie unerwartet hatte sich alles entwickelt, sein eigenes persönliches Schicksal und das Deutschlands und Europas, seit er in den letzten Junitagen 1939 mit dem Segelschulschiff *Albert Leo Schlageter*, das er damals befehligte, von der turnusmäßigen Seekadetten-Ausbildungsreise nach Südamerika zurückgekehrt war! Es lag etwas in der Luft damals in Deutschland. Wer von draußen hereinkam, merkte es sofort. Die Leute waren hektisch und nervös; alle Welt raunte von Krieg, und jedermann war sich darüber klar, daß Krieg, richtiger Krieg, ein verbrecherischer Wahnsinn sei, und daher krampfhaft davon überzeugt, daß er rechtzeitig verhindert werden würde.

Mit seiner neuen Besatzung, seemännischen Unteroffiziersanwärtern, war er dann nach der Grundausbildung Ende Juli zu einer Ostseereise in Richtung Heiligendamm–Oderbank–Swinemünde in See gegangen, nicht ohne sich – für alle Fälle – zuvor erkundigt zu haben, welches Kommando für ihn im – Gott verhüte – Kriegsfalle vorgesehen sei.

Der Sachbearbeiter im Personalamt ›Offiziere‹ hatte nachgesehen, ironisch geblinzelt und mit deutlichem Neid geantwortet: »Sie? – *Wenn* es etwas gibt, haben Sie den Vogel abgeschossen. Da, lesen Sie selbst!« Und auf der Karteikarte, die ihm über den Tisch hin zugeschoben wurde, stand: »Rogge, Bernhard, Freg.-Kapt. – Mob.-Verwendung SHK II, Dienststellung: Kommandant«. Und der Sachbearbeiter hatte, als ob er Kaviar auf der Zunge zergehen ließe, erläutert: »SHK bedeutet Schwerer Hilfskreuzer. Das ist mit Abstand das Schickste, was wir zu bieten haben: *Wolf, Möwe, Seeadler* – Kaperkrieg, Korallenstrand und Palmen, na, Sie wissen schon.«

Fregattenkapitän Rogge hatte sich sehr bedankt, war mit seiner jungen Crew in die Ostsee gegangen und hatte sein schönes Schulschiff mit Wehmut und Freude und mühsam vorgewiesener Frische gesegelt, täglich gewisser, daß der Abschied nahe bevorstünde, der Abschied nicht nur von dem hellgescheuerten Teakdeck unter den drei schlanken, hohen Masten mit ihren schön getrimmten Segeln, sondern auch von einer Welt unbeschwert gelebten Lebens und freudig geleisteter Arbeit.

Und dann war jener Befehl gekommen, der ihn nach Kiel beorderte, weil »feindliche U-Boote in der Ostsee gemeldet« seien. Das war am 25. August, und man wartete in kaum erträglicher Spannung, ob es noch möglich sein würde, ohne kriegerische Auseinandersetzung mit Polen zu einem Arrangement zu kommen.

Damals spürte er den gleichen Druck auf dem Zwerchfell wie jetzt in den Tagen der Durchbrüche, dieses Unbehagen in der Magengrube, den lastenden Druck der Ungewißheit, von dem sich loszumachen man nicht die Kraft besaß, weil man im Unterbewußtsein bereits gewiß wußte, was kommen würde und nicht mehr aufzuhalten war.

Und dann, am 1. September 1939, bellten die Fanfaren aus den Lautsprechern, und über die Decks hallte die eine unverwechselbare Stimme – »seit heute früh um sechs Uhr wird nun zurückgeschossen« –, und zwei Tage später war die Kriegserklärung Englands da – und damit die Ausweitung eines als lokale Polizeiaktion erklärten Konflikts zu einem neuen Weltkriege.

Entsprechend seiner Mob.-Verwendungs-Ordre setzte sich der zukünftige Hilfskreuzer-Kommandant unverzüglich mit der Kriegsmarine-Dienststelle Bremen in Verbindung, die für Umbau und Ausrüstung des SHK II zuständig war.

Die Antwort vom anderen Ende des Drahtes lautete ein wenig überraschend: »Wir wissen von nichts. Hier ist kein Schiff für Sie.«

Worauf der Kapitän Rogge antwortete, daß er wohl richtigerweise erst einmal hinüberkäme nach Bremen; das weitere würde sich dann sicherlich schon finden.

Es fand sich. Das Schiff nämlich, und es wurde Sorge getragen, daß es in die Werft verholte. Der lange Herr mit dem dunklen Mantel, dem weißen Seidenschal und dem Börsenhelm sorgte ebenso freundlich wie nachdrücklich dafür. Er ging auch zu der neu gebildeten Marine-Aufstellungsabteilung in der Kunstschule zu Bremen und legte dort seine breite Hand auf einen Haufen Karteikarten. Auf diesen Karten, die der mob.-mäßig vorgesehenen Besatzung Mann für Mann als Personalausweis ausgehändigt wurden, stand in schöner Offenheit zu lesen, daß der Soundso zum Dienst auf dem *Schweren Hilfskreuzer II* eingeteilt sei – und wohin er sich zu begeben habe.

Dabei sollte nach der Geheimhaltungsvorschrift nicht ein Mann mehr als notwendig eigentlich erfahren, daß es überhaupt Hilfskreuzer gab!

Die Männer, die ahnungslos mit diesen Ausweisen herumliefen, sahen sich daher sehr unerwartet »angelüftet«. Sie landeten in dem Aufstellungsstamm von *Schiff 16* in Bremerhaven, und dort versammelte sich fortan, was nunmehr unter dem nichtssagenden Tarnwort *Schiff 16* der Besatzung des Hilfskreuzers zugeteilt wurde.

Der Herr mit dem dunklen Mantel und dem Börsenhelm dagegen bezog Quartier im Hotel Columbus.

Dort errichtete er auch eine Art von Offizierskloster für die etwa 20 Offiziere, die auf dem neuen Schiff unter seinem Befehl stehen sollten. Sie sollten ihn und – soweit dies noch nicht der Fall war – sich untereinander kennenlernen; er wünschte den engen Kontakt, der notwendig war, um Fehlbesetzungen noch vor Auslaufen des Schiffes erkennen und rückgängig machen zu können.

Der Kreis der Herren war bunt genug zusammengesetzt. Neben altgedienten Aktiven von schon fast legendärem Ruf, wie dem Ersten Offizier, Kapitänleutnant Kühn, gab es nicht minder hervorragende und erfahrene Herren aus dem Offizierskorps der Handelsmarine, wie den Navigationsoffizier, Kapitän Kamenz; gegenüber den jungen Aktiven, den Oberleutnanten zur See Kasch, Strecker, Wenzel, Fehler, Bulla gab es den geschlossenen Block der Prisenoffiziere, alle aus der Handelsschiffahrt stammend, alle Steuerleute oder Kapitäne auf Großer Fahrt und für ihren Dienst in der Kriegsmarine mit dem Range eines Leutnant z. S. (S) bekleidet.

Das (S) hieß »Sonderführer« und schien von erlauchten Personalpolitikern im fernen Binnenlande eigens dazu ersonnen, den latenten Gegensätzen zwischen den Offizierkorps der Kriegsmarine und Handelsmarine ein Gesprächsthema von dauerhaftem Interesse und endloser Strapazierfähigkeit zu verschaffen.

Die Schwierigkeiten, die richtigen Prisenoffiziere zu finden, waren nicht gering; sie mußten besonders tüchtige, energische und wagemutige Männer sein, denen man zutrauen durfte, daß sie die ihnen anvertrauten aufgebrachten Schiffe mit einer Handvoll Männer gegen aufrührerische Besatzungen und meuternde Gefangene und über vom Feinde beherrschte Meere sicher in den Hafen ihrer Bestimmung bringen würden.

So wurde denn auch keine Mühe gespart, um die für richtig gehaltenen Männer herbeizuschaffen; der Zweite Offizier der *Bremen* z. B. mußte erst aus Murmansk geholt werden. Die vorausschauend getroffene Auslese bewährte sich dann aber auch auf das beste.

Der anfänglich dem Schiff zukommandierte Leitende Ingenieur kam bereits nach wenigen Tagen und bat um seine Abkommandierung. An seine Stelle trat der Leutnant (Ing.) Kielhorn, ein Mann, der alles mitbrachte, persönlich und sachlich, was für die bevorstehenden Aufgaben notwendig erschien.

»Ich muß auch einen neuen Adjutanten haben«, sagte der Kommandant eines Tages freundlich lächelnd zum Leiter der Offizier-Personalabteilung, Fregattenkapitän Winter, »der Kunsthistoriker, den Sie mir geschickt haben, ist ein lieber Mensch, aber hilflos. Vielleicht können Sie ihn irgendwo verwenden, wo viele schöne Bilder hängen. Ich brauche einen anderen, und ich habe auch schon einen auf Sicht.«

»Ach, du lieber Himmel!« Der Kapitän Winter war gar nicht sehr begeistert, aber der Kommandant ließ nicht locker.

»Sie sind doch knapp mit Offiziersnachwuchs«, sagte er, »nun, ich habe mir zwei Reserveoffiziersanwärter schwarz besorgt.«

»ROA's?«

»Jawohl, zwei Stück.«

»Hm.«

»Wissen Sie was? Ich mache Ihnen einen Vorschlag. Ich tausche neuen Adju gegen alten plus zwei ROA's!«

So kam der neue Adju von seinem Hilfsschiffverband, auf dem er sich als ausnehmend fehl am Platze empfand, auf den Hilfskreuzer, studierter Chemiker, Reserveoffizier, ein eigenwilliger, energischer, langer und durch seinen hageren Wuchs noch länger wirkender Mann, der Lt. z. S. Dr. Mohr.

Reservist wie Dr. Mohr war auch der Verwaltungsoffizier, Korvettenkapitän Dr. Lorenzen, von Beruf Textilkaufmann; auch er für seine neue Aufgabe wie geboren: verbindlich, ein großartiger Verhandler, eingespielt auf vielen Klavieren und vor allem voller Humor. Der Kommandant schmunzelt bald, wenn er seinen VO nur kommen sieht; der Mann ist sein Gewicht in Gold wert.

Er schmunzelt auch, wenn er seines Schiffsarztes ansichtig wird; der aktive Marine-Stabsarzt Dr. Reil ist schon auf dem Segelschulschiff bei ihm gefahren; es hat Mühe genug gekostet, ihn aus seiner Stellung beim Sanitäts-Chef loszueisen, aber der Kommandant konnte eine ganze Reihe von Gründen anführen, warum er auf diesen gescheiten und trotz seiner unverwüstlich guten Laune und seiner unerschöpflichen Messeschnäcke sehr ernst zu nehmenden Mann nicht verzichten will. Der hauptsächliche – neben persönlicher Wertschätzung und Sympathie – ist die Einsicht, in einer so heterogen zusammengesetzten Offiziersgesellschaft eines Mannes zu bedürfen, der, nach Erziehung und Auffassungen untadelig und überzeugt Offizier, als Arzt aber gleichzeitig für gewisse »zivile« Schwingungen ansprechbar und als Charakter gereift genug ist, um Gegensätze souverän auszugleichen, Schwierigkeiten menschlicher Art verständnisvoll und chevaleresk zu beheben und militärischen Gesichtspunkten – selbst des Kommandanten – bei unbezweifelbarer und erprobter Loyalität mit kritischem Witz unter das Gefieder zu leuchten. Daß der Stabsarzt für die Besatzung bald »der« oder »unser« Doktor sein würde, war nach den Erfahrungen auf dem Segelschulschiff kaum zu bezweifeln; mit einem Wort, Dr. Reil besaß jene Eigenschaften, die sich ein Kommandant auf einem Schiff für lange Reise wünschen mußte.

Wie sich der zukommandierte Chirurg, Dr. Sprung, und der Wetterfrosch, Dr. Collmann, bewähren würden, war abzuwarten; ihre fachliche Eignung stand außer Zweifel; der persönliche Eindruck war hervorragend.

Nachdem die notwendigen Wechsel und Umkommandierungen vollzogen waren, blickte der Kommandant mit erwartungsvoller Sympathie auf seine »Mönche«, wenn morgens, während des gemeinsam eingenommenen Frühstücks, die Tagesaufgaben durchgesprochen und verteilt wurden. Mit diesen Leuten, dachte er, kann ich es, glaube ich, wohl wagen.

Rückblickend betrachtet: der Trubel der Umbau-Monate war unfaßbar gewesen. Wenn es eines Beweises dafür bedurft hätte, wie völlig unvorbereitet und arm die deutsche Kriegsmarine in einen Kampf mit der bedeutensten Seemacht Europas, England, verstrickt worden war – in der bloßen Prozedur der Herrichtung der Hilfskreuzer war er gegeben.

Die Kriegserklärung Englands hatte die deutsche Marine völlig unvorbereitet getroffen. Die Werft, die AG Weser, Bremen, von ihren Direktoren abwärts bis zum letzten Arbeiter, mochte noch so willig und eifrig sein, sie mochte Überstunden machen und ihren guten Willen in jeder Weise bekunden – was ihr fehlte, was die Marine mangels Voraussicht und Kriegsbereitschaft nicht parat hatte, waren die Umbaupläne für die Hilfskreuzer, und es war kaum zweifelhaft, daß es sich in anderen, dem Einblick des Kommandanten nicht offenen Sachgebieten nicht anders verhielt.

Die Folge war, daß Kommandant und Offiziere sich mit den Werftingenieuren zusammensetzen und gemeinsam die erfolgversprechenden Lösungen erst erknobeln mußten. Das Ergebnis dieser Besprechungen, zu Papier gebracht, diente dann als Konstruktionsunterlage.

Zum Beispiel die Artillerie: Keiner der Beteiligten war Geschützbauer, nicht die Werft, nicht der Kommandant, nicht der Artillerieoffizier, Oblt. z. S. Kasch, und so standen sie ein wenig hilflos vor dem Problem, wie die Batterien der schweren Fünfzehner denn nun in dem Schiff aufzustellen und vor allem auch, wie sie zu tarnen seien. Die *Goldenfels* hatte in Friedenszeiten schwach ausgebildete Versauflöcher gefahren; sollte man sie, was auch der Tarnung zugute kommen würde, durch Ziehen eines neuen Decks verschwinden lassen?

Der Kommandant fuhr zweimal zu seinem berühmtesten Vorgänger, dem Kommandanten des Hilfskreuzers *Wolf* aus dem Ersten Weltkrieg, dem Fregattenkapitän Nerger. Der alte Korsar, der zu seiner Zeit den Indischen Ozean und die anliegenden Gewässer in Schrecken versetzte und sich mit rund 450 Tagen Seeausdauer den Rekord der Kaperkapitäne aller Zeiten geholt hatte, gab dem Kommandanten eine Fülle wertvoller Ratschläge. Was ihm die Kriegsmarine mangels Unterlagen aus dem Ersten Weltkriege oder mangels Auffindbarkeit dieser Unterlagen nicht geben konnte, bekam er so wenigstens teilweise von dem Kommandanten der alten *Wolf*.

Was zum Beispiel, um einen der wichtigsten Punkte anzusprechen, sollte geschehen, um für die Geschützbatterien die richtigen, d. h. leichte, schnell und geräuschlos arbeitende, dauerhafte und gegen Seeschlag unempfindliche Tarnungen zu bekommen? Die Klappen der *Wolf*, die sich nach unten öffneten, hatten sich in mehr als einer Hinsicht schlecht bewährt.

Kommandant, Werftingenieure und Artillerieoffiziere saßen daher mit rauchenden Köpfen zusammen und diskutierten. Vielleicht, meinte der Kommandant, wäre es doch möglich, mit Hilfe von Kontergewichten Tarnungen zu bekommen, die sich nach oben öffneten? Und, um das gleich hinzuzufügen, bei der Konstruktion würde es notwendig sein, die Abmessungen für die Scharniere, Gelenke oder was es nun wurde, sehr stark zu wählen, da sich auf *Wolf* gezeigt hatte, daß zu schwach bemessene Gelenke zu immer wiederholten Versagern führten.

Das Ergebnis dieser Besprechungen und »Erfindersitzungen« war ein Modell der 15-cm-Batterie und ihrer Tarnung von der Hand des Ingenieurs Rick; nach diesem gefertigt eine Serie von Zeichnungen und, an Hand der Zeichnungen gebaut, »Kampfbatterie und Tarnung in ein Eintel natürlicher Größe« auf der *Atlantis*.

Gleichzeitig saß der IO, Kaptlt. Kühn, mit seinen Oberfeldwebeln zusammen und stellte den gesamten Etat für das Schiff auf.

Auch hier gab es keinen Vorgang, auf den er hätte zurückgreifen können. Er war in der Auswahl und Bestimmung dessen, was mit sollte und mit mußte, allein auf seine Erfahrung angewiesen; daran allerdings mangelte es ihm nicht.

So saß er denn im Kreise seiner OF's und rechnete, schrieb und zauberte. Er wußte: was man jetzt nicht vorausschauend bedachte, was man jetzt vergaß, das fehlte später auf See, wo es keine Möglichkeit der Ergänzung gab! Also: systematisch vorgehen:

Was gehört zum Zimmermanns-, zum Steuermannshellegat? Lampen, Geschirr, Seekarten, Handbücher, Verzeichnisse, Flaggen, Leinen ... was alles an Material und Inventar?

Was zur Bootmanns-, zur Segelmacher-, zur Sportlast?

Was zur Bücherei?

Was zur Artilleriemechaniker-, was zur Torpedomechanikerwerkstatt? Zum Schneider-, Schuhmacher- und Friseurschapp? Zur Schlosserei?!

Wieviel Lokuspapier mußte mitgenommen werden? Das »zustehende Soll« füllte mehrere Eisenbahnwaggons und hätte an Bord viel zuviel Platz weggenommen. Deubel auch, das war ein höchst menschliches Problem und erheischte jede Aufmerksamkeit. Wenn man vier Stück rechnete pro Mann und Mal und dreihundertfünfzig Mann und ebensoviel Tage und eine Sicherheits- und Verschwenderreserve von 20% zuzüglich 15% Gefangenenzuschlag ... Nein: zuerst mußte man auszählen, wieviel Stück überhaupt auf jeder Rolle waren ... Woraus man sieht, wie sehr die Mathematik eine Wissenschaft des Alltags ist.

Zur gleichen Zeit saßen, rechnend und schreibend wie der IO, die anderen Ressortleiter.

Was braucht die Maschine für ihre Motoren, Hilfsmaschinen und sonstigen Anlagen? Was die Pumpenmeisterei? Das Elektrohellegat? Was die Artillerie? Der Torpedo-Abschnitt? Die Minenwerkstatt?

Eines Tages tat dann Vadder Kühn in Begleitung seiner OF's eine Reise nach Wilhelmshaven zur Werft, und was er dort heraushohle, füllte einen ganzen Eisenbahnzug, aber es war, der Geheimhaltung wegen, nicht gekennzeichnet und mußte daher bei seiner Ankunft sehr sorgfältig auseinandergeflöht werden, damit jeder zu dem Seinigen kam.

Unterdessen war der VO nicht müßig. Ihm unterstand neben vielem anderen die Proviantausrüstung, und er befand sich hinsichtlich eines Punktes in beruhigendster Übereinstimmung mit dem Schiffsarzt: die Verpflegung auf der *Atlantis* sollte hervorragend sein, nach Menge wie nach Wert und gesundheitlicher Zusammensetzung der Nahrung. Und da die Reise eine lange werden würde, während welcher Zeit die Besatzung auf fast alle Freuden des Lebens zu verzichten hatte, sollten so viel Bier und Tabakwaren an Bord genommen werden, wie überhaupt irgend unterzubringen waren.

Zur Verwirklichung beider Absichten konnte es keine geeignetere, weil verständnisvollere und entgegenkommendere Stelle geben als das Proviantamt des Norddeutschen Lloyd. Die Marine-Verpflegungsämter, die von dieser stillen Quelle nichts wußten, lieferten ja ohnehin.

Überhaupt: Dr. Lorenzen, der Verwaltungsoffizier, war aufs angenehmste überrascht von der Unterstützung, die ihm seitens der Intendantur zuteil wurde. Aktive wie Reservisten, von denen viele, wie er bald heraus hatte, ausnahmsweise richtig verwendete Hoteliers, Schiffsausrüster und Lebensmittelgroßhändler waren, halfen ihm, wo sie konnten, nicht einmal beleidigt, wenn er ihnen nicht sagen durfte, für welchen Zweck er so große Mengen ja immerhin verknappter Lebensmittel anforderte.

Neben diesen speziellen gab es die schiffbaulichen Angelegenheiten: Wie sollten Offiziere und Besatzung – für die lange Unternehmung in den

Tropen – untergebracht werden? Grundsätzlich möglichst jeder in der Nähe seiner Gefechtsstation. Offiziere in Einzel-, Oberfeldwebel in Einzel- oder Doppelkammern, Unteroffiziere in Kammern zu vier bis acht, Mannschaften in Räumen zu achtzehn bis fünfzig Mann, Torpedomixer in der Nähe ihrer Torpedos, Artilleristen bei den Geschützen – und so weiter. Außerdem, soweit irgend möglich, alle in festen Kojen.

Tatsächlich schaffte es die Werft, diesen besonders nachdrücklich betonten Wunsch weitgehend zu erfüllen. Bis auf fünfzig Mann, die in Hängematten schlafen, hat schließlich jeder Mann an Bord seine feste Koje, und das wiegt in den Augen des Kommandanten schwerer als die durch den Einbau von soviel mehr Holz erhöhte Brandgefahr im Falle eines Artilleriegefechts. Er sagt sich, daß bei einer Begegnung mit einem richtigen Kreuzer sein Schiff ohnehin dem überlegenen Gegner zum Opfer fällt; da spielt ein bißchen Holz mehr oder weniger keine Rolle. Trifft er auf geringer bewaffnete Gegner, so wird im Falle von Widerstand der Feuerlöschtrupp, wenn wirklich ein Brand ausbricht, damit schon fertig werden. Jedenfalls ist der Mann, der eine feste Koje hat, an Bord mehr zu Hause als der, dem nur eine Hängematte gegeben werden kann. Der Platz, den die Koje einnimmt, »gehört« ihrem Inhaber: niemand anders hat dort etwas zu suchen; der Hängemattsbewohner dagegen rollt nach dem Schlaf seine Bettstatt zusammen, verstaut sie in der Backkiste und ist »heimatlos«.

Die Fülle der Fragen, der Überlegungen, Sitzungen und Entscheidungen reißt niemals ab.

Wieviel Rettungsboote? Was für Rettungsmittel?

Wie wird das Flugzeug untergebracht, um schnell einsatzklar zu sein? Wo und wie wird das Reserveflugzeug verstaut?

Wo – und in welcher Ausstattung sind Gefangenenräume vorzubereiten? – Für Männer? Und für weibliche Gefangene?

Um wieviel muß die Kombüse vergrößert werden?

Wohin legen wir die Bäckerei, die Bibliothek?

Woher bekommen wir die Feldküche, die wir auf dem Achterdeck aufstellen wollen?

Es gibt keine mehr, also müssen wir eine finden.

Wie groß machen wir und mit welchen Anlagen kühlen wir unsere Kühlräume? Wohin kommt das Lazarett? Wohin der Op.-Raum? Was für Beleuchtung wird da gebraucht? Und sonst vielleicht noch irgendeine ausgefallene Stromstärke? – Sie, meine Herren Ärzte, fordern die gesamte Sanitätsausrüstung an? Auch die Zahnarztausrüstung? Gut. – Und Kapitän Kamenz übernimmt neben seinem Navigationsressort noch das Ressort »Tarnschiffe«? Sehr dankenswert. Sind wir uns einig? – Sie, Herr Kapitän, sind so freundlich und suchen unter den ausländischen Schiffen erstens diejenigen heraus, in die wir die *Atlantis* mit den geringsten Schwierigkeiten und der größten Ähnlichkeit kurzfristig verwandeln können, und besorgen zweitens, beziehungsweise treffen die Maßnahmen, die notwendig sind, um uns diese Verwandlungen in See zu ermöglichen. Ausgezeichnet.

Der Kommandant macht nach Bedarf »Abenddienst im Hotel«. Da wird der Minenabschnitt durchgesprochen: welchen und wieviel Raum?! Wo die Werkstatt? Die Einrichtung besorgen Sie selbst, Anlieferung noch gestern; falls es Schwierigkeiten gibt, bitte Meldung. – Das Reservelazarett? Als Seuchenlazarett vorsehen; möglichst isoliert, also am besten weit hinten aufs Achterschiff ...

Die Kleiderkammer? Ach ja, Dr. Lorenzen, es ist wahrscheinlich schon erledigt, aber – denken Sie, bitte, an die notwendige Menge von Tropenhelmen ...

Ein paar Tage darauf, nach erneuter Besprechung mit dem *Wolf*-Kommandanten: »Wenn ich darum bitten darf, sollte die Werft den bisherigen Tarnmöglichkeiten noch folgende hinzufügen: Verstellbare Dampfer- und Seitenlaternen, und zwar verstell- *und* auswechselbar zur Täuschung des Gegners. Sodann: Einrichtung zum Setzen eines Dampflichts auf dem Samson-Post, dem Mitschiffs-Ladepfosten. Dazwischen – und während das Schiff allmählich seiner Vollendung entgegenreift – reist der Kommandant in vielfältigsten Angelegenheiten im Lande umher: nach Hamburg zu Blohm & Voß, nachsehen, was die anderen Hilfskreuzer machen, Erfahrungen mit ihnen austauschen, sehen, ob man etwas lernen, etwas profitieren kann. Vom Lernen ist noch niemand dümmer geworden; andere Leute haben auch Grütze im Kopf ...

Weiter nach Berlin zur Seekriegsleitung: Unterrichtung über Völkerrecht, Seekriegsrecht, Prisenrecht, Handelskriegs-Maßnahmen, Minenkrieg. Zum Oberkommando der Wehrmacht, Abt. Ausland: Einweisung in Sachen Versorgungsmöglichkeiten in neutralen Häfen.

Dazwischengeschoben: Versuch, Unterlagen darüber zu beschaffen, wie englische Schiffe im Kriege auf See aussehen: Führen sie Lichter? Fahren sie abgeblendet? Sind sie einheitlich schwarz und braun gestrichen, wie irgendein schlaues Papier behauptet? Gar nicht leicht, darauf zuverlässige Antworten zu bekommen ...

Weiter und zurück, nun schon mit dem Gefühl höchster Eile, nach Bremen, zur Deschimag, zum eigenen Schiff. Und dort: hin und her wie der Hase und der Igel zwischen Kriegsmarine-Dienststelle und Werft, Werft und KMD ...

Zwischenzeitlich befindet sich die Besatzung zur Ausbildung in Bremerhaven. Von der ersten Wahl ist nicht viel übriggeblieben. Die Personalstelle hatte anscheinend geglaubt, auf den HK ihre Früchtchen abschieben zu können: Vorbestrafte, Luschpäckchen, alles, womit man in der Vergangenheit Unersprießliches erlebt hatte. Die sieht sich der Kommandant gleich zu Anfang sehr genau und kritisch an. Es ist ein eiskalter sonniger Septembertag, als er in Bremerhaven Musterung hält; über den Kasernenhof pfeift ein schneidender Ostwind.

Der Kommandant geht die Front ab. Er spricht, ungeachtet der Kälte, lange mit jedem einzelnen Mann: Name, Beruf, Familie, Herkommen, bisherige Kommandos, aktiv, Reservist? Er nimmt keine Rücksicht auf die Zeit, hier nicht: mit diesen Männern soll er monatelang, ein Jahr, vielleicht länger, zusammen fahren als ihr Kommandant und damit höchster Vorgesetzter.

Jeden Ungeeigneten, den er jetzt nicht ausscheidet, muß er später in See verkraften. Danach stellt er seine Fragen: »Name?«

»Matrose Sowieso.«

»Wieviel Dienstjahre?«

»Vier, Herr Kapitän.«

»Warum nicht befördert?«

»Ich stand mich mit dem Kommandanten nicht.«

»Danke, links 'raus.«

Das war genau das Richtige: Leute, die sich »mit ihrem Kommandanten nicht standen«!

Von zweihundertvierzehn Mann hören einhundertundvier während der Musterung dieses keineswegs unfreundliche, aber knappe »Links 'raus«. Und am anderen Tage eröffnet der Kommandant dem lebhaft protestierenden Personalreferenten, daß er annähernd 50%/o der ihm zugeteilten Leute leider nicht brauchen könne. Und er läßt durchblicken, daß er für die Masche, »unliebsame Elemente abschieben; wenn die absaufen, ist es nicht so schade drum«, nicht das leiseste Verständnis besitzt. Was er braucht, ist eine personelle Elite, »Edel-Beeren-Auslese«, keine wilden Männer, keine Abenteurer, falls das irgend jemand geglaubt haben sollte, sondern gut veranlagte, in sich gefestigte Charaktere.

In diesem Zusammenhang: der Kommandant legt Wert auf folgende, früher zum Kommando des Segelschulschiffs *Albert Leo Schlageter* gehörende Männer – es folgt eine Liste mit zwölf Namen.

»Segelschulschiff?« sagt entsetzt der Referent. »*Schlageter?* Das ist ja Ostseepersonal.«

Der Kommandant lächelt; auf diesen Einwand hat er gewartet. »Na, und?« erwidert er freundlich.

»Herr Kap'tän«, sagt der Referent, »Sie wissen doch, eher soll ein Kamel durch ein Nadelöhr gehen, als daß ein Mann mit einer Ostsee-Stammrollennummer in den Nordseebereich einginge.«

»Unter Friedensbedingungen«, erwidert der Kommandant, »würde ich Ihnen recht geben. Da aber Krieg ist ...« Er schweigt einen Augenblick, fährt sich mit der Rechten flüchtig über das schütter werdende, dunkle Haar und sagt, plötzlich ernst: »Wenn der Krieg überhaupt etwas Gutes hat, dann, daß er uns zwingt, die gewohnten Gleise zu verlassen. Im Denken und im Tun. Und dieser Krieg, mein Lieber, wenn wir ihn gewinnen wollen, wird uns zwingen, uns all unsere Dummheit und Geistesträgheit radikal aus dem Anzug zu bürsten. Darauf können Sie sich verlassen.«

14 Tage später sind 104 Mann Austauschpersonal – »indanthrenlichtechte Charaktere« nach Bekundung des untersuchenden Stabsarztes – zum Stamm *Atlantis* gestoßen, darunter 12 Mann mit Ostsee-Stammrollennummer, die angeforderte moralische Korsettstange von *Schlageter*.

Der nächste Punkt sind die Feldwebel. Für den Geschmack des Kommandanten sind zu viele und – nach gründlichem Augenschein – nicht die richtigen Feld- und Oberfeldwebel dem Schiff zukommandiert. Er bespricht die Angelegenheit mit seinen Offizieren. Die Feld- und Oberfeldwebel sind durchweg altgediente Leute; tauglich für den Hilfskreuzer aber sind von den anfangs vorgesehenen mehr als zwanzig nur diejenigen, die während ihrer vielen Dienstjahre keine Miesmuscheln angesetzt haben.

Nach diesen Gesichtspunkten wird eine Überprüfung durchgeführt, die Zahl der Portepee-Unteroffiziere radikal verringert und der danach verbleibende Stamm für gut und Zutrauen erweckend befunden. Unter Anführung ihres Seniors, Obersteuermann Pigors, eines kleinen, stämmigen, rasiermesserscharfen Herrn, wird die OF-Messe in kurzer Zeit zu einer Säule der Unternehmung.

99 Tage, eine erstaunlich kurze Zeit nur, braucht die Werft zum Umbau der *Goldenfels* in die *Atlantis*, 3 Monate, in denen es zuweilen aussieht, als würde das Schiff bis in die Eingeweide auseinandergerissen und nie und nimmer fertig werden. Dann aber schließen sich die Löcher; der Umbau geht seiner Vollendung entgegen. Die Kampfbatterien, sechs 15-cm-Geschütze, stehen unter ihren Tarnungen, das 7,5-cm-»Anhaltegeschütz«, das auf ausdrücklichen Wunsch des Kommandanten zusätzlich an Bord kommt, ist durch Tarnumbau den Blicken entzogen, ebenso die doppelläufige halbautomatische 3,7-cm-Flak und die vier Zwozentimeter Fla-MGs. Im Zwischendeck, mittschiffs eingebaut, befinden sich auf jeder Seite Einzeltorpedorohre; achtern stehen die Minenräume zur Aufnahme von 92 EMC – elektrischen Magnetminen – bereit. In der Luke II ist überdies der Hangar des Bordaufklärers eingerichtet. Um den einzusetzenden Typ kommt es zu nicht geringen Meinungsverschiedenheiten. Vorgesehen sind zwei He 114, und zwar die eine Maschine flugfähig montiert, die andere als Reserve in Kisten verpackt. Als vorsichtiger Mann hat der Kommandant eine zweite Ersatzmaschine angefordert, aber damit ist er nicht durchgedrungen. Was meinen Sie wohl, was so ein Vogel kostet? So reichlich bekommen wir die nicht zugeteilt!

»Am liebsten«, sagt der Kommandant, eingedenk eines Gespräches mit seinen Bordfliegern und -mechanikern, »nähme ich überhaupt die Arado 196.«

Damit aber kommt er noch weniger durch. Für ihn ist nun einmal die He 114 vorgesehen, und *eine* Reservemaschine, nicht zwei. Wieder hat er das Gefühl, daß nicht sachliche Gesichtspunkte und Erfahrung, sondern Schemadenken und Rechthaberei diese Entscheidung bestimmen.

»Da sind aber«, wendet er ein, »soviel ich gehört habe, zwei Arados vorhanden – Reserve für *Spee*.«

»Ja, und?«

Der Kommandant antwortet nicht; er wartet ab, bis seinem Gegenüber von selber einfällt, daß ja das Panzerschiff *Graf Spee* gar nicht mehr existiert. Aber die zwei Arados bekommt er deshalb trotzdem nicht.

Dafür nimmt er später, 1941, von einem Nachschubschiff, ohne viel zu fragen, anstatt nur einer bewilligten Ersatzmaschine deren drei an Bord. Die andern Hilfskreuzer verzichteten darauf, die 5-t-Kisten zu übernehmen; man ließ sie auf dem Versorger stehen, und er läßt sie kurzerhand auspacken und die Flugzeuge in Teilen übernehmen, was allerdings bedeutet, daß die Flugzeugmechaniker die Vögel irgendwann ohne Beschreibung werden zusammenbasteln müssen ... Nun, das gehört nicht zu den Sorgen des Augenblicks.

Am 19. Dezember 1939 stellt der SHK II, *Schiff 16 – Atlantis –*, feierlich in Dienst.

80 Prozent der Besatzung waren zu diesem Zeitpunkt bereits an Bord, und einige Tage später ging der Hilfskreuzer zur Werftprobefahrt und Abnahme weserabwärts und anschließend weiter zur Außenelbe, wo er ankerte und zum ersten Male die Tarngruppe in ihren großen Spielzeugkasten griff, um das Aussehen des Schiffes gründlich zu verändern. Wahrhaft Erstaunliches war da herausgeknobelt und zurechtgebastelt worden! Ein Tarnschornstein, der sich setzen und entfernen, ein Originalschornstein, der sich durch Ein- und Ausfahren länger und kürzer machen ließ. Masten, die ineinandergeschachtelt waren wie die Stativbeine eines Fotoapparates, Masten, Ladegeschirr, Lüfter, Pfosten, Deckaufbauten, die man heute hinstellen, morgen wieder beseitigen konnte! Modellkanonen aus Holz, Scheinplattformen, große Kisten zur Vortäuschung von Deckladung – es nahm kein Ende, und als das Schiff mit einem neuen zweiten Schornstein und allerlei Merkmalen, die es als Sperrbrecher erscheinen ließen, durch das Scholleneis der Elbmündung stromaufwärts strebte, um durch den Kanal nach Kiel zu gehen, hätte niemand in ihm die alte *Goldenfels* der Bremer Hansa-Linie wiedererkannt. In Kiel lagen mancherlei Schiffe an den Bojen in diesem ersten Kriegswinter ...

Es fiel nicht einmal auf, als der Oberbefehlshaber der Kriegsmarine am 31. Januar 1940 zur Besichtigung kam; der Kommandant wußte es so einzurichten, daß der Großadmiral unbemerkt und unauffällig an Bord geschleust und auf die gleiche Weise wieder abgefahren wurde.

Kein Gebot war wichtiger als das der Geheimhaltung. Kamen die Leichter längsseits, die Munition oder Minen brachten, so begann die Übernahme nicht, ehe nicht die Schlepper, die die Leichter gebracht hatten, unter irgendwelchen Vorwänden wieder fortgeschickt worden waren.

Unvorstellbare Mengen an Material aller denkbaren Art wurden nach und nach an Bord gebracht und eingeräumt; waggonweise Bier, waggonweise Proviant, insgesamt fürs erste 330 t Verpflegung.

Danach kamen die letzten Ausrüstungsgegenstände, z. T. Dinge, die wie kaum etwas anderes bewiesen, mit wieviel Systematik und Voraussicht das »Kommando Schiff 16« die Unternehmung vorbereitete: Damenkleidung und -wäsche, das gleiche für Kinder, ja sogar Kinderwagen. Wer konnte wissen, ob nicht aufgebrachte oder vernichtete Schiffe Frauen und Kinder an Bord hatten, die nichts mitbrachten, als was sie auf dem Leibe trugen? Und der Kommandant war entschlossen, seinen Krieg, so hart er werden und soviel Härte er notwendig machen mochte, den Opfern der Kriegshandlungen gegenüber, den Schiffsbesatzungen und Passagieren, so schonend und menschlich zu führen, wie es sich nur eben verwirklichen ließ. Ritterlichkeit, durch die Tat bewiesene Hilfsbereitschaft, Mitgefühl mit dem Mißgeschick derer, denen der Krieg das Schwarze Los geworfen hatte – diese Grundsätze, die ihn selbst beherrschten, nach denen die Offiziere der deutschen Marine seit je, und insbesondere durch den Großadmiral Raeder, erzogen worden waren, prägte er seiner Besatzung vom ersten Tage an immer wieder ein. Und er hatte das Gefühl, dabei von seinen Offizieren bewußt und willig unterstützt und von seiner Besatzung verstanden zu werden.

Es wurde März; das Jahr lief auf Ostern zu, als die *Atlantis* der Seekriegsleitung ihre KB-Meldung abgab: »*Schiff 16 vollkriegsbereit.*« Ehe der Kommandant zu einer letzten Einweisung zur Entgegennahme seines Operationsbefehls nach Berlin fuhr, ordnete er an, daß das Kommando aus Tarnungsgründen alle Vorbereitungen für den üblichen Festtagsurlaub treffen solle: Aufstellen von Urlaubslisten, Einreichen von Urlaubsanträgen – der ganze Schreibstubenzauber. Zugleich gab er Weisung, das Schiff solle Schlepper, Scheiben und Schießgebietzuteilung im Raume Pillau bestellen; gleich nach Ostern werde man die noch unerledigten Schießen absolvieren.

Kaum zurück von Berlin, war er dann jedoch ausgelaufen, nachdem er noch eine halbe Stunde vor dem »Leinen los« einen Mann wegen Ungehorsams mit Sack und Pack auf die Pier gestellt und sich kurzerhand aus einer nahe gelegenen Kaserne Ersatz besorgt hatte. Und dann ging das Schiff nicht, wie erwartet, mit Kurs Pillau in die Ostsee, sondern in die Holtenauer Schleuse und hinter dem alten Linienschiff und jetzigen Zielschiff *Hessen* her, das das Kanaleis aufbrechen mußte. Die *Orion* – Schiff *36* – und *Widder* – Schiff *21* –, die Hilfskreuzer der Kapitäne Weyher und v. Ruckteschell, waren gleichfalls dabei; alle drei trugen Sperrbrecher-Toppzeichen als zusätzliche Tarnung, und »16« und »36« erledigten zusammen die restlichen Schießen, ehe sie sich voneinander trennten ...

Ja, wo mochte *Orion* jetzt sein? Noch in der Heimat? Oder auch schon auf dem Ausmarsch ins Ungewisse?

3 WOLF IM SCHAFSPELZ

Mit einer Fahrgeschwindigkeit von zehn Meilen zog *Atlantis* nach Süden, gegen stürmische, später abflauende Südwinde, bei Schneetreiben und diesigem Wetter, hin und wieder genötigt, Feldern losen Drifteises oder verstreutem, festem Gletschereis auszuweichen.

Tage vergingen. Nichts kam in Sicht. Nichts wurde gehört. Das Schiff selbst hielt Funkstille. Das schöne Einerlei der Bordroutine bekam Gelegenheit, sich einzuspielen.

Gelegentlich fängt die Funkerei Peilungen von entfernten Schiffen auf: einem belgischen Tanker auf Heimatkurs, einem Finnen *Fidra*, einem Norweger *Randersfjord*, einem englischen Kriegsfahrzeug, das ziemlich nahebei stehen muß, einem amerikanischen Fruchtschiff ... Abends Lichter an Backbord.

Begegnungen sind noch durchaus unerwünscht. Aber gerade jetzt scheinen sie sich häufen zu wollen. Das Kriegstagebuch enthält alle paar Stunden in monotoner Folge immer die gleiche Eintragung: »*Schiff gesichtet, ausgewichen, Schiff aus Sicht verloren*«, und der Kommandant geht noch einmal auf »Volle voraus«, um möglichst rasch aus dieser verkehrsreichen Gegend zu kommen, in der auf etwa 300 Seemeilen Breite die transatlantischen Hauptschiffahrtsrouten verlaufen.

Leichte, wechselnde Winde, ansteigende Temperaturen, Nebelbänke, dazwischen Stunden mit Sonnenschein bei aufgerissener Bewölkung, kaum bewegte See – das Schiff kommt gut von der Stelle.

Die Wachmäntel und die dicken Wollsachen der arktischen Passagen verschwinden; die Besatzung trägt wieder »Anzug wie zu Hause«, und auf der Brücke erscheinen in sonnigen Mittagsstunden die ersten weißen Jacketts.

Eines Abends läßt der Kommandant die Masttoppen ein Stück einfahren und die Krähennester wegnehmen; für diese Gegend würden sie auffällig sein.

Es wimmelt jetzt von Funkpeilungen; an einem einzigen Tage, dem 11. April, fängt das Schiff nicht weniger als acht in der Nachbarschaft funkende Fahrzeuge auf: Amerikaner, Kanadier, Italiener, Belgier, es nimmt kein Ende. Der Kommandant läßt daher in den Dämmerungsstunden, besonders in der Frühdämmerung, Scheinkurse in Richtung Panama steuern, um nicht plötzlich aus dem weichenden Dunkel hervortretenden Schiffen verdächtig zu werden. Ebenso hält er gut westlich von den Azoren: Lieber etwas Umweg nehmen, als zur Unzeit gesehen werden!

Das Schiff steht nun mitten in dem Verkehrsstrang zwischen Ärmelkanal und New York; die Zahl der Funkpeilungen nimmt noch zu: 4 Italiener, 2 Spanier, 12 Amerikaner, 2 Holländer, 1 Belgier an einem Tage!

Am 15. April erreicht das Schiff die Passatzone. Der Wind pendelt sich vorschriftsmäßig ein, die Bewölkung reißt auf, verschwindet vorübergehend, läßt einen strahlenklaren Sonnenhimmel zurück und kehrt schließlich in den für die Passatzone typischen weißen Quellwolken wieder, die wie unabsehbare Herden stolzer Segler unter dem tiefblauen Himmel dahinreisen.

Zwei Tage später geht ein Funkspruch der Seekriegsleitung ein: »*Schiff 16 Marsch zum Südatlantik beschleunigen – baldmöglichst Kapstadt-Freetown-Route erscheinen zwecks Entlastung Lage in der Nordsee.*«

Der Kommandant rekapituliert angesichts dieser Weisung, was ihm in den letzten Tagen aus den Funksprüchen der Seekriegsleitung, der Funkpresse und dem Rundfunk bekanntgeworden ist. Es ist wenig genug, aber es reicht doch aus, ihm ein ungefähres Bild der Lage in der Nordsee zu vermitteln. Sie ist gekennzeichnet durch eine starke Konzentration feindlicher Streitkräfte an der norwegischen Küste, nachdem die Blitzaktion der Wehrmacht dem englisch-französisch-polnischen Angriff auf Norwegen um Stunden zuvorgekommen ist.

Folgerichtig erhofft die Seekriegsleitung vom Auftreten ihrer ersten Hilfskreuzer, *Schiff 16* und *Schiff 36*, *Orion*, die Bindung feindlicher Streitkräfte im Süd- und Nordatlantik in einem Augenblick, da der Gegner bestrebt sein müßte, alle verfügbaren Kräfte gegen das deutsche Norwegenunternehmen einzusetzen.

»Diversion« ist ein Lieblingskind der Seekriegsleitung: Teilung, Streuung, Auseinanderzerren der Feindstreitkräfte.

Schiff 16 wird also zur Beschleunigung der Diversion den Freetown-Kapstadt-Track ansteuern, sich vorsichtig hineinfädeln und in großen, die Schiffsfahrtswege flach kreuzenden Zickzackkursen südwärts laufen. Die Eingliederung erfolgt zweckmäßig auf etwa 12° Süd, 2° West, halbwegs zwischen den Felsen von Ascension und St. Helena.

Während des Anmarsches erscheint eines Tages der Schiffsarzt und meldet, daß er beabsichtige, der Besatzung die erste Typhusimpfung zu geben. – Keine Einwendungen; der Dienst kann danach eingerichtet werden. Wind Ostnordost 2–3, Seegang 2, Luft 24,3° C, Wasser 23,8° C, heiter bis wolkig, sehr gute Sicht.

Schiff 16 steht mitten im Passat. Längst sind die Wintersachen verschwunden; »Anzug Tropenzeug« ist bereits zur Gewohnheit geworden; an Deck haben die Meistersgäste aus Balken, Brettern und Segeltuch ein Schwimmbecken errichtet, das den ganzen Tag nicht leer wird; und die Schiffsführung benutzt das ruhige Wetter, um einen Kutter auszusetzen und die Tarnungen des Schiffs, besonders die verbesserte des 5. Geschützes, einer Sonderbesichtigung zu unterziehen. Das 5. Geschütz, getarnt als Decksladung in Form einer großen, persenning-überzogenen Kiste, ist jetzt unauffälliger als vorher und aus größerer Entfernung weniger gut erkennbar.

Enttarnübungen ergeben, daß die Zeit bis zur Feuerbereitschaft nur um zwei Sekunden zugenommen hat.

Drei Tage später tritt das Schiff in die Doldrums, den Stillengürtel nördlich des Äquators ein. Der Nordnordost flaut allmählich ab, die Wolkenberge haben nicht mehr die schimmernde Leichtigkeit der Passatwolken, abends fallen Regenschauer, und nachts zuckt Wetterleuchten hinter der dunklen Kimm. Luft- und Wassertemperatur sind gleich: 27,5° C.

Am Nachmittag des 22. April passiert *Atlantis* die Linie, vorerst ohne jedes Zeremoniell; denn sie befindet sich nun an der schmalsten Stelle der Freetown-Bahia-Enge, und der Kommandant hat nicht die Absicht, bei der Äquatortaufe in unliebsame Überraschungen zu geraten. Wenn irgendwo, so hat der Gegner hier Gelegenheit, eine Seekontrolle auszuüben. Es liegen zwar keine alarmierenden Meldungen vor, aber beizeiten vorsichtig zu sein, hat noch niemand geschadet.

Kapitän Rogge empfindet es unter diesen Umständen mit Dankbarkeit, daß für ihn und den Kommandanten von *Schiff 36, Orion*, seit gestern mittag von der Seekriegsleitung laufend Nachrichten ausgegeben werden, aus denen sich ein gutes Bild der Lage, der gegnerischen Kräfteverteilung, der erkennbaren Tendenzen ihrer Verlegung und der Handelsschiffsbewegungen ablesen läßt. In Norwegen erbeutete Dokumente liefern außerdem tiefen Einblick in die Organisation und den Rhythmus, die Handhabung, die Wegführung und die Abgangsorte des feindlichen Geleitdienstes.

Als der Abend fällt – Regenschauer und düstere Sonnenglut hinter violettem Gewölk –, steht das Schiff auf der südlichen Halbkugel. Der Kommandant beschließt, drei Tage südwärts zu laufen, ehe er die ausgelassene Linientaufe nachholt. Dann erst, auf etwa 8° Südbreite kann er damit rechnen, die umfangreichen Feierlichkeiten ungestört abwickeln zu können. Für den Augenblick aber hat er anderes im Kopf.

Mit dem Morgengrauen macht sich ein wenig Wind auf, ein warmes Wehen unbestimmter Richtung bei leichtem Seegang. Unter dem Himmel ziehen schwere schwarzbäuchige Wolken. Wenn sie aufreißen, steht dahinter ein seltsamer blasser Himmel, ohne Farbe, ohne Licht. Dann, mit tropischer Plötzlichkeit, beginnt es zu regnen.

Ein Schiff mit hell brennenden Laternen zieht vorüber, die Neutralitätsmarken vorn und achtern mit Scheinwerfern angestrahlt. *Atlantis* weicht ihm weit aus, bis sich aus aufgefangenen Funksprüchen ergibt, daß es sich um einen Italiener handelt: *Oceania* – 19 507 BRT, ein Zwanzigmeilen-Passagierdampfer auf der Reise von Genua nach Buenos Aires.

Wenig später ein zweites Schiff, das kurz nach dem Insichtkommen beide Topplichter löscht. Verdächtig! Aber *Atlantis* tut, als habe niemand diese Maßnahme bemerkt. Binnen kurzem ist der Fremde wieder verschwunden.

Am Vormittag dieses Tages – allein auf weiter Flur, bei klarer Sicht unter heißer Sonne, die millionenfache Pfeile aus der blanken, träge dünenden Flut zurückwirft – stoppt die *Atlantis*, und der »Erste« kann endlich ihr mitgenommenes Außenbordkleid, die zahlreichen Sturmschäden der Ausreise, beseitigen lassen. Die alte Farbe, in winterlicher Kälte aufgetragen und unter ungünstigen Bedingungen getrocknet, ist in den Stürmen der Durchbruchstage quadratmeterweise abgeblättert; das Schiff ist gefleckt wie ein Salamander, und wer nicht auffallen will, soll dazu sehen, daß er auch in solchen Kleinigkeiten wie einem liederlichen Farbanstrich nicht über oder unter dem Durchschnitt bleibt.

Während die Außenbordsreiniger auf schmalen Stellingen draußen hängen und pöhnen, halbnackt und farbbekleckert, fluchend auf die Hitze und trotzdem voller Übermut und Schabernack, hängt die Freiwache die Haiangel außenbords, das alte Spielzeug der Seeleute aller Zeiten – starke Leine, Vorkette, starker Haken mit Fleisch oder Speck ... Die gierigen Räuber sind sofort zur Stelle; seit Tagen schon folgen sie dem Schiff – Dreiecksflossen im Kielwasser, gelegentlich Aufblinken der weißen Bauchseite und blitzschnelles Aufräumen unter den Abfällen, die die Kombüse zu festgesetzten Zeiten und bei gestopptem Schiff über Bord kippt ...

Nun geht es ihnen wie so vielen ihresgleichen in Jahrzehnten und Jahrhunderten zuvor: es reißt sie aus dem heimischen Element, eine Spake fährt ihnen in den Schlund, und sie enden unter den Axthieben des Schiffszimmermanns. Als die neugierigen Seeleute ihnen den Bauch aufschlitzen, finden sie in den Mägen eine ganze Anzahl Konservendosendeckel mit der Aufschrift »Marine-Verpflegungsamt Wilhelmshaven«, und einer sagt: »Na, wenn die davon man satt geworden sind.«

»*Zwei Haie gefangen*«, vermerkt lakonisch das Kriegstagebuch, »*steile Rauchwolke in 250° verschwand wenige Minuten nach ihrem Erscheinen.*«

Mittwoch, der 24. April, bringt endlich die verspätete Linientaufe. Schon am Vorabend ist traditionsgemäß Triton mit einer Schar von Trabanten an Bord gekommen und hat den Besuch Seiner Herrlichen Majestät, Neptuns, des »Herrn aller Meere, Seen, Teiche, Tümpel, Ströme, Flüsse und Moräste« angekündigt, »welcher begleitet sein wird von seiner Allerholdseligsten und Allerhuldreichsten Gattin Thetis ...«, und nun kommt also der Hohe Herr mitsamt seiner Hohen Frau und allem Gefolge, Aktuarius und Barbier, Astronom, Polizei und zahllosen Negern richtig an Bord und hält die Linientaufe ab, diesen so tausendfach geschilderten Vorgang, der an Bord dieses guten Schiffes *Atlantis* nicht weniger als einige hundert Neulinge in kräftigen Spülungen vom Staub der Nord-Erdhälfte befreit... Ein volles Vierteltausend! – Nachmittags dann Klardeck und Kaffeetafel, Kuchen, Extrabier, Herz, was willst du mehr ...

Während aber in den Decks gefeiert wird, geht der Kommandant, nachdem er den eben empfangenen hohen Tauforden wieder abgelegt hat, seiner Gewohnheit nach auf der Brücke auf und ab – ihm am Fuße folgend Ferry, sein struppiger, schwarzer Scotch. In wenigen Tagen wird er bei etwa 12° Südbreite, in den Freetown-Kapstadt-Track hineinstoßen und in schwachen Zickzacks darüber hingehen, um möglichst bald ein bis zwei Dampfer aufzubringen, um damit den Befehl vom 15. April auszuführen und anschließend in die schweigende Weite des Südatlantik zu verschwinden.

Vor Eintritt in die Kapstadt-Route wird das Schiff umgetarnt werden; ein russisches Hilfsschiff ist in diesen Gewässern nicht mehr recht glaubhaft, wohl dagegen ein japanischer Frachter. *Atlantis* wird sich also in den Japaner *Kasii Maru* verwandeln. Ein Japaner mit Kurs Kapstadt, nun wohl – damit ist dem Gegner noch kein Grund zu besonderem Verdacht gegeben, selbst dann nicht, wenn *Atlantis* angreift und ein bis zwei Schiffe kapert; dies allerdings nur, solange die Überfallenen keine Notmeldung loswerden. Das zu verhindern, im übrigen aber so vollendet harmlos zu spielen, daß passierende Neutrale keinerlei Verdacht schöpfen, davon wird der Erfolg abhängen, auch der Erfolg der Minenoperation vor Cap Agulhas, die ebenfalls nur dann noch unter dem Schutze der Überraschung durchführbar sein wird, wenn den vorher überfallenen Gegnern keine Gelegenheit gelassen wird, ihr RRRR – das Signal Raider – Raider – Raider – abzugeben und die Landstellen vor dem Kaperkreuzer zu warnen.

Der Umtarnung in den Japaner *Kasii Maru* gehen sorgfältige Untersuchungen voraus. Ursprünglich war die Absicht, das Schiff als Skandinavier zu verkleiden. Die politisch-militärische Entwicklung vereitelte diesen Plan. Jetzt macht es sich bezahlt, daß der Kommandant bereits in Bremen aus Lloyds Register alle nach 1930 gebauten Motorfrachter mit Kreuzerheck in Größen zwischen 5000 und 10 000 BRT heraussuchen ließ – unter Bevorzugung solcher, die auch sonst noch Ähnlichkeiten mit der *Atlantis* aufwiesen. Am Ende dieser Aktion verbleiben aus der Gesamt-Handelsflotte der neutra-

Motorschiff GOLDENFELS der Deutschen Dampfschiffahrts-Gesellschaft Hansa in Bremen vor dem Umbau in Schiff 16.

Lange Jahre nach dem Krieg betrachtet der ehemalige Kommandant ein Modell seines Schiffes, das der ehemalige Mechanikergefreite Vollmer von der ATLANTIS für ihn gebastelt hat.

Außenbordsmalen – eine der Hauptbeschäftigungen auf ATLANTIS. Die geöffneten Tarnklappen der vorderen 15-cm-Geschütze sind deutlich erkennbar.

Mauern von Gischt! Gegen Windstärke 10 erkämpft sich SCHIFF 16 den Weg durch die Shetland-Enge in die Weite der Ozeane.

len Welt 26 Schiffe, die als Tarnvorbild brauchbar wären: 5 Amerikaner, 2 Italiener, 2 Franzosen, 1 Belgier, 4 Holländer, 4 Griechen und 8 Japaner.

Hiervon fallen zuerst die Amerikaner aus, da ihre Funk-Rufzeichen nicht bekannt sind. Schade – sie wären besonders geeignet gewesen, weil man damit rechnen kann, daß die Kontrolle von Schiffen *großer* Neutraler weniger scharf ausfällt als bei den politisch hilfloseren kleinen.

Französische, belgische und holländische Schiffe scheinen wenig geeignet, da wahrscheinlich englische Agenten die Reedereibüros bevölkern und der Gegner entsprechend genau über den Aufenthalt dieser Schiffe informiert ist.

Die Griechen fallen ebenfalls aus. Obwohl es sich um neue Schiffe handelt, kann ihr Farbanstrich im Südatlantik auffällig sein. Es bleiben also praktisch nur die Japaner und von diesen wiederum Schiffe solcher Reedereien, wie die N. Y. K., die nicht in der Hauptsache Liniendampfer laufen haben. Unglücklicherweise liegen über die Farben, in denen die Harada- und Yamasita Kisen KK ihre Schiffe malen, keine Unterlagen vor. So bleibt schließlich von den anderen Linien nur die Kokusai KK übrig, deren Schiffe wenigstens keinen weißen Seitenstreifen tragen wie die der Mitui Bussan und der N. Y. K. –

Nach all diesen Einschränkungen und Hindernissen fällt die Wahl schließlich auf die *Kasii Maru*, 8408 BRT, Heimathafen Tokio, Baujahr 1936, Rufzeichen JHOJ.

Nach dem Vorbild der *Kasii Maru* wird also die *Atlantis* umgemalt: Außenhaut schwarz, Masten und Windhutzen gelb, das Innere der Windhutzen rot, der Schornstein schwarz mit rotem Kopf und einem weißen K darin.

Aufbauten und Oberteil der Außenhaut machen keine Schwierigkeiten, als aber, während das Schiff stoppt, die Farbe dicht über der Wasserlinie, der »Wasserpaß«, erneuert werden soll, zeigt es sich, daß schon die alte Farbe hier stark mit Salz vermischt und infolgedessen nie richtig trocken geworden ist. Die frische Farbe muß daher auf einen immer feuchten Untergrund aufgetragen werden. Das Ergebnis ist ein schmieriger Anstrich, der nicht haftet und den die See leicht wieder abwäscht. Während der ganzen Dauer der Unternehmung wird der Wasserlinien-Anstrich eines der ungelösten Probleme der *Atlantis* bleiben und der Alpdruck des IO.

Am Nachmittag läßt der Kommandant ein Motorboot aussetzen, um sich sein verändertes Schiff von außen anzusehen. Ja – *Atlantis* sieht sehr anders aus in ihrem neuen Gewand –, der Gesamteindruck ist gut und glaubwürdig. Vielleicht, wenn man einen Tag mit herabgesetzter Fahrt marschiert . . . möglicherweise trocknet dann auch die Farbe in der Wasserlinie wenigstens soweit, daß sie nicht sofort wieder weggeschlagen wird . . .

Der 28. April 1940 ist ein Sonntag. Mit 14 Meilen Fahrt dampft *Schiff 16* gegen die blauen Passatseen mit ihren breit brechenden Häuptern an. Das Wetter ist schön, die Sicht klar; in der Kimm flimmert silbriger Dunst; ruhig und aufmerksam führen die Ausgucks ihre Gläser durch ihre Sektoren, oben in den Masttoppen und überall an Deck, wo sie, schachbrettartig aufgestellt, ihre Posten haben.

Am folgenden Tage läßt der Kommandant wie an den vorherigen die japanische Tarnung des Schiffes vervollkommnen.

Kleinwüchsige, dunkelhaarige Besatzungsmitglieder mit weißen Kopftüchern, die das Hemd über der Hose tragen und zum Teil mit Sonnenbrillen ausgerüstet sind, bewegen sich an Oberdeck. Eine »Dame« schiebt ihren Kinderwagen; sechs »japanische Passagiere« bevölkern die Liegestühle auf dem Bootsdeck; das Schiff ist bereit, sein erstes Opfer anzugehen.

Aber an diesem und auch am nächsten Tage kommt noch nichts in Sicht. Es weht stürmisch aus Ostsüdost, die See läuft steil und hoch; zuweilen weht der weiße Gischt bis zur Brücke hinauf, wenn das Schiff mit langsamer Verbeugung in einen der blauen Berge eintaucht und man spürt, wie es der ganzen Länge nach in seinen Verbänden schüttert.

Es ist nicht gerade das Idealwetter, um ein Schiff anzuhalten und zu durchsuchen, und im Laufe des Tages nimmt die See ständig zu ...

Am Abend des 1. Mai bringt die Funkpresse aus deutschen und italienischen Quellen die Nachricht, daß die Engländer im Mittelmeer für ihre Schiffahrt »vorsorglich Umleitungsmaßnahmen getroffen« hätten.

Ärgerlich runzelt der Kommandant die Stirn. Was ist an dieser Meldung wahr? Stammt sie, was durchaus möglich wäre, von einem offiziellen Sprecher des britischen Foreign Office? Und kann »Umleitung der Schiffahrt« überhaupt etwas anderes heißen als Verlassen des Mittelmeeres, Verlegung des Schiffsverkehrs um das Kap der Guten Hoffnung? – Wenn das stimmt, wäre es zweifellos richtiger gewesen, zuerst die Minen bei Cap Agulhas zu legen, wie es ursprünglich seine Absicht gewesen war, ehe der Befehl der Seekriegsleitung ihn auf den Freetown-Kapstadt-Verkehr ansetzte ... Aber was hilft's – man ist Soldat und hat zu gehorchen.

4 DAS ERSTE OPFER

Am Donnerstag, dem 2. Mai 1940, seit drei Tagen den Kapstadt-Freetown-Verkehr suchend, bekommt der Ausguck im Topp der *Atlantis* an Backbord voraus eine Rauchwolke in Sicht. Sofort läßt der Kommandant 40° nach Backbord drehen, um näher an den Fremden heranzustaffeln, während die »Japaner« ihre Plätze an Oberdeck einnehmen und alles andere Volk unter Deck verschwindet.

Gleichzeitig meldet der Funkraum, daß in unmittelbarer Nähe ein Belgier, *Thysville*, lebhaften Sendeverkehr unterhalte. Dann jedoch – gerade als der Topp-Ausguck durch sein Telefon »Schornsteinkappe des Gegners ist heraus« zur Brücke heruntergibt – reißt der *Thysville*-Funkspruch mitten im Text ab. Seltsam ...

Binnen weniger Minuten läuft nun der Fremde ganz über die Kimm herauf. Sowohl sein grauer Rumpf als auch der schwarze Schornstein lassen es als möglich erscheinen, daß es sich wirklich um die *Thysville* der Lloyd Royal Co. Maritime Belge handelt, um so mehr, als sich das Schiff als ziemlich großer Passagierdampfer entpuppt; in 19 000 m Entfernung rauscht es vorüber. *Atlantis* jedoch dreht unmerklich von Grad zu Grad wieder ab; Passagierschiffe anzugreifen, ist ein undankbares Geschäft. Der Kommandant ist schon zufrieden, mit dieser Begegnung überhaupt erst einmal festgestellt zu haben, wo nach der kriegsmäßigen Verkehrsverlegung der Strang verläuft, auf dem er seine Opfer suchen muß.

Mit steigender Annäherung erkennt der Brückenstab, daß es sich offenbar doch nicht um die *Thysville* handelt. Das Schiff ist bewaffnet; es trägt am Heck auf einer Rundplattform ein Geschütz von etwa 7,5 cm und auf den Aufbauten offenbar auch noch leichte Flak. Ein Hilfskreuzer?

Die Schiffe sind nun auf 11 000 Meter aneinander herangelaufen. Nach der Zahl der Boote – je drei zu beiden Seiten des Bootsdecks und anscheinend auch noch eins am Heck – und nach dem Aussehen des Bootsdecks selbst hat der Fremde zahlreiche Passagiere an Bord. Da er außerdem bei der großen Entfernung einen Notfunkspruch mit Sicherheit loswerden würde, bleibt der Kommandant bei seinem Entschluß, ihn ungeschoren zu lassen. Mit Nordnordwest-Kurs, ohne eine Flagge zu zeigen, ohne Kurs zu ändern, ohne irgendeine Reaktion auf die *Atlantis* und ohne sein Geschütz zu bemannen, zieht er mit hoher Fahrt seines Weges. Sein Rumpf ist grau, seine Aufbauten und Masten leuchten in einem auffallend hellen Ocker; der Schornstein ist schwarz und sehr hoch, die Brücke nach achtern schräg abfallend, die Masten ebenfalls sehr hoch, die Salinge jedoch ausnahmsweise niedrig angesetzt. Dazu gerader Bug, Kreuzerheck und Versaufloch, dem Typ nach eines der Ellermann-Passagierschiffe *City of Exeter* oder *City of Venice* von etwa 8000 BRT mit 170 bis 200 Passagieren.

Mit einem etwas zweifelnden Lächeln läßt der Kommandant den Gegner ziehen: wer weiß, wann die nächste Chance kommt?! Und: an den Mienen seiner jungen Offiziere und den Gesichtern der Besatzung kann er die unausgesprochenen Gedanken ablesen: Warum greift der Alte nicht an? So ein schönes Schiff! Schippern wir dafür seit Wochen durch die Gegend, damit wir die besten Sachen laufen lassen, ohne auf den Knopf zu drücken?!

Aber man darf nicht den kühlen Kopf verlieren; ruhig gibt er seine Anweisungen, die den Hilfskreuzer auf Südwestkurs zurückbringen. Keine Sorge, denkt er, es fahren noch mehr Schiffe, meine Herren, und es wird auch eins für uns dabei sein. Nur die Ruhe! –

Am nächsten Nachmittag, dem 3. Mai 1940, kommt dieses Schiff in Sicht. Der Steuermannsmaat Vorhauer sichtet – wieder an Backbord voraus – die dünne Rauchwolke, die wie eine Flaumfeder über der flimmernden Kimm aufsteigt. Es herrscht Passatwetter mit frischer Brise und ziemlich grober See; die Sicht ist wechselnd, manchmal von Dunst beschränkt, dann wieder eine Kimm, die wie mit dem Messer geschnitten daliegt.

»Alarm!« ruft der Kommandant über die Schulter dem Wachhabenden zu, nachdem er den dünnen Rauchfaden kurz ins Glas genommen hat, »beide Maschinen Große. Kurs 110 Grad.«

Im gleichen Augenblick blöken die Hupen und schrillen die Alarmglocken durchs Schiff, und minutenlang rumpeln und trappeln Hunderte eiliger Füße über Flurplatten, eiserne Decks, Leitern und Gänge. Die Geschützbedienungen lauern hinter den Tarnungen, die Befehlsübermittler und Artilleriebeobachter beziehen ihre Posten – dann herrscht wieder Stille, die Stille höchster Spannung, in die nur von Zeit zu Zeit die Lage-Schilderungen hereinklingen – oder Befehle und Verbesserungen aus dem Artillerieleitstand.

Um 14.07 Uhr, als der Schornstein des Gegners herauskommt, dreht der Hilfskreuzer hart nach Backbord. Es ist klar, daß der Fremde den eigenen Kurs von Steuerbord nach Backbord schneiden wird.

Die Entfernung beträgt 17 Kilometer; der Gegner ist noch nicht deutlich auszumachen; vorerst ist nur ein Schornstein mit rotem Ring erkennbar, dann, daß es sich anscheinend um einen Frachter handelt, ein Schiff, ähnlich dem Engländer, der dem Hilfskreuzer kurz nach dem Auslaufen im Kattegatt begegnet war.

Der Kommandant regelt die Geschwindigkeit seines Schiffes nach der des Gegners ein, bis die Peilung steht.

Allmählich werden Einzelheiten erkennbar: drüben weht keine Flagge. Achtern steht ein Geschütz, die Funkbude hart hinterm Schornstein.

Eine halbe Stunde nach dem Insichtkommen hat sich die Entfernung zwischen den Schiffen auf 10,4 Kilometer verringert. Keiner von beiden scheint bisher von dem andern Notiz zu nehmen. Sicher erkennt der Engländer nicht, daß sein Gegenüber binnen elf Minuten dreimal die Fahrtstufe wechselt, um die gewünschte Peilung zu behalten. Ruhig zieht er seines Weges.

Der Entfernungsmesser meldet derweilen laufend die Entfernungen. Auf dem Peildeck sitzt der Oblt. z. S. Kasch; sein Leitstand mit dem E-Meß-Gerät ist als Wassertank getarnt.

Noch einmal verrinnen zähe 10 Minuten.

Dann endlich fliegt das Signal am Stag hinauf: »Stoppen Sie sofort!« – Und die Kriegsflagge entfaltet sich auf dem Achterschiff. Das Verfahren hierbei ist höchst prosaisch. Die Flagge wird an einer Stange aus einem Lüfter herausgeschoben.

Zugleich ergeht, da drüben ein Heckgeschütz ausgemacht ist, der lang erwartete, so tausendfach geübte Befehl:

»Fallen Tarnung für Siebenfünf und Dreisieben!«

Die Dreisieben kann bei der bestehenden Peilung noch nicht schießen. Die Siebenfünf feuert höflich einen ersten Schuß, weit; aber der Gegner läuft unbeirrt weiter; nur das internationale Signal »Halb« steigt an seinem Mast empor.

Unverständlich.

»Die beiden Steuerbord vorderen Fünfzehnzentimeter: Feuererlaubnis.« Auf 2800 m heulen die stählernen Boten hinüber, zweimal zwei weiße Wassersäulen vor dem Gegner wie riesige warnende Ausrufungszeichen aus den blauen Wogen stampfend.

Darauf steigt drüben der Antwortwimpel; sonst geschieht nichts. Der Dampfer läuft vielmehr mit gleichem Kurs und unveränderter Geschwindigkeit weiter, so daß die Entfernung sehr rasch abnimmt und der Hilfskreuzer zum laufenden Gefecht abdrehen muß.

Im gleichen Augenblick bläst der Gegner Dampf ab und scheint zu stoppen, dreht dann aber hart nach Steuerbord und läuft mit voller Fahrt ab.

All das spielt sich im Zeitraum von halben Minuten ab. Schon dreht auch der Hilfskreuzer wieder zurück, um die alte Peilung und die sonnengünstige Seite zu behalten, und nun hört auch die Geduld auf; um 15.03 Uhr erhält die Steuerbord vordere Batterie Feuererlaubnis. Die erste Salve trifft den Gegner am Heck, die zweite – da er immer noch nicht stoppt, erzielt einen Treffer an der Backbordseite unter der Brücke. Gelb und stinkend zieht der Pulverdampf über den Hilfskreuzer; grau und scharfzackig gerändert springen drüben die Sprengwolken auf.

»Halt, Batterie, halt!« Der Kommandant will die Wirkung dieses ersten Beschusses abwarten, nicht mehr Menschenleben als nötig gefährden und – nicht Munition verschwenden, die eines Tages knapp werden könnte.

Im gleichen Augenblick Meldung aus dem Funkraum: »Gegner funkt!« Sofort nimmt die Batterie das Feuer wieder auf. Aber die nächsten vier Salven liegen weit; die Entfernungsverbesserung ist ausgefallen. Natürlich! Jetzt! Im Ernstfalle. Zwei Monate lang hat sie reibungslos funktioniert. –

Glück oder Zufall – eine der weitliegenden Salven scheint die Antenne des Engländers abgerissen zu haben. Mitten in seinem Notruf, nachdem er achtmal sein »Q – Q – Q« hinausgedrückt hat, bricht der Sender ab; über der Funkkabine sind Bruch und Drahtgemenge im Glase erkennbar, zugleich liegt die vierte Salve deckend über dem Schiff, und eine Granate trifft an Steuerbord mittschiffs.

»Fünfzehnzentimeter Backbord vordere Batterie – fallen Tarnung!« Donnernd heben sich die Klappen und schlagen zurück; die Schlünde der Backbord-Batterie richten sich wie suchend empor: der Kommandant will sichergehen und auch diese Geschütze einsatzbereit haben, falls die Gefechtslage andauern und auf die andere Seite hinüberwechseln sollte.

Nach dem letzten Treffer dreht er nach Steuerbord ab, und dabei sieht er, daß nun der Gegner nach Backbord zurückdreht, liegenbleibt und Dampf abbläst. Die Besatzung geht kopfüber in die Boote; das Heck des Schiffes steht in Flammen.

Sofort stellt *Atlantis* das Feuer ein.

Wenige Minuten später setzt sie eine Motorpinasse aus und schickt ein Durchsuchungskommando hinüber, Bewaffnung: Maschinengewehr, Pistolen, Handgranaten. Ausrüstung: Seesäcke, Signalleine, Messer, Werkzeug, Erste-Hilfe-Kasten, Signalflaggen, Sternsignalpistolen, Sprengmittel.

Mit einem Lächeln und ein bißchen Neid blickt der Kommandant der kleinen Expedition nach. Aufgeregt wie die Kinder vor Weihnachten, denkt er, jetzt ist das Abenteuer da, von dem sie geträumt haben! Kaperkrieg! Ein feindliches Schiff aufgebracht. Enterkommando . . .

Zugleich ermahnt er die Ausgucks zu schärfster Aufmerksamkeit: Achtung auf Rauchwolken! Achtung auch auf Flieger! Es kann hier Trägermaschinen oder Bordaufklärer von feindlichen Kreuzern geben; er hat es ihnen oft genug einbläuen lassen, und die Gefahr, daß sie sich durch das Erlebnis ihrer ersten Gefechtshandlung ablenken lassen, ist groß.

Inzwischen ist die Motorpinasse zu dem brennenden Engländer hinübergeschnurrt und hat mittschiffs festgemacht. Über das Seefallreep hastet das Untersuchungskommando an Bord. Dort stehen sie dem Kapitän und dem Ersten Offizier gegenüber, die allein an Bord geblieben sind, während die Besatzung das Schiff verlassen hat und teilweise längsseits wartet, teilweise schon abgelegt hat und zur *Atlantis* hinüberrudert.

Der englische Kapitän grüßt reserviert und korrekt und beantwortet langsam und sorgfältig die raschen Fragen des Adjutanten.

Sein Schiff? Die *Scientist*, 6200 BRT, Eigentum von Harrison & Co. in Liverpool, auf der Reise von Durban (Südafrika) nach Liverpool, Ladung: Kupferbarren, Chromerz, Asbestfaser, Mais und Maismehl, Gerbrinde und Gerbextrakt, Häute und Zinkkonzentrate.

Indessen hat sich das Untersuchungskommando über das Schiff verteilt und eine rasche, gründliche Durchsuchung vorgenommen. Es zeigt sich, daß die Luke V geöffnet ist und in Flammen steht, ob durch Beschuß oder absichtlich geöffnet und in Brand gesetzt, ist nicht feststellbar. Außerdem, so findet der Adju, könnte es niemand dem Engländer verdenken, wenn er Feuer legte, um sein Schiff der Wegnahme zu entziehen. Selber würde man im gleichen Falle genauso handeln. An Löschen, das sieht man auf den ersten Blick, ist nicht zu denken; die Luke ist eine einzige glühende Lohe.

Das Heckgeschütz, von niemand angerührt, ist eine alte Kanone, Baujahr 1918, Kal. 5 Zoll, mit Querverschluß und ohne Nachtzielbeleuchtung. Dicht daneben klafft ein Granateinschlag, und die Männer besehen sich mit fachmännischer Hochachtung das Loch mit den zackigen, aufgebogenen Rändern, das ihre Fünfzehnzentimeter gerissen hat.

Oben hinter der Brücke, wo die Funkkabine gestanden hat, finden sie nur noch einen Haufen von Trümmern und übereinandergestürzten Sandsäcken, die den ganzen Funkraum unter sich begraben haben. Geheimpapiere, nach denen der Adju sucht, sind nicht zu finden. Auch die Schubladen in der Kapitänskammer sind leer, und der Kapitän gibt unumwunden zu, daß er den Inhalt über Bord geworfen hat. Trotzdem bleibt wertvolle Beute genug: Bücher, Seekarten, Papiere, der Inhalt des Papierkorbs im Kartenhaus, alles wandert zur späteren Auswertung auf dem Hilfskreuzer in den bereitgehaltenen Seesack.

Der Kartenraum ist in genau der gleichen Weise mit Sandsäcken gepanzert wie die Funkbude, und außer dem Heckgeschütz befindet sich ein Bugschutzgerät und ein Magnetminenschutz an Bord.

Nach kurzem kommt der Sprengvormann und meldet. Die Sprengpatronen sind angeschlagen. Das Durchsuchungskommando geht von Bord; die längsseitliegenden Rettungsboote werden freigeschleppt, die Ladungen gezündet. Noch nicht drei Stunden, nachdem der Steuermannsmaat Vorhauer die fremde Rauchwolke im Glast der Tropenkimm ausgemacht hat, ist *Scientist* gesprengt und zum Tode verurteilt. Aber sie sinkt erst viele Stunden später nach einigen 15er-Salven und einem Torpedotreffer bei Luke IV. –

Über den Fünfzehnzentimeter-Batterien schließen sich wieder die Tarnklappen. Die Boote mit den Gefangenen kommen bei *Atlantis* längsseits, 19 Weiße, ein weißer Passagier und 57 Lascaren, unter ihnen 2 Schwerverwundete: der Funker mit Holzsplittern in Kopf und Armen, die operativ entfernt werden müssen, und ein Inder, der, obwohl schon von dem englischen Kapitän notversorgt, noch vor der Operation an Bord der *Atlantis* stirbt. Ein Granatsplitter hat ihm den Magen durchschlagen und die Därme zerrissen; er ist innerlich verblutet.

Als der Abend fällt, zieht *Schiff 16* schon wieder mit Umdrehungen für 12 Meilen, den Umwegkurs des Gegners in flachen Zickzacks schneidend, als harmloser Japaner nach Süden. Aber in den Messen und Unterkünften gibt es keine Ruhe an diesem Abend. Zu sehr sind alle aufgeputscht und erregt von den Ereignissen des verflossenen Tages, und die elf Mann des Durchsuchungskommandos müssen immer wieder bis in alle Einzelheiten schildern, wie es ausgesehen hat da drüben auf dem fremden Schiff. War es sauber? War viel zerstört von den Granaten? Hätte man nicht das Feuer löschen können? Oder Beute machen? War es nicht ein verdammtes Gefühl gewesen, auf so einem wildfremden Schiff, in dem vielleicht schon die Zündschnüre für die Selbstsprengung kokelten, bis in die Bilge hinterzukriechen? Hatte jemand etwas gesehen, wie die da drüben untergebracht waren — Mannschaften, Ingenieure, Offiziere? Lagen Weiße und Farbige im gleichen Logis? — Es war eine Fülle von Fragen, und sie waren auch mit Hilfe größerer Mengen von Flaschenbier kaum zu beantworten.

Zur gleichen Zeit stehen die Ärzte im Op-Raum der *Atlantis*, Dr. Sprung, der Chirurg, und Dr. Reil, sonst sein Vorgesetzter, jetzt sein Helfer, und holen dem schwerverletzten Funker die Splitter seiner zusammengefetzten Funkbude aus Kopf und Armen.

Die Wunden sehen übel aus; Holzsplitter reißen schlimmere Löcher als eiserne.

Zur gleichen Zeit sitzen Kommandant, NO, Funkoffizier und Adju über der Sichtung und Auswertung der erbeuteten Papiere und Karten.

War schon die Vernehmung der Gefangenen auf Anhieb interessant, so ist es diese Materialsichtung in noch viel höherem Maße.

Erste und wertvollste, weil lang erwünschte Erkenntnis: Englische Handelsschiffe sind grau oder schwarz im Rumpf; die Aufbauten haben einen bräunlichgelben Anstrich, etwa halb und halb mit der Tendenz zu Ockergelb.

Das zu wissen, bedeutet für den Hilfskreuzer, daß er sich, sobald wünschenswert, selbst in einen Engländer verwandeln kann, was gewiß auf diesen überwiegend von Engländern befahrenen Routen von großem Vorteil ist.

Zweite Erkenntnis: Die Engländer fahren vollständig abgeblendet, selbst ohne Navigationslichter.

Dritte Erkenntnis: Die Engländer haben nicht entfernt mit der Möglichkeit des Auftretens deutscher Streitkräfte in diesem Gebiet gerechnet. Daher gibt es keinen wirksamen, engmaschigen Schutz durch englische Kriegsschiffe für die Reise von Durban nach Sierra Leone. Geleitzüge werden erst in Freetown zusammengestellt. *Scientist* sollte kurz nach ihrer Ankunft am 9. Mai von dort im Geleitzug weitergehen. Auf ihrer bisherigen Fahrt hat sie nicht ein einziges Schiff zu Gesicht bekommen.

Ferner waren da die Notizen aus der Kammer des Funkers mit der Wacheinteilung des Funkpersonals anderer Schiffe und der Dechiffriertafel. Endlich die Feststellung, daß englische Schiffe völlige Funkstille wahrten und keine ausländischen Rufzeichen benutzten, sondern sich nur der geheimen Rufzeichen bedienten, wie sie in den »Instruktionen für den Nachrichtenverkehr bewaffneter Handelsschiffe im Kriegsfalle«, datiert vom November 1938, enthalten waren. – Dieses aufschlußreiche Werk war ebenfalls von Bord der *Scientist* geborgen worden und für die Führung des Hilfskreuzers von unschätzbarem Wert. Weiterhin war auf der *Scientist* von dem neugierigen Adju ein sehr nützliches Handbuch über Geschützexerzieren gefunden worden und zudem Weisungen über das Verhalten in Gefechtslage im Falle eines Angriffs auf See oder im Geleitzug.

Der Kommandant unterbricht seine Überlegungen und Feststellungen und denkt einen Augenblick über die Gefangenen nach. Weiße und Schwarze sind getrennt untergebracht. Das ist schon viel; denn der Raum auf ›16‹ ist beschränkt. Aber es entspricht nun einmal den herrschenden Auffassungen, daß weiße und farbige Menschen unter allen Umständen getrennt unterzubringen sind. Die Weißen haben es dabei vorerst ein wenig eng; sie müssen, solange die Minen nicht gelegt und die Minenräume nicht frei sind, mit verhältnismäßig beschränkten Unterkünften fürliebnehmen, während die Farbigen sogleich einen größeren Gefangenenraum zugeteilt bekommen haben. Die Toiletten werden durch Raumunterteilung getrennt gehalten. Des weiteren erhalten die Weißen die normale *Atlantis*-Allemanns-Verpflegung, wogegen für die Farbigen ein indischer Koch Reis, Sardinen, Öl, Gemüse und allerlei andere asiatische Leckereien und Spezialitäten bereitet.

Nicht lange, und der Kommandant, der ein großer Liebhaber von Curry-Gerichten ist, teilt diese indischen Zauberer ab, um seine deutschen Smutjes in der wahren Kunst der Reis-Zubereitung zu unterrichten. Springend trokken, körnig und eben doch gar soll der Reis für ihn sein; anstatt dessen hat er bisher trotz aller Reklamationen nur nassen, matschigen Reispamps bekommen; das wird jetzt anders werden – und es wird anders! Dreihundertfünfzig *Atlantis*-Fahrer spitzen die Münder, als sie zum ersten Male Reis auf indische Art bekommen, und noch nach fünfzehn Jahren, wenn sie zu ihren Erinnerungstreffen zusammenkommen, verlangen sie Reis und Curry »wie auf der *Atlantis*« als Festschmaus.

Am Abend dieses Tages, während der Hilfskreuzer, mit vollen Umdrehungen von der Versenkungsstelle der *Scientist* fortstrebend, nach Süden marschiert, überdenkt der Kommandant noch einmal den Verlauf seiner ersten Feindberührung:

»*Die Maßnahmen zur Herstellung der Gefechtsbereitschaft haben sich voll bewährt. Die Tarnung funktionierte ohne Versager. Der englische Wachhabende erklärte, er habe keinen Verdacht geschöpft. Dagegen versicherte der Kapitän, daß er das Schiff, wenn es ihm früh genug gemeldet worden* wäre, auf 5–6 sm als Nicht-Japaner erkannt haben würde. Wie allerdings und woran – das behielt er für sich.«

Der Kommandant erinnert sich, daß der englische Kapitän ›gedacht‹ habe, ein im Südamerikadienst beschäftigtes Schiff deutscher Bauart vor sich zu haben. Er schreibt auch das noch ins Kriegstagebuch und fährt dann fort:

»Infolge eines Mißverständnisses nahm das Durchsuchungskommando nur 18 kg Sprengstoff mit; daher sank der Dampfer nach der Sprengung so langsam. Zukünftig werden 100 kg mitgenommen werden.

Von den Rettungsbooten wurde eins an Bord genommen, die übrigen vollständig ausgeräumt und alles Brauchbare, z. B. die kupfernen Luftkästen, sichergestellt, ehe wir sie durch Artilleriefeuer versenkten.

Die Besatzung arbeitete während des Gefechts und nachher ruhig und sicher. Haltung einwandfrei ...«

Das also war's: »Ruhig und sicher.« Die Feuerprobe war bestanden, und nun?

Der Kommandant denkt an seine Minenfracht. Noch ist der Verlust der *Scientist* dem Gegner nicht bekannt; am 10. Mai soll das Schiff in Freetown eintreffen. Ein bis zwei Tage Reiseverzögerung können einkalkuliert werden. Bis dahin also wird niemand Verdacht schöpfen, und bis dahin will er seine Minen los sein.

Gut frei von den Ansteuerungspunkten und den der Küste nächsten Seewegen, die er vorsichtshalber nachts kreuzt, bringt er sein Schiff um Cap Hoffnung herum und holt weit nach Südosten aus, ehe er sich dem Cap Agulhas nähert. In einem Schiff, das von Osten, aus Malaya oder von Australien kommt, wird niemand einen Minenleger vermuten!

5 MINEN VOR CAP AGULHAS

Das Wetter während dieser Tage ist gleichbleibend freundlich. Leichter Ostsüdost treibt dem Schiff die wandernden Rücken einer langen, niedrigen See entgegen, die Sonne scheint steil und heiß, Wolken ziehen weiß und behäbig.

Hinter ihren Gläsern spähen die Ausgucks; überall im Schiff läuft der routinemäßige Dienst; an der Ladekanone wird exerziert – Wettlauf gegen die Stoppuhr –, und auf der Brücke lehnt der Wachhabende in der Nock, die weiße Mütze in den Nacken geschoben, und beobachtet die gefangenen Engländer, die an Deck auf und ab gehen, in der Sonne sitzen oder Karten spielen. Wie im Frieden, denkt der Wachoffizier, wirklich, wie im Frieden ...

Es kommt nichts in Sicht während dieser Tage des eiligen Südmarsches, keine Rauchwolke in der häsig flimmernden Luft über der Kimm, keine Mastspitze, kein Flugzeug. Einsam zieht *Atlantis* ihren Kurs, ein harmloser, friedlicher Japaner: *Kasii Maru* ...

Der Kommandant schlägt einen weiten Bogen außerhalb der Reichweiten der südafrikanischen Luftaufklärung und unter Vermeidung der Ansteuerungspunkte, die ihm aus dem *Scientist*-Material bekannt sind. *Atlantis* läuft jetzt im Schnitt 14–15 sm/st auf einem Scheinkurs nach Batavia, und jeder Tag bringt sie ihrem Ziel, ihrer neuen Aufgabe um ungefähr 300 Meilen näher.

Am Morgen des 10. Mai 1940 steht sie, gut einen Tagesmarsch von Cap Agulhas entfernt, so weit südöstlich, daß jeder Beobachter glauben muß, sie käme von Australien.

Es ist der gleiche 10. Mai, an dem das deutsche Heer aus seinen Befestigungen und Stellungen an der Westgrenze des Reiches zum Angriff auf Holland, Belgien und Frankreich antritt. Auf der *Atlantis* ist dieser Morgen still und warm; die Sonne geht strahlend auf, die See liegt glatt, golden überleuchtet und kaum bewegt; die Luft ist klar, die Sicht außerordentlich gut, die Lufttemperatur mit 19° für diese südliche Gegend geradezu morgendlich frisch.

Den ganzen Vormittag über läuft *Atlantis* mit nordwestlichen Kursen, wie immer bestrebt, ungesehen zu bleiben und, falls sie doch gesichtet werden sollte, harmlos einen glaubwürdigen Kurs zu steuern.

Der Kommandant befiehlt, die Fahrt des Schiffes so einzurichten, daß es bei Dämmerungsbeginn, um 17 Uhr, etwa 60 sm vom Anfangspunkt der Minensperre entfernt steht und die letzten Stunden mit 15 Meilen – plus Reserve – von Osten her anlaufen kann.

Während des ganzen Tages bleibt das Wetter von der gleichen außergewöhnlichen Stille; die See liegt glatt, bei langlaufender Dünung, kaum atmend, die Luft ist glasklar.

Trotzdem entschließt sich der Kommandant, die Minensperre noch diese Nacht zu legen, denn erstens würde sich während der Wartezeit die Mondlage von Tag zu Tag verschlechtern, zweitens stand das Wochenende vor der Tür, Pfingsten noch dazu, mit der Wahrscheinlichkeit von Beurlaubung und Feiertagsstimmung an Land, und drittens würde wahrscheinlich ganz Südafrika am Lautsprecher hängen und auf Neuigkeiten über den deutschen Vormarsch in Belgien und Holland warten.

Ab 16 Uhr geht die Besatzung Kriegswache, ab 20.30 Uhr steht sie auf Gefechtsstationen. Mit Dämmerungsbeginn und verstärkt nach Einbruch der Dunkelheit hat ein starkes Meerleuchten eingesetzt; das Schiff zieht wie durch flüssiges Metall; das Kielwasser bleibt als breite, leuchtende Schleppe hinter ihm liegen, der Bart vorm Bug flimmert weiß wie Persilschaum bei Neonlicht, und die Bugwellen ziehen wie phosphoreszierende Schlangen zu beiden Seiten fort. Um die dunklen Flanken des Schiffes aber kocht und brodelt das kalte, weiße und bläuliche Feuer mit gespenstischer Helle. Dabei ist die Sicht immer noch ungewöhnlich klar; bei Dämmerungsbeginn, um 17 Uhr, ist auf der Brücke das Feuer von Cap Agulhas, das eine Reichweite von 20 sm haben soll, auf 55 sm Entfernung sichtbar gewesen, und erst mit Mondaufgang und dem Erscheinen der Venus hat sich die Sicht erheblich verschlechtert.

Mit Annäherung an die Küste nimmt das Meerleuchten ab; die weiße Schleppe im Kielwasser verschwindet, und das geschmolzene Silber, das an der Bordwand haftet, löst sich allmählich auf, zuckt nur noch zuweilen blinkend durch die Tiefe und verliert sich endlich im Dunkel.

Das Wasser ist nun wieder schwarz, aber der Himmel hat sich eine unerwartete Helligkeit bewahrt, ein diffuses Licht, wie durch viele Spiegelungen und Ablenkungen seiner wirklichen Kraft beraubt. Und das Leuchtfeuer am Nadelkap macht seinem Namen alle Ehre. Nadelspitz sticht der Lichtkegel in die Nacht, rhythmisch rundum fahrend wie der Deichselbalken eines riesigen Göpels. Und hinter ihm drohen, immer wachsend und immer deutlicher hervortretend, die dunklen Schatten des Festlandes, Südafrikas zerklüftete Berge und weite Hügelketten.

Hier und da blinkt das Licht eines Hauses, ein Autoscheinwerfer zieht durch die Nacht, die Kurven einer Küstenstraße nachzeichnend, und immer wieder, in regelmäßigen Intervallen, wischt der scharfe Strahl des Feuers von Agulhas über die *Atlantis* hinweg, läßt ihre weißen Aufbauten hell aufleuchten, huscht weiter über die dunkle Wasserfläche, erhellt blitzeslang die Hänge der Berge hinter der flachen Landzunge des Kaps und jagt von neuem, ein grelles Lichtbündel, auf den Hilfskreuzer zu, so daß sich ein jeder unwillkürlich duckt. In der Ferne nähert sich ein Dampferlicht. –

Seit 20.45 Uhr sind beide Minen-Abwurfstellen am Heck der *Atlantis* geöffnet, stehen die Wurfmannschaften, das Minenfachpersonal und vierzig Mann der Geschützbedienungen des Ersten und Zweiten Geschützes und der Ersten Steuerbord- und Backbord MGs/C 30 bereit.

Die Sicht hat sich inzwischen weiter verschlechtert. Die Kimm ist dunstig und fleckig, und die niedrig im Dunst stehenden Sterne funkeln in allen möglichen Farben und sehen oft fast aus wie die Lichter von Schiffen.

Der Minenoffizier, Oblt. z. S. Fehler, groß, blond und rotbärtig wie ein »*Abkomm-Donar*«, meldet dem Kommandanten. Das Werfen kann beginnen ...

In regelmäßigen Abständen fällt Mine auf Mine. Der Antransport unter Deck ist in der glasglatten See, die das Heck kaum merklich hebt und senkt, ganz fühlbar erleichtert. Das untere Ende der Abwurfstellen liegt nur anderthalb Meter über der Wasserlinie, aber nur ein einziges Mal während der ganzen Nacht schlägt hier etwas Wasser ins Schiff.

Still und lautlos geht die Arbeit vonstatten, kurze, knappe Befehle – nach Uhrzeit alle 2 Minuten 40 Sekunden das Wurfkommando, Wiederholung durch die Telefonposten – dumpfes Klatschen im Wasser, das regelmäßige Wummern der Motoren – so vergeht die Nacht.

Als der Morgen graut, ist das Gebiet vor dem Nadelkap, die Agulhas Bank, zwischen 50 und 120 m Tiefe befehlsgemäß mit den 92 Minen der *Atlantis* verseucht; der Oblt. Fehler hat sich genau an den ausgearbeiteten Verminungsplan gehalten, der Kommandant die verschiedenen Wurfkurse so gewählt, daß die Minenreihen in möglichst scharfem Winkel zu den vermutlichen Kursen der an Cap Agulhas vorübersteuernden Schiffe zu liegen kamen.

Er erreicht damit, daß die Minen, obwohl tatsächlich im Abstand von 1100 m geworfen, durch die Projektion die gleiche Dichte erhielten, als ob sie in Abständen von nur 500 bis 200 m gelegt worden wären. Es ist nicht einmal nötig, Unterbrechungen zwischen den einzelnen Wurfkursen einzulegen; für oberflächliche Suchaktionen ist das Feld zu unübersichtlich gelegt, als daß sich rasch ein Überblick gewinnen ließe, und mit gründlich-systematischer Suche ist nicht so bald zu rechnen, da es, wie durch Agenten bekannt, in Port Elizabeth keinen aktiven Minensuchverband gibt.

Als *Atlantis* abläuft und die letzten der gehörnten Teufelseier in ihr Kielwasser klatschen, sind auf 55 sm im Abstand von 0,6 sm ihre sämtlichen Minen glücklich gelegt. Sie hat während der ganzen Unternehmung keinerlei Gegenwirkungen erfahren, kein Schiff gestört, keine Störung erlitten und vorüberfahrende Neutrale, darunter zwei Amerikaner, durch Funkpeilung festgestellt. Sie hat im Ablaufen über dem Kap ein Flugzeug gesehen, aber es hat sich nicht um das Schiff gekümmert. Sie hat schließlich, kaum daß ihr letztes Ei gelegt war, ihre Fahrt auf 16 sm/st erhöht und mit Kurs Ostsüdost ihre völlige Harmlosigkeit sehr überzeugend dargetan. Und niemand hat, zu ihrer Freude und Beruhigung, von ihr Notiz genommen.

Der Kommandant hat außerdem ein übriges getan: ein Schiff, das auf *Atlantis*-Minen auflief, sollte nicht denken dürfen, daß die Sperre von einem Überwasserschiff stammte! Der Gegner sollte vielmehr glauben, daß U-Boote die Übeltäter gewesen seien, und diesen Irrtum galt es, wenn möglich, zu erregen und nach Kräften zu stützen.

Demzufolge ließ er eine Rettungsboje mit der Aufschrift »U 37« versehen; wohlverstanden »auf alt« gemacht und auch leicht beschädigt, so daß man die »7« nur noch mit Schwierigkeit lesen konnte, und das Ganze außerdem mit grauer Farbe übermalt, aber doch auch wieder nur so dick, daß die Aufschrift noch eben durchschimmerte.

Diese Boje wurde mit dem Gefühl, etwas ausgesprochen Nützliches getan zu haben, außenbords geworfen.

Würde sie gefunden, so wird die Verwirrung beim Gegner dadurch nicht geringer.

Am Morgen des anderen Tages ändert der Kommandant vorsichtshalber Kurs auf Australien; er möchte vermeiden, sich gleich bei Eintritt in sein neues Operationsgebiet, den Indischen Ozean, verdächtig zu machen.

Die Gefechtsposten und Kriegswachen sind inzwischen weggetreten, der normale Wachstropp, in üblicher Weise durch Sonderausgucks verstärkt, ist wieder aufgezogen. *Atlantis* marschiert bei zunehmender Bewölkung, bei Dunst und verhängter Kimm in wechselnden leichten Brisen, die kaum die Oberfläche der See rippen, unverdrossen nach Südosten, in den Sonntag hinein.

Am Vormittag hält der Kommandant die auf seinem Schiff übliche Andacht. Er selbst ist überzeugter Protestant und glaubt, daß es zu niemandes Schaden ist, sonntags ein Wort der Schrift zu hören, und sei es nur, um etwas zum Nachdenken zu bekommen. Er hat keinen Geistlichen an Bord, weder der einen, noch der anderen Konfession, noch Eiferer der Gottgläubigen-

Richtung. Er sucht sich heraus, was ihm richtig und angemessen erscheint, und liest es vor. Er sagt auch vielleicht ein paar Worte dazu – oder nicht, ganz, wie es ihm jeweils nötig erscheint, und läßt ein gemeinsames Lied singen, denn er weiß, wie das bindet und verbindet.

An diesem Sonntagvormittag erklärt er später der Besatzung auch Grundgedanken und taktischen Ablauf der Minenunternehmung der letzten Nacht und kündigt schließlich ein »besonderes Tarnmanöver« an.

Am Nachmittag geht es über die Bühne, eine Maßnahme, die ausschließlich dem Zwecke dient, die Gefangenen an Bord der *Atlantis* zu täuschen, die Minenoperation ihnen gegenüber zu tarnen und sie in die Irre zu führen. Am Nachmittag »trifft« der Hilfskreuzer »ein U-Boot«.

Die Gefangenen haben als erfahrene Seeleute selbstverständlich eine ziemlich zutreffende Vorstellung davon, was der Hilfskreuzer seit ihrer Gefangennahme unternommen hat; insbesondere ist ihnen die Minenunternehmung nicht verborgen geblieben, wenn sie auch nicht wissen, wo die Sperre liegt. Diese Kenntnis zu erlangen war nicht schwer. Sie hatten den Tageslauf beobachtet, den Zeitwechsel auf 15° Ost, die Verlegung der Mahlzeiten, das peinliche Abblenden des Schiffes vor dem Anlaufen, das Aufziehen der Kriegswachen, den Probealarm und was dergleichen mehr von der gewohnten Routine abwich, und sie hatten ihre Schlüsse daraus gezogen. Nicht ganz richtige Schlüsse, was den Ort betraf, aber immerhin ...

Ihrer Ansicht nach lagen die Minen der *Atlantis* vor Durban – der englische Kapitän machte gar kein Hehl daraus –, aber was sie nicht erkannt hatten, war, daß der Hilfskreuzer so weit nach Süden und Südosten ausgeholt hatte. Dementsprechend standen sie in ihrer erkoppelten Vorstellung viel weiter östlich, und um so überraschter mußten sie sein, wenn der Hilfskreuzer hier mit einem U-Boot zusammentraf.

Schon am frühen Nachmittag wurden daher die Gefangenen unter Floskeln des Bedauerns und fadenscheinigen Vorwänden in ihre Räume komplimentiert.

Kurz darauf stoppte das Schiff. Die Motoren standen still. Der Kommandant rief den imaginären U-Boot-Kommandanten durch das Megaphon an. Es gab Pausen, in denen der andere zu antworten schien. Der Kommandant rief wieder. Schließlich ging ein Boot zu Wasser: Lärm, Befehle, das Gnietschen der Blöcke, das Knirschen des Tauwerks, das Anspringen des Bootsmotors und das Anschlagen der baumelnden Blöcke an die Bordwand – – – Danach Pause, unterbrochen nur durch kurzzeitiges Anspringen eines Diesels, als ob der Hilfskreuzer manövriere, und dann – Seitepfeifen für den an Bord kommenden U-Boot-Kommandanten, nachdem zuvor das Fallreep in Höhe der Gefangenenräume sehr geräuschvoll ausgebracht worden war.

Danach wurde es eine Weile still – mit Ausnahme von Geräuschen, wie sie für Gästeempfang typisch sind: Gelächter aus der Gegend der Offiziersmesse, Gesang aus den Mannschaftsunterkünften.

Endlich pfiff der Bootsmaat der Wache die »Freiwache des U-Boots« von Bord. Es folgte die »Seite« für Kommandant und Wachoffizier und zuletzt, nach gebührender Pause, die Sirene mit drei langen Abschiedstönen: das

Zeremoniell war vollständig. Und es verfehlte, wie der Adju noch am gleichen Abend feststellte, seine Wirkung nicht. Die Gefangenen hatten alles mitgekriegt, sie spielten in versteckten Wendungen darauf an, ließen durchblicken, daß es unnötig gewesen sei, sie in ihre Räume zu schicken, um ihnen etwas zu verbergen, was sie selbstverständlich doch mitgekriegt hätten, und waren sichtlich stolz auf ihren Scharfsinn. Selbstverständlich leugnete der Adju mit eiserner Stirn, daß der Hilfskreuzer ein anderes Schiff getroffen habe, geschweige ein U-Boot.

Als die Nacht fällt, geht *Atlantis* wieder auf 140°, um während der dunklen Stunden Süd zu machen; mit dem Morgen kehrt sie auf den harmlosen Australkurs – Ost zum Süd – zurück. Sie ist nun aus dem unmittelbaren Verfolgungsgebiet, dem luftüberwachten Raum heraus; die Fla-Bedienungen können wegtreten und sich ausschlafen.

Am Pfingstmontag erreicht sie 30° Ostlänge und stellt die Borduhren um eine Stunde vor. Es herrscht Südwestwind mäßiger Stärke bei langer Altdünung; der Himmel ist überwiegend bedeckt, die Sicht gut, die Temperatur auf 17° C abgesunken. Die ersten wärmeren Kleidungsstücke tauchen auf, und der Doktor mahnt unablässig, die Bauchbinden zu tragen und warmes Unterzeug anzulegen; nirgends könne man sich Rheuma, Magen-Darmstörungen und Leber- und Gallenaffekte billiger einhandeln als beim Übergang aus den Tropen in ein kühleres Klima.

Am gleichen Pfingstmontag veranstaltet der Kommandant eine kleine Party im engsten Kreise, an der auch der Kapitän der *Scientist* teilnimmt. Es gibt Whisky, und das nicht zu wenig, und es kommt dabei heraus, daß das schnelle Passagierschiff, das *Atlantis* am 2. Mai als letztes vor der *Scientist* gesichtet hat, tatsächlich nicht die belgische *Thysville*, sondern, wie vermutet, die *City of Exeter* der Ellerman Line gewesen ist.

Da aber die *City of Exeter* das einzige Schiff ist, das die *Atlantis* bisher überhaupt in ihrem japanischen Kimono zu Gesicht bekommen hat, beschließt der Kommandant, an der japanischen Tarnung auch weiterhin festzuhalten; nirgends kann sie unauffälliger sein als in seinem zukünftigen Operationsgebiet im Indischen Ozean und in der Nähe Australiens. Insbesondere erscheint es nicht zweckmäßig, jetzt auf Engländer umzutarnen, da englische Handelsschiffe, wie die »Verteidigungsvorschrift für Handelsschiffe« ergibt, Weisung haben, direkte Begegnungen mit anderen Schiffen zu vermeiden.

Atlantis wird demnach Kurse absetzen, die nachts in südlichere Breiten – und zwar je nach Wetter bis zu 41° Süd – führen. Dort wird Gelegenheit sein, das Bordflugzeug zu Versuchsflügen starten zu lassen, die Außenbordsfarbe zu überholen und Offizieren und Besatzung die notwendige Ruhe und Entspannung zu gewähren.

Während des Marsches überprüft der Kommandant laufend die Meldungen der Seefunkstellen Kapstadt, Durban, Walfischbay, um zu hören, ob sie nicht etwas Besonderes zu melden haben, aber es kommt nichts ...

Am Abend dieses Tages, nachdem er noch eine Weile bei seinen Offizieren das Pfingstfest gefeiert hat, zieht sich der Kommandant früh zurück.

Er kommt zu dem Schluß, daß er zunächst keine neuen Angriffe auf feindliche Handelsschiffe unternehmen, sondern eine Zeitlang den »toten Mann« spielen und im weiten Raum des Ozeans verschwinden wird. Inzwischen können sich die Minen vor Cap Agulhas auswirken und im Verein mit der U-Boot-Boje dem Gegner einige Nüsse zu knacken geben.

Bis zum 13. Mai ereignet sich nichts Ungewöhnliches. Kapstadt, Durban, Walfischbay – alle Sender arbeiten völlig normal.

Das Schiff läuft nun mit Kurs 80° ziemlich rein nach Osten, um nicht zu tief in die »Brüllenden Vierziger«, die Sturmzone südlich von 40° Südbreite, hineinzustoßen. Am 15. Mai vormittags empfängt es wie üblich den täglich mehrfach wiederholten Funkspruch Kapstadts: »G. B. M. S. – an alle britischen Schiffe: Nichts Berichtenswertes für die britischen Handelsschiffe.«

Aber noch am gleichen Tage, um 22 Uhr, ändert sich das Bild. Senior Naval Officer Simonstown gibt eine Alarmwarnung heraus: »Wichtig! Für alle britischen und verbündeten Handelsschiffe: Nach unbestätigten Berichten über Explosion südlich Agulhas ergeht Warnung an alle Schiffe, sich ab sofort von der Agulhas Bank gut freizuhalten, 1013/14.« Die Minen!

Die Funkmeldung aus Südafrika verschweigt den Namen des Schiffes, das als erstes auf die Minen der *Atlantis* aufgelaufen ist, aber nach den aufgefangenen FTs handelt es sich wahrscheinlich um den Norweger-Tanker *Jotnerfjeld* von 8642 BRT, der seit Tagen vergeblich zur Meldung aufgefordert wird. Und den ganzen Abend über, bis in die Nacht hinein, hört der aufgeregte FT-Betrieb auf der Feindseite nicht auf. Man darf also annehmen, daß die Minen entdeckt worden sind. Es dauert aber noch drei Tage, bis die offizielle Bestätigung durchkommt: ein Bericht des englischen Marinekommandos Südafrika über Minenleger vor der südafrikanischen Küste. Und diesem Bericht gehen weitere Warnrufe des englischen Marinebefehlshabers in Simonstown voraus: »Achtung, verankerte Minen vor Cap Agulhas! Außerhalb der 100-Faden-Linie steuern. Achtung! Außer Ankerminen auch Treibminen bei Cap Agulhas. Gut Ausguck halten!«

Der Hilfskreuzer erlebt diese Auswirkung seines Tuns von ferne mit – die Besatzung hocherfreut und befriedigt, daß wenigstens die alten Saaten Früchte tragen; denn da, wo er sich z. Z. befindet, ist das Meer leer. Tagelang kommt nichts in Sicht. Rein und glatt liegt die Kimm; des Morgens kommt die Sonne, steigt ihren steilen Bogen, senkt sich wieder, versinkt mit dem Abend. Wolken ziehen, grau und schwerbäuchig. Zuweilen prasseln Schauer. Und der Wind weht, weht, weht, immer mit gleicher Stärke, und begleitet von hoher, brechender See, die dem Schiff stark zu schaffen macht und in der es stöhnend arbeitet und ächzt.

Inzwischen hat sich auch Berlin der Minen von Cap Agulhas bemächtigt. Die offizielle Propaganda macht einen sehr unerwünschten Tamtam um diese Aktion; sie übertreibt die Erfolge und, was dem Kommandanten besonders unangenehm ist, sie verhöhnt den Gegner, daß er nicht fähig sei, auch nur einen Hilfskreuzer zu fassen und unschädlich zu machen. Vom Berliner Sessel aus mag sich das gut sagen – an Bord eines der Hilfskreuzer sieht man derartige Ermunterungen des Gegners zu größerer Aktivität nur bedingt gern.

Berlin her oder hin – eines zeigt der Funkverkehr dieser Tage sehr deutlich: das ganze Gebiet ist aufgestört; im afrikanischen Raum mit sichtbaren Auswirkungen bis nach Ostindien hin herrscht fühlbare Angst, und es ist nicht schwer, sich vorzustellen, wie Kaufleute und Reeder umdisponieren, wie Versicherungsprämien steigen, Frachtsätze sich ändern, Kredite teurer werden, Passagiere schon gebuchte Passagen zurückrufen, Besatzungen sich weigern, an Bord zu gehen ... Ist nicht auch die *Wolf* von Südafrika nach Ostindien gegangen und hat dort Minen gelegt?! Kann nicht morgen schon ihr Nachfolger – oder auch ein U-Boot die Eingänge indischer Häfen verminen?!

Nur über die gemeldeten Treibminen macht sich der Kommandant Gedanken. Sind da Minen abgerissen? Oder nach dem Setzen vertrieben, so daß Oberflächenstände dabei sind. – Er weiß noch nicht, daß durch ein Lieferungsversehen die Minenkabel zu schwach gewählt worden sind und ein Teil der Minen in schwerem Seegang abreißt und auf Drift geht.

Tagelang ist nun Admiral Simonstown mit den Hinterlassenschaften der *Atlantis* beschäftigt. »Minen 5 sm vor der Küste südlich Durban. Alle Schiffe werden gewarnt und angewiesen, Durban gemäß Seeweg-Ausweisung anzusteuern.« Mit routinemäßiger Regelmäßigkeit kehrt diese Meldung wieder.

Atlantis empfängt inzwischen Funkpeilung eines Norwegers, *Bronnöy*, 4791 BRT, der mit großer Lautstärke, aber vergeblich versucht, mit Lourenço Marques und Madagaskar Verbindung zu bekommen. Das Schiff steht 300 sm außerhalb der friedensüblichen Verkehrswege Australien–Durban. Also ist hier der Track nach Süden verlegt worden!

6 »ABBEKERK« EX »KASII MARU«

Am Abend des 20. Mai bekommt der Kommandant einen höchst beunruhigenden Funkspruch vorgelegt:

»Admiral Colombo warnt vor deutschen Raidern, die als Japaner getarnt sind und sich im Indischen Ozean aufhalten können. Er bittet um Meldung über jedes gesichtete verdächtige Schiff. Die britischen Häfen Aden, Port Sudan und die ostafrikanischen Häfen werden ab 19. Mai nachts geschlossen. Schiffe sind angewiesen, nachts mit verdunkelten Lichtern zu fahren und westlich von 70° östl. Länge voll abzublenden.«

»Deutsche Raider – als Japaner getarnt ...« Kein Zweifel, wer damit gemeint ist! Kein Zweifel auch, woher diese Personenbeschreibung stammt! Die *City of Exeter* muß das Schiff gemeldet haben, als es ihr kurz vor der Versenkung der *Scientist* begegnete. Offensichtlich hat sie *Atlantis* – vielleicht in Verbindung mit dem Verschwinden der *Scientist* – als unbekannt und daher verdächtig als ein japanisches Schiff gemeldet, das sich bei der Umsegelung des Kaps nicht an die gebräuchlichen Wege hielt.

Nach der Beschießung. Britischer Dampfer King City, von Atlantis in Brand geschossen.

Das Ende! Verlassen von ihrer Besatzung und durchsiebt von schweren Salven der Atlantis sinkt King City.

So kamen die Überlebenden zur ATLANTIS ...

... und so lagen sie bei dem Hilfskreuzer längsseits. Gleich wird die Jakobsleiter zu ihnen herabschweben, und sie werden hinaufentern – in die Gefangenschaft.

Unmittelbar nach Empfang des fatalen Funkspruchs läßt der Kommandant Kurs ändern, zunächst auf rein Ost, dann etwas südlicher, um nicht genau den Seeweg Australien–Durban entlangzulaufen.

Zweitens ordnet er die Umtarnung des Schiffes an. Unter den wenigen möglichen Vorbildern fällt die Wahl auf den Holländer *Abbekerk*.

Indessen gehen die Radio-Warnungen wegen der Minen von Agulhas unausgesetzt weiter, ausgesandt von Slangkop, Jakobs-Natal, Algoa-Bay und Walfischbay. Es ist eine große Aufregung ...

In mondweißer Nacht – hell genug, um auf der Brücke zu lesen! –, in einer märchenhaft schwingenden und wogenden Landschaft flüssigen Silbers marschiert die *Atlantis* schwarz und schweigend dahin. Gegen vier Uhr früh fallen heftige Böen ein, Windstärke 8 und mehr, ein plötzliches heulendes Inferno, begleitet von hart prasselnden Regenschauern und hoher, ungestümer See, die sich selbst hier, im Gebiet der großen Westwinddrift, lang und gewaltig durchsetzt. Das Barometer steigt, ein Zeichen, daß im Osten ein Hoch liegt.

Das Schiff arbeitet hart; an die beabsichtigten Probeflüge des Bordflugzeuges ist nicht zu denken. Der Flugzeugführer Borchert und der Oberleutnant Bulla, der den Vogel als Beobachter fliegen soll, sind entschieden der Ansicht, daß sie noch viel zuwenig Gelegenheit bekommen haben, ihren Tatendurst zu stillen. Unzufrieden und schimpfend ziehen sie sich in ihre Kammern zurück. Verdammtes Schweinewetter!

Am folgenden Tage läßt der Kommandant das Schiff umtarnen. Ihm ist der japanische Anzug seit dem ausgegebenen Steckbrief plötzlich zu warm. Noch immer weht es zwar mit harten Böen aus Osten, und die See geht steil und hoch, aber die alten Harzer der Bootsmannsgruppe schaffen es trotzdem; bis zum Mittag sind die notwendigen Farbveränderungen erledigt. Bleiben die Neutralitätsabzeichen, die gründlich und ohne verdächtige Überbleibsel beseitigt werden müssen. Zu diesem Zwecke legt der Kommandant das Schiff quer in die immer noch hohe See und krängt es (durch Fluten von Bodentanks) abwechselnd so weit, daß die Maler ihre Arbeit außenbords ungefährdet beenden können.

Der Arbeitszettel, der aus der japanischen *Kasii Maru* die Holländerin *Abbekerk* macht, sieht folgendermaßen aus:

1. Japanische Hoheitsabzeichen mit schwarzer Farbe übermalen.
2. Name an Bug und Heck übermalen.
3. Schornstein: Rote Schornsteinkappe mit weißem »K« in schwarze Schornsteinkappe mit orangefarbenem Ring ändern.
4. Hoheitsabzeichen an oberer Brücke und Kontrollstellen mit brauner Farbe übermalen.
5. Zitronengelben Mast, Stengen und Ladebäume auf holländische Farben ummalen.
6. Ventilatoren und Luftschächte an Oberdeck, Bootsdeck und Hütte orangerot übermalen.
7. Rote Stellen an Windenköpfen in weiße übermalen.
8. Graugrüne Winden in hellgrüne und schwarze ummalen.

9. Schwarze Ventilatoren am Schornstein auch innen schwarz malen.
10. Rolladeneinfassungen, smoke-floats, Betings und Goosenecks kriegsschiffgrau malen.
11. Chiffrierbücher ändern.
12. Japanische Flagge bergen, holländische anstecken, klar zum Heißen, Reedereiflagge ebenfalls.

Ehe 24 Stunden vergangen sind, ist der Wechsel der »Garderobe« erledigt; die holländische *Abbekerk* wiegt sich genau dort in der hohen Dünung des Indischen Ozeans, wo eben die *Kasii Maru* verschwand ...

Auch die Reederei wird natürlich wieder gewechselt. *Abbekerk*, Motorschiff von 7889 BRT, gehört der Vereinigde Nederlandsche Scheep Vaarts My, NV. und ist 1939 bei Schichau in Elbing gebaut worden.

Eines macht dem Kommandanten bei der Umtarnung ein wenig Kopfzerbrechen: daß er kein Bild von der echten *Abbekerk* besitzt, die zu dieser gleichen Stunde irgendwo – und wahrscheinlich für britische Interessen – fährt.

Lediglich die aus dem Jahre 1935 stammende und seither nicht ergänzte Fotokopie eines englischen Buches mit den Silhouetten der Schiffe aller Nationen hat er zur Hand.

Immerhin – als die Arbeiten beendet sind, hat der Kommandant das Gefühl, daß das Schiff auch diesmal nur schwer von seiner echten Schwester zu unterscheiden sein wird.

Endlich bessert sich das Wetter, beruhigt sich die See so weit, daß Bulla seinen Vogel in die Lüfte schrauben und zwei Probe- und Erkundungsflüge entlang dem Australtrack fliegen kann, auf dem die Dampfer nach Durban heimkehren. Beide Male ist er etwa zwei Stunden in der Luft; er schont seinen Brennstoff nicht und fliegt große Strecken. Aber er bekommt nichts zu Gesicht.

Übrigens: auch *Wolf* hat vor fünfundzwanzig Jahren schon ihr Aufklärungsflugzeug mitgehabt, »Wölfchen« geheißen, und es scheint, daß der »Seelenverkäufer der Luft« vor einem Vierteljahrhundert für seine Aufgaben besser geeignet war als der Vogel, den die hohe Luftwaffen-Bürokratie trotz aller Einwände der *Atlantis* mitgegeben hat. Knapp eine Woche nach ihren ersten Flügen jedenfalls ist die erste Maschine erledigt.

»*Wir werden*«, schreibt der Kommandant ins Kriegstagebuch, »*das Flugzeug zukünftig nur aussetzen können, wenn Luftaufklärung eine Sache auf Tod und Leben ist. Anscheinend hat die Entwicklung der Seeflugzeuge mit der anderer Typen nicht Schritt gehalten ...*«

Tagelang sucht nun das Schiff in flachen Zickzacks die Schiffahrtswege und ihre Schnittpunkte ab: Australien–Durban, Australien–Mauritius, Durban–Sundastraße, Mauritius–Freemantle. Nichts kommt in Sicht.

Endlich entschließt sich der Kommandant, der vergeblichen Suche müde, in flachen Zickzacks auf der Australien-Mauritius-Route gegen Mauritius zu marschieren, um dort in einen vermutlich stärkeren Verkehr einzubrechen. Wenn auf den bekannten Tracks keine Schiffe fahren, müssen sie anderweitig zu finden sein. Denn fahren müssen sie ...

Der Adjutant sitzt an einem dieser Tage an seinem Rundfunkgerät. Zu seinen zahlreichen Aufgaben gehört – wegen seiner guten englischen Sprachkenntnisse – auch das Abhören feindlicher und neutraler Radio-Nachrichten.

Er hat San Francisco im Lautsprecher. Die fremde, ferne Stimme mit ihrem amerikanisch breiten Klang bringt frohgelaunt und kunterbunt die verschiedenartigsten Nachrichten, und da – während der Adju in Stichworten mitnotiert – zuckt er plötzlich zusammen: Hat er wirklich gehört, was er da eben mit eiligem Stift aufs Papier geworfen hat? Kein Zweifel! Es ist so durchgekommen, wie es vor ihm steht; er hat es ganz arglos niedergeschrieben, genau wie die anderen Meldungen auch, und da steht es nun schwarz auf weiß: »Dutch MS *Abbekerk* reported sunk in posu ...«

Abbekerk versenkt! Dasselbe Schiff, das die *Atlantis* im Augenblick darstellt!

Der Kommandant macht runde Augen und reibt sich lange das Kinn, während er seinen Adju schweigend anblickt. »Das ist ja reizend«, sagt er endlich, »ein Glück, daß die ... *kerk*-Schiffe eine ganze Klasse bilden; sonst müßten wir jetzt sofort wieder umtarnen.«

7 EIN NORWEGER NAMENS TIRRANNA

Das zweite Opfer der *Atlantis* heißt *Tirranna* – ein Norweger von 7230 BRT, 1938 bei Schichau erbaut, Ladung 3000 t Weizen, 27 000 Sack Mehl für das britische Ernährungsministerium, 6015 Ballen Wolle für die britische Regierung, 178 Militär-Kraftfahrzeuge und eine Partie Kantinenwaren für die australischen Truppen in Palästina. Das Schiff fährt nach Weisungen der Admiralität von Melbourne nach Mombassa.

Es ist der 10. Juni 1940, Vormittag, leichte bis frische Südostbrise mit wechselnder Bewölkung und Regenschauern, dazwischen aber sehr klare Sicht. An diesem 10. Juni 1940 stellen auf dem nördlichen Globus Norweger und Deutsche die Feindseligkeiten gegeneinander ein. Die Nachricht davon ist gerade angekommen und die *Atlantis*-Besatzung in freudiger Bewegung, als der Signalgast Bartholomay vom Steuerbord-Brückenausguck beim Hinführen des Glases über die dünne Kimmlinie plötzlich stockt, noch einmal ein Stückchen zurückgreift und die Suche wiederholt: da war doch eben ... da war doch ...! Und dann wendet er sich um und ruft: »Mastspitzen Steuerbord querab!«

Damit beginnt die Jagd auf die *Tirranna*, die erste Jagd seit fünf langen – wenn man von der Nacht unter Cap Agulhas absieht – ereignislosen Wochen. Die Nachricht Bartholomays blitzt wie ein elektrischer Funke durchs ganze Schiff. Plötzlich ist damit alles anders, als es eben noch war, aller Mißmut wie weggeblasen. Das Dasein hat wieder Sinn und Zweck!

Der Vortopp meldet Einzelheiten über den Gegner: fünf Pfahlmasten, ein niedriger, auf etwa ein Drittel der Schiffslänge von achtern stehender Schornstein. Ein Tanker?

Mit hoher Fahrt geht der Hilfskreuzer auf Kollisionskurs. Der E-Messer mißt die Entfernung: 32 000 Meter.

Auf einen Wink des Kommandanten werden die an Deck arbeitenden Inder in ihre Räume geschickt; gleich darauf hupt und schrillt der Alarm durch das Schiff: »Auf Gefechtsstationen!«

Für kurze Augenblicke klappern die Decks, rappeln die blechernen Treppenstufen, klingeln und klirren die Eisenleitern unter den eiligen Tritten der Segeltuchschuhe. Geschützbedienungen flitzen zu ihren Geschützen, Maschinenmannschaften, Befehlsübermittler, Signalgäste, E-Messer, Munitionsmänner, zusätzliche Ausgucks, Leckwehr- und Feuerlöschtrupps – alles ist unterwegs –, im Galopp unterwegs zu den Gefechtsstationen, scheinbar kopflos, ohne Plan und Verstand, wie von Panik besessen. In Wahrheit jedoch vollzieht sich all diese »Unordnung« in einer seit Monaten geübten Folge, so daß in kürzester Frist jeder Mann auf seinem Platz bereitsteht. »Wie in einem gutgeleiteten Irrenhaus«, sagt der Oblt. Fehler, der Rollenoffizier, der durchaus der Mann ist, so etwas sehr präzise auszurechnen und hinzustellen.

Eine halbe Stunde nach der Sichtmeldung hat sich der Abstand zwischen beiden Schiffen um etwa die Hälfte verringert. Der Gegner ist nun schon deutlich in Einzelheiten erkennbar; er hat eine Geschützplattform, das Rohr zeigt achteraus, das gleiche Bild wie bei *Scientist*.

Die Offiziere auf der Brücke des Hilfskreuzers halten das Schiff für ein Fahrzeug des *Veltevreden*-Typs oder einen Blue Funnel Liner, zumal auch ein blauer Schornstein mit schwarzem Topp gemeldet wird. Aber Sicheres ist noch nicht zu sagen. Der Schornstein ist eigentlich auch zu niedrig.

Die Entfernung beträgt nun noch 9000 m; *Atlantis* dreht langsam, fünf-Grad-weise heran, um möglichst unauffällig seitlich aufzuschließen.

Aber nach kurzem dreht der Gegner seinerseits ein wenig ab und scheint auch seine Geschwindigkeit zu steigern, so daß sich ein regelrechtes Rennen entwickelt, in dem bei schwach konvergierenden Kursen die Entfernung nur langsam abnimmt.

Fast drei Stunden ohne Unterbrechung laufen die Diesel der *Atlantis* mit voller Last; der LI und seine Dieselbelegschaft verdienen sich an diesem Vormittag ein Sonderlob des Kommandanten. Und sie merken bald, daß sie ihre Anlage bis über den roten Strich ausfahren müssen, um dieses Schiff da vor ihnen einzuholen. Denn ehe die Artillerie Feuererlaubnis bekommt, muß der Abstand zwischen beiden Schiffen so herabgesetzt worden sein, daß das Opfer keinen Funkspruch mehr loswird; es ist immer die gleiche Sorge! Das einzig sichere Mittel, einen Notruf zu verhindern, ist aber, die FT des Gegners mit einer der ersten Salven zu zerstören . . .

Um 10.55 Uhr dreht Schiff ›*16*‹ nochmals um 5° an den Gegner heran; die Entfernung beträgt nun noch 8000 m. Neun Minuten später sind die Geschütze gerichtet, und danach dreht der Kommandant nochmals in Abständen von je zwei Minuten um je 5° zu.

Auch der Gegner scheint inzwischen sein Geschütz bemannt zu haben, aber der Lauf zeigt nach wie vor horizontal achteraus.

Um 11.55 Uhr beträgt der Abstand von Schiff zu Schiff noch 5400 m, nimmt aber, nachdem er sich anfangs noch langsam verringerte, nun nicht mehr ab, eher im Gegenteil!

Der Kommandant befiehlt daraufhin, die Geschütze zu laden und zu sichern. Gleichzeitig dreht er nochmals um 15° zu. Und dann fällt endlich das Kommando: »Fallen Tarnung!«, und donnernd heben sich die Verkleidungen von den Batterien und schlagen zurück.

Die Torpedo-Tarnungen bleiben geschlossen.

Der Artillerie-Offizier hat Weisung, alle Geschütze zu enttarnen, aber nur die Siebenfünf und zwei Fünfzehner der vorderen Gruppe für die Stoppsalve einzusetzen.

Mit dem Fallen der Tarnung steigt die Kriegsflagge und das Anhaltesignal.

Drüben geschieht nichts.

Niemand auf *Atlantis* kommt auf den Gedanken, daß beim Gegner Enttarnen und Flaggenhissung unbemerkt geblieben sein könnten. Später stellt sich heraus: auf *Tirranna* hat man weder das eine noch das andere gesehen; auf *Tirranna* hat man nicht einmal Verdacht geschöpft! *Atlantis* steht überdies so günstig in der Sonne, daß auf *Tirranna* kaum etwas gesehen werden konnte.

Als er merkt, daß sein Gegner nichts tut, sondern unverändert weiterläuft, dreht der Kommandant um 25° ab, um nötigenfalls alle Fünfzehner einsetzen zu können; dann fällt die Stoppsalve; die Einschläge liegen kurz, und später sagt sich Kapitän Rogge, daß auch sie drüben vielleicht unbemerkt geblieben sind. Im Augenblick ist ihm soviel Harmlosigkeit zu unwahrscheinlich.

Wieder brüllen die beiden vorderen Fünfzehner; diesmal liegen die Aufschläge weit und vor dem Gegner, drohende weiße Ausrufungszeichen, unübersehbar.

Da endlich dreht *Tirranna* ab, und in der gleichen Minute meldet der Funkraum: »Gegner gibt Notruf! Funkt: LJUS – norwegisches Motorschiff *Tirranna*, posu ...« Und zugleich knallt der Funker des Hilfskreuzers seinen Störfunk dazwischen: »vvv test vvv ...« Trotzdem fängt die Reserve-Funkstelle der *Atlantis* noch mehrmals den SOS-Ruf des überraschten Opfers auf, ehe er im Störfunk untergeht.

Tirranna hat inzwischen ihr Heckgeschütz bemannt; die Offiziere auf der Brücke des Hilfskreuzers sehen deutlich, wie das Rohr gerichtet wird. Und sie sehen den einen, weitaus zu kurz liegenden Schuß, der von drüben gefeuert wird. Dann brüllen die eigenen Salven aus allen Rohren hinüber.

Aber der norwegische Kapitän gibt immer noch nicht auf! Er beginnt, im Zickzack zu steuern und zwischen den Einschlägen, die wie weiße Pfosten vor seinem Bug aufspringen, Slalom zu fahren, so daß erst die sechste Salve des Wirkungsfeuers Treffer erzielt. Trotzdem fährt *Tirranna* fort, sich zwischen den Einschlagsäulen hindurchzuwinden – mit dem Erfolg, daß der Oblt. Kasch 39 Salven mit zusammen 150 Schuß hinausjagen muß, ehe *Tirranna* aufgibt, stoppt und die weiße Flagge setzt ... Die Entfernung von Schiff zu Schiff beträgt in diesem Augenblick immer noch 8200 m; *Atlantis* hat gegen ihren flüchtenden Gegner während des Gefechts nicht einen Meter gutgemacht.

Der Kommandant, der mit keinem Wort in die Kommandos eingegriffen, sondern dem AO freie Hand gelassen hat, ist mit der Artillerieleistung außerordentlich zufrieden: die Aufschläge lagen sichtlich eng beieinander, die Korrekturen wurden schnell gegeben und exakt ausgeführt. Kein Zweifel: Kasch hatte seine Waffe tadellos in Schuß.

Dreieinhalb Stunden nach der ersten Sichtung liegt *Atlantis* gestoppt neben ihrem zweiten Opfer. Das Durchsuchungskommando ist eben drüben an Bord gegangen, wie üblich begleitet vom Adjutanten, geführt vom Sprengoffizier, dem Oblt. Fehler mit seinem fuchsroten Bart und den offenen, geradeblickenden blauen Augen, und bestehend aus einer Handvoll Maate und Seeleute, die das feindliche Schiff nach genau durchdachten Befehlen planmäßig zu durchsuchen haben.

Die *Tirranna*, die sie betreten, sieht böse aus! Die Besatzung ist noch an Bord; die Rettungsboote sind zum größten Teil zerschmettert oder von Splittern durchsiebt.

Durchsiebt sind auch die Decksaufbauten. Wohin man blickt, sieht man größere oder kleinere Löcher mit rasiermesserscharfen Kanten. Und mittschiffs ist Blut, viel Blut! Dort hat es unter dem Maschinenpersonal eingeschlagen, das sich an Oberdeck sammelte.

Das ganze Deck, sämtliche Luken von vorn bis achtern, steht gedrängt voller Kraftfahrzeuge: Lastwagen, Mannschaftswagen, »Sankas«, und auch sie sind teilweise arg zerfetzt.

Das Durchsuchungskommando veranlaßt als erstes den Abtransport der Verwundeten. Kapitän Kamenz mit einem Verstärkungskommando kommt zusätzlich an Bord.

Allmählich stellt sich heraus: der erste Treffer lag am Heck, unmittelbar hinter dem Geschütz, der zweite im Achtersteven einige Meter über der Wasserlinie, der dritte neben dem Funkraum und in der darunterliegenden Messe, der vierte im achteren Teil des Brückenaufbaus.

Der fünfte hatte einen Pfahlmast durchschlagen, war durch den Brückenaufbau gegangen und im Vordeck krepiert, der sechste hatte die Vorschiffs-Unterkünfte seitlich aufgerissen.

Während auf *Tirranna* diese Feststellungen getroffen werden, läßt auf *Atlantis* der Kommandant sein Schiff einer raschen Prüfung unterziehen: Irgendwelche Schäden? –

Es zeigt sich, daß zwei Flugzeugschwimmer vom Luftdruck der Fünfzehnersalven beschädigt sind. Sonst ist alles klar.

An der Reling des Hilfskreuzers drängen sich die wachfreien Mannschaften und starren hinüber zu der *Tirranna*. Seit *Scientist* haben sie kein Schiff gesehen, seit Cap Agulhas nichts als Himmel und Meer. Und nun liegt da ihr neues Opfer, ein rassiges Schiff, fast wie ihr eigenes, ebenso schnell, wie man gesehen hat, und wie *Atlantis* von einer deutschen Werft gebaut.

Sie verstehen plötzlich die Antwort, die ihr Kommandant bei der Versenkung der *Scientist* einem überbegeisterten jungen Signalgasten gegeben hat: »Es ist ein Jammer um jedes Schiff, das versenkt werden muß«, hat er gesagt, »Schiffe sind etwas Lebendiges. Schiffe haben ihr Eigenleben. Kein Seemann kann sich darüber freuen, wenn Schiffe versenkt werden müssen, weil nun einmal leider Krieg ist...«

Drüben, auf *Tirranna*, arbeitet indessen das Untersuchungskommando. Das Schiff zeigt die Spuren der langen Beschießung; kaum ein Quadratmeter an Oberdeck und in den Aufbauten ist ohne Splitterspuren. Peildeck und Brückendeck sind besonders stark betroffen, desgleichen das Bootsdeck, auf dem die mit Sandsäcken geschützte Funkbude und der darunterliegende Messeraum durch Volltreffer in ein grauenhaft verwüstetes Trümmerfeld verwandelt worden sind.

Und immer wieder – hier, da, dort – Blutspuren, Menschenleiber, stöhnende, blutende, schockbleiche, schockflatternde, schockstumme Männer...

Der Chirurg der *Atlantis*, der II. Arzt, Dr. Sprung, wird angefordert und kommt herüber, um die Verletzten provisorisch zu versorgen. Er stellt bei fünf Mann den Tod fest. Der *Atlantis*-Kommandant beißt sich auf die Lippen, als ihm diese Zahl gemeldet wird; er haßt den Gedanken, töten zu müssen; eine ganze Ahnenreihe von protestantischen Theologen in ihm lehnt sich dagegen auf. –

Drei Schwerverwundete bringt Dr. Sprung als erste auf die *Atlantis*. Der Kommandant empfängt ihn am Fallreep: »Tun Sie alles, Dr. Sprung«, sagt er beim Anblick der wachsbleichen Gesichter auf den schmalen Bahren. –

Der Leutnant (S) Breuers, einer der Prisenoffiziere der *Atlantis*, zugleich Handelsschiffsoffizier und alter Fahrenskamerad des Kommandanten, der Mann, der den Kapitän Rogge bei der Auswahl seiner Prisenoffiziere beraten hat, sorgt inzwischen dafür, daß die Besatzung der *Tirranna* ihr Privatzeug zusammenpackt und sich zur Übersiedlung auf die *Atlantis* bereit macht.

Breuers ist es auch gewesen, der für den Hilfskreuzer ein Motorboot der *Europa* besorgt hat, das jetzt, besonders für den Verwundetenverkehr von Schiff zu Schiff, unschätzbare Dienste leistet.

Mit Ausnahme des Leitenden und des Dritten Ingenieurs sowie eines Heizers ziehen die Besatzung und die Passagiere der *Tirranna* auf die *Atlantis* hinüber, wo sie zunächst von den Engländern der *Scientist* getrennt untergebracht werden.

Das Durchsuchungskommando kehrt auf der *Tirranna* das Unterste zuoberst. Stabsobermaschinist Lender, in die technischen Anlagen entsandt, meldet Maschine, Kreisel- und Steueranlage in Ordnung. Der *Atlantis*-Funkmaat Wolf überprüft die Funkanlage und kommt, von der zerstörten Funkbude abgesehen, zum gleichen Ergebnis. Was kaputt ist, läßt sich unschwer reparieren.

Während all dies geschieht, sitzt der Kapitän der *Tirranna*, E. Hauff

Gundersen, dem Kapitän Rogge und seinem Adjutanten auf der *Atlantis* gegenüber. Blaß, noch gezeichnet von dem Schock, der ihn getroffen hat, aber jeder Zoll ein Seemann, wie nur ein Norweger es sein kann, steht er Rede und Antwort.

»Wieviel Tonnen Brennstoff hat *Tirranna* noch an Bord?«

»Etwa 900 Tonnen.«

»Gut. Danke.« Kapitän Rogge vergleicht diese Ziffer mit dem Bericht über den hohen Wert der *Tirranna*-Ladung, den ihm der Kapitän Kamenz gegeben hat. In jedem Falle scheint es richtig zu sein, dieses Schiff nicht sofort zu versenken! Zumindest kann die Entscheidung ohne Schaden verschoben werden.

Die Befragung des *Tirranna*-Kapitäns ergibt folgendes:

Tirranna hat Oslo am 18. 2. 1940 verlassen und ist durch Atlantik, Mittelmeer und Suezkanal nach Ras Hafun gegangen. Dort hat sie Salz für Miri/Borneo genommen, von wo sie mit Öl am 6. 4. 1940 nach Hakodate in Japan ging. Dort erfuhr sie erstmals vom Kriegsausbruch zwischen Deutschland und Norwegen und erhielt gleichzeitig Ordre vom norwegischen Konsul, von Tokio in Ballast nach Singapore zu gehen und dort für Rechnung britischer Verlader Ladung zu nehmen und weitere Weisungen abzuwarten.

Vom 1. bis zum 14. Mai hat sie dann entsprechend dieser Weisung in Sydney gelegen – und danach nochmals in Melbourne, vom 16. bis zum 29.!

Während dieses Aufenthaltes in Melbourne war das Schiff mit einer 4,7-Zoll-Schnellfeuerkanone ausgerüstet worden. Dazu Plattform, Magazin, Nebelbojen, Befehlstelefon für die Artillerie, ein Maschinengewehr und drei Gewehre mit ausreichend Munition für beide – und endlich Stahlhelme usw., alles für Rechnung des D. E. M. S. No. 91 – Verteidigungsausrüstung für Handelsschiffe.

Nach Aussage des *Tirranna*-Kapitäns ist sein Schiff das erste bewaffnete norwegische Handelsschiff, das für das Verteidigungs-Department des Australischen Commonwealth zur See fährt.

Das Schiff hat den größten Teil seiner Ladung in Sydney genommen, den Rest, insbesondere die Militär-Kraftfahrzeuge, in Melbourne. Von dort war es am 30. 5. nach Mombassa in See geschickt worden.

Die Richtigkeit dieser Aussagen beweist der Inhalt des Brückenpapierkorbs. Der Adju, phantasievoll und immer bestrebt, sich in die Gedanken des Gegners zu versetzen und danach sein Suchen anzusetzen, hat, wie schon auf *Scientist*, jeden Papierkorb kurzerhand in seinen Beute-Seesack ausgeleert. Zur Sichtung und Auswertung würde später genug Zeit dasein – jetzt gilt es nur, schnell und exakt jeden beschriebenen Zettel von Bord des Opfers zu bergen.

Die Silbenrätsel- und Rekonstruktionskünstler der *Atlantis* machen sich anschließend daran und stücken die Orders, die der *Tirranna*-Kapitän, Gundersen, so sorgfältig zerrissen hat, ebenso sorgfältig wieder zusammen.

Das Ergebnis ihrer Bemühungen ist aufschlußreich genug: Der Chef Schiffahrtskontrolle Melbourne hat Kapitän Gundersen versichert, er könne bis Mombassa ruhig und unbesorgt die Nächte in seiner Koje verbringen;

der Indische Ozean sei frei von deutschen Kriegsschiffen. Nur vor Kap Agulhas müsse er auf Minen achten, die das Panzerschiff *Graf Spee* gelegt habe.

Der Kapitän Rogge lächelte grimmig, als ihm dieser Teil der Beichte des Norwegers zu Ohren kam. Das sollten sie ruhig verbreiten! Kein Handelsschiff, das er in Zukunft aufbrachte, würde nach dieser offiziellen Lüge in dem harmlosen Frachter, der auf Schnittkurs herankam, den Hilfskreuzer vermuten, der bei Agulhas die deutschen Minen geworfen hatte!

»Warum«, fragte der Kommandant den *Tirranna*-Kapitän, »haben Sie Ihr Schiff so dunkel gestrichen und die Namen vorn und achtern beseitigt?«

»Auf Weisung des norwegischen Konsuls. Wir haben danach dunkle Farbe gekauft und unterwegs mit dem Ummalen begonnen.«

Der größte Teil der Ladung und die achthundert Postsäcke sind, wie sich weiter herausstellt, für die britische Palästina-Armee bestimmt; es liegen überhaupt z. Z. viele Schiffe in australischen Häfen, die Kriegsmaterial laden.

Der Kommandant nimmt das zur Kenntnis; er entsinnt sich, eine ähnliche Bemerkung von der *Scientist* gehört zu haben, und schließt daraus, daß ein Teil des englischen Nachschubverkehrs von Australien durch den Pazifik und den Panamakanal gelenkt und im Konvoi über den Atlantik geleitet wird. Der Gegner nimmt also den weiten Umweg in Kauf, den Zeitverlust, die höheren Betriebskosten, die verminderte Raumnutzung! Andererseits: wieviel Schiffsraum muß er immer noch verfügbar haben, um sich solche Umlenkungen leisten zu können!

Eines steht jedenfalls fest: er würde den Aufwand nicht treiben, wenn er ihn für vermeidbar hielte. Also fangen die Hilfskreuzer an, sich bezahlt zu machen!

Der *Tirranna*-Kapitän begreift nur schwer, daß sein schönes Schiff verloren ist, aufgebracht, genommen. »Heute ist doch Frieden zwischen Deutschland und Norwegen geschlossen worden!« sagt er in seinem singenden Deutsch, »Friede! Herr Kapitän!«, und in seinen so anständig und offen blickenden Augen glitzern Tränen. »Ich habe ja nicht gewußt, daß Ihr Schiff ein Hilfskreuzer war! Ich habe zu meinem Chief gesagt: ›Das holländische Schiff da macht gute Fahrt; trotzdem brauchen wir es ja nicht gerade vorbei zu lassen!‹ Und dann sind wir auf höchste Fahrt gegangen, um zu sehen, ob Sie schneller liefen als wir. Und wir haben Sie alle für ein Schiff der ...kerk-Klasse gehalten, ich selbst und alle Offiziere auf der Brücke.«

»Ja«, nickt auch der Chief, »und wo habt ihr Deutsche die *Abbekerk* gekapert – und wann?«

Er glaubt immer noch, auf dem Holländer zu sein; die Tarnung hat sich voll bewährt. Und als er hört, daß die scheinbare *Abbekerk* in Wahrheit ein deutsches Schiff ist, sagt er nur: »Das hätte ich nie geglaubt.« Und dabei hat, was der Kapitän nicht weiß, *Goldenfels* vor einem Jahre neben der *Tirranna* in Bombay gelegen; die Besatzungen spielten Fußball gegeneinander – im Frieden.

Spielergebnis und Zusammensetzung der Mannschaften finden sich sogar noch zwischen den erbeuteten Papieren des Dritten Offiziers. Und: einige von den Seeleuten der alten *Goldenfels* sind noch auf der *Atlantis* und nikken in der Erinnerung lächelnd: Ja, damals – wer hätte das damals gedacht ...?

»Warum«, fragte der Kommandant den norwegischen Kapitän, »haben Sie nicht gestoppt, als wir Kriegsflagge und Stoppsignal setzten? Warum haben Sie nicht wenigstens gestoppt, als wir anfingen, Sie zu beschießen?«

Der Norweger wiegt langsam den Kopf und hebt die Schultern. »Ihr Signal und Ihre Flagge haben wir gar nicht gesehen; Ihr Schiff stand ja genau in der Sonne. Und anhalten? Hätten Sie gestoppt, wenn Ihr Schiff siebzehn Meilen macht?« Langsam blickte er vom einen zum andern. Die deutschen Offiziere schwiegen. Er hat recht, dachten sie, wir hätten genauso gehandelt.

»Werden Sie mich dafür erschießen?« fragte der Norweger nach der langen, tödlichen Pause, die entstanden ist. »Vielleicht habe ich es verdient nach meiner Dummheit.« Er wischte sich mit dem Rücken seiner breiten, starken Hand den Schweiß von der Stirn und blickte den Kommandanten verstört an. »Was habe ich nur getan? Was habe ich nur getan?! Fünf Männer sind tot von meiner Schuld!«

»Nun beruhigen Sie sich mal, Käp'tn Gundersen«, erwiderte der Kommandant beschwichtigend, »es denkt niemand daran, Ihnen etwas zuleide zu tun. Es ist traurig genug, daß Ihre Mannschaft so schwere Verluste gehabt hat. Ich möchte Ihnen mein und meiner Besatzung Beileid ausdrücken.«

Der Kapitän nickt und macht eine kleine linkische Verbeugung; sein Gesicht ist steinern, aber seine Augen verraten den Schmerz und die Reue, die er empfindet.

Wie der Kapitän, so die Besatzung. Ängstlich zusammengedrückt stehen sie an Deck der *Atlantis*, bedrückt von der Furcht, wieder in die Boote geschickt und ihrem Schicksal überlassen zu werden. Erst als sie merken, daß sie an Bord bleiben sollen, löst sich ihre Angst. Willig gehen sie in ihre neuen Quartiere.

Inzwischen und während die Ärzte im Lazarett der *Atlantis* die Verwundeten operieren und versorgen, arbeitet sich auf der *Tirranna* das Durchsuchungskommando systematisch durch das Schiff. Dort sah es toll genug aus. Der Dampfer hatte mehr als hundert Autos in dichten Reihen an Oberdeck stehen. Die Granaten waren mitten hinein geschlagen, hatten Lücken gerissen, in denen nur noch Gummireste, zerfetztes Blech und Holzsplitter übrig waren. Teile der Brückenaufbauten, ihrer Träger beraubt, waren zusammengestürzt, Niedergänge und Böden mit Glasscherben und Splittern besät. Im Bootsdeck gähnte ein großes schwarzes Loch, der Funkraum war zerstört, die Aufbauten von Sprengstücken förmlich durchsiebt.

Trotzdem sind ernsthafte Beschädigungen lebenswichtiger Teile nicht feststellbar; das Schiff ist voll fahrbereit, Maschinen und Steuerelemente intakt, so daß der Kommandant sich entschließt, diese wertvolle Beute zunächst einmal »auf Eis zu legen« und das Schiff mit einem Prisenkommando in ein entlegenes Seegebiet auf Wartestellung zu entsenden. Ob *Tirranna* schließlich versenkt oder als Prise und Blockadebrecher nach Hause geschickt werden sollte, konnte man später immer noch entscheiden.

So beginnt vorerst einmal das Umladen, die Ergänzung der Vorräte des Hilfskreuzers aus seiner Prise. *Tirranna* hat hochwillkommene Dinge an Bord: 5500 Kisten Bier, 367 Kisten Tabak, 3000 Kisten Pfirsiche in Dosen, 1680 Kisten Marmelade, 120 Kisten Seife und etwa je 150 Kisten Schokolade, Zigaretten, Schuhkrem, Schinken und Käse.

Sie hat aber auch einiges Geheimmaterial, das ihre Offiziere nicht mehr rechtzeitig vernichten konnten: Kursanweisungen für die Reise Melbourne–Mombassa, Abfertigungs-Zertifikate der australischen Marine, Anweisungen für Artillerie bewaffneter Handelsschiffe, Schießtafeln für die 7,4-Zoll-Schnellfeuerkanone, Schießanweisungen, Quittungs- und Anforderungs-Formblätter für Defensiv-Ausrüstung, Vorschriften für die Behandlung von Munition an Bord, Weisungen für den Gebrauch der Nebel-Anlage, ein kleines Handbuch des Artillerieschießens und Begleitdokumente für die Kanonen. Eine ganz hübsche Kollektion.

Die *Tirranna* hat endlich, nachdem der Entschluß gefaßt ist, sie zunächst in Wartestellung zu schicken, hundert Tonnen Öl übrig, die *Atlantis* übernehmen kann – allerdings unter der Voraussetzung späterer Ergänzung, wenn die Prise heimgeschickt werden soll.

Während der ganzen Nacht fließt nun das Öl, und gleichzeitig wieseln die Arbeitsboote zwischen den beiden Schiffen hin und her und übernehmen die Güter der *Tirranna*.

Die Arbeit geht glatt vonstatten; es weht nur ein mäßiger Südwest bei wolkigem Himmel und gelegentlichen Schauern; eine lange niedrige Dünung wiegt die beiden Schiffe.

Mit zwölf Deutschen, sieben Norwegern und acht Indern besetzt, geht *Tirranna* am Morgen des 12. Juli in ihren Warteraum ab.

Zuvor hat sich der Kommandant den Leutnant (S) Waldmann zur Instruktion in seine Kammer kommen lassen. Dort liegen auch die Dokumente bereit, die die Prise an Bord haben muß: Prisenordnung, Nachrichtenbefehle, Funkschlüsselunterlagen und die Vollmacht für diplomatische Verhandlungen.

»Folgendes ist mein Plan«, fängt der Kommandant an, nachdem er seinem Untergebenen Platz und Zigarette angeboten hat: »Wenn es uns gelingt, ein Schiff mit ausreichendem Ölvorrat aufzubringen, schicke ich es zu Ihnen, Sie ergänzen daraus und bringen die *Tirranna* nach Hause. Vorerst haben Sie 250 cbm Treiböl, von denen Sie ungünstigstenfalls täglich 5 cbm verbrauchen. Liegen Sie jedoch gestoppt, wie das auf dem Warteplatz ja häufig der Fall sein wird, so reduziert sich Ihr Tagesverbrauch auf eine halbe Tonne. Wir können daher annehmen, daß Sie bis zum 30. August ohne große Schwierigkeit auskommen werden. Wasser und Proviant haben Sie ausreichend an Bord; ergänzen Sie außerdem aus der Ladung.

Nun zu den Wartegebieten. Bis zum 1. August bleiben Sie auf 31° 10′ Süd, 68° 30′ Ost. Sollten Sie gesichtet werden, so verlegen Sie nach einem Ausweichpunkt auf 32° 40′ Süd, 71° Ost. Sind Sie bis 1. August nicht mit uns in Verbindung oder durch Funkbefehl anders instruiert, so marschieren Sie nach 33° 30′ Süd, 68° 10′ Ost und warten dort bis zum 31. August auf uns.

Im übrigen: Die Identität der *Tirranna* wird offen beibehalten. Sollte Sie jemand anhalten, so versuchen Sie, durch Täuschungsmanöver den Verdacht von sich abzulenken, etwa, indem Sie vorgeben, das Schiff sei verfolgt und beschossen worden, jedoch entkommen, der Kapitän getötet, die Funkanlage zerstört und so weiter. Schickt man Ihnen trotzdem ein Untersuchungskommando an Bord, so sprengen Sie das Schiff und gehen in die Boote. Für diesen Fall habe ich Ihnen mit Rücksicht auf die Beschädigung der Rettungsboote der *Tirranna* ein zusätzliches Boot abgetreten.«

Der neue Kommandant des Norwegers wiederholt diese mündlichen Weisungen, verabschiedet sich und geht von Bord. Wenige Minuten später treten beide Schiffe ihren Marsch wieder an, und nach kurzem ist nichts mehr von ihnen zu sehen als ein Ölfleck, einige Kistentrümmer und aufgeweichte Kartons.

8 HILFSKREUZER-ALLTAG UND »CITY OF BAGDAD«

Vergebens sucht nun die *Atlantis* tagelang auf dem Tirranna-Track. Leer liegt die See. Einer der Verwundeten, der norwegische Zimmermann Johannsen, stirbt nach Oberschenkelamputation und zwei Tage später vorgenommener Blinddarmoperation und wird im Beisein des Kommandanten und einer Ehrenwache der *Atlantis* feierlich der See übergeben.

Tage vergehen, eine Woche, noch eine. Nichts kommt in Sicht. Jeden Mittag die gleiche Eintragung im Kriegstagebuch: »Nichts gesichtet.«

Aber hinter diesen zwei Worten verborgen liegen die unablässig bohrenden und fragenden Gedanken jedes einzelnen Mannes der Bordgemeinschaft: Wo fährt der Gegner? Wie finden wir den feindlichen Verkehr? Und in den Messen, den Kammern und Wohnräumen heben die hitzigen Streitgespräche an: »Der Alte müßte ...«, »Der Kommandant sollte lieber ...«, »Der Kommandant könnte ...«, »Mit dem Alten ist nichts mehr los, er geht nicht mehr 'ran –, jünger müßte er sein ...«

Und der Kommandant selbst bringt seine Überlegungen ins Kriegstagebuch:

»*16. 6. Absuchen des Tirranna-Tracks eingestellt. Schnittpunkt der Dampferwege Australien–Aden und Sundastraße–Durban angesteuert ... Überlegungen hinsichtlich engster Anlehnung an Mauritius haben sich im Falle Tirranna als richtig erwiesen. Es ist also damit zu rechnen, daß auch der Sunda-Straßen-Verkehr nicht über Mauritius gelegt werden kann ... Seit dem Eintritt Italiens in den Krieg muß man damit rechnen, hier eine erheblich größere Verkehrsdichte anzutreffen ... Der mit Rücksicht auf Tirranna erwünschte Tanker ist eher hier als im Süden zu erwarten ...*«

Der Kommandant benutzt die Zeit des Wartens und Suchens, um sein Schiff durch Ummalen den unter englischer Kontrolle fahrenden Norwegern oder Holländern anzupassen. *Atlantis* als Engländer zu tarnen, wäre unzweckmäßig; jedes englische Schiff besitzt ein Heckgeschütz auf einer sehr charakteristischen Plattform. Besser ist es, dem Schiff einen dunkleren Anstrich, ähnlich dem der *Tirranna* zu geben, norwegische Hoheitsabzeichen an die Bordwand zu malen und diese dann so zu übermalen, daß sie noch ein wenig durchscheinen. Die Aufbauten werden gleichfalls dunkler; nur die Stengen der Masten bleiben hell; dunkle Mastspitzen sind schon manchem Schiff zum Verhängnis geworden, auch der *Tirranna*.

Indessen rollen die Tage weiter. Ereignislos. Zwanzig Meilen Sicht. Leichte Winde aus Ostsüdost. Leichte Schauertätigkeit. Leichte Dünung. Leichter Schweiß zu allen Tageszeiten und nachts. 25° C im Durchschnitt. Die Lüfter sausen; man hört es kaum noch, aber die Luft in den Kammern und Räumen ist trotzdem dick und warm. Zu warm.

Um Brennstoff zu sparen, geht der Kommandant dazu über, auf vermuteten Verkehrswegen gestoppt zu treiben. Das Stillstehen der Marschmotore, die plötzliche Stille, das Aufhören der gewohnten Erschütterungen und Geräusche, die Leblosigkeit des trägen Wiegens in dem leichten Schwell – alles macht reizbar, zerrt an den Nerven, weckt Unbehagen und Mißstimmung.

Wird diese verdammte Gammelei jemals enden? *Hier* kommt ja nun bestimmt nichts! Kann irgend jemand sagen, warum der Kommandant gerade hier treiben läßt? –

Und dann kommt eine erste Meldung von Schiff *36 Orion*. Vor Australien, in der Nähe von Auckland, ist ein Passagierdampfer, *Nigara*, von 13 000 BRT gesunken; das muß auf Schiff 36 zurückgehen.

Ja, Australien! Man müßte eben auch an irgendeiner Küste operieren. Da wäre bestimmt mehr los!

Aber der Kommandant schweigt und bleibt bei seinen Plänen und Maßnahmen.

Wenn wenigstens einmal der Passat so weit abflaute, daß man das Flugzeug aussetzen könnte! Aber Tag für Tag das gleiche Bild: Zuviel Schwell!

Tag für Tag auch die gleiche Routine: Wache – Freiwache. Gefechtsdienst – Maschinendienst. Divisions-Ausbildungsdienst. Farbewaschen. Rostklopfen. Pönen. Maschinen warten. Torpedos regeln. Brot backen. Kochen. Kartoffeln schälen. Schuhe besohlen. Kranke versorgen. Ruder gehen. Bestecks nehmen. Exerzieren. Unterricht. Freizeit. Zeugwäsche. Backen und Banken. Geschirr waschen. Was nicht noch?!

Und jeden Mittag um zwölf Uhr die Eintragung ins KTB: »*Nichts gesichtet.*«

Dazwischen Nachrichten:

Von der Seekriegsleitung: Niederländisch-indische Häfen löschen Hafenlichter. SKL nimmt an, als Auswirkung der Minen-Operation vor Neu-Seeland. Kommandant dagegen nimmt an, als Auswirkung des Verschwindens der *Tirranna*, wovon die SKL bis zur Stunde noch nicht unterrichtet ist.

Von unbekanntem englischem Sender: Funkspruch beginnend mit den Buchstaben GY – in offenem Englisch an ein holländisches Schiff mit Weisungen über in der Sunda-Straße zu steuernde Kurse ... Für *Atlantis* ergibt sich daraus, daß Holländer offenbar bis jetzt noch keinen englischen Code an Bord haben.

Eines Tages ein falscher Alarm! Der Luftwaffenoberfeldwebel und ein Ausguck wollen eine Rauchfahne gesehen haben! Mit Umdrehungen für 15 Meilen geht *Atlantis* auf die Suche. Vergeblich!

Es sollen nochmals drei Wochen vergehen, ehe endlich ein neuer Gegner in Sicht kommt! In diesen Wochen aber, in denen auf dem europäischen Kontinent der Krieg entschieden zu werden *scheint*, bleibt der Hilfskreuzer fast ohne jede offizielle Nachricht von der Seekriegsleitung. Es sieht sogar aus, als ob die SKL glaubt, von *Atlantis* nicht mehr gehört zu werden, und so gelangen die schicksalgeladenen Nachrichten über die Ereignisse in Frankreich über indische, australische und japanische Stationen zur *Atlantis*. Besonders San Francisco gibt merkwürdigerweise die Nachrichten des Deutschen Drahtlosen Dienstes früher als der Deutsche Kurzwellensender. Auch die Nachricht von der Einstellung der Feindseligkeiten in Frankreich erreicht das Schiff auf diesem Wege, und der Kommandant hält am Nachmittag dieses 25. Juli bewegten Herzens einen feierlichen Dankgottesdienst ab. Das Niederländische Dankgebet erklingt – und die deutschen Nationalhymnen.

Im Funkverkehr rufen jetzt mehrere Landstellen nach der *Tirranna:* Colombo, Mombassa, Cap d'Aghuilar-Hongkong. Aber *Tirranna* antwortet nicht mehr, und *Atlantis* hütet sich wohl, an ihrer Stelle ein Täuschungs-FT abzugeben. Wer weiß, ob nicht der Gegner gerade darauf wartet und seine Anfragen nur als Falle stellt?

Der norwegische Kapitän der *Tirranna* erklärt im übrigen besorgt und mißgelaunt: »Die Leute in Australien werden sagen, daß ich zur Fünften Kolonne gehöre und daß ich mit dem Schiff nach Wladiwostok oder nach Japan ausgerückt sei.« Es macht ihm sichtlich erhebliche Kopfschmerzen, zu Unrecht in einen so schmählichen Verdacht geraten zu sein.

Das Verhältnis der deutschen Offiziere und der gefangenen Kapitäne zueinander ist korrekt bis freundschaftlich. Die Captains haben einen Klub gebildet. Sie lesen, spielen Karten oder Schach, basteln oder debattieren. Zuweilen sieht man den einen oder anderen von ihnen mit Offizieren der *Atlantis* an Deck auf und ab gehen, und abends halten sie gelegentlich Sitzungen ab, zu denen Kapitän Rogge und vorzugsweise der Adju und der Stabsarzt Dr. Reil geladen werden. Dann geht bei Whisky und Soda die Unterhaltung rund um die Welt, und man könnte fast vergessen, daß Krieg ist und daß in diesem Kreise Angehörige einander feindlicher Staaten beisammensitzen.

Am 2. Juli unternimmt der Kommandant einen Vorstoß gegen den Sundastraße-Mauritus-Track in Richtung auf die Cocos-Inseln. Mit Umdrehungen für neun Meilen marschiert *Atlantis* in flachen Zickzacks das Gebiet ab. Vielleicht, daß es gelingt, hier einen Tanker mit Miri-Öl zu fassen!?

Nichts kommt in Sicht ...

Eines Vormittags, beim täglichen Routine-Exerzieren, gibt es einen Zwischenfall:

Mann über Bord!

Der Bootsmaat Mennle, ohnehin verletzt und einen hochgebundenen Arm in der Schiene, hat beim Enttarnen der Dreisieben den Halt verloren und ist außenbords gefallen. Vierzehn Minuten später hat ihn der Zweite Kutter unter Führung des Leutnants (S) Breuers geborgen; der Kommandant ist mit dem Verlauf des Manövers nicht unzufrieden, aber ein wenig Schreck und Ärger liegen doch noch in seiner Stimme, als er den Aufgefischten auf der Brücke anbrummt: »Das nächstemal melden Sie sich wenigstens ordnungsgemäß von Bord, ehe Sie aussteigen, verstanden?!«

»Jawohl, Herr Kap'tän!« Mennle grinst erleichtert und verschwindet.

Und weiter im Einerlei der Tag- und Nachtsuche. Wechselnde Sicht. Wechselnde Bewölkung. Hin und wieder ein kurzer Tropenschauer. Wachsende See. Dünung. Abnehmende See. Gleichmütig und gleichmäßig wiegt sich der Hilfskreuzer unter den tropischen Himmeln dahin.

In diesen Tagen muß der Kommandant immer wieder an einen Ausspruch des Admirals Jellicoe denken: »Ich möchte nicht verfehlen, noch einmal hervorzuheben, daß der Sieg weniger von ermunternden Erfolgen abhängt, als von dem geduldigen und gewöhnlichen gleichförmigen Dienst bei Tag und bei Nacht und bei jedem Wetter.«

Und was hatte Nerger gesagt? »Geduldiges Ausharren ist schwerer als mutiges Dreinschlagen.« –

Funksprüche von Admiral Simonstown an norwegischen Dampfer *Thordis* auf Reise nach Kobe, an Norwegertanker *Ida Knudsen* auf Reise nach Durban, an unbekanntes Fahrzeug von Karachi nach Colombo, an norwegischen Tanker *Solör* von Singapore nach Pladjol ...

Es ist immer das gleiche, immer das gleiche. Am 10. Juli steht *Atlantis* sechshundert Meilen von Colombo. Mit Tagesanbruch des 11. geht sie wieder auf Westkurs, um ihr Aufklärungsquadrat ein weiteres Mal abzulaufen. Und an diesem Morgen endlich geschieht, worauf alle schon so lange und so sehnsüchtig warten und woran schon kaum einer mehr zu glauben wagt: eine Rauchwolke kommt in Sicht! 6.43 Uhr in der Frühdämmerung macht der Steuermannsmaat Rinderspacher in seinem Ausgucksektor eine Rauchwolke aus, die plötzlich steil und schwarz in die Höhe stößt – eine *»Rauchfahne, die so gewaltig war, daß zunächst angenommen wurde, es könnten sich mehrere Schiffe darunter verbergen«.*

Kapitän Rogge läßt sofort stoppen; die Erschütterungen in der Optik erschweren es ihm zu sehr, sich ein Bild vom Gegner zu machen. Zugleich blärren die Boschhörner »Klar Schiff zum Gefecht!«

So liegt denn *Atlantis* und lauert, während von der Brücke und aus den Tarnungen scharf bewehrte Augen hinausspähen in die dunstige Morgenkimm, in der zunächst nichts weiter zu sehen ist als ein paar nadeldünne Mastspitzen und dazwischen ein fetter schwarzer Rauchpilz, der sich nur träge im Winde zerteilt.

»Wenn das nur nicht mehrere sind«, sagt jemand halblaut auf der Brücke.

»Qualm genug dafür. Aber wahrscheinlich brennt der Kerl schlechte Kohle und läuft vor dem Wind; davon ist die Rauchwolke so steil und steht so lange.«
»Möglich. Dann hätten wir ja gleich seinen Kurs.«
Tatsächlich verhält es sich wie vermutet. Das Schiff brennt schlechte Natalkohle, die ihm in Lobito zugeteilt worden ist. Es kommt nur langsam über die Kimm herauf und nimmt keinerlei Notiz von dem Hilfskreuzer, der nun wieder Fahrt aufgenommen und allmählich auf sein Opfer zugedreht hat.
»Zweite Maschine einkuppeln. So schnell wie möglich auf Höchstfahrt gehen.« Der Kommandant weiß mittlerweile, daß die hohe Wassertemperatur es verbietet, die Diesel zu rasch hochzufahren. Der Leitende hat jeweils selbständig zu verantworten, wieviel Umdrehungen er machen kann. Die alte Torpedobootsgepflogenheit, möglichst von »Kleiner Fahrt« auf »Äußerste voraus« zu gehen, ist auf *Atlantis* streng verpönt. So steigert er die Fahrt nur langsam und läßt dabei zugleich allmählich und so unmerklich wie möglich an den Gegner herandrehen, der nun von Minute zu Minute deutlicher aus dem Dunst hervortritt, zwei Masten, ein Schornstein, dunkler Farbanstrich und schmutzigbraune Aufbauten. Keine Neutralitätsabzeichen! Und als das Schiff, offenbar ohne im geringsten Verdacht zu schöpfen, nach einiger Zeit den Kurs der *Atlantis* voraus in siebeneinhalbtausend Meter Entfernung kreuzt, erkennt man auch: Bewaffnet! Auf dem typischen Podest am Heck steht das übliche Geschütz. Ein Engländer also!
»Aber dem Typ nach ein alter Deutscher«, sagt Lt. Mund, der frühere *Goldenfels*-IO, auf der Brücke der *Atlantis*, »alter Hansa-Liner würde ich sagen.«
Er hat recht, wie sich später bestätigt. Das Schiff hieß einstmals *Geierfels* und gehörte der Bremer Hansa-Linie – ebenso wie die *Atlantis* selbst –, bis es gemäß Versailler Friedensdiktat an England ausgeliefert werden mußte.
Kapitän Rogge wartet noch eine Zeitlang mit dem Angriff. Dem Vorschlag seines Funkoffiziers folgend, will er die Internationale Seenot-Rufzeit, die Minuten der Funkstille, in denen in aller Welt die SOS-Signale gefährdeter Schiffe gesendet und bevorzugt empfangen werden, zuerst vorübergehen lassen.
Doch dann fällt die Tarnung; die Geschütze heben ihre Schlünde, und während Kriegsflagge und Anhalte-Signale emporflattern, heulen vier Warnungsschüsse der 7,5 cm hinüber.
Sofort beginnt der Dampfer zu funken, obwohl das Antwortsignal bereits an seinem Maste steigt. Aber er kommt nicht weit: »QQQ – shelled by ra ...« Ein Volltreffer in den Funkraum beendet den Notruf, ein weiterer zerschmettert den Mast, und zugleich tastet *Atlantis* mit ihrem Störsender und verstümmelten japanischen Rufzeichen energisch dazwischen. Die Geschütze schweigen.
Dennoch ist der Vorfall beobachtet worden. Ein Amerikaner, die *Eastern Guide*, fragt nach: »Who shelled by ...«
»QRU«, antwortet *Atlantis* knapp. »Es liegt nichts für Sie vor.«

Gerettet! Passagiere der ZAM ZAM auf ATLANTIS.

Im Captain's Club. Schach – das Spiel der Könige – auch für die gefangenen englischen Offiziere.

Was steckt wohl in dieser Möbelkiste?

Hier ist die Antwort: Eine ausgewachsene 15-cm-Kanone.

Aber *Eastern Guide* ist mißtrauisch. »Stellen Sie Ihren Funkverkehr ein«, schilt sie. »Who shelled by ...«

Darauf antwortet nicht *Atlantis*, sondern eine Küstenfunkstelle mit einem abermaligen »QRU« – »Es liegt nichts für Sie vor.« Und dann herrscht Stille. Das Schicksal der *City of Bagdad* ist besiegelt. Ihre Besatzung verläßt eilig das Schiff, ohne das Signal der *Atlantis* – »Bleiben Sie an Bord!« – zu befolgen.

Bei allen Schiffen ist es das gleiche Bild: überstürzte Flucht in die Boote! Und bei allen Vernehmungen stellt sich der gleiche Grund heraus: die Hetze in der alliierten Presse. Die Furcht, von den Deutschen ermordet zu werden! Die Hoffnung, wenigstens in den Booten vielleicht ungeschoren zu bleiben. Die eingefleischte Ansicht, es sei besser, im treibenden Rettungsboot auf offenem Ozean einem ungewissen Schicksal entgegenzugehen, als in die Hände deutscher Kaper zu fallen. Es ist die seit 1914 immer gleiche, in nichts begründete und durch nichts belegte Lüge.

Von *Atlantis* ist inzwischen ein Durchsuchungskommando zur *City of Bagdad* hinübergesandt worden. Der alte Hansa-Fahrer, Leutnant Mund, hat recht gehabt; es ist die *Geierfels*, 1919 bei Tecklenborg in Wesermünde gebaut und an England abgeliefert, 7506 BRT, jetzt Eigentum der Ellerman-Lines, unterwegs von England nach Penang. Ihre Ladung besteht aus Koks, Stahlröhren, Eisenbahnschienen und Stahlbarren, Farbe, Kunstdünger, Maschinenteilen, Chemikalien und Whisky. Insgesamt 9324 Tonnen.

Das Schiff befindet sich in ziemlich schlechter Verfassung. Ausrüstung und Geschirr sind kriegsmäßig kärglich. Es ist die übliche Bewaffnung vorhanden: Heckgeschütz, Flak 2 cm und 4,7 cm japanischen Ursprungs, Rauchbojen, Gewehre, Entmagnetisierungskabel, Munition.

Das Untersuchungskommando schwärmt, kaum an Bord gelangt, sofort über das ganze Schiff aus, der Adju stürzt wie üblich, die schwere Mauser schußbereit, in die Navigationsräume der Brücke und die Unterkünfte des Kapitäns und der Offiziere. Der Kapitän, ein schlanker, weißhaariger Engländer, ist gerade dabei, seine Geheimsachen zu zerstören und außenbords zu werfen. Er ist von den Ereignissen vollständig überrascht worden; sein Wachhabender hat es nicht für nötig gehalten, ihn vom Insichtkommen der *Atlantis* zu unterrichten, und selbst, als die beiden Schiffe einander ziemlich nahe kamen, keinen Verdacht geschöpft.

Als ihn die eisernen Grüße der *Atlantis* unsanft aus dem wohlverdienten Morgenschlummer rissen, hat er als erstes zu funken versucht und gehofft, vielleicht etwas Zeit zu gewinnen. Dann krachten die Treffer, klafften die Zerstörungen, schrien Verwundete, lagen gräßlich verstümmelte Lascaren in ihrem Blut – und die Besatzung brachte die Boote zu Wasser, Hals über Kopf, blind vor Panik. Er hatte eingreifen müssen, um zu verhindern, daß die Boote vollschlugen oder an der Bordwand in Stücke gingen. Und nun stand der deutsche Adjutant vor ihm, die Pistole in der Hand, und sagte in sehr höflichem Englisch, daß er ihn leider bitten müsse, sich als Gefangenen zu betrachten. Er sah ein: Widerstand war zwecklos, und so fügte er sich und stieg, der Weisung des Adju folgend, zum Deck hinunter.

Dort fand er Angehörige seiner Besatzung, von den Deutschen an Bord zurückgebracht, damit beschäftigt, ihr Privatgepäck und die Habseligkeiten der Lascaren zusammenzuholen, um sie zur *Atlantis* hinüberzuschaffen. Auch ihm selber und seinen Offizieren wurde etwas später Gelegenheit gegeben, ihr Privateigentum zu packen und mitzunehmen.

Das Untersuchungskommando war indessen nicht müßig. Seesäcke, gefüllt mit nützlichen und angenehmen Dingen, stapelten neben höchst willkommenen, in der Last der *City of Bagdad* gefundenen Frischkartoffeln. Reis wurde gerade in die Boote gemannt; die Inder waren an Reis gewöhnt und sollten ihn, soweit irgend möglich, auch auf der *Atlantis* bekommen.

Während dieser Arbeiten ist eine andere Gruppe, das Sprengkommando des Oblt. Fehler, im Schiff tätig: Anlegen der Sprengladungen. Kurz nach zwölf Uhr verläßt das Durchsuchungskommando, verlassen die letzten Engländer die *City of Bagdad*. Nur das Sprengkommando ist jetzt noch an Bord. Und Fehler, der mit den Sprengerfolgen anläßlich der Versenkung der *Scientist* keineswegs zufrieden gewesen war, beschließt, diesmal ganze Arbeit zu machen, d. h. nicht nur die Chargierung auf 120 Kilo zu erhöhen – 72 kg wären völlig genug gewesen! –, sondern auch den Erfolg seiner Maßnahmen an Ort und Stelle, d. h. an Bord seines Opfers, mitzuerleben. Er bleibt demgemäß an Bord, bis es kracht. Und als es gekracht hat – »der Krach selbst ist nicht so schlimm wie die Erwartung! und der Schlag in den Füßen auch nicht« –, als es also gekracht hat, die erste Ladung achtern, die zweite mittschiffs, wird es höchste Zeit, die *City of Bagdad* zu verlassen, die unverweilt über das Heck zu sinken beginnt – und zwar so eilig, daß Fehler nur noch mit knapper Not in das noch einmal heranscherende Boot gelangt, wobei er sich den einen Arm völlig aufreißt. Als er sich endlich blutüberströmt, aber freundlich lächelnd an Bord zurückmeldet, sieht sich der Kommandant veranlaßt, einige sehr ernste Worte mit ihm zu wechseln und dieser Unterredung mit einer kurzen Eintragung ins Kriegstagebuch Unsterblichkeit zu verleihen.

Einundachtzig neue Gefangene, 21 Weiße, 60 Lascaren, verstärken nach der Versenkung die Belegschaft der Gefangenenräume der *Atlantis*. Zwei Weiße, Engländer, sind verwundet; der Bootsmann der *City of Bagdad* hat einen Fuß verloren, und der Funker ist wie durch ein Wunder aus den Trümmern seiner durch Volltreffer zusammengehauenen Funkbude lebendig und mit nur geringfügigen Armverletzungen herausgekommen.

Kaum ist die *City of Bagdad* versunken, als *Atlantis* mit hoher Fahrt nach Süden abläuft. Nach Süden, weil der Kommandant sich sagt, daß der Gegner den Hilfskreuzer in dieser Richtung am wenigsten vermuten werde. Zudem ist damit zu rechnen, daß der Amerikaner seine Beobachtungen im nächsten Hafen weitergeben wird, und endlich erscheint es ratsam, aus einem Gebiet zu verschwinden, in dem ab sofort Suchmaßnahmen des Feindes zu erwarten sind.

Dementsprechend der Szenenwechsel, in dessen Verlauf im übrigen der Hilfskreuzer die Schiffahrtsrouten Südaustralien – Aden; Nordaustralien – Cocos Islands – Mombassa; Sunda-Straße – Mombassa; Südafrika – Mauritius; Malakka-Straße – Rangoon – Südafrika in wechselnden Schnittkursen überdeckt.

Noch am gleichen Nachmittag ruft der Kommandant seine Offiziere zusammen, um mit ihnen den Verlauf der Gefechtshandlung durchzusprechen und die möglichen Lehren daraus zu ziehen.

Ein Versager wie der Ausfall der Rudermaschine bei Gefechtsbeginn, der das Schiff fast zwei Minuten manövrierunfähig machte, liegt im Risiko der Unternehmung; seine Wiederholung läßt sich nicht mit 100% Sicherheit ausschließen. Die Beseitigung des Fehlers in nur 100 Sekunden ist eine befriedigende Leistung.

Weiter: Vor Anhalten eines Schiffes muß immer daran gedacht werden, daß die Aktion nicht in die Internationale Seenotzeit fällt. Diese Anregung des F.T.O. ist besonders wertvoll.

Treibende Rettungsflöße sicherstellen, damit niemand darauf kommt, zu ihnen hinzuschwimmen. Es könnte sein, daß ein solcher Mann übersehen und in der Folge nicht geborgen würde. Das muß verhindert werden.

Ferner: Tote an Bord des Gegners sollten als erste Maßnahme unter Deck gebettet werden, damit sich nicht der meist sehr lebhafte Durchsuchungs- und Aufräumebetrieb in ihrer unmittelbaren Nachbarschaft abspielt. Achtung vor der Würde des Todes wird damit sichtbar erwiesen – und die Gefühle der überlebenden Besatzung werden geschont.

Endlich: In Zukunft wird *Atlantis* ihre Stoppsalven mit zwei 15-cm-Schüssen feuern. Die 7,5 cm macht nicht genügend Eindruck. Wenn der Gegner den Knall der schweren Kaliber und den Aufschlag der Fünfzehnergeschosse sieht, wird ihn das weit stärker beeindrucken als das schwächere Kaliber der bisherigen »Anhaltekanone«. Überdies hat der Artillerieoffizier auf diese Weise so früh wie überhaupt möglich einen Anhaltspunkt über die Genauigkeit seiner Entfernungsmessung, so daß er danach die richtige Entfernung um so rascher finden kann, was der Absicht der Schiffsführung entgegenkommt, die Funkeinrichtung künftiger Gegner noch schneller und bewußter zum Ziel zu machen und zu zerstören.

Punkt für Punkt wird so die gewonnene Erfahrung festgehalten und durchgesprochen, um bei künftigen Begegnungen wenn möglich noch schneller zum Ziel zu kommen als bisher. Und dies Ziel heißt nach Ansicht des Kommandanten: den Gegner unter geringstem Aufwand unserseits und geringsten Verlusten seinerseits zur Übergabe zwingen.

Unter den geheimen Dokumenten, die der *Atlantis* in die Hände gelangt sind, befindet sich ein Schriftstück von besonderer Bedeutung: die Beschreibung des Hilfskreuzers nach den Berichten der *City of Exeter*: »Bericht über verdächtiges Fahrzeug.«

Zwei Fotos des Hansa-Dampfers *Freienfels* sind beigefügt, und dann folgt in Englisch die Beschreibung »eines Schiffes, das am 2. Mai 1940 im Südatlantik gesichtet wurde«; eine Beschreibung, die bis in die Details auf die *Atlantis* zutrifft. Die *City of Exeter* hat also doch Lunte gerochen. Der Kommandant beschließt daher, das Aussehen des Schiffes durch Aufrichten weiterer Ladeposten vorn und achtern nach Möglichkeit zu verändern. Leere

Fässer, Kistenholz und Jute, an Bord reichlich vorhanden, liefern das Baumaterial.

Im übrigen ergibt die Unterhaltung mit dem Kapitän der *City of Bagdad*: Nein, Captain Armstrong White hat aus der Beobachtung der *City of Exeter* keine Schlüsse gezogen. Da ist nirgends von einem Hilfskreuzer die Rede. Ein verdächtiges Schiff kann ebensogut ein Handelsschiff sein, das als Blockadebrecher sein Glück versucht. Man weiß ja, daß solche Schiffe glücklich durchgekommen, man weiß auch, daß einige aufgebracht worden sind und sich selbst versenkt haben! Und: die Warnung stammt aus dem Südatlantik und ist mehr als zwei Monate alt! Wer kann damit rechnen, nach so langer Zeit noch auf eine solche Beschreibung angesprochen zu werden?!
Er hat im übrigen weisungsgemäß in der Morgen- und Abenddämmerung leichte Zickzackkurse gesteuert, desgleichen bei Nebel und Dunst, und außerdem täglich Kurs geändert. Er ist von Gibraltar aus im Convoi gelaufen, hat Kapstadt vorsichtigerweise außerhalb der 100-Faden-Grenze gerundet und in Lourenço Marques gerüchtweise vom Auftreten eines Hilfskreuzers im Indischen Ozean sprechen hören. Aber das klang mehr nach Küstenklatsch und war so unbestimmt, daß er dem keinerlei Bedeutung beigemessen hatte.

9 EIN FENSTERPUTZER AUS LONDON

Der Morgen des 12. Juli findet die *Atlantis* bei West, Windstärke 8, gegen eine kurze, grobe See anstampfen. Aber das Glas steigt, die Bewölkung löst sich mehr und mehr auf; im Laufe des Vormittags legt sich der Wind, und die See verläuft sich. Mittags beträgt die Sicht bereits über zwanzig Seemeilen.

Gegen Abend kehrt der Wind aus südöstlichen Richtungen wieder und frischt ein wenig auf. Nachts bezieht sich der Himmel. Im Logbuch des 12. Juli steht wieder der gewohnte Vermerk: »*Nichts gesichtet.*«

Aber am 13. Juli, einem Samstag, morgens 9.34 Uhr, erklingt aus zwei Kehlen gleichzeitig der alarmierende Ruf: »Rauchwolke an Backbord!« Steuermannsmaat Rinderspacher, der erfolgreichste Ausguck des Hilfskreuzers, und der Matrosengefreite Paul Hermann haben sie im gleichen Augenblick entdeckt, einen schmalen, vor dem verschwommenen Horizont kaum wahrnehmbaren, dunklen Faden. Scharfe Unterschiede der Luft- und Wassertemperatur haben nachts und in der Morgendämmerung zu schweren Tropengüssen geführt. Der Himmel ist bedeckt, die Kimm von schimmerndem Dunst verhangen, so daß das Schiff erst spät gesichtet wurde. Kaum ist daher die Rauchwolke einmal festgestellt, als auch Schornstein und Masten bereits erkennbar werden. Fast im gleichen Augenblick treten die Brückenaufbauten zutage. Wenn drüben genauso unerbittlich Ausguck gegangen würde wie auf *Atlantis*, so müßte der Gegner den Hilfskreuzer bereits gesehen haben!

In den Gefechtsalarm hinein befiehlt daher der Kommandant, um 20° nach Steuerbord abzudrehen. Er will ausweichen, um jeden Verdacht zu vermeiden und zugleich die vorliche Position zu gewinnen.

In diesem Augenblick meldet der Funkraum starke Abstimmungsgeräusche eines in der Nähe befindlichen unbekannten Senders. Das ist der Gegner, denkt sofort der Kommandant. Der Gegner bereitet Abgabe seines Funkspruches vor! Und er befiehlt dem Artillerieoffizier: »Kasch! Keine Zeit mit Warnungsschüssen verlieren! Bei ›Feuererlaubnis‹ mit allen Mitteln trachten, schnellstens den Funkraum des Gegners zu zerstören.«

»Jawohl, Herr Kap'tän. Keine Warnschüsse. Schnellstens Funkraum des Gegners zerstören.«

Atlantis verringert ihre Fahrt von 9 auf 7 Knoten. Ahnungslos folgt der Gegner seinem Kurs, ein großer Dampfer, der nun etwas abdreht, um – entsprechend den internationalen Ausweichregeln – hinter dem Heck der *Atlantis* hindurchzugehen.

Langsam, unmerklich dreht der Hilfskreuzer mit, bestrebt, die immer noch große Entfernung zu verringern und den Angriff sicherer, wirkungsvoller und kürzer zu gestalten.

Nichts deutet darauf hin, daß drüben von diesen Kursänderungen Notiz genommen würde. Unbeirrt zieht der Gegner seinen Kurs. Der Abstand schwindet dahin.

Endlich – 10.09 Uhr – Entfernung 5,4 Kilometer – »Fallen Tarnung!« Die Klappen über den Geschützen schlagen zurück.

»Feuererlaubnis!«

Die Batterie brüllt auf. Die Aufschläge der ersten vier Salven liegen deutlich weit, die fünfte und sechste mit je zwei Treffern im Ziel. Feuer bricht aus. Die Brücke steht in Flammen. Ein Treffer reißt achtern ein Loch, knapp oberhalb der Wasserlinie. Ein zweiter schlägt in die Messe unter der Brücke, der dritte krepiert im Backbord-Kesselraum unter der Brücke und zerreißt offensichtlich ein Dampfrohr.

»Funkt der Gegner?« Zweimal fragt der Kommandant voller Ungeduld. Jedesmal kommt die Antwort: »Gegner funkt nicht.«

Und dann steigt drüben der Wimpel ›K‹: »Ich stoppe.«

»Halt, Batterie. Halt!«

Erleichtert wischt sich der Kommandant mit dem Handrücken die schweißnasse Stirn. Der Überfall ist geglückt! Der Gegner hat klein beigegeben, ohne zu funken!

Langsam dampft *Atlantis* zum Heck des Gegners auf. Durch das Glas kann man erkennen, wie drüben Boote bemannt und ausgesetzt werden, wie sie von der Bordwand absetzen und auf den Hilfskreuzer zugerudert kommen, auf dem nun die Tarnungen wieder über die Geschütze fallen, und wo das Untersuchungskommando antritt, um zu dem gekaperten Dampfer überzusetzen.

All das geht nun schon routinemäßig eingespielt vonstatten. Der Kommandant, seiner Gewohnheit nach mit langem Hals und vorgeschobener Unterlippe von der Brücke auf Deck hinabspähend, nimmt es voller Befriedigung wahr. Er sieht auch das Schiff vor sich und liest den Namen am Heck seines Opfers: *Kemmendine*. Und er denkt, daß diese große, schöne Prise mit den geräumigen Passagiereinrichtungen eigentlich sehr geeignet sein müßte, die Gefangenen als Blockadebrecher in die Heimat zu bringen.

Mitten in diese fürsorglich-freundlichen Gedanken hinein fällt ein Schuß! Eine Granate heult unmittelbar über die Brücke der *Atlantis* hinweg.

Ein Schuß aus dem Heckgeschütz der *Kemmendine*! Neun Minuten nach ihrer Kapitulation! Während schon die Boote mit den Fahrgästen, Frauen und Kindern, auf den Hilfskreuzer zustreben. Während drüben auf ihrer Brücke das Signal »Brauche ärztliche Hilfe« ausweht!

»Fallen Tarnung!« schreit der Kommandant. »Feuererlaubnis!«

Mit »Volle voraus« versucht der Hilfskreuzer auszuweichen. Gleichzeitig donnern wieder die Tarnungen, und Sekunden später liegt das Heck des Engländers auf kürzeste Entfernung unter dem Vernichtungsfeuer der *Atlantis*-Batterien.

Von der Brücke des Hilfskreuzers aus ist zu erkennen, daß ein einzelner Mann drüben an der Kanone steht und daß er sie nun, als das Feuer erwidert wird, fluchtartig verläßt.

Kapitän Rogge läßt darauf das Feuer sofort wieder einstellen. Aber er ist abwechselnd rot und weiß vor Zorn. Noch nie hat ihn jemand in all der Zeit so außer sich gesehen. Er kocht geradezu vor Wut. Und er besteht darauf, gegen den Schuldigen ein Kriegsgericht abzuhalten.

Später stellt sich heraus, daß der Kapitän der *Kemmendine* an dem Vorfall völlig schuldlos ist und ihn mit scharfen Worten verurteilt. Entgegen den gegebenen Befehlen hat ein einzelner Kanonier das noch geladene Heckgeschütz des Dampfers abgefeuert. Der Mann ist – und das hat einen merkwürdig besänftigenden Effekt auf Kapitän Rogge! – von Zivilberuf Fensterputzer in London! Und was kann man von einem Fensterputzer schon an Verstand und Einsicht erwarten?! Ein Glück, daß nichts Schlimmeres durch seinen Leichtsinn entstanden ist, keine Opfer an Leben und Gesundheit! Schlimm genug allerdings, daß Zeitverlust und erneute Beschießung die *Kemmendine* nunmehr so zugerichtet haben, daß das schöne Schiff unrettbar verloren ist. Ihre Brücke steht in heller Glut; es ist kaum mehr möglich, das Schiff zu betreten, um auch nur die Sprengladungen anzubringen. Nur etwas Kinderspielzeug wird noch vom Promenadendeck geborgen. Kapitän Rogge muß sich entschließen, das Schiff, über dem eine gewaltige schwarze Rauchsäule verräterisch in den Himmel steigt, mit Torpedos zu versenken.

Schade, schade! Aus ist der Traum mit dem Gäste-Transportschiff!

Der erste Aal hat einen Tiefenlaufversager und trifft die *Kemmendine* mittschiffs in Höhe der Wasserlinie, und der zweite detoniert ebenfalls zu hoch. Aber nun bricht das Schiff in der Dünung langsam auseinander; seine beiden Hälften stehen noch eine Zeitlang, einen spitzen Winkel bildend, aufrecht, ehe sie zögernd und dann plötzlich immer rascher in einem ungeheuren Strudel von Holztrümmern und aufschießenden Ladungsteilen versinken.

Der Krieg geht weiter.

Das versenkte Schiff, der Passagierdampfer *Kemmendine* von 7769 BRT, Eigentum der British-India-Burma-Line, ist 1924 in Glasgow erbaut und jetzt, im Kriege, wie alle bisher aufgebrachten Schiffe an den Aufbauten schmutzig braun gestrichen. Seine Masten sind grau, der Schornstein schwarz ohne Abzeichen, schwarz auch der Rumpf, der nun an der Seite in Brückenhöhe ein zwei Meter hohes gelbes Kreuz trug – das Zeichen dafür, daß das Schiff Schutzeinrichtung gegen Magnetminen besaß. Es war außerdem in der üblichen Weise mit Heckgeschütz und Flakkanone bewaffnet und hatte sich auf der Reise von Glasgow via Gibraltar, Kapstadt nach Rangoon befunden.

Mit dem Kapitän kommen 20 weiße Offiziere und Mannschaften, 86 Lascaren, 7 weiße Passagiere, nämlich 5 Frauen und 2 Kinder, und 28 indische Passagiere, Geschäftsleute aus Gibraltar und ein brahmanischer Student, auf die *Atlantis*.

Die Ladung bestand – nach Aussagen des Kapitäns – nur aus kleinen Mengen von Bier und Whisky.

Bei den Frauen, die alsbald der Obhut der Schiffsärzte anvertraut wurden, handelte es sich um die Frauen englischer Beamter in Burma mit ihren Kindern, bei den Indern um mehrere Familien indischer Kaufleute, die aus Gibraltar ausgewiesen worden waren. Sie hatten ihre gesamte bewegliche Habe, Kisten mit Seidenstoffen, Teppichen, Schmuck und Kunstgegenständen auf der *Kemmendine* verloren. Aber sie lächelten, ließen sich nichts anmerken und bewahrten, getreu den Lehren ihrer Religion, ein heiteres Gleichgewicht.

Der Kommandant läßt ihnen – mit Rücksicht auf ihre religiösen Vorschriften als Angehörige höherer Kasten – eine von den anderen Farbigen getrennte Unterkunft zuweisen – das Seuchenlazarett – und überdies ihre Verpflegung in einem eigenen Kochkessel durch einen indischen Koch zubereiten.

Nachdem Besatzung und Passagiere der *Kemmendine* vollzählig übernommen sind, veranlaßt der Kommandant das Übergießen und Anzünden der Boote mit Petroleum. Aber es zeigt sich, daß das Petroleum zu rasch verdunstet und das Holz der Boote nicht richtig zur Glut bringt; er muß die Flak und die Siebenfünf einsetzen und die brennenden Trümmer zu Fetzen schießen lassen, um alle Reste wirksam zu beseitigen.

»Das nächstemal«, sagt er, »werden wir die Boote richtig mit Benzin und Petroleum tränken und mit Säcken von petroleumgetränktem Holz beladen; dann werden sie schon ganz aufbrennen.«

Später erzählt man sich an Indiens Küsten, ein deutscher Hilfskreuzer hätte vollbesetzte Rettungsboote beschossen, bis der Kapitän Armstrong White von der *City of Bagdad* noch während des Krieges diesen Gerüchten mutig entgegentritt und sie zum Schweigen bringt.

In seinem Kriegstagebuch vermerkt der Kommandant, daß in den Booten der *City of Bagdad* Blechbehälter vorhanden waren, in denen täglich berichtigte Notizen über die Entfernung von der nächsten Küste und den Kurs dorthin lagen – in diesem Falle Colombo und Sumatra.

Noch am gleichen Nachmittag, während *Atlantis* schon wieder mit hoher

Fahrt den Versenkungsort der *Kemmendine* verläßt, tritt – an Stelle eines Kriegsgerichts – eine Untersuchungskommission zusammen, um die Vorgänge auf der *Kemmendine* nach dem Setzen des Wimpels »K« aufzuklären und schriftlich festzulegen. Dies zumindest erachtet der Kommandant für unerläßlich, um allen späteren Vorwürfen, der deutsche Hilfskreuzer habe Boote mit Schiffbrüchigen und Frauen und Kinder beschossen, wirksam begegnen zu können. Die Kommission, gebildet aus dem Kapt. Kamenz, dem deutschen Adjutanten, Oblt. z. S. Mohr, dem Kapitän und dem Ersten Offizier der *Kemmendine* und dem Kapitän der *City of Bagdad* als unabhängigem Zeugen, stellt folgendes fest:

»*Kapitän R. B. Reid von der ›Kemmendine‹ hat infolge des Lärms, hervorgerufen durch Dampfrohrbruch, keine Möglichkeit gehabt, Befehle zum Einsatz des Heckgeschützes durchzubringen. Sofort nach Setzen des Antwortsignals ›K‹ wurde Stopp befohlen, dann angeordnet, daß alle Mann in die Boote gehen und so schnell wie möglich vom Schiff absetzen sollten. Das Abfeuern der Kanone wurde von Kapt. Reid nicht bemerkt; er wurde erst vom Kommandanten des deutschen Hilfskreuzers darauf aufmerksam gemacht.*

Gezeichnet R. B. Reid, Master, 14. Juli 1940. – Zeuge: T. Armstrong White, früher Kapitän der ›City of Bagdad‹.«

Jeder an Bord befindliche fremde Kapitän erhält eine Abschrift dieses Protokolls ausgehändigt.

Viel später erfährt *Atlantis*, welchen Eindruck die Versenkung der *Kemmendine* und das ungewisse Geschick ihrer Besatzung und ihrer Passagiere in der indisch-burmesischen Öffentlichkeit hervorgerufen hat. Unter den Passagieren befanden sich Angehörige höherer Beamter, es befanden sich darunter die indischen Kaufleute aus Gibraltar, und das Schiff, mit dem sie verlorengegangen waren, war draußen, in Burma, wohlbekannt! Zum ersten Male wurde die Wirkung deutscher Handelsstörer besonders der indischen Bevölkerung zum Bewußtsein gebracht! Und die burmesische Presse hätte sich nicht deutlicher ausdrücken können, als wenn sie schrieb: »Der Verlust dieses Schiffes hat sich wie ein Schatten über ganz Burma gelegt.«

10 RENDEZVOUS MIT »TALLEYRAND«

Am Abend des 13. Juli hält der Kommandant große Musterung ab. Er spricht die Gefechtshandlungen vom 11. und 13. durch, er erteilt Lob und Ermahnung und benutzt die Gelegenheit, der Besatzung die Verleihung von dreißig Eisernen Kreuzen für das Schiff bekanntzugeben.

»Der Erste Offizier«, sagt er, »der Artillerieoffizier, die Divisionsoffiziere und ich haben darüber beraten, wie diese EK Zwos als Auszeichnungen für Leistungen bis zum 10. Juli einigermaßen gerecht auf die Besatzung zu verteilen seien. Wir sind dabei zu dem Schluß gelangt, daß das außerordentlich schwierig sein würde. Wenn wir trotz dieser Schwierigkeiten die EKs an dreißig Mann der Besatzung verleihen würden, so würden wir leicht Mißstimmung erregen, weil wir ungerecht vorgehen müßten, so daß Unzufriedenheit in der Besatzung entstünde, und es könnte leicht sein, daß unsere Einmütigkeit, unser Gemeinschaftsgeist und unsere gute Kameradschaft dadurch Schaden litten. Ich habe mich daher entschlossen, die Verleihung zurückzustellen – und zwar entweder, bis wir nach Hause zurückkehren, oder bis uns weitere EKs zugesprochen werden. Tragen kann sowieso keiner ein EK, weil keine an Bord sind. Wie die Dinge im Augenblick liegen, kann sich jeder Mann der Besatzung als mit dem EK ausgezeichnet betrachten; denn ein jeder hat auf seiner Station seine Pflicht erfüllt und sich mit ganzer Kraft für unsere Aufgabe eingesetzt. Die Verleihung der dreißig Eisernen Kreuze an die Besatzung und an mich betrachte ich als eine Anerkennung unserer bisherigen Leistung und zugleich als einen Ansporn für weitere Pflichterfüllung in der Zukunft.«

Er macht eine Pause und sagt dann: »Ich glaube, daß jeder mit dieser Regelung einverstanden ist.«

Er wartet. Es bleibt still.

»Das freut mich. Dann wollen wir gleich noch eine zweite Angelegenheit regeln. Ich meine das Verfahren der Verteilung von Erinnerungsstücken von gekaperten und versenkten Schiffen. Es ist klar, daß jeder einzelne sich solch ein Erinnerungsstück wünscht. Und es wäre ungerecht, wenn nur diejenigen, die zufällig einem Durchsuchungskommando oder Sprengkommando angehören, solche ›Souvenirs‹ bekommen würden, die anderen, etwa Funker, Geschützbedienungen oder Maschinenpersonal, aber nicht. Wir werden daher Listen darüber führen, was jeder einzelne Mann bekommen hat. Und ebenso darüber, was an geeigneten Erinnerungsstücken von den Schiffen mitgebracht wird. Es wird dabei gesorgt werden, daß mit der Zeit jeder in den Besitz eines solchen Erinnerungsstückes gelangt. Vorausgesetzt natürlich, daß unsere Erfolge anhalten.«

Wieder macht der Kommandant eine Pause; er will der Besatzung Zeit geben, diese Worte richtig in sich aufzunehmen. Dann fährt er mit erhobener Stimme fort:

»Nachdem ich diese Regelung bekanntgegeben habe, die ich für gerecht halte und die jedem sein Recht gibt, möchte ich eines noch einmal wiederholen: Wenn jemand plündert, ganz egal, um was es sich handelt, dann werde ich mit eiserner Strenge gegen diesen Mann vorgehen. Das wollte ich noch einmal mit aller Deutlichkeit gesagt haben ...

Im übrigen: Eßwaren gehen wie bisher auch weiterhin an den Proviantmeister und werden von dort aus verteilt. Beuteschnaps aller Art wird ausschließlich von mir der Kantine, den einzelnen Messen, auch der Messe der gefangenen Offiziere, dem Lazarett oder einzelnen Gruppen der Besatzung zugeteilt. Ebenso werden die Liebesgaben für die englische Nahost-Armee, die mit der Post der *Tirranna* in unsere Hände fielen, zu gegebener Zeit an die gesamte Besatzung verteilt werden.«

Noch einmal eine kurze Pause. Dann: »Das ist für heute alles. Gute Nacht, Kameraden!«

In den folgenden Tagen geht *Atlantis* mit leichten Zickzacks in dem bisher so erfolgreichen Seegebiet auf und ab. Das Wetter ist mäßig, frische Süd- bis Südostwinde, Schauertätigkeit, dazwischen Stunden mit weiter, klarer Sicht und wieder Eintrübung ... Dazu Temperaturen um 26° C mit hoher Luftfeuchtigkeit; es ist, als würde der Körper nie ganz trocken, sondern sei immer mit einem dünnen Feuchtigkeitsfilm überzogen, klebrig und unsauber – ein widerwärtiges Gefühl. Allein, das sind Kleinigkeiten, an die die Besatzung seit langem gewöhnt ist.

Bis zur Aufbringung der *Kemmendine*, also 3 1/2 Monate seit ihrem Auslaufen, hat *Atlantis* keinen Funkspruch abgegeben, sondern im Gegensatz zu den anderen Hilfskreuzern völlige Funkstille bewahrt. Der Seekriegsleitung ist die Abneigung des Kommandanten gegen das Funken wohlbekannt; sie sorgt sich auch nicht um das Schiff, sondern schließt aus den Meldungen über die Minen bei Cap Agulhas und gewissen Anweisungen der britischen Admiralität durchaus richtig, daß der Kommandant der *Atlantis* absichtlich schweige. Da *Schiff 16* jedoch von allen ausgesandten Hilfskreuzern der erste ist und die Führung in Berlin seine Erfahrungen benötigt, um die anderen Hilfskreuzer ansetzen zu können, hat die SKL schon am 8. Juni eine Standort-Lage-Erfolg-Meldung von *Atlantis* eingefordert. Die Hilfskreuzer-Kriegführung ist für alle Beteiligten zunächst gänzliches Neuland. Als erstes ausgelaufenes Schiff wird daher *Atlantis* auf allen Gebieten als Aufklärer angesehen, und es ist keineswegs im Sinne der SKL, daß der Kommandant von der freigegebenen Möglichkeit, Kurzsignale abzugeben, überhaupt keinen Gebrauch macht.

Als daher seit dem 8. Juni abermals fünf Wochen verstrichen sind, ohne daß von *Schiff 16* eine Nachricht eingegangen wäre, wiederholt die Seekriegsleitung ihre Aufforderung an das Schiff, sich zu melden. Am 11. und 12. Juli fordert sie die Funkparole und fügt, um ihrem Verlangen Dringlichkeit zu verleihen, hinzu: »Zur Beurteilung des weiteren zweckmäßigen Ansatzes der Hilfskreuzer benötigt SKL Standort, Bereitschaft, Erfolge, Erfahrungen. – Nach Erfahrungen *Spee* Peilgefahr im weiteren Seeraum als sehr gering anzusehen.«

Auf diese dringende Anmahnung hin antwortet der Hilfskreuzer am 14. Juli mit seinem ersten Kurzsignal seit Auslaufen: »*6 Süd, 77 Ost, Seeausdauer mehr als 85 Tage, bisherige Versenkung bis zu 30 000 BRT.*«

Weder dieses Kurzsignal, noch ein zwei Tage später abgegebenes FT erreichen die Heimat. Erst drei Wochen später gelangt das Kurzsignal auf Umwegen an das Oberkommando.

Am nächsten Tage geht *Atlantis* mit erhöhter Fahrt ein letztesmal in Zickzacks über ihr altes Jagdgebiet. SKL hat ein von Singapore kommendes Truppentransport-Geleit gemeldet, das etwa am 20. in die Nähe des Hilfskreuzers kommen muß und in das der Kommandant auf keinen Fall hineinlaufen will. So geht er mit der Abenddämmerung auf südlicheren Kurs, hält die Nacht über mit dreizehn Meilen durch und geht erst am anderen Morgen wieder auf Umdrehungen für neun Meilen herab. Sicher ist sicher und besser ist besser.

Tagelang versucht er nun, während er in kleinen Schlägen möglichst viele Schiffahrtsrouten zu überdecken trachtet, seinen mittlerweile schon oft verfluchten Funkspruch loszuwerden – ohne Erfolg. Schließlich sendet er sogar auf der Welle von Norddeich, nur um zu sehen, ob er unterbrochen wird. Norddeich unterbricht nicht!

Am folgenden Tage – für Norddeich noch gut vor Hellwerden – sendet er zweimal in Stundenabstand Rufzeichen. Kein Erfolg.

Nur SKL teilt – wieder einen Tag später – mit, daß der britische Marine-Befehlshaber Ostindien eine feindliche Einheit in 5° 30′ Süd eingepeilt habe. »Östliche Länge unbekannt« ... Kein Zweifel, wer damit gemeint ist!

Was haben doch die Fachleute in Berlin über den Sender der *Atlantis* gesagt, die oberschlauen ...?!, »diese Anlage ist mehr als stark genug!«

Kurz darauf wieder ein FT von SKL: Die britische Admiralität hat alle Handelsschiffe in den heimischen Gewässern angewiesen, jedes in der üblichen Form auftretende und näher kommende Schiff als Kaperkreuzer anzusehen und alles Verdächtige sofort zu melden, um zu vermeiden, daß auf nahe Entfernung die Antennen vorzeitig heruntergeschossen werden.

Seltsam, denkt der Kommandant, als er gelesen hat und den Eingang abzeichnet, nur in den »heimischen Gewässern«. Warum wohl der gleiche Befehl nicht gleichzeitig für Ostindien und alle anderen Seegebiete herausgegeben worden ist?!

Die Funker der *Atlantis*, Oblt. Wenzel und Funkmaat Wesemann, erringen in diesen Wochen einen Sondererfolg. Wesemann ist früher drei Jahre lang im deutschen B-Dienst als Fremdfunk-Entschlüsseler tätig gewesen. Jetzt gelingt ihnen die Entschlüsselung wesentlicher Teile des British-Merchant Navy Code nur an Hand von zwei Volltext-FTs, die unabhängig voneinander von der Funkerei der *Atlantis* aufgenommen worden waren. Indem sie die Gruppen der beiden Telegramme als Fingerzeige benutzten und sie mit den möglichen Bedeutungen weiterer aufgefangener Funksprüche kombinieren, stellen sie nach und nach etwa ein Drittel der Gruppen der britischen Austauschtafel 1 für den Merchant Navy Code fest – ein unschätzbarer Vorteil für die Schiffsführung, die nun in der Lage ist, wesentliche Teile des englischen Funkverkehrs mitzulesen!

Wieder meldet sich die Seekriegsleitung:

Alle französischen Schiffe auf hoher See sind als feindlich zu behandeln. Für Ladungen nach dem unbesetzten Frankreich und den französischen Besitzungen sind die prisenrechtlichen und Konterbande-Vorschriften anzuwenden.

Das heißt also, daß diese Gebiete als Feindgebiete anzusehen sind!

Und einen Tag später:

Das Gebiet von St. Francis, Südafrika, ist dem Hilfskreuzer *Schiff 33* – *Pinguin* – zum Minenlegen zugewiesen worden.

Der Kommandant der *Atlantis* runzelt die Stirn. Was mag sich Berlin dabei gedacht haben?! Über das Minenfeld von Cap Agulhas ist SKL nur durch die englischen Warnungen unterrichtet.

Schiff 16 hätte ebensogut auch St. Francis mitverseuchen können. Und diese Sperre konnte bis heute unentdeckt sein! Von dem Risiko für *Schiff 33* aber einmal abgesehen: Es erschien nicht sehr sinnvoll, nach der allgemeinen Anweisung, außerhalb der Hundert-Faden-Grenze zu fahren, innerhalb dieser Grenze noch Minen zu legen.

Schlimmer aber war etwas anderes! Das Auftreten von »33« kam *Atlantis* höchst ungelegen! Nicht nur das mögliche Überlappen der beiderseitigen Operationsgebiete im Indischen Ozean, vor allem die Ähnlichkeit des äußeren Erscheinungsbildes! Beide sind ehemalige Hansa-Schiffe; das ist ein ganz entschiedener Nachteil!

Das Auftreten von *Schiff 33* bleibt nicht der einzige Kummer für den Kommandanten. Aus einem tagelang nicht abreißenden Strom von Radio-Meldungen ersieht er, welche Sensation *Schiff 21* – *Widder* – durch die Versenkung zweier Schiffe innerhalb der sogenannten panamerikanischen Sicherheitszone hervorgerufen hat.

Noch vor knapp vier Wochen sind »16« und »36« funktelegrafisch ermahnt worden, die panamerikanische Neutralitätszone zu respektieren. Nach der Aktion von »21« vor der Karibik erhebt sich die Frage, ob in dieser Politik ein Wechsel eingetreten ist, ohne daß »16« und »36« davon unterrichtet wurden?

Zwei Tage lang noch hält sich *Atlantis* entlang des alten *Tiranna*-Tracks, ehe sich der Kommandant entschließt, endgültig den Treffpunkt mit der Prise anzusteuern. Am 29. Juli, früh 7.22 Uhr, wird *Tiranna*, auf dem Treffpunkt liegend, gesichtet und sogleich mit der Übernahme von Brennstoff und Ausrüstung begonnen.

Der Kommandant beabsichtigt, die Prise so rasch wie möglich mit Brennstoff und dem notwendigen Proviant zu versehen und in Marsch zu setzen. Zugleich soll *Atlantis* ihre erste große Maschinenüberholung seit der Ausreise durchführen. Außerdem soll natürlich die Gelegenheit zur Erledigung einer ganzen Reihe kleinerer Arbeiten am Schiff benutzt werden.

So entwickelt sich ein reger Bootsverkehr zwischen den beiden Schiffen; Motorbarkassen und Kutter sind ununterbrochen unterwegs.

Auf dem Hilfskreuzer beginnt das Maschinenpersonal mit der Motorenüberholung. Das ist – in offener See, bei Dünung und ständiger Bewegung, noch dazu in tropischen Temperaturen – eine Knochenarbeit, aber »Kielhorns Schwarze Scharen« gehen unverdrossen ans Werk.

Der Kommandant befaßt sich inzwischen mit Überlegungen über den Fortgang des Kreuzerkrieges gegen die Handelsschiffahrt. Er ist sich darüber im klaren, daß der erste, fast drei Monate währende Abschnitt der Jagd auf die feindliche Handelsschiffahrt in den freien Ozeanen abgeschlossen ist. Trotz der gewaltigen Ausdehnung der Seeräume und der Schwierigkeit, darin die Einzelfahrer aufzufinden, ist diese Kriegsperiode erfolgreich verlaufen. Und was das wichtigste ist: der Gegner hat keinen Einblick in den

Operationsbereich der *Atlantis* gewonnen, solange sie sich tatsächlich darin befand. Obwohl der Gegner den Funkverkehr des Schiffes mit den Kursanweisungen für die *City of Bagdad* zusammengelegt und daraus auf den Standort des Hilfskreuzers geschlossen hat, ist er offensichtlich im Zweifel darüber geblieben, ob es sich um ein U-Boot oder ein Überwasserfahrzeug handelte.

Der lebhafte Funkverkehr auf seiten des Befehlshabers der Ostindienstation zeigt überdies, daß eine erhebliche Beunruhigung des ostindischen Raumes eingetreten ist und daß der britische Admiral Ostindien keinerlei klare Vorstellungen über den Standort des Hilfskreuzers besitzt. Möglicherweise stehen die gemeldeten Bewegungen kleinerer Einheiten zu Patrouillenfahrten von Aden aus mit Abwehrmaßnahmen in diesem Gebiet in Verbindung.

Der Hilfskreuzer hat demgegenüber durch seine Unternehmungen im freien Seeraum einen guten Einblick in die Maßnahmen, Vorschriften und die Durchführung der von der britischen Admiralität herausgegebenen Befehle gewonnen – desgleichen gute Kenntnis der Tätigkeitsweise derjenigen Dienststellen auf der Feindseite, denen die Steuerung der Handelsschiffahrt obliegt. Der Kommandant ist danach der Ansicht, daß Kapitäne und Besatzungen der Gegenseite im offenen Seeraum weniger auf dem Posten sind als in Küstennähe oder in Innengewässern. Ebenso bleibt dem Kaperkreuzer im freien Seeraum mehr Zeit zur Arbeit an Bord des aufgebrachten Schiffes und zur Übernahme alles wertvollen Materials.

Die erbeuteten Dokumente und die in den verschiedensten Seegebieten gewonnenen Erfahrungen versetzen den Hilfskreuzer in die Lage, in Zukunft besser in Küstennähe oder in belebteren Seegebieten zu operieren. Nach Abgabe der Gefangenen und Abfertigung der *Tirranna*, so beschließt der Kommandant daher am Ende seiner Überlegungen, wird das Schiff einen Vorstoß in das Seegebiet Madagaskar-Mauritius unternehmen.

Er ist sich dabei klar darüber, daß die Abgabe von 420 cbm Dieselöl an die *Tirranna* die Seeausdauer der *Atlantis* empfindlich beeinträchtigt. Aber er muß anderseits seine nahezu 400 Gefangenen loswerden, die nicht minder belastend sind, vor allem für die Lebensmittelvorräte der *Atlantis*.

Überdies ist die Ladung der *Tirranna* nach seiner Ansicht so wertvoll, daß die Versenkung des Schiffes nicht zu rechtfertigen wäre. Also müssen die sonstigen Nachteile in Kauf genommen werden.

Die Beölung der Prise erweist sich als schwieriges Problem. Überraschend kommt schlechtes Wetter auf: stürmische Winde in Windstärke 7, Seegang 4 und hohe Dünung.

Um Zeit zu sparen, hat der Kommandant Hilfskreuzer und Prise gestoppt hintereinander gelegt und sie mit starken Manilatrossen verbunden. Unglücklicherweise treibt dabei das hinten liegende Schiff immer wieder auf das vordere auf. Die dadurch notwendigen Schraubenmanöver beanspruchen aber die Leinen so stark, daß nach Übernahme von nur 45 Tonnen Öl die beiden je 22 cm starken Verbindungstrossen glatt abreißen und die Beölung zunächst abgebrochen werden muß.

Die Nacht hindurch liegen beide Schiffe gestoppt.

Am folgenden Vormittag wird die Übernahme von Proviant und Ausrüstung aus der *Tirranna* trotz grober See, heftiger Regenschauer und böigen Windes planmäßig fortgesetzt.

Zugleich trifft Kapitän Kamenz im Auftrag des Kommandanten die Vorbereitungen für Fortsetzung der Beölung. Das Manöver, im vorhinein sorgfältig durchdacht und in seinen Einzelheiten schriftlich fixiert, entwickelt sich zu einem seemännischen Leckerbissen. Nachdem beide Schiffe in kurzem Abstand hintereinander aufmarschiert sind, bringt die Motorbarkasse zunächst eine 7-cm-Leine vom einen zum andern. Auf diese ist eine 18-cm-Leine, auf diese wiederum der Schleppdraht, eine 14-cm-Stahlleine, aufgesteckt, so daß schließlich eine haltbare Schleppverbindung zwischen beiden Schiffen hergestellt wird. Unabhängig von dieser reinen Schleppverbindung schaffen nun die Schiffe zusätzlich eine Ölschlauchverbindung und laufen mit kleinsten Umdrehungen und ganz leicht divergierendem Kurs an, bis das schleppende Schiff richtig schleppt und das geschleppte seine Maschinen stoppt und nun bei federnd tragender Trosse an seinem Vordermann hängt.

Trotz rauher See und hoher Dünung gelingt es auf diese Weise, in dreieinhalb Stunden 450 cbm Dieselöl von der *Atlantis* in die *Tirranna* hinüberzupumpen. Die Prise hat nun nach ihrem Ölbestandsmesser 704, nach Berechnung 650 cmb Öl an Bord, ausreichend, um die Heimreise in einen Biscayahafen glatt zu erledigen.

Nach Beendigung der Beölung benutzt der Kommandant die Gelegenheit einer dunklen Nacht, um seine Dampfer- und Positionslaternen und Speziallampen einigen Prüfungen zu unterwerfen. Er will wissen, wie die verschiedenen Lichter voll brennend, gedämpft, mehr oder minder oder ganz abgeblendet zu sehen sind, auf welche Entfernung sein Schiff in dunkler Nacht auszumachen ist und wie groß es unter solchen Bedingungen von außen aussieht. Er schickt zu diesem Zweck seinen Navigationsoffizier, Kapitän Kamenz, auf die *Tirranna*, und was dieser dann zu berichten hat, ist interessant und zum Teil unerwartet genug:

»Das Abdunkeln der normalen Navigationslichter wirkt am überzeugendsten bei Einschaltung eines $1^1/_2$-Ampere-Widerstandes. Wenn das Schiff niedrig brennende Dampferlaternen und entsprechende grüne und rote Positionslichter führt, wirkt es größer und breiter als mit normalen Lampen« – ein Effekt, der den Wünschen des Kommandanten entgegengesetzt ist.

»Die Speziallichter«, fährt Kapitän Kamenz fort, »wirken bei Abblendung Eins so lange gut, wie das Schiff selbst mit Doppelglas nicht auszumachen ist. Bei Entfernungen unter 3–4 Meilen durchschaut man die Täuschung, besonders wenn man die drei Speziallampen nicht genau von der Seite sieht.«

»Streichhölzer«, sagt er endlich, »sind auf Entfernungen über zwei Meilen nicht zu sehen; selbst dann geben sie nur einen sehr schwachen Schein; Zigaretten dagegen sind sichtbar. Im Doppelglas ist das abgeblendete Schiff bei dunkler Nacht auf 7000 m gut auszumachen.«

Nachdenklich nimmt sich der Kommandant diese Beobachtungen zu Papier ...

Am folgenden Morgen setzen die Schiffe den Güter- und Proviantaustausch fort, und jetzt, in letzter Stunde, stellt der Adjutant schwerwiegende Übergriffe der Prisenbesatzung fest. Unter Anführung eines Oberfunkmaaten ist die gesamte Prisenbesatzung mit Ausnahme des Gefreiten Seeger über die Postsäcke auf der *Tirranna* hergefallen und hat sie in schamloser Weise beraubt. Allein bei dem Oberfunkmaaten findet sich, teilweise in der Station versteckt, ein ganzes Warenlager.

Der Prisenkommandant, Leutnant (S) Waldmann, hat, als er erkannte, daß das Öffnen der Postsäcke zu weit ging, sofort befohlen, damit aufzuhören und alles wieder ordentlich aufzuräumen. Jeder Mann bekam 3 Paar Socken, zwei Hemden und einen Pullover zugebilligt. Weitere Gegenstände zu behalten, hatte er ausdrücklich verboten. Trotzdem fand der Adju beim Überholen der Spinde der elfköpfigen Prisenbesatzung eine Menge geplünderter Dinge. Der Kommandant ordnete sofortige Eröffnung eines Kriegsgerichtsverfahrens gegen alle Beteiligten an.

Aber eine Sorge kommt selten allein! Wenige Tage vor diesem Vorfall ist das Doppelglas des *City-of-Bagdad*-Kapitäns spurlos verschwunden. Appell an das Ehrgefühl der Besatzung und eindringliche Vorstellungen der Vorgesetzten haben zunächst keinen Erfolg, führen dann aber dazu, daß vor dem Lazarett ein Zettel entdeckt wird, auf dem der Täter erklärt, das Glas, um nicht entdeckt zu werden, über Bord geworfen zu haben. Handschriftvergleiche im Kreise der in Betracht kommenden Soldaten ermöglichen dann doch die Überführung des Schuldigen. Der Täter gesteht den Diebstahl ein. Das Urteil des Kriegsgerichts lautet auf zwei Jahre Gefängnis, Degradierung, Ausstoßung aus der Kriegsmarine und Leistung von Schadenersatz an den geschädigten Captain Armstrong White. Außerdem wird er mit der nächsten Prise fortgeschickt.

»Hoffen wir«, sagt der Kommandant, die Stirn runzelnd, als der Adju ihm das Ergebnis der Kriegsgerichtsverhandlungen meldet, »daß nach diesen Vorfällen die Besatzung diese Kinderkrankheiten überstanden hat.«

»Jawohl«, erwidert der Adju mit dem gewohnten nervösen Blinzeln, »hoffen wir's, Herr Kapitän.«

Das Bordfliegerkommando, Feldwebel Bees und seine Mechaniker, setzen während der Maschinenüberholung in viereinhalbtägiger Arbeit aus den mitgenommenen Einzelteilen tatsächlich ein Reserveflugzeug zusammen. Und das Ding fliegt! Stolz und Anerkennung sind um so größer, als der Zusammenbau ohne Baubeschreibung wie ein Legespiel erfolgen mußte. Aber die Maschine fliegt! Zweihundert Liter Benzin an Bord – und vorläufig noch ohne ihre Bordwaffen, startet sie bei leichtem Südost und niedriger Dünung zu ihrem ersten Probeflug, zieht ein paar lange Schleifen um den Hilfskreuzer und landet schließlich glatt. Alle Beteiligten sind hoch zufrieden, besonders als am Nachmittag auch der zweite Probeflug mit weniger Brennstoff, dafür aber mit eingebauten MGs und zwei 50-kg-Bomben ohne Zwischenfall verläuft.

Inzwischen nimmt *Atlantis* Fahrt auf, während noch ihre außenbords auf den Stellingen hängenden Seeleute mit ihrem Malgerät Hals über Kopf an Bord klettern und zu ihren Gefechtsstationen stürzen und sich ein einsamer Matrose im kleinen Dingi in der Befürchtung, allein im weiten Indischen Ozean zurückgelassen zu werden, verzweifelt bemüht, hinter der großen *Atlantis* herzuwriggen.

Tirranna, immer noch einen Teil der *Atlantis*-Besatzung an Bord, nimmt gleichfalls Fahrt auf und dampft dem Hilfskreuzer nach, der vier Minuten nach Sichten des Fremden ohne weitere Formalitäten das Feuer eröffnet, nachdem drüben das Heckgeschütz erkannt ist und bemannt zu sein scheint.

Die erste Salve fällt noch viertausend Meter vom Ziel – der Artillerieoffizier ist mit auf der *Tirranna* –, die zweite jedoch liegt schon deckend, und als die dritte fällt, zuckt es auf dem Gegner rot auf: Treffer!

Das Geschütz drüben, zuerst auf den Hilfskreuzer gerichtet, wird wieder verlassen.

»Halt, Batterie, halt!«

Doch dann richten sie drüben nochmals ihre Kanone. Sofort erheben die Fünfzehner der *Atlantis* wieder ihre donnernden Stimmen. Das wirkt. Nach dieser vierten Salve kann der Kommandant endgültig das Feuer einstellen.

Fast gleichzeitig läuft der Gegner in einer dichten Regenbö aus Sicht. *Atlantis* stößt unverzüglich nach, obwohl die Sicht zeitweilig auf knapp zweihundert Meter zurückgeht.

Etwa zehn Minuten lang sucht der Hilfskreuzer mit »Höchstfahrt« von 9 sm vergeblich; dann plötzlich reißt der Regenvorhang auf und gibt den Gegner frei, der gestoppt liegt, keinen Widerstand mehr leistet und auf das Durchsuchungskommando wartet, das unter Lt. Dehnel auf der *Atlantis* bereitsteht und nicht fahren kann, weil erst das zurückgebliebene Motorboot wiederkommen muß: Es ist eine ganz und gar verdrehte Situation.

Das Durchsuchungskommando stellt schließlich fest, daß es sich bei dem gekaperten Schiff um die norwegische *Talleyrand* handelt, Kapitän Foyn, Eigentum Wilhelmsen Line, Tönsberg, gebaut 1927 bei den Deutschen Werken in Kiel. Von fünf angehaltenen Schiffen ist dies das dritte deutscher Herkunft!

Die *Talleyrand* lief gemäß vorgefundener Kursanweisung auf 31° Süd von Freemantle nach Kapstadt, um dort zu bunkern und nach England weiterzugehen. Ihre Ladung besteht aus 16 000 Ballen Wolle, 22 686 Sack Weizen, 4500 Tonnen Stahlbarren und 240 Tonnen Teakholz. Sie ist in Sydney mit einer Kanone und mit Magnetminenschutz ausgerüstet worden und machte ihre erste bewaffnete Reise. Die zwanzig Salven 4,7-Zoll-Munition an Bord werden sofort auf die *Tirranna* übergeladen.

Talleyrand hat nur etwa 400 Tonnen Öl an Bord, zuwenig, um ohne Ergänzung nach Hause zu kommen. Sie hat eine Besatzung von 36 Norwegern, darunter eine Frau, keine Verwundeten oder Tote.

Das Äußere des Schiffes weicht ein wenig von dem gewohnten Bilde ab. Der Rumpf ist schwarz, der Name steht in weißer Schrift – nicht übermalt! – an Bug und Heck; und Aufbauten, Masten und Pfosten sind grau gehalten, »damit das Schiff nicht«, wie der Kapitän äußert, »wie ein englisches aussieht«! Er erklärt im übrigen, er habe beabsichtigt, nicht nach England zu gehen, sondern nach Norwegen durchzubrechen, und es stellt sich heraus, daß er tatsächlich mit seiner Besatzung darüber im Einvernehmen ist.

Er schildert auch die Schwierigkeiten, die es bereite, in Australien Besatzung zu bekommen, da frühere Besatzungen neutraler Schiffe auf nach England bestimmten Schiffen nicht arbeiten wollten. Er selbst freilich hatte solche Kümmernisse nicht gehabt, da ja seine Besatzung über seine Absichten im Bilde war.

Capt. Foyn hatte auch in Australien vom Verschwinden der *Tirranna* und der *City of Bagdad* gehört. »In Australien«, sagte er, »nimmt man an, daß sich die *Tirranna* nach Italienisch-Somaliland oder Madagaskar aus dem Staube gemacht hat. Der deutsche Kaperkreuzer wird zur Zeit in der Äquatorgegend vermutet.«

Er kommt dann mit hinüber auf die *Atlantis*, und dort trifft er seinen Kollegen von der *Tirranna*; es gibt ein sehr herzliches und fröhliches Wiedersehen. »Na, Gundersen«, ruft Foyn und schlägt seinem Freunde auf die Schulter, »hast du immer noch so viel Angst, über den Indischen Ozean zu gehen?«

»Ich?« sagt Gundersen und wird rot. »Warum sollte ich Angst haben, über den Indischen Ozean zu gehen?«

»Weil du es in Melbourne gesagt hast.«

»Habe ich das in Melbourne gesagt?«

»Ja, das hast du, und dort ist es mir sofort erzählt worden, als ich hinkam...«

Einen Augenblick stutzt Kapitän Gundersen. Dann blickt er Kapitän Foyn sehr scharf in die Augen, und dann fangen sie beide schrecklich an zu lachen.

»Es scheint«, jappt schließlich Foyn, »als ob die Wilhelmsen-Kapitäne in Melbourne die Gastfreundschaft der gleichen Dame genießen!«

»Ja«, lacht Gundersen, »so scheint es, und ich glaube, man kann die Wilhelmsen-Kapitäne dazu beglückwünschen, nicht wahr?«

»Ja, das kann man sicher!«

Kommandant und Prisenkommando der *Atlantis* sehen dieser Begrüßung schmunzelnd zu. Sie stellen überhaupt fest, daß Wilhelmsen in Tönsberg ein sehr familiär aufgebautes Unternehmen sein muß. Zwischen *Tirranna* und *Talleyrand* gibt es verwandtschaftliche und außerdem freundschaftliche Bande der verschiedensten Art. Da treffen sich Brüder, die einander jahrelang nicht gesehen haben und von denen der eine Steuermann, der andere Zimmermann auf Wilhelmsen-Schiffen ist, da treffen sich Vettern und Freunde, und in einem Falle sogar Vater und Sohn – über die *Atlantis* endlich wieder. »Ich habe«, sagt der Kommandant scherzend, »gar nicht gewußt, daß wir zu einem Teil sogar ein wohltätiges Unternehmen sind.«

Im übrigen geht er eine Weile sehr ernsthaft mit dem Gedanken um, auch die *Talleyrand*, die bis auf einen Treffer im Vorschiff unbeschädigt geblieben ist und eine sehr wertvolle Ladung hat, als Prise nach Hause zu

81

schicken. Der Umstand, daß sie nur 400 cbm Öl an Bord hat und durch weitere Ölgabe der Hilfskreuzer in seinem Fahrbereich zu sehr beeinträchtigt werden würde, entscheidet schließlich über *Talleyrands* Schicksal. Der Gesichtspunkt, daß die gleichzeitige Abgabe einer zweiten Prisenbesatzung die Gefechtsbereitschaft der *Atlantis* verringere, spielt erst in zweiter Linie eine Rolle. Die Ölfrage entscheidet.

Ehe aber das Schiff versenkt wird, nimmt es der Kommandant noch ein Stück mit nach Süden, um es dann dort in aller Ruhe auszupacken und für *Atlantis* und *Tirranna* alles irgend Brauchbare daraus zu entnehmen. Die Seeausdauer des Hilfskreuzers wird dadurch um zwei volle Monate erhöht werden.

Dieser Gedanke tröstet den Kommandanten ein wenig über die harte Notwendigkeit, *Talleyrand* zu versenken, hinweg; denn auch den Vorschlag, das Schiff auf gut Glück bis Teneriffa zu schicken und seine weitere Beölung der Seekriegsleitung aufzubürden, kann er nicht gutheißen; die Unsicherheitsfaktoren sind zu groß. Und: Man kann, so denkt er, die SLK nicht gut mit der Sorge um die Beölung von Prisen belämmern. Aber das ist Ansichtssache.

So laufen *Tirranna* und *Talleyrand* in kurzem Abstand nebeneinander vor der *Atlantis* her nach Süden, und am nächsten Vormittag, einem regnerischen, frischen Sonntagmorgen, beginnt unter der Aufsicht des Verwaltungsoffiziers, Dr. Lorenzen, und des Ersten Offiziers die Ausräumung der *Talleyrand*. Das beginnt mit der Übersiedlung der norwegischen Besatzung samt ihren Habseligkeiten auf die *Tirranna*, die auch die Boote der *Talleyrand* zusätzlich übernimmt. Nur ein Motorrettungsboot, das einen besonders stabilen und seetüchtigen Eindruck macht, behält *Atlantis* für sich selbst. Es leistet in der Zukunft allerbeste Dienste.

Jeder der umgeschifften Norweger nimmt außer seinem persönlichen Eigentum seine Matratzen und Decken, Teller, Messer, Gabel, Löffel, Kochutensilien, Kessel, Töpfe, Pfannen usw. mit zur *Tirranna* hinüber. Der Rest des Geschirrs, alle Früchte und der gesamte Proviant gehen auf die *Atlantis*, die gleichzeitig, durch zwei schwere Manilatrossen mit *Talleyrand* verbunden, in fünf Stunden ohne Zwischenfälle 420 cbm Brennstoff aus dem Norweger übernimmt.

Captain Foyn hat in letzter Minute noch eine private Unterhaltung mit dem Oberleutnant Fehler, in der es sich um Fragen des Durstes handelt. Oberleutnant Fehler zeigt dafür großes Verständnis; er weiß aus eigener Erfahrung, daß Durst schlimmer ist als Heimweh. Und so fährt er eigens noch einmal zur *Talleyrand* zurück und findet dort tatsächlich die erwähnten Whisky-Kisten. Als letzte Ladung werden sie noch auf die *Tirranna* gebracht, so daß Captain Foyn und seine Getreuen während der ganzen Heimreise keinen Tag unter einer trockenen Kehle zu leiden haben. Am frühen Nachmittag ist die Ausräumung der *Talleyrand* beendet. Das Schiff ist klar zur Versenkung.

Atlantis startet ihr Bordflugzeug. Der neue Vogel soll versuchen, *Talleyrand* die Antenne herunterzureißen und Bomben auf das Schiff zu werfen. Beide Versuche mißlingen. Besser ist das Ergebnis der Beschießung von Brücke und Funkkabine mit Bordwaffen. Die Trefferspuren zeigen, daß es wahrscheinlich möglich sein würde, Schiffe durch das Bordflugzeug anhalten zu lassen, ohne daß es dabei zur Abgabe von Funknotrufen kommen könnte.

Unmittelbar nach Rückkehr und Einsetzen des Flugzeuges geht das Sprengkommando unter Oberlt. Fehler auf die *Talleyrand* hinüber, um die vorbereiteten Ladungen – diesmal 72 kg schwer – drüben anzubringen. Von *Atlantis* aus sieht man sie einzeln über die Jakobsleiter an Bord klettern. Das verlassene Schiff liegt seltsam trostlos in der leichten Dünung. Das Licht der Spätnachmittagssonne spiegelt sich in den Bulleyes und den Fenstern der Aufbauten.

Nun verläßt das Sprengkommando wieder das Schiff. Der Motorkutter legt ab und fährt im eleganten Bogen auf *Atlantis* zu, an deren Reling sich Kopf an Kopf die Besatzung drängt, wie immer, wenn ein Schiff versenkt wird, und mit einem Gemisch aus Staunen, Grausen und Spannung zusieht. Es ist jedesmal etwas an solcher Szene, das an die öffentlichen Hinrichtungen alter Zeit erinnert.

17.46 Uhr. Die erste Chargierung. Ein scharfer Schlag, deutlich spürbar. Unmittelbar darauf die zweite Ladung – und daran anschließend eine schwere Explosion im Maschinenraum. Das Maschinenoberlicht fliegt hoch in die Luft. Man sieht einen Ruck durch das ganze Schiff gehen. Fast sofort beginnt es, achtern tiefer zu sinken. Nach nur acht Minuten rutscht es über den Achtersteven lautlos in die Tiefe: *Talleyrand*, 6731 BRT. Aber niemand setzt ihr einen Grabstein.

Der Kommandant ist gerade mit seinen Aufzeichnungen fertig, als sich der Prisenkapitän der *Tirranna*, Lt. (S) Waldmann, zum abschließenden Bericht bei ihm melden läßt.

Es stellt sich heraus, daß Kapitän Waldmann ernste Bedenken wegen des Treibölbestandes der *Tirranna* hegt. Sein Leitender Ing., Obermaschinist Fischer, hält zähe an der Behauptung fest, *Tirranna* habe lt. Bestandsmesser nur 556 cbm Treiböl an Bord. Was ist zu tun?

Der Kommandant schickt seinen eigenen Leitenden, Oblt. Ing. Kielhorn, hinüber. Dieser stellt fest, daß mindestens 663 cbm in den Bunkern der *Tirranna* vorhanden sind. Das ist mehr als genug, um an kritischen Punkten mehrere Tage lang mit 17 Meilen, die übrige Zeit – etwa 40 Tage lang – mit neun Meilen zu marschieren. Überdies ist dann noch eine Reserve von 150 cbm vorhanden, genug für mehr Tage, als ein Handelsschiff normalerweise bekommt.

Ganz überzeugt und begeistert scheint der Kapitän nicht von dieser Rechnung, aber er macht keine Einwände, als ihm der Kommandant nunmehr vorschlägt, fünf Minuten nach Mitternacht den Heimmarsch anzutreten. Und so empfängt er seine Marschorder, die bis in Einzelheiten alles enthält, was er auf dem fast zehntausend Meilen langen Marsch nach Westfrankreich zu bedenken und zu beachten haben wird. St-Nazaire, im Notfalle Lorient oder Bayonne, das ist das Ziel, und er wird auf dem Wege dorthin ganz bestimmte Kurse durch ganz bestimmte Seegebiete zu steuern haben, um der Aufbringung durch englische Streitkräfte – und – der Vernichtung durch eigene U-Boote zu entgehen. Nicht zu vergessen die italienischen U-Boote, die neuerdings im Azorenraum operieren! Weit ausholend um Kapstadt und zwischen Bahia und Freetown möglichst die Mitte haltend, weil dort evtl. mit einem Träger zu rechnen ist, soll das Schiff zwischen Kap Verden und Azoren auf die spanische Küste zuhalten. Der letzte kritische Punkt, das Gebiet um Kap Finisterre, soll nachts mit Höchstfahrt, tags mit Zickzackkursen durchlaufen werden.

Schärfster Ausguck, um möglichst jeder Begegnung mit anderen Schiffen auszuweichen. Im übrigen: Die Kanone bleibt an Bord. Ungetarnt! Und Kapt. Waldmann hat das Recht, sie zur Verteidigung des Schiffes einzusetzen! Sonst hat er gegebenenfalls alles zu tun, um zu verhindern, daß das Schiff in Feindeshand fällt. Diese Vorschrift umschließt äußerste Wachsamkeit gegen alle Versuche der Gefangenen, die Norweger eingeschlossen, Sprengladungen unschädlich zu machen, mit fremden Schiffen zu signalisieren oder ähnliches. Alle derartigen Versuche sind sofort und rücksichtslos mit der Waffe zu unterdrücken, Sabotage ist mit öffentlicher Erschießung zu bestrafen. Alle diese Tatsachen hat er, Waldmann, den Gefangenen bekanntzugeben.

Es ist eine lange Liste dessen, was der Prisenkommandant leider zu tun, zu beachten und zu bedenken hat, was seine »Passagiere« wissen dürfen und was nicht, was er tun soll, um ihnen eine Chance zum Überleben zu geben falls das Schiff aufgebracht wird, wie er den Gegner möglichst täuschen soll – kurzum, es sind Verhaltensmaßregeln für alle Lebenslagen, und ihm schwirrt der Kopf, als er sie zum ersten Male überfliegt. Aber schließlich werden ja nicht alle hier aufgezählten Fälle unterwegs eintreten! Damit tröstet er sich!

Zwei Punkte aber schärft ihm Kapitän Rogge zum Abschied nochmals besonders dringlich ein: sich keinesfalls durch feindliche Radiopropaganda beeinflussen zu lassen – und: nach Ankunft im Hafen sich eingehend um die Unterbringung und Isolierung der Gefangenen zu kümmern, besonders auch der Frauen. Falls untergeordnete Dienststellen diesen Punkt nicht genügend beachten, sind die Gefangenen an Bord zu behalten, und die Entscheidung der Seekriegsleitung ist abzuwarten. Vor Regelung der Gefangenenfrage darf das Prisenkommando nicht entlassen werden.

Damit überreicht der Kommandant dem Kapitän Waldmann noch eine Anzahl Anlagen zu seinem Marschbefehl, und dann schlägt die Abschiedsstunde. Am Montag, 5. August 1940, 0,05 Uhr, dröhnen sich die Sirenen der *Tirranna* und der *Atlantis* ihre Abschiedsgrüße zu. Dann verschwindet der Schatten der Prise in der Tropennacht, achtzehn Mann Prisenkommando, 95 weiße Gefangene, darunter sechs Frauen und drei Kinder, und 179 Farbige, insgesamt 292 Menschen an Bord.

Zwei Prisenoffiziere sind – entgegen der ursprünglichen Absicht – der *Tirranna* mitgegeben worden; außer dem Kommandanten ist der frühere Erste der *Goldenfels*, Lt. z. S. (S) Mund, dem Schiff mit der besonderen Aufgabe mitgegeben, sich um den reibungslosen Ablauf des inneren Schiffsbetriebes zu bemühen und seinen Kapitän nach Möglichkeit zu entlasten.

»*Ich habe das volle Vertrauen*«, schreibt Kapt. Rogge ins Kriegstagebuch der *Atlantis*, »*daß die beiden Offiziere gemeinsam die ihnen anvertraute Aufgabe erfolgreich beenden werden.*«

Sie lösen sie – bis unmittelbar vor die Haustür. An einem Spätsommermorgen 1940 kommt das Schiff nach glückhaftem Blockadedurchbruch und fast 10 000 sm Reise über vom Feinde beherrschten Meere an der französischen Biscayaküste südlich der Girondemündung an. Lt. Mund setzt nach erheblichen Schwierigkeiten im Fischerboot an Land über. Er telefoniert mit dem örtlichen Marinebefehlshaber in Royan. Er meldet die Ankunft der *Tiranna* und erbittet vorbereitende Maßnahmen für ihr Einlaufen im Geleit. Unter keinen Umständen darf dem Schiff in letzter Stunde etwas zustoßen!

O nein! Was sollte da wohl passieren! Man ist ganz und gar zuversichtlich in Royan. Englische U-Boote? Aber wo denken Sie hin?! Hier, vor unserer Haustür?! – Kommen Sie nur morgen um soundsoviel Uhr zum Treffpunkt X vor der Girondemündung; dort erwartet Sie das Geleit.

Ob das auch ganz sicher sei, fragt Lt. Mund zurück. »Wozu denn warten bis morgen mittag?« Immerhin hat das Schiff dreihundert Menschen an Bord, die keiner unnötigen Gefährdung ausgesetzt werden dürfen.

Nun wird man ungeduldig: »Hören Sie nicht – morgen 14 Uhr ... –«, und darauf gibt sich Lt. Mund zufrieden. Schließlich muß ja so ein Seekommandant seinen Bereich in Ordnung haben; und ein paar Zerstörer und Vorpostenboote zum Geleit für ein Schiff hinauszuschicken, das kann ja seine organisatorischen Fähigkeiten nicht übersteigen. Immerhin schlägt Lt. Mund vor, doch für alle Fälle vielleicht vor der Girondemündung noch U-Boot-Jagd zu fahren. Für alle Fälle. Aber damit erntet er nur Heiterkeit.

Am nächsten Tage versinkt die *Tiranna* vor der Girondemündung, fast unmittelbar an der Ansteuerungstonne, getroffen von den Torpedos eines englischen Unterseebootes. Sechzig Gefangene verlieren ihr Leben. Das »Geleit«, aus Royan verspätet ausgelaufen, weil verspätet benachrichtigt, kann nur noch die Überlebenden bergen ...

Auf der *Atlantis* ist es still geworden, seit die Gefangenen nicht mehr ihren täglichen Spaziergang an Deck machen, nicht mehr ihre Schach- und Kartenpartien spielen und die hellen Stimmen der Kinder nicht mehr über die Decks tönen. Und die Inder fehlen, ihre ruhige, heitere Höflichkeit, und der Singsang der Lascaren bei der Deckarbeit.

Der Hilfskreuzer bleibt noch mehrere Tage, mit der Überholung seiner Hauptmaschine beschäftigt, auf dem alten *Tiranna*-Treffpunkt liegen. Oblt. Ing. Kielhorn berichtet, daß es höchste Zeit gewesen sei, die Zylinder auszuwechseln, die zum Teil leckten, zum Teil verkohlte Auspuffschlitze, zum Teil sehr stark verschmutzte Kolben hatten. Der Steuerbordmotor ist fertig, mit dem Backbordmotor inzwischen begonnen worden; mit weiteren fünf Tagen muß gerechnet werden.

»Tja«, erwidert der Kommandant achselzuckend, »da ist nun nichts zu machen, als Geduld zu haben. Während der Umbauzeit habe ich immer wieder nach dem Zustand der Motoren gefragt und darauf gedrängt, daß sie noch eine Grundüberholung bekämen. Aber man hat mir versichert, das sei ganz unnötig; die Motoren seien eben im Sommer 1939 erst grundüberholt worden.«

So vergehen also die Tage mit Routinearbeiten. *Atlantis* reitet beigedreht über die lange Dünung. Acht Schweine erleiden den Tod von Metzgers Hand und wandern in die Töpfe, in die Kühlkammer oder in die Räucherei; es ist ein großes Fest.

Endlich, am 8. August, trifft ein FT der Führung ein: »Kurzsignal von *Schiff 16* vom 14. Juli empfangen. Von ›33‹ wiederholt, von ›UA‹ weitergeleitet ... Seekriegsleitung beglückwünscht Schiff zu bisherigen Erfolgen, nimmt an, daß die Versenkungen Minenerfolge nicht einschließen.«

Über Lautsprecher läßt der Kommandant dieses FT durch alle Räume bekanntmachen; der Jubel ist groß.

Am gleichen Nachmittag, während das Schiff in böigem Nordwest eine grobe See abreitet, fängt die Funkerei ein FT in offener Sprache auf, das von Mauritius gegeben und kurz darauf in Merchant Code wiederholt wird. Es ist ein Telegramm, das den Kommandanten veranlaßt, sich im Hinblick auf zukünftige Möglichkeiten schmunzelnd die Hände zu reiben. Es besagt, daß Schiffe, die Störfunk bei Notmeldungen auffangen, sogleich ihre eigene Position funken sollen und, wenn möglich, die Peilung der Not- und Störsendungen dazu. Es sei besser, hundert unnötige Berichte zu machen, als einen einzigen wirklichen Notruf unbeantwortet zu lassen.

Für den Hilfskreuzer liegt in dieser Weisung die Aussicht, in den Besitz der Positionen englischer Schiffe zu gelangen, was seine Erfolgsaussichten natürlich außerordentlich verbessern müßte. Es liegt darin außerdem die Möglichkeit, durch Stören selbst gesendeter Rufe den Gegner zur Preisgabe seiner Standorte zu veranlassen. Endlich kann durch Senden gefälschter Notmeldungen mit falschen Standortangaben eine solche Verwirrung angerichtet werden, daß schließlich der Gegner echte Notmeldungen für neue Fälschertricks halten wird. Ja, der Kommandant hat Grund, sich die Hände zu reiben.

Am 11. August sind die Überholungsarbeiten beendet; die Versuche am Vormittag des 12. ergeben eine Leistung von 17 sm/st. Die Motoren laufen einwandfrei.

Tagelang kreuzt nun *Atlantis* auf den alten Tracks der *Tirranna* und der *City of Bagdad*, immer in flachen Zickzacks darüber hinstreichend, ohne etwas zu sehen, ohne mehr zu hören als den Funkverkehr weit entfernter Schiffe und – gelegentlich – eine Notmeldung, die von der Tätigkeit der »Konkurrenz«, der anderen Hilfskreuzer, Zeugnis ablegt.

11 VERDÄCHTIGER SCHATTEN »KING CITY«

Bis zum 26. August kreuzt die *Atlantis* auf den Wegen zwischen Mauritius und Rodriguez, auf der alten *Tirranna*-Route und den Tracks von der Sundastraße, Singapore, Durban und Colombo. Nichts kommt in Sicht.

Das Wetter ist teilweise sehr schlecht, hohe See, stürmische Winde, tropische Regenschauer, und der Hilfskreuzer liegt mit gestoppten Maschinen, treibend und wartend.

Die Nacht zum 25. August ist dunkel und wolkig; es brist mit Böen von wechselnder Stärke aus Südosten. In der Steuerbord-Brückennock der *Atlantis* steht der Signalgast Schröder auf Ausguck, und während er sein Glas langsam durch seinen Sektor über die dunkle Horizontlinie führt, stockt er plötzlich: War da nicht ein Schatten, knapp an Steuerbord voraus? – Er schaut nochmals hin. Ihm ist, als sei die Dunkelheit an einer Stelle noch etwas dichter als überall sonst, und dann erkennt er plötzlich: da ist wirklich ein Schatten, der Umriß eines Schiffes, das völlig abgeblendet auf die *Atlantis* zukommt.

»Schatten ein Dez an Steuerbord!« ruft er im gleichen Augenblick, während die Flamme der Erregung in ihm aufschießt.

»Wo?«

Er weist den wachhabenden Offizier ein.

»Sie haben recht«, sagt der. »Alarm! Auf Gefechtsstationen!« und die Hupen blöken, das Schiff erwacht und ist in wenigen Augenblicken kampfbereit.

Langsam manövriert sich *Atlantis* in den folgenden Minuten unter Mitdrehen und wechselnden Fahrtstufen hinter den lautlos durch die Nacht ziehenden Gegner. Einmal verliert sie ihn in einer Regenbö aus Sicht, stößt mit vierzehn Meilen nach, findet ihn wieder, reduziert die Fahrt, geht wieder an, hält sich eine Zeitlang in seinem Kielwasser und stellt schließlich fest, daß der andere, der anfänglich mit fünf bis sechs Meilen lief, plötzlich nur noch eine Meile zu machen scheint.

Höchst verdächtig! Welches normale Handelsschiff stoppt bei Nacht oder reduziert plötzlich seine Fahrt auf eine Meile? Schon die fünf, die es vorher lief, waren ungewöhnlich wenig. Und die wurden ausgerechnet dann noch verringert, als der Hilfskreuzer in sein Kielwasser eingeschoren war?! Nein, Herrschaften, da stimmte etwas nicht!

Soweit von der Brücke der *Atlantis* auszumachen, war der Fremde ein Frachter von 4000 bis 6000 BRT, aber so recht sicher war sich doch niemand; das lange, glatte Deck war auffällig. Der Kommandant befragt nochmals das Brückenpersonal, jeden einzelnen, was er wirklich gesehen habe. Die Antworten reichen vom Flugzeugträger bis hinunter zum Zerstörer.

Nur der alte Obersteuermann Pigors sagt fest und bestimmt: »Ganz normales Handelsschiff, Herr Kapitän, sonst nichts.«

»Ja«, sagt der Kommandant, »das war auch mein Eindruck.« Und trotzdem, das Verhalten des anderen blieb verdächtig.

Wahrscheinlich war der Hilfskreuzer drüben nicht bemerkt worden, bevor er auf Gegenkurs ging. Mit normalen englischen Doppelgläsern war er vorher gar nicht auszumachen. Das ergab sich aus der Gegenprobe, die auf *Atlantis* mit erbeuteten englischen Gläsern stets gemacht wurde. Zeiss-Nachtgläser mit siebenfacher Vergrößerung erst zeigten ihn als schwachen Schatten. Was also war mit ihm los?

War es ein Kauffahrer, der hier auf Aufnahme in einen Convoi wartete? Unwahrscheinlich; die Küste war über 200 sm entfernt; Convois wurden zweifellos, wenn überhaupt, dann näher vor den Häfen zusammengestellt.

War es ein Lockvogel – eine »Öltaube«? Unwahrscheinlich; dazu waren zu wenige Hilfskreuzer in See, und der Gegner konnte gar nicht wissen, daß im Augenblick überhaupt einer im Indischen Ozean war. Die letzte unsichere Funkpeilung der *Atlantis* stammte vom 20. Juli, war also volle fünf Wochen alt!

War es dann vielleicht ein Handelsschiff mit Maschinenschaden? Unwahrscheinlich angesichts der Tatsache, daß *Atlantis* den Mauritius-Track gerade abgesucht hatte.

War es also etwa ein Kriegsschiff auf Patrouillenfahrt? Der Eindruck, den man auf der *Atlantis* gewann, solange man seitliche Einsicht hatte, sprach dagegen.

Blieb eigentlich nur eines: das Schiff war ein Hilfskreuzer! Sein eigenartiges Verhalten, besonders, als es kurz nach fünf Uhr mit langsamster Fahrt nach Backbord ablief, unterstützte entschieden diese Vermutung.

Der Kommandant grübelt stundenlang: Soll er doch noch vor Hellwerden abdrehen, oder soll man das Schiff von achtern durch ein Prisenkommando entern lassen? Andererseits: Darf man seine Leute für eine so riskante Sache einsetzen und womöglich opfern?

Endlich zieht er aus all diesen Überlegungen seine Schlüsse. Da er annehmen muß, einen Hilfskreuzer vor sich zu haben und bereits selbst gesehen zu sein – und da es zu spät ist, vor Hellwerden aus Sicht zu laufen, sowie außerdem aus handelskriegsrechtlichen Gründen, erscheint es richtig, dem Gegner mit hoher Geschwindigkeit von achtern aufzulaufen und ihn aus geringer Entfernung, die sofortige Trefferwirkung verspricht, mit einem Feuerüberfall anzugreifen.

Sonnenaufgang ist um 6.45 Uhr, Dämmerungsbeginn um 6.15 Uhr. Um 5.30 Uhr wird der Hilfskreuzer so anlaufen, daß er seinen Gegner gegen den Morgenhimmel vor sich bekommt. Bis dahin muß gewartet werden ...

Um 5.30 Uhr dreht der Gegner langsam nach Backbord und kommt auf diese Weise allmählich auf Parallelkurs zur *Atlantis*, wobei er fast keine Fahrt mehr voraus macht. Einige Minuten scheint es so, als wolle er seinerseits auf Gegenkurs gehen und einen plötzlichen Feuerüberfall machen.

Aber dann hört er plötzlich auf weiterzudrehen und scheint nur noch gestoppt zu treiben und zu warten. Genaues ist im übrigen immer noch nicht auszumachen, außer, daß es bestimmt ein Handelsschiffstyp ist. Der Verdacht, daß es sich womöglich um *Schiff 33 – Pinguin –* handeln könnte, obwohl »33« hier nichts zu suchen hätte, wird aufgegeben, weil der Gegner ein zu tiefes Vordeck, eine niedrige Poop und im ganzen einen zu kleinen Rumpf hat und auch weiter typisch englische Merkmale aufweist, die nun klar gegen den Himmel hervortreten. Der Kommandant muß jedes Risiko für sein eigenes Schiff so gering wie nur möglich halten; also entscheidet er sich für den Feuerüberfall.

Um 5.50 Uhr geht *Atlantis* auf 8 sm. Innerhalb von sechs Minuten verringert sich der Abstand vom Gegner auf 3000 Meter. Ein Torpedo, von hier geschossen, verfehlt sein Ziel. Als das klar ist, erteilt der Kommandant der Artillerie Feuererlaubnis.

Die Entfernung zwischen beiden Schiffen ist inzwischen auf 2400 m abgesunken. Schon die erste Vierersalve erzielt daher drei Treffer, und unmittelbar darauf schlagen helle Flammen aus Mittelschiff und Brücke hervor, die mit rasender Geschwindigkeit um sich fressen und das ganze Schiff hell erleuchten, so daß das achtern stehende Geschütz und der hohe rotgemalte Schornstein nunmehr deutlich zu erkennen sind. Vor dem Hintergrund der lodernden, zuckenden Flammen aber sieht man menschliche Gestalten in wilder Hast sich bewegen, Boote ausschwingen, bemannen und zu Wasser lassen. Ein Floß folgt. Schon nach der ersten Salve stellt daher der Hilfskreuzer sein Feuer ein, zumal drüben die Heckkanone unbemannt bleibt.

Eines ist jetzt klar: der Gegner war *kein* Hilfskreuzer; es ist ein ganz gewöhnlicher Frachter, und es bleibt nur zu fragen, was ihn zu seinen verdächtigen und unverständlichen Manövern veranlaßt hat.

Der Kommandant bringt sein Schiff auf 300 m Abstand in Lee des nun von vorn bis achtern in Flammen gehüllten Engländers, der offenbar früher grau gestrichen war und dessen graue Farbe überall durch die schwarze Übermalung hindurchscheint. Der Schornstein ist rot mit schwarzer Kappe. Zwei Rettungskutter mittschiffs, ein Arbeitsboot achtern, ein Heckgeschütz 4,7 Zoll, fünf Luken.

Auf *Atlantis* gehen Motorkutter und Motorbarkasse zu Wasser, um die Rettungsmaßnahmen des Engländers zu unterstützen und Überlebende zu bergen. In dem hohen Seegang ist das eine schwierige Aufgabe; der Kommandant läßt deshalb auch kein Untersuchungskommando an Bord des Gegners gehen. Das Schiff wäre der auswehenden Flammen wegen nur von der Luvseite aus betretbar; dort geht die See drei bis vier Meter hoch.

So picken die Boote des Hilfskreuzers zuerst die einzelnen Schwimmer auf, die, an Wrackteile geklammert, im Wasser treiben und deren Schwimmwestenlämpchen wie Zwerglichter über den hohen, dunklen Seen tanzen, blasse Flämmchen von erbarmungswürdiger Hilflosigkeit, begleitet von schwachen, in Wind und Dunkelheit halb verwehten Rufen.

Der Dampfer brennt wie eine düster schwelende Fackel. Während noch die Überlebenden gefischt werden, bricht sein Brückenaufbau krachend und prasselnd in einem wilden Funkenschwall zusammen. Der Kommandant erwartet mit einer gewissen Ungeduld die Beendigung der Rettungsmaßnahmen; das Schiff ist mitten in einem Schiffahrtstrack angehalten worden und brennt jetzt mit heller Flamme, sicherlich mehr als fünfzig Meilen weit sichtbar; es muß so schnell wie irgend möglich versenkt werden.

Endlich kommen die Boote des Engländers und die der *Atlantis* wieder längsseits. Die Übernahme der Verwundeten beginnt; die Gesunden folgen. Das ist nicht einfach und nicht ungefährlich; die Boote tanzen an der Bordwand der *Atlantis* fast vier Meter auf und nieder, und um an Bord zu kommen, müssen die Männer die schwankenden Sprossen der Jakobsleiter jeweils im höchsten Punkt ergreifen und sich behende daran emporarbeiten. Wehe dem, der zu früh zufaßte; das mit ungeheurer Wucht emporgehobene und an die Bordwand schlagende Boot würde ihm erbarmungslos die Beine zerschmettern.

Während noch die Verwundeten mühsam an Bord gehievt werden, nimmt die »Artillerie« schon wieder das verlassene Schiff unter Feuer. Die Entfernung beträgt kaum 300 Meter; die Sprengstücke fliegen bis zur *Atlantis* herüber. Zeitzünder reißen große Löcher in die Bordwand des Gegners, aus denen Kohle hervorquillt, und nach zehn Minuten kentert das Schiff. Weißer Dampf, gemischt mit dunklem Qualm, springt in jähen Wolken empor. Einen Augenblick lang noch ist die Bordwand wie ein ungeheurer Wal über der aufgewühlten See zu sehen, dann schließt sich der Ozean über seinem neuen Opfer. Fünf Tote gehen mit in die Tiefe.

Fünf Tote ... Es stellt sich folgendes heraus: Das Schiff war die *King City*, 4744 BRT, Eigentum der Reardon Smith Line, Cardiff, 1928 in England erbaut. Der Kapitän hat fünf Mann an Bord zurückgelassen, davon vier junge Kadetten, die in einem Raum unter der brennenden Brücke wohnten. Gleich die erste Salve hatte sie getötet. Ein Decksjunge blieb vermißt.

Der Kommandant erfährt von dieser Tragödie erst, als der Skipper der *King City* an Bord kommt, und zu diesem Zeitpunkt kommt jeder Gedanke an Rettung zu spät; die Brücke des Engländers ist kurz zuvor prasselnd und krachend zusammengestürzt.

Mit dem Kapitän kommen 26 weiße Engländer und zwölf Farbige an Bord, Araber aus Aden oder Halbblut aus Goa. Von den Engländern sind zwei schwer verwundet und werden sofort operiert. Dem einen muß ein Bein amputiert werden; das andere ist gleichfalls übel verletzt. Der zweite stirbt auf dem Operationstisch; sein Magen ist mehrfach durchschlagen, und er hat einen Granatsplitter tief im Gehirn; alle ärztliche Kunst und Bemühung ist hier vergebens.

Die Vernehmung des *King-City*-Kapitäns ergibt: Das Schiff war in Charter der britischen Admiralität mit 7136 Tonnen Walliser Kohle und 201 Tonnen Koks auf dem Wege von Cardiff nach Singapore. Die Maschinenanlage war so schlecht instand, daß es seine Marschgeschwindigkeit von 9 sm/st nicht halten konnte. Seit seinem Eintritt in die Passatzone hatte es daher nur noch 4½ Meilen gemacht und an dem fraglichen Morgen wegen

Ausfalls der Kesselraumlüftung gestoppt. Es hatte die *Atlantis* überhaupt erst drei Minuten vor dem Feuerüberfall gesehen. Die drei Treffer hatten sofort die Brücke und die Mannschaftsunterkünfte mitschiffs in Brand gesetzt. Der Zweite Offizier wurde in seiner Kabine verwundet. Der Kapitän schlief noch und war gerade mit der Nachricht geweckt worden, daß ein fremdes Schiff in der Nähe stünde. Er hatte in Durban ganz beiläufig gesagt bekommen, daß ein Kaperkreuzer im Indischen Ozean vermutet würde, nichts aber über die vermutliche Position dieses Schiffes oder etwa zu treffende Vorsichtsmaßnahmen ...

In der Morgenfrühe des folgenden Tages wird der verstorbene Engländer mit allen Ehren unter der Flagge seines Landes dem Meere übergeben. Kapitän Rogge und eine Abordnung der *Atlantis*-Besatzung nehmen an der Feierlichkeit teil.

Wie *Talleyrand* ist auch *King City* nicht zum Gebrauch ihrer Funkanlage gekommen. Für den Hilfskreuzer hat das den Vorteil, daß er in dem bisher so ergiebigen Seegebiet bleiben kann, ohne mehr als zufällige Entdeckung befürchten zu müssen.

Trotzdem nimmt der Kommandant in den folgenden Tagen kleinere Umtarnungen vor – er vermindert die Zahl der Ladepfosten, um einige in Reserve zu haben, wenn er wirklich einmal gesehen und mit Beschreibung gemeldet werden sollte.

Im übrigen macht er sich Sorgen um die *Tirranna*. Die Prise hat fertig vorbereitete und verschlüsselte Funksprüche mitbekommen, dazu die Weisung, in drei geeigneten Seeräumen diese FTs im Namen der *Atlantis* abzugeben. Keine der Abgaben ist bisher erfolgt! Trotzdem kann er nicht an den Verlust des Schiffes glauben. Anderseits hätte der Hilfskreuzer irgendwelchen Funkverkehr der *Tirranna* unbedingt hören müssen.

In diese Überlegungen und Befürchtungen hinein platzt der Notruf des englischen Tankers *British Commander* auf der 600-m-Welle. »QQQ – stopped by unknown vessel posu ...« und kurz darauf: »... vessel now shelling us.« Beide Meldungen werden sofort von Natal wiederholt; es wird unruhig im Äther. Walfish-Bay, Algoa Bay und Takoradi folgen. Dazwischen ruft Lourenço Marques ohne Rücksichtnahme ein portugiesisches Schiff und übermittelt Nachrichten. Anschließend wiederholt auch Lourenço Marques beide Meldungen. Unmittelbar danach ruft Natal *British Commander*, ohne Antwort zu erhalten, und dann senden Natal, Mombassa und Mauritius abwechselnd Warnungen und Anrufe für das angegriffene Schiff. Es ist eine einzige große Aufregung! *Atlantis* aber sieht daraus, daß *Schiff 33 – Pinguin –* im Indischen Ozean eingetroffen sein muß. Für »16« ist das nicht besonders angenehm; *Atlantis* bekommt dadurch zwar für einige Tage ein Alibi, aber der Aufenthalt im Raume Mauritius wird erschwert, und es ist nun mit größerem Mißtrauen bei den feindlichen Handelsfahrern zu rechnen.

Anderseits bieten sich Möglichkeiten, den Kameraden durch Abgabe von falschen Notrufen mit falschen Standorten zu unterstützen und etwaige Abwehr zu verwirren. Derlei Überlegungen zeigen, welche Bedeutung der Funkerei als Waffe in diesem großräumigen Seekriege zukommt.

In der Tat: Fragen der Funktechnik und Funktaktik spielen sich im Augenblick mehr und mehr in den Vordergrund, da *Tirranna* noch immer ihre Meldungen nicht abgegeben hat und der Kommandant, falls die Abgabe nicht zwischen dem 28. und 31. August erfolgt, versuchen muß, mit seinem eigenen, weit schwächeren Sender die Seekriegsleitung zu erreichen und sie von der Annäherung der bewaffneten Prise zu unterrichten, die sonst akute Gefahr läuft, deutschen oder italienischen U-Booten zum Opfer zu fallen.

Tag um Tag verstreicht. Woche nach Woche vergeht. Nichts kommt in Sicht. Glasig blau wölbt sich der Himmel von Kimm zu Kimm. Gnadenlos brennt die Sonne herab auf die kleine stählerne Insel in der flimmernden Unendlichkeit des tropischen Meeres.

Der Kommandant hat, wenn er über die Decks und durchs Schiff geht, den Eindruck, daß die Besatzung allmählich vor lauter Ereignislosigkeit in Trübsinn verfallen muß und daß ein kaum überbietbarer stimmungsmäßiger Tiefstand erreicht ist.

»Na, Reil«, fragt er nach dem Frühstück, »wie sehen Sie unsere augenblickliche Lage an?«

»Der Geist ist prima, Herr Kap'tän«, antwortet der Doktor bündig, »die Stimmung – beschissen!«

In den folgenden Wochen operiert der Hilfskreuzer in ständigen kleinen Suchschlägen, dampfend oder treibend, auf den Tracks des mittleren Indischen Ozeans. Es ist ein unendliches Einerlei – im wahrsten Sinne des Wortes »des Dienstes ewig gleichgestellte Uhr«.

Über alledem wölben sich die tropischen Himmel mit ihren wechselnden Wolkengebilden, ihren Regengüssen, den Sonnenauf- und -untergängen, dem kommenden und gehenden Mond und der Fülle der Sterne am schwarzen Firmament in warmen windigen Nächten. Und soviel oder wenig, so schnell oder langsam das Schiff fährt, oder ob es gestoppt liegt – immer befindet es sich inmitten eines ungeheueren Runds unendlicher Wassermengen: wogender, fließender, mit jedem Augenblick ihr Aussehen ändernder Gewässer. Und ringsum zirkelt die Kimm, glatt und leer. Leer ... Tag für Tag das gleiche: »Nichts gesichtet« – »nichts gesichtet« – »nichts gesichtet.« Nur Dunst und Hitze, faulig riechende Luft, klebrige, feuchte Haut und widrige Wärme des Windes, der die Haut trifft ohne zu erfrischen ...

In solches Einerlei hinein fällt eines Tages die Nachricht der Seekriegsleitung: »Eisernes Kreuz Erster für Kommandanten, fünfzig weitere Eiserne Kreuze Zweiter für Besatzung.« Ein großes Ereignis!

Damit stehen nun dem Kommandanten insgesamt achtzig EKs zur Verfügung, und er beruft abermals eine Offiziersbesprechung ein, um zu prüfen, ob mit dieser Zahl eine annähernd gerechte Verteilung möglich ist.

Entgegen aller Erwartung zeigt sich: Ja, es geht! Es geht sogar bei Berücksichtigung derjenigen Zweige, die mit der Vorbereitung der Unternehmung, der Ausrüstung und dem vielfältigen Umtarnen des Schiffes ihren Beitrag – einen höchst wesentlichen Beitrag! – zum Erfolge geleistet haben.

Am 1. September 1940, dem Jahrestag des Kriegsausbruchs, nimmt der Kommandant anläßlich der Musterung die Verleihung der EKs vor. Das Schiff hat am gleichen Tage die ersten fünf Monate seiner Kreuzerfahrt hinter sich und eine Strecke von 27 435 sm zurückgelegt. An Gefangenen befinden sich z. Z. 82 Weiße und 62 Farbige, an Gesamtkopfzahl 473 Mann an Bord.

12 BUNTE BEUTE

Inzwischen ist der Zeitpunkt herangekommen, an dem spätestens die *Tirranna* ihre bevorstehende Ankunft an die SKL geben müßte, und da dies bisher nicht geschehen ist, entschließt sich der Kommandant, nunmehr doch selbst noch einen Versuch zu machen, das Schiff über seinen eigenen unzulänglichen Sender zu avisieren. Aber er drückt nicht einfach auf die Taste, sondern läuft erst zwei Tage mit 11 Meilen nach Süden, um sich nicht die Jagd zu verderben, und gibt dann am 4. September nachts in kurzem Abstand auf 18 m und 24 m sein Kurzsignal ab: »Prise Nr. 1 in Marsch gesetzt 4. August.«

Eine Stunde später geht tatsächlich die Bestätigung der Seekriegsleitung ein: »Prise Nr. 1 in Marsch gesetzt 4. September.«

Der Kommandant schimpft, daß die Brücke zittert. Wer immer den Bummel gemacht hat: *was* ist das für ein Luschbetrieb?! Nun kann er, der Kommandant, *noch einmal* funken und dem Gegner noch einmal Gelegenheit geben, den Standort der *Atlantis* einzupeilen, nur weil zu Hause irgend jemand geschlafen und nicht aufgepaßt hat! Funkt er aber nicht – und die SKL hält sich irrtümlich an den 4. September als Abgangsdatum, dann steht *Tirranna* unangemeldet vor der Biscaya, und das geht ebenfalls nicht! Was die sich da zu Hause bloß denken?! Fest steht nur, daß sie die Peilmöglichkeit schon, als *Atlantis* auslief, sehr hoch einschätzten und daher den Kommandanten gewarnt hatten, »nicht zu oft der Versuchung dessen zu erliegen, der weit entfernt operiert, und nicht allzuhäufig auf die Taste zu drücken«. Um so peinlicher müßten sie bemüht sein, dem HK jede unnötige Funkerei zu ersparen. Es ist, um auf die Bäume zu gehen!

Noch einmal läuft der Kommandant einen vollen Tag mit 11 Meilen ostwärts, ehe er abermals, auf 24-m-Welle, seine Meldung hinausgibt: »7230-t-Schiff *Tirranna* etwa 10. Sept. St. Nazaire, *Heckgeschütz, Decksladung Kfz. Schiff 16.*«

Diesmal endlich klappt die Verständigung. Am nächsten Tage treffen die Glückwünsche der SKL ein.

Atlantis ist inzwischen wieder nordwärts gelaufen, um auf den alten *Tirranna*-Track zurückzukehren und ihn bis Mauritius abzugrasen.

In all diesen Tagen herrscht heiteres Sonnenwetter; die Luft ist trocken, die Sicht 40 Meilen, die Temperatur mit um 20° C durchaus erträglich und die Dünung mäßig. »Fehlt nichts«, sagt die Besatzung, »nur ein Schiff!«

Am folgenden Tage kommt dieses Schiff in Sicht. Der Steuermannsmaat Boettcher, als Steuerbord-Brückenausguck, entdeckt in der dunstigen Morgenkimm einen gelben Schornstein.

»Alarm!!«

Herum schwingt *Atlantis*. Die Masten des Gegners kommen inzwischen heraus; man sieht: der gelbe Schornstein steht ganz achtern; also ein Tanker!

Noch beträgt der Abstand über 23 Kilometer, aber nachdem der Hilfskreuzer auf 14 sm gegangen ist, schmilzt die Entfernung schnell dahin. Einzelheiten werden erkennbar, zuerst ein Geschütz offenbar geringen Kalibers auf dem Heck.

Eine hilfreiche Regenbö schiebt sich zwischen die beiden Schiffe. Sofort dreht der Kommandant zum Gegner heran, um die Annäherung zu beschleunigen.

Als der graue Schleier sich hebt, beträgt die Entfernung zwischen den Schiffen noch achttausendfünfhundert Meter, und jetzt kann man von der *Atlantis* aus deutlich sehen, wie der andere mißtrauisch wird, wie er sein Heckgeschütz besetzt und auf den HK einrichtet, dann scharf abdreht, bis sein Kurs parallel zu dem der *Atlantis* liegt.

Aber der Hilfskreuzer tut, als nähme er von alldem überhaupt keine Notiz. Er setzt seinen Kurs fort, und nichts an Bord deutet darauf hin, daß es sich bei ihm um etwas anderes handelte, als um ein harmloses Frachtschiff.

Die List zieht. Nach sieben Minuten dreht der Tanker abermals hart ab, diesmal offensichtlich, um hinter dem Heck der *Atlantis* hindurch auf seinen alten Kurs zu gehen. Auch das Geschütz weist nun wieder achteraus, und die Kanoniere verschwinden im Decksaufbau; der Verdacht gegen den plötzlich in der Regenbö so nahe herangekommenen HK scheint geschwunden, und zwar so vollkommen, daß das Schiff es sogar unterläßt, die vorgeschriebene Funkmeldung über seine Begegnung mit einem »verdächtigen Schiff« abzugeben.

»Entweder«, sagt der Kommandant, »ist unsere Tarnung wirklich ganz vorzüglich, daß sie auf so geringe Entfernung noch nicht durchschaut wird, oder aber – der Kerl wartet die SOS-Zeit ab, um seine Meldung um so sicherer anzubringen.«

Jedoch die kritischen drei Minuten verstreichen, ohne daß der Tanker funkt. Nur seine Flagge zeigt er für einen kurzen Augenblick. Es ist die englische. *Atlantis* reagiert darauf nicht. Schweigend zieht sie ihres Weges.

Kaum aber ist die internationale Seenotzeit verstrichen, als sie überfallartig das Feuer eröffnet.

Die Entfernung beträgt jetzt nur noch 6800 m; die erste Salve liegt kurz, die zweite am Ziel. Aber der Funkraum meldet auch schon, daß drüben der Notruf mit höchster Dringlichkeit hinausgejagt wird, und das hört selbst dann nicht auf, als Treffer drüben einschlagen und *Atlantis* hart mit Störfunk dazwischengeht.

In diesem gleichen Augenblick – zwei Minuten nach Eröffnung des Feuers – dreht die *Atlantis* plötzlich hart nach Steuerbord ab. Grundlos, für niemand verständlich.

Erregtes Fragen: »Was ist los?«

Dann die Meldung: »Ruder klemmt hart Steuerbord!«

Im gleichen Atemzug: »Gegner funkt nicht mehr!«

»Feuer einstellen!«

Und:

»Gegner besetzt sein Geschütz! – Gegner schießt zurück!«

Dreimal blitzt es drüben auf, während zugleich auch die Notrufe wieder hörbar werden, und dreimal stampfen die Aufschläge hinter der *Atlantis* weiße Säulen aus dem blauen Wasser hervor, die sekundenlang dastehen und dann zögernd wieder zusammenfallen.

Nach endlosen Sekunden gehorcht das Schiff wieder dem Ruder, es wird nun mit dem Handruder achtern gesteuert – schwingt hart auf seinen alten Kurs zurück, und schon sprechen wieder die Kampfbatterien ihre grausame Sprache, bis drüben nach einem weiteren Treffer das Feuer schweigt und wieder Funkstille eintritt.

Zugleich stoppt das Schiff, und es steigt die internationale Signalflagge »W« – »Ich brauche ärztliche Hilfe«.

»DR« antwortet der Hilfskreuzer – »Ich komme zur Hilfeleistung« und läuft näher, während das Durchsuchungskommando sich fertig macht.

In die eingetretene Stille meldet der Funkraum: »Gegner sendet wieder!«

Augenblicklich brüllen die Fünfzehner auf; die Wirkung auf die kurze Entfernung ist verheerend. Flammen schlagen aus dem Tanker. Heck und Brücke brennen, Maschinenwaffen und Siebenfünf fallen ein. *Atlantis* schießt mit allen Waffen, nun ohne noch Rücksicht zu nehmen, nachdem das internationale Hilfeleistungssignal derart mißbraucht worden ist. Der Funknotruf muß unter allen Umständen endgültig zum Schweigen gebracht werden.

Der Kommandant faßt diesen Entschluß keineswegs leichten Herzens, schwindet doch mit ihm die Chance, aus dem aufgebrachten Tanker Treiböl für die *Atlantis* zu übernehmen!

Endlich schweigt das Feuer.

Das Untersuchungskommando setzt ab. Nach kurzer Zeit meldet es durch Winkspruch: »Maschinenraum brennt – Bilgenöl hat Feuer gefangen. Feuer hat Brücke erreicht – starker Ölaustritt aus den Überdruckventilen der Lagertanks. Explosionsgefahr.«

Damit ist das Schicksal des Tankers besiegelt. In Begleitung von 37 Engländern in zwei Booten kehrt das Durchsuchungskommando zurück. Drei Mann sind verwundet, einer davon ernstlich. Farbige sind nicht an Bord gewesen.

Unmittelbar nach Rückkehr berichten Adjutant und Prisenoffizier dem

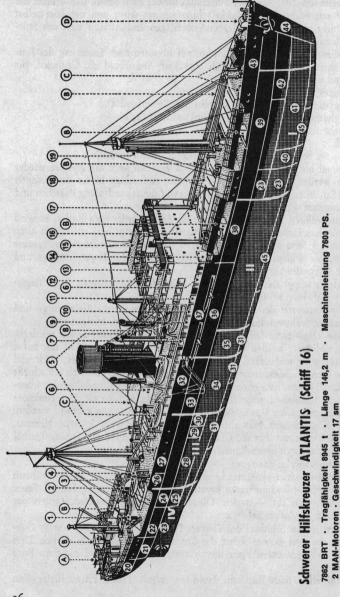

Schwerer Hilfskreuzer ATLANTIS (Schiff 16)

7862 BRT · Tragfähigkeit 8945 t · Länge 146,2 m · Maschinenleistung 7600 PS.
2 MAN-Motoren · Geschwindigkeit 17 sm
1937 gebaut von der Bremer Vulcan-Werft, 1939 umgebaut von der AG. Weser, Bremen, in 99 Tagen.

1 Seuchen- und Reservelazarett
2 Wäscherei
3 Auf Luke V stehend (Motorverkehrsboot)
4 Schweineställe
5 Motorrettungskutter, je 1 an Steuerbord und Backbord
6 Arzt
7 Bäckerei
8 Rettungsboote
9 Kombüse, gegenüber auf Backbordseite Bibliothek
10 Hauptlazarett mit Operationsraum, Apotheke usw.
11 Offizier
12 Kommandant
13 Offiziersmesse und Rauchsalon
14 I. Offizier
15 Artillerieleitstand
16 Offizierskammern
17 Kommandobrücke
18 Luke II, darunter Flugzeug klar zum Aussetzen
19 Raum für Anheben, Zuwassersetzen des Flugzeugs
20 Unteroffizierswasch- und wohnräume
21 Minen, Munition (später Raum für farbige Gefangene)
22 Ersatz-Gefangenenraum
23 Munitionskammern
24 Sandballast und Hühnerstall
25 Beutegut
26 Kantine
27 Mannschaftswohnraum
28 Proviantraum und achtere Kühllast
29 Kohlenbunker
30 Heizraum
31 Treiböl-Doppelbodenzelle
32 Großer Mannschaftswohnraum
33 Mittlerer Kühlraum
34 Hauptmotorenraum
35 Vorderes E-Kraftwerk
36 Großer und kleiner Gefangenenraum
37 Torpedo- und Mannschaftsraum mit Torpedoklappen
38 Flugzeug mit Ersatzteilen
39 Vordere Mannschaftswohnräume auf beiden Seiten
40 Horchraum
41 Sandballast
42 Raum für Frauen und Kinder
43 Zimmermannswerkstatt
44 Kollisionsraum
45 Doppelbodenzellen für Öl, Frischwasser

Bewaffnung

A Doppel-3,7-cm-Kanone
B 15-cm-Kanonen
C 2-cm-Flak unter Tarndach
D 7,5-cm-Anhalte-Geschütz

I—IV Laderäume

Kommandanten; Vernehmung der Überlebenden und Durchsicht ihrer Habe schließen sich an. Das Ergebnis ist das folgende:

Der brennende Tanker ist die *Athelking* der United Molasses Co. Ltd., Liverpool, 9557 BRT, 1926 in Newcastle erbaut. Das Schiff ist über Rumpf und Aufbauten gleichmäßig grau gestrichen, hat gelben Schornstein, Namen am Bug, Masten leicht bräunlich und sehr schlank – ohne Salinge – der Ausguck saß in einem Krähennest – Bewaffnung zwei Geschütze, ein Flakgeschütz auf gepanzerter Plattform. Minenschutz am Bug.

Von der ursprünglichen Besatzung von 40 Mann fehlen drei – tot! –, darunter der Skipper, Captain Tomkins, gefallen durch Granatvolltreffer kurz vor Verlassen des Schiffes.

»Warum«, fragt der Kommandant die beiden Funker des Tankers, »haben Sie noch wieder QQQ gegeben, nachdem schon von Ihnen durch Signal ärztliche Hilfe erbeten und von mir Hilfeleistung zugesagt war?«

»Das haben wir nicht«, erwidern beide übereinstimmend, »das haben wir nicht getan; Captain Tomkins könnte es getan haben; er war noch nach uns auf der Brücke neben dem Funkraum.«

»Er würde noch leben«, sagt der Kommandant, »wenn diese Notsignale nicht gemacht worden wären. Ich bedaure dieses unnötige Blutvergießen.«

Sie blicken zu Boden und schweigen.

»Auf der Brücke sah es grausam aus, Herr Kap'tän«, sagt der Adjutant, »offenbar Volltreffer – nichts als Blut ...«

Inzwischen sind die beiden Boote des Engländers an Bord genommen worden.

»An Brücke?« fragt der Erste Offizier. »Hack, Hack oder an Deck stellen?«

»Hack, Hack«, ruft der Kommandant zurück. »Wir haben Boote genug«, und so läßt der Erste Offizier sie sorgfältig zu Kleinholz zersägen; das ist der sicherste Weg, sie so zu vernichten, daß keine Spuren zurückbleiben.

Drei Stunden nach Sichten des gelben Schornsteins eröffnet *Atlantis* zum letzten Male das Feuer auf die brennende *Athelking*. Aus kürzester Entfernung stanzen die Fünfzehner große Löcher in die Bordwand des Tankers.

Siebenunddreißig Minuten nach der ersten von sechs Salven stellt er sich allmählich aufs Heck, rutscht so ein Stück tiefer, stoppt noch einmal, den Bug fünf Meter über Wasser, auf der Luftblase eines ungeöffneten Tanks schwimmend – das ganze große 10 000-t-Schiff an dieser Blase hängend! –, und schießt endlich, einen aufschäumenden Strudel hinterlassend, für immer in die Tiefe ...

Unter dem Informationsmaterial, das die Durchsuchung der Boote der *Athelking* erbrachte, findet sich eine Karte mit den Kursen, die das Schiff 1939 im Indischen Ozean genommen hatte – unter der Habe der Gefangenen das Tagebuch eines Seemannes, aus dem sich die Beschäftigung des Schiffes in den letzten Monaten ergibt.

In Kapstadt hatte sie erfahren, daß ein deutscher Kaperkreuzer im Indischen Ozean operiere; bei Madagaskar sei ein Schiff von ihm aufgebracht worden – die *British Commander* von »33« – *Pinguin* –, dachte der Adju beim Lesen —; da aber der Kurs nach Java weit südlich von dieser Position verlief, waren während des Marsches durch den Indischen Ozean keine Ausgucks ausgestellt worden. Am 1. September endlich hatte das Schiff einen schweren Zyklon abgewettert, der mit Windgeschwindigkeiten von 120 km/st vorüberzog. Das war die letzte Eintragung, und heute war also das Ende gefolgt ... Wie schnell, dachte der Adju, konnte das Ende folgen, auch das des eigenen Schiffes!

Nachdem die *Athelking* in die große Tiefe hinabgeschossen war, änderte der Kommandant seine Entschlüsse. »Es hat keinen Sinn mehr«, meinte er nachdenklich, zu seinem Navigationsoffizier, Kapt. Kamenz, gewandt, »jetzt, entsprechend unserer ursprünglichen Absicht, nach Mauritius weiterzulaufen. Alle Gegenmaßnahmen nach den Störungen der letzten Tage werden sich vermutlich auf die Verkehrsbrennpunkte südlich von Madagaskar vor Mauritius und beim Chagos-Archipel erstrecken. Deshalb werden *wir* jetzt einen Vorstoß in Richtung der Sundastraße machen.«

Mit elf Meilen, während der Dämmerungsstunden auf unverfängliche Scheinkurse eindrehend, marschiert daher die *Atlantis* nach Nordosten.

Merkwürdigerweise sind die Notrufe der *Athelking* von keiner Küstenfunkstelle aufgegriffen und bestätigt worden. Die Funkerei der *Atlantis* hat nur zur Zeit der Versenkung einen dringenden Anruf für Mauritius aufgefangen. Anrufer VKYI, eine unbekannte Einheit, die vergeblich Verbindung suchte. Sechs Minuten später Anruf für Natal, gleichfalls erfolglos, und darauf von VKYI an GBXZ – ›alle britischen Kriegsschiffe‹ –, ein Funkspruch von 36 Code-Gruppen, abgegeben, ohne Bestätigung abzuwarten. Mysteriös – und nicht zu erkennen, ob dieser Ruf mit der *Athelking* in Verbindung steht.

Erst jetzt kommt dem Kommandanten der Gedanke, daß auch die zweite QQQ-Message des Tankers, die verhängnisvolle, nach Setzen der Signale ›W‹ und ›DR‹ abgegebene, gar nicht von der *Athelking*, sondern von einem Wiederholer, etwa VKYI, stammen könnte, und dann wäre der zweite Beschuß unnötig gewesen!

Er befragt seinen Funkoffizier. »Ja –«, sagt der, »denkbar ist das, nachprüfbar nicht mehr ...«

Aber konnte er, der Kommandant, während der Aufbringung, während der Spannung der Gefechtslage, die noch verschärft war durch den Ruderversager und die Gegenwehr des Tankers, darauf kommen, daß die Meldung seines eigenen Funkraumes, »Gegner sendet QQQ«, auf einem Irrtum beruhen könnte?! Mußte er nicht vor allem anderen darauf bedacht sein, das Verstummen des Gegners zu erzwingen? Und besaß er dazu andere Mittel als seine Artillerie? Es war auch jetzt nicht mehr festzustellen, ob *Athelking* wirklich noch ein zweitesmal gefunkt hatte: Captain Tomkins war tot; damit blieb diese Frage für alle Zeiten offen.

Am Mittag des nächsten Tages meldet der Backbord-Brückenausguck, Steuermannsmaat Rinderspacher, ein Fahrzeug etwas achterlicher als querab, und während noch die Alarmhupen blöken, geht die *Atlantis* schon herum auf Gegenkurs.

Der Kommandant läßt sich den Fliegeroffizier kommen.

»Bulla«, sagt er, »ich möchte versuchen, mit Hilfe Ihres Vogels dem Gegner die Antenne zu reißen. Das allerwichtigste für uns ist, den Gegner am Funken zu hindern. Der sicherste und unblutigste Weg dazu wäre, ihm die Antenne zu zerreißen und, glückt das nicht, seine Funkbude unter Bordwaffenbeschuß zu nehmen. Glauben Sie, daß das geht?«

»Klar, Herr Kap'tän«, sagt Bulla, »zumindest versuchen kann man's. Bordwaffenbeschuß geht in jedem Falle.«

»Also gut. Fliegen Sie los. Sehen Sie zu, was Sie machen können.«

Der Fliegeroffizier salutiert und geht. Seine Maschine wird 300 l Sprit, zwei 50-kg-Bomben und 120 Schuß 2-cm-Munition mitnehmen; außerdem den Draht mit dem Schäkel, um die Antenne des Gegners zu reißen.

Dem Kommandanten kommt inzwischen blitzartig ein anderer Einfall. Er weiß von seinen farbigen Gefangenen, wie wenig sie jede Art von Knallerei und Schießen schätzen und wie schnell sie in solchen Fällen selbst zu panikartigem Verhalten neigen. Das will er sich jetzt zu Nutzen machen.

»Läufer Brücke! Befehl: Fliegeroffizier schnellstens nochmals zum Kommandanten!«

Bulla erscheint.

»Hören Sie zu«, sagt der Kommandant, »mir ist noch etwas eingefallen. Wir werden versuchen, das Flugzeug im Schutze einer Regenbö auszusetzen. Sie sehen dann zu, ob Sie die Antenne reißen können. Vor allem aber beharken Sie Schornstein und Brücke des Schiffes mit Ihren Bordwaffen. Dadurch wird einmal die Aufmerksamkeit der Brückengäste drüben von der *Atlantis* abgezogen. Vor allem aber hoffe ich, die eingeborenen Heizer in Panik zu versetzen und zum Verlassen ihrer Räume zu bringen. Außerdem rechne ich damit, daß wir durch Zerlöchern des Schornsteins den Kesseln drüben ihren natürlichen Luftzug abschneiden. Vielleicht genügt alles das zusammen, um das Schiff zum Stoppen zu bringen. Während Sie angreifen, werde ich mit der *Atlantis* mit Höchstfahrt zu Ihnen heranschließen. Ist das alles klar?«

»Jawohl, Herr Kapitän.«

»Na, dann los! Viel Glück! Vorsicht beim Start — und auch sonst einen klaren und kühlen Kopf bewahren!«

»Ist klar, Herr Kap'tän.« Bulla verschwindet.

Die erste grobe Entfernungsmessung, gegen stark glitzernde See und gegen die Sonne genommen, zeigt den Gegner etwa 30 km entfernt. Man sieht zunächst nicht viel mehr als die Masten und den sehr hohen Schornstein.

»Wahrscheinlich ein Engländer«, sagt man auf der Brücke der *Atlantis* angesichts dieser hohen, dünnen Röhre. »Übrigens, die Peilung steht; die Schiffe liegen auf konvergierendem Kurs.«

Nach knapp einer halben Stunde beobachten sie, daß der Gegner plötzlich hart abdreht. Aha, jetzt hat er uns gesehen. Und mißtrauisch ist er auch; geht ab nach Norden!

Der Kommandant läßt *Atlantis* ebenfalls abdrehen; sie läuft jetzt fast genau südwärts, der Gegner entgegengesetzt. Er dreht nur vorübergehend noch einmal etwas heran, ehe er auf nordöstlichem Kurs aus Sicht läuft.

Der Kapitän scheint ein überaus vorsichtiger Herr zu sein, der die Anweisungen seiner Admiralität sehr genau nimmt. Mit dem üblichen langsamen Heranstaffeln wird man bei ihm nicht viel Glück haben.

Trotzdem geht der Hilfskreuzer erst einmal auf Gegenkurs.

Es ist klar, daß unter den gegebenen Verhältnissen das Flugzeug von größtem Wert sein wird, um so mehr als dieser Gegner schon von weitem sein Mißtrauen so offen zeigt. Bald, so denkt der Kommandant, wird jedes Schiff auf den weiten Meeren, das allein fährt, abdrehen, sobald es ein anderes alleinfahrendes Schiff in Sicht bekommt; die taktischen Bedingungen ändern sich von Tag zu Tag.

Eine leichte Trübung der Kimm verbirgt den Gegner für kurze Zeit; als er wieder in Sicht kommt, liegt er auf seinem alten Kurs, während der Hilfskreuzer wieder abläuft, als bemühe er sich, den anderen abzuschütteln. Ein Regenvorhang und eine sehr im rechten Augenblick auftretende Regenbö erlauben es ihm dann, nach Backbord abzudrehen und endlich sein Flugzeug zu Wasser zu bringen.

Das geschieht nicht ohne Herzklopfen. Zwar ist der Wind mäßig, aber es steht eine kurze, wenn auch nicht hohe See, und darunter läuft eine mächtige, lange Dünung, Ausläufer ferner Stürme.

Das Flugzeug tanzt wie eine betrunkene Motte; es sieht beängstigend zerbrechlich und zart aus, wie es da auf den dunklen, scharfrückigen Wellen schaukelt, der Propeller langsam kreisend, noch dunkle Latte, noch nicht schimmernder Kreis – der Pilot vorsichtig bemüht, sein empfindliches Flugzeug in der rauhen Gangart der Seen unbeschädigt gegen den Wind zu drehen, während unmittelbar vor ihm der dunkle, mächtige Rumpf des Hilfskreuzers hart abdrehend einen »Ententeich« schafft, eine ruhige, wogenfreie Fläche, aus der der Vogel glatt und sicher starten kann.

Jetzt ist es soweit! Gas – aufdonnernder Motor – achteraus wehender Wasserstaub – hüpfende Sprünge –: ab!

Erleichterten Herzens sehen sie ihren Vogel abschwirren, verharren noch einige Minuten auf ihrem alten Kurs und gehen dann, als das Flugzeug angreift, mit Hartruder und Höchstfahrt auf den vermutlichen Standort des Gegners zu.

Der funkt, was aus der Kiste geht, sein QQQ und seinen Standort – aber diesen mit 60 Meilen Besteckfehler, wie man auf dem Hilfskreuzer befriedigt schmunzelnd vermerkt.

Indessen glückt es dem Flugzeug, mit Bomben und Bordwaffen den Fremden so sehr in Atem zu halten, daß er die Annäherung der *Atlantis* gar nicht zu bemerken scheint. Nach 22 Minuten endlich dreht es ab, meldet Gegnerfahrt und -kurs, fliegt noch einen letzten Angriff und landet dann glatt und sicher.

Aber der Hilfskreuzer hat jetzt keine Zeit, sich um seinen herumschwabbernden Vogel zu kümmern. Der Gegner ist in einer Regenbö verschwunden; die letzte Entfernung betrug 8500 m; sieben Minuten lang sucht *Atlantis*, ehe sie ihn wiederfindet, nach wie vor an Steuerbord, nach wie vor auf seinem alten Kurs, nach wie vor mit unbemanntem Geschütz und ohne eine Menschenseele an Deck.

Der Hilfskreuzer setzt Kriegsflagge und Stoppsignal. Die vordere Batterie enttarnt. Drüben geschieht nichts.

Auch die achtere Batterie läßt die Tarnung fallen. Drüben rührt sich nichts.

»Zwei Schuß vor den Bug setzen!«

Auf 3400 m setzt die vordere Batterie zwei weiße Säulen vor das fremde Schiff.

Die Offiziere auf der Brücke des Hilfskreuzers blicken fragend. Warum schießt der Kommandant nicht?

Aber der Kommandant denkt, daß, nachdem der Gegner schon seinen Notfunkspruch gemacht und den Angriff hinausgeschrien hat, es gut wäre, ihn nicht in Brand zu schießen, sondern ihn möglichst unversehrt in die Hand zu bekommen, um vielleicht Geheimmaterial neueren Datums zu erbeuten.

»Eine Salve über ihn hinweg«, befiehlt er schließlich, als sich auf dem andern immer noch kein Lebenszeichen zeigt.

Rauch und Feuer brechen aus den Schlünden; sausend und hohl fauchend ziehen die schweren Geschosse hinüber.

Endlich, nach zehn Minuten des Wartens, verliert der Gegner Fahrt und stoppt. Es ist der englische Dampfer *Benarty*. Die Entergruppe im Motorkutter setzt über. Aber während sie noch unterwegs ist, beginnt die *Benarty* erneut ihr »QQ – bombed by plane from ship« hinauszutasten.

Verdammter Kerl, denkt der Kommandant, nun langt mir's aber. »Einen Schuß in den achteren Brückenteil, Kasch!« befiehlt er.

Rrumms!

Die Granate, aus knapp 1600 m Distanz gefeuert, schlägt unmittelbar hinter der Brücke in Luke III ein, jagt die Lukendeckel hoch hinauf und weithin durch die Luft und entzündet die aus Ölkuchen bestehende Ladung. Nun brennt das Schiff doch! Ärgerlich beißt sich der Kommandant auf die Lippen und gibt nach kurzem Besinnen einen Winkspruch an das Durchsuchungskommando: »Feuer, wenn irgend möglich, löschen.«

Die Besatzung des Engländers treibt inzwischen schon in den Booten, und das erste, was der Führer des Prisenkommandos tut, ist, den Kapitän, den Chief und den Ersten Steward aus den Booten herauszupicken und sie zur Hilfeleistung an Bord zurückzuholen. Wie in allen bisherigen Fällen zeigen sie sich, nachdem der Kampf einmal gegen sie entschieden ist, zu vernünftiger Mitarbeit bereit. Dazu gehört in diesem Falle, daß der Erste Ingenieur die Sicherheitsventile im Maschinenraum selbst öffnet. Auf der Brücke und im Maschinenraum steht nämlich der Telegraf noch auf »Volle voraus«; es scheint, daß beide Plätze verlassen worden sind, ohne daß die Maschine abgestellt worden wäre. Also war die Kalkulation des Kommandanten richtig.

Gleichzeitig und anschließend durchsuchten das Prisenkommando und ein weiteres Arbeitskommando das ganze Schiff, allem voran die Brücke, um Geheimmaterial, Frischproviant und Kleidung für die englische Besatzung zu bergen.

Sie stellen dabei fest, daß das Schiff, obwohl alt und langsam, als Postschiff eingesetzt ist und u. a. wichtige Dienstpost und Geheimpost der britischen Admiralität an Bord hat. Es ist der wertvollste Fang, den *Atlantis* in dieser Hinsicht bisher gemacht hat, und der Adju schafft von Bord, was die Säcke nur fassen. Auch das letzte Schnipsel aus den Papierkörben muß mit.

Von der Besatzung, 22 Weißen, überwiegend aufgelesenen »Beachcombers« und 27 Chinesen, sind drei Mann leicht verletzt; Verluste an Menschenleben sind nicht eingetreten. Aber das Schiff brennt wieder einmal und läßt sich nur mühsam löschen, und wenn es auch ohnehin zu langsam, ein Kohlenbrenner und daher als Prise ungeeignet ist, so sagt sich der Kommandant doch, daß er entweder in Zukunft das Funken des Gegners in Kauf nehmen muß oder nie mehr andere als brennende Schiffe in die Hand bekommen wird.

Diese hier ist die *Benarty*, 5800 BRT, 1926 in Glasgow gebaut, Eigentum der Ben Line, W. Thomsen & Co., Leith, unterwegs von Rangoon nach Avonmouth und Liverpool mit einer Ladung von – nach Angabe des Kapitäns – ausschließlich Reis und Ölkuchen.

Diese Angabe erweist sich als glatte Irreführung. In Wahrheit hat das Schiff 400 Tonnen Wolfram, 1100 Tonnen Zinkkonzentrat, 999 Tonnen Blei, 552 Tonnen Teakholz, 3500 Tonnen Reis, 999 Tonnen Ölkuchen, 200 Tonnen Paraffin, 115 Tonnen Rindshäute, 45 Tonnen Bohnen, 13 Tonnen Tee und etwa 30 Postsäcke an Bord, eine Ladung von kaum abschätzbarem kriegswirtschaftlichem Wert.

Nachdem Geheimmaterial, Post, Bekleidung und Frischproviant, vor allem Reis für die Inder, übernommen sind, wird die *Benarty* an drei Stellen gesprengt und versinkt langsam mit dem Heck voran in den Fluten. Von den Booten des Schiffes behält *Atlantis* zwei und ein kleines Arbeitsboot; alles übrige wird zu Kleinholz zersägt.

An Deck hocken die Gefangenen, Schreck und Schock von Gefecht und Untergang noch in den bleichen verstörten Gesichtern. Was erwartet sie? Welches Schicksal wird man ihnen bereiten? Wird man sie quälen, wie es in den Zeitungen steht, sie hungern lassen, sie schlagen, sie vielleicht töten?

Das erste, was sie wahrnehmen, sind rasche Hände, die sie kurz und sachlich auf Waffen abtasten, das zweite, daß man ihnen ihr Gepäck abnimmt und es durchsucht. Aber es steht ein Offizier dabei und führt die Aufsicht, und dann führt man sie zur Schreibstube – ein Seemann in leichter Tropenkleidung tut das! –, um ihre Personalien aufzunehmen! Ja, und dann heißt es: Geld abgeben. Aber gegen Quittung! Und auch hier ist ein aufsichtsführender Offizier.

Weiter geht es zum Arzt zur Untersuchung. Es ist alles hell in dem Hospital, hell und sauber, die Sanitäter flink und freundlich. Vielleicht wird alles doch nicht ganz so schlimm?!

Schließlich geht es hinab in die Gefangenenräume; die sind hell! gestrichen, weiß und grau, peinlich sauber, und Kojen stehen darin, feste hölzerne Kojen, und es gibt Stuhl und Tisch und Bänke und ein WC und einen eigenen Waschraum.

Zuletzt kommt der Adjutant, oder es kommt der Rollenoffizier, und sie werden eingewiesen in ihre Pflichten: Reinschiff, Zeit an Deck, Unterstellung unter Offiziere, die die Deutschen aus ihren Mitgefangenen auswählen. Und sie sorgen sogar dafür, daß die gefangenen Besatzungen zusammenbleiben, in beieinanderliegenden Kojen schlafen und an gemeinsamer Back essen.

Schon kommt auch das untersuchte Gepäck zurück. Es fehlt nichts! Tatsächlich nichts, und wenn etwas beschlagnahmt wurde, so ist darüber eine Quittung gegeben.

Und die Kinder kommen und haben Spielzeug in den Händen.

Es ist tatsächlich alles auf diesem Schiff, einige größere Tiere wie Teddybären, aber auch handgemachtes Spielzeug, von den deutschen Seeleuten gemachtes ...!

Es kommt die erste Mahlzeit, »Essen«, sagt der deutsche Adjutant, der ein fließendes, ein wenig amerikanisch klingendes Englisch spricht, »wie es die deutsche Hilfskreuzerbesatzung einschließlich der Offiziere und des Kommandanten auch bekommt.«

Und zuletzt kommt der Abend, es kommt die erste Nacht; ihr folgt ein neuer Morgen, und allmählich lebt man sich ein ...

Der Kommandant gibt seine Absicht, zur Sundastraße vorzustoßen, zunächst auf, nachdem ihm ein Blick auf die Karte gezeigt hat, daß die Schiffsorte, die in den Notrufen der *Athelking* und der *Benarty* angegeben sind, miteinander verbunden, eine geradewegs zur Sundastraße weisende Linie bilden. Er hält es daher für richtiger, zunächst nach Süden auszuweichen und dort in einem entlegenen Gebiet abzuwarten, bis sich die Aufregung über sein Auftreten im mittleren Indischen Ozean ein wenig gelegt hat.

Er läßt sich in diesem Entschluß auch nicht dadurch beirren, daß die andauernden Notrufe der *Benarty* offenbar von keiner der Küstenfunkstellen aufgefangen worden sind, und so marschiert die *Atlantis* einige Tage lang südwärts, während die Funker sich intensiv mit der Auswertung der *Benarty*-Dokumente befassen.

Aus den Geheimbüchern der *Benarty* ergeben sich ihre Beschäftigung und die während der letzten Monate gesteuerten Kurse. Danach ist das Schiff im Convoi von England nach Sierra Leone und, ohne dort einzulaufen, allein weiter nach Durban gegangen. Dann führte sein Kurs zwischen Réunion und Madagaskar hindurch nach Aden – und von Aden via Malediven nach Rangoon, ohne Anlaufen von Colombo. Die Rückreise dagegen wurde auf wesentlich weiter südlich und östlich verlaufenden Kursen angetreten. In Rangoon hatte der Kapitän gehört, daß die *Kemmendine* überfällig und nur eins ihrer Boote aufgefunden worden sei. Irgendwelche Warnungen wegen eines Kaperkreuzers jedoch waren ihm nicht gegeben worden; nur der Kurs, der ihm vorgeschrieben wurde – von 6°30' Nord 95° Ost über zwei weitere Punkte nach 30° Süd 48° Ost –, holte in außergewöhnlich großem

Bogen sehr tief nach Süden aus. In dem Begleitschreiben zur Kursanweisung war wiederholt auf die »Geheimsache der Admiralität ›S‹ betr. unkontrollierte Gespräche an Land« hingewiesen.

In Rangoon hatte der Kapitän, wie das Logbuch verriet, Schwierigkeiten mit den chinesischen Crewangehörigen gehabt; sie mußten gewaltsam daran gehindert werden, das Schiff zu verlassen. Am Tage vor ihrer eigenen Aufbringung hatte *Benarty* das QQQ-Signal der *Athelking* aufgefangen und war daher besonders mißtrauisch und wachsam gewesen.

Neben all diesen Einzelheiten aber ist die interessanteste Entdeckung, daß wenigstens drei der genannten Routen einander schneiden und einen Punkt in 22° Süd 68° Ost berühren. Auch die *Tirranna* war ganz in der Nähe dieses Punktes aufgebracht worden.

In den folgenden Tagen beschäftigt sich die *Atlantis* mit der Post, vor allem der umfangreichen Regierungspost der britischen Behörden in Indien, die auf der *Benarty* gefaßt worden ist und bei der sich auch ein Beutel mit Geheimpost des India Office befindet, darunter Berichte des britischen Geheimdienstes, des Secret Service, über seine Tätigkeit. Da findet sich denn unter mancherlei anderen Dingen ein interessantes Dokument: ein Brief mit einem Bericht betr. Geheimüberwachung des Mr. Hilton, Gatten der Mrs. Hilton, seinerzeit Fahrgast auf SS *Kemmendine*.

Die deutschen Offiziere besehen sich diesen Bericht mit neugierigem Interesse. Betrifft er einen Einzelfall? Oder beweist er, daß der britische Geheimdienst generell die Angehörigen von Schiffspassagieren überwacht, um Beweise eventuellen Verrats zu finden? Und: Wenn die Passagiere und ihre Angehörigen überwacht werden, wie steht es mit den Kapitänen, den Offizieren, Ingenieuren und der übrigen Besatzung und ihrem familiären oder sonstigen Anhang an Land?

Von der Versenkungsstelle der *Benarty* setzt sich die *Atlantis* mit ziemlich reinem Südkurs und Umdrehungen für 15 Meilen ab; der Kommandant will so rasch wie möglich aus einer Gegend verschwinden, in der an zwei aufeinanderfolgenden Tagen zwei Schiffe verschwunden sind.

Am Nachmittag des 12. September hält er die nach Versenkungsaktionen übliche Musterung ab, bei der er den Verlauf der Gefechtshandlung mit der Besatzung durchspricht, seine Überlegungen darlegt, Lob und Tadel verteilt und Erfahrungssätze aufstellt, die in Zukunft berücksichtigt werden sollen.

»Die Auswertung des verfügbaren Materials und der Gefangenenaussagen«, sagt er, »ergibt zusammen mit unseren allgemeinen Erfahrungen folgendes Bild der Lage:

Erstens: Nach den letzthin ausgegebenen Weisungen der Admiralität scheinen die Handelsschiffskapitäne mißtrauischer geworden zu sein als vorher; sie drehen rascher ab, und selbst direkter Beschuß veranlaßt sie nicht, auf die Benutzung ihrer Sendeanlagen zu verzichten.

Zweitens: der Funkverkehr *nach* dem Anhalten hat sich in den *beiden* letzten Fällen als Funkverkehr von Schiffen herausgestellt, die irgendwo in der Nachbarschaft standen und die Notrufe der von uns angehaltenen Schiffe wiederholten. Der Kommandant ist aber, wenn er Befehle für Gegenmaßnahmen erteilt, völlig auf das angewiesen, was der Funkraum ihm meldet. Ich werde in Zukunft diese Meldungen mit mehr Zurückhaltung behandeln müssen; sonst besteht keine Aussicht mehr, ein Schiff anders als brennend in die Hand zu bekommen. Und wir brauchen Schiffe, die nicht brennen, nicht nur als Prisen, sondern auch für die Gefangenen.

Drittens: Um eine schnelle und sichere Verständigung während des Gefechtslärms zu gewährleisten, werden in Zukunft für die Artillerie folgende Typhonsignale gelten: Mehrere kurze Töne: Feuererlaubnis für alle Waffen. Ein langer Ton: Feuer einstellen.«

Am Abend dieses Tages ergänzt der Kommandant diese Ausführungen im Kriegstagebuch:

»*Es ist in hohem Grade erstaunlich, daß die Engländer ein Schiff wie die ›Benarty‹ als Postdampfer benutzen – noch dazu für so wichtige Dienstpost. Der Verlust des Schiffes wird daher sehr bald bekanntwerden, zumindest in Burma.*

Die Gefangenen sind der festen Meinung, daß der Hilfskreuzer seine Informationen über Schiffsbewegungen von Agenten der ›Fünften Kolonne‹ erhalte und dann den Dampfern an vorher festgelegten Orten auflauere. Diese Annahme ist gefestigt worden durch den Umstand, daß wir am 8. September von 12.30–18 Uhr mit 15 Meilen marschiert sind und dann am 9. die ›Athelking‹ aufgebracht haben ...«

13 WER FUNKT, STIRBT!

Das Wetter ist still, trüb und regnerisch, die Stimmung an Bord gleichmütig; es ist das gewohnte Einerlei des Dienstes, und es erregt nicht einmal viel Aufsehen, als eine Nachricht aus Berlin bekannt wird: Der englische »Daily Express« habe berichtet, daß die *Tirranna* auf der Reise von Melbourne nach Mombassa erheblich überfällig sei.

Tirranna! Wie endlos weit liegt das zurück! *Tirranna* muß ja inzwischen schon beinahe zu Hause sein. Zu Hause ... Und die Gedanken wandern.

In den nächsten Tagen tritt ein, was der Kommandant seit längerem befürchtet hat; die Operationsgebiete vom *Schiff 33 – Pinguin –* und »16« beginnen sich zu überschneiden, »33« meldet seine Position mit 33° Süd und 68° Ost; das ist in unmittelbarer Nachbarschaft von »16«, wenn man in den Entfernungsbegriffen von Hilfskreuzerkommandanten denkt, und Kapitän Rogge ist verärgert und beunruhigt zugleich, weil sich herausstellt, daß »33« die gezogenen klaren Grenzen ihrer beider Operationsgebiete offenbar nicht gerade sorgfältig berücksichtigt. Da die Seekriegsleitung aber anscheinend die Tätigkeit von »33« außerhalb seines Operationsgebietes billigt, wird sich auch *Atlantis* in Zukunft nicht mehr so peinlich genau daran halten wie bisher ...!

Am Abend, kurz vor der Ronde, passiert der Obermaschinist an der Kammer des Ersten vorbei. Die Tür steht offen. Im Vorübergehen wirft er einen Blick hinein. Der Erste sitzt auf der lederbezogenen Bank, in der Linken ein Stopfei mit Strumpf darüber. Die Rechte stopft: langer Faden – her, hin, her –, und der Erste schaut ernst und interessiert an seiner Nase entlang; er macht, was der Obermaschinist später in der Messe »Fernstopfen ohne Brille« nennt: Die Arme sind gerade noch lang genug.

Ihm gegenüber sitzt Köhlken, und zwischen beiden auf dem Tisch steht die Seltersflasche mit zwei Gläsern ...

Wenige Tage danach sieht der Obermaschinist bei einem Gang über Deck Köhlken an der Reling stehen und tiefsinnig außenbords blicken.

»Eh«, sagt er, »Köhlken, was machen Sie da?«

»Nichts, Herr Obermaschinist.«

»Was peilen Sie denn dann so über Bord? Ist da was?«

»Jewoll, Herr Ob'maschinist. Un's Bücks is butenbords weiht, Herr Ob'maschinist. Nu geht sie gerade unter.«

Was Köhlken »uns' Bücks« nennt, ist für den Obermaschinisten nur noch ein helles Schemen, das im Versinken aus der blauen Tiefe ein letztesmal heraufblinkt. Es ist die Sporthose, die schneeig persilgepflegte des Ersten Offiziers, der fortan nur noch in blauer Mannschaftssporthose zu sehen ist.

Wieder vergeht eine Reihe von Tagen ohne besondere Ereignisse. Die Chinesen der *Benarty* werden aus ihrer Quarantäne entlassen, in die Dr. Reil sie gesteckt hatte, als er erfuhr, daß eine Woche früher ein Mann aus unbekanntem Grunde plötzlich verstorben war. Nun werden sie, wie ihre arabischen und indischen Mitgefangenen, zu Hilfsarbeiten im Schiffsbetrieb herangezogen, und bald hat jedes Ressort sein buntes Hilfsvolk: Der LI die Araber für den Maschinenraum, der Bootsmann die Inder fürs Deck, der VO eine Anzahl farbiger Stewards für die Unteroffiziersräume und Messen, der Kommandant seinen »Boy Mohammed«, einen alten, braven Inder mit weißem Bart, und an den mittlerweile höchst beliebten Reis-und-Curry-Tagen wird der Reis von Indern gekocht und von Chinesen serviert; *Atlantis* ist »vollorientalisiert«! Sie dampft oder treibt tagelang am Rande der südlichen Roßbreiten und holt zur Freude der Besatzung eine ausgefallene Sonntagsroutine nach.

Vom Mittag des 18. September an, eine gute Woche nach Versenkung der *Benarty*, steuert *Atlantis* mit 9 sm Fahrt und südsüdöstlichen Kursen allmählich den Australtrack an, immer bedacht, dort nicht zu früh aufzutreten, um nicht auf »33« zu stoßen und womöglich in ein Gefecht mit ihr verwickelt zu werden, was, so absurd es klingt, gar nicht so unmöglich erscheint.

In der rauhen, steilen See und hohen, durcheinanderlaufenden Dünung rollt das Schiff so heftig, daß mittags der Kurs geändert wird, damit das Leben an Bord etwas erträglicher bleibt.

Der Kommandant rechnet damit, in dem neuen Gebiet erst einige Zeit suchen zu müssen, ehe er ein Schiff findet; aber er beschließt, diese Zeit als

»Vorbereitung zum Gefecht« anzusehen und lieber vergeblich zu suchen, als ganz inaktiv zu bleiben, und zwar um so mehr, als in Europa eben die zähen und bitteren Luftangriffe gegen England geflogen werden.

Am Abend des 19. September, auf dem Australtrack liegend, stoppt er das Schiff, um die Nacht über zu treiben und Brennstoff zu sparen. Mit dem Heck gegen die immer noch hohe Dünung, den Wind, sehr frischen Südost, querein, einen Kurs von annähernd 200° am Kompaß, liegt das Schiff verhältnismäßig ruhig.

Um 20.20 Uhr geht der Mond auf, ein gelbes, längliches Eidotter über einer dunklen, unruhig bewegten See.

Um 22.55 Uhr entdeckt der Backbord-Brückenausguck, wieder Steuermannsmaat Vorhauer, einen Strich achterlicher als querab ein Fahrzeug, das eine schwere Rauchsäule ausstößt. Es ist das vierte Schiff, das Vorhauer meldet. Der Dampfer scheint auf Westkurs zu liegen, also von Australien zu kommen. Der Kommandant läßt sofort Alarm schlagen und die Maschine mit Höchstfahrt angehen, da der HK vom Gegner her gesehen gegen den hellen Himmel sehr bald erscheinen muß.

Er will versuchen, vor dem fremden Schiff durchzubrechen, um die dunkle Kimm zu gewinnen. Starker Funkenflug aus dem Schornstein zwingt ihn jedoch, vorübergehend mit der Geschwindigkeit wieder herunterzugehen; die Maschinen müssen sich erst warmlaufen; bei Umdrehungen für zwölf Meilen hört das Funkenspeien auf.

Der Gegner fährt indessen fort, dicken schwarzen Rauch auszustoßen, der in der Dunkelheit wie eine drohende Säule steil über dem Schiff steht. Es scheint mehrere Schornsteine zu haben, ein ziemlich großes Fahrzeug, das voll abgeblendet mit hoher Geschwindigkeit dahinzieht.

Der Kommandant läßt sich den Artillerieoffizier kommen. »Wie fassen wir's am besten an, Kasch? Ich möchte trotz des hellen Mondlichtes nicht bis morgen früh warten, und der Mond gibt uns den Vorteil, daß wir den Gegner klar als das erkennen können, was er ist, ehe wir ihn anhalten.«

»Für die Artillerie, Herr Kap'tän«, antwortet Kasch, »ist die Stellung am günstigsten, in der sie den Feind gegen den hellen Horizont gut vor sich hat. Wahrscheinlich kommen wir am besten heran, wenn wir versuchen, ungesehen abzulaufen, hinter ihm einzudrehen und von achtern aufdampfend anzugreifen.«

»Gut«, erwidert der Kommandant, »einverstanden. Wir wollen dann versuchen, um Mitternacht heranzudrehen; dann wechseln die Wachen, und wahrscheinlich ist dadurch die Aufmerksamkeit auf der Brücke drüben vorübergehend beeinträchtigt.«

Sachte abdrehend, schlägt *Atlantis* in der folgenden halben Stunde einen Kreis in die dunkle Kimm.

Unbeirrt zieht der Gegner weiter seines Weges, ein mächtiger Schatten unter dichter Qualmwolke, die offenbar von schlechter Kohle herrührt.

Endlich ist es soweit. Acht Minuten nach Mitternacht dreht der Hilfskreuzer mit voller Fahrt scharf auf den Gegner zu, der jetzt 45° voraus liegt. Die Tarnungen fallen frühzeitig, um den Geschützbedienungen Zeit zu geben, sich an die Dunkelheit zu gewöhnen. Es sind Augenblicke höchster Spannung. Noch immer ist nicht ganz klar, mit was für einem Gegenüber *Atlantis* es zu tun hat.

Die Entfernung im Augenblick des Zudrehens beträgt geschätzt 5000 Meter; in wenigen Minuten muß die Entscheidung fallen.

Schweigend starren die Männer von der Brücke der *Atlantis* durch ihre Nachtgläser hinüber, bis die Umrisse des Gegners in den Einzelheiten klarer aus der Dunkelheit hervortreten.

»Geben Sie an alle Stellen«, sagt schließlich der Kommandant, »Gegner ist ein mittelgroßes Schiff mit nur einem Schornstein. Wir greifen an.«

Binnen weniger Minuten sinkt nun die Entfernung zwischen den beiden Schiffen auf 3500 m herab. Drüben scheint immer noch niemand etwas gemerkt zu haben.

»AO«, sagt der Kommandant, »zunächst nicht mehr als einen Schuß vor den Bug. Ich will versuchen, ihn durch Anruf zu stoppen und ihn heil in die Hand zu bekommen. Das ist endlich mal ein Passagierschiff – endlich ein geeignetes Fahrzeug, um unsere Gefangenen loszuwerden.«

Der Artillerieoffizier zeigt klar.

Dann blitzt die Klappbuchs. Anruf: »Anton Anton!«

Und drüben blinzelt die Antwort: »Verstanden.«

Atlantis: »Don't use your wireless – Nicht funken!«

Gegner: »Verstanden.«

»Stoppen Sie – oder ich schieße.«

»Verstanden.«

»Wie heißen Sie?«

»*Commissaire Ramel.*«

»Verstanden. Warten Sie auf mein Boot.«

Der Gegner stoppt, bläst Dampf ab und setzt seine Laternen.

Zugleich mit dem Blinkspruchverkehr flammt der Scheinwerfer am achteren Mast der *Atlantis* auf und legt den Gegner in blendend weißes Licht. Es enthüllt einen Passagierdampfer mit schwarzem Rumpf und gelb gemalten Aufbauten nach Art der P- & O-Liner. Am Heck steht ein kleines, nicht besetztes Geschütz. Trotz des Rollens und Schlingerns in der See hält der Lichtkegel, immer korrigiert von den beiden Verwaltungsmaaten Christmann und Knieling im achtern Mast, den Gegner auf die Entfernung von nun etwa 1400 m überraschend sicher und stetig fest.

Nach dem Signalaustausch geht der Hilfskreuzer, der kurz gestoppt hatte, sofort mit 10 Meilen an, um so nahe wie möglich an den anderen heranzuschließen. In diesem Augenblick meldet der eigene Funkraum, was der Kommandant gerade hoffte vermieden zu haben: »Gegner funkt!«

Eine Sekunde zögert Kapitän Rogge. Das da drüben ist nun endlich ein Passagierdampfer; aber es hilft nichts; Krieg ist Krieg. »Feuererlaubnis!«

Auf kürzeste Entfernung schlagen die schweren Granaten drüben ein; schon die erste Salve erzielt Treffer. Zugleich knallt der Löschfunksender der *Atlantis* in den Notruf, den die *Commissaire Ramel* auf der 600-m-Welle hinaushaut.

Nun hört das Funken auf, und das Typhon der *Atlantis* heult lang und dumpf das vereinbarte Signal: »Halt! Batterie, halt!«

Vorschiff und Brücke des Gegners stehen inzwischen bereits in Flammen; es scheint wirklich nicht mehr möglich, ein Schiff anders als brennend in die Hand zu bekommen.

Und nun funkt er auch noch wieder. Auf 18-m-Welle diesmal: »RRRR – position ...« und »*Commissaire Ramel* gunned.«

Auch die Notmeldung auf 600 m ist inzwischen bereits aufgefangen und wiederholt worden. Mauritius gibt sie, andere Küstenstationen folgen in den nächsten Stunden.

Mit dem zweiten Funken hat alle Rücksichtnahme notwendig ihr Ende. Fast ein halbes Hundert Fünfzehnzentimeter-Granaten, Sprenggranaten mit Leuchtspur durchsetzt, erzielen zahlreiche Treffer mittschiffs und rufen an mehreren Stellen Brände hervor, die aber vorerst nicht nach außen durchbrechen, sondern durch die Bullaugen und Einschußlöcher sichtbar sind, bis plötzlich vorn eine Flamme aufschießt und nun das Feuer mit unglaublicher Geschwindigkeit um sich greift.

Vor dem Hintergrunde der Nacht und der düsteren Glut aber sieht man drüben zwei Boote zu Wasser gehen – und dann eine Morselampe, die unermüdlich wiederholt: »Send a boat – send a boat ...«

Bis aber die Motorpinasse der *Atlantis* ausgesetzt ist – bei dem herrschenden hohen Seegang ist das gerade noch möglich! – und bis das Boot den brennenden Dampfer erreicht, haben sich die Brände so ausgedehnt, daß niemand mehr an Bord gehen kann. Das einzige, was das Kommando feststellen kann, ist, daß auf der Brücke noch zwei weitere kleine Kanonen mit kurzem Lauf aufgestellt sind.

Am Heck liegt ein Boot. Zwei weitere treiben in der Dunkelheit und machen keinen Versuch, den Hilfskreuzer zu erreichen; eines von ihnen richtet seinen Mast auf, will offenbar Segel setzen.

Die Motorpinasse, völlig offen, ohne Lufttanks und ohne die Möglichkeit, eine Schutzpersenning zu benutzen, da der Bootsführer volle Sichtfreiheit braucht, ist von ihren Konstrukteuren sicher nie für Aufgaben wie diese gedacht worden; aber sie bewältigt sie recht und schlecht.

Sie schleppt zuerst ein Boot zu dem Hilfskreuzer, dann brummt sie den beiden anderen nach und holt sie ein wie ein Schäferhund zwei unbotmäßige Böcke.

42 Engländer, 14 Franzosen und 7 Schwarze französischer Nationalität, darunter einige Leichtverwundete, stehen schließlich an Bord der *Atlantis* versammelt; ein Engländer und zwei Schwarze sind der Beschießung zum Opfer gefallen, und nachdem die ziemlich dürftige Habe der Überlebenden geborgen ist, läßt der Kommandant ihre drei Boote treiben.

»*Die Ausrüstung*«, vermerkt das Tagebuch des Hilfskreuzers, »*entsprach in keiner Weise auch nur den elementarsten Forderungen oder Vorschriften für Rettungsboote auf See ...*«

Und morgens 3.25 Uhr:

»*Artillerieoffizier erhält Feuererlaubnis für das sechste Geschütz, um das*

Schiff schneller unter Wasser zu bringen. Das ganze Aufbaudeck stand in Flammen; das Schiff lag achtern schon tiefer; dort wusch die See über die Poop; aber es schien nicht so, als ob es im Laufe der nächsten Stunde sinken würde. Die hellrote Glut des Feuers warf ihren Schein bis zu den etwa sechshundert Meter hohen Wolken hinauf ...«

Auf der *Atlantis* stehen indessen die Ausgucks und die Männer auf den Gefechtsstationen und starren gebannt hinüber auf das sterbende Schiff.

»Es war ein traurig-schönes Schauspiel«, berichtete später einer von ihnen, »als die feurigen Bahnen der Geschosse aller Kaliber den Gegner mit einem Feuerregen überschütteten. Granate auf Granate verschwand plötzlich verlöschend in dem dunklen Rumpf des Dampfers. Wenige Augenblicke später züngelten Flammen empor, die mit rasender Geschwindigkeit zu einer riesigen Glut emporwuchsen. Vom Heck wurde gemorst: ›Send a boat – send a boat!‹

Das Wetter war für nächtliches Manövrieren mit Booten denkbar schlecht. Der stürmische Wind der letzten Tage hatte eine hohe und steile See auflaufen lassen, in der die leichten Boote jeden Augenblick über Kopf zu gehen drohten. Gewaltige Wellenberge verdeckten die Aussicht, und nur, wenn die Boote hochgehoben wurden auf die weiß schäumenden Kämme der See, war der Dampfer zu sehen, der wie eine einzige ungeheure Fackel brannte.

Nach langem Suchen gelang es, die in der weiten Dunkelheit treibenden Boote zu finden und zur ›Atlantis‹ zu bringen ... Jetzt lag der Dampfer bereits merklich tiefer. Der Feuerschein strahlte die niedrig hängenden Wolken rot an. Das Oberdeck war hell weißglühend, die Aufbauten etwas dunkler. Wie eine Reihe von Lampen leuchteten die Bullaugen, durch die das Zucken der Flammen im Innern des Schiffes zu sehen war. Schließlich liefen die ersten Brecher über das Heck hinweg, weißer Dampf zischte auf, und in einer Lohe von Dampf und roten Flammen tauchte der glühende Rumpf im Wasser unter. Schlagartig war die Helligkeit der Wolken ausgelöscht; in der bedrückenden Dunkelheit wehte ein feucht-kühler Wind. Nichts mehr war zu hören als das gleichförmige Klatschen der See und das dünne Pfeifen des Windes in den Wanten ...«

Der gesunkene Dampfer war der französische Passagierdampfer *Commissaire Ramel*, 10 061 BRT, mit einer Ladung Fett, Häuten, Seife, Obst und Konserven von Australien nach England. Es hatten sich 63 Mann an Bord befunden, davon 14 Franzosen und 9 Neger, der Rest Engländer.

Zwei Mann waren ertrunken. Der Kapitän, ein 64jähriger Schotte, hatte seit Jahren in Sydney im Ruhestand gelebt. Aber als die *Commissaire Ramel* in Suva von den Engländern beschlagnahmt worden war, hatte man Capt. MacKenzie vom Golfplatz weg an Bord geschickt, um das Schiff auf seiner ersten Fahrt nach England zu führen. Die Besatzung war mit großer Mühe zusammengeholt worden; der größte Teil schien an der Beach aufgelesen zu sein, nachdem die frühere französische Besatzung sich geweigert hatte, weiterzufahren und in Australien fortgelaufen war. Der französische Kapitän, Sabouret, war noch als Passagier an Bord.

Als der britische Captain MacKenzie, der das französische Schiff verantwortlich geführt hat, auf *Atlantis* an Bord kommt und sich bei dem Kommandanten meldet, ist Kapitän Rogge so erregt und aufgebracht, wie ihn noch niemand während der ganzen Unternehmung erlebt hat.

Er hatte fest gehofft, endlich ein geeignetes Schiff für den Abtransport seiner Gefangenen in die Hand zu bekommen und die vielen fremden Menschen, für die er die Verantwortung trug, an ein geeignetes Fahrzeug abgeben zu können.

Es war auch anfänglich alles klar gegangen. Das Schiff hatte weisungsgemäß gestoppt, es hatte Dampf abgeblasen und Lichter gesetzt – er hatte es sozusagen schon in der Hand, als es plötzlich doch noch Notrufe sandte. Und nun brannte es, und in den lodernden Flammen ging nicht nur das Schiff selbst – es gingen auch seine Hoffnungen auf menschenwürdigen Abtransport seiner Gefangenen zugrunde.

Alle aufgestauten Enttäuschungen brachen daher über den weißhaarigen britischen Captain herein; der Kommandant vergaß sich vollständig. Er belegte den Engländer mit den gröbsten Schimpfworten und war minutenlang nicht imstande, sich zu beruhigen.

Der alte Engländer stand unbewegt vor ihm und erwiderte kein Wort. Wie aber war es zu dem unzeitgemäßen Notruf gekommen?

Der wachhabende Erste Offizier des Franzosen hatte den Anruf der *Atlantis* abgenommen. Er hatte »Verstanden« gezeigt, die Maschine gestoppt, Lichter gesetzt und Befehl zum Aussetzen der Boote gegeben. Die beiden Kapitäne, MacKenzie und der abgesetzte Capt. Sabouret, die bei einer Bridge-Party im Salon saßen, hörten, wie die Maschine stoppte, sie hörten das Laufen und Trampeln an Deck und das ohrenbetäubende Zischen des abblasenden Dampfes.

Sie stürzten beide zur Brücke, und im Vorbeirennen am Funkraum rief Captain MacKenzie, ohne den Stand der Dinge auf der Brücke zu kennen, zwei Worte in den Funkraum hinein:

»Notmeldung heraus!« – Womit das Unglück dann seinen Lauf nahm.

Während all diese Zusammenhänge aufgeklärt werden, hat der Kommandant Zeit sich zu beruhigen. Es dauert nicht lange, bis ihm sein Aufbrausen leid tut, und er scheut sich nicht, sich bei dem alten englischen Captain zu entschuldigen.

»Was mir am meisten leid tut«, sagt er abschließend, »ist, daß die Gefangenen die Vernichtung Ihres Schiffes so hart büßen müssen, Captain MacKenzie. Vielleicht wäre es doch besser gewesen, Sie hätten sich über die Vorgänge draußen unterrichtet, ehe Sie den Befehl zum Funken gaben.«

Die Vernehmung der Überlebenden ergibt, daß die Ladung des Schiffes so schlecht gestaut war, daß es selbst bei ruhigem Wetter schlimmer rollte, als »irgend jemand der Besatzung es bisher erlebt« hatte.

Das Schiff war am 12. September von Freemantle ausgelaufen, Bestimmung Kapstadt, wo es Brennstoff ergänzen sollte.

Keiner der Offiziere wußte etwas von der Tätigkeit eines Kaperschiffes in diesen Seegebieten, obwohl der Verlust der *Tirranna* und das Verschwinden der *Talleyrand* ihnen bekannt war. Zweiter und Funkoffizier sagen aus, daß sie auf Befehl des Kapitäns gesendet hätten. Der Kapitän hingegen beruft sich darauf, daß die Befehle über Notrufe »ständige Befehle« seien.

Für den Hilfskreuzerkommandanten ergibt sich daraus einmal mehr die Erfahrung, daß die feindlichen Kapitäne und Funker ihre Notrufe ohne Rücksicht auf die damit verbundene Gefahr und die überlegene Bewaffnung des Kaperkreuzers hinausjagen, wie es die Admiralität befohlen hat. Er wird also in Zukunft nur dann ein Schiff unbeschädigt fassen können, wenn er den Nachteil, seinen Standort zu kompromittieren, bewußt in Kauf nimmt. Versenken eines Schiffes, Bergen der Besatzung, Übernahme von Vorräten, Ausrüstung usw. dauern erfahrungsgemäß zwei bis fünf Stunden. Wird das für zu lange gehalten, so kann man eine kleine Prisenbesatzung übersetzen, die das andere Schiff für zwei bis drei Tage in einen abgelegenen Warteraum fährt.

Mit 15 sm macht sich *Atlantis* aus dem Staube; Kurs ein Geringes nördlicher als Ost. Der Kommandant sagt sich bei dieser Kurswahl, daß der britische Admiral in Colombo jetzt auf seiner Karte fünf Punkte haben muß, von denen QQQ- und RRR-Meldungen eingegangen sind. Verbindet er diese Punkte untereinander, so wird er entweder vermuten, daß der Kaperkreuzer auf Südost- oder daß er auf Südwestkurs läuft, je nachdem, welches der wahre Standort der *Lahore* bei ihrer Aufbringung durch Schiff 33 – *Pinguin* – war.

Er selbst muß, so schwer es ihm fällt, den verlockenden Australtrack verlassen und wählt den östlichen Kurs. Die einzige Sorge, die ihn erfüllt, ist die, möglichst rasch und unauffällig in einem entlegenen Seeraum zu verschwinden und den Gegner für eine Weile über seinen Verbleib im Dunkeln zu lassen. Selbst die Möglichkeit, einen Lagefunkspruch abzugeben, vergißt er darüber.

Jetzt, so denkt er, käme mir eine Meldung über Anhalten eines Schiffes von »33« gerade gelegen; meine Spuren würden damit vollkommen ausgelöscht..

Am 27. September wird die *Atlantis*-Familie von ihrem ersten harten Schlag getroffen.

Zunächst geht ein Funkspruch der SKL ein, wonach die Prise *Tirranna* während ihrer Reise einen Kreuzer und sieben andere Schiffe in Sicht bekommen hat, zwischen Madeira und den Azoren hindurchgegangen ist, Funkweisungen der SKL nicht empfangen, aber im übrigen die Reise nach Plan erledigt hat.

Danach scheint sie also in der Heimat angekommen zu sein.

Einige Stunden der Freude und Genugtuung! Über Tausende von Meilen ist das wertvolle Schiff mit seiner Ladung und seinen Menschen, diesen Männern, Frauen und Kindern, die ursprünglich »Feinde« waren und deren Schicksal in der langen Zeit des Miteinanders der *Atlantis* zur eigenen Sache geworden ist, richtig heimgelangt, ein Geschenk von *Schiff 16* an die kämpfende Heimat, ein Beweis dafür, daß es Sinn hat, hier draußen Monat für Monat zur Jagd in See zu stehen, allein auf sich gestellt und abgeschnitten von allem, was an Land das Leben freundlicher gestaltet...

Und dann, nach wenigen Stunden, die Fortsetzung des Funkspruches, aus dem sich dürr und nüchtern ergibt, daß der Prisenkommandant, in der aus fremden Sendern gewonnenen Ansicht, St. Nazaire sei vermint, am 21. September bei Cap Ferret geankert und den Leutnant Mund zum Telefonieren nach Arcachon an Land geschickt hatte. Worauf das 17-Meilen-Schiff am folgenden Tage, weisungsgemäß mit 10 sm/st, ohne Zickzack zu laufen, nach Bordeaux gegangen, in der Girondemündung durch ein englisches U-Boot torpediert und sofort gesunken sei.

Die Enttäuschung an Bord der *Atlantis*, als dieser Funkspruch bekanntwird, ist unvorstellbar. Und sie wächst noch und wird zu zorniger Empörung, als weitere Einzelheiten bekannt werden. Die Prisenbesatzung ist bis auf den Maschinenobermaaten Seeger vollzählig gerettet, aber sechzig Gefangene sind vermißt! Der Prisenkommandant, Leutnant Waldmann, ist nach Berichterstattung beim Oberbefehlshaber mit dem EK II ausgezeichnet worden; ihn trifft kein Verschulden am Untergang des Schiffes. Wer also ist schuld? Wie hat so etwas überhaupt passieren können?! Denkt »da oben« niemand daran, was es für eine Hilfskreuzerbesatzung bedeutet, ihr Bemühen derart vereitelt zu sehen? Und zwar offenbar, weil irgendwo Mist gemacht worden ist. Sicher ist einmal, daß wieder das Versagen der Funkverbindung mitgewirkt hat. Dieser verdammte, überorganisierte und unübersichtliche Laden! Wie ist es sonst erklärlich, daß die Prise sieben volle Wochen lang eine falsche Empfangswelle schalten konnte?! Sind da Schriftstücke verschlampt, ist da mit Böswilligkeit und Dummheit gehandelt worden? Und wußten die Küstendienststellen in Bordeaux nichts von der U-Boot-Gefahr? Oder waren sie zu schwach, dem Schiff für seine letzten zwanzig Meilen Luftsicherung zu verschaffen?! Und warum hatte man das Schiff nicht Zickzackkurse steuern lassen? Ein Zickzackläufer von 17 Meilen war kein leicht zu treffendes Ziel! Und warum, zum Teufel, hielt es die SKL nicht für nötig, den Hilfskreuzer nun auch nur darüber zu informieren, ob das Geheimmaterial geborgen war, und ob die Passagiere gerettet waren? Warum nichts darüber an Stelle des ewigen Füllfunks über Wasserstoffsuperoxyd, Sonnenblumen, Postsparkassen und dergleichen!?

Fragen, Fragen, kein Ende der Fragen, und keine Antwort! Aber *Tirranna* ist verloren. Niemals wird *Atlantis*, Kommandant und Besatzung, diesen Verlust ganz verwinden.

Mehrere Tage lang treibt das Schiff und dampft nur gelegentlich die tags zuvor getriebene Strecke zurück. Nichts kommt in Sicht. Aber es wird auch keine Sichtung erwartet.

Atlantis hält sich mit bewußter Sturheit abseits der Schiffahrtsstraßen. Es soll Gras wachsen über ihren Taten; daß es nicht zu lang wird, dafür wird zu gegebener Zeit schon gesorgt werden. Das Schiff hat im ersten halben Jahr seiner Kreuzertätigkeit 31 638 sm zurückgelegt. In der gleichen Zeit wurden neun Schiffe mit zusammen 65 598 BRT versenkt, mögliche Minenerfolge von Cap Agulhas nicht einbegriffen. Die Gefangenenzahlen haben stark geschwankt; ihren Höhepunkt erreichten sie vor der Umschiffung der Heimkehrer auf die *Tirranna* im August mit 365 Köpfen. Gegenwärtig befinden sich 293 Überlebende gekaperter Schiffe an Bord, darunter 197 Weiße, 2 farbige Portugiesen, 50 Inder, 10 Araber, 27 Chinesen und 7 Neger. Das Anhalten der neun Schiffe hat 21 Menschenleben gefordert; durch Waffeneinwirkung fielen 16 Weiße und 5 Farbige.

Am 1. Oktober, als der Kommandant diese Statistiken beendet und ins Kriegstagebuch eingetragen hat, schließt er mit den Worten: »*Als nächsten Schritt plane ich einen Vorstoß zur Sundastraße.*«

14 TIEFPUNKT SUNDASTRASSE

Wenige Tage später erreicht der Hilfskreuzer seine neue Wartestellung in der Sundastraße. Vor steifem Monsun treibend, geht er langsam quer über die Schiffahrtsrouten. Die Besatzung unterhält sich mit Haifischangeln, macht Geschützexerzieren.

Der Kommandant liest mit Genugtuung ein FT der SKL an *Schiff 10 – Thor –*, die Notwendigkeit, die Hilfskreuzer über politische und militärische Ereignisse zu unterrichten, betreffend. Nicht alle Hilfskreuzer, heißt es da, könnten die deutschen Rundfunksender hören. Offensichtlich hat *Schiff 10* in der gleichen Weise an den sogenannten Pressenotizen der SKL Kritik geübt, wie es »16« seit langem tut. Die politischen und militärischen »Lageberichte« sind immer hochwillkommen, nicht dagegen die Mitteilungen über die Einführung neuer Mützenschirme für die Hilfseisenbahner oder die Wiederholung uralter Wehrmachtberichte.

Nach einigen Tagen hat sich die See so weit beruhigt, daß das Flugzeug zur Erkundung ausgesetzt werden kann. Der Start ist schwierig. Der Pilot hat die beste Sicht aus 20 m Höhe. Die Landung verläuft glatt, obwohl sich die Maschine wegen einer Motorstörung nicht unter 1800 Touren bringen ließ. Beim Aufsetzen brechen die Tragholme des Motors. Man wird versuchen müssen, den Schaden zu beheben; es ist der gleiche Schaden, dessentwegen andere Maschinen des gleichen Typs schon in der Eckernförder Bucht bei den Versuchsflügen ausfielen, und wegen des gleichen Bruchs hat der Hilfskreuzer im Anfang seiner Unternehmung seine erste Maschine verloren. Nun ist also die letzte dahin! Das heißt, das Schiff hat kein Flugzeug, kein »verlängertes Auge« mehr zur Verfügung.

Der Kommandant setzt dazu seine lapidare Anmerkung ins KTB:

»*Für einen Hilfskreuzer ist das beste und wertvollste Flugzeug von allen dasjenige, welches er wirklich gebrauchen kann.*«

Alltag im Indischen Ozean, *Atlantis*-Alltag, Hilfskreuzeralltag: Mit dem Wecken räuspern sich die Lautsprecher. »Und nun«, so erklingt die Stimme Froschs, des Plattenbibliothekars und Bord-Reportagensprechers,

»nun, meine Kameraden, hören wir als Augenöffner die beliebte Durchhalteplatte, das Cowboylied: ›Werd' nicht weich, alter Junge, werd' nicht weich, werd' nicht weich ...‹«, und schon dröhnt es mit voller Lautstärke durch alle Decks. Es ist sechs Uhr; die Dienstgrade erheben sich aus den »Mulschkörben« zu »Sichwaschen«, anschließendem Frühstück und Reinschiff bis neun Uhr. Die Offizierswachen haben um acht Uhr abgelöst. Sie wechseln im sogenannten englischen System, das durch verkürzte Nachmittagswachen den WOs einen täglichen Wechsel der Wachtörns beschert. Erster Wachoffizier ist regelmäßig ein Seeoffizier, dem von Sonnenuntergang bis Sonnenaufgang ein Prisenoffizier oder der Meteorologe zur Unterstützung beigegeben ist, so daß nachts über jeden der beiden von voraus bis achteraus reichenden Ausgucksektoren ein Offizier die Aufsicht führt und die Verantwortung trägt.

Nach dem Frühstück schrillen die Pfeifen, und die Stimmen der Maate schallen gedehnt und die Endsilben betonend durch die Decks:

Zuerst: »Sich-Klarmachen!«, danach: »Raustreten zum Dienst«, je nachdem, was eben auf dem Plan steht: Arbeitsdienst oder Gefechtsdienst. Zugleich beginnt die vormittägliche »Zeit an Deck« für die Gefangenen, zweieinhalb Stunden.

Vor dem Mittag eine Viertelstunde »Aufklaren«, dann das beliebteste Kommando der Tagesroutine: »Klardeck und Backen und Banken! Mittagspause!« Da hallen die Decks wider von Lachen, von Witzen, Zuruf und Geflaxe, die Barkassen scheppern, die Teller und Schüsseln klappern, die Backschafter rennen, und die Bestecke klirren, bis sich die Ruhe der Sättigung ausbreitet und die »Lords« nach der Zigarette angeln und sich in die Koje hauen oder an Deck nach einem schattigen Plätzchen für die kurze Siesta ausschauen.

Nachmittags wieder Arbeitsdienst oder Ausbildung, unterbrochen durch kurze Kaffeepause, und für die Gefangenen vier Stunden »Zeit an Deck«.

Endlich, um 17 Uhr: »Ausscheiden mit Tagesdienst – Backen und Banken, Abendbrot!« bis 21 Uhr Freizeit, anschließend eine halbe Stunde Reinschiff und danach die Abendronde des Ersten, Papa Kühns Rundgang durchs Schiff mit dem Kometenschweif der schlüsselbewaffneten Lastenverwalter hinter sich drein. Er selbst, untersetzt, grauhaarig, gravitätisch schreitend, »ebenso tief wie breit«, ist bewaffnet mit einem riesigen Schlüsselbund, einer gewaltigen Stablampe und als Notbeleuchtung einer messingnen, von einem Läufer vorausgetragenen Original-Fallreepslampe aus Kaisers Zeiten, und so schreitet er durch die Decks, ein Abbild St. Peters, des himmlischen Wächters, um alles auf Ordnung und Sauberkeit zu kontrollieren.

An Deck erklingen die Lieder des Abendsingens, geführt von den dreißig wohlgeschulten und aufeinander eingeübten Stimmen des »*Atlantis*-Chors«, und jeden Abend, wenn »Papa Kühn«, wie die Männer ihren Ersten nennen, die Ronde mit einem grimmig-freundlichen »Gute Nacht, Kerls!« beschlossen hat, singen sie alle als letztes Lied das »Guten Abend, gute Nacht«, und wie das Abendsingen in den Herzen nachklingt und in seltsamer Weise Frieden und Vertrauen ausstrahlt, so ist auch Papa Kühns »Gute Nacht« mehr als ein bloß schematischer militärischer Gruß. Man spürt, er meint, was diese Worte ausdrücken! Er wünscht wirklich eine gute Nacht, und das ist, wie es später ein *Atlantis*-Fahrer ausdrückt, »in der dunklen Unsicherheit wie ein kameradschaftliches Beispiel einer Verabschiedung, die ja leicht die letzte, endgültige sein konnte«, Sie wissen alle, was sie meinen, wenn sie singen: »Morgen früh, wenn Gott will ...«

Aber ebenso ist da die sogenannte »Holzbeingemeinschaft«, eine Gründung des Chirurgen Dr. Sprung.

Der »Assi« hat den Ehrgeiz, keinen von den Männern, die durch Gefechte mit der *Atlantis* etwa ein Bein verloren haben, an Krücken herumlaufen zu sehen. Sie sollen frei, ohne Krücken, allenfalls an einem Stock, auf eigenen Füßen von Bord und weiter durch ihr Leben gehen. Dafür zu sorgen ist Ziel und selbstgesetzte Aufgabe der »Kunstbeingemeinschaft«. Der Torpedo-, der Artillerie- und der Sperrmechaniker gehören ihr an, die besten und geschicktesten Hände an Bord, und ebenso die Zimmerleute, Tischler und der Schuhmacher. Der »Assi« ist ihr Chef, und wenn es ein neues Bein aus Holz, Metall, Leder und Gummi zu entwerfen gilt, so entfalten sie die ganze erstaunliche und überwältigende Erfindergabe des hochgezüchteten und einfallsreichen deutschen Handwerkers. Sie gehören genau zu dem Typ von Spezialisten, den der Südamerikaner meint, wenn er sagt: »Der Deutsche hat den Affen erfunden«, was ein hohes Lob ausdrücken soll; denn der Affe ist wohl das trickreichste, verzwickteste und unberechenbarste Geschöpf, das sich vorstellen läßt. Im Laufe der Zeit bringt es die »Kunstbeingemeinschaft« zu Leistungen von hoher Vollkommenheit. Genau entsprechend dem ärztlichen und menschlichen Ehrgeiz des »Assi« geht kein einziger Amputierter an Krücken von Bord der *Atlantis*, und der Kommandant, der die Zufriedenheit in den Gesichtern seiner »Kunstbeiner« leuchten sieht, denkt einmal mehr, wie seltsam es in der Welt zugeht, daß man zuerst verwunden muß, um den Segen des Heilens erleben zu können ...

Am 22. Oktober endlich kommt der Hilfskreuzer zu seinem ersten Erfolg im Jagdgebiet Sundastraße. In der Morgenfrühe sichtet der Matrose Kistner an Steuerbord querab die im silbrigen Morgendunst kaum wahrnehmbaren weißen Aufbauten eines Schiffes.

Atlantis gibt Alarm, dreht hart zu und nähert sich mit leicht wechselnden Kursen und Geschwindigkeiten ziemlich rasch dem anderen Schiff, das zunächst infolge der Luftspiegelung als holländisches Passagierschiff angesprochen, aber bald als Jugoslawe ausgemacht wird; die Landesfarben sind seitlich hinter der Brücke auf die Bordwand gemalt. Die Entfernung sinkt schnell. Bewaffnung ist drüben nicht zu erkennen. Kriegsflagge und Stoppsignal flattern am Stag empor. Der Hilfskreuzer läuft jetzt in 3000 m Abstand gefechtsbereit neben seinem Opfer her. Nichts geschieht. Es dauert eine ganze Zeit, ehe der Jugoslawe seinen gefährlichen Begleiter überhaupt bemerkt. Endlich erscheint drüben ein Mann im Pyjama, klettert auf die Brücke und setzt das Antwortsignal.

Das Schiff stoppt. Der Hilfskreuzer stoppt.

Die von ‚Atlantis-Schiff 16' aufgebrachten Schiffe

#	Datum	Typ	Name	BRT	Status
1	3. 5. 40	Engl. Dampfer	SCIENTIST	6200	versenkt
2	10. 6. 40	Norweg. Motor-Schiff	TIRRANNA	7230	Prise I
3	11. 7. 40	Engl. Dampfer	CITY OF BAGDAD	7506	versenkt
4	13. 7. 40	Engl. Fahrgast-Dampfer	KEMMENDINE	7769	versenkt
5	2. 8. 40	Norweg. Motor-Schiff	TALLEYRAND	6731	versenkt
6	24. 8. 40	Engl. Dampfer	KING CITY	4744	versenkt
7	9. 9. 40	Engl. Dampfer	ATHELKING	9557	versenkt
8	10. 9. 40	Engl. Dampfer	BENARTY	5800	versenkt
9	20. 9. 40	Franz. Fahrgast-Dampfer	COMISSAIRE RAMEL	10061	versenkt
10	22. 10. 40	Jugoslaw. Dampfer	DURMITOR	5623	Prise II
11	9. 11. 40	Norweg. Tanker	TEDDY	6748	versenkt
12	10. 11. 40	Norweg. Tanker	OLE JACOB	8306	Prise III
13	11. 11. 40	Engl. Dampfer	AUTOMEDON	7528	versenkt
14	24. 1. 41	Engl. Dampfer	MANDASOR	5144	versenkt
15	31. 1. 41	Engl. Dampfer	SPEYBANK	5154	Prise IV
16	2. 2. 41	Norweg. Tanker	KETTY BRÖVIG	7031	Prise V
17	17. 4. 41	Ägypt. Dampfer	ZAM ZAM	8299	versenkt
18	14. 5. 41	Engl. Dampfer	RABAUL	5618	versenkt
19	24. 5. 41	Engl. Dampfer	TRAFALGAR	4530	versenkt
20	17. 6. 41	Engl. Dampfer	TOTTENHAM	4640	versenkt
21	22. 6. 41	Engl. Dampfer	BALZAC	5372	versenkt
22	10. 9. 41	Norweg. Motor-Schiff	SILVAPLANA	4793	Prise VI

1–2 Schleppfahrt mit U 126
2 V-Schiff „Python" übernimmt Besatzung „Schiff 16" am 24.11.41
3 „Python" versorgt U 68 u. UA u. wird versenkt am 1. 12. 41
3–4 Fahrt der „Schiff 16"-Besatzung auf U A, U 68, U 124 und U 129
4 Treffen mit 4 italienischen U-Booten
4–5 Heimfahrt auf 4 deutschen u. 4 italienischen U-Booten
5 Ende der Fahrt in St. Nazaire am 31. 12. 41

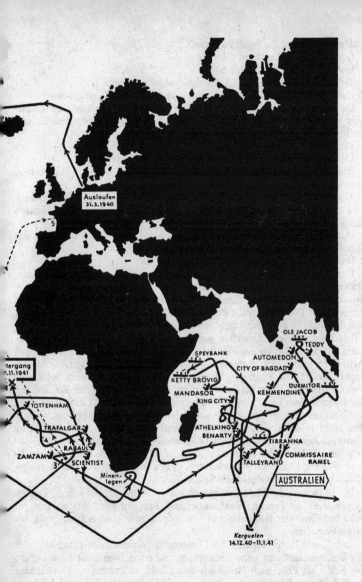

Die Fahrt von Schiff 16 durch die sieben Weltmeere

Heimweg der Besatzung nach dem Untergang von Schiff 16

Darauf beginnt das Schiff zu funken.
Der Hilfskreuzer enttarnt seine Artillerie.
Das Schiff stellt das Funken ein.
Der Hilfskreuzer macht sein Durchsuchungskommando klar.
Das Schiff benutzt die Zeit, um noch zweimal Notrufe abzugeben.

Da sie jedoch in keinem Falle von einer Landstation bestätigt oder wiederholt werden, entschließt sich der Kommandant, nicht zu schießen. Er will endlich ein Schiff unversehrt in die Hand bekommen.

»Wer sind Sie?« funkt der Jugoslawe. »Hier *Durmitor*.«

Dann: »Wer ruft mich? – Bitte bestätigen. Hier *Durmitor*.«

Endlich: »*SS Durmitor* von Lourenço Marques nach Japan via Batavia. Wer sind Sie?«

Um diesem Gefrage ein Ende zu machen, antwortet der Hilfskreuzer kurz und scharf: »R – OK – EB – QRT: Verstanden – Warten Sie – Funken einstellen.«

Daraufhin hört drüben der Sendebetrieb auf, und das Schiff setzt das Signal: »Habe Maschinen gestoppt.«

Das Untersuchungskommando findet folgendes:

Der Jugoslawe *Durmitor* ist ein Dampfer von 5623 BRT, Heimathafen Dubrovnik, Ladung 8200 Tonnen Salz von Torrevieja in Spanien nach Hiroshima und Miike/Japan. Gemäß Charter ist Eigentümer der Ladung die Bussan Coy. Das Schiff sollte Batavia als Zwischenhafen anlaufen und dort, wie der Kapitän mündlich zugibt, seinen Bestimmungshafen erfahren.

Die *Durmitor* wird daraufhin gemäß Artikel 39,3 und 40,1 der Prisenordnung – Unterstützung des Feindes durch Funk trotz Schweigegebotes, und Artikel 23,3 und 28,2: Konterbandeladung via feindlichen Hafen – für gekapert erklärt. Das Schiff ist, ehe es in Torrevieja das Salz nahm, mit Kohle von Cardiff nach Oran gefahren, von wo es einen Tag vor der Beschießung der französischen Flotte durch die Engländer in See ging. Es hat eine Woche in Gibraltar gelegen und später wochenlang in Lourenço Marques, weil es ihm nicht möglich war, Kohle zu ergänzen. Natal-Kohle, unter britischer Kontrolle stehend, wird zur Zeit nur an englische und japanische Schiffe ausgegeben. Während der langen Liegezeit ist es in starkem Maß »angewachsen« – es hat Muscheln, Seepocken und Algen angesetzt –, so daß es augenblicklich 7 sm/st Höchstgeschwindigkeit läuft.

Die Besatzung der *Durmitor* besteht aus 37 Mann, für die sich 15 Tonnen Trinkwasser, 20 Tonnen Waschwasser und Proviant für 8 bis 10 Tage an Bord befinden. Der Bunkerbestand von 450 bis 500 Tonnen Kohle sollte bis Japan vorhalten.

Auf Grund dieses Berichts des Untersuchungskommandos entschließt sich der Kommandant, um seine Gefangenen und seine Dienstpost loszuwerden, das Schiff als Prise nach Italienisch-Somaliland zu entsenden. Er kommandiert dafür ein Prisenkommando von zwölf Mann unter Führung des Leutnats (S) Dehnel an Bord, der das Schiff fürs erste in eine Wartestellung fahren soll, bis *Atlantis* ihren Vorstoß gegen die Sundastraße zu Ende geführt und den Proviant und das Material zusammengestellt hat, die mit den Gefangenen auf die *Durmitor* hinübergegeben werden müssen. Für diese Abfertigung ist der 26. Oktober vorgesehen.

Die Temperaturen liegen um 27° im Tagesdurchschnitt, der Feuchtigkeitsgehalt der Luft ist hoch, und es ist sehr schwül.

Aber nicht nur die Temperatur ist schwül, um es genau zu sagen. Der Kommandant selbst hat seine Beobachtungen gemacht, und es ist ihm mancherlei zu Ohren gekommen: Kritik an seinen Maßnahmen, Unzufriedenheit über die Diensteinteilung, Gereiztheit der Männer untereinander.

Er denkt an die Erfahrungen der *Wolf* im ersten Kriege. Dort waren Meutereien mehrmals mit energischen Maßnahmen unterdrückt worden. Er ist entschlossen, es auf *Atlantis* soweit gar nicht erst kommen zu lassen. Der größte Teil der Unzufriedenheit ist zweifellos eine Folge der allzulangen Hitze, schlechten Schlafs, damit zunehmender Nervosität und – der Enttäuschung darüber, daß der Krieg in Europa sich doch über Erwarten in die Länge zu ziehen scheint. Am besten wird es sein, in gewohnter Weise den Stier bei den Hörnern zu packen. Am 25. Oktober läßt er daher zur Kommandantenmusterung pfeifen.

Und dann stellt er sich hin, wie immer sehr ruhig, gelassen und mit nahezu leiser, aber doch weittragender Stimme und hält ihnen eine Anzahl von Äußerungen vor, die ihren Weg zu ihm gefunden haben und ihm Beweis sind für Unzufriedenheit, Enttäuschung, Mangel an Zusammenarbeit und negative Kritik. Er streift die Kriegslage in wenigen Worten – es sieht, soweit er es beurteilen kann, nicht nach einem baldigen Kriegsende aus! Die Seeausdauer des Hilfskreuzers muß daher bis zum Äußersten ausgenutzt werden. Die Rationen sind aus diesem Grunde bereits gekürzt worden. Der augenblickliche Verpflegungssatz, bei dem weniger Fleisch, Fett und Butter ausgegeben wird, ist unter tropischen Verhältnissen sogar gesünder als die bisherigen Mengen. »Je mehr Annehmlichkeiten ich Ihnen zugestehe«, ruft er mit erhobener Stimme aus, »je mehr ich für Sie tue, desto mehr erwarten Sie! Das Schiff ist jetzt sieben Monate in See. Es ist an der Zeit, über gewisse Dinge zu reden, ehe es zu spät dazu ist und drastischere Mittel angewandt werden müssen.«

Er macht eine Pause und wartet, eine lange herausfordernde Pause. Man könnte eine Nadel zu Boden fallen hören; die Besatzung rührt sich nicht. Nur das Sausen der Lüfter ist zu hören. Endlich fährt er fort: »Ich weiß, daß die Hitze schlappmacht. Besonders, wenn man schlecht schläft, wird man nervös und reizbar. Aber – es ist unentschuldbar, dem nachzugeben! Wir haben uns alle, jeder einzelne für sich, mit den Gegebenheiten abzufinden.

Sobald es kühler wird, werden sich auch die Ansichten über manche Dinge ganz von selber abkühlen. Im übrigen ist Krieg, und wir befinden uns hier auf einem Kriegsschiff auf Kriegsunternehmung und nicht auf Erholungsreise.

Zum Schluß möchte ich Ihnen etwas bekanntgeben, wovon ich hoffe, daß Sie es nicht mißverstehen werden:

Seit längerer Zeit bespreche ich mit dem Ersten Offizier und den Divisionsoffizieren Pläne über die Einrichtung — erstens einer Urlaubsrolle: Vier Mann jeder Division verbringen danach jeweils eine Woche im Reservelazarett als Urlauber; der Dienst geht sie nichts an, ausgenommen bei Gefechtsalarm — zweitens plane ich die Einrichtung eines freien Nachmittags in jeder Woche — etwa am Mittwoch —, und drittens — wollen wir an *wirklich* heißen Tagen, wenn es die Lage erlaubt, die Tagesroutine zwischen 8 und 11 Uhr vormittags oder 15 und 17 Uhr nachmittags ausführen lassen. Außerdem werden wir versuchen, Weihnachten an einer ruhigen Stelle zu verbringen. Aber: negative Kritik, Gemurre und Getuschel hinter meinem Rücken — das trägt nicht dazu bei, die Dinge besser zu machen, sondern macht uns allen das Leben nur schwer. Das war es, was ich Ihnen sagen wollte. Ich hoffe, wir haben uns verstanden.«

Ja, es scheint, daß sie ihn verstanden haben; die Mißstimmung verfliegt, wie er es vorausgesehen hat. Sie verfliegt schon am nächsten Morgen, einem Sonntag, dem 25. Oktober, mit unerwarteter Plötzlichkeit; denn im Morgendämmern kommt ein Schiff in Sicht!

Und als sich zeigt, daß es sich nur um die *Durmitor* handelt, bleibt trotzdem nicht viel Zeit zu schlechter Laune, weil die Vorbereitung der Gefangenen-Umschiffung jede Hand verlangt und jeden Mann voll beschäftigt.

Die Vorteile, die darin liegen, sämtliche Gefangenen, abgerechnet 30 Farbige, abgeben zu können, d. h. allein in der täglichen Verpflegung 260 Köpfe weniger zu haben, sind so außerordentlich, daß die armseligen Unterbringungsverhältnisse auf der *Durmitor* in Kauf genommen werden müssen.

Die Bedingungen, unter denen die Gefangenen leben werden, sind in der Tat ausgesprochen schlecht; denn sie werden in den Laderäumen auf der Salzladung hausen, ohne daß ihnen der Hilfskreuzer Matratzen, Decken oder Hängematten zur Verfügung stellen könnte. Nur einige Personen über 50 Jahre können Matratzen erhalten. Außerdem kann wegen Überlastung der Bäckerei auf dem Hilfskreuzer der *Durmitor* lediglich für eine Woche Brot mitgegeben werden, und Wasser gibt es allein zum Trinken und auch dann nur in abgemessenen, sehr kleinen Mengen — zum Waschen nicht.

Der Kommandant gibt den Gefangenen diese Bedingungen im voraus bekannt und sagt ihnen sehr eindringlich, daß Sabotageakte oder Meutereien mit bewaffneter Gewalt rücksichtslos unterdrückt würden. Dann ruft er die gefangenen Kapitäne zusammen, macht ihnen die gleiche Eröffnung und bittet sie, sich durch Handschlag ehrenwörtlich zu verpflichten, von allen Versuchen des Ungehorsams gegen die Autorität des Prisenkommandos, der Sabotage oder der Meuterei Abstand zu nehmen.

Alle sieben Kapitäne geben freiwillig ihr Wort. Und sie halten sich ausnahmslos daran.

Die Verpflegung der Prise ist für alle einheitlich und umfaßt auch die jugoslawische Crew, die nach Meldung des Prisenkommandanten, Leutnant

Dehnel, sehr stumpf ist, weil sie seit Monaten keine Nachricht von ihren Angehörigen hat. Das Schiff befinde sich im übrigen in einem ganz kläglichen Zustande. Nur ein Kessel sei wasserdicht, die anderen leckten; die Höchstgeschwindigkeit werde daher 7 sm/st sein. Das Schiff sei außerdem total verseucht mit Ungeziefer, Kakerlaken und Ratten.

Anschließend an diese Meldung empfängt Leutnant Dehnel seinen Operationsbefehl als Prisenkommandant; er enthält im grundsätzlichen die gleichen Vorschriften wie der für die *Tirranna*.

Die *Atlantis* liegt mit gestoppten Maschinen, bis Leutnant Dehnel und seine kleine Schar mit ihrem gichtbrüchigen Untersatz aus Sicht gelaufen sind. Niemand weiß zu dieser Stunde, welche Abenteuer der junge Kommandant überstehen wird und welche Odyssee dem alten Dampfer bevorsteht, ehe es ihm endlich gelingt, die Somaliküste zu erreichen. Es beginnt damit, daß sich in einem Kohlenbunker eine sogenannte »Tasche« herausstellt, ein Hohlraum unter der Kohle. Damit ist klar, daß der Bunkerbestand nicht bis zum Zielhafen reichen wird. Aber Leutnant Dehnel gibt deswegen nicht auf. Er setzt Segel! Er segelt unter Lukenpersenningen mit seinem 5000-Tonnen-Steamer vor dem Monsun nach Nordwesten. Er läßt allmählich alles Brennbare an Bord herausbrechen und in die Feuer werfen, um das bißchen nötigsten Dampf zu halten: Fässer, Lukendeckel, Schweißplatten, Ladebäume, Türen, Möbel, Täfelungen – alles wird kleingeschlagen oder mit dem einzig vorhandenen kleinen Fuchsschwanz zersägt. Zugleich backt er Kuchen aus Kohlenstaub, Asche, Farbe, Sägemehl, Asphalt, Petroleum, Schmieröl und Ölrückständen – es gibt nichts, was er nicht auf seine Brennbarkeit untersuchte.

Er bemerkt Anzeichen von Meuterei unter den Gefangenen und scheucht sein Volk unter Hinweis auf eine hilfreich auftretende Rauchwolke: Da! – der Hilfskreuzer stehe in Reichweite! Es bedürfe nur eines Wortes, und er werde rächend und strafend in Erscheinung treten.

Besonnene ältere Kapitäne unter den Gefangenen renken die Dinge ein, und die Gefangenen beruhigen sich, als ihnen Leutnant Dehnel zeigt, was an Vorräten wirklich an Bord ist, und ihnen klarmacht, daß damit unter allen Umständen hausgehalten werden muß und – werden wird.

So gelangt er endlich nach vielen Gefahren und Mühen an die Somaliküste, nicht nach Mogadiscio, das inzwischen von englischen Kriegsschiffen beschossen worden ist, sondern an einen anderen kleinen Hafen, Kismayu, für den er keine Spezialkarte an Bord hat und vor dem er prompt sein stolzes Schiff auf einer Barre auf Grund setzt. Aber er bringt es auch wieder ab – und läuft ein. 200 Kilo Kohle, 300 Kilo Bohnen und kein Wasser mehr, das ist alles, was er noch an Bord hat, als er am 23. November 1940 nachts im Hafen ankert. Dort wird er zunächst einmal zusammen mit seinen Gefangenen und seiner gesamten Prisenbesatzung von den Italienern gefangengesetzt und im Lastwagen durch das triumphierende Land gekarrt, bis es ihm zuletzt gelingt, den Irrtum aufzuklären und seine und seiner Soldaten Freilassung zu erwirken ...

Das ist – in kurzen Worten – die Odyssee des Leutnants Dehnel und seiner *Durmitor*. Vier Monate später kehrt er mit seinem Prisenkommando an Bord der *Tannenfels* wohlbehalten auf den Hilfskreuzer zurück. — —

Die *Atlantis* ist indessen, kaum daß die Prise aus Sicht gekommen ist, mit Kurs auf die Sundastraße abgelaufen. Es brist frisch aus Südosten; es steht mäßige See und mittlere Dünung; Wolken ziehen unter dem Himmel; zehn Meilen Sicht; keine besonderen Ereignisse.

Tage vergehen, während der Hilfskreuzer mit nordwestlichen Kursen auf sein neues Jagdgebiet zusteuert. Mit unerschütterlicher Gleichmäßigkeit weht die starke, warme Brise aus Südost. Zuweilen fallen stürmische Böen ein. Tropische Gewitter entladen sich mit berstendem Donnerschlag und flammenden, zuckenden Blitzen, und der Erste Offizier läßt das Regenwasser in Persenningen und Gefäßen auffangen, um die Waschwassertanks damit aufzufüllen. Nichts kommt in Sicht.

Bei der Musterung gibt der Kommandant eine Anzahl von Beförderungen bekannt. Im allgemeinen behält jeder Mann während der Unternehmung seinen »Auslaufdienstgrad«; nur frei gewordene Stellen werden neu besetzt. Das gibt jedesmal willkommenen Anlaß zu Beförderungsfeiern in den Decks und Unterkünften. Abends sitzen die Männer nach Dienstschluß rauchend und träumend in den Decks und Wohnräumen und lauschen den schwermütigen Klängen eines Schifferklaviers, während draußen die Wachen angespannt und unbeeinflußt von Gefühlen auf ihren Posten stehen und die Funker fern und schwach, gerade noch hörbar, gestört durch die atmosphärischen Verhältnisse der Doldrums, die QQQ-Meldung eines Schiffes aufnehmen.

In den Nächten wieder Donnerrollen und schwere Regengüsse; die Sicht schwankt zwischen tausend Meter und vierzig Seemeilen. Feucht, schwül, drückend ist die Luft, vor allem in den Wohndecks, in denen die Männer vor qualvoller Hitze zum Teil oftmals keinen Schlaf finden. Nichts kommt in Sicht.

15 ÖL, BENZIN, GEHEIME DOKUMENTE

In der Nacht zum 8. November, eine Tagesreise nördlich des Äquators, kurz nach Mitternacht, entdeckt der Backbord-Brückenausguck, der Matrosengefreite Koch, einen verdächtigen Schatten. Der Wachoffizier, Oberleutnant z. S. Strecker, erkennt darin ein Schiff.

Alarm!

Atlantis stoppt. Der unbekannte Gegner läuft, wie mehrere Peilungen ergeben, auf östlichem Kurs.

Sachte geht der Hilfskreuzer wieder an, um allmählich an den Fremden heranzuschließen, dessen Typ bis jetzt immer noch nicht auszumachen ist, nur daß er ungewöhnlich flach und langgezogen aussieht — »wie ein

Tanker, oder auch wie ein Kreuzer«. »Möglicherweise ein Kreuzer« – dieses Wort läuft wie ein Feuer durchs Schiff, von Station zu Station, von Raum zu Raum, die Spannung fast bis ins Unerträgliche steigernd: Was werden die nächsten Stunden bringen?!

»Mensch – erst mal mit der Ruhe! Das andere regeln die schon da oben – da kannste ganz ruhig sein!«

Das unbekannte Schiff steht glücklicherweise gegen den helleren Teil des Horizonts, der Hilfskreuzer selbst vor der dunklen Kimm und vor schweren Regenwolken, so daß der Kommandant keine Bedenken hat, näher heranzuschließen, um den Charakter seines Gegenspielers genau zu ermitteln. Etwa zwanzig Minuten lang läuft er mit wechselnden Geschwindigkeiten heran, bis klar zu erkennen ist, daß es sich um einen sehr sorgfältig abgeblendet fahrenden Tanker handelt. Nur noch 1750 Meter entfernt und immer noch sichtlich ahnungslos, zieht er mit fahl schäumender Bugsee durch die Nacht.

»Fallen Tarnung!« Endlich das erlösende Signal. Aber keine Feuererlaubnis! Auf 500 m Entfernung flammt der Scheinwerfer auf und legt seinen blendendweißen Kegel über den Fremden.

Das erste, was zu sehen ist, ist ein Heckgeschütz, unbemannt, und ein rotes großes »K« auf dem schwarzen Schornstein.

Mit der Vartalampe eröffnet der HK den Signalverkehr:

»Stoppen Sie sofort! – Benutzen Sie Ihren Sender nicht! – Funkverbot! – Wie heißen Sie?«

Darauf die Antwort: »*Teddy*-Oslo. Was wollen Sie?«

»Sie werden durchsucht.«

»OK.«

»Funken Sie nicht. Funkverbot!«

Pause. Stille. Dann:

»Können wir weiterfahren?«

»Nein. Warten Sie auf mein Boot.«

»Wer sind Sie?«

»H.M.S. *Antenor*.«

Darauf drei lange Töne der Sirene des Tankers zum Zeichen, daß er stoppt. Seine Kanone, immer noch unter ihrem Bezug, ist unbemannt.

Das Durchsuchungskommando macht sich eilends fertig. Der Kommandant hat den Namen des englischen Hilfskreuzers *Antenor* angegeben, weil er herausbekommen hat, daß dieser im Indischen Ozean operiert. Er hofft, den Tanker so lange zu täuschen, bis das Untersuchungskommando drüben an Bord gegangen ist, um einen Notruf in letzter Minute zu verhindern. Und tatsächlich: die Täuschung gelingt. Zwar bringt die Tankerbesatzung keine Jakobsleiter aus, aber die Stablampe blendet sie, und erst als die Deutschen an Bord sind, erkennen die Norweger, mit wem sie es zu tun haben. Und da ist es zu allem zu spät ...

Der Tanker *Teddy*, 6748 BRT, ist mit 10 000 Tonnen Heizöl von Abadan nach Singapore unterwegs. Der Kommandant läßt das Prisenkommando unter Führung des Leutnants (S) Breuers, das durch einige

Norweger verstärkt wird, an Bord und schickt das Schiff vorerst auf einen 500 sm südlich liegenden Wartepunkt.

Der norwegische Kapitän, Torlutken, sagt aus, sein Schiff habe 500 Tonnen Treiböl an Bord. Der Kommandant wird später entscheiden, ob er diesen Bestand übernehmen oder den Tanker als Prise evtl. nach Japan schicken wird. Hier an Ort und Stelle Öl zu übernehmen, wäre ohnehin wegen der sehr schlechten Sicht unangebracht; der Hilfskreuzer darf sich keiner Überrumpelungsgefahr aussetzen.

War die Sicht schon schlecht, als der Tanker angehalten wurde, so sinkt sie während der Durchsuchung fast auf Null herab. Der Mond geht unter, und mit zunehmender Häufigkeit niedergehende Regenschauer machen die Nacht außerordentlich dunkel, was die Schwierigkeit, mit den beiden Schiffen zu manövrieren, noch erhöht. Dann hat der erste Kutter Malheur, wickelt sich eine Leine in die Schraube und muß von einem zweiten abgeschleppt werden, und als das glücklich gelungen ist, verliert der zweite, auf dem Wege, die überzähligen Norweger abzuholen, durch Unachtsamkeit sein Ruder. Der Versuch, mit Leinen zu steuern, schlägt fehl; also muß der Hilfskreuzer einen weiteren Kutter aussetzen, um die Order für das Prisenkommando auf den Tanker hinüberzubringen und das treibende Boot aufzupicken.

Der gekaperte Tanker geht bis auf weiteres auf einen vereinbarten Treffpunkt »Mangrove«, ein wenig südlich des Äquators. Dort wird ihn die *Atlantis* nach einem Vorstoß gegen den Golf von Bengalen wieder aufsuchen, um das Treiböl und 1000 Tonnen Heizöl aus ihm zu übernehmen und ihn anschließend zu versenken.

Der Kommandant hat diesen Entschluß gefaßt, nachdem ihm klargeworden ist, daß die 500 Tonnen Treiböl, die *Teddy* an Bord hat, die Seeausdauer der *Atlantis* um zwei Monate verlängern würden. Selbsterhaltung geht allen anderen Gesichtspunkten vor, auch dem Gedanken, das Schiff an einem geheimen Ankerplatz als Bunkerreserve für das Heizöl verbrennende *Schiff 36 – Orion –* zu erhalten.

Überdies steht der Kommandant noch vollständig unter dem Eindruck des Verlustes der *Tirranna*. Wenn unmittelbar vor der französischen Küste den einlaufenden Prisen so wenig Sicherheit geboten werden kann, ist es sinnlos, sich die viele Arbeit des Umräumens und Ausrüstens zu machen. Einer der jungen Offiziere gibt der allgemeinen Stimmung beredten Ausdruck, wenn er bemerkt: »Dann können wir uns ebensogut selber mal ansehen, wie es aussieht, wenn 10 000 Tonnen Heizöl in die Luft gehen.«

Fast im gleichen Augenblick hat die *Pinguin* vor Nordaustralien einen Tanker mit 10 000 Tonnen Gasöl aufgebracht. Da es aber Tankschiffe betreffende Spezialkurzsignale nicht gibt, meldet er nur: »Bin voll aufgefüllt.« Hätte die Meldung gelautet: Verfüge über 10 000 Tonnen Gasöl, d. h., hätte der Kommandant *Atlantis* daraus erfahren, daß mehr als genug Treibstoff für ihn bei *Pinguin* verfügbar war, so wäre die Versenkung der *Teddy* ohne Zweifel unterblieben, und das Schiff hätte als Bunkerreserve für *Schiff 36 – Orion –* oder zur Entsendung nach Japan bereitgestanden.

Schon am darauffolgenden Tage, einem Sonntag, erringt der Hilfskreuzer nachmittags seinen nächsten Erfolg. Das Flugzeug, bei ruhigem Wetter glücklich gestartet, meldet nach seiner Rückkehr nördlich der *Atlantis* ein auf Ostkurs laufendes Schiff.

»Alles bestens«, sagt der Kommandant hochbefriedigt.

»Aber was für ein Schiff, lieber Bulla? Handelsschiff? Kriegsschiff? Tanker?«

»Das kann ich nicht sagen! Das habe ich nicht so genau ausgemacht«, sagt Bulla strahlend, »ich wollte nicht so dicht 'ran, damit er mich nicht sah. Es ist aber bestimmt ein Schiff, ganz bestimmt ein Schiff!« Der junge Flieger ist ganz aufgeregt über seinen ersten Sicht-Erfolg.

Abends, kurz nach dem tropisch schnellen Einfallen der Nacht, genau zur berechneten Stunde, kommt der Gegner in Sicht.

Zur gleichen Zeit geht aber der Mond auf und hüllt die Szene in sein fahles Licht, in dem die Konturen des Schiffes deutlich zu erkennen sind. Es ist ein großer Tanker.

Aber ebenso deutlich muß auch der Hilfskreuzer für die Männer drüben zu sehen sein. Die Spannung wächst ins Unerträgliche!

Der Abstand schwindet: Immer noch rührt sich nichts. Schon glaubt man, die Maschinen des Tankers zu hören – da dreht er plötzlich hart ab, zeigt sein Heck und funkt mit fieberhafter Hast sein QQQ! QQQ! QQQ!

»Position 2.34 North, 70.56 East – ole jacob – unknown ship has turned now coming after us ...«

Ole Jacob – also ein Norweger. Und dazu ein Tanker. Der Kommandant überlegt ganz kurz: auf keinen Fall will er diese Prise verlieren. Gäbe er jetzt »Feuererlaubnis«, so würde der Gegner binnen Sekunden in Flammen stehen. Die Ladung, möglicherweise der so lang ersehnte Brennstoff für die Motoren der *Atlantis*, würde verlorengehen. Also muß etwas anderes versucht werden: das Prisenkommando wird den Tanker im Handstreich nehmen! Und vorher soll der Gegner wie sein Vorgänger *Teddy* durch Signalverkehr getäuscht und beruhigt werden. Demgemäß blinkt nach kurzem die Vartalampe der *Atlantis*: Anruf – Anruf! Hier H.M.S. *Antenor*.

»Bitte folgen Sie mir nicht weiter«, blinkt es von drüben zurück, und *Atlantis* wiederholt:

»Britisches Kriegsschiff *Antenor*.«

»No«, macht der Gegner.

Atlantis gibt laufend Anrufzeichen.

Darauf von drüben: »Norwegischer Tanker.«

Atlantis: »Bitte stoppen Sie. Ich wünsche Sie zu überprüfen.«

»Verstanden.«

»H.M.S. *Antenor* hier.«

»*Ole Jacob* – OK – Stopped.« Der Tanker stoppt, macht aber zugleich auf der 600-m-Welle weiter seine QQQ-Rufe: »Angehalten durch unbekanntes Fahrzeug.«

Sekundenschnell muß jetzt überlegt, befohlen, gehandelt werden. Stichwortartig bespricht der Kommandant die Hauptpunkte des Angriffsplanes: es kann nur klappen, wenn alles blitzschnell und überraschend vor sich geht. Trotzdem darf nichts vergessen, nichts außer acht gelassen werden: Völkerrecht, Sicherheitsmaßnahmen, seemännische Grundregeln ...

Inzwischen läuft der Hilfskreuzer in seinem Kielwasser auf. Das Motorboot hängt schon im Ladegeschirr eingepickt, das Durchsuchungskommando ist darin untergebracht – die Bootsbesatzung, Navigationsoffizier, Adjutant und, unter einer Persenning verborgen, zehn Mann Enterkommando. Der Adju hat ein britisches Uniformjackett über seine deutsche Uniform gestreift, um den Anschein, daß der Hilfskreuzer wirklich ein englisches Kriegsschiff sei, so lange wie möglich aufrechtzuerhalten. So setzt das Boot von der *Atlantis* ab und strebt hinüber zu der dunklen Silhouette des norwegischen Tankers, für dessen Besatzung nur die Gestalten zweier Offiziere und des Bootssteuerers in dem heranschäumenden Verkehrsboot erkennbar sind, nicht aber die bis an die Zähne bewaffneten Männer unter der Persenning, mit der Pistole in der Faust und den Handgranaten im Koppel.

Das Wasser ist ölglatt; nur eine lange Dünung rollt von Süden herein. Wenn das Boot in ein Wellental hinabgleitet, ist nur mondversilbertes Wasser ringsum zu sehen. Aber in den Augenblicken, in denen es emporgehoben wird, steht die mondbeschienene Silhouette des Tankers groß und mächtig vor dem Nachthimmel. Schwerfällig rollt er hin und her.

Im Näherkommen erkennen die Offiziere in der Motorbarkasse an Bord des Tankers eine Anzahl von Gesichtern, die mißtrauisch herabspähen. Eine Stablampe blitzt auf. Für Sekunden streift ihr weißer Kegel das Geschütz des Tankers und die Bedienung dahinter in ihren flachen Tellerstahlhelmen. Die Mündung der Kanone ist drohend gegen die *Atlantis* gerichtet.

Die Situation steht in diesem Augenblick auf des Messers Schneide. Als der Lichtstrahl auf ihn herabschießt, blendet der Adju seinerseits mit der Stablampe gegenan. In der gleichen Sekunde schert das Boot neben der hohen Bordwand des Tankers längsseits, auf dem mittschiffs eine dunkle Gruppe von Männern wartet, wahrscheinlich die Offiziere des Schiffes. Im Licht der Lampe blitzen Gewehrläufe. Offenbar ist man oben entschlossen, niemand an Bord zu lassen.

Eine Stimme ruft: »Are you British?«

Der Adju schreit irgend etwas Unartikuliertes auf englisch zurück – unverständlich, da von dem knirschenden Scheuern des Bootes an der Bordwand übertönt.

Von oben leuchtet der Lichtkegel der Lampe in das Boot hinein. Aber da ist nichts zu sehen; die Persenning deckt ihr Geheimnis, und der Adju blendet rücksichtslos zurück.

»Jackett 'runter!« zischt der NO dem Adjutanten zu.

Das Boot jumpt wie ein Fahrstuhl in der Dünung, sinkt einmal tief unter die Wasserlinie des Tankers, tanzt im nächsten Augenblick für Sekundenbruchteile neben den Relingsketten.

»Los!« flüstert beim nächsten Aufwärtsgang der Adju.

Als sie oben sind, greifen sie zu, schwingen sich an Bord, die Pistole zwischen den Zähnen, und ehe die 10 Norweger, die ihnen gegenüberstehen, recht begreifen, was geschieht, sind ihnen die Gewehre aus der Hand gerissen und fliegen im hohen Bogen über Bord.

»Hands up!« brüllen die Deutschen sie an, »go on! Hands up!«, und über die Reling gewandt: »Raufkommen! Entern!« Da wird es blitzschnell lebendig unter der Persenning, und zehn geschmeidige Schatten verteilen sich mit Windeseile über das Deck des gekaperten Schiffes, während die beiden Offiziere über das Gewirr von Leitungen und Standrohren hinweg der Brücke zustürmen.

Im Laufen nehmen sie den schweren, betäubenden Benzindunst wahr, der über dem ganzen Schiff hängt, und durch ihre Gehirne schießt blitzschnell der Gedanke: Wenn jetzt etwas Unvorhergesehenes passiert, gibt es eine feurige Himmelfahrt ...

Die Norweger scheinen das gleiche zu denken. Am oberen Brückengang steht ihr Kapitän. »Ich gebe es auf«, sagt er sofort, als er erkennt, was sich ereignet, »ich gebe es auf«, und läßt auf Aufforderung sogleich seine Geschützmannschaft wegtreten.

Eine Minute später gibt der Adju mit der Signallampe zur *Atlantis* hinüber: »Tanker *Ole Jacob* 10 000 Tonnen Flugbenzin — ich widerrufe Q-Meldung von hier aus.«

Und dann geht, mit dem Sender des *Ole Jacob* gefunkt, der Widerruf der Notmeldung in die Nacht hinaus ...

Unter den Schiffen, die Q-Meldung und Widerruf auffangen, befindet sich außer einem Lotsendampfer auch der englische Blue-Funnel-Dampfer *Automedon*.

Die *Ole Jacob*, 8306 BRT, aus Arendal, befindet sich mit ihrer kostbaren Ladung auf dem Wege von Singapore nach Suez.

Selbstverständlich kann ein so unschätzbar wertvolles Schiff nicht versenkt werden. Der Kommandant betraut den Kapitän Kamenz mit dem Prisenkommando und entsendet das Schiff fürs erste auf den Treffpunkt »Rattang«, 300 sm südlich des Äquators, wo auch *Teddy* in der Nähe liegt. Die norwegische Besatzung — 33 Köpfe einschließlich ihres Kapitäns, Leif Krogh — wandert, soweit sie nicht auf dem Tanker belassen wird, an Bord des Hilfskreuzers in die Internierung.

Während der nächsten Stunden wird die *Ole Jacob* mehrfach von Colombo gerufen. Der Lotsendampfer, der den ersten Q-Ruf und danach den Widerruf aufnahm, schaltet sich ein und wiederholt beide. *Ole Jacob* selbst »verzichtet« infolgedessen auf weiteren Funkverkehr. Aber der *Atlantis*-Kommandant ist nach der Aufstörung des Gebietes und der klaren Positionsangabe entschlossen, ohne Verzug aus der Gegend zu verschwinden.

Am Abend, nach Dunkelwerden, entläßt er den Tanker und läuft danach selbst mit 15 Meilen ab, um sein Jagdgebiet weiter südlich zu verlegen.

Noch in der gleichen Nacht geht ein FT der SKL ein:

Nach aufgefangenem englischem Schiffahrtsfunk wirkte sich das Auftreten der Hilfskreuzer derart beunruhigend aus, daß selbst aus dem Golf von Bengalen deutsche Raider gemeldet würden, obwohl dort gar keiner operiere. Der Kommandant grient. SKL ahnt nicht, daß *Schiff 16* im Golf von Bengalen arbeitet. Sie kann das auch nicht vermuten; es ist im Operationsbefehl nicht vorgesehen.

Schon am andern Morgen läuft *Atlantis* das nächste Opfer ins Blickfeld. Der Matrose Jena entdeckt im Morgenlicht eines ungewöhnlich hellen und klaren Tages eine dünne Rauchwolke in der südwestlichen Kimm.

Die See liegt glatt wie ein Spiegel, glasklar. Der Hilfskreuzer stoppt für kurze Zeit, um den Gegner zunächst besser identifizieren zu können; dann geht er mit Scheinkursen näher, die Alarmhupen gellen durchs Schiff, die Tarnungen donnern zurück, die erste Entfernungsmessung wird genommen. Der Abstand beträgt 305 hm – mehr als 30 km.

Weder der Hilfskreuzer auf seinem Scheinkurs, noch der Gegner, der bei der ausgezeichneten Sicht sehr früh an seinem dünnen hohen Schornstein als Blue-Funnel-Liner erkannt wird, ändern auch nur im geringsten ihre Kurse; gleichmütig ziehen sie ihres Weges, und da diese rechtwinklig zueinander verlaufen, nimmt die Entfernung rasch ab. Als sie auf 4600 m abgesunken ist, dreht *Atlantis* hart nach Steuerbord, klar zum laufenden Gefecht, und setzt Kriegsflagge und Stoppsignal, während gleichzeitig eine Warnsalve über den Dampfer mit dem dumpfen, flatternden Sausen schwerer Geschosse hinwegheult.

Der Abstand zwischen beiden Schiffen beträgt jetzt nur noch 2000 m, und das Wirkungsschießen, das auf den Notruf des Dampfers einsetzt, liegt von der ersten Salve an deckend im Ziel, in Brücke und Mittelschiff schwere Verwüstungen anrichtend.

»RRRR – *Automedon* – ... 41 ...« – mehr hat der angegriffene Engländer nicht herausgebracht, ehe der Störfunk der *Atlantis* ihn übertönt. Der Kapitän, McEwan, und das gesamte Brückenpersonal sind in der ersten Salve gefallen. Die drei weiteren erzielen elf Treffer im Mittelschiff. Dann schweigt das Feuer. Erst als sich drüben ein Mann am Heckgeschütz zu schaffen macht, heulen noch einmal die Salven hinüber: Treffer im achteren Aufbaudeck und im Vorschiff.

Jetzt endlich stoppt die *Automedon*, deren Funkverkehr inzwischen, nachdem ihre Antenne heruntergeschossen wurde, verstummt ist, und das Untersuchungskommando der *Atlantis* setzt hinüber.

Den Männern bietet sich, als sie das fremde Schiff betreten, ein Anblick des Grauens und der Verwüstung. Die zahlreichen Treffer haben die Aufbauten zerfetzt, die Davits und Boote zertrümmert, den Schornstein zerlöchert und die Brücke fast unbetretbar gemacht. Die Kammern des Kapitäns und des Ersten Offiziers sind in Trümmerhaufen zersplitterter Bretter, Drahtleitungen und dünnen Blechs verwandelt. Tote und Verwundete, teilweise schrecklich verstümmelt, stöhnend und schreiend, in Lachen von Blut, liegen überall an Deck umher. Der Kapitän, von einem direkten Treffer zerrissen, ist auf der Brücke seines Schiffes gefallen. Ein anderer Offizier liegt, von einem Splitter hingestreckt und getötet, vor dem Kartenraum; ihm fehlt das halbe Gesicht. Von einem weiteren ist nichts mehr zu finden; wahrscheinlich liegt er unter den Trümmern der Kammer des Ersten Offiziers, der selbst gleichfalls verwundet ist. Der Zimmermann ist während des Beschusses gefallen; zwei weitere von sechs Schwerverwundeten, Chief Steward und Bootsmann, erliegen ihren Verletzungen während und nach den Operationen an Bord des Hilfskreuzers, nachdem der Assistenzarzt Dr. Sprung die erste Versorgung schon auf der *Automedon* vorgenommen hat.

Da die Ladelisten mit vernichtet sind, stellt sich erst nach Öffnen der Luken heraus, daß das Schiff von Liverpool via Durban nach Penang–Singapore, Hongkong–Schanghai bestimmt war. Ladung Stückgut. Aber was für Stückgut! Tausende von Kisten mit Flugzeugen, Autos, Anzugstoffen, Hüten, Maschinenteilen, Fahrrädern, Zigaretten, Mikroskopen, Stahl, Kupferblechen, Regenschirmen, Fotoapparaten, Nähmaschinen, sanitären Anlagen, Medikamenten, Whisky, Bier, Lebensmitteln und – Post! Eine Ladung von Millionenwert.

Der Kommandant befiehlt, da sich die beiden Schiffe in der offenbar doch dichtbefahrenen Verkehrsregion befinden, aus der *Automedon* unter zeitlicher Beschränkung auf wenige Stunden nur die wichtigsten Ladungsteile zu übernehmen: den gesamten Proviant, das Gefrierfleisch, 120 Postsäcke und die persönliche Habe der überlebenden Besatzung. Es sind 37 Engländer, 3 Passagiere, darunter eine Frau, und 56 Farbige, zur Hauptsache Chinesen und unter ihnen eine Menge Angehörige der Besatzung der *Anglo Saxon*, eines auf der Reise nach Hongkong versenkten Schiffes.

Wie schon auf anderen Schiffen arbeiten die Engländer willig mit; sie erfassen sehr rasch, daß die Übernahme von möglichst viel Proviant ihrem eigenen Interesse entspricht, und erkennen an, daß die Bergung ihrer Habe einen Akt außerordentlich entgegenkommender Fürsorge darstellt, wie sie ihn von Deutschen keinesfalls erwartet haben.

Immer wieder muß der Kommandant die Frist, die er für die Übernahme wichtigster Dinge gesetzt hat, verlängern. Der Oberleutnant z. S. Fehler, der die Ausräumung leitet, entwickelt eine erstaunliche Begabung, immer wenige Minuten vor Fristablauf neue Kostbarkeiten zu entdecken. Er meldet durch Winkspruch: »Finden soeben in Luke III 550 Kisten Whisky. – Frage Verlängerung?« – Und nach einer weiteren halben Stunde: »Finde soeben 2½ Mill. Chesterfield. – Frage Verlängerung?« So wird es schließlich Nachmittag, ehe der Kommandant das Auspacken abbrechen läßt.

Der Gedanke, die *Automedon* in ein entlegenes Seegebiet zu schleppen und sie dort weiter auszupacken, läßt sich nicht verwirklichen. Ihre Ruderanlage ist zerstört.

In der Eile, mit der die Übernahme aus der *Automedon* vor sich geht, vergessen aber auch die Engländer, daß sich 62 000 Pfund frische Apfelsinen in der Ladung befinden, die in einem besonderen Kühlraum eingelagert sind. Erst als *Automedon* gesprengt und gesunken ist, fällt ihnen wieder ein, daß man natürlich diese Apfelsinen hätte übernehmen müssen, und der Kummer bei Siegern und Besiegten ist groß, gemeinsam und ehrlich ...

Die Durchsicht des erbeuteten Dokumentenmaterials zeigt, daß *Atlantis* diesmal einen besonders guten Fang gemacht hat. Der Tod des Kapitäns und der Mehrzahl der Offiziere der *Automedon* hat verhindert, daß die Geheimsachen des Schiffes vernichtet werden konnten. Die Ironie des Schicksals hat es gewollt, daß sie die allgemeine Zerstörung überstanden. Sämtliche Instruktionen der Admiralität, die Kursanweisungen, die Geheimlogbücher und schließlich, nach gewaltsamer Eröffnung des Stahlschranks in der zerstörten Kapitänskammer, auch der Merchant Navy Code und die Tauschtafeln 7, 8 und 9 sowie eine Unzahl weiterer wichtigster geheimer Papiere fallen dem Hilfskreuzer in die Hand.

Damit nicht genug. In dem Postraum neben der Kapitänskammer hat der Adju einen großen Stapel Geheimpost aufgefunden und sichergestellt, dessen Kennzeichnung – »Safe Hand – British Master Only« ihm zwischen der übrigen Post ins Auge gefallen ist. Der Inhalt dieses Stapels übertrifft alle kühnsten Erwartungen: es ist die gesamte Post der höchsten Geheimhaltungsstufe für das Britische Oberkommando Fernost; es sind neue Codetafeln für die Flotte; es sind Nachrichten für Seefahrer, Informationen über Minenfelder und freigeräumte Wege, es sind Pläne und Karten, Material des Britischen Geheimdienstes, alle möglichen weiteren Dokumente und schließlich als wichtigstes ein Lage-Geheimbericht des britischen Kriegskabinetts mit einer zusammenfassenden Darstellung der Verteidigungspläne für den Fernen Osten, der Kampfanweisung für die Verteidigung Singapores, der genauen Verteilung der alliierten Streitkräfte zu Wasser, zu Lande und in der Luft, samt allen Flugplätzen usw.

Es ist so unglaublich gutes und vollständiges Material, daß es später die Japaner zunächst für eine Fälschung halten. Sie können an so viel Glück einfach nicht glauben.

Mit den 7528 BRT der *Automedon*, die am 11. November 1940, nachmittags 15.07 Uhr, über das Heck in die Tiefe rauscht, hat der Hilfskreuzer nunmehr 13 Schiffe mit insgesamt 93 803 BRT und 17 Kanonen versenkt.

In der Nacht hört die Funkerei ein Schlüssel-FT der *Helenus*, eines Schwesterschiffes der *Automedon*. Kurz darauf bestätigt Colombo den Anruf des Dampfers. Beide sind in Sorge wegen des verstümmelten Notrufes der *Automedon*, den sie unvollständig aufgenommen haben. *Helenus* antwortet kurz darauf nochmals an Colombo: »›Automedon‹ 2008 GMT 11 Nov. RRR Automedon lat. 04.16 N ...«, und diesen Funkspruch peilen die Funker der *Atlantis* ein. Er zeigt, daß sich *Helenus* in verhältnismäßig geringem Abstand auf Parallelkurs befinden muß. Trotzdem wird der Kommandant merkwürdigerweise erst am nächsten Morgen von diesem Peilergebnis in Kenntnis gesetzt, zu einem Zeitpunkt, an dem der Hilfskreuzer schon seit Stunden Kurs geändert hat und mittlerweile zu weit von der *Helenus* absteht, um sie noch einholen zu können.

»Sie denken anscheinend, die gebratenen Tauben fliegen uns in den

Mund«, sagt der Kommandant, ärgerlich über die verpaßte klare Chance, »machen Sie nur so weiter; dann werden wir es noch weit bringen.«

Abends ruft Singapore auf 600 m und auf 36 m nach der *Durmitor*: »Hören Sie mich, *Durmitor*? – Hören Sie mich? Bitte geben Sie Ihren Standort – Ihren Standort. Bitte antworten Sie auf 36 Meter!«

»Glaubst du«, sagt bei dieser Aufforderung der Funker auf *Atlantis* zu seinem Wachkollegen, »daß *Durmitor* hierauf antworten wird?«

»Klar – nicht – Dussel. – Natürlich nicht.«

»Aber nicht wegen was du meinst.«

»Wegen was'n sonst?«

»Weil die gar kein Kurzwellengerät hat – Dussel!«

In der Morgenfrühe des 13. November entdeckt der Signalgefreite Dutka, der auf Ausguck in der Saling sitzt, trotz sehr ungünstiger Sichtverhältnisse im opalenen Dunst der Kimm – und zwar nicht voraus, wie zu erwarten, sondern ablaufend irgendwo querab – den Tanker *Teddy*.

Im Laufe des Tages übernimmt der Hilfskreuzer, nachdem der Kommandant bei nochmaliger gründlicher Prüfung der Lage nicht zu einer Änderung seiner Entschlüsse hat kommen können, den Proviant, Maschinenteile, Wasser, 992 Tonnen Heizöl, die Kanone und den Treibölbestand des Tankers von 439 cbm. Danach wird das Schiff für seine letzte Reise vorbereitet; das Sprengkommando bringt die Ladungen an.

Am 14. November ist es soweit. Das Ereignis freilich verläuft sehr anders als erwartet. Nachdem eine erste Sprengung keine andere Wirkung gezeigt hat, als daß durch Anschlagen und Auslaufen einer Ölzelle der Tanker höher herauskommt, muß das Sprengkommando ein zweitesmal hinüber auf das in seiner Verlassenheit leblos und trostlos daliegende, träge in der Dünung rollende Schiff.

Was dann geschieht, schildert einer der Zuschauer auf der *Atlantis* wie folgt:

»Wir hatten gesehen, wie sich das Verkehrsboot mit dem Sprengkommando entfernte, und warteten jetzt die Minuten bis zur Explosion der ersten Ladung ab. Da! Ein scharfer Knall im Vorschiff! Das ist sie. Dann zwei weitere achtern, die viel Wasser, dünne weiße Kaskaden, in die Höhe warfen. Endlich die letzte: Als diese zündete, hörte man zunächst nichts als einen dumpfen Schlag, der das Schiff erzittern ließ, und über dem Tanker stand plötzlich eine pinienförmige, mehrere hundert Meter hohe rote Feuersäule, die wieder in sich zusammenfiel und einer ungeheuren Rauchsäule Platz machte. Die Explosion schien eine Anzahl von Ölzellen angeschlagen zu haben; denn jetzt schossen mit rasender Schnelligkeit rote Flammen nach allen Seiten über die Wasseroberfläche, und über dem Schiff lohte es dunkelrot aus dem Qualm wie eine feurige Kugel von ungeheurer Größe. Kohlschwarze quellende Wolken stiegen empor und waren in einigen Augenblicken zu einer Säule angewachsen, die in den Wolken verschwand, sich in und über den Wolken ausbreitete und die vorher blendendweißen Quellwolken erst grau, dann schwarz färbte. Immer neue Pilze sprangen aus dem Schiff hervor, das bald völlig den Blicken entschwunden war. Aus einigen Kilometern Entfernung muß es wie der Ausbruch des Krakatau ausgesehen haben! Als wir nach einiger Zeit auf Höchstfahrt gingen, um uns zu verholen, hatte die Hitze ein merkwürdiges Phänomen bewirkt: der vorher nur mäßig bewölkte Himmel bedeckte sich über der Brandstelle mit dichten Regenwolken, unter denen zahlreiche wie Rüssel abwärts hängende Windhosen entstanden. Etwa eine halbe Stunde nach der letzten Explosion setzte starker Regen ein, und noch nach Stunden konnten wir die Pinie, von ihren Regenschauern umgeben, am Horizont hängen sehen.«

Am folgenden Morgen, noch vor Dämmerungsbeginn und 18 sm von dem verabredeten Treffpunkt entfernt, bekommt der Hilfskreuzer ein Fahrzeug in Sicht, das nicht sofort identifiziert werden kann. Alarm und heran!

Bei Näherkommen entpuppt sich das Schiff als Tanker.

Die bunten Sterne des Erkennungssignals steigen in den blassen Morgenhimmel und werden von drüben richtig beantwortet: *Atlantis* und *Ole Jacob* sind wieder beieinander. Bootsverkehr von Schiff zu Schiff setzt ein; die Beölung beginnt.

Das Flugzeug startet zur Sicherung und Aufklärung, kehrt unbeschädigt zurück und wird eingesetzt; es hat nichts gesichtet.

Der Wert der auf *Automedon* erbeuteten Dokumente, ihr höchst geheimer Charakter und ihre möglicherweise erhebliche Bedeutung für die Gesamtkriegführung sind entscheidend für den Entschluß des Kommandanten, *Ole Jacob* nach Japan zu schicken, wo die Ladung des Schiffes im übrigen ein sehr begehrtes Tauschobjekt abgeben dürfte.

Wenn der Kommandant ganz mit sich allein ist und sich Rechenschaft über alle Motive seines Handelns ablegt, gesteht er sich ein, daß die Erfahrung mit der *Tirranna* seine Entscheidung, die *Teddy* zu versenken, nicht ganz unbeeinflußt gelassen hat.

Angesichts der Wichtigkeit des Geheimmaterials, das nach Berlin geschafft werden soll, und der möglicherweise bevorstehenden Schwierigkeiten betraut der Kommandant seinen Navigationsoffizier, den erfahrenen Lloydkapitän Kamenz, mit der Führung der *Ole Jacob*. Außer dem deutschen Prisenkommando werden 52 Norweger, die Besatzungen der *Teddy* und *Ole Jacob*, die Reise nach Japan mitmachen.

Am 16. November setzt sich der Tanker unter dem Dröhnen der Typhone in Marsch; am 6. Dezember trifft das Schiff in Kobe ein, von wo es aber nach kurzer Ergänzung sofort wieder in See geht, um seine Ladung in dem Carolinen-Atoll Lamutrik an einen japanischen Tanker abzugeben. Die Japaner, obwohl hocherfreut über das Hoch-Oktan-Benzin für ihre Fliegerei, wünschen keinesfalls in den Verdacht von Neutralitätsverletzungen zu kommen; sie sind noch nicht im Kriege und ziehen es daher vor, die Ladung an einem neutralen Ort zu übernehmen.

11 000 Tonnen Dieselöl und ein Flugzeug sind der Preis, den der Marine-Attaché, Admiral Wenneker, für die Benzinladung einhandelt, ein Drittel der gesamten in den beiden ersten Kriegsjahren bei der Etappe Japan verfügbaren Ölmenge.

Ole Jacob kehrt nicht mehr nach Japan zurück. Nachdem das Schiff eine Zeitlang als Versorgungstanker für *Schiff 36* eingesetzt worden ist, läuft es am 19. Juli 1941 in Bordeaux ein.

Kapitän Kamenz, als Oberregierungsrat getarnt und als Kurier auf dem Wege über Sibirien-Moskau nach Berlin gelangt, kehrt nach persönlicher Berichterstattung in der Seekriegsleitung und Erledigung aller Aufgaben am 20. April 1941, von einem U-Boot auf einen Versorgungstanker im Mittelatlantik abgesetzt, glücklich und freudig bewillkommnet, auf die *Atlantis* zurück.

Nachdem *Ole Jacob* hinter der Kimm verschwunden ist, bleibt der Hilfskreuzer noch einige Stunden gestoppt liegen. Es gibt eine Menge zu tun, um das Schiff aufzuklaren und wieder herzurichten. Zuletzt läßt der Papa Kühn Flöße, Boote, Holzteile und ein Wasserfaß von der *Ole Jacob* über Bord werfen, um den Eindruck zu erwecken, als ob der Tanker hier versenkt worden sei, und ihm damit für die Dauer seines Durchbruchs möglicherweise zu einem Alibi zu verhelfen. Danach läuft *Atlantis* nach Südwesten ab, auf den Schnittpunkt der *Benarty*-Route mit einer Route der *Automedon* auf einer ihrer früheren Reisen.

Nach wie vor herrschen südöstliche Winde; es ist wolkig und heiß, nichts kommt in Sicht.

Schwere Regengüsse trommeln über das Schiff her. Es gelingt, 35 Tonnen Wasser aufzufangen. Das ist um so bedeutungsvoller, als nach dem augenblicklichen Stand der Dinge weit weniger die Brennstofflage als der Vorratsbestand an Wasser und Proviant für die Seeausdauer des Hilfskreuzers ausschlaggebend zu werden droht ...

Selbstverständlich ist zu allen Zeiten das Frischwasser auf der *Atlantis* knapp und rationiert. Es gibt 3 Liter pro Kopf und Tag. Jedermann versucht daher, seine Zuteilungen irgendwie zu verbessern.

Vater Kühn fällt eines Tages der schneeige Glanz seiner Wäsche auf. »He, Köhlken«, sagt er, »wie machen Sie das mit der Wäsche? Restbestände von Friedenspersil?«

»Nee«, antwortet Köhlken ganz unvorschriftsmäßig, »das gibt's all lang nich mehr, Herr Kaleu'nt.«

»Hm ... Und das Wasser? Wo kriegen Sie überhaupt das Waschwasser her?«

»Das Waschwasser, Herr Kaleu'nt?« fragt Köhlken, nun betont hamburgisch-harmlos, zurück, »da geh' ich immer hin und kauf'n paar Buddels Selterswasser in der Kantine, und da wasch' ich denn Ihr Tropenhemd und Hose in durch ...«

Einmal stoppt das Schiff eine Stunde in hoher Dünung, weil im Lazarett eine Operation durchgeführt wird.

Einmal wird ein verstorbener Chinese namens Cham Ming mit aller Feierlichkeit der See übergeben.

Einmal kommt Nachricht, daß die *Durmitor* in Somaliland, und zwar in

Kismayu, angekommen ist. Das endlich bringt etwas Leben, neuen Denk- und Gesprächsstoff.

Beim Kommandanten erscheint eine Gruppe von Männern, um sich auf Urlaub abzumelden. Strahlend ziehen sie ab, und Kapitän Rogge sieht ihnen lächelnd nach, wie sie in Richtung Achterdeck verschwinden, wo das glücklicherweise nie benötigte Seuchenlazarett, das »Urlauberheim«, sie erwartet, in dem sie eine volle Woche lang völlig frei sind, zu tun, was ihnen behagt.

Der »Urlaub an Bord« ist eine persönliche Erfindung des Kommandanten. Bei seinen Überlegungen, was man tun könnte, um der Besatzung eine besondere Freude zu machen und dem einzelnen Gelegenheit zum Ausspannen und zur Besinnung zu geben, ist ihm im rechten Augenblick eingefallen, welches Triumphgefühl es auslöst, wenn man des Morgens beim Schrillen und Zwitschern der Bootsmannsmaatenpfeifen im »Korb« liegenbleiben und »weitermulschen« kann. Einmal nicht mit antreten, einmal nicht gehorchen müssen! Einmal einfach liegenbleiben können und sich die Zeit nach eigener Lust einteilen — ist das nicht der Kern des Urlaubsgefühls und des Urlaubsgenusses überhaupt?! Und warum sollte das nicht an Bord genauso erreichbar sein wie an Land? Ja, warum sollte es nicht noch deutlicher empfindbar werden, wenn es sozusagen Ellenbogen an Ellenbogen mit dem weiterlaufenden Dienstbetrieb erlebt wurde?! Der »Urlaub an Bord« erschien als das richtige Mittel, dieses Bedürfnis zu befriedigen.

Der IO und die Waffenleiter freilich haben sich zuerst gegen diese Neuerung gesträubt, weil sie glaubten, die Männer beim Dienst nicht entbehren zu können; schließlich müsse die Kampfbereitschaft des Schiffes gewahrt bleiben, aber der Kommandant ist diesem Einwand mit der Regelung begegnet, daß »Gefechtsalarm den Urlaub bricht« — Gefechtsalarm als einziges und sonst nichts! —, und damit haben sich die Kritiker zufriedengegeben. Seither halten allwöchentlich zwölf Mannschaftsdienstgrade ihren jubelnden Einzug in das Urlaubsheim — und tun eine volle Woche lang nur, was sie wollen. Die Unteroffiziere verleben ihren Urlaub in ihren Kammern. Kein Vorgesetzter läßt sich bei ihnen oder im Seuchenlazarett in dienstlicher Eigenschaft sehen. Jeder kann sich beschäftigen, wie es ihm behagt: der eine verschlingt ein Buch nach dem anderen, der andere bringt seine gesamte private Habe in Ordnung, macht Zeugwäsche und stopft »Havariesocken«, wieder andere machen Entwürfe für das Programm der *Atlantis*-Kleinkunstbühne, einer schläft den ganzen Tag, ein anderer schreibt Urlaubspostkarten an Vorgesetzte und Kameraden und berichtet über Wetter, Verpflegung und Unterbringung in »Hinterhugelhapfing«. Einige verlegen sich aufs Haifischangeln, andere liegen in Liegestühlen zu zweien und dreien auf dem Achterdeck. Ein Schild mit der Aufschrift »Bin auf Urlaub« schützt sie vor unerwünschten Ansprachen Vorgesetzter, und sie kosten genießerisch ihre Freiheit aus, doppelt, wenn der Bootsmaat der Wache irgendwelche Befehle auspfeift —: »Die zur Decksreinigung abgeteilten Leute siich klarmachänn!« oder »Antreten zum ...«, und das alles geht sie acht selige Tage lang gar nichts an.

Auch für den Matrosengefreiten Dötze, einen der berühmteren Dienstgrade unter den *Atlantis*-Fahrern, schlägt eines Tages die Stunde, da er in Urlaub fahren soll. Dötze ist Aufklarer beim Artillerieoffizier, Oblt. z. S. Kasch, und macht dementsprechend seinen Vertreter mit allen seinen Obliegenheiten vertraut. »Paß gut auf«, sagt er, »mach alles genau, wie ich's dir sage; dann fährst du auch klar mit dem AO.« Der Vertreter wiederholt jede Einzelheit. Dötze nickt befriedigt. »Tatsächlich«, sagt er, »du hast's gefressen, es wird gehen. Nur den Schuhputz hast du vergessen. Und dann: der AO hat es gerne, wenn er morgens mit einem Kuß auf die Backe geweckt wird ...«

Am 1. Dezember trifft die Nachricht ein, daß *Schiff 33* – *Pinguin* – eine Prise, den Tanker *Storstadt*, mit 10 000 Tonnen Borneo-Dieselöl und 400 Gefangenen nach Hause in Marsch setzen will.

Sofort schaltet »16« sich ein. Diese Möglichkeit, seinen Treibstoffbestand bis zum letzten Kubikfuß aufzufüllen, will sich der Kommandant keinesfalls entgehen lassen; sogar ein Funkspruch wird dafür riskiert:

»Bitte Tanker Quadrat ›Tulpe‹ senden. *Schiff 16.*«

Die Antwort läßt nicht auf sich warten. SKL beabsichtigt, die *Storstadt* zur Auffüllung von »16«, »45« und »36« zu benutzen. »16« und »33« sollen zusammentreffen.

Am Sonntag, dem 8. Dezember 1940, vormittags, betritt dann der Kommandant *33* – *Pinguin* –, Kapitän z. S. Krüder, das Deck von »16«, um dem Kameraden seinen Besuch abzustatten, seit fast 300 Tagen der erste Deutsche, der nicht zur Besatzung der *Atlantis* gehört, und es bewegen ihn die gleichen Gefühle wie den Kapitän Rogge, die gleichen Gefühle, mit denen die Besatzungen einander zuwinken, zurufen und, noch ehe der Bootsverkehr einsetzt, Grüße austauschen. Es werden Feiertage trotz aller Arbeit, diese Tage des Zusammenliegens! Alte Freunde, alte Bekannte fallen einander beim unerwarteten Wiedersehen nach Marineart um den Hals: »Wo kommst du her? Mensch! Was machst du denn hier? Was macht denn der Soundso? Weißt du noch, der so vorstehende Augen hatte wie'n Hummer ...«

Den ganzen Tag über reißen Gelächter und Freudenausbrüche, Besuchs- und Erfahrungsaustausch zwischen den Schiffen nicht ab. Abends kommt dann die *Storstadt*; die Schlepp- und die Schlauchverbindung werden hergestellt, und die Übernahme beginnt.

Am Morgen erwidert Kapitän Rogge den Besuch seines Kameraden auf der *Pinguin*.

Kurz vor seiner Rückkehr, um die Mittagszeit, ein Funkspruch: »An *Schiff 16*: Dem Kommandanten ist das Ritterkreuz verliehen. Entbiete Kommandant und Besatzung meine wärmsten Glückwünsche zu dieser Anerkennung der hervorragenden Erfolge des Schiffes. Oberbefehlshaber.«

Der Jubel an Bord über diese hohe Auszeichnung ist allgemein. *Atlantis* ist also nicht vergessen »da oben«; alle die Mühen, all die Entbehrungen, der viele Schweiß, die durchwachten Nächte, das Herzklopfen und die enge

Kehle vor dem Angriff, die Wartezeiten und die harte Arbeit sind erkannt und anerkannt worden mit diesem Ritterkreuz, das ihnen allen ein wenig mitgehört.

16 WASSER VON DEN KERGUELEN

Die Operationen westlich von Sumatra sind abgeschlossen. Mit Rücksicht auf die Trinkwasserlage und die Notwendigkeit, den Maschinen die fällige Grundüberholung zu geben und schließlich der Besatzung zu Weihnachten die versprochenen Ruhetage zu gönnen, beabsichtigt der Kommandant, weit im Süden einen geeigneten Platz zu suchen, an dem sich alle diese Zwecke miteinander verbinden lassen. Der alte, schon mehrfach erwogene Plan, eine der unbewohnten Inseln des tiefen Südens anzulaufen, gewinnt neue Bedeutung.

Eingehendes Studium der Segelhandbücher und lange Unterhaltungen mit einem der gefangenen Kapitäne ergeben, daß sich die Kerguelen für die Zwecke des Hilfskreuzers am besten eignen würden; alle anderen Inseln besitzen keine Buchten an ihrer Ostseite, in denen ein Schiff, geschützt vor der See der großen Westwinddrift, längere Zeit vor Anker gehen könnte.

Die Kerguelen dagegen liegen auf 50° Südbreite in einer Gegend, in die sich ein normales Handelsschiff nicht verirren würde, und außerdem sind sie so groß und weisen eine so zerklüftete Küste mit Buchten, Einschnitten und Fjorden auf, daß man mit Sicherheit damit rechnen kann, hier einen guten Ankerplatz zu finden, an dem man aus den Gletscherbächen den Frischwasserbestand des Schiffes würde auffüllen können. Hinzu kommt, daß die Kerguelen voraussichtlich unbewohnt, aber durch mehrere wissenschaftliche Expeditionen in früheren Jahren gut vermessen sind.

Am Mittag des 9. Dezember nimmt *Pinguin* unter Winken und Typhondröhnen von *Schiff 16* Abschied. Der Kapitän z. S. Krüder macht folgenden Winkspruch: »Gute Fahrt! Besten Dank für alles! Sie waren unsere bisher beste Prise.«

»Danke gleichfalls«, antwortet *Atlantis*, »gern geschehen, viel Erfolg für die Wale.« Sie beeilt sich nunmehr, ihre Gefangenen an die *Storstadt* abzugeben und ihre Ölübernahme zu beenden. Nur drei schwerverwundete Engländer bleiben zurück, da sich für sie auf dem Tanker keine getrennte Unterbringung einrichten läßt und sie offensichtlich dort nicht halb so gut versorgt sein würden wie bisher.

Die Gefangenen auf der *Storstadt*, 400 an der Zahl, sind ebenso wie die der *Atlantis* während des Zusammenseins der beiden Hilfskreuzer unter Deck in ihren Gefangenenräumen gehalten worden. Nun sind sie froh, wieder ins Freie zu können, und begrüßen die 38 weißen englischen Seeleute, die beiden weißen Passagiere, die einsame weiße Dame und die 83 Farbigen, die von der *Atlantis* herüberkommen, mit freudigem Interesse.

Sind vielleicht Bekannte darunter? Die Welt ist so klein! Und wenn nicht – ist nicht schon die Unterbrechung des Einerleis auf dem Gefangenendeck und in den heißen, stickigen Räumen ein Grund zur Freude?

Am Abend ist die Beölung der *Atlantis* beendet; die Schlauchverbindung wird gelöst.

Für die Verpflegung der abgegebenen Gefangenen hat der Hilfskreuzer 16 Tonnen Wasser und Proviant für 60 Tage an die *Storstadt* übergeben, und auf sein bewegtes Klagen hin, er habe nur nutzlose Kranke an Bord, dem Kommandanten der Prise auch noch zwei Mann zur Verfügung gestellt.

Danach wird die Prise mit der Weisung entlassen, vorerst im Wartegebiet stehenzubleiben für den Fall, daß »33« oder »16« eine andere, für die Gefangenenbeförderung besser geeignete Prise aufbringen sollten. *Schiff 16* allerdings hat wenig Aussicht, einen solchen Erfolg zu erringen; der Kommandant will nun so schnell wie möglich die Kerguelen ansteuern, um die dortige »gute Jahreszeit« auszunutzen. Aber vielleicht hat ja »33« Glück? Dann könnte der Tanker für künftige Beölungen als Beischiff im Indischen Ozean bleiben, und die Gefangenen, auch die Verwundeten, könnten in menschenwürdiger Weise untergebracht und abtransportiert werden; die Unterbringung auf der *Storstadt* ist höchst ungenügend und ungesund und nur unter dem Gesichtspunkt militärischer Notwendigkeiten vertretbar.

Nach der Entlassung der *Storstadt* läuft *Atlantis* mit Scheinkursen ab, sowohl um den Tanker zu täuschen, als auch, um verräterische Ölspuren nach der Brennstoffübernahme abzuspülen.

Am 11. Dezember, einem Mittwoch, befiehlt der Kommandant Sonntagsroutine und verteilt die dem Schiff am 7. Dezember verliehenen Eisernen Kreuze.

Unermüdlich zieht indessen das Schiff nach Süden. Am 1. Advent war es noch so heiß gewesen, daß das Schachturnier an Deck in Tropenhelm und Sporthose ausgetragen werden mußte.

Jetzt dagegen, nur wenige Tage später, ist die Temperatur auf 16–17° C gefallen, die Nachtwachen haben das warme Zeug hervorgeholt, und am Horizont stehen die dunklen Turmgebilde von Regenschauern über den blinkenden Wogenkämmen der rauhen Rundung.

Die an die Tropen gewöhnten Körper empfinden die Kälte doppelt stark, und so stehen während des Marsches nach Süden die Männer auf ihren langen Nachtwachen in Beutepelzen auf der Brücke und zittern dennoch, besonders, nachdem am 13. Dezember die Temperaturen innerhalb von vier Stunden von +13° auf +3° C scharf abfallen, während es anfängt, aus Westen stürmisch zu wehen. Die Sicht nimmt rasch ab; das Wetter wird nebelig und trüb; die See geht ziemlich grob; zeitweilig peitscht kalter Regen. Es ist das typische Wetter der Roaring Forties, der berüchtigten Stürmischen Vierziger der südlichen Breiten.

Im Mannschaftswohnraum der *Atlantis* befindet sich ein Schwarzes Brett. Dort schlägt der Adjutant alle paar Tage das an, was für die Besatzung zu wissen interessant ist. Jetzt heftet er an diese Tafel einen Zettel, auf dem er alles das verzeichnet hat, was die Segelhandbücher und sonstige Unterlagen über die Kerguelen vermerken:

Die Kerguelen

Das Segelhandbuch sagt über die Insel: »Die Kerguelen liegen auf etwa 50° Süd und 70° Ost und sind etwa 70 sm lang und ebenso breit. Die Insel wurde am 12. Februar 1772 von dem französischen Grafen Yves Josephe de Kerguelen-Trémerac entdeckt, der die Fregatte *Fortune* befehligte. Er dachte, er hätte Australien gefunden, hielt sich daher nicht damit auf, an Land zu gehen, sondern kehrte eilends nach Frankreich zurück. Ein Jahr später erschien er erneut vor der Insel als Führer einer Expedition, die aus den Schiffen *Gros Ventre* (Dickbauch) und *Oiseau* (Vogel) bestand. Er erreichte die Insel am 14. Dezember 1773, landete jedoch auch diesmal nicht selbst. Allein einem Boot der *Oiseau* gelang es, die Küste zu erreichen. Nach seiner Rückkehr nach Frankreich mußte der Graf seinen Irrtum eingestehen. Er wurde in die Bastille geworfen und taufte dort das von ihm entdeckte Land ›Land der Trübsal‹.

Der nächste, der auf den Kerguelen landete, war Captain Cook auf seiner dritten Weltumseglung. Von 1776 bis 1873 wurde die Insel von Walfängern und Robbenschlägern angelaufen.

Selten ist man in das Innere des Landes vorgedrungen, da der Boden zerklüftet und fast überall so sumpfig ist, daß der Reisende dort knietief einsinkt. Das Klima ist hart. Es gibt keine Bäume, infolgedessen kein Holz; es gibt keine menschliche Nahrung. Vorräte und Brennstoff müssen mitgebracht werden. Das Reisen innerhalb der Insel ist so schwierig, daß man für die Zurücklegung von zehn Meilen mehr Zeit braucht als für dreißig Meilen auf normalem Boden.

1893 wurde die Insel von der französischen Regierung an einen Monsieur Bossière verpachtet, der dort vergeblich versuchte, Schafe zu züchten. Bossière sagt über die Insel:

Das Innere ist nacktes Felsgestein, dazwischen liegen zahlreiche Sümpfe und Seen ohne Fische oder sonstiges Leben. Die Seen speisen viele gewaltige Wasserfälle, einige davon über 600 m hoch.

Der höchste Berg der Kerguelen ist der Mount Roß, 1865 m hoch, von dem sich gewaltige Gletscher nach Osten und Westen ins Meer hinabsenken.

Enten, Pinguine und viele Arten von Seevögeln sind in größerer Zahl anzutreffen, auch Kaninchen sind zahlreich; die einzigen anderen Tiere sind Ratten und Mäuse, die in Überzahl vorhanden sind.«

Aufmerksam studieren die *Atlantis*-Krieger diese erschöpfende Verlautbarung. Es scheint nicht gerade der Garten Eden zu sein, was sie auf der fremden Insel erwartet; aber sie sind auch nicht verwöhnt. Hoffentlich liegen diese Wasserfälle in erreichbarer Nähe! Schließlich fährt man ihretwegen hin, und niemand hat Lust, mehrere hundert Tonnen Wasser eimerweise an Bord zu tragen.

Am 14. Dezember, bei immer noch grober See und ausnahmsweise sehr guter Sicht, kommen die Kerguelen in Sicht. Kurz darauf tritt über einer unbeschreiblich wild und abweisend anmutenden Küste eine langgestreckte, schneebedeckte Alpenkette aus den Wolken hervor. Schärenartige Inseln und flache Riffe umsäumen weit vorspringende Kaps.

Es ist seit — ja, seit wann? — seit unvordenklicher Zeit das erste Land, das die *Atlantis* zu Gesicht bekommt, und wer immer an Bord wachfrei oder — sei es auch nur für kurze Augenblicke — abkömmlich ist, steht an der Reling und blickt fast andächtig hinüber zu der unwirtlichen, nackten und von Mensch und Tier verlassenen Küste und empfindet jene merkwürdige Mischung aus Erlöstsein, Neugier und Glück, die das Herz des Seefahrers nach langer Reise angesichts der Küste durchzittert.

Ein Vorkommando, wohlausgerüstet mit Waffen und Signalmitteln und als Walfänger getarnt in Leder und Pelzen, setzt in einem der norwegischen Beute-Motorkutter von der *Atlantis* ab, um die Küste zu erkunden: Port Couvreux — Sealhorst-Hafen, eine verlassene Siedlung, in der vor Jahren französische Siedler gelebt, gearbeitet und überwintert haben. Jetzt liegen die Hütten leer und tot, der Schuppen mit der Konservenfabrik verschlossen. Außerdem ist da noch ein großes, festes Gebäude mit Nebengebäuden, ein Friedhof, ein paar Schuppen, all das verlassen, langsam verfallend, eingedrückte Fensterscheiben, hängende Türen, schlagende Fensterläden — unbewohnt.

Ein Kalender und ein Mützenband, aufgefunden in einem der Häuser, zeigen, daß offenbar als letzter Besuch das französische Kanonenboot *Bougainville* hiergewesen ist und vom 9. bis 20. Februar 1936 in Port Couvreux geankert hat.

Nichts deutet darauf hin, daß im Augenblick noch Walfänger oder Angestellte der M. M. Bossières auf der Insel anwesend sind.

Der Adjutant hat die Landung des Vorkommandos 1943 in der »Berliner Illustrirten« folgendermaßen beschrieben:

»Mit dem Obersteuermann und sieben Mann fuhr ich in der Motorjolle an Land. Wir hatten zunächst das Gefühl, daß kein Wesen zwischen dem grauen Gestein und den fahlen Umrissen lebe. Dann aber legte der Obersteuermann seine Hände auf meine Schulter und wies nach vorne. Auf dem Strand bewegte sich etwas. Er flüsterte:

›Herr Oberleutnant, ich glaube, am Strande steht jemand.‹

Wir griffen nach Gewehr und Pistolen, aber wir fuhren mit der vollen Kraft unseres kleinen Motors weiter auf das Land zu. Ich sah scharf auf alles, was sich jetzt unseren Blicken bot. Da lagen in einem kleinen sich öffnenden Tal vier oder fünf Hütten aus bräunlichem Holz. Sie hoben sich aus der Umgebung klar hervor und schienen verlassen. Kein Rauch stieg aus den Schornsteinen. Die Fensterscheiben der Siedlung sahen wir blinken. Dicht am Strande standen ein paar Schuppen, und vor ihnen lief ein Anlegesteg ins Wasser. Er schien zerfallen.

Aber was bewegte sich denn da am Strande? Eine schwarze Gestalt wackelte in unbeholfenen Bewegungen hin und her. Wenn das ein Mensch war, so war er betrunken. Aber warum sollte ein Betrunkener auf den Kerguelen am Strande promenieren?

Während wir alle noch gespannt hinüberstarrten, lachte mit einem Male der Signalgast, der die schärfsten Augen hatte, laut auf:

›Herr Oberleutnant, das ist ja Roland!‹

Verblüfft drehte ich mich zu ihm um: ›Roland? – Wieso Roland?!‹

›Ich bin doch Berliner, Herr Oberleutnant! Der See-Elefant im Berliner Zoo, den nennen wir Roland!‹

Und so war es, es war ein See-Elefant. Wir äugten scharf voraus. Wir kamen dem Lande immer näher. Außer Roland war kein lebendes Wesen zu sehen.

Als wir an dem Steg anlegten, knarrte und krachte er. Es war schwierig, an Land zu kommen; denn Bretter und Bohlen brachen unter unseren Füßen zusammen und fielen ins Wasser. Als wir auf dem Strande standen, watschelte Roland davon und beäugte uns aus der Entfernung. Schließlich rutschte er ins Wasser.

Meine Augen wanderten in die Runde. Berge ohne Vegetation stiegen stumpf an, ihre Kanten standen schon fast in den Wolken. Nach drei Minuten kamen wir zu der Siedlung. In einer kleinen Gruppe von Gebäuden stand ein einziges größeres Haus, das aussah wie ein Schweizer Touristenhotel. Vor dem ganzen Haus war eine Wand mit viel Glas. Wir traten ein.

Da standen wir nun in einem mäßig großen Wohnraum, der mit einem Ofen, einem Tisch aus grobem Holz und zwei Stühlen möbliert war. Eine Lampe hing von der Decke und an der Wand einsam ein Kalender. Es war die Reklamegabe eines Kolonialwarenhändlers aus Tamatave auf Madagaskar und zum Abreißen eingerichtet. Auf dem Abreißkalender waren farbige Bilder von Mädchen auf Madagaskar, die, leicht bekleidet, Flaschen von Pernod Fils in den Händen hielten. Die Mädchen schienen in dem Klima dieser Insel falsch am Platze. Das Kalenderblatt zeigte das Datum vom 18. November 1936. Wenn man diesem Kalender glauben durfte, so war also der letzte Mensch vor vier Jahren auf der Insel gewesen.

Wir gingen in den nächsten Raum. Eine Batterie leerer Rotweinflaschen zeigte an, daß hier wirklich Franzosen gewesen waren. Dann fanden wir Brot, ein angeschnittenes Brot und, erstaunlich genug, es war nicht verschimmelt; es war wohl hart, aber man hätte es essen können, und auch die Mäuse hatten es nicht gefressen. Entweder hatte sich das Segelhandbuch mit seiner ›Mäuseplage‹ geirrt, oder die Mäuse waren ausgestorben.

Dann fanden wir das Schlafzimmer. Altertümliche Betten ohne Kissen und Decken standen traurig an den Wänden. Das Ganze roch dumpf.

Konserven entdeckten wir auch noch, und in der Werkstatt neben vielen Werkzeugen eine Kiste Dynamit.

Dann aber fanden wir einen Schweinekoben, und das war sehr sonderbar In ihm lagen zwei tote Schweine, die das merkwürdige Klima nicht hatte verwesen lassen. Sie waren eingetrocknet und mumifiziert. Aber warum tote Schweine? Warum hatte Monsieur Bossière sein Brot liegenlasser und die Schweine nicht aufgegessen? Es sah so aus, als ob er das Haus Hals über Kopf verlassen habe. Wahrscheinlich war es so gewesen:

Eines Tages lief, vielleicht aus Versehen, ein Schiff die Insel an; vielleicht war es die ›Bougainville‹, und Monsieur Bossière stürzte an Bord und sagte: ›Nehmt mich mit. Ich will dieses Land nicht mehr sehen...‹

Wir gingen aus dem Hause. Unser erster Auftrag, festzustellen, ob die Insel bewohnt sei, war erfüllt. Sie war offensichtlich nicht bewohnt. Über das tragbare Funkgerät machten wir Meldung...«

Schweigsam, von unklaren Empfindungen verwirrt, stark beeindruckt von der Todeseinsamkeit des verlassenen Platzes kehrt das Kommando zu seinem Boot zurück, um nun die Einfahrt in die Gazellebucht auszuloten und zu markieren, den Innenhafen von Foundry Branch, wo der Hilfskreuzer inzwischen zum ersten Male seit 300 Tagen vor Anker gegangen ist.

Der Kommandant hat diesen Platz ausgewählt, weil ihn der Antarctic Pilot, das englische Segelhandbuch, als den besten der von Natur aus an Häfen reichen Kerguelen bezeichnet, weil dort die Wasserergänzung aus den Gletscherbächen am leichtesten zu bewerkstelligen sein soll.

Nachdem die Einfahrt zum Gazellehafen sorgfältig ausgelotet und ausgebojt worden ist, geht der Hilfskreuzer ankerauf und läuft mit kleinster Fahrt, einem Feld von Kelp, einer Art Wasserpflanzen, ausweichend, auf die erste Fahrwasserboje an Backbord zu, dann auf die zweite, bis diese passiert und das Heck frei ist.

Mit »Halbe voraus« und Ruder hart Steuerbord soll das Schiff danach rasch nach Steuerbord herumgeholt werden.

Das Echolot, seit dem Ankerauf-Manöver eingeschaltet, zeigt 13 m Wasser unter dem Kiel. Der Erste Offizier und der Bootsmann stehen auf der Back. Beide Anker sind klar zum Fallen.

»Dreizehn Meter«, singt der Lotgast aus, »dreizehn Meter, dreizehn... zehn – nur noch zehn...«

»Maschine stopp!«

Augenblicke später, mit dem letzten Rest seiner Fahrt, setzt der Hilfskreuzer auf einer Untiefe auf, die weder in der Karte verzeichnet, noch vom Echolot angezeigt, noch beim Ausloten erfaßt worden ist.

Mit »Volle zurück« versucht der Kommandant, das Schiff frei zu manövrieren. Aber es sitzt fest, und weil er kein klares Bild der Lage hat, will er keine Gewaltmanöver mit den Maschinen unternehmen.

Sofort angestellte Lotungen zeigen, daß *Atlantis* auf einer schmalen Felsnadel aufsitzt, die steil abfallend aus 20 m Tiefe in das Fahrwasser hinaufragt und wegen ihrer geringen Ausdehnung beim Ausbojen der Zwanzigmeterlinie unbemerkt geblieben ist.

Die Leckwehr, unmittelbar nach dem Auflaufen alarmiert, stellt fest, daß keine Ölbunker angeschlagen und die Räume dicht sind. Darauf macht sich ein Taucher klar und steigt in das eisige Wasser hinab, um den Zustand des Schiffsbodens zu untersuchen und festzustellen, wie das Schiff aufsitzt und welche Schäden entstanden sind.

Zunächst zeigt sich nur, daß Vorpiek und Doppelbodenzelle I im Vorschiff undicht sind; Ölzellen sind glücklicherweise nicht beschädigt worden.

Der Bericht des Tauchers ergibt vorläufig folgendes Bild:

Der ausfahrbare Minensporn ist etwa 1,60 m über seine Endlage zurückgestaucht worden und hat dabei verschiedene Querschotten durchstoßen. Die Platten des zur Aufnahme des Minensporns bestimmten Schuhs sind aufgerissen und seitwärts aufgebogen. Der Riß im Vorschiff reicht etwa bis zum Spant 180. Dies erklärt das Leck im Doppelboden der Abteilung I, die 82 Tonnen Trinkwasser enthält, das nach einiger Zeit Salzwassergeschmack annimmt.

Dreimal innerhalb von 30 Stunden unternimmt nun die Schiffsführung nach umfangreichen Vorarbeiten einen vergeblichen Versuch, das festgekommene Schiff abzubringen.

Schon zeigen die »Sachverständigen« bedenkliche Mienen: Wird es überhaupt noch möglich sein, die *Atlantis* flott zu bekommen?

Kommandant, LI, ein Wachmaschinist und ein Telefonposten klettern in den vollgelaufenen Kollisionsraum hinab und lassen den Mannlochdeckel hinter sich luftdicht verschließen. Danach wird mit Druckluft angeblasen, um das eingedrungene Wasser aus dem Kollisionsraum herauszudrücken. Dem fallenden Wasserspiegel folgend, steigen die vier Männer immer tiefer in den engen Raum hinab, bis sie schließlich den Boden erreichen und der Kommandant »Fest pumpen!« befehlen kann.

Nachdem dann der Luftdruck auf die Zellen abgestellt ist, kann man genau feststellen, wo sich die Leckstellen befinden, wo Seewasser eintritt und wo wie das Vorschiff als erstes abgedichtet werden muß.

Am 16. Dezember startet der Kommandant, nach schlaflosen Nächten hager geworden und sorgenvoll dreinblickend, seinen vierten Versuch, nachdem zuvor sämtliche Gewichte aus dem Vorschiff entfernt und erhebliche Trimmgewichte nach achtern gebracht worden sind.

30 t Sand, 30 t Munition, 540 t Öl aus Zelle 6, 50 t Frischwasser aus der Vorpiek, beide Buganker mit Kette im Gewicht von zusammen 60 t, 10 t Proviant und 5 t Inventar aus den Storeräumen im Vorschiff sind herausgeschleppt, herausgepumpt und verlagert worden.

Weitere 30 t Sand werden in Säcke abgefüllt und aus dem Vorschiff ins Achterschiff geschafft, 450 t Seewasser in den achteren Minenraum, 200 t Seewasser in die achtere Munitionskammer und 50 t Seewasser in das achtere Versaufloch gepumpt. Die Munitionslast war zuvor mittschiffs und achtern an Deck und in den Wohnräumen gestaut worden.

Als Resultat all dieser Maßnahmen ist das Schiff jetzt $8^{1}/_{2}°$ achterlastig, aber das allein genügt keineswegs, es von dem vertrackten Felsen abschwimmen zu lassen.

Der Kommandant läßt daher als nächstes den Heckanker weit achteraus und beide Buganker nach mittschiffs verfahren, so daß alle drei in einer Richtung holen. Sodann läßt er das Schiff $8°$ krängen und danach bei steigendem Wasser auf seiner Felsenunterlage hin und her drehen, während gleichzeitig die Maschinen »Äußerste zurück« gehen.

Nach dem zweiten Versuch – der erste, bei dem die Maschinen 53 Minuten lang mit voller Kraft rückwärts gingen, ist vergeblich geblieben! – gerät das Schiff in Gefahr, mit seinem Heck auf flaches Wasser zu treiben. Nur von einer zum Brechen steifen gespannten Stahlleine gehalten, liegt es an seinem Heckanker.

Der Kommandant hat seinen seemännisch erfahrensten Wachoffizier an diese Trosse gestellt. Trotzdem mahnt er alle zwei Minuten: »Lassen Sie mir die Trosse nicht brechen!« Und die Trosse hält.

Die kritischen Sekunden gehen vorüber. Schon schwindet auch wieder die Hoffnung, das Schiff noch mit der eben herrschenden Flut abzubringen. Mit großer Mühe gelingt es, gegen den Winddruck die Stahltrosse des Heckankers einzuhieven und das Heck mehr in den Wind zu bringen.

Jetzt gilt es, das letzte zu versuchen. Die gesamte Besatzung, geweckt und an Deck befohlen, rennt nach den Pfiffen der Batteriepfeifen abwechselnd nach Backbord und Steuerbord, um das Schiff durch ihr lebendes Gewicht freizuschlingern. Und tatsächlich! Gerade als wieder alle Anstrengung vergeblich gewesen scheint, bebt und rüttelt plötzlich das Schiff wie bei härtestem Einsetzen in schwere, gegenankommende Sturmsee. Zugleich richtet es sich aus der Krängung auf und schwingt herum, bis es mit dem Heck im Wind liegt: Frei! frei!! In letzter Minute frei!

Mit kleinster Fahrt voraus, ein Lotkommando im Motorboot vor dem Bug, fühlt sich die *Atlantis*, noch einmal davongekommen, an den Ankerplatz in Foundry Branch zurück.

Im Morgengrauen, bei böigem Nordwest bis zu Stärke 7, wird die Einfahrt nochmals mit einem Motorkutter befahren und peinlich genau ausgelotet und markiert, ehe der Hilfskreuzer ein zweitesmal einläuft und diesmal ohne Zwischenfall im Gazellehafen auf 16 m Wasser vor 45 Faden Kette an den Anker geht. Allen fällt ein schwerer Stein vom Herzen.

So liegt *Atlantis* denn endlich in einem von etwa 100 m hohen, steilen Felsklippen eingeschlossenen Becken, dessen Einfahrt zwischen torartigen Felsen nur 180 m breit ist. An der Westseite des Hafens stürzt ein Wasserfall von den Bergen herab; nach See zu wird das Schiff fast völlig von den Bergen der Jachmann-Halbinsel verborgen.

Sofort beginnen die Maschinenüberholung und die Arbeiten an der Außenhaut.

Schon während das Schiff aufsaß, sind Fehler und der Adjutant mit der Motorjolle und einer Handvoll Männer wieder an Land gefahren, um die Gegebenheiten für die Wasserergänzung zu erkunden. Der Adju schreibt:

»Für uns begann nun die spannende und aufregende Handlung, das Suchen nach Wasser, und wenn wir es gefunden hatten, so würde sich die Frage erheben: wie bringen wir das Wasser an Bord? Es handelt sich ja nicht nur um ein paar Eimer voll, sondern wir wollten tausend Kubikmeter Wasser übernehmen. Also ging es am Nachmittag wieder auf die Suche.

Als wir am innersten Teil der Bucht die torähnlich schmale, dort nur etwa 150 m breite Einfahrt zum Gazellehafen durchfuhren, der sich hinter der schmalen Einfahrt zu einem weiten, zwischen hohen Felswänden liegenden Hafenbecken weitet, da jubelten wir; denn wir sahen nicht nur Wasser, sondern einen ganzen Wasserfall. Das Wasser stürzte, bereitwillig, sich von uns einfangen zu lassen, von den Felsen. Aber sofort wurde auch die Schwierigkeit klar: das Schiff konnte höchstens bis auf tausend Meter an den Wasserfall heran, weil das Hafenbecken sich hier verflachte. Hatten wir nun so viel Schläuche an Bord, daß sie sich zu einer Leitung von tausend Meter Länge würden zusammenkoppeln lassen? Das konnten wir jetzt, als wir den Wasserfall entdeckten, nicht entscheiden. Es war jedenfalls sehr aufregend. Wir fuhren zurück und machten Meldung ...

Am Mittag des nächsten Tages begannen wir mit der Vorarbeit zur Süßwasserübernahme. Nur wer zur See gefahren ist, weiß, wie das Wort ›süß‹ zu dem frischen Wasser steht. Das andere, das Meerwasser, ist bitter, böse und nicht gut. Das frische Wasser aber ist unwahrscheinlich süß.

Als wir später wieder in Europa waren und im Zuge nach der Heimat saßen, fuhren wir in Frankreich an einem See vorbei. Und da wandte sich der Obersteuermann plötzlich zu dem Kommandanten, deutete erregt aus dem Fenster und sagte:

›Herr Kap'tän! Sehen Sie bloß, Herr Kap'tän, hier gibt's Süßwasser satt!‹

Aber das war in Frankreich — viel später. Jetzt fuhren wir erst an einem grauen Kerguelentag mit unseren Leuten an Land. Wir wollten den Wasserfall sozusagen als Wasserturm benutzen. Er lag viel höher als das Schiff. Die stürzenden Wassermassen wollten wir auffangen und sie mit ihrem eigenen Gefälle ins Schiff leiten.

Das klingt sehr einfach, aber es zu verwirklichen, war eine Mordsarbeit. Unsere Männer waren mit großer Begeisterung bei der Sache; denn es gibt für Seeleute nichts Schöneres, als sich irgendeine technische Frage, die möglichst kompliziert ist, auszudenken, eine Lösung zu finden und diese in die Praxis umzusetzen.

Unser Spreng- und Rollenoffizier, Oberleutnant z. S. Fehler, pflegte sich mit geradezu wilder Besessenheit auf derartige technische Probleme zu stürzen. Meistens allerdings begannen seine Vorschläge zur Lösung technischer Fragen mit der Behauptung, irgend etwas müsse erst in die Luft gesprengt werden.

Was den Wasserfall anbetraf, verbot ihm der Kommandant das ausdrücklich. Es müsse ziviler vorgegangen werden. Oberleutnant Fehler und der LI kamen dann auf folgende Idee: Sie wollten eine Tonne in den Wasserfall hineinpraktizieren. Diese Tonne solle das Wasser auffangen, und aus einem Loch in ihrem Boden, an das wiederum die Schläuche anzuschließen seien, müsse das Wasser aufs Schiff strömen.

Wir hörten uns diesen Vorschlag mit einer leichten Beklommenheit an, aber Fehler ging mit dem ihm eigenen Eifer ans Werk, um das zu realisieren, was bisher nur in seinem Kopfe Formen angenommen hatte.

Außer der Liebe zu technischen Problemen kannte er noch eine Leidenschaft, das war die Entenjagd, und infolge aller dieser Umstände entwickelte sich die Wasserübernahme so:

Oberleutnant Fehler ließ eine Tonne zurechtmachen, das Loch hineinschneiden, sie mit Streben versehen, Stahlleinen daran befestigen, und dann fuhren wir mit der Tonne an Land. Unsere Männer schleppten sie, über das vulkanische und schlüpfrige Gestein dieser Insel stolpernd, zum Wasserfall hinauf, und ihnen folgten die Männer mit den Ölschläuchen.

Folgendes war nun die Lage:

Draußen auf Reede, 300 m von Land entfernt, liegt das Schiff, und 700 m von der Küste entfernt stürzt, erhöht über allem, der Wasserfall in die Tiefe.

Mit der Tonne als schwerster Last kletterten unsere Leute bergauf, bis sie schließlich neben dem Fall standen. Er war fünf Meter breit und schleuderte seine Wasser in das Bett eines kleinen Baches, der in die Bucht mündete und diese verschlammte. Es war eine große Arbeit, die Tonne in dem Wasserfall selbst anzubringen; die Wasser schossen gewaltig herunter. Die Tonne wehrte sich gegen die ihr zugedachte Aufgabe. Wohl drei Stunden lang arbeiteten unsere Leute, dann hing die Tonne tatsächlich über dem Wasserfall und konnte durch Ziehen einer Leine in das strömende Wasser hineingehängt werden, und alles war genauso, wie sich das Oberleutnant Fehler gedacht hatte. Daraufhin ging Oberleutnant Fehler erst einmal davon und schoß Enten.

Als unsere Leute mit den Schläuchen über den Strand zogen, zog Roland mit seinem Gefolge, das uns bis dahin unverwandt zugeschaut hatte, ein wenig weiter weg. Unser Chirurg, der Oberassistenzarzt Dr. Sprung, und ich gingen ihm nach. Dann geschah etwas Ungeheuerliches. Der Arzt bestieg mit durchaus selbstverständlicher Miene Roland, um auf ihm zu reiten. Der See-Elefant grunzte sehr zornig und begann dann, ans Wasser zu robben. Er konnte den Arzt nicht abwerfen, dazu war Roland zu fett. So ritt also der Oberassistenzarzt zum Meer, und ich filmte das Ganze.

Aber da wandte sich mit einem Male das Gefolge Rolands, das bis dahin, von dem denkwürdigen Vorgang verzaubert, starr zugeschaut hatte, zur Flucht, denn nun schoß über den Strand der Hund des Kommandanten, Ferry, ein kleiner Scotch-Terrier. Der Hund war außer sich vor Freude. So lange war er an Bord gewesen, und nun hatte er wieder Land unter den Pfoten! Zwar gab es keine Bäume auf der Insel, aber doch eine Anzahl baumartiger Dinge, wie Pfähle, bemooste Steine und ähnlich Verlockendes. Er war im Überschwang des Glücks. Jetzt sah er den ihm vertrauten Arzt auf etwas Vorweltlichem reiten; kläffend stürzte er sich auf Reittier und Reiter und schoß dann weiter, einem blitzenden Kiesel zu, von dem er vermeinte, daß er sich bewege.

Der Kommandant kam über den Strand. Er hatte seine Lieblingskopfbedeckung aufgesetzt, einen steifen schwarzen Hut, von dem er immer behauptete, daß er für einen Seemann die einzig vernünftige Kopfbedeckung sei; denn er habe Stromlinienform, und im Gespräch gab er immer zu bedenken, daß in früheren Zeiten Kapitäne auf Kauffahrern – vor allem auf Segelschiffen – immer einen solchen Hut getragen hätten. Das habe nichts mit der Mode, sondern ausschließlich mit der Praxis bei Wind und Wetter und eben der Stromlinienform zu tun.

Mit einem Male hörten wir den Hund, der etwas weiter davongelaufen war, furchtbar jaulen. Wir liefen hinzu und sahen ihn in einer wirklich bösen Situation. Wie ein Quirl drehte er sich um die eigene Achse, bellte fürchterlich und biß um sich; denn wie die Stukas auf ihr Ziel, stürzten sich die großen Raubmöwen dieser unwirtlichen Gegend, die scharfen Schnäbel vorneweg, auf das arme Tier, um es zu fressen. Wir scheuchten die Möwen davon und nahmen den armen, völlig verängstigten Ferry unter unseren Schutz.

Als sich der Tag neigte, waren die ersten 200 m der Schlauchleitung vom Wasserfall in Richtung Küste gelegt; längsseits des Flüßchens lag die Leitung.

In der Frühe des nächsten Morgens arbeiteten wir weiter. Am Nachmittag lagen die Schläuche bis zur Bucht. Am Abend hatten wir die 300 m lange Strecke durchs Wasser ebenfalls bewältigt. Die Schläuche spannten sich jetzt vom Wasserfall bis zum Schiff. An Rettungsringen und Bojen befestigt, führten sie durchs Wasser. Diese Schläuche waren aus Segeltuch, denn so viel Ölschläuche hatten wir nicht an Bord und hatten die Feuerlöschschläuche mit heranziehen müssen. Die allerletzten drei Meter unseres gesamten Schlauchbestandes reichten auf diese Weise gerade noch an Bord.

In der Nacht wurde das Ergebnis der zweitägigen schweren Arbeit noch auf andere Weise in Frage gestellt: Eine Fallbö fiel gegen Mitternacht aus heiterem Himmel mit einer Geschwindigkeit von 20 m/sec über unser fest vor Anker liegendes Schiff herein. Das Heck war durch Festmacheleinen an Land vertäut. Die Leinen brachen, und das Heck schwojte herum. Die Schläuche rissen. Unsere kostbaren Schläuche! Aber zum Glück verschwand der Sturm ebenso schnell, wie er gekommen war, und wir konnten alles wieder reparieren.

Am folgenden Morgen in aller Frühe war Oberleutnant Fehler mit seinen Leuten am Wasserfall. Jetzt sollte sich entscheiden, ob der Zweck unserer Kerguelen-Reise und all unserer Arbeit plangemäß erreicht würde.

Der Kommandant stand gespannt achtern an Deck am Ende des Schlauches, um den Augenblick zu erleben, in dem das Wasser aus diesem Ende an Bord kommen sollte. Der Oberleutnant Fehler hing, man muß schon sagen hing, mit seinen Leuten im Wasserfall. Ich selbst war im stillen der Überzeugung, daß der Wasserfall die Tonne und vielleicht auch den Oberleutnant Fehler mit sich reißen würde. Nun kam die Tonne im Wasserfall herunter, und es war schier unglaublich, sie blieb wirklich hängen.

An Deck geschah nun dieses: Der Kommandant und alles, was achtern stand, sah mit einem Male, wie sich der schlapp herabhängende Schlauch plötzlich spannte, wie er dick wurde, und dann schoß ein armdicker Strahl Wasser an Bord. Das war mehr, als wir erwartet hatten. Der Wasserdruck war fast ebenso stark wie bei der Wasserübernahme an der Blücherbrücke in Kiel.

Zwei Tage lang lief das Wasser aus dem Wasserfall so auf die *Atlantis*. Es war wunderbar geglückt ...

Nur Oberbootsmann Russow, der unter seinem Vornamen »Franz« in der ganzen Marine bekannt war, sah voll Trauer, wie seine schönen Bierfässer anstatt mit frischem Bier nunmehr mit Gletscherwasser aufgefüllt wurden.«

Soweit die Aufzeichnungen des Adjutanten.

Mit Besorgnis und wachsendem Mißtrauen beobachten Kommandant und Leitender Ing. während mehrerer Tage den schleichenden Gang der Reparaturarbeiten am Schiffsboden. Es ist bis jetzt nicht einmal vollkommen klar, welchen Umfang das Leck eigentlich hat und wie es abgedichtet werden kann. Die Unterwasser-Schneidbrenner versagen. Immer wieder verlischt die Flamme; niemand an Bord weiß wirklich mit dem Gerät umzugehen. Der ausgebildete Fachmann hatte dem Prisenkommando der *Tirranna* zugeteilt werden müssen. Es bleibt schließlich nichts anders übrig, als die aufgerissenen und abgebogenen Bleche einzeln anzubohren, Stahlleinen daran anzuschäkeln und sie dann mit dem Spill abzuhieven, eine ebenso mühsame wie zeitraubende und rohe Methode. Gleichzeitig versucht eine Gruppe von binnenbords her, den Raum I und die Vorpiek zu lenzen. Unter Druckluft werden Zementbettungen vorbereitet und schließlich ausgegossen, wobei die Arbeitsgruppe mit Stabsobermaschinist Langer, Obermaschinist König, Heizer Goldstein, dem Matrosen Hautau und dem Zimmermannsgefreiten Genz zwölf Stunden in dem unter Druck stehenden engen Kollisionsraum ausharrt.

Das Ergebnis ist zufriedenstellend; das Schiff scheint nun dicht. Vorsichtshalber läßt der Kommandant, um Vibrationen zu vermeiden, das Abhieven der Bleche vom Stevensockel unterbrechen. Später zeigt sich, daß noch andere Risse an anderen Stellen vorhanden sein müssen.

Der Unklarheiten müde, geht schließlich der LI, Oberleutnant Kielhorn, obwohl nicht als Taucher ausgebildet, selbst nach unten. Sein Bericht bestätigt, was der Kommandant bereits vermutete: die Taucher sind unzuverlässig, ihre Berichte widersprechend. Nur der alte Zimmermannsobergefreite Visser meldet klar den Umfang des Schadens.

»Und wie sieht es nun wirklich unten aus?« fragt der Kommandant.

Der Leitende quittiert diese Frage mit einem bekümmerten Blick. Er kratzt sich bedenklich hinter dem Ohr, und seine Stimme klingt gedrückt.

»Wie auf einem Schrotthof, Herr Kap'tän«, sagt er, »es ist unvorstellbar!«

Einen Augenblick starren die beiden Männer einander an. Dann sagt der Kommandant: »Wissen Sie was, Kielhorn? Ich gehe selbst mal 'runter und seh mir das an. Ich muß wissen, wie das aussieht und was ich dem Schiff in Zukunft noch zumuten kann.«

Die Nachricht, daß der Kommandant selbst tauchen will, läuft wie der Blitz durchs ganze Schiff. Die Offiziere protestieren. Die Männer und Maate blicken halb neugierig, halb bewundernd. Der Schiffsarzt Dr. Reil meldet höchst dienstlich, daß erstens Leuten, die keinen Taucherkursus mitgemacht haben, das Tauchen dienstlich verboten ist und daß zweitens die meisten Unfälle beim Tauchen sich in Tiefen von bis zu 10 m ereignen.

Aber Zureden nützt hier nichts. Der Kommandant läßt sich von dem steinalten und erfahrenen Zimmermannsobergefreiten Visser, den er seit fast zwanzig Jahren kennt, eine besonnen-väterliche Tauchbelehrung »verpassen« und steigt in die Tiefe.

Droben drängt sich die wachfreie Besatzung an der Reling und verfolgt die Luftblasen, die den Weg des Tauchers kenntlich machen. Die Männer an der Luftpumpe arbeiten mit verdoppeltem Eifer.

Endlich kommt das Zeichen an der Sicherheitsleine: »Aufholen!«, und dann teilt sich das Wasser, und die Männer holen ihren Kommandanten wieder an Bord.

»Wie sieht's aus, Herr Kap'tän?« fragt eine ungeduldige Stimme.

Er wendet den Kopf über die Schulter, dem Frager zu. »Nicht gerade wunderschön«, sagt er, »aber auch nicht hoffnungslos. Es ist alles halb so schlimm. Die Unternehmung wird jedenfalls fortgesetzt.«

»Gott sei Dank!« Man hört die allgemeine Erleichterung, und der Arzt meint: »Das hätte uns ja auch gerade noch gefehlt, daß wir ausgerechnet hier Wurzeln schlagen ...«

Dreimal im Verlaufe zweier Tage steigt der Kommandant in die Tiefe.

Die Inspektion ergibt folgendes Bild: Der Schiffsboden ist in einem Umfange von 3 x 3 m beiderseits der Mittelkielplatte aufgerissen; die Spanten der Doppelbodenzelle I sind nach innen umgebogen. Das Hauptleck beschränkt sich auf diese Zelle. Weitere Schäden am Schiffsboden sind nicht eingetreten ...

Als die Reparaturarbeiten endlich Anfang des neuen Jahres beendet sind, ist das Leck im Vorschiff so weit abgedichtet, daß es im Augenblick keine Beschwerden mehr macht; wie es sich bei hohen Fahrtstufen verhalten wird, muß die Praxis lehren.

Bei den Malerarbeiten am Schornstein ereignet sich ein bedauerlicher Unfall: der Matrose Herrmann stürzt aus mehreren Metern Höhe ab und zieht sich einen doppelten Oberschenkelbruch zu.

Das ist am Vormittag des 24. Dezember, und bis zur Stunde hat die Fülle der vorhergesehenen und unvorhergesehenen Arbeiten niemand an Bord auch nur einmal wirklich zu der Ruhe und Entspannung kommen lassen, die der Kommandant seiner Besatzung hatte geben wollen, als er die Insel anlief.

Und nun ist plötzlich Weihnachten! 16 Uhr – acht Glas nachmittags: die festliche Stunde ist da.

»Ein seltsames Gefühl«, heißt es in einem Bericht, »erfaßte die Männer, als die Kerzen funkelten und die alten deutschen Weihnachtslieder erklangen. Die Weihnachtsbäume waren mit viel Liebe aus Besenstielen, etwas Draht, altem Tauwerk und grüner Farbe hergestellt worden, aber sie waren so täuschend echt, daß sie im Aussehen von wirklichen Tannen kaum zu unterscheiden waren.

Der Kommandant verliest die alte Weihnachtsgeschichte aus dem Lucas-Evangelium. Er spricht von denen, deren Gedanken heute aus der Heimat in die Ferne wandern und uns suchen. Und wir empfinden plötzlich in dieser Stunde, wie stark wir inzwischen zu einer festen Gemeinschaft zusammengewachsen sind.

Jeder Mann der Besatzung erhält aus der Hand des Kommandanten ein Päckchen, in dem gute Dinge aus der Liebesgabenpost des Weihnachtsdampfers *Automedon* enthalten waren.

Draußen wehte ein plötzlich aufgekommener Orkan. Schon nachmittags war der Windmesser über den äußersten Anschlag hinausgegangen; es war ein unbeschreibliches Heulen und Tosen in den Lüften, aber *Atlantis* lag in ihrem Gazellehafen völlig geschützt. Am Morgen des ersten Weihnachtstages war das Oberdeck weiß von frisch gefallenem Schnee ...«

Auch der Oberbefehlshaber, Großadmiral Raeder, fehlte mit seinen Festgrüßen nicht, und er bekräftigt sie mit der Zuteilung von 15 EK IIs, die der Kommandant in der Weihnachtsmusterung den ausgezeichneten Soldaten verleiht.

Am Tage darauf geht zum ersten Male eine Gruppe von 37 Mann dienstfrei an Land. Dienstfrei! Kein Wurachen. Kein Arbeiten. Kein Schleppen, Malen, Scheuern, Rostklopfen. Kein Werkzeug in den Händen. Nur so herumgehen und gucken und nichts tun! Die Männer befinden sich plötzlich in einer ganz neuen, ganz fremdartigen Welt. Sie wissen, daß die Inseln unbewohnt sind, aber ihre Kameraden haben ihnen schon erzählt, daß es an Tieren nicht mangelt.

Und nun sehen sie es selbst: Pinguine stehen, gravitätisch und stolz, streng nach Kasten voneinander getrennt im Kies und auf den Uferfelsen oder schießen elegant und pfeilschnell durchs Wasser. Aus dem binsenartigen, scharfen Tussokgras erheben immer wieder überraschend die drolligen grauen Robben, schnarchend und ärgerlich über die Störung, ihre runden Köpfe mit den Spießergesichtern und den gutmütigen, dunklen Augen, und riesige See-Elefantenbullen richten sich hier und da zwischen ihren Weibchen zu imponierender Größe auf, Urlaute und gewaltiges Rülpsen ausstoßend.

Enten und Schneehühner, Scharen von Kaptauben und große schmutzigbraune Aasmöwen und Albatrosse bevölkern die Küste. Es gibt wilde Kaninchen in Fülle, auf die sofort eifrige Jagd gemacht wird, und es gibt Muscheln zum Sammeln und Kerguelenkohl. Begeistert und müde gelaufen kehrt das »Spaziergehkommando« an Bord zurück. Die Bayern auf der *Atlantis* jodeln beim Anblick der Berge und sind kaum noch an Bord zu halten.

Inzwischen verändert die *Atlantis* von Tag zu Tag mehr ihr Kleid und Aussehen. Der Schornstein ist jetzt breiter und läßt das Schiff kleiner erscheinen; durch die neue Aufteilung der Brücke sieht diese niedriger aus, um so mehr, als das Dach des oberen Brückenaufbaus entfernt worden ist.

Nach der abschließenden Rundfahrt sagt sich der Kommandant befriedigt, daß die Beschreibungen, die durch die Norweger von der *Ole Jacob* in Hongkong an die Engländer gelangt sind, auf dieses Schiff hier nicht mehr zutreffen. Es gleicht jetzt wirklich in hohem Maße seinem neuen Tarnvorbild, dem Wilhelmsen-Frachter MS *Tamesis*, der erst 1939 in Danzig erbaut ist und dessen äußere Erscheinung darum noch gar nicht überall bekannt sein wird. Noch nicht einmal sein Rufzeichen steht in Lloyds Register, und der

Kommandant nimmt sich vor, gelegentlich des nächsten Funkspruchs danach zu fragen.

Noch eine andere Angelegenheit ist dann mit zu erledigen, die Ferntrauung des Signalgefreiten Hübner. Die Seekriegsleitung hat mitgeteilt, daß ein diesbezüglicher Antrag der Braut des H. vorliege. Die Antwort sei dem nächsten Funkspruch anzuhängen, und zwar zweimal der Buchstabe ›n‹ – Nanni — im Falle der Weigerung, dreimal der Buchstabe ›j‹ – Jota — im Falle der Zustimmung des glücklichen Bräutigams.

Kurz nach 1 Uhr in der Nacht vom 28. auf den 29. Dezember stirbt plötzlich der Matrose Bernhard Herrmann an einer Fettembolie infolge seines doppelten Oberschenkelbruchs. Wie ein Schatten legt sich die Nachricht über das Schiff. Herrmann wird zwei Tage später mit allen militärischen Ehren bestattet. Einsam ragt das Kreuz über diesem südlichsten deutschen Soldatengrab.

Aber die Arbeit darf nicht ruhen. Der Krieg geht weiter; das Leben geht weiter; ein neues Jahr beginnt ...

Es beginnt mit einer Neujahrsmusterung und einer Ansprache des Kommandanten. Es beginnt mit Pressenachrichten im Radio über Hilfskreuzertätigkeit im Indischen Ozean anläßlich der Beschießung des Phosphathafens Nauru durch einen Hilfskreuzer – Admiral Eyssens 45 – *Komet* – wie sich später herausstellt – und die Freisetzung von 490 Gefangenen auf Emaru durch das gleiche Schiff.

Das Ereignis schlägt sichtlich große Wellen. Berichte aus Manila sprechen von einem umgebauten britischen Beutefrachter, der *Glengarry*, unter Graf Luckner – der alte *Seeteufel* spukt also noch nach zwanzig Jahren in den Gehirnen! – und Neuseeland erwähnt den Namen »Captain Rogge«.

Am gleichen Tage kommt auch die erste Zigarre des Jahres: SKL verbietet absolut jegliche Operation gegen Inseln – wie Nauru – oder, wie geplant – gegen Rabaul! Das geht an »45«. Und:

»Die Seekriegsleitung mißbilligt die Versenkung des Tankers *Teddy* und die Operationen östlich von 80° Ost im November, von denen SKL nicht unterrichtet wurde.« Das geht an »16« – an die eigene Adresse.

Die Tage der Ruhe und Überholung neigen sich ihrem Ende zu. Das Wetter ist außerordentlich unbeständig. So zeigt am 9. Januar das Wetterglas einen steilen Druckabfall und ebenso steilen Wiederanstieg, während draußen ein Sturmtief mit Winden von Hurrikanstärke vorüberbraust und Windgeschwindigkeiten von 30 m/sec gemessen werden. Gazellehafen erweist sich dabei einmal mehr als idealer Liegeplatz; das Schiff liegt vollkommen ruhig hinter seinen Ankern und rührt sich nicht. Der Hafen ist so eng, daß beim Drehen in Nord-Süd-Richtung kaum 100 m hinter dem Heck bleiben. Aber auch bei Nordwest aus der Einfahrt läuft nur eine ganz kurze See auf, in der das Schiff völlig ruhig liegenbleibt.

Am 10. Januar 1941, 26 Tage nach ihrem Einlaufen, verläßt *Atlantis* Foundry Branch, kehrt den gastlich-ungastlichen Kerguelen das Heck zu und geht mit Umdrehungen für 7 sm/st zu neuen Taten nordwärts.

Sie steigert die Fahrt auf 9 sm – immer das Leck im Vorschiff beobachtend –; sie feuert eine Breitseite: keine besonders starken Erschütterungen.

In der Nacht, bei kaltem, regnerischem und windigem Wetter und zeitweilig kaum 1000 m Sicht, gibt der Kommandant ein FT über Lage und Gefechtsbereitschaft an die Seekriegsleitung:

». . . *Setze Operationen fort. Vermutlich nur bei Schlechtwetter in hoher Geschwindigkeit behindert. Erbitte Verbleiben Indischer Ozean* ...«

Tatsächlich haben die Fahrtstufenerprobungen der letzten Tage bei grober See gegenan bewiesen, daß sich auf *Atlantis* wegen des Lecks im Vorschiff niemand irgendwelche Sorgen zu machen braucht.

Nach nochmaliger genauer und halbstündig wiederholter Prüfung des Vorschiffs geht der Kommandant endlich mit 14 Meilen auf Kurs ins neue Operationsgebiet, auf den Australtrack, den er, sachte gegen den Verkehrsstrom andampfend, möglichst mit Unterstützung durch Flugzeugaufklärung zu kontrollieren beabsichtigt.

Am 19. Januar steht *Atlantis* auf der Route Kap–Indien.

Am Spätabend Funkspruch von »33«: Das Schiff hat in der Antarktis, in der Wedellsee, zwei Walkochereien, *Solglimt* und *Pelagos*, den Tanker *Ole Wegger* und elf Walfangboote aufgebracht. Ein großartiger Erfolg!

Wenige Tage später steht *Atlantis* wieder auf der *Automedon*-Route, und gleich am ersten Morgen startet das Bordflugzeug zu einem kurzen Erkundungsflug. Als die Maschine mit leicht beschädigtem Backbordschwimmer wieder eingesetzt ist, geht der Hilfskreuzer unmittelbar darauf mit Hartruder nach Norden herum. Der Flieger hat 10 sm nördlich der *Automedon*-Route in etwa 60 sm Entfernung von der *Atlantis* ein südweststeuerndes Schiff gesichtet!

17 NEUE OPFER

Dem Kommandanten kommt es darauf an, bei diesem ersten Gegner des neuen Jahres und nach der Beunruhigung, die die Beschießung von Nauru hervorgerufen hat, Charakter und Einzelheiten des anderen zu erkennen, ohne selbst gesehen zu werden; d. h. sich den Angriffsentschluß vorbehalten zu können, bis er genau weiß, wen er vor sich hat.

Er muß also die Erkundung auf eine Entfernung fahren, in der sein eigener Ausguck im Masttopp die Lage und möglichst den Schiffstyp des Gegners bereits erkennt, während der Ausguck drüben, als Salingsausguck angenommen, noch eine leere Kimm vor sich hat.

Masttopp und Brücke sind durch Telefon verbunden. Stundenlang sieht oft nur der Ausguck in seinem luftigen Sitz den Gegner und hält selbständig Fühlung; die Brücke fährt »blind«; sie folgt gehorsam seinen Weisungen und Vorschlägen, und wenn der Kommandant einmal ungeduldig mit der Flüstertüte »telefoniert«, um den Ausguck davon zu unterrichten, daß er jetzt herandrehen werde, um endlich selbst etwas zu sehen, so antwortet der »höchste Dienstgrad an Bord« nicht selten mit einer wütend-verächtlichen Armbewegung, die deutlich ausdrückt, was er von einer Schiffsführung hält, die im Begriffe ist, gegen sein besseres Wissen den ganzen Angriff zu verpatzen.

Das erste, was heute von dem andern Schiff in Sicht kommt, ist eine fette schwarze Rauchwolke, so daß die Brückengäste auf der *Atlantis* zunächst annehmen, es handele sich um einen Kohlenbrenner, was wiederum die Wahrscheinlichkeit, daß es sich um einen Hilfskreuzer handeln könnte, stark herabsetzt.

Der Kommandant läßt jetzt sein Schiff zwei große Kreise beschreiben, damit der Gegner mehr vor den Hilfskreuzer laufen kann. Er vermeidet es, zu stoppen, weil die Maschine beim Wiederanwerfen leicht einen schwarzen Abgasballen ausstößt.

Er überlegt, daß ihm zwei Möglichkeiten des Angriffs bleiben, der Tagangriff, bei dem der Gegner wahrscheinlich abdrehen und – wie die Dinge inzwischen sind – bestimmt funken wird, und der Nachtangriff, bei dem vielleicht unbemerkt heranzukommen ist, aber wegen des plötzlichen Einfalls der Nacht in den Tropen die Gefahr besteht, den Anschluß zu verlieren, um so mehr als die britische Admiralität allen Schiffen generell befohlen hat, bei Abend- und Morgendämmerung eine Kursänderung von 90° vorzunehmen. Man kann also leicht vorbeistoßen.

Tatsächlich hat der Hilfskreuzer 14 Tage nach seinem Auslaufen von Foundry Branch den Äquator bereits wieder überschritten und ist nicht mehr sehr weit von seinem nächsten Ziel, dem Seychellengebiet, entfernt. Das rauhe Wetter des kalten Südens ist wieder der sommerlichen Hitze der Roßbreiten gewichen. Dazwischen hat der Passat frische weiße Schaumköpfe und dicke weiße Quellwolken im tiefblauen Himmel gebracht; dann aber ist es unerbittlich heißer geworden; die Frische hat trüber Schwüle Platz gemacht, der Wind ist eingeschlafen, und nur eine bleierne Dünung legt noch Zeugnis ab von den Zyklonen, die bei Madagaskar vorübergezogen sind.

Der Hilfskreuzer steht an diesem Tage seines Angriffs auf den ersten Gegner des neuen Jahres in der brütenden Hitze des Seegebietes zwischen den Seychellen und dem Chagos Archipel, auf dem Schiffahrtsweg Mozambique Kanal-Singapore, der ihm durch Dokumente der *Automedon* bekannt geworden ist.

Der Kommandant entschließt sich, zunächst eine Tagannäherung zu versuchen. Gelingt diese nicht, so bleibt ihm noch immer die Möglichkeit, wenigstens zu versuchen, ob er den Gegner in der kurzen Dämmerungszeit halten und im Dunkel anlaufen kann. Er ahnt noch nicht, daß es ihn zwei Tage und den Verlust seines Flugzeuges kosten soll, diesen Dampfer, der sich jetzt mehr und mehr vor den Bug der *Atlantis* gesetzt hat, zu erjagen.

Aber die Zeiten sind anders geworden seit jenen ersten Tagen des Kaperkrieges, als die *Scientist* noch ein Ausweichmanöver einleiten mußte, um nicht mit dem Hilfskreuzer zu kollidieren.

Seither hat die Admiralität längst allen Schiffen Anweisung gegeben, bei Insichtkommen auch nur einer Mastpitze, ganz gleich in welchem Seegebiet, sofort abzudrehen. Dreht der andere nach oder macht er sich sonstwie verdächtig, so ist feindliche Absicht als erwiesen anzusehen und sofort eine Notmeldung, möglichst mit Beschreibung, abzugeben. Abends sollen die Schiffe stark Kurs ändern und erst nach zwei Stunden auf ihren alten Kurs zurückgehen.

All dies ist dem *Atlantis*-Kommandanten genau bekannt, und er kalkuliert es in seine Pläne ein. Bald nachdem er den Entschluß zum Tagangriff gefaßt hat, zeigt sich, daß der Dampfer strikt nach den Weisungen der Admiralität verfährt. Kaum daß er – in mehr als 20 km Entfernung – den Hilfskreuzer sichtet, dreht er auch schon nach Steuerbord ab. *Atlantis* ihrerseits dreht nach Backbord, gewiß, daß ihr Manöver drüben beobachtet und als Gehorsam gegen den gleichen Ausweichbefehl der Admiralität gewertet werden wird.

Immerhin hat sie durch ihr Herangehen den Gegner etwas genauer besehen können. Er ist bewaffnet – zwei Geschütze wurden einwandfrei erkannt – und englischen Typs.

Wie erwartet, geht der Engländer, als er den Hilfskreuzer hat abdrehen sehen, wieder auf seinen alten Kurs zurück. Die Entfernung zwischen beiden Schiffen beträgt nun mehr als 30 km, und auch *Atlantis* kann auf ihren »alten Kurs«, den Scheinkurs nach Kap Guardafui, zurückkehren, ohne Verdacht zu erwecken.

An der Mastspitze des Engländers durch seinen eigenen Mastspitzenausguck Fühlung haltend, also an der äußersten Sichtgrenze, läuft der Kommandant parallel neben seiner Beute mit, während der Obersteuermann im Kartenhaus Gegnerkurs und -fahrt erkoppelt und daraus den Kursschnittpunkt für die Nacht ermittelt. Natürlich sind diese Unterlagen höchst ungewiß, da zeitweise nur die Rauchwolke des Engländers in Sicht bleibt und außerdem mit Kurs- und Fahrtänderung spätestens zur Dämmerzeit gerechnet werden muß.

Unmittelbar vor Dämmerungsbeginn geht *Atlantis* auf den neuen Kollisionskurs. Die Hupen blärren Gefechtsalarm. Schnell fällt die Nacht, eine Neumondnacht, tropisch dunkel. Angestrengt spähen die Ausgucks in die warme, sammetschwarze Finsternis hinaus. Nichts, nicht die Hand vor Augen, ist zu sehen. Nur leuchtende Quallen treiben vorbei, und die Spuren schneller Fische schießen wie Torpedolaufbahnen plötzlich heran. Es ist vollkommen windstill; das Meer schweigt, und aus dem Dunkel rufen unsichtbare Vögel über dem Schiff. Vom Gegner ist nichts zu sehen.

Statt dessen bringt die Nacht ein ungewöhnliches Ereignis: ein Komet taucht im Südosten auf; sein Schweif reicht über ein Viertel des Himmels, und er strahlt fast so hell wie Rigel, der gleißendhelle Stern.

Nach Kopplung hätte der Hilfskreuzer den Dampfer knapp eine Stunde nach Dunkelheit sichten müssen; allein, er findet ihn nicht. Daraufhin errechnet die Navigation einige weitere »Treffpunkte« – wieder ohne Erfolg, so daß der Kommandant nach einigen Stunden mit reduzierter Gefechtsbereitschaft weiterfahren und die Hälfte der Besatzung von Gefechtsstationen wegtreten läßt.

Es bleibt ihm nun keine andere Wahl, als auf dem vermutlichen Gegnerkurs bis Tagesanbruch mitzumarschieren, um dann vielleicht die abgerissene Fühlung wiederzugewinnen.

Als jedoch der Morgen dämmert, und auch nach Sonnenaufgang, bleibt die Kimm leer, und es bedarf des Bordflugzeugs, um den Gegner 25 sm weiter nördlich wiederzufinden. Damit ist nach 24 Stunden vergeblicher Jagd die Situation des Vortages wiederhergestellt. Die alten Hilfskreuzerfahrer blicken einander an und sagen: »Seht mal, seht mal; ganz was Neues; so ändern sich die Zeiten«, und der Kommandant sagt sich, daß es keinen Sinn hat, eine zweite Nacht abzuwarten auf die Gefahr hin, den Gegner ein zweitesmal zu verlieren und womöglich morgen nicht weiter zu sein als heute. Außerdem würde sich der Hilfskreuzer dem Flugbereich der von Ostafrika startenden Flugzeuge allzusehr nähern. Dementsprechend läßt er sich den Fliegeroffizier kommen und bespricht mit ihm eine neue Angriffstaktik:

»Bulla«, sagt er, »so wie wir's bisher gemacht haben, geht es nicht mehr. Wir müssen was Neues versuchen. Wir sind knapp außer Sicht des Gegners auf Parallelkurs an seiner Backbordseite. Wir werden genau das Anlaufmanöver von gestern wiederholen, nur wahrscheinlich mit anderem Kurs und mit anderer Gegnerpeilung. Sie – mit Ihrem Flugzeug – gehen auf die andere Seite des Gegners, für ihn in die Sonne. Von dort greifen Sie an und versuchen, die Antenne herunterzureißen – und zwar auf Funkbefehl von uns in dem Augenblick, wenn wir anlaufen und der Gegner abdreht und seine Aufmerksamkeit auf uns gerichtet ist. Greifen Sie außerdem weiter mit Bomben und Bordwaffen an, um das Aufbringen einer Notantenne möglichst zu verhindern. Ist das klar – und, glauben Sie, daß das geht?«

»Jawohl, Herr Kap'tän«, erwidert Bulla salutierend, »zumindest wird es versucht.«

»Sehr schön. Wir werden außerdem ein Motorboot mit Bomben und Munitionsersatz für Sie aussetzen; dort können Sie nach dem Angriff nachtanken, und dort picken wir Sie wieder auf, wenn wir mit dem Gegner fertig sind.«

Wenige Minuten später startet das Flugzeug aus dem Ententeich, den der Hilfskreuzer ihm gedreht hat; es hat zwei Bomben, munitionierte Maschinengewehre und Brennstoff für 100 Minuten an Bord.

Alles verläuft nach Plan. Als der Dampfer vor dem mit Höchstfahrt aus der Kimm heraufkommenden Hilfskreuzer abdreht und flüchtet, greift das Flugzeug aus der Sonne überraschend an. Es gelingt ihm, was bisher immer mißlang: es reißt die Antenne des Gegners; es setzt ihm die beiden 50-kg-Bomben trotz seines völlig unzulänglichen Zielgeräts unmittelbar neben die Bordwand und beharkt mit seinen Bordwaffen Schornstein, Brücke und später das Flakgeschütz, das das Feuer erwidert, ohne allerdings Treffer zu erzielen.

Währenddessen läuft der Hilfskreuzer mit Höchstfahrt näher. In jeder Sekunde erwartet der Kommandant das gewohnte »Gegner funkt. Frage Feuererlaubnis?« zu hören; aber diesmal bleibt es aus.

Merkwürdigerweise kommt überhaupt keine Meldung aus dem Funkraum. Nur daß der Gegner den Angriff des Flugzeugs mit seiner Flak erwidert und Zickzack zu steuern beginnt, ist jetzt zu erkennen.

Später stellt sich heraus, daß die Flugzeugmeldungen nur verstümmelt hereingekommen und dann auch noch fehlerhaft aufgenommen worden sind. Der Reservefunkraum hingegen hat sie richtig bekommen, aber er hat sie nicht weitergegeben. Pannen – menschliche Unzulänglichkeit – immer wieder die gleiche Erfahrung!

Inzwischen kommt dann doch die unerwünschte Meldung: »Gegner sendet Notruf: ›QQQ – *Mandasor* – pos . . . bombed from raider.‹«

Der Hilfskreuzer ist noch nicht in Schußweite.

Das Flugzeug hat von seinen Angriffen abgelassen, ist wohl verschossen, fliegt ab und landet.

»Fallen Tarnung!«

Aber noch keine Feuererlaubnis. Monoton kommen die Entfernungswerte vom Artillerieleitstand herab.

Der Gegner wiederholt seinen Notruf: »QQQQ *Mandasor* chased by raider and bombed – *Mandasor* chased and bombed by merchant ship raider.«

Atlantis bestätigt zur Irreführung: »*Mandasor* von FPB Colombo: RRRR understood.«

Aber *Mandasor* schreit weiter: »QQQQ – *Mandasor* chased and bombed by merchant raider bombed by his aircraft destroyed aerial by line thrown from plane.«

Jetzt endlich ist der Hilfskreuzer auf Schußweite heran, dreht hart nach Steuerbord, um gleich seine gesamte Batterie zum Tragen zu bringen, und eröffnet das Feuer. Schon die zweite Salve liegt im Ziel. Das Funken hört auf. Aber *Mandasor* stoppt noch nicht, fährt weiter in Zickzackkursen und versucht offenbar, dem Fall der Geschosse auszuweichen, so daß das Schießen andauert, bis mittschiffs Feuer ausbricht und Boote ausgeschwungen und bemannt werden.

Nun erst erkennt man auf der *Atlantis*, daß der Gegner gestoppt hat, ohne beizudrehen, und sofort heult das Typhon sein langes Signal: »Halt Batterie, halt . . .!«

Das Durchsuchungskommando fischt auf seinem Wege zu dem brennenden Gegner eine Anzahl Überlebende aus dem Wasser, Weiße, darunter den Kapitän, der so zähen und überlegten Widerstand geleistet hat, und einige Farbige.

Die *Mandasor*, die mittschiffs so stark brennt, daß der Verkehr von vorn nach achtern nur per Boot zu bewerkstelligen ist, hat 5144 BRT und gehört der Brooklebank Ltd. in Liverpool; sie befand sich auf der Reise von Kalkutta via Durban nach England.

Auch diesmal gelingt es, Geheimmaterial, Karten und Tagebücher sicherzustellen. Arbeitskommandos schaffen Frischproviant, Kartoffeln, Zwiebeln, Konserven, 2,5 Tonnen Reis, 250 kg Zucker sowie zwanzig Persenninge, Maschinengewehre mit Munition und anderes Brauchbare eilends auf die *Atlantis* hinüber.

Mandasor ist durch die Beschießung schwer mitgenommen. Zwei Treffer im Vorschiff, der Vormast abgeknickt, zwei in der Brücke, zwei mittschiffs, einer im Heck! Die Unterkünfte im Mitteldeck stehen in hellem Brand, der sich langsam nach Luke IV durchfrißt, wo die Juteladung gestaut ist. Auch die Wirkung des Flugzeugbeschusses ist überall zu erkennen.

Der Kapitän der *Mandasor* sagt aus, er habe in Kalkutta gehört, daß der Kaperkreuzer, der die *Automedon* aufbrachte, sehr nahe an das Schiff herangelaufen sei. Er selbst habe daher, als er die *Atlantis* sichtete, abgedreht und sie vorübergelassen. Danach sei er mit 10,5 Meilen auf seinem alten Kurs weitergelaufen.

Als diese erste Unterredung unter vier Augen schließt, als der Kommandant dem geschlagenen Kapitän die Hand auf die Schulter legt und ihn zur Tür seiner Kammer geleitet, bleibt dieser plötzlich stehen, zögert eine Sekunde, blickt dann auf und sagt:

»Captain, ungefähr 400 Meilen von Colombo bin ich von dem englischen Hilfskreuzer *Ranchi* angehalten worden.«

»Ja«, sagt der Kommandant freundlich, »ich denke mir, die *Ranchi* kontrolliert das Seegebiet Ceylon–Sumatra. Sie haben das ja auch in Ihrem Logbuch eingetragen. Vielen Dank, Captain.«

Tatsächlich findet sich die Eintragung im Geheimlog des Schiffes unter dem 5. Dezember: ». . . unknown vessel, white einsign, (P. O.) name signaled.«

Unterhaltungen mit den gefangenen Kapitänen enthüllen zuweilen die menschlichsten Verhältnisse auch auf der Gegenseite.

»Sagen Sie«, fragt eines Tages der Kommandant, »wie verläuft eigentlich Ihre Berichterstattung beim Naval Control Officer in Ihrem Bestimmungshafen, Captain?«

Der englische Kapitän schmunzelt: »Ich gehe möglichst zur Whiskytime hin«, sagt er, »so zwischen 18 und 19 Uhr. Da hat er es immer schon sehr eilig, in seinen Club zu kommen, und fragt: ›Was, jetzt kommen Sie noch?! Sie haben doch nicht etwa was gesichtet?‹ Dann sage ich immer ›nein‹, und er ist darüber sehr froh, denn sonst müßten wir beide endlose Formulare ausfüllen, alles in vierzehnfacher Ausfertigung.«

»Oh«, staunt der Kommandant, »is that so? Das ist ja ähnlich wie bei uns. Wozu führen wir dann eigentlich Krieg?!«

Ein andermal fragt er: »Wie ist es, wenn Sie im Geleitzug fahren?«

Diesmal zögert der Captain eine Weile, ehe er antwortet. »Das schlimmste«, sagt er endlich leise, »ist es, mit anzusehen, wenn einem der Vordermann oder der Nebenmann weggeschossen wird und man dann nicht stoppen und helfen darf. Der letzte Mann im Convoi hat zwar Befehl, die Überlebenden aufzunehmen, aber auch er darf dabei laut Anweisung der Admiralität nicht stoppen. Stellen Sie sich das vor! Sie wissen ja aus Erfahrung, wie es da zugeht. Was die da oben sich wohl denken?!« Und nach einer kleinen Weile fügt er kopfnickend hinzu: »All Blue Moon Sailors...«

Ein dritter schließlich berichtet, daß bei Kollisionen abgeblendet im Geleit fahrender Schiffe anschließend wie im tiefsten Frieden eine Seeamtsverhandlung abgehalten würde. Und seine Kameraden blicken nachdenklich in ihre Gläser und nicken vor sich hin, und wieder hört man das gleiche, halb spöttische, halb bittere Urteil: »All Blue Moon Sailors...«

Über diesen Berichten ist es Mittag geworden. Zwischen der brennenden *Mandasor* und *Atlantis* tuckern immer noch eifrig die Arbeitsboote hin und her und schleppen herüber, was der Adju und der Prisenoffizier drüben zum Abtransport bestimmt haben, vor allem Tee, riesige Mengen von Tee. Die Tropensonne brennt unbarmherzig aus steiler Höhe hernieder, die See liegt fast glatt, nur von alter, niedriger Dünung bewegt.

Der Kommandant drängt auf Beschleunigung der Arbeiten. Die *Mandasor* soll möglichst bald gesprengt und dann das Flugzeug gesucht und eingesetzt werden. Um 19.30 Uhr wird es dunkel; der Anmarsch dauert allein etwa zwei Stunden; keinesfalls darf es Nacht werden, ehe Maschine und Motorkutter wieder an Bord sind.

Zur gleichen Zeit spielt sich fünfundzwanzig Meilen weit entfernt ein kleines Drama und im Funkraum der *Atlantis* die dazugehörige Tragikomödie ab, jenes Achtel an Dummheit, Unvollkommenheit, Phantasielosigkeit, Verstandesträgheit – oder wie man es nennen will –, ohne das ein Drama eben nicht entsteht.

Die Funkerei der *Atlantis* empfängt einen Bericht des Flugzeuges: »Nicht mehr startfähig; komme vom Wasser nicht ab.«

Sie antwortet: »Geben Sie uns Sichtpeilung. In welcher Richtung peilen Sie uns?«

Diese an sich sinnlose Aufforderung – das Flugzeug ist 25 sm entfernt – weit außer Sicht! – entstammt der persönlichen Initiative des Funkmaaten der Wache; der Kommandant hat keine Ahnung davon.

Das Flugzeug antwortet unverzüglich: »Backbordschwimmer abgesoffen. Soll ich Peilzeichen senden?«

Darauf der Funkmaat: »Nein. Was ist mit meiner Sichtpeilung?«

Und immer noch wird dem Kommandanten keine Meldung gemacht. Statt dessen wiederholt der Unglücksmensch am Funkgerät verbissen und gedankenlos seine Aufforderung, »Sichtpeilung« zu geben, bis der Pilot, der in diesen Augenblicken seine Aufmerksamkeit zwischen Auspumpen des lecken Schwimmers und Aufrechterhaltung der Funkverbindung zu teilen hat, den Verkehr kurzerhand als »witzlos« abbricht.

Er hat eine Pfannkuchenlandung gemacht und danach zu dem Motorkutter hinrollen müssen, da dieser wegen Motordefekts unbeweglich war. Als es dann bis zu Windstärke vier aufbriste, ist der Backbordschwimmer einmal untergeschnitten und das Flugzeug gekentert. Die ins Wasser gefallenen Männer hat das Motorboot aufgepickt... Und dann haben sie gesessen, elend seekrank in dem wild jumpenden Boot, und gewartet...

Die *Atlantis* beendet indessen ihre Übernahmearbeiten aus der *Mandasor*. Später, um 16.20 Uhr, gehen die Sprengladungen hoch, und weitere sechs Minuten danach versinkt das Schiff über den Bug, nachdem es das Heck mit der jetzt stillstehenden Schraube für kurze Augenblicke aus dem Wasser gehoben hat. Zahllose Teekisten schwimmen auf und bedecken weithin die Versenkungsstelle.

Kaum ist *Mandasor* für immer auf Tiefe gegangen, als sich der Hilfskreuzer eilends aufmacht, sein Flugzeug und sein Boot, die ja immer noch draußen warten, wieder an Bord zu nehmen.

Aber als er an Ort und Stelle eintrifft, findet er nur das Boot mit den Seeleuten und den Fliegern, die glücklich sind, wieder den gewohnten »festen Boden« unter die Füße zu bekommen. Das Flugzeug ist inzwischen halb abgesoffen; der Kommandant versenkt es schweren Herzens durch MG-Feuer in den unversehrten rechten Schwimmer.

Der Verlust des Flugzeuges ist um so schmerzlicher, als er ohne Zweifel vermeidbar gewesen wäre und die Maschine gerade im augenblicklichen Operationsgebiet mit seinen günstigen Wetterbedingungen beinahe täglich hätte eingesetzt werden können. Nach Friedensanschauungen allerdings wäre der Apparat schon seit Herbst 1940 als flugunfähig abgeschrieben worden, und da ist es doppelt erfreulich, zu denken, daß selbst diese nur halb flugfähige »lahme Krähe« dem Schiff noch zwei Dampfer gebracht hat: *Ole Jacob* und *Mandasor* – und außerdem bei zwei weiteren wertvolle Hilfe leistete: *Benarty* und nochmals *Mandasor*. Die Besatzung, Oberfeldwebel Borchert und Oberleutnant z. S. Bulla, haben ihre »Schrottkiste« aber auch »dem Feinde direkt in die Zähne« geflogen, und der Kommandant widmet ihrem Schneid besondere Anerkennung im Kriegstagebuch.

Vier Tage lang bleibt die Kimm leer. Dann, am 27. Januar – »Kaisers Geburtstag«, wie ein betagter Spaßvogel bemerkt – sichtet der Salingsausguck, Matrose Bermel, eine Rauchwolke, unter der kurz danach drei Schornsteine herauskommen.

Hart dreht der Hilfskreuzer ab und läuft mit 15 Meilen von dannen. Nach der Form der Schornsteine und Aufbauten scheint das Schiff die *Queen Mary* gewesen zu sein. Ob sie in Kreuzergeleit fuhr oder nicht, war nicht auszumachen. Sicher aber ist, daß sie für *Atlantis* ein zu dicker Happen wäre. Und wenn auch mancher Seufzer himmelan steigt: »70 000 BRT – wär' das 'n Schluck aus der Pulle. Die 100 000 wären voll!«, so ist das doch kein Grund für den Kommandanten, eine vollkommen aussichtslose Jagd auf einen unerreichbaren Gegner zu veranstalten, der ihm nicht nur an Geschwindigkeit, sondern wahrscheinlich auch an Bewaffnung erheblich überlegen sein würde. (Nach dem Kriege stellt sich heraus, daß es sich nicht um die *Queen Mary* gehandelt hat, sondern um die *Strathaird*, 22 281 BRT, der P. & O.-Line, die im Indischen Ozean Truppentransporte fuhr.)

Kühl und unbeirrt hört er sich die Bemerkungen der Backsstrategen hinter seinem Rücken an, die alle darauf warten, daß er zum Angriff herandrehen wird, und geht zum Telefon. »Hauptmaschinenraum? – Bitte den

Leitenden. – Achtung, Kielhorn: Bitte langsam auf Höchstfahrt gehen – wir laufen ab. Verstanden? – Richtig. Jawohl ...«

Mit betonter Langsamkeit legt er den Hörer auf, wendet sich dann um und befiehlt: »Hart Steuerbord.«

Ablaufen? Die Backsstrategen sind starr. Hat er wirklich »Ablaufen« gesagt? Das kann doch nicht sein! Kein Angriff? Kein Anhalten? Kein Aufbringen oder Versenken?

Der Kommandant sieht die Enttäuschung, das Nichtverstehen, die Ablehnung. Er weiß, daß nun sein Artillerieoffizier wieder zwei Tage nicht mit ihm sprechen wird. Aber er kann deshalb doch seinen Entschluß nicht ändern. Mit einer knappen Wendung schneidet er gleichsam die ganze Kritik ab: »Glaubt etwa wirklich jemand, daß der Engländer solch ein großes wertvolles Schiff allein fahren läßt?« fragt er. »Dahinter steht mit Sicherheit der Begleitkreuzer, den wir nur noch nicht sehen können.«

Im Laufe des Abends bestätigt denn auch ein britischer Kapitän in einem »zufälligen« Gespräch, daß die *Queen Mary*, stets begleitet von einem leichten Kreuzer, in diesem Seeraum als Truppentransporter eingesetzt sei.

Erst am Abend geht der Hilfskreuzer nach mehrstündigen Täuschungs- und Ausweichkursen wieder auf seinen alten Kurs, der zu den Tankerrouten des Persischen Golfs hinaufführt.

Der Kommandant beabsichtigt dabei eine Zeitlang, in Höhe des Äquators zu kreuzen, wo sich laut Mitteilung der SKL die Tankerrouten bündeln sollen. Dort ist auch mit Indien-Südafrika-Verkehr zu rechnen.

Der Verlust des Flugzeuges macht sich in dem Stillengebiet, das zur Luftaufklärung geradezu herausfordert, vom ersten Tage an schmerzlich bemerkbar. Nichts kommt in Sicht. Das Kriegstagebuch meldet: »*Schönes Monsunwetter. Mit elf Meilen Fahrt nach Süden marschiert. Nachts auf Südwestkurs mit neun Meilen ...*« Endlich, am Abend des 31. Januar: »*Mastspitzen in Sicht.*« Sie gehören zu einem vollkommen rauchlos fahrenden Schiff; der Masttoppausguck, Matrose Freiwald, hat sie, obwohl sie hell und nicht stärker als nadeldünn über der Kimm stehen, richtig erkannt.

Genau zur errechneten Zeit kommt denn auch in der erwarteten Peilung ein schwacher Schatten heraus.

»Fallen Tarnung!« – das alte, hundertfach exerzierte Manöver, die vertrauten Befehle, die immer gleiche, immer neue Spannung, das Jagdfieber mit kurzem Atem und trockenem Hals ...

»Entfernung Zwohundertviärunddreißighundert ...« und dann, bei 14 sm/st Annäherung schnell abnehmend, »hunderviärzighundert ...«

Der Mond geht auf – erstes Viertel, noch nicht zu hell – die Sicht ist gut, die Luft ein wenig dunstig, so daß die Kimm wie mit einem silbernen Schleier verhängt scheint, hinter dem der Schatten des Gegners nun langsam in eine vorlichere Position rückt.

Wolken verdunkeln plötzlich den Mond. In der unerwarteten Dunkelheit ist für Minuten nichts zu sehen. Hat der Gegner abgedreht?

Atlantis dreht nach, erhöht ihre Geschwindigkeit.

Da – da ist er wieder! Abgedreht! Er hat den HK also doch gesehen!

Seit dem ersten Sichten des Schiffes sind fast volle vier Stunden vergangen, ehe jetzt die Feuerbälle der ersten Salven vor den Geschützmündungen aufleuchten und der Donner ihrer Stimmen über die See hinrollt.

»Scheinwerfer leuchten!«

Wo eben noch nur ein schwacher Schatten den Standort des Gegners verriet, liegt plötzlich ein Frachtschiff mittlerer Größe und typisch englischen Umrisses im kalkweißen Lichtbalken vor der Wand der dunklen Nacht; sein Geschütz am Heck ist unbemannt.

Nach der dritten Salve scheint es zu stoppen. Sofort heult das Typhon der *Atlantis* sein langgezogenes »Feuer einstellen!« Die dritte Salve hat nach einer ersten, die kurz, und einer zweiten, die »überwiegend weit« fiel, deckend im Ziel gelegen. Nun blinkt der Handscheinwerfer die ersten Befehle hinüber: »Stop. Do not use your wireless. Bleiben Sie an Bord, und erwarten Sie mein Boot. Wie heißen Sie?«

Und von drüben blinkt es langsam zurück: »S–P–E–Y–B–A–N–K«. Lloyds Register gibt erste vorbereitende Auskunft: *Speybank*, 5144 BRT, Eigentum der Bank Line, Glasgow, 1926 in Glasgow erbaut.

Das Durchsuchungskommando kehrt schon nach kurzer Zeit mit siebzehn weißen Gefangenen zur *Atlantis* zurück. Das aufgebrachte Schiff ist vollkommen unbeschädigt und, was wichtiger ist: es hat keinen Notruf abgegeben. Ohne einen Laut, die Sinnlosigkeit jedes Widerstandes einsehend, hat es sich den überlegenen Waffen des Hilfskreuzers gebeugt.

Captain Morrow hat den Hilfskreuzer, als er ihn zuerst sah, für ein Passagierschiff auf annähernd gleichem Kurs gehalten und ist nur kurz ausgewichen, um es ungehindert passieren zu lassen. Er ist in dieser Ansicht dadurch bestärkt worden, daß die *Atlantis* ihm nicht nachdrehte, und ist kurz danach auf seinen alten Kurs zurückgegangen. Selbst als plötzlich in der Dunkelheit das fremde »Passagierschiff« von Backbord achtern rasch an ihn heranschloß, hat er noch nicht an einen Kaperkreuzer gedacht und nur wieder auf Südkurs gedreht, um einer Kollision aus dem Wege zu gehen. Ja, er ist gerade im Begriffe gewesen, den Hilfskreuzer anzumorsen, um auf sich aufmerksam zu machen, und hat schon gestoppt, weil er Kollisionsgefahr zu sehen glaubte, ehe ihn das Feuer der *Atlantis* überraschend erfaßte. Und deshalb hat er, um Blutvergießen zu vermeiden, jeden Gedanken an Widerstand aufgegeben.

Er hatte Cochin am 25. Januar mit Bestimmung nach New York verlassen; das Schiff war für die Hin- und Rückreise voll gebunkert und ausgerüstet; seine Ladung bestand aus Manganerz und Monazit, Ilmenit, Teakholz.

Dem Kommandanten ist sofort klar, daß er hier einen in mehr als einer Hinsicht wertvollen Fang getan hat: Das Schiff eignet sich, da voll ausgerüstet, als Prise; seine Ladung ist von kaum abschätzbarem Wert für die Kriegswirtschaft; als Schiff typisch britischer Bauart erscheint es prädestiniert, um als Hilfsschiff unter deutscher Flagge in Fahrt gesetzt zu werden.

Leutnant Breuers bekommt Befehl, mit zehn Mann Prisenbesatzung, verstärkt durch einige Engländer, die *Speybank* in eine Wartestellung am Rande der Malha Bank auf 10° Süd, 63° Ost zu überführen. Kurz nach

Mitternacht wird das Schiff entlassen. Der Hilfskreuzer hat mit dieser neuen Beute insgesamt 104 101 BRT aufgebracht. Er setzt nach Entlassung der *Speybank* den Suchkurs über den Indientrack fort.

18 ÖL VON »KETTY BRÖVIG«

Schon am nächsten Mittag sichtet der Steuerbord-Brückenausguck, Matrose Burghard, eine neue Rauchwolke, die so gleichmäßig und andauernd über der Kimm steht, als führe das dazugehörige Schiff vor dem Winde.

Der Kommandant entschließt sich, keinen Taganlauf mehr zu versuchen, sondern Kurs und Fahrt des Gegners nach Koppelung zu ermitteln und ihm erst nach Dunkelwerden auf den Leib zu rücken. Sieben Stunden lang hält er Fühlung an den Mastspitzen. Ausguck im Masttopp und Masttopp selbst werden eingezogen und der Salingsausguck mit einem Offizier besetzt, nach dessen laufender Weisung der Hilfskreuzer an der äußersten Sichtgrenze mitläuft.

Der Kommandant steht gedankenvoll vor dem Ablauf von Ereignissen, die sich aus den Funksprüchen der letzten Zeit widerspiegeln. Die Tage der *Scientist* und *Kemmendine* sind ein für allemal vorüber. Jetzt verlangt die Admiralität Funkmeldung von jedem Kapitän, auch wenn er dadurch sich, sein Schiff und seine Besatzung den Folgen rücksichtslosen Waffeneinsatzes aussetzt. Jetzt hat jeder Feinddampfer Tag und Nacht Ausgucks in der Saling; die Funkstationen an Bord und an der Küste sind dauernd besetzt. Jetzt sind außerdem die Schiffahrtswege in die schützende Nähe der Küsten verlegt; im Indischen Ozean z. B. verlaufen sie durch den Mozambiquekanal und sind in steigendem Maße durch Flugzeuge und Hilfskreuzer gesichert. Es ist daher richtig, jede Vorsicht walten zu lassen und mit dem größten Mißtrauen jedes Schiffes zu rechnen. Und es empfiehlt sich, über die Frage nachzudenken, wie lange überhaupt noch ein Kaperkreuzer mit Erfolg wird operieren können, vor allem, wenn ihm das »verlängerte Auge«, das Flugzeug, fehlt. Jetzt könnte man ein Torpedo-Schnellboot gebrauchen, wie es 1939 bei der Ausrüstung zwar angefordert, aber nicht verfügbar war. Für Überraschungsangriffe nach Einbruch der Nacht wäre ein Schnellboot jetzt die richtige Waffe.

Atlantis setzt ihre Verfolgung des Gegners Stunde um Stunde fort. Die Sicht ist ausgezeichnet, aber Hitze und Luftfeuchtigkeit erzeugen ein Flimmern, in dem Einzelheiten sehr schwer auszumachen sind.

Immerhin ist nach einiger Zeit erkannt, daß es sich um einen Tanker handelt. Die Entfernung beträgt jetzt 30 km, der Gegner sinkt langsam in den achterlichen Ausguckssektor zurück.

Kurz vor Dunkelheit peilt er planmäßig achteraus; seine Masten stehen in Deckung; er steuert 223° und läuft 8,5 kn. Die Entfernung wird mit 22,5 km gemessen. Eine halbe Stunde danach, bei guter Sicht im Osten und schweren Regenschauern vor dem Westhimmel, geht die Sonne unter. Zu diesem Zeitpunkt steht der Hilfskreuzer, schon geschützt durch die Dämmerung, zwei Meilen an Backbord vor seinem Gegner.

Der Kommandant stoppt. Das Licht schwindet schnell; es wird so dunkel, daß der Feind selbst durch die deutschen Nachtgläser vorübergehend nicht mehr auszumachen ist.

Nach Kopplung müßten sich die Kurse der beiden Schiffe um 20.10 Uhr schneiden; um 20.12 Uhr ist noch nichts zu sehen. Undurchdringlich schwarz steht die Tropennacht rings um das Schiff.

Schon will der Kommandant auf Parallelkurs eindrehen, denn jeden Augenblick kann der Gegner aus dem Dunkel angeschoben kommen und krachend mit dem Hilfskreuzer zusammenrennen, als der Funkoffizier, der den Backbordausguckposten auf der Brücke besetzt hat, den Schatten des gesuchten Feindes im Nachtglas ausmacht.

Wie schon öfters zeigt sich dabei die Bedeutung der Zeissgläser für den Angriff: der Gegner ist nur mit größter Mühe überhaupt zu erkennen; hauptsächlich, weil er von den Toppen bis zur Wasserlinie einheitlich dunkelgrau überstrichen ist und sich von der Nacht kaum abhebt. Er steht etwa 5° an Backbord und ungefähr 3000 m entfernt. »*Ohne die Zeiss-Spezialgläser*«, vermerkt der Kommandant an dieser Stelle im KTB, »*die einen so wichtigen Bestandteil unserer Bewaffnung ausmachen, würden wir gegen dies Schiff kaum zum Erfolg gekommen sein. Leider bleibt die tropische Hitze trotz aller Sorgfalt, mit der wir sie hüten, nicht ganz ohne Einwirkung auf sie.*«

Der Artillerieoffizier erhält Befehl, zunächst über das Schiff hinwegzuschießen, um den Tanker auf keinen Fall zu beschädigen. Ein Notruf muß diesmal ausnahmsweise in Kauf genommen werden. Die 3,7 cm soll das Heck nur unter Feuer nehmen, falls Widerstand im Keime zu ersticken ist. Der ganze Angriff wird ohne Vorwarnung mit der vollen Überraschungswirkung des Feuerüberfalls aller Waffen durchgeführt werden. Nichts mehr erinnert an das alte, feierlich-ehrwürdige Zeremoniell von »Setzen der Kriegsflagge und des Stoppsignals – Durchsuchen nach Prisenrecht – Für aufgebracht erklären« und so weiter; auch hier ist der Krieg härter geworden und, wenn man so will, entartet; der Angriff wird zum nackten, erbarmungslosen Ansprung aus dem Dunkel.

20.25 Uhr. Auf weniger als 300 m Entfernung eröffnet die Fünfzehner-Batterie das Feuer. Der Scheinwerfer wird mit voller Absicht zunächst nicht eingesetzt.

Die erste Salve erzielt unerwünschterweise einen Treffer im Schornstein. Grell zuckt der Feuerschein der krepierenden Granate herüber.

Die zweite und dritte Salve liegen weit.

Jetzt leuchtet der Scheinwerfer auf, tastet sekundenlang durchs Dunkel und reißt plötzlich den Gegner ins Weiß seines kalten Lichtes, einen mittelgroßen Tanker, auf dem offensichtlich eine wilde Panik ausgebrochen ist, da er Morsesignale mit der Klappbuchs nicht beantwortet, während man von der *Atlantis* aus erkennen kann, wie Menschen mit Taschenlampen an Deck hin und her rennen, wie die Decksbeleuchtung eingeschaltet wird, wie der Tanker stoppt, ohne zu funken oder an Widerstand zu denken, und wie die Boote ungeschickt und überhastet ausgeschwungen und zu Wasser gelassen werden.

Auch daß das Schiff keine Kanone führt, kann man jetzt erkennen. Es ist das erstemal, daß der Hilfskreuzer ein unbewaffnetes Schiff auf See antrifft.

Zwei Boote schlagen um. Der Befehl, an Bord zu bleiben, wird weder beantwortet noch befolgt. Vom Heck des Tankers blinzelt ein schwacher Morseruf: S-O-S! An seiner Luvbordwand liegt ein umgeschlagenes Boot; die Insassen klammern sich an das Dollbord oder hängen an den Manntauen und Läufern. Ein weiteres Boot kommt endlich zu Wasser und setzt richtig ab.

Atlantis hat schon nach der dritten Salve ihr Feuer eingestellt, da der Tanker nicht funkt und sofort gestoppt hat. Nun geht das Durchsuchungskommando hinüber, diesmal begleitet vom Leitenden Ingenieur, da ein Treffer drüben den Schornstein durchschlagen hat, aus dem fauchend und zischend der Dampf abbläst.

An Bord des Tankers herrscht unverändert kopflose Panik. Der größte Teil der hauptsächlich aus Chinesen bestehenden Besatzung ist noch an Bord, der Kapitän zunächst überhaupt nicht auffindbar; die Ereignisse haben ihn völlig aus dem Gleichgewicht geworfen. Norweger und Chinesen – einige davon aus den umgeschlagenen Booten an Bord zurückgeklettert, rennen planlos an Deck umher, Säcke und Bündel mit ihrer Habe in der Hand. Achtern entweicht hochgespannter Dampf mit ohrenbetäubendem Zischen aus einem durchschossenen Rohr. Die Brücke liegt verlassen, ohne Licht. Im dünnen Strahl der Taschenlampe findet sich endlich auch ein Teil der Schiffspapiere.

Der Tanker ist die *Ketty Brövig*, 7031 BRT, 1918 erbaut, in Farsund beheimatet, unterwegs von Awali/Bahrein nach Lourenço Marques mit einer Ladung von 6300 Tonnen Heizöl und 4125 Tonnen Dieselöl. Besatzung: 9 Norweger und 43 Chinesen.

Dieselöl! Der Kommandant strahlt: nun ist er aller Brennstoffsorgen für lange Zeit enthoben!

Allerdings erscheint es fraglich, ob es gelingen wird, das Schiff wieder fahrbereit zu machen, da der einzige Treffer das Hauptdampfrohr unmittelbar über dem Hauptdampfventil durchschlagen hat, so daß sich dieses nicht mehr abstellen läßt, ehe nicht der Kessel vollständig ausgeblasen ist. Das gesamte Kesselspeisewasser geht dabei weitgehend verloren.

Da ferner die Kesselwasser-Speisepumpen und die Brennstoffpumpen nur mit Dampf betrieben werden können, Dampf aber nur herzustellen ist, wenn Kesselwasser und Brennstoff gepumpt werden können, und Handpumpen zu allem Überfluß nicht vorhanden sind, steht das Prisenkommando zunächst einem scheinbar unlösbaren Kreisschluß gegenüber.

Der norwegische Leitende erklärt auf Befragen mit umständlicher Freundlichkeit, das Schiff sei bisher immer nur mit Dampf von Land betriebsklar gemacht worden; aber vielleicht sei es auch möglich, Öl aus einem der Fässer auf dem Dach des Maschinenoberlichts bzw. des Decksaufbaues mit Hilfe eines Schlauches an die Kessel heranzubringen. Ob allerdings ein Schlauch an Bord sei, wisse er nicht.

Die Herren des Prisenkommandos blicken einander mit einem etwas unsicheren Lächeln an: es ist eine ganze Menge, was ihnen da in dunkler Nacht mitten im Indischen Ozean an technischen Finessen vorgesetzt wird. Aber na – man wird schon sehen; beim lieben Gott und bei der Marine ist vieles möglich! Zunächst stellt die Maschinenwerkstatt der *Atlantis* einige Ersatzteile und ein »Bruchband«, eine Dichtung für das lecke Hauptdampfrohr der *Ketty*, her. Ein Teil der Norweger und Chinesen steigt indessen auf den Hilfskreuzer über, die übrigen bleiben mit dem deutschen Prisenkommando unter Oberleutnant z. S. Fehler an Bord. Einige, darunter der Erste Offizier, erklären immer wieder in großer Erregung, ihr Schiff habe sich auf dem Wege zu einem neutralen Hafen befunden.

Warum, so lautet die Gegenfrage, fuhren Sie dann ohne Positions- und Dampferlaternen, ohne Hoheitsabzeichen an der Bordwand, die Sie nachts beleuchteten, und grau wie eine Maus vom Topp zur Wasserlinie? Und wo sind Ihre Papiere, irgendwelche Beweise dafür, daß Sie wirklich nach Lourenço Marques bestimmt waren – und Ihr Heiz- und Dieselöl desgleichen?! Die Papiere sind verloren? Der Kapitän hat sie im Wasser verloren? Das ist natürlich höchst bedauerlich. Und 700 £ auch? Wirklich sehr schade.

Der Kapitän des Tankers, Captain Moeller, beteiligt sich an diesen Argumenten nicht. Ein schwerverwundeter und ein leichtverwundeter Norweger finden Aufnahme und Behandlung im Lazarett.

Nach einigen Stunden hat das Reparaturkommando der *Atlantis* das durchschossene Hauptdampfrohr der *Ketty Brövig* abgedichtet und das Prisenkommando die gelöschten Feuer wieder angesteckt, so daß die Speisewasserpumpen etwas Dampf bekommen. Nur die Brennstoffpumpen arbeiten noch nicht. Die Absperrschieber der mit brühheißem Dampf gefüllten Kessel sind jedoch geschlossen, ein kleiner Rest des Kesselwassers ist gerettet.

Der Kommandant entschließt sich, vor Hellwerden den Tanker zunächst sich selbst zu überlassen. Fehler erhält Befehl, die *Ketty* fahrklar zu machen und auf einem mit »Eiche« bezeichneten Treffpunkt bis zum 18. Februar zu warten. Erscheint der Hilfskreuzer nicht, so hat er das Versorgungsschiff *Tannenfels* aufzusuchen, zu beölen und von dort in das Wartegebiet »Sibirien« zu gehen – zur weiteren Verfügung für SKL. Immer muß bei solchen Befehlen an zurückgelassene Prisen die Vernichtung des Hilfskreuzers einkalkuliert werden.

Um sicherzugehen, daß *Ketty* wirklich ihre Maschine in Gang bekommen hat, verabredet der Kommandant, daß *Atlantis* am nächsten Mittag in Sichtweite des Tankers vorübergehen und sich davon überzeugen wird, ob er Dampf auf hat. Sollte das nicht der Fall sein, so wird sich der Hilfskreuzer am Abend neben die Prise legen und versuchen, beim Heizen der Kessel Hilfestellung zu geben.

Schon am anderen Morgen hat die *Ketty* Dampf. Fehler, der entschlossen war, so viel Holz, wie er dafür brauchte, aus den Räumen und Unterkünften des Tankers herauszuhauen und auch die Möbel nicht zu schonen, hat zufällig in einer Luke des Tankers Bohlen und Planken entdeckt und sie zum Feueranmachen zerkleinern lassen. Die Maschinenanlage arbeitet wieder. In drei Stunden kann er abmarschieren. Mit Winken und Typhonsignalen nehmen die beiden Schiffe voneinander Abschied. *Atlantis* marschiert mit vierzehn Meilen zu dem Treffpunkt »Nelke«.

Wie der *Ketty*-Kapitän berichtet, ist der Tanker nach schwerer Kollision im Golf von Bengalen bis zum 28. Dezember in Surabaya repariert und hat dann seine erste Reise angetreten. Der Feuerüberfall habe eine Panik unter den Chinesen hervorgerufen; er selbst sei ins Wasser geschleudert worden. Von dem Hilfskreuzer habe er nichts gesehen; als sein Zweiter ihm ein Schiff »sehr nahebei« meldete, habe der Hilfskreuzer schon zugedreht gehabt und unmittelbar darauf das Feuer eröffnet.

In Singapore, so erzählt er weiter, hätten Mitglieder seiner Besatzung frühere Besatzungsangehörige der *Ole Jacob* getroffen, die dort auf ein neues Schiff warteten; ein anderer Teil sei via Sibirien heimgekehrt.

Am Nachmittag dieses Tages stirbt der Quartermaster der *Mandasor*; am Abend, bei Sonnenuntergang, wird er feierlich in Beisein seiner Kameraden, einer Abordnung der *Atlantis* und des Kommandanten bestattet.

Bei wolkigem Monsunwetter setzt der Hilfskreuzer seinen Marsch fort. Zwei Tage später, unmittelbar bevor er hart nach Süden abdreht, gibt er einen Lagefunkspruch an SKL: Zunächst ein Kurzsignal: »Habe versenkt *111 000 BRT. Laufe 14 sm. Gehe zu Versorgung Treffpunkt ›Nelke‹«.*

Sodann ausführlicher:

›Ketty Brövig‹ mit 4000 Tonnen Dieselöl 32,6 API 6000 Heizöl, und ›Speybank‹ mit Teak, Mangan, Monazit, Tee auf Marsch nach ›Nelke‹. Vorschlage Beölung ›Speybank‹ aus ›Ketty‹ und Heimsendung als Prise ...«

Es folgen operative Einzelheiten und am Schluß die Bitte, ein Treffen mit Schiff *41*, dem deutschen Hilfskreuzer *Kormoran*, und mit dem Panzerschiff *Admiral Scheer* herbeizuführen, das nach Operationen im Südatlantik kurzzeitig in den Indischen Ozean hinübergewechselt ist.

Endlich setzt der Kommandant noch hinzu, *Atlantis* sei »*klar zur äußersten Ausnutzung der Seeausdauer und voll kampffähig*«. Er will damit eine vorzeitige Rückberufung rechtzeitig abbiegen und erbittet Kampfanweisungen für den Atlantik, wohin das Schiff für die nächste Zeit sein Operationsgebiet verlegen soll.

Ketty Brövig ist das letzte von *Atlantis* im Indischen Ozean aufgebrachte Schiff. Der Hilfskreuzer verläßt danach den Seeraum westlich der Seychellen, um weisungsgemäß mit der aus Italienisch Somaliland ausgelaufenen *Tannenfels* und dem italienischen U-Boot *Perla* zusammenzutreffen, die beide Versorgung brauchen.

Dazwischen die üblichen kleinen Rückschläge: Teile des Nachschubs sind versehentlich nicht auf der *Alsterufer*, sondern auf der *Alstertor* verladen worden; »16« wird diese Güter via *Nordmark* geliefert bekommen. Der Proviant für zwei Monate für »10« – *Thor* – und »16«, ist nicht besonders gekennzeichnet; die Schiffe müssen kameradschaftlich aussuchen und teilen.

Über die *Ketty Brövig* ist inzwischen entschieden worden. Ihr Dieselöl eignet sich für *Admiral Scheer* nicht. *Atlantis* soll daher aus ihren Beständen *Scheer* auffüllen und ihrerseits *Ketty*-Öl übernehmen, worauf der Tanker in den Werteraum »Sibirien« gehen soll.

Am 8. Februar morgens, auf dem verabredeten Treffpunkt »Rattang«, kommt die *Speybank* richtig in Sicht. Der Hilfskreuzer beginnt sofort mit der Übernahme von Material aus der Prise: 350 Teakplanken, ein Teil des Proviants, überzählige Ausrüstung an Farbe, Persenningen und Tauwerk wechseln von Bord zu Bord.

Am Abend gehen beide Schiffe auf Kurs nach Punkt »Eiche«, um mit *Ketty Brövig* zusammenzutreffen.

Dieser Entschluß wird jedoch noch einmal umgestoßen. *Scheer* schlägt für das beabsichtigte Treffen den 14. Februar vor. Dementsprechend geht der Kommandant lieber zuerst zur *Tannenfels*, um diese dann zu dem Treffen mit *Scheer* mitzunehmen.

Speybank erhält daher nach dieser Neuregelung Befehl, einen Treffpunkt »Ananas« in 11° Süd anzusteuern und dort – in der Nähe der Malha Bank – bis zum 1. März zu warten. Der Kommandant möchte *Ketty* nicht dadurch beunruhigen, daß auf Punkt »Eiche« ein ihr fremdes Schiff sie erwartet.

Am 10 Februar, einem Montag, zur Mittagszeit, bei frischwindigem Schauerwetter, bekommt der Hilfskreuzer die *Tannenfels* auf dem Treffpunkt »Persien« plangemäß in Sicht, nachdem das Schiff auf Grund eines nachlässig entschlüsselten Funkspruchs schon drei Tage in der Nähe von Raum »Persien« auf einer falschen Breite gestanden und gewartet hat.

Das Schiff ist durch das jahrelange Liegen stark mit Seepocken und Muscheln besetzt und angewachsen und liegt, da ein Teil seiner Juteladung von angeblich 5 Millionen RM Wert auf Betreiben der italienischen Behörden vor dem Auslaufen an Land geworfen worden ist, sehr hoch aus dem Wasser. Das ist aus mehr als einem Grunde unerwünscht, denn nicht nur ist das Schiff, dessen Schraube teilweise aus dem Wasser ragt, nicht schneller geworden, sondern es wird auch seine Reise, die ja doch scheinbar nach England führt, als »Schiff in Ballast« antreten müssen, also in einem für die gegenwärtige Zeit der Schiffsraumnot gänzlich unwahrscheinlichen Zustand.

Jedoch geschehen ist geschehen.

Mit der *Tannenfels* sind, höchst willkommen, der Leutnant Dehnel und sein *Durmitor*-Kommando zur *Atlantis* zurückgekehrt. Zum ersten Male erfährt der Kommandant Einzelheiten der phantastischen Reise des alten, mit Gefangenen überfüllten Schiffes.

Die italienischen Behörden, an der Spitze die italienische Marine, hatten nichts als Schwierigkeiten gemacht. Die *Durmitor* für die Reise nach Kismayu überlassene Kohle hatte nur für die Hälfte des Weges gereicht. Das Schiff war in Kismayu geblieben, als Dehnel und sein Kommando sich vor den schnell anrückenden Engländern auf der *Tannenfels* in Sicherheit brachten.

Das Bild, das der Kommandant aus den Schilderungen Dehnels von den Zuständen in der italienischen Kolonie gewinnt, bestätigt seine dunkelsten Befürchtungen: unglaubliche Unfähigkeit, Gleichgültigkeit und mangelnde Zusammenarbeit! Außer der *Pennsylvania*, einem Schiff mit einer Ladung Dieselöl, lagen in Chisimaio 15 weitere Schiffe, darunter schnelle Bananendampfer, Tanker und andere Fahrzeuge, die im Nachschubdienst für die Hilfskreuzer oder zugunsten verbesserter Versorgungsverhältnisse in der abgeschnittenen Kolonie für den Handelskrieg mobilisiert, besonders wertvolle Dienste hätten leisten können. Aber nicht ein einziger Versuch, diese Möglichkeiten zu nutzen, war unternommen worden.

Dem Kommandanten bleibt nicht viel Zeit, sich über diese Unterlassungssünden den Kopf zu zerbrechen; er hat jetzt drei Beischiffe gleichzeitig abzufertigen und damit Arbeit mehr als genug.

»Sind wir eigentlich noch ein Kriegsschiff«, fragt er, »oder ein Reedereikontor?«

Ölabgabe von *Atlantis* an *Speybank*; Austausch des Prisenkommandos von *Ketty Brövig* gegen das von *Durmitor* unter Leutnant Dehnel; Verteilung des von *Tannenfels* übernommenen Zivilpersonals; Abgabe der Gefangenen von *Atlantis* an *Tannenfels*; Proviantversorgung aller drei Schiffe; Ölübernahme aus *Ketty* zur Auffüllung der Bestände der *Atlantis* mit dem besonders guten *Ketty*-Öl unter gleichzeitiger Abgabe der letzten Reste von *Storstadt*-Öl an *Speybank*; Austausch und Verteilung von Booten; Ausrüstung der Beischiffe mit Flaggen, Uhren, Sextanten, Karten, Medikamenten, Farbe, Tauwerk, Jahrbüchern, Rauchwaren – Verteilung der deutschen Prisenkommandos und der norwegischen Hilfsingenieure – es gibt alle Hände voll zu tun, und jede der getroffenen Maßnahmen erfordert bis in die kleinsten Kleinigkeiten gehende Überlegung und ein großes Maß an Organisation.

Zwei Tage stehen für diese Arbeiten zur Verfügung; am 13. Februar setzt sich der gesamte *Atlantis*-Verband mit vier Schiffen zu dem Treffpunkt mit *Admiral Scheer* in Bewegung.

Das Wetter verschlechtert sich; es kommt grobe See auf, und die Sicht nimmt ab. Der Kommandant hat der Besatzung das bevorstehende Treffen mit dem Panzerschiff verheimlicht, und so sind Aufregung und Erschrecken groß, als am Mittag des 14. Februar der Salingsausguck »Kriegsschiff an Backbord voraus!« meldet.

Aller Augen sind in diesen Sekunden auf den Kommandanten gerichtet: Was wird er jetzt tun? Kommt jetzt der letzte, der so oft im Traume erlebte und heimlich gefürchtete Alarm? Das Klarschiff zum Gefecht auf Leben und Tod, in dem es nichts anderes geben kann als ehrenvollen Untergang und vielleicht, wenn man Glück hat und es überlebt und aufgefischt wird – Gefangenschaft?!

Aber nichts dergleichen geschieht. Der Kommandant nimmt nur mit einem gelassenen Lächeln das Glas von den Augen. »Das kommt ja haargenau hin«, sagt er, »sehen Sie mal genau zu; die Silhouette müßten Sie kennen.«

Und dann schlägt der Schrecken in Freude um: »*Scheer*«, schreit jemand, »Mensch, das ist ja *Scheer!*«

Treffen mit *Scheer* im Indischen Ozean, direkt unter der Nase der Engländer in Aden, Mombasa und Port Louis auf den Schellen! Ist das 'ne Sache?!

Auf *Scheer*, wo man angesichts der vier Schiffe auf der Kimm schon geglaubt hatte, einen kleinen Geleitzug erwischt zu haben, ist die Besatzung im ersten Augenblick fast enttäuscht, als sich herausstellt, daß es sich nicht um Beute, sondern um die *Atlantis* und ihre Trabanten handelt.

Als erstes wird, nachdem sich herausgestellt hat, daß das Panzerschiff keine Gefangenen abzugeben hat, die *Tannenfels* zum Marsch in die Heimat entlassen. Am 19. April, sechzehn Tage vor dem erwarteten Einlauftermin, trifft sie ohne Zwischenfälle mit 5 Mann Bewachungskommando, 42 Engländern und 61 Farbigen in Bordeaux ein; niemand ist das »in Ballast« fahrende Schiff aufgefallen.

Am ersten Tage des Zusammentreffens gehen die Ausläufer eines schweren tropischen Orkans über *Scheer*, *Atlantis* und die beiden Begleitschiffe hinweg; die See läuft so grob und hoch, daß der *Atlantis*-Kommandant nur mit Mühe in einem erbeuteten Norwegerkutter zu kurzem Besuch bei Kpt. z.S. Krancke auf das Panzerschiff hinübersetzen kann, während beide Schiffe, nahe aneinander herangehend, für kurze Augenblicke Lee machen. Selbst so ist das Übersetzmanöver noch ein aufregendes Unterfangen; das kleine Norwegerboot verschwindet zeitweilig vollständig zwischen den hohen, steilen und rauschend brechenden Seen.

Der ganze Verband unter Führung von *Scheer* setzt sich nach dieser Erfahrung in Marsch, um im Norden besseres Wetter und ruhigere See zu suchen. Während der Nacht hängt *Ketty* ab und wird erst nach zwei Tagen wiedergefunden; sie hat die Fahrt nicht halten können.

Abermals fährt der Kommandant mit dem Norwegerkutter zum *Admiral Scheer* hinüber. Kutterführer ist der Matrosengefreite Wilhelm Krooss, von Zivilberuf Seemann, ein ruhiger und sehr breiter Mann aus Wischhafen an der Elbe. Während sein Kommandant dem *Scheer*-Kommandanten Besuch macht, bindet Wilhelm seinen Kutter am Heck des großen Bruders fest und wartet geduldig. Er hat Zeit, er raucht sich eine, und er beantwortet gelassen die endlosen Fragen, die die neugierigen Dickschiffsfahrer ihm herunterrufen. Dabei fällt Wilhelm ein Oberfeldwebel auf die Nerven, der mehr Fragen hat, als einer allein beantworten kann. Teuf, denkt er, di will ick frogen helpen, du komst mi nich an'ne Farw, und brüllt erst mal sicherheitshalber ein »Nichtverstanden!« hinauf.

Der Oberfeld legt die Hände schalltrichterförmig um den Mund: »Habt ihr all eure Dampfer nur mit der einen Kanone umgelegt, die ihr da auf dem Heck stehen habt?«

Wilhelm dreht sich um, schaut zurück. Richtig, das 6. Geschütz ist zur Zeit nicht getarnt! Langsam wendet er den Blick wieder hinauf und ruft: »Djawoll, Herr Oberfeld', ober manchmal fohrt wi ok ganz dicht 'ran un steckt jüm mit eeen Striekholt in Brand!«

Danach konnte Wilhelm in Ruhe weiterrauchen; es fragte ihn niemand mehr, und nach einiger Zeit kam auch sein Kommandant und wollte zurück an Bord ...

Ach ja, Wilhelm Krooss! Er ist später gefallen, aber seine Geschichten haben ihn überlebt, und noch heute lächeln die alten *Atlantis*-Fahrer, wenn sein Name fällt.

Da wird »Antreten zum Gefechtsdienst« gepfiffen, jedermann rennt, und alles ist da; nur bei den Munitionsmännern fehlt Wilhelm Krooss.

»Der linke Flügelmann!« tobt der Feuerwerker, »holen Sie den Krooss. Ehe ich bis drei zähle, sind Sie wieder hier!«

Der linke Flügelmann verschwindet wie eine Rakete. Nach einigen Minuten kehrt er mit Wilhelm zurück, nicht mehr ganz so schnell, baut sich auf und meldet: »Befehl ausgeführt. Krooss geholt.«

»Ja, ist gut«, sagt der Feuerwerker und wendet sich Wilhelm zu.

»Und Sie? Warum kommen Sie nicht zum Dienst, wenn ›Antreten‹ gepfiffen wird? Glauben Sie, wir schicken Ihnen 'ne schriftliche Einladung?«

»Ne'nee«, sagt Wilhelm und grüßt gemäßigt zackig, »das ja nich. Man wi hebbt in de Kantin so veel to dohn, ick heff gorkeen Tid, Gefechtsdienst to maken.« —

Scheer füllt mit dem von der Seekriegsleitung als »ungeeignet« bezeichneten *Ketty*-Öl bis zur Halskrause auf.

Ihr LI ist völlig aus dem Häuschen vor Wonne. »Herr Kapitän!« sagte er begeistert zu seinem Kommandanten, »solches Öl haben unsere Motore noch nie zu schlucken gekriegt. Wieviel können wir davon bekommen?«

»Soviel Sie unterbringen können«, erwidert Kapitän Rogge, »wir sind nicht kleinlich und geben's gern.«

Atlantis übergibt angesammelte Kurierpost zur Mitnahme an die Heimat, und daneben gehen, wie bei jedem Zusammenliegen von Kriegsschiffen im Auslande, große Teile der beiderseitigen Besatzungen zu Besuch von Bord zu Bord, es ist ein großes, wunderschönes und von allen mit vollem Bewußtsein ausgekostetes Fest.

»*Das Zusammenliegen mit ›Scheer‹*«, vermerkt der Kommandant im Kriegstagebuch, »*war nach allen Seiten erfreulich und ermöglichte einen nutzbringenden und anregenden Erfahrungsaustausch. Besonders wertvoll war für mich der persönliche Gedankenaustausch mit dem Kommandanten ›Scheer‹ über das rein Dienstliche hinaus sowie in seiner Auswirkung auf das ganze Schiff, seine Berichte über die Kriegslage in der Heimat, die Unternehmung gegen Norwegen, den Krieg im Westen, den Seekrieg und U-Boot-Krieg, die Rohstoff- und Wirtschaftslage Deutschlands usw.*«

»Der persönliche Gedankenaustausch über das rein Dienstliche hinaus ...« Hinter diesen Worten verbirgt sich mehr, als sie aussprechen: die Erlösung

aus der vollständigen Einsamkeit, in der der Kommandant eines allein operierenden Kriegsschiffes notwendigerweise lebt. Zum ersten Male seit vielen Wochen kann er mit einem Manne gleicher Dienststellung und Verantwortung frei und ohne die Zurückhaltung des Vorgesetzten sprechen, seine Sorgen einem anderen rückhaltlos mitteilen, Rat empfangen und Rat erteilen. Er hat nie gedacht, daß eine Aussprache eine solche Wohltat sein könnte. –
»Nur zu schnell«, heißt es in einem anderen Bericht aus der *Atlantis*-Besatzung, »verstrichen die Stunden des Zusammenseins, die Stunden, in denen sich die Besatzung des Hilfskreuzers unter dem Schutze der Kanonen des großen Bruders erstmals seit dem Auslaufen einer seltsam empfundenen Entspannung hingeben konnte. Zum ersten Male war der Gedanke ausgeschaltet, der, alltäglich zwar und kaum noch empfunden, dennoch wie ein Schatten über dem Schiff hing: ob dort hinten, hinter der Kimm, in den nächsten Augenblicken wohl die graue Silhouette auftaucht, die sicheren Tod und Untergang bedeutet?« – Einer faßte es in Worte, als sie nachdenklich zum *Scheer* hinüberblickten, dessen Geschütze, leicht angehoben, herüberdrohten und dessen Meßgeräte und Zieloptiken unablässig das weite Rund des Horizonts absuchten: »Heute«, sagte er, »habe ich mal selten gut geschlafen!«
Ein paar Tage später ist dann auch dieses Zusammensein überholt von dem neuen Einerlei des Alltags auf See. Von *Scheer* hört die Schiffsführung nur noch etwas – und einmal auch die Besatzung –, als im Wehrmachtbericht die Versenkung des als Amerikaner getarnten Dampfers *Canadian Cruiser* bekanntgegeben wird. *Atlantis* ist wieder allein in den Weiten des Indischen Ozeans . . .
Wie mit dem *Scheer*-Kommandanten verabredet, kreuzt sie vom 17. bis 25. Februar südlich der Seychellen auf dem *Mandasor*-Track und östlich davon in Richtung auf das Chagos-Archipel, während das Panzerschiff es übernommen hat, südwestlich der Seychellen und auf den von *Atlantis* festgestellten Verkehrswegen zu jagen.
Der Kommandant setzt dabei zur Erweiterung seines Aufklärungsbereichs die *Speybank* ein. 30 sm abgesetzt, fährt sie einen Suchkurs; falls sie etwas sichtet, soll sie durch besonders vereinbartes Kurzsignal melden. Kapitän Breuers hält dabei auf eine völlig neuartige und sensationell wirkende Weise Fühlung, indem er die Eigenausstrahlung der auf *Atlantis* eingeschalteten Funkempfangs- und Radiogeräte einpeilt. »Unmöglich«, sagten zwar damals die Fachleute; die spätere Entwicklung jedoch gab Breuers nur zu recht.
Schon am 20. Februar führt die Unterstützung durch das Hilfsschiff zum Erfolg. *Speybank* sichtet einen mittleren Tanker, hält außer Sichtweite Fühlung und wird nach Heranschließen des Hilfskreuzers auf einen Wartepunkt entlassen.
Atlantis hält den ganzen Tag über Fühlung; sie ist ihres Erfolges schon beinahe sicher. Da setzt der Tanker bei Dunkelwerden Laternen, und kurz darauf tauchen in seiner Nachbarschaft zwei weitere, sehr niedrige Lichter auf.
Vorsichtig geht *Atlantis* näher heran. Nach kurzem Signalverkehr be-

bestätigt sich die Vermutung, daß es sich um den französischen Marinetanker *Lot* und zwei U-Boote handelt, die durch FT von der SKL angekündigt sind.

Hinter dem französischen Verband erscheinen kurz darauf weitere Lichter einer Reihe in Kiellinie fahrender Fahrzeuge; dem Aussehen nach handelt es sich um Torpedoboote; still und eilig huschen sie durch die Nacht. Der Hilfskreuzer ruft sie nicht an. Er trifft am anderen Morgen wieder mit der *Speybank* zusammen und erteilt ihr Aufklärungsbefehl für den eben beginnenden Tag.

Bereits zwei Stunden später meldet die Prise wieder ein Schiff, einen Dampfer von 5000 BRT. Der Hilfskreuzer detachiert sie daraufhin zu *Ketty Brövig* auf die Saya de Malha Bank, wo auch die *Uckermark* inzwischen eingetroffen sein soll, und setzt sich selbst wie am Tage vorher in 40 bis 50 km Abstand neben den als Blue Funnel Liner angesprochenen Dampfer, um ihn nach Dunkelwerden anzuspringen und niederzukämpfen.

Abermals gibt es eine Enttäuschung. Als die Nacht fällt, setzt der Fremde Lichter und meldet sich, mit der Morselampe angerufen, als der Japaner *Africa Maru*. Neun Stunden lang hat der Hilfskreuzer vergeblich Fühlung gehalten. »*Wenigstens eine gute Übung*«, bemerkt der Kommandant im KTB.

Saure Trauben! Er geht im übrigen, da *Speybank* meldet, daß sie *Uckermark* noch nicht angetroffen habe, nach kurzem Kreuzen über die Dampferrouten an den mit *Scheer* verabredeten zweiten Treffpunkt, wo er zu seiner Überraschung zwar nicht *Scheer* selbst, aber eine Prise des Panzerschiffs antrifft. *Scheer*, so wird ihm gemeldet, habe aus Zeitmangel sofort den Rückmarsch angetreten. Tatsächlich traf das Schiff nach kurzem Aufenthalt bei dem Tanker *Nordmark* im Atlantik bereits am 1. April in Kiel ein.

Die Prise, der englische Tanker *British Advocate*, ist das erste von drei Schiffen, die *Scheer* im Indischen Ozean aufgebracht hat.

Die Versorgungsarbeiten für die *British Advocate* gestalten sich ausgesprochen schwierig und unerfreulich. Das Prisenkommando scheint aus den unbrauchbarsten Elementen der *Scheer* zusammengestellt zu sein und ist weitgehend dem guten Willen der fast vollzählig an Bord gebliebenen englischen Besatzung ausgeliefert. Engländer sind es auch, die sämtliche Arbeiten an Bord ausführen, den Maschinendienst nicht ausgenommen, während das Prisenkommando lediglich – jeder mit einer Pistole bewaffnet – untätig und unfähig herumsteht. Damit nicht genug: es behindert sogar teilweise die Arbeitsgruppe der *Atlantis*. Sogar das Eingreifen Fehlers genügt nicht, diesen Widerstand zu brechen; Kapitän Rogge selbst muß erst dazwischenfahren.

Atlantis setzt also die *British Advocate* nach Auffüllung in Marsch, und wider Erwarten kommt sie tatsächlich ohne Zwischenfälle am 29. April in Bordeaux an.

Endlich, am 21. März, liegen *Speybank* und *Atlantis* zum letzten Male beisammen. *Speybank* wird für die Reise in die Heimat klargemacht. Statt des bisherigen, auf *Atlantis* eingefahrenen und für den Hilfskreuzer besonders wertvollen Kommandanten, Leutnant z. S. Breuers, übernimmt der junge und forsche frühere Erste der *Tannenfels,* Leutnant z. S. Schneidewind, das Kommando der *Speybank,* mit der er später schneidige und kaltblütige Minenunternehmungen vor Kapstadt durchführt.

Am 10. Mai trifft *Speybank* mit ihrer wertvollen Ladung nach glatter Reise vorzeitig in Bordeaux ein.

Kurz nach Entlassung ihres Beischiffes pirscht sich die *Atlantis* an den vorgesehenen Treffpunkt mit dem italienischen U-Boot *Perla* heran.

Perla ist nicht da. *Perla* kommt auch nicht.

Schließlich gelingt es, durch Peilzeichen die Verbindung herzustellen. *Perla* liegt, wie sich zeigt, 120 sm südlich von der als Treffpunkt übermittelten Position – ein ›kleiner Fehler‹ der italienischen Kommandobehörden.

Die italienische U-Boot-Besatzung ist durch das lang andauernde untätige Herumliegen in Massaua, durch die anhaltenden Luftangriffe und die pausenlosen Mißerfolge der italienischen Kriegführung sichtlich zermürbt und hat sich in der langen Hafenzeit ebenso bemerkenswerte wie merkwürdige Vorstellungen von den Möglichkeiten der Seekriegsführung gebildet. Der Kommandant der *Perla* ist – nach seiner eigenen Erzählung – immer bereits getaucht, wenn nur eine Mastspitze am Horizont zu erblicken war. Er beabsichtigt, Kapstadt in 150 sm Abstand zu passieren, hält die Abgabe eines Funkspruchs mitten im Indischen Ozean für eine Gefährdung seines Bootes und hat keine einzige Operationsmöglichkeit ausgenutzt, obwohl das Auftreten von U-Booten vor Südafrika zweifellos den allergrößten Eindruck gemacht hätte.

Der Ausrüstungsstand des Bootes ist denkbar traurig. Der Kommandant hat nur eine einzige selbstgezeichnete Seekarte an Bord; *Atlantis* muß das Boot außer mit 70 Tonnen Treiböl und Proviant mit allen möglichen anderen Dingen versehen.

Immerhin findet sich der italienische Kommandant nach anfänglichem Zögern und einigem Zureden bereit, bis zum 8. April gemeinsam mit dem Hilfskreuzer vor Südafrika zu operieren. Er will wenigstens den Versuch machen, vor Durban zu einem Erfolg zu kommen, während *Atlantis* außerhalb der 200-Meilen-Linie gegen den Mozambique-Kanal und die Tracks vor Durban vorstößt. Es scheint dann jedoch, daß dem italienischen Kommandanten selbst dieser Versuch zu riskant vorgekommen ist; der Hilfskreuzer hört nichts mehr von ihm.

Statt dessen empfängt er später die triumphale Nachricht: »Mussolini empfing italienische U-Boot-Kommandanten aus dem Roten Meer und hat Kommandanten und Besatzungen für ihre vorbildliche Haltung und ihren Opferwillen sein Lob ausgesprochen.«

Auch der *Atlantis*-Kommandant erhält seine nach Wert eingeschätzte Anerkennung, die »Medaglia die Bronco al Valor Militar« für »Kühne Hilfe und Kameradschaftlichkeit, die einer italienischen Einheit erwiesen wurde«.

Am 31. März jährt sich der Einsatz des Schiffes im Kreuzerkrieg. Der Oberbefehlshaber der Kriegsmarine funkt Glückwunsch und Anerkennung sowie seine Wünsche für weitere erfolgreiche Fahrt und glückliche Heimkehr. Neben einer Anzahl EK I erhält die gesamte Besatzung das EK II.

19 AFFÄRE »ZAM ZAM«

Am 8. April 1941 steht *Atlantis* 41° Südbreite, südlich des Kaps der Guten Hoffnung. Sie befindet sich auf dem Wege zu einem Zusammentreffen zuerst mit dem im Januar von Hamburg ausgelaufenen Versorgungsschiff *Alsterufer*, dann mit der aus Südamerika kommenden *Dresden* und *Babitonga* und endlich mit dem U-Boot-Versorger *Nordmark*, auf dem Kapitän Kamenz nach einer Reise rund um die Welt die Stunde der Rückkehr auf seinen Hilfskreuzer erwartet. Darüber hinaus ist ein Treffen mit *Schiff 41 – Kormoran –* geplant.

Alsterufer ist, da sich *Atlantis* bei der *Perla*-Versorgung verspätet hat, vorübergehend in den freien Süden abgesetzt worden; so trifft der Hilfskreuzer zunächst, auch hier um vier Tage verspätet, mit dem Lloyddampfer *Dresden* zusammen, der, nach Erledigung von Versorgungsaufgaben für das inzwischen vernichtete Panzerschiff *Graf Spee*, in Santos Asyl gefunden hatte.

Hocherfreut begrüßt der Kommandant den Kapitän Jäger von der *Dresden*: »Auf Sie haben wir gewartet, mein Lieber! Was meinen Sie, wie scharf wir auf den Frischproviant sind, den Sie uns bringen?!«

Der *Dresden*-Kapitän blickt ein wenig unsicher. »Leider muß ich Sie enttäuschen«, erwidert er zögernd, »ich hatte den Frischproviant schon an Bord; doch dann mußte ich ihn auf Befehl des Marine-Attachés vor dem Auslaufen an *Babitonga* abgeben, obwohl *Babitonga* keine Kühlräume hat, und obwohl der Kapitän von *Babitonga* ebenso wie ich darauf aufmerksam machte, daß in den 40° C heißen Laderäumen der *Babitonga* der Proviant mit Sicherheit verderben würde. Wir bekamen nur zur Antwort, daß ›gegebene Befehle auszuführen‹ seien.«

Kapitän Rogge schießt bei dieser Eröffnung das Blut in die Stirn. Da ist sie wieder, diese verfluchte Indolenz, diese Unfähigkeit oder Unlust, mitzudenken, widersinnige Befehle auf eigene Verantwortung abzuändern, sich in die Lage der Front zu versetzen und wenigstens das Selbstverständliche richtig zu machen und nicht mit Selbstverständlichkeit falsch.

Früchte, Gemüse und Kartoffeln sind dringend erforderlich, um die Besatzung des Hilfskreuzers nach monatelanger Seezeit gesund zu erhalten, um ihren Vitaminspiegel anders als durch immer weniger wirksame Tabletten wenigstens auf dem untersten zulässigen Stand zu halten. *Dresden* hätte in ihren Kühlräumen Frischgemüse und Früchte in tadellosem Zustande liefern können. Bürokratische Willkür, ein geradezu strafwürdiger Grad an Dummheit und Hochfahrenheit verhindern es. Auf *Tannenfels* waren es Nachlässigkeit und Besserwisserei eines Funkoffiziers, die das Schiff tagelang auf falscher Position warten ließen, so daß der Frischproviant verdarb – hier führt die Verständnislosigkeit eines Etappenbeamten zum gleichen Mißerfolg.

Im Laufe des Tages übernimmt der Hilfskreuzer die von *Dresden* mitgebrachten Proviantmengen, darunter als einzigen Frischproviant Kartoffeln, ferner Schmieröl, Frischwasser, Holz und verschiedenes andere.

Vor allem aber bekommt die *Atlantis* Besatzungszuwachs, zwei mysteriöse Herren, namens Meyer und Müller, von denen sich bei näherem Zusehen herausstellt, daß sie zur Besatzung des vor dem La Plata versenkten Panzerschiffes *Admiral Graf Spee* gehört haben. Der eine heißt nicht Meyer, sondern Fröhlich, und ist der wegen hervorragender Leistungen vorm Feinde zum Offizier beförderte Oberfunkmeister des Schiffes, der andere einer der Prisenoffiziere, ein Leutnant z. S. (S) Dittmann. Beide entschließen sich, auf die *Atlantis* überzusteigen, anstatt mit der *Dresden* nach Hause zu fahren, obwohl sie schon seit August 1939 unterwegs sind.

Nach der Versorgung wird *Dresden* an einen Wartepunkt beordert, bis *Atlantis* nach Aufnahme von *Alsterufer* und Treffen mit »*41*« – *Kormoran* – festgestellt hat, ob Gefangene an *Dresden* abzugeben sind.

Was der Kommandant in diesem Augenblick noch nicht ahnt, ist, daß er selber schon acht Stunden später mehr Gefangene haben wird, als ihm lieb ist, darunter eine große Gruppe solcher, die er lieber nie gesehen hätte: Amerikaner, Frauen und Kinder.

Gegen 4 Uhr morgens nämlich – die *Dresden* ist seit kaum einer Stunde entlassen – kommt im hellen Mondlicht der Schatten eines größeren Schiffes in Sicht. Es läuft südöstlichen Kurs, fährt völlig abgeblendet, ohne Positionslaternen und ist nicht ohne weiteres als Handelsschiff anzusprechen.

Nach einiger Zeit sind vier Masten zu erkennen, und da erinnert sich der Kommandant, daß er vor dem Kriege, anläßlich der Krönungsfeierlichkeiten, in Dartmouth Schiffe des gleichen Typs hat liegen sehen. Die Szene steht ihm plötzlich wieder mit aller Deutlichkeit vor Augen: seine Frage damals an den begleitenden englischen Offizier in der Barkasse: »Die Viermaster da drüben – wozu brauchen Sie die? Hilfskreuzer?« Und die Antwort des Engländers: »Das sind Bibby-Liner, Truppentransporter schon zu Weltkriegszeiten. Wir benutzen sie auch jetzt noch dazu, wir haben immer irgendwelche Truppen zu bewegen – bei Flottenmanövern oder so ...«

So ist es gewesen – und deswegen muß auch dieser Dampfer ein Bibby-Liner sein, dessen Kurs jetzt so nahe an der *Dresden* vorüberführt, daß der Blockadebrecher eilends das Heck zeigt und sich aus dem Staube macht, während der Viermaster plötzlich im Zickzack weiterrauscht, so daß auf *Atlantis* der Eindruck entsteht, er habe seinen Verfolger bemerkt und versuche zu fliehen.

Die Lösung des Rätsels ergibt sich erst Stunden später; sie ist denkbar einfach: keine Rede von Flucht! Drüben hatte ein Ägypter das Ruder übernommen!

Vorerst lassen Größe und Form der Aufbauten, die verdächtigen Bewegungen und die Kenntnis der früheren Verwendung jedoch den Verdacht aufkommen, daß das Schiff jetzt, im Kriege, als Hilfskreuzer eingesetzt sein könnte. Der Kommandant folgt ihm daher mit größtem Mißtrauen, bemüht, mit Tagesanbruch aus dem Dunkel auf Artillerieentfernung heranzuschließen, um dann einen Feuerüberfall machen zu können. Er ist sich darüber im klaren, daß er in dem wesentlich engeren und besser überwachten, obendrein auch noch der Versorgung dienenden Gebiet des Südatlantik jede QQQ-Meldung unter allen Umständen ersticken muß. Es bleibt daher nur die Möglichkeit des rücksichtslosen Feuerüberfalls mit allen Kalibern.

Der Entschluß wird beschleunigt, als jetzt der Dampfer zu funken beginnt, zunächst ganz harmlos: »Welche Funkstelle ist dort? – Welche Funkstelle ist dort?« Aber wer weiß, ob nicht die nächsten Buchstaben »QQQ« lauten werden, oder »RRR!!!«

Das Schiff steht nun klar gegen den hellen Morgenhimmel und ist einwandfrei als Bibby-Liner vom Typ »Oxfordshire« erkannt; ob es bewaffnet ist und um was für eine Flagge es sich handelt, die es groß an der Gaffel führt, läßt sich noch nicht ausmachen. Aber der Kommandant kann nicht länger warten. Er muß damit rechnen, jetzt seinerseits jeden Augenblick erkannt und gemeldet zu werden.

»Frage Entfernung?«

»Zwoundneunzighundert.«

»Feuererlaubnis!«

Auf brüllen die Geschütze; mit hohlem, flatterndem Sausen ziehen die Geschosse ihre Bahn; bereits die zweite Salve liegt im Ziel. Ein Treffer zerfetzt die Funkbude; es ist der erste von insgesamt sechs, die mit verheerender Wirkung in den Dampfer einschlagen, zwei davon in der Wasserlinie, einer in den Maschinenraum.

Auf die ersten Salven des Hilfskreuzers dreht der Gegner zunächst ab, stoppt dann aber, bläst Dampf ab und setzt Boote aus. Eine Notmeldung ist er nicht mehr losgeworden; sein »Funkschapp« ist nur noch ein wüster Haufen qualmender Trümmer.

Sogleich verhält *Atlantis* ihr Feuer.

Ein Augenzeugenbericht über die weiteren Ereignisse lautet: »Als sich *Atlantis* jetzt ihrem Gegner näherte, war es inzwischen Tag geworden; die ersten Sonnenstrahlen schienen über eine ruhige, leicht gewellte Wasserfläche, in der mit starker Schlagseite der Dampfer lag. Es war die *Zam Zam*, 8299 BRT, früher als Truppentransporter der Bibby-Line unter dem Namen *Leicestershire* und als *British Exhibitor* bekannt, jetzt, wie sich herausstellte, seit einigen Jahren das größte Schiff der ägyptischen Handelsmarine. Überall trieben Boote; einige waren vollgeschlagen, andere trieben kieloben; Menschen klammerten sich daran fest; wieder andere waren nur halb voll; in ihnen hockten mit angstverzerrten Gesichtern braune schmächtige Gestalten, die ägyptische Besatzung, die sich, ohne sich um die Passagiere zu kümmern, als erste in die Boote gerettet hatte.

Als nun die deutschen Motorboote zur *Zam Zam* hinüberfuhren, stießen die Ägypter wilde Hilfeschreie aus, aber die Matrosen kümmerten sich nicht um sie; sie bargen zuerst die Frauen und Kinder und die Menschen, die sich noch an Bord des schwer getroffenen Schiffes befanden.

Die Aufgabe war schwierig; denn überall schwammen einzelne Männer und Frauen in dem von Haien verseuchten Wasser. Eine Mutter hatte ihre Schwimmweste ausgezogen und ihren kleinen Sohn daraufgesetzt. So paddelte sie, mit den Händen das Kind festhaltend, den Booten entgegen. Es war wie ein Wunder, daß niemand ertrank.

Auf der *Zam Zam* sah es wüst aus. An der Backbordseite hingen alle Boote, von Löchern durchsiebt, in den zerschossenen Davits. Die großen Spiegelscheiben des Speisesaals und des Rauchsalons waren herausgeflogen, die Tische durcheinandergewirbelt; an einigen Stellen gähnten riesige schwarze Löcher: Einschläge schwerer Granaten.

Zam Zam hatte sich in den vergangenen Minuten mehr und mehr auf die Seite gelegt; nur mit Mühe konnte man noch über das steil ansteigende Deck gehen.

In Trinidad hatte *Zam Zam* eine Anweisung der britischen Admiralität bekommen, nach der das Schiff auf Zwangskursen über den Atlantik gehen sollte. Die Bitte des Kapitäns, mit Rücksicht auf die Frauen und Kinder an Bord, nicht abgeblendet fahren zu brauchen, war abgelehnt worden; das Schiff hatte britische Ladung und mußte dementsprechend nach den Kursanweisungen der britischen Admiralität fahren, die für alle Handelsschiffe gleichermaßen bindend waren.

Unter den 202 Passagieren befanden sich 77 Frauen und 32 Kinder; 140 waren amerikanischer Nationalität, darunter viele Missionare; der Rest setzte sich aus Kanadiern, Belgiern und Angehörigen verschiedener anderer Staaten zusammen.

Die Beschießung hatte erstaunlicherweise kein Todesopfer gefordert; bis auf drei Schwerverwundete war praktisch niemand zu Schaden gekommen. Die wunderbare Errettung wurde freilich von den 150 Missionaren und den gläubigen Moslim sehr unterschiedlichen Ursachen zugeschrieben – Zam Zam ist der Name einer heiligen Quelle in Mekka. Für die Tatsache, daß die *Zam Zam* überhaupt auf den Hilfskreuzer gestoßen war, wurden von keiner der beiden Parteien übersinnliche Mächte verantwortlich gemacht.

Vom Hilfskreuzer waren jetzt Arbeitsgruppen gekommen; der Umzug konnte beginnen! Die Übernahmearbeiten wurden auf Gepäck der Passagiere, Frischproviant, Rauchwaren, Geschirr, Matratzen, Decken und ähnliches beschränkt, da das Schiff starke Schlagseite hatte und über den Treffer im Maschinenraum schnell volllief. Trotzdem blieben immerhin mehrere Stunden für die Bergung verfügbar. Die leer ankommenden Boote der *Atlantis* wurden schnell und wahllos mit Kleidungsstücken und Koffern aus den Oberdeckskabinen gefüllt: Arme voller Mäntel, Hosen, Jacken, Kleider flogen, wie sie vom Bügel und aus den Schränken gerissen waren, im hohen Bogen in die wartenden Boote: ›Wahrschau, Hein! Hier kommen wieder hundert Punkte!‹«

Als nach einigen Stunden das letzte hochbepackte Boot von der *Zam Zam* zurückkehrte, sah es auf Deck des Hilfskreuzers aus wie in einem Zigeunerwagen oder auf einem Auswandererschiff.

Die Passagiere drängten sich auf dem Bootsdeck und sahen zu, wie jetzt die *Zam Zam* versenkt wurde. Einige, die im Pyjama von Bord gegangen waren, standen barfuß, in Bademänteln, die von deutschen Offizieren geliehen waren, auf dem Kopfe einen kreisrunden Strohhut, stoisch gelassen da. Andere waren angezogen, aber naß bis auf die Haut. Dazwischen krakeelten, riefen, weinten, lachten, krähten und schrien Kinder, rangen Mütter die Hände, denen ihre unternehmungslustigen Sprößlinge auf Erkundungsvorstößen in die neue, unerhört interessante Umgebung entkommen waren, und schauten Säuglinge blankäugig und still verwundert in das chaotische Getriebe.

Den Kindern, das sah man auf den ersten Blick, gefiel das unerwartete Abenteuer außerordentlich gut. Die Erwachsenen waren gedämpfter. Manche hatten viel, einige alles verloren; sie bedrückte die Ungewißheit des Kommenden, das Gefühl, in die Maschinerie eines Krieges geraten zu sein, ohne die Spielregeln zu kennen.

Die deutschen Offiziere wurden von allen Seiten mit Fragen bestürmt:

»Wo bekomme ich Milch – es ist jetzt die Zeit, daß Suzy ihre Milch bekommt...«

»Können Sie mir sagen, wo das Lazarett ist? Gibt es dort vielleicht Windeln?«

»Haben Sie auch Schwimmwesten für uns alle?«

»Kann man mir meine Brille mitbringen? Meine Brille und meinen Manikürekoffer?! Ich habe sie drüben vergessen. Kabine 237! 237! OK!«

»Wo werden wir schlafen heute nacht?«

»Wann, glauben Sie, werden wir dieses Schiff wieder verlassen können?«

»Ich hätte so gern einen kalten Orangensaft. Was? Es gibt keinen Orangensaft? – Wie machen Sie es, ohne Orangensaft zu leben?! Nicht eine Woche könnte ich ohne Orangensaft existieren! Sie scherzen, Leutnant. Seien Sie ein netter Junge. Sagen Sie mir, wohin ich gehen muß, um welchen zu bekommen.«

Der Angeredete übersetzt sein bestes Messedeutsch kaltblütig unmittelbar ins Englische. »Now listen, sweet pigeon«, sagt er, der aufgeregten Holden tief ins Auge blickend, »hör mal, süße Taube: ich erinnere mich weder, was eine Orange ist, noch wie sie aussieht, noch wie sie schmeckt. Wir leben von Trockenkartoffeln auf diesem Schiff – und von Trockenzwiebeln und von Trockenfisch, glücklicherweise nicht nur von trockenem Brot. Das einzige, was naß ist, ist, Gott sei Dank, das Bier – und der Whisky Soda von Dr. Reil.«

»Oh, wirklich? Und Sie glauben, daß wir das alle auch essen müssen, wir auch, wir Amerikaner?«

»I am afraid, yes.«

»Und für lange Zeit...?«

Die gleiche Frage stand riesengroß vor dem Kommandanten der *Atlantis*. Dreihundert zusätzliche Esser mußten seine Berechnungen über die Seeausdauer des Hilfskreuzers schnell zunichte machen. Gott sei Dank, daß die *Dresden* verfügbar war, um ihm die menschliche Fracht abzunehmen und sie in Sicherheit zu bringen!

Während die Frauen eine nach der andern an Bord kommen und sich auf dem Deck sammeln, steht ein englischer Captain mit dem Adju in der Nähe und schaut zu. Frauen haben Seltenheitswert auf einem Hilfskreuzer, und vielleicht ist ja eine darunter, die anzuschauen sich lohnt.

»Well, Captain«, sagt der Adju nach einer Weile lässig über die Schulter zu dem weißhaarigen Engländer, »da ist aber auch nicht eine einzige dazwischen, die mein Typ wäre!«

Der Engländer stutzt und blickt zu dem langen Deutschen hinauf, ehe er antwortet. »Was sagen Sie?« lacht er dann, »nicht Ihr Typ? Sie sind schon über ein Jahr in See und reden noch von Typ?!«

Der Kommandant war sich nach den ersten Feststellungen über Nationalität seiner Passagiere sofort darüber im klaren, daß die Aufbringung des Ägypters *Zam Zam*, auf dem sich mehr »neutrale« amerikanische Bürger befanden als 1916 auf der berühmten *Lusitania*, der Presse der Kriegspartei in den USA äußerst gelegen kommen mußte, um den Kriegseintritt der Vereinigten Staaten voranzutreiben. *Zam Zam* würde, geschickt angefaßt, der *Lusitania*-Fall des Zweiten Weltkrieges werden. Um so notwendiger war es, von seiten des Hilfskreuzers alles zu tun, um durch Großzügigkeit und Fairneß die Amerikaner zu beeindrucken. Hinzu kam, daß Glück oder Unglück es gewollt hatten, daß ein führender amerikanischer Journalist, Charles Murphy, Herausgeber der Zeitschrift »Fortune« und prominenter Mitarbeiter von »Life« und »Time«, und der Life-Fotograf Sherman sich unter den Passagieren der *Zam Zam* befanden und sich die Chance eines der sensationellsten Berichte ihres Lebens bestimmt nicht würden entgehen lassen.

Es kam also viel darauf an, Murphy die richtigen und möglichst uneingeschränkten persönlichen Eindrücke gewinnen zu lassen. Sein Augenzeugenbericht über die Aufbringung und Versenkung der *Zam Zam* würde von großem Einfluß auf die öffentliche Meinung der USA und vielleicht sogar geeignet sein, die isolationistischen Gruppen dort im Lande zu stärken. Es war ebenso leicht alles zu verderben, wie alles zu gewinnen.

Persönliche Fühlungnahme schuf zunächst eine günstige Atmosphäre; die Zusammenarbeit mit den sehr disziplinierten *Zam-Zam*-Passagieren vollzog sich ruhig, reibungslos und in freundschaftlichem Geiste. Die Missionare waren überrascht und hoch erfreut, als ihnen sogar ihr rein goldener Abendmahlskelch, den sie in ihrer Kopflosigkeit auf der *Zam Zam* vergessen hatten und für verloren hielten, nach einiger Zeit wiedergegeben werden konnte. Schon nach 24 Stunden konnten die Gefangenen den Hilfskreuzer wieder verlassen und auf die *Dresden* übersteigen, die zunächst in eine Wartestellung geschickt wurde und nach einer Woche wieder mit *Atlantis* zusammentraf.

Die Gefangenen hatten sich dort dank der Umsicht des *Dresden*-Kapitäns, Jäger, gut eingelebt. Sie hatten aber auch erwartungsgemäß die Zeit genutzt, um einen formellen Protest einzureichen, der sich dagegen richtete, daß sie als neutrale Staatsbürger einem ständigen und bei dem Versuch der *Dresden*, die britische Blockade zu durchbrechen, besonders hohen Kriegsrisiko ausgesetzt würden.

Die Absicht des Kommandanten, die amerikanischen Staatsangehörigen und sämtliche Frauen und Kinder bei erster Gelegenheit an ein neutrales Schiff abzugeben, oder, wenn dies nicht gelingen sollte, die *Dresden* nach Las Palmas oder Teneriffe zu schicken, fand nicht die Billigung der SKL; *Dresden* erhielt Befehl, Westfrankreich anzulaufen; sie traf hier ohne Zwischenfälle am 20. Mai 1941 ein.

Zwei Tage vorher, am 18. Mai, volle vier Wochen nach der Versenkung des Schiffes, gab die britische Admiralität bekannt, daß die *Zam Zam* seit dem 21. April »überfällig« sei.

Die Reaktion in der amerikanischen Presse war außerordentlich scharf.

»Passagierdampfer auf der Fahrt nach Afrika verschwunden – 142 Amerikaner umgekommen?«

»*Zam Zam* führte klare Neutralitätsabzeichen«, sagt ›New York Times‹ und fährt fort: »Kein Seegebiet, in dem die Nazipiraten nicht auftreten, keine Flagge, die sie noch respektieren . . .«

Und dagegen:

»Musterbeispiel der Anwendung der Prisenordnung . . . kein Mannschaftsmitglied und kein Passagier ums Leben gekommen . . . In Washington wird eingeräumt, daß das deutsche Schiff in Übereinstimmung mit den Kriegsregeln handelte, als es Passagiere und Besatzung an Bord nahm, ehe es das mit Konterbande fahrende Schiff versenkte . . .«

»Die ägyptische Regierung hat wegen der *Zam Zam*, die während der Versenkung die ägyptische Flagge führte, scharfen Protest eingelegt und behält sich weitere Schritte vor . . .«

»Berlin dementiert die Meldung von der Einreichung eines Protestes der ägyptischen Regierung . . .«

»Nazisprecher erklären heute in Berlin, daß von der versenkten *Zam Zam* gerettete Amerikaner so lange von den deutschen Behörden festgehalten würden, bis über jeden Zweifel hinaus bewiesen sei, daß die 24 amerikanischen Ambulanzfahrer nicht militärische Beobachter sind . . .«

»Vertreter der amerikanischen Gesandtschaft und des amerikanischen Roten Kreuzes in Madrid trafen heute in San Sebastian ein, um Vorbereitungen für den Empfang der amerikanischen *Zam-Zam*-Überlebenden zu treffen . . .«

»Neue Einzelheiten über Aufbringung des ägyptischen Dampfers *Zam Zam*. Danach wurde das Schiff gegen Abend angehalten. – Es versuchte zu entkommen und funkte . . .«

»*Zam Zam*, die ohne Lichter fuhr, wurde nachts angegriffen. Die Überlebenden gingen in die Boote. Später wurde die Beschießung fortgesetzt und das Schiff binnen sieben Minuten versenkt. Der Kaperkreuzer, der unter norwegischer Flagge fuhr, führte den Namen *Tamesis* . . . Die 138 amerikanischen Überlebenden wurden in Autos nach Cintra, acht Meilen vor Lissabon, gefahren und in Hotels untergebracht, wo sie bis zur Abfahrt ihres Dampfers nach New York verbleiben werden . . .«

Endlich – nach all diesen widersprechenden Berichten und Meldungen –

erschien am 23. Juni 1941 in ›Life‹ der Artikel von Charles Murphy über seine Erlebnisse bei der Versenkung der Zam Zam. Er lautete im Auszug:

Die Versenkung der »Zam Zam«
Von Charles J. V. Murphy

»Der etwas altersschwache ägyptische Passagierdampfer ›Zam Zam‹, auf dem Wege von New York über Kap Hoffnung nach Alexandria, lief am 23. März Baltimore an, um einen Rest Fracht und Passagiere an Bord zu nehmen. Kapitän William Gray Smith sah mit Mißvergnügen auf die Pier hinab, wo 120 Missionare standen und ›Führe uns, o freundliches Licht‹ sangen, während zwei Dutzend fröhlicher und frecher Ambulanzfahrer versuchten, sie mit einem sehr viel weltlicheren Song zu übertönen. Smith, ein beweglicher kleiner Schotte mit einem vom Wetter geröteten Gesicht, wandte sich an seinen Leitenden Ingenieur mit den Worten: ›Merken Sie sich, Chief, es bringt einem Schiff kein Glück, so viele Bibelwälzer und Himmelslotsen an Bord zu haben. Daraus kann nichts Gutes entstehen.‹

Sherman, der Fotograf, und ich kamen erst in Recife an Bord, wir waren nach Brasilien geflogen, um Seetage zu sparen.

Die ›Zam Zam‹, die fahrplanmäßig am 1. April eintreffen sollte, kam eine Woche zu spät. Als wir zum Hafen eilten, um das Wunder ihrer Ankunft mit eigenen Augen zu erleben, war die Reling gesäumt mit Menschen, die von Bord wollten. Einige riefen den Arbeitern rohe Späße zu; ein Passagier schrie zu uns herüber: ›Falls ihr zwei die Absicht haben solltet, auf diesem Wrack an Bord zu gehen, so sagt später nicht, wir hätten euch nicht rechtzeitig gewarnt!‹ Man nennt das Fahrzeug hier sogar das ›Misery Ship‹, das Schiff des Elends.

Die ›Zam Zam‹ lief am 9. April mit Bestimmung nach Kapstadt aus, zwei Stunden verspätet, weil ein Messesteward die Abfahrt verschlafen hatte. Mit uns erhöhte sich die Zahl der Passagiere auf 202, darunter 73 Frauen und 35 Kinder. Es waren 138 Amerikaner, 26 Kanadier, 25 Engländer, 5 Südafrikaner, 4 Belgier, 1 Italiener, 1 Norweger und 2 griechische Krankenschwestern. Die Besatzung zählte 139 Mann: 106 Ägypter, 9 Sudanesen, 6 Griechen, 2 Jugoslawen, 2 Türken, 1 Tscheche, 1 Franzose und 2 Engländer, den Kapitän und den Leitenden Ingenieur.

Wir schoren kurz nach 7 Uhr morgens am Molenkopf vorbei, und von diesem Augenblick an, bis wir acht Tage später im Morgengrauen beschossen wurden, sahen wir kein anderes Schiff mehr.

Die ›Zam Zam‹ fuhr ohne Licht und wahrte absolute Funkstille. Sie zeigte keine Flagge und trug keine Neutralitätsabzeichen an der Bordwand. Selbst die üblichen Mittagsbestecke wurden den Passagieren vorenthalten.

Der erste wirkliche Schreck kam am Nachmittag des 14. April. Um 3.25 Uhr drehte das Schiff, das bisher Südost gesteuert hatte, plötzlich hart nach Westen und lief mit Höchstgeschwindigkeit in Richtung Südamerika zurück. Gegen 18 Uhr, als die Dämmerung hereinbrach, wurde der Kurs langsam auf Südwest geändert und bis 22 Uhr durchgehalten, dann auf Süd gedreht. Erst als die bang erwartete Morgendämmerung die Kimm leer zeigte, wurde schließlich wieder der alte Kurs nach Kapstadt aufgenommen.

Später erzählte mir der Kapitän, was sich ereignet hatte. Kurz nach 3 Uhr hatten die Funker eine der üblichen britischen Warnungen aufgefangen – ›QQQ‹ mit der Bedeutung ›Verdächtiges Schiff‹, und diese Warnung kam aus unmittelbarer Nähe.

Einige Minuten darauf hörten die Funker, die gespannt an ihren Kopfhörern hingen, eine zweite Warnung: ›RRR‹ mit der Bedeutung ›Kaperkreuzer‹, gefolgt von einer Notmeldung: ›Werde verfolgt von deutschem Handelsstörer, Kurs Nord 14 sm.‹

Das Schiff hatte seinen Namen mit ›Tai-Yin‹ angegeben, nach dem Register ein Norweger, und seine Position kaum 20 sm südöstlich von unserer eigenen. Eben hinter der Kimm, quer zu unserem Kurs, flüchtete das Schiff. Dadurch, daß Captain Smith im Winkel von 90° ablaufen ließ, entfernte er sich am schnellsten von den beiden anderen unsichtbaren Schiffen. Aber die ›Zam Zam‹ konnte auf Kraft kaum 13 Meilen laufen.

Überraschenderweise hörten wir kein Geschützfeuer. Trotzdem wurde die ›Zam Zam‹ die ganze Nacht hindurch vorwärts gepeitscht wie nie zuvor. Mit nie gehörten krächzenden und stöhnenden Tönen klagten ihre überanstrengten, klapprigen Verbände.

Später, als Sherman und ich auf der Brücke standen, sagte Captain Smith: ›Man kann nie wissen, in welche verdammte Richtung dieser verdammte Raider abgelaufen ist. Vielleicht marschiert er jetzt in der Dunkelheit gerade auf uns zu. Nun, dann kann ich's auch nicht ändern. Wir wollen den Kurs durchhalten und mal sehen, was wird . . .‹

›Aufstehen! Aufstehen! Sie schießen auf uns.‹

Am nächsten Tage, einem Dienstag, schien strahlend die Sonne. Wir hörten nichts mehr von der ›Tai-Yin‹. Mittwoch nacht, am 16. waren wir noch fünf Tagereisen von Kapstadt entfernt. Es war pechdunkle Nacht, als ich kurz nach Mitternacht in meine Koje ging. Ich schlief fast sofort ein. Ich wachte auf, als die Luft von einer furchtbaren Schwingung erfüllt war, einem undefinierbaren Ton, der überall um mich herum aufheulte. Sherman, der schon auf den Beinen war, riß seine Fototasche unter dem Bett hervor und schrie: ›Aufstehen! Aufstehen! Sie schießen auf uns!‹

Ein blinder, tierischer Instinkt trieb mich aus der Kabine heraus an Deck. Irgendwoher, ganz nahebei, kamen mehrere laute Knalle. Die Atmosphäre spannte sich zu einem dichten kreiselnden Aufheulen, und plötzlich stieg das Wasser unmittelbar vor dem Bug, weniger als hundert Meter entfernt, zu zwei schäumenden Säulen empor, um gleich darauf wieder zusammenzufallen. Eine zweite Salve folgte, nach der das Schiff einen Stoß bekam und durch und durch zitterte und ein Geräusch hörbar wurde, als sei etwas zerrissen. In der Dunkelheit – alle Lichter waren ausgegangen – ging ich nach Backbord hinüber, und im gleichen Augenblick sah ich den deutschen Hilfskreuzer. Er zeigte uns seine Breitseite, und zwar so nahe, daß ich seine

Brückendecks zählen konnte. Wenn je ein Schiff seine Rolle spielen konnte, so war es dieses – ein Schiff des Hinterhalts, tief im Wasser liegend, dunkel gegen den grauenden Morgen.

Während ich noch so hinübersah, sprangen plötzlich mehrere lange rötliche Blitze auf dem Vordeck und hinter dem Schornstein auf, und als ich zur Kabine zurückraste, hob sich der Gang hinter mir und füllte sich mit Rauch. Der Schuß traf, glaube ich, den Salon. Ich hörte ein Kind weinen und eine heisere Stimme, die einen arabischen Fluch hinausschrie.

Ein furchtbarer Schlag kam plötzlich ganz in der Nähe, und als ich zum dritten Male in den Gang hinaustrat, war die Luft voller Staub und Pulverqualm. Das Deck war von Trümmern übersät und hatte sich aufgewölbt. Mrs. Lewitt, in der Kabine unmittelbar gegenüber der unseren, blutete stark an beiden Füßen, die durch einen herabfallenden Balken gequetscht waren.

Die Beschießung dauerte, alles in allem, etwa 10 Minuten. Wenigstens neun Granaten trafen die ›Zam Zam‹, alle an Backbordseite. Eine drückte dicht hinter dem mittleren wasserdichten Außenschott die Bordwand ein und explodierte mittschiffs, wobei sie den jungen Frank Vicovari, einen der Führer des Ambulanzkorps, und Dr. Robert Starling verwundete.

Nach der Beschießung dachte ich, sie würden längsseits kommen und ein Torpedo hineinjagen. Ich zog ein paar Hosen über meine Pyjamas, zog meine Schuhe an, riß meinen Mantel an mich, nahm meine Brieftasche mit Paß und begab mich auf meine Bootsstation.

Innerhalb einer halben Stunde waren alle Boote zu Wasser und trieben rings um die ›Zam Zam‹. Die See war ruhig bis auf eine lange, glatte Dünung. Als unser Boot fortpullte, sah ich mit einem häßlichen Gefühl im Magen, daß unmittelbar unter dem Heck der ›Zam Zam‹ die See voll war von auf- und niedertauchenden Köpfen. Zwei Boote, von Splittern durchsiebt, waren, kaum daß sie unten ankamen, voll Wasser gelaufen.

Als ich die Deutschen schon vollkommen vergessen hatte und gerade die Chancen dieser kümmerlichen Flottille, je Land zu erreichen, trübe abwog, rauschte der Hilfskreuzer hinter dem Heck der ›Zam Zam‹ hervor. Er bewegte sich vorsichtig, als befürchte er eine Falle. Leinen erschienen schlangengleich an der Bordwand, aber statt sie am Boot zu befestigen, so daß es zum Fallreep gezogen werden konnte, wie es die Deutschen beabsichtigten, versuchten die Ägypter, sich daran zu retten.

Später sagte mir ein deutscher Offizier, sie seien eben im Begriff gewesen, die Burschen abzuschießen, als zwei Motorboote, die auf der anderen Seite zu Wasser gebracht worden waren, um das Heck herumkamen und die Menschen im Wasser aufnahmen.

Der Hilfskreuzer stoppte dicht an der Reihe der Boote, die etwa eine Viertelmeile auseinandergetrieben waren, und eine Stimme rief in Englisch: ›Kommen Sie bitte längsseits. Wir nehmen Sie an Bord.‹ Ich konnte mir das Schiff jetzt einmal richtig ansehen. Es war etwa 8000 Tonnen groß, mit überhöhter Back und einem Versaufloch achtern. Der Rumpf war schwarz, die Aufbauten und Lüfter grau. Als unser Boot am Heck vorbeischor, sah ich den Namen ›Tamesis‹ (Themse) und darunter den Heimathafen: Tönsberg. Zu dieser Zeit war nur noch ein Geschütz am Heck sichtbar, das wir auf 15 cm schätzten. Die anderen waren in der halben Stunde, in der wir unser Schiff verließen, sorgfältig hinter Tarnungen verborgen oder durch versteckt aufgestellte Aufzüge versenkt worden. Seeleute und Seesoldaten in tropischem Weiß, mit Gewehren bewaffnet, standen längs der Reling.

Deutsche verschwenden im Kriege nicht viel Zeit auf Zeremonien. Sobald ein Boot längsseits des Fallreeps anlegte, wurden die Insassen kurzangebunden, aber höflich aufgefordert, heraufzukommen. Die deutschen Seeleute sprangen hinab, um den Frauen und Kindern zu helfen. Für die Verwundeten wurden Transport-Hängematten herabgelassen. Die kleinen Kinder wurden in Körben aufgeholt; sie weinten bitterlich.

Wir werden auf dem Nazi-Hilfskreuzer an Bord genommen

Es war jetzt kaum 7 Uhr, eine Stunde nach der Beschießung. Als wir an Deck kamen, wiesen uns Matrosen zu einem Aufgang, der auf das Bootsdeck führte. Dort wurde uns von anderen befohlen, zu warten. Von dem Deck aus konnten wir die deutschen Motorboote sehen, die mit Seeleuten beladen zur ›Zam Zam‹ hinüberfuhren. Ein Offizier stürmte das Fallreep hinauf, verschwand, und dann sahen wir ihn zur Brücke hinaufeilen.

Captain Smith wartete dort mit zusammengebissenen Zähnen, nachdem er kurz zuvor die Schiffspapiere und den Admiralitätscode über Bord geworfen hatte

›Kann ich Ihre Papiere sehen?‹ fragte der Offizier höflich.

›Bitte, nur zu‹, sagte Captain Smith.

Der Deutsche stockte einen Augenblick. ›Ich nehme an, Sie haben sie bereits vernichtet?‹

›Jawohl, die, die ich hatte.‹

Der Deutsche lächelte: ›Das dachte ich mir.‹

Trotzdem durchsuchten zwei Seeleute das Kartenzimmer und die Kapitänskajüte von oben bis unten und holten triumphierend ein Dokument hervor, das von der Admiralität stammte und das Captain Smith im letzten Augenblick noch unter einem Löschblatt versteckt hatte. Auf dieses Dokument bauten die Deutschen ihre Behauptung auf, daß ›Zam Zam‹ nach Anweisung der Admiralität gefahren sei.

Captain Smith, geleitet von zwei deutschen Matrosen, kletterte das Fallreep empor, um zu dem Kommandanten des Hilfskreuzers gebracht zu werden. Er war in einer frischen weißen Uniform, doch bemerke ich, daß die Manschetten seines blau-weißen Pyjamas darunter hervorschauten.

Ich hatte mir die Hände verbrannt, als ich die Manntaue zu dem Boot herunterrutschte. Einer der deutschen Seeleute, der offensichtlich Befehl hatte, sich um die Verwundeten zu kümmern, führte mich in das Lazarett. Während ich dort wartete, sah ich den deutschen Arzt, einen fähigen jungen Mann, wie er Mr. Laughinghouse operierte. Ich muß sagen, daß die Deutschen bei der Betreuung der Verwundeten sympathisch und tüchtig waren. Innerhalb einer Stunde waren die drei Schwerverwundeten operiert.

›Zam Zam‹ hatte starke Schlagseite und sah merkwürdig friedlich aus. Was drüben vorging, war Beutemachen, eine wirklich gut organisierte Form des Beutemachens. Eine endlose Kette von Seeleuten ging an dem Luk vorbei mit Lasten von Vorräten. Niemand sagte uns das geringste. Wir saßen bloß da und sahen zu und schnorrten Zigaretten von den Weitsichtigen, die noch schnell große Packungen in ihre Taschen gestopft hatten. Mittags brachten Hilfswillige Essen in metallenen Gefäßen aus der Kombüse — eine dicke Suppe und Zitronenwasser.

Eben vor 2 Uhr legt das letzte Motorboot von der ›Zam Zam‹ ab.

Der Hilfskreuzer entfernte sich etwas. Der Adjutant forderte Sherman auf, Fotos zu machen und zeigt ihm sogar den besten Platz! ›Manchmal sterben die Schiffe ganz anmutig, immer aber auf verschiedene Weise‹, bemerkte er.

Kurz nach 2 Uhr explodierten drei Ladungen kurz hintereinander im Laderaum der ›Zam Zam‹. Das Schiff schüttelte sich heftig, das Wasser schoß in Fontänen aus den Lüftern empor, und wenige Minuten später waren seine Decks von der See überspült.

Als es kenterte, tauchte der lange Schornstein, der dort abgebrochen war, wo ihn eine Granate getroffen hatte, noch einmal kurz auf. Captain Smith, der sein letztes Kommando im Meer verschwinden sah, wandte sich zu seinem Chief und sagte:

›Hat sie sich nicht ordentlich benommen?‹ Außer einigen Trümmern deutete nichts darauf hin, daß hier eben noch ein 8 300 BRT großes Schiff gewesen war, mit einer Ladung, die auf 3 Millionen Dollar geschätzt wurde. Der Untergang hatte 10 Minuten gedauert.

Kurz danach hatte ›Tamesis‹ wieder Fahrt aufgenommen; mit hoher Geschwindigkeit ging es nach Süden. Nachmittags forderte Oberleutnant Mohr Captain Smith auf, drei oder vier repräsentative Passagiere namhaft zu machen, die Kapitän Rogge, der Kommandant der ›Tamesis‹, sprechen wollte. Ich war einer der Ausgewählten. Wir wurden nach oben geführt und traten in einen wunderschön eingerichteten kleinen Raum mit einem hübschen Tisch, einer gepolsterten Sitzbank und fröhlichen Chintz-Vorhängen. Kapitän Rogge erhob sich und gab uns die Hand. Er war ein großer, kräftig gebauter Mann in der Mitte der Vierzigerjahre mit weit auseinanderliegenden Augen und gepflegten Manieren. Wie ich später hörte, war er ein Kapitän zur See in der deutschen Kriegsmarine. Er entschuldigte sich für die Versenkung und führte die Gründe an — die Tatsache, daß das Schiff ohne Licht, unter Funkstille und nach Befehlen der Admiralität fuhr. ›Ich bedaure, daß dies sein mußte‹, sagte Kapitän Rogge, ›aber ich kann Ihnen nur sagen, daß ich alles tun werde, was in meiner Macht steht, um Sie sicher an Land zu bringen. Ich muß Sie aber daran erinnern, daß wir uns im Kriege befinden und daß Sie dadurch, daß Sie zur See fahren, ein großes Risiko eingegangen sind.‹

Am nächsten Morgen, als wir an Deck gelassen wurden, sahen wir zum ersten Male das Fahrzeug, das unser Gefangenenschiff werden sollte. Auf dem Wege zu dem anderen Schiff bemerkte ich die Buchstaben ›Dresden‹ am Bug. Sie waren übermalt worden.

Der Hilfskreuzer war ein schmuckes Schiff, trotz der langen Zeit in See wunderbar in Ordnung gehalten. Er hatte eine Besatzung von mehreren hundert ausgesuchten Mannschaften an Bord. Das Durchschnittsalter der Besatzung war 24 Jahre; viele waren 19 oder 20. Sie trugen alte Koppel der kaiserlichen Marine, auf deren Schloß ›Gott mit uns‹ stand.

Die ›Dresden‹ war ebenfalls ein neues Schiff, 1937 gebaut. Kapitän Jäger, ein vierschrötiger, kräftiger Mann Mitte Vierzig, erwartete uns, als wir an Bord der ›Dresden‹ kamen, die während der folgenden 33 Tage unser Gefängnis sein sollte. Die Frauen und Kinder wurden in den Passagierkammern untergebracht, die ägyptische Besatzung und die Männer auf dem Vordeck zusammengetrieben. Ein Offizier sagte uns, die Passagiere und die Offiziere würden von nun an in Luke II wohnen, die Besatzung in Luke III.

Ein dicker Mann, den wir später als Zahlmeister kennenlernten, kam an Deck. Er brachte für jeden Mann einen Emaillenapf, einen Aluminiumlöffel und eine Tasse. Wir traten an zum Empfang des Abendessens – zwei Schnitten säuerliches Brot, Reissuppe, Tee. Kaum hatten wir dies gegessen, wurde um 5.20 Uhr wieder Befehl gegeben, unter Deck zu gehen.

Während ich mich am Feuerlöschstutzen mit Salzwasser wusch, rief mich Captain Jäger von der Brücke herunter zu sich. Er stellte sich vor und entschuldigte sich wegen der Unbequemlichkeiten, die uns entstanden wären. ›Dies kann eine lange Fahrt werden‹, sagte er, ›Sie werden vieles selbst tun müssen. Ich habe weder Proviant noch Unterbringungsmöglichkeiten, um ein bequemes Leben für fast 400 Menschen, einschließlich meiner eigenen Besatzung, zu ermöglichen. Sie müssen sich auf gewisse Entbehrungen gefaßt machen, aber ich verspreche Ihnen, daß ich alles, was ich kann, für Sie tun werde.‹

Vom 18. bis 26. April bewegte sich die ›Dresden‹ nur in nutzlosen Kreisen herum. Uns dämmerte die Erkenntnis, daß sie wartete, daß sie immer noch zur Verfügung des Hilfskreuzers stand.

Am Morgen des 26. April, während eines starken Schauers, trafen wir die ›Tamesis‹ zum zweiten Male. Oberleutnant Mohr, frisch und fröhlich lächelnd, kam im ersten Boot zu uns an Bord. Er rief Captain Smith und mich in eine Kammer und eröffnete uns, daß sie die Vorräte, die sie entbehren könnten, an uns abgeben würden und daß die ›Dresden‹ in der kommenden Nacht in Marsch gesetzt werden sollte. Ich gab ihm ein Exemplar des von uns vorher verfaßten Protestes, in dem wir verlangten, entweder an ein neutrales Schiff abgegeben oder im nächsten neutralen Hafen an Land gesetzt zu werden, und bat ihn, mich mit Kapitän Rogge sprechen zu lassen. Er schien überrascht, stimmte aber zu. Ich wurde zu Kapitän Rogge auf den Hilfskreuzer gebracht. Der Kapitän war höflich, sogar freundlich. Ein Exemplar des Protestes lag auf dem Tisch vor ihm, mit Anmerkungen am Rande. Durch Oberleutnant Mohr als Dolmetscher sagte er: ›Was Sie wollen, ist schwierig, aber ich werde tun, was ich kann.‹

Alles in allem sprach ich fast eine Stunde mit ihm. Er fragte mich dann, ob ich in der Offiziersmesse warten wolle.

In dieser Samstagnacht begann die ›Dresden‹ ihren Weg nach Norden, und nach den Tagen des Kreisens und Stilliegens war es ein schönes Gefühl, wieder Fahrt im Schiff zu spüren. Wir alle dachten, daß wir in allerhöchstens einer Woche oder zehn Tagen den Händen der Deutschen entronnen sein würden. Ich will nicht versuchen, einen ins einzelne gehenden Bericht zu geben von der Fahrt durch den Südatlantik, über den Äquator, westlich und nördlich der Azoren, nach Norden durch den Nordatlantik und dann auf dem 43. Breitengrad nach Osten bis Kap Finisterre (Spanien).

Am 19. Mai sahen wir kurz vor Sonnenuntergang die Umrisse von Finisterre. Die ganze Nacht hindurch und während des folgenden Tages liefen wir durch spanische Hoheitsgewässer, indem wir jeder Bucht und jedem Kap folgten. Am 20. Mai sprang die Nachtwache ins Luk und rief: ›Wir haben Geleit – offenbar drei Zerstörer!‹ In der Morgendämmerung lagen wir hinter dem Wellenbrecher von St. Jean de Luz. Die ›Dresden‹ war 4860 sm gefahren, wie mir Kapitän Jäger stolz berichtete. Nachmittags erfuhr jeder von uns sein weiteres Schicksal.«

Soweit der amerikanische Bericht über Aufbringung und Ende der *Zam Zam* und die Odyssee der *Dresden*.

20 AUF MESSERS SCHNEIDE

Aber zurück zur *Atlantis!*

Nach ihrer ersten und einzigen Versorgung aus *Alsterufer* geht sie ostwärts, um die Jagdgründe unter der afrikanischen Küste aufzusuchen, die Kap-Freetown-Route, den Südamerikaverkehr zwischen Trinidad und Fernando Noronha und schließlich den Tankerverkehr zwischen den westlichen Ölplätzen und Freetown.

Alsterufer hatte neue Flugzeuge, Proviant, Munitions- und Personalnachschub gebracht und dazu Post, das erste- und einzigemal Privatpost während der ganzen Unternehmung. Überall in den Ecken sieht man still mit ihren Briefen und Päckchen beschäftigte Männer sitzen, und dann beginnt das Erzählen – tagelang reißt das nicht mehr ab ...

Mit der *Alsterufer* kommen auch drei Prisen-Offiziere.

Der erste war bis vor kurzem bei der Deutschen Arbeitsfront, Amt »Schönheit der Arbeit«, in Berlin. Er ist seit acht Jahren nicht mehr zur See gefahren, ein freundlicher älterer Herr, der es für richtig hält, zum Essen in der Offiziersmesse in Pantoffeln zu erscheinen, und den der Kommandant zur beiderseitigen Erleichterung mit der *Dresden* wieder nach Hause schickt.

Der zweite war während des Norwegenunternehmens dank eines Minentreffers vorübergehend gen Himmel gefahren und seither nur mehr beschränkt diensttauglich geschrieben – mit der Maßgabe, sich, insbesondere seinen Kopf, unter allen Umständen vor intensiver Sonnenbestrahlung zu schützen; seine Eignung für den Prisendienst in den Tropen lag damit auf der Hand. Die Personalstelle hatte sich wieder einmal selbst übertroffen.

Der dritte blieb; er war gut, ein Butjadinger.

Der Kommandant benutzte die Anmarschzeit, um das Schiff in das holländische Motorschiff *Brastagi* umzutarnen. Die Aufbauten werden gelb gemalt, die Arbeiten aber dann wegen der hohen Dünung unterbrochen. Erst Anfang Juni erhält der Rumpf das vorgesehene hellgraue Kleid, das nach den Erfahrungen mit englischen Schiffen den Vorteil hat, bei Nacht sehr viel schlechter sichtbar zu sein.

Inzwischen haben die Flugzeugmechaniker, obwohl die Bauanweisungen nicht mitgekommen sind, eine der aus *Alsterufer* übernommenen »Arado 196« zusammengebaut. Am 1. Mai fliegt sie ihre erste Aufklärung auf eine von *Atlantis* gesichtete Rauchwolke.

Ergebnis: ein Dampfer auf südöstlichem Kurs. Als dann bis zum Nachmittag das Schiff nicht in Sicht kommt, obwohl der Hilfskreuzer mit Höchstfahrt darauf zuhält, startet die Maschine ein zweitesmal. Sie stellt alsbald fest, daß der Dampfer Kurs geändert hat, und die Navigation errechnet sehr schnell, daß der Fahrtüberschuß der *Atlantis* nicht ausreicht, um den Gegner jetzt noch einzuholen.

Die neue Maschine bewährt sich bei diesen ersten und ebenso bei ihren späteren Einsätzen weit besser als ihre Vorgängerinnen, die für Ozeanverhältnisse unbrauchbaren He 114. Ihr Vorzug liegt in den kleineren Abmessungen – sie läßt sich leichter ein- und aussetzen –, in ihrer höheren Geschwindigkeit und der kürzeren Startbahn, mit der sie auskommt.

Am 4. Mai trifft der Hilfskreuzer das zweite Südamerikaschiff, die *Babitonga*, die aus Santos ausgelaufen und vorerst »16« als Beischiff zugeteilt ist. Der Kommandant entsendet das in den Holländer *Jaspara* umgetarnte Schiff auf 30° Süd, 15° West in Wartestellung.

Am 13. Mai erreicht der Hilfskreuzer den Kap-Freetown-Weg, auf dem er vor mehr als Jahresfrist sein erstes Opfer, die *Scientist*, aufgebracht hat, und es ist, als sei diese Gegend glückbringend: in unmittelbarer Nähe der Untergangsstelle der *Scientist* kommt wieder ein Schiff in Sicht, diesmal nachts. In dem hellen Mondlicht läuft *Atlantis*, vom Mond begünstigt, bis auf 2500 m scheinbar ungesehen an den Gegner heran, der ruhig, eine tiefschwarze Silhouette vor der silberglitzernden See und dem fahl erhellten Nachthorizont, seines Weges zieht.

»Anscheinend ein Däne – Märsk-Typ«, stellt man auf der Brücke der *Atlantis* fest, »mal sehen, ob wir ohne die Kanonen auskommen. Hier – der Signalgast: Machen Sie mal 'rüber: Anruf – what ship – Funkverbot und stop at once.«

»Anruf – what ship – Funkverbot und stop at once.« Der Signalgefreite läßt seine Klappbuchs blinken.

Drüben rührt sich nichts.

Drüben rührt sich lange Zeit nichts.

»Wecken Sie ihn mal mit dem Scheinwerfer«, sagt der Kommandant endlich ärgerlich, »wir wollen doch nicht gern schießen.«

Auch auf den Scheinwerfer reagiert der scheinbare Däne nicht. Nach vollen zehn Minuten vergeblicher Anrufe mit Klappbuchs und Scheinwerfer reißt dem Kommandant endlich der Geduldsfaden. »Einen Schuß vor den Bug, die Artillerie.« Rumms!

Nun dreht er ab und versucht zu entkommen!

»Feuererlaubnis! Auf die Funkbude zielen!« – Rrumms! Rrumms!!

Treffer mittschiffs! Man sieht den grellen Schein, mit dem die Granaten drüben krepieren, die scharfzackige Sprengwolke und dann – Feuer! Rot züngelt es auf; schon die erste Salve setzt das Schiff in Brand, und brennend versinkt es nach knapp einer halben Stunde in den Fluten, während der Hilfskreuzer noch die Überlebenden aus dem Wasser zieht und danach sofort mit Höchstfahrt abläuft.

Das neue Opfer war der englische Dampfer *Rabaul*, 5618 BRT, Eigentum der Carpenter Overseas Shipping Ltd., Heimathafen Suva auf Fidji, auf dem Wege von England nach Kapstadt mit Kohle und Stückgut.

Die Vernehmung erhellt auch die Gründe für die ungewöhnliche Dickfelligkeit des Schiffes. Auf der Brücke hatte ein 64jähriger Offizier die Wache gehabt. Er war, als die Anrufe des Hilfskreuzers ihn störten, einfach auf die andere Seite der Brücke gegangen in der Annahme, der »andere würde seine Bemühungen schon von selbst einstellen«.

Am 17. Mai steht *Atlantis* zwischen den innersten Tracks der durch eine erbeutete englische Karte bekanntgewordenen »Wahlwege« der Schiffahrt zwischen Freetown und Kapstadt.

Nachts läßt der Kommandant, guter alter Gewohnheit aus dem Indischen Ozean folgend, das Schiff gestoppt treiben, um Brennstoff zu sparen. Nach dem abendlichen Singen der Besatzung und der abschließenden Ronde liegt tiefe Ruhe über dem Schiff. Die Nacht ist mondhell, die Sicht gut. Wenn hier etwas kommt, wird man es schon entdecken!

Kurz nach Mitternacht kommt »etwas«!

Der Steuermannsmaat de Graaf und ein Signalgast entdeckten es fast gleichzeitig: zuerst ein, dann zwei Buckel am Horizont und wenig später zwei in Kiellinie hintereinander fahrende, große, abgeblendete Fahrzeuge! Sofort wird der Kommandant gerufen, der auf dem Brückendeck wie ein Hase geschlafen und die Unruhe schon gespürt hat, und sogleich wird im ganzen Schiff Alarm gegeben.

Die Schiffe halten fast genau auf die gestoppt liegende *Atlantis* zu.

Über die nun folgenden Minuten berichtet der Wachoffizier: »Wir wurden nicht lange in dem Glauben gelassen, gleich zwei fette Dampfer vor uns zu haben. In einem klaren Augenblick waren im Glas deutlich die hohen Dreieckssilhouetten auszumachen. Kriegsschiffe! – Beide fuhren dicht aufgeschlossen in Kiellinie oder Steuerbordstaffel und kamen aus dem Mond mit etwa 14 sm Fahrt genau auf uns zu. Der Mond war seit etwa zwei Stunden aufgegangen und leuchtete uns voll an, was ein unerhörtes Glück war; denn dabei sind Schiffe immer am schwersten zu erkennen; verräterisch ist der Mond*schatten*.

Während wir langsam mit der Maschine angingen, um nicht durch Funkenflug aufzufallen, und uns gleichzeitig vor dem Bug der Gegner nach Steuerbord hinüberzogen, konnten wir ihre Umrisse immer deutlicher ausmachen: das eine war die Form eines ungewöhnlich wuchtigen Kriegsschiffes, das andere ein riesiges schwarzes Rechteck – ein Flugzeugträger! Wie hat doch vor dem Auslaufen ein hoher Vorgesetzter in Berlin dem Kapitän Rogge Mut gemacht? »Flugzeugträger – das geeignete Objekt für Sie ...« Jetzt sieht es eher umgekehrt aus.

Zwei Minuten später sagte der Kommandant: »Das ist kein Kreuzer, das ist ein Schlachtschiff der *Nelson*-Klasse«, und da war auch schon die charakteristische Back mit den Drillingstürmen deutlich zu erkennen.

Jetzt kam auch, ein wenig verspätet und atemlos, der Verwaltungsoffizier, Korv.-Kapt. (V) Dr. Lorenzen, auf die Brücke, wo er bei allen Gefechtsalarmen die Aufgabe hatte, jeden gegebenen Befehl mit genauer Uhrzeit aufzuschreiben, um später genaue Angaben für den Gefechtsbericht zu besitzen. Er war noch ein wenig geblendet und brauchte einige Sekunden, ehe er sich an die Dunkelheit gewöhnt hatte. Zugleich suchte er aber schon die Kimm nach dem Gegner ab. Dann sah er, was er vor sich hatte, erkannte es auch und begriff, was das für den Hilfskreuzer bedeutete. »Das sind ja zwei, Herr Kap'tän«, sagt er entsetzt, »und ist das eine nicht ein Träger?!«

»Mensch«, antwortet der Kommandant und kann sich trotz der Schrecklichkeit der Lage eines Lächelns nicht erwehren, »Mensch, Lorenzen, Sie merken aber auch alles.«

In diesem Augenblick der rasenden Pulse und des angehaltenen Atems pfeift es im Sprachrohr: »Achtung, Brücke!« »Ja, Maschine?« »Was ist denn da oben los? Da sind doch angeblich zwei Schiffe. Wollt ihr denn da nicht 'ran?« »Die zwei Schiffe«, antwortet die Brücke, »sind ein Schlachtschiff und ein Träger.« Das verschlägt dem Anfrager die Sprache.

»Die Gegner kamen so schnell näher«, fährt der Bericht des Wachoffiziers fort, »daß sie uns eigentlich gesehen haben mußten – denn wenn wir liegengeblieben wären, hätten sie uns geradezu rammen müssen. Aber dann wanderten sie hinter uns aus; eine Ewigkeit verging, bis sie hinter unserem Heck standen, und während dieser endlos zerdehnten Minuten, in denen auf dem ganzen Schiff niemand zu atmen wagte, erwarteten wir jeden Augenblick jene eine schicksalhafte und eigentlich unausbleibliche Kursänderung auf uns zu, das Aufflammen eines Scheinwerfers, die kurzen Momente des todesgewissen Wartens, ehe hier und drüben die Rohre gerichtet sein konnten, und dann – das Ende. Aber nichts geschah. Die Entfernung betrug jetzt kaum 7000 m; deutlich war die Bugsee des Schlachtschiffs im Glase zu sehen. Ein einziger Treffer der 40,6-cm-Granaten hätte uns in Atome zerplatzen lassen.

Indessen konnten wir immer noch nicht mit Höchstfahrt ablaufen, um uns nicht durch Funkenflug zu verraten.

Das Wetter war gut; es wehte ein mäßiger Passat mit Stärke 5. Die Sicht litt unter schwachem Dunst; zwischen zerklüfteten Wolken schien der im letzten Viertel stehende Mond auf das Wasser.

Es schien fast ausgeschlossen, daß *Atlantis* auf dem Kurse, auf dem den Gegnern das Heck gezeigt wurde, zuerst nur etwa zwei Dez divergierend, seitlich verschwinden könnte, doch ist man wahrscheinlich weniger aufmerksam, wenn man ein solches Geschützkaliber unter sich weiß wie auf *Nelson.*

Glücklicherweise stand der Mond fast genau hinter den englischen Schiffen, *Atlantis* dagegen wurde voll beleuchtet; sie blieb also ohne Schattenwirkung und stand zudem gegen einen dunkel verschmierten Teil des Horizontes.

Unter langsamer Erhöhung der Fahrt und vorsichtigem Abdrehen – so daß den Gegnern bei ihrem Aufkommen immer das Heck gezeigt wurde – gelang es schließlich, so abzustaffeln, daß die Gegner 7000 m hinter dem Heck passierten.

Unendlich langsam wurden die Umrisse der beiden Schiffe hinter uns undeutlicher, und schließlich schienen sie aufgesogen von der unscharf verschwommenen Kimm.

›An alle!‹ gibt in diesem Augenblick die Brücke über Telefon und Lautsprecher ins Schiff, ›die beiden Großkampfschiffe sind jetzt auch durch das beste Nachtglas kaum noch zu sehen.‹

Und die Stimme des beliebten Bordspaßmachers Dötze antwortet von irgendwoher: ›Dann sollen sie doch oben Taggläser nehmen, damit sie noch weniger sehen!‹

Tiefes Aufatmen und befreiendes Gelächter liefen bei diesen Worten durch das ganze Schiff, auf dem bis dahin atemloses Schweigen geherrscht hatte.

Da plötzlich zuckte eine rote Feuersäule aus unserem Schornstein empor. Ruß hatte sich gelöst, ein Motorauspuff brannte aus und überschüttete das ganze Schiff mit einem sprühenden Funkenregen. Wie ein Schrei kam der Befehl: ›Maschine! Sofort beide Motoren abstellen!‹

Aber selbst das ließ den Funkenflug noch nicht sogleich verlöschen, und mit angehaltenem Atem blickten wir nach oben und dann in die Richtung des verschwundenen Feindes. Alles blieb ruhig . . .«

Auch bei Hellwerden ist nichts in Sicht, der Horizont klar – kein Fahrzeug – kein Schiff.

Der Kommandant befiehlt Sonntagsroutine, jeder Mann soll noch einmal in Ruhe das Erlebnis der letzten Nacht überdenken können. Und dann Geburtstag feiern.

»Herr Kapitän«, sagt an diesem Morgen der Matrosengefreite Herrmann, einer der bekanntesten Backsstrategen der *Atlantis,* zu seinem Kommandanten, »Herr Kap'tän – nach diesem – nach gestern abend – ich bin geheilt – nie mehr sage ich ein Wort!«

»Tja, Herrmann«, erwidert kopfnickend der Kommandant, »das ging ums Haar ins Auge; der liebe Gott hat beide Daumen riskiert für die *Atlantis.*«

Er unterstreicht die Worte des Grafen Spee vor der Falklandschlacht 1914: »Unser Schicksal liegt in Gottes Hand, und dieses Bewußtsein ist unsere stärkste Kraft.«

Und von schicksalhafter Fügung spricht er in dem kurzen Dankgottes-

Oben: Meister des Pinsels! Alle paar Wochen bekam ATLANTIS ein neues Kleid.

Mitte: Japanischer Frachter KASI MARU, exrussisches Hilfsschiff KIM, exdeutsches Frachtschiff GOLDENFELS und gleichzeitig – SCHIFF 16 ATLANTIS.

Unten: Letzte Aufnahme von SCHIFF 16 sechs Tage vor seinem Untergang, aufgenommen von U 68 nach der Ölversorgung am 16. November 1941.

Der Leitende Ing., Oberleutnant Ing. Kielhorn, am Maschinenbefehlsstand der ATLANTIS.

Ölübernahme im Indischen Ozean. Wenn fünfzig Mann zupacken, sind selbst die sperrigen Trossen und Ölschläuche in kurzer Zeit ausgebracht.

dienst, den er aus Anlaß der gnädigen Errettung des Schiffes abhält, nicht viel, nicht lang: einige ernste und dankbare Worte und ein gemeinsam gesprochenes Vaterunser, das feierlich, während der Hilfskreuzer gestoppt in der langen Dünung rollt, über das sonnenflimmernde Wasser hinklingt.

Wie sich später herausstellt, ist die Kampfgruppe *Nelson–Eagle* auf dem Wege von Walfishbay nach St. Helena gewesen; der schon am Vortage gepeilte Flugfunkverkehr rührte von *Eagle* her. Der Kommandant war deswegen schon voller Argwohn gewesen, zumal nach einer B-Dienstmeldung von SKL *Nelson* und *Eagle* im Raum von Kapstadt vermutet wurden.

Vier Tage nach seinem Entkommen sichtet der Hilfskreuzer, auf den Kap-Freetown-Track zurückgekehrt, einen Dampfer, den er im Nachtangriff anzunehmen beschließt. Bei Dämmerungsbeginn jedoch entpuppt sich das Fahrzeug überraschend als Schweizer; es ist der in Schweizer Regierungscharter fahrende Grieche *Master Elias Kulukundis* in Ballast von Lissabon nach Madras

Der Kommandant stoppt ihn durch Schuß vor den Bug, entsendet ein Durchsuchungskommando, das den Griechen auf Ladung und englische Passagiere überprüft, und veranlaßt ihn zur Abgabe einer Erklärung, in der er sich verpflichtet, nicht zu funken. Danach wird Meister Kulukundis entlassen.

In den folgenden Tagen kreuzt die *Atlantis* langsam westwärts und sichtet alsbald einen Dampfer, dem sie bei Tage außer Sichtweite aufläuft, um bei Nacht an ihn heranzustoßen. Und abermals setzt er bei Dunkelwerden Lichter! In 3000 m Entfernung läßt ihn der Hilfskreuzer passieren, aber sein Nationalitätsschild auf der Poop ist so klein und so schlecht beleuchtet und das ganze Schiff so schlecht abgeblendet, daß, wie der Kommandant schreibt, »*niemand sich zu wundern braucht, wenn ein solches Schiff von einem U-Boot torpediert wird*«.

Der Kommandant verzichtet darauf, das Schiff anzuhalten, da es sich vermutlich um einen Amerikaner handelt, aber er schreibt weiter: »*Auch nachts müssen neutrale Schiffe dauernd einwandfrei erkannt werden können; das muß in Zukunft gefordert werden.*«

Eine Stunde nach der Begegnung setzt der Dampfer einen Einlauffunkspruch an Kapstadt ab. Es ist der Amerikaner *Charles H. Cramp*.

»Da haben wir's«, sagt der Kommandant, »und was für einen Lärm hätte es gegeben, wenn wir den Burschen umgehustet hätten.«

Am 24. Mai steht *Atlantis* am Schnittpunkt der *Zam-Zam*-Route mit den äußeren Wahlwegen nach Kapstadt, als das bei glattem Wetter gestartete und gut abgekommene Flugzeug wackelnd zurückkehrt.

»Er wackelt!« schreien die Soldaten, »haste's gesehen, er wackelt!« Und das bedeutet, daß die etwas gesehen hat.

Es ist ein Dampfer mit Kurs auf Kapstadt. Der Hilfskreuzer setzt sogleich zur Operation auf ihn an, bekommt ihn einige Stunden später in Sicht, hält an den Mastspitzen Fühlung und stößt nach Dunkelwerden auf Grund der beobachteten Werte an ihn heran.

Die Nacht ist dunkel und diesig, die Sicht sehr schlecht. Es gibt ungewisse Minuten, während der Hilfskreuzer den errechneten Kursschnittpunkt mit großer Fahrt ansteuert; alle Ausgucks starren mit schärfster Anspannung in die undurchsichtige Schwärze hinaus, und erst auf 6000 m gelingt es, das feindliche Schiff als vertieftes Schwarz in der Schwärze schemenhaft auszumachen.

In diesem Gebiet ist Vereitelung des Notrufes noch weit zwingendere Notwendigkeit als im Indischen Ozean. Der Kommandant befiehlt daher den schon fast üblich gewordenen warnungslosen Feuerüberfall mit der vollen Stärke aller Waffen. Er beklagt sich immer wieder über diese Notwendigkeit, die sein Gefühl empört, aber es gibt keine andere Wahl; die strikten und mit bewundernswürdiger Sturheit befolgten Befehle der Admiralität über Melden verdächtiger Fremder und erkannter Raider ohne Rücksicht auf mögliche Verluste zwingen zu Gegenmaßnahmen, deren Rauheit sich aus dem Notwehrbegriff rechtfertigt. Du oder ich – du oder ich – das ist, da hilft nun einmal nichts, das Gesetz des Krieges.

Also wird der Dampfer ohne Warnung mit der Fünfzehner-Batterie angegriffen, nachdem der Scheinwerfer das ahnungslose Ziel unbarmherzig der schützenden Nacht entrissen und es den Zielgeräten der Artilleristen erbarmungslos nackt hingelegt hat.

Bereits die erste, aus 2800 m geschossene Salve liegt mit starker Brandwirkung im Ziel. Fünf Salven – sechs bis acht Treffer – der Schornstein platzt und fliegt davon wie weggeweht – ein Mast hebt sich ruckartig und knickt um – Fetzen der Brücke spritzen und segeln von dannen und klatschen rings um das unglückliche Schiff ins Wasser – Feuer bricht aus und lodert düster und von Minute zu Minute heller und triumphierender durch das Dunkel, wilde Goldreflexe aus dem unruhigen Wasser hervorzaubernd – es ist ein wüstes und zugleich trauriges Bild, und der Kommandant, der in der Brückennock steht und hinüberstarrt, unbeweglich selbst noch, nachdem er längst den Befehl zur Feuereinstellung gegeben hat, nickt bestätigend und blickt sich langsam um, als der Adjutant sarkastisch und zugleich beeindruckt von dem Schauspiel vor seinen Augen, eine seiner typischen Bemerkungen macht: »Nero beim Brande Roms.«

»Marc Aurel«, erwidert der Kommandant, »ohne mich sonst vergleichen zu wollen, aber – mehr Marc Aurel.«

Und der Adju salutiert und lächelt. Die beiden Männer verstehen sich und ergänzen einander in der glücklichsten Weise. Der Adjutant, nervös, reizbar, sensitiv, dabei energisch beweglich, aktiv und keineswegs ohne Ehrgeiz, hat ein sehr klares Empfinden für die ganz anders geartete Intelligenz, die tief in Gefühlswerten wurzelnde und – bei allem Sinn für das Vorteilhafte – durch überkommene Begriffe gebundene Wesensart seines Vorgesetzten. Nur Spottlust und sein ausgeprägter Sinn für Paradoxes machen angesichts des brennenden Gegners eine Bemerkung wie diese über Nero möglich, und der Kommandant versteht, was damit gemeint ist, und antwortet in seiner Weise.

Das Schiff, das sie beschossen haben, steht mittlerweile in hellen Flammen;

es ist seinen Notruf nicht mehr losgeworden – schon die ersten Treffer zerfetzten Brücke und Funkraum. Auf dem Achterdeck brennen Flugzeugkisten ab; im Schein des Feuers sieht man, scharf umrissen, menschliche Gestalten aus Niedergängen und Schotten stürzen und zu den Booten rennen. Eines nach dem anderen kommt zu Wasser. Währenddessen dreht der brennende Dampfer mit mittlerer Fahrt immer weiter; für Augenblicke entsteht Kollisionsgefahr.

»Torpedieren«, sagt der Kommandant, um den hell brennenden und offenbar mit geklemmtem Ruder kreisenden Gegner möglichst schnell unter Wasser zu drücken, »los – einen Aal in den Maschinenraum!«

»Torpedo läuft«, kommt nach kurzem die Befehlsbestätigung, und dann: »Torpedo hat Tiefenlaufversager, ist Oberflächenlaufer.«

Im gleichen Augenblick sieht man auf der Brücke des Hilfskreuzers, wie der Aal, seitlich herausspringend und seinen Kurs ändernd, auf die *Atlantis* zurückkreist, während auf der anderen Seite, gleichfalls im Kreise laufend, der hell brennende Dampfer mit 5 sm dahinzieht und den Kurs der *Atlantis* zu kreuzen droht. Die Situation ist keineswegs beneidenswert, und der Kommandant dreht sich ein zweitesmal um und fragt seinen Adju: »Na, Mohr; was meinen Sie, hätte Nero in dieser Lage befohlen?«

»Harfenklänge, Herr Kap'tän. Machen können hätte er auch nichts«, erwidert der Adju trocken.

Kurz nach dem ersten wird ein zweiter Aal geschossen. Der Dampfer läuft immer noch wie eine brennende Fackel in engem Kreise durch die stille, dunkle Tropennacht. Aber mit der Torpedowaffe hat der Hilfskreuzer kein Glück. Der zweite Aal geht infolge Fehleinstellung weit daneben.

Wenige Minuten darauf kreuzt das brennende Schiff den Kurs der *Atlantis*, verliert langsam an Fahrt und bleibt schließlich, eine einzige lodernde Fackel, drei Strich an Backbord voraus liegen.

»Los TO, schnell noch einen Aal«, drängt der Kommandeur, »rasch unter Wasser mit ihm; der brennt zu hell.«

»Geht so nicht«, erwidert der Torpedooffizier, »Sie müssen erst anderthalb Dez nach Steuerbord drehen; sonst kann ich nicht schießen.«

»Das geht ebenfalls nicht!« Der Kommandant rückt ungeduldig an seiner Mütze. »Da liegen die Rettungsboote mit den Schiffbrüchigen.«

»Aber darauf können wir doch jetzt keine Rücksicht nehmen. Das Feuer ist mindestens dreißig Meilen weit zu sehen.«

»Trotzdem . . .«

Für einen Augenblick ist es still. Dann spricht der Kommandant weiter: »Wenn ich die Kutter nicht gesehen hätte«, sagt er, »dann wäre das etwas anderes. So kann ich nicht einfach dazwischenfahren. Das tut man nicht.« Damit zieht er das Schiff, über den Achtersteven drehend, ein wenig zurück in die Schußposition.

Der dritte Torpedo, aus 1700 m Entfernung geschossen, trifft am Heck. Innerhalb von neun Minuten läuft der Dampfer voll, richtet sich zögernd auf, schlägt um und versinkt.

Der Hilfskreuzer hat indessen bereits seine Motorboote gefiert, um die

Überlebenden zu suchen. Die Rettungsboote des Gegners, überstürzt ausgesetzt und ohne Lampen, sind schwer auffindbar; zum ersten Male sehen statt dessen die Rettungsmannschaften der *Atlantis* ringsum im Wasser kleine rote Lämpchen treiben und mit der Dünung auf und nieder tanzen, die an den Schwimmwesten Schiffbrüchiger befestigt sind.

Aber die Bergung im Dunklen, in der Dünung, zwischen zahllosen an der Untergangsstelle aufgeschwommenen und emporschießenden Wrackteilen, die gegeneinanderstoßen und die Motorboote des Hilfskreuzers gefährden, und inmitten großer, schwer süßlich dunstender Ölflächen erweist sich als ungewöhnlich schwierig. Als schließlich das letzte Boot gefunden, das letzte zitternde und tanzende rote Notlicht aus den Wellen geborgen ist und die Überlebenden auf dem Deck der *Atlantis* gesammelt sind, fehlen zwölf Mann – gefallen – vermißt oder im Dunkeln unter Segel entkommen ...

Das Schiff war ein bewaffneter englischer Dampfer; es hieß *Trafalgar*, 4530 BRT, und gehörte Glen & Co., Glasgow; es war auf dem Wege von England nach Alexandria mit 4500 Tonnen Kohle und 800 Tonnen Stückgut, darunter 2 Flugzeuge.

Der Hilfskreuzer läuft nach Bergung der Schiffbrüchigen zunächst mit hoher Fahrt nach Südwesten ab.

Ein FT der Seekriegsleitung bestätigt den Kommandanten in seinem alten Argwohn bezüglich der Peilbarkeit von Kurzsignalen. Berlin hat jetzt Beweise dafür, daß nicht weniger als drei englische Hilfskreuzer, die *Queen of Bermuda*, die *Alcantara* und die *Asturias* auf eine Peilung angesetzt worden sind, die von drei Kurzsignalen von nicht mehr als je 11–15 Buchstaben am 5. Mai genommen wurde. Man tut also doch recht daran, jedes vermeidbare Funkzeichen zu unterlassen.

Am gleichen Tage kommt die Nachricht vom Verlust des Schlachtschiffs *Bismarck*. Wie ein schwerer Schatten legt sie sich über das Schiff.

Eine Woche darauf trifft der Hilfskreuzer noch einmal kurz mit der *Babitonga* zusammen, gibt seine Gefangenen ab und entläßt dann das Beischiff gemäß Weisung der SKL zu einem Treffpunkt im Mittelatlantik.

Der Hilfskreuzer geht, nachdem die Motorenüberholung und der neue graue Farbanstrich erledigt sind, nordwärts zu einem Vorstoß gegen den von Freetown nach Westen abgesetzten Feindverkehr.

Die Lage im Südatlantik, wie sie sich für die nähere Zukunft abzeichnet, ist keineswegs geeignet, den Kommandanten zu Beifallskundgebungen zu veranlassen. In der zweiten Junihälfte soll er ›36‹ – *Orion* – treffen, die bis dahin im südöstlichen Viertel des Südatlantik, anschließend aber gemäß zu treffender Vereinbarung nördlich von *Atlantis* operieren wird, da sie danach dann in die Heimat zurückkehren soll. Sind schon zwei Hilfskreuzer im engen Südatlantik nach Ansicht des Kommandanten zuviel, so stimmt ihn vollends bedenklich die Aussicht, daß ab Mitte Juli auch »45«, der *Komet* des Nauru-Beschießers, Admiral Eyssen, der über den Sibirischen Seeweg in den Pazifik ausgebrochen ist, nun im Südatlantik operieren soll.

»*Gegen die gleichzeitige Anwesenheit von drei Hilfskreuzern*«, schreibt er, »sprechen psychologische, operative und taktische Bedenken. Die Länge der Seeausdauer ist abhängig von der inneren Bereitschaft der Besatzung, dem Willen zum weiteren Durchhalten. Dieser wird bedingt durch die Parole, die zur Begründung immer länger ausgedehnten Inseeseins gegeben werden kann. Einleuchtende Gründe z. B., daß die Hilfskreuzer wichtige Faktoren im Handelskriege gegen England sind und im Rahmen der Gesamtkriegführung entscheidende Aufgaben zu erfüllen haben. Dazu ist es nötig, daß ein Hilfskreuzer nicht mit zwei oder drei anderen im gleichen Seegebiet operiert; denn daraus entsteht der Eindruck eines gewissen Überflüssigseins, das fatale Gefühl einer Notlösung. Ein Hilfskreuzer dagegen allein, allein im weiten Seeraum, alleinige Quelle aller direkten und indirekten Schäden, Verluste, Hemmnisse, Erschwernisse und Abwehrmaßnahmen ebenso wie aller eigenen Erfolge – das gibt psychologisch einen verständlichen Auftrieb. Der Mann weiß, warum er draußen ist.«

Während er diese Überlegungen zu Papier bringt, kommt dem Kommandanten zum ersten Male und vorerst nur flüchtig der Gedanke, das Operationsgebiet seines Schiffes für einige Monate in den Pazifik zu verlegen. Es ist richtig, er hat bis jetzt damit gerechnet, im September oder Oktober heimzukehren. Aber wenn Schiff und Besatzung voll einsatzfähig sind, kann er dann den Vorteil, der darin für die Gesamtkriegführung liegt, aus der Hand geben?! Gerade in diesen Tagen – am 16. Juni 1941 – hat *Atlantis* mit 445 Tagen in See den alten Rekord der *Wolf* aus dem Ersten Weltkrieg überboten. Trotzdem hat der Gedanke, noch ein weiteres halbes Jahr draußen zu bleiben, nichts Unerträgliches an sich. Der Kommandant beschließt, dem Pazifikplan Zeit zum Reifen zu lassen und ihn mit seinen Offizieren gründlich zu erwägen.

Tags darauf erfaßt das zur Aufklärung ausgesetzte Flugzeug nach genau drei Minuten Flugdauer sein fünftes Schiff, einen Ostsüdost steuernden Dampfer, dessen Verfolgung der Kommandant ungesäumt aufnimmt. Kurz nach Einbruch der Dunkelheit versinkt der bewaffnete britische Dampfer *Tottenham*, 4640 BRT, mit sehr wertvoller Nachschubladung für die Palästinaarmee: Flugzeuge, Flugzeugteile, Uniformen, Traktoren, Kraftwagen u. a. m.

Tottenham war ein ganz neues Schiff, erst 1940 gebaut – und mit niedrigen, stengenlosen Masten, runder Brücke und seitlich versetzter Mittelstenge vor dem Schornstein sowie mit einer 4,7-cm-, je einer schweren und einer leichten Flak, MGs und Panzerkuppeln ausgerüstet.

Der Hilfskreuzer läuft nach Südwesten ab; seinen ursprünglichen Plan, weiter nördlich zu operieren, läßt der Kommandant nach dem Notruf der *Tottenham* fallen.

Am 22. Juni – *Atlantis* steht inzwischen 330 sm nordöstlich von Trinidad, im alten Kampfgebiet der *Kronprinz Wilhelm* und *Möve* des Ersten Weltkrieges – da kommt in der Morgendämmerung, fern und kaum erkennbar, ein Fahrzeug in Sicht. Es steuert Nordwestkurs, und anfänglich ist nicht einmal auszumachen, ob es sich überhaupt um ein Handelsschiff handelt. Erst bei zunehmender Helligkeit stellt sich heraus, daß es ein bewaffneter Dampfer ist. Sofort geht der Hilfskreuzer auf Kollisionskurs.

Der Gegner scheint dieses Manöver zunächst nicht zu bemerken; später dreht er vor dem auf ihn zuliegenden und wie jedes näher kommende Fahrzeug als Raider verdächtigen Schiff ab – allerdings nur um vier Dez, so daß der Hilfskreuzer jetzt auf Parallelkurs liegt und – wie schon so oft – den Harmlosen spielen kann, der sich um nichts und niemand kümmert und stur seines Weges zieht.

Als die erwartete Kursänderung ausbleibt, geht der andere, nachdem er den Hilfskreuzer ein wenig nach voraus hat passieren lassen, arglos und nun wieder vollkommen beruhigt, auf seinen alten Kurs zurück, so daß sich die Entfernung zwischen beiden Schiffen nun sehr schnell verringert und nach knapp einer Stunde nur noch 8,8 km beträgt.

Erst als er *Atlantis* schon fast querab hat, scheint ihm die Sache plötzlich nicht mehr recht geheuer zu sein; er bekommt Angst vor seinem eigenen Mut und dreht hart ab.

Darauf eröffnet der Hilfskreuzer sofort das Feuer. Zum ersten Male gelingt es auch, die drüben sofort nach der ersten Salve hinausgefunkte RRR-Meldung zu stören. Die Funkerei hat ein FT für Pernambuco-Radio vorbereitet, das sie mit großer Lautstärke abgibt. Es lautet: »Hope to meet you next Friday, love and kisses Evelyn.«

Der Dampfer macht es der Artillerie sehr schwer. Neuntausend Meter entfernt, mit Höchstfahrt ablaufend, immer die schmalste Silhouette zeigend und in wilden Zickzacks zwischen den rechts und links voraus emporschießenden Fontänen der Granateinschläge Slalom steuernd, bietet er ein sehr schmales und schwer zu treffendes Ziel.

Salve auf Salve verläßt die Rohre und heult hinüber, fast eine jede deckend, aber Trefferwirkung ist lange nicht erkennbar. Noch nie hat *Atlantis* so lange und so pausenlos feuern müssen. Nach der 40. Salve fällt die vordere Batterie aus, gleich darauf das 5. Geschütz. Die Rohre laufen einfach nicht mehr vor; sie sind zu heiß geworden. Die Bedienungsmannschaften, selber in Ströme von Schweiß gebadet, kühlen sie mit Seewasser ab, oder sie greifen zur Handspake und bringen die Rohre gewaltsam wieder in Schußstellung.

Die »Salven« zählen daher während des letzten Drittels der Beschießung nur noch zwei oder einen Schuß. Schon will der Kommandant das hoffnungslos werdende Schießen abbrechen und die Gefechtsseite wechseln, als plötzlich der Gegner stoppt und seine Boote aussetzt.

Auf dem Hilfskreuzer ruft das Erstaunen hervor. Man hat bisher bei 192 Schuß nur einen einzigen Treffer beobachtet; der Gegner hat mit hervorragender Geschicklichkeit operiert. Nun liegt er da und bläst Dampf ab; seine Boote setzen von der Bordwand ab. Man sieht sie wie vielbeinige Spinnen ein Stück weit über die Dünungsrücken fortkriechen; dann verharren sie und warten.

Das Durchsuchungskommando der *Atlantis* stellt fest: Das Schiff ist der englische Dampfer *Balzac*, 5372 BRT, auf dem Wege von Rangoon nach

Liverpool mit einer Ladung von 4200 Tonnen Reis, Kleie, Teakholz, Wachs und Bohnen. Es hat nicht einen, sondern vier Treffer erhalten.

Nach kurzer Durchsuchung und Sicherstellung von einigen Sack Post wird *Balzac* ohne Aufschub durch Artillerie versenkt, die überlebende Besatzung an Bord genommen, die leeren Boote gründlich zerstört. Der Hilfskreuzer hat damit 21 Schiffe mit 139 591 BRT und 27 Geschützen versenkt.

Einige Tage lang hält sich daher *Atlantis* schweigend und ohne sich zu rühren abseits von allen Verkehrswegen im Süden auf, ehe sie zum 1. Juli einen Punkt 300 sm nördlich von Tristan da Cunha ansteuert, wo sie mit *Schiff 36* zusammentreffen soll. Es ist der Hilfskreuzer *Orion* des Kapitäns z. S. Weyher, der eben aus dem westlichen Indischen Ozean zurückkehrt. Weyher, früher Segelschiffskommandant wie sein Kamerad Rogge, hat die Brust voller Zorn: die letzten acht Monate zermürbender Suche, alles Mühen, Rechnen, Koppeln und Knobeln, haben ihm keinen Erfolg gebracht. Sein Schiff ist ein Ölbrenner mit hohem Verbrauch; nie ist er infolgedessen die Sorge losgeworden, wie lange sein Brennstoffbestand noch reichen und ob er rechtzeitig Ergänzung erhalten werde. Nie ist er deshalb auch so ungebunden gewesen wie das dieselgetriebene *Schiff 16* mit seinem weiten Fahrbereich. In einer Woche frißt seine *Orion* die gleiche Menge Brennstoff, mit der *Atlantis* zwei Monate in See sein kann. Und er hat überdies Maschinenkummer ohne Ende gehabt; die Techniker des Schiffes haben Wunder an Erfindungsgabe und Improvisationsvermögen produzieren müssen, um die überanstrengte und asthmatische Anlage überhaupt betriebsklar zu halten.

Alle diese Dinge bewegen ihn, als er, ein kleiner, drahtiger, energischer Mann mit einem schmalen, harten Gesicht, die Stirn über den kräftigen Brauen zu tiefen Falten emporgezogen, nun dem Kameraden erklärt, daß »36« von »16« *viel* Treiböl – und *warum* »36« von »16« *sehr viel* Treiböl haben müsse.

Tatsache ist, daß *Atlantis* wegen Ausfalls mehrerer Versorgungsschiffe wenige Tage vor dem Zusammentreffen Weisung erhalten hat, *Orion* so viel Öl abzugeben, wie nötig ist, um sicher nach Hause zu gelangen – etwa 700 Tonnen –, und Kapitän Rogge hat sich bereits ausgerechnet, daß er diese Menge auch abgeben *kann*, ohne seine Pazifikpläne zu gefährden, die inzwischen immer mehr Gestalt angenommen haben. Also erklärt er sich, dem Ersuchen der SKL entsprechend, bereit, 700 Tonnen Öl an *Orion* abzugeben.

Der Kommandant »36« ist damit keineswegs einverstanden. Er will weitere 500 Tonnen haben, um bis zu seinem Einlaufen im September noch uneingeschränkt operieren und seinen früheren Erfolgen nach dieser monatelangen ergebnislosen Sucherei endlich weitere hinzufügen zu können.

Aber Kapitän Rogge bedauert, ihm diese zusätzlichen 500 Tonnen nicht geben zu können.

In einer späteren Niederschrift bemerkt er: »*Ein Dampfschiff verbraucht in einer Woche nahezu dasselbe wie ein Motorschiff in zwei Monaten. Es erschien mir daher, obwohl die Lage, in der sich ›36‹ zu jener Zeit befand, zweifellos außerordentlich unerfreulich und unbefriedigend war, unsinnig, die Operationen des Motorschiffes einzuschränken, um einem Dampfschiff eine weitere – und bei dem Zustand seiner Maschinenanlage äußerst geringe Operationsmöglichkeit zu geben.«*

Am 6. Juli 1941 trennen sich die beiden Schiffe. Von dieser sachlichen Meinungsverschiedenheit abgesehen, ist das Treffen harmonisch und befriedigend verlaufen, für beide Besatzungen war es auffrischend, nach monatelanger Abgeschlossenheit andere Gesichter zu sehen, andere Stimmen zu hören, Erfahrungen auszutauschen und sich von den Erlebnissen anderer berichten zu lassen. Mit Hurras, heulenden Typhonen und langem Winken nehmen die Schiffe voneinander Abschied. »36« läuft nach Westen, *Atlantis* nach Süden.

In der Nähe von Tristanda Cunha setzt der Kommandant einen Funkspruch an die Seekriegsleitung ab, in dem er auf die Notwendigkeit hinweist, das Op-Gebiet des Hilfskreuzers zu verlegen, und seinen Vorschlag unterbreitet, in den Pazifik zu gehen.

SKL antwortet zustimmend. Jawohl, auch Berlin plane bereits, die *Atlantis*, da ihr Aufenthalt dem Gegner bekanntgeworden sei, aus dem Südatlantik herauszuziehen. Wenn das Schiff in den Pazifik gehe, stehe später evtl. Versorgung aus Japan in Aussicht.

21 NOCH EINMAL UM DEN GLOBUS

Der Hilfskreuzer beginnt seinen Marsch in den Stillen Ozean. Nach seiner Gewohnheit setzt der Kommandant die Besatzung in einer Musterung von seinen Absichten in Kenntnis. »Wir sind«, sagt er, »durch die Erfolge der letzten Monate fast voll aufgefüllt mit Brennstoff und Proviant. Es ist genug an Bord, um mehrmals, ohne anzuhalten, um die Welt zu fahren. Zunächst gehen wir in den Pazifik. Unsere Rückkehr in die Heimat wird sich dadurch um einige Monate hinauszögern. Sie werden vielleicht über meinen Entschluß enttäuscht sein und zunächst ordentlich schimpfen. Das können Sie auch; es ist Ihr gutes Recht, und ich verstehe Sie nur zu gut. Aber versuchen Sie dann auch, sich wieder zu fangen, zu sachlicher Beurteilung zu kommen und Einsicht für meine Entscheidung aufzubringen. Dann wird es Ihnen leichter fallen, sich zu weiterer positiver Mitarbeit durchzuringen. – Zunächst also zwei Tage schimpfen!«

Am 9. Juli kommt Gough Island für kurze Zeit in Sicht, und den ganzen Juli und einen Teil des August hindurch fährt nun die *Atlantis* nach Osten. Weit im Süden, 900 Meilen südlich von Kapstadt, passiert sie das Kap der Guten Hoffnung nun zum dritten Male, an den Orkanbreiten entlang. Albatrosse begleiten jetzt täglich das Schiff. Stundenlang segeln sie lautlos – ohne einen Flügelschlag im Aufwind des Schiffsrumpfes – neben der *Atlantis* einher. Die Seeleute holen einen mit der Dreiecksangel an Deck, er hat über 2 Meter Spannweite. Er ist tölpelhaft unbeweglich und wird sogar seekrank. Aber kaum über Bord gesetzt, startet er wieder zu schwerelosem Flug.

Die Prinz-Edvards-Inseln, St. Paul und Neu-Amsterdam, bleiben achteraus. Nichts kommt in Sicht. Das Wetter entspricht allen Erwartungen, die an die Roaring Forties gestellt werden können. Der vorwiegend um Stärke 5 bis 7 pendelnde Wind erreicht kurz nach Passieren des Kaps Sturmesstärke; unter Austropfen von Öl lenzt das Schiff vor Windstärke 11 und hoher See und bewährt sich auch hierbei wieder als vorzügliches Seeschiff.

Bis zum Längengrad der Kerguelen versucht es mehr als hundertmal, eine Kurzmeldung an die Heimat durchzubringen – ohne Erfolg; das einzige, was bestätigt wird, ist ein Kurzsignal über Verlassen des Indischen Ozeans.

Ein halbes Jahr vorher, als in Deutschland Winter war, hatte man ohne jede Schwierigkeit von der gleichen Stelle aus Verbindung bekommen. Die Jahreszeit hat also auf die Empfangsverhältnisse entscheidenden Einfluß!

Der Gegner jedoch scheint die Versuche eingepeilt zu haben; nach einigen Tagen gibt die Admiralität einen etwas ungenauen Vermerk: »Deutsche Einheit im Gebiet Kerguelen.«

Die Tätigkeit der Funkerei beschränkt sich keinesfalls auf reinen Funkdienst, Entschlüsselung des feindlichen Nachrichtenverkehrs und ähnliche Dinge. Sie hat daneben, wie eigentlich auf allen Schiffen, die Besatzung künstlerisch und musikalisch zu betreuen. Froschs Plattenbibliothek, das Fundament der beliebten Wunschkonzerte der *Atlantis*, Froschs Reportagen aus dem Bordleben, mit zwerchfellerschütternder Komik dargebracht, Wesemanns von Monat zu Monat leistungsstärkere Funkpresse, der Nachrichten- und private Telegramm-Dienst, ferner das »Blinkfeuer Heimat«, die Ausgestaltung der sogenannten MAPRIFUS, der Marine-Privat-Funksprüche, erfreuen sich unveränderlicher Beliebtheit. Auch die Gefangenen kommen dabei, gemäß dem Brauch der *Atlantis*, zu ihrem Recht. Wenn es der Dienst der Funker erlaubt, strahlen sie Unterhaltungsmusik von erbeuteten Schallplatten in die Gefangenenräume aus. Und zuweilen schalten sie, bei günstigen Empfangsverhältnissen, einen neutralen Nachrichtendienst durch und mehrmals sogar einen nicht neutralen – den BBC.

Wenn man die Funker der *Atlantis* fragt, welche Musik an Bord bevorzugt wird, so erhält man eine überraschende Antwort: Leichte Musik steht nicht besonders hoch im Kurs! Von 250 Platten sind knapp 40 ausgesprochen »leicht«. Und die Platten sind, im Gegensatz zu den Büchern, nicht etwa vom Kommandanten ausgesucht, sondern die vierzig leichten sind noch nicht einmal die begehrten, obwohl sie an Land in der Skala der Beliebtheit obenan stehen.

Wesemann sitzt indessen Nacht für Nacht und hört die Neutralen für seine »Funkpresse« ab, die zeitweilig sogar bebildert erscheint.

Was man in der Heimat unter »Wehrbetreuungsvorträgen« versteht, gibt es auf der *Atlantis* nicht. Kommandant AO, NO, Adju, FTO oder Rollenoffizier und einzelne Oberfeldwebel halten von Zeit zu Zeit allgemeinbildende, sorgsam erarbeitete Vorträge: über die geopolitische Lage Australiens, über

Nordamerika, über Sibirien oder über die Flucht vom La Plata via La Paz/ Chile zur *Atlantis*. Die Zuhörer sind dankbar für alles ...

Das Wetter bleibt schlecht. Dichter Nebel wechselt mit Regen und Sturm. Die Posten auf Wache ziehen wieder in dickem Lederzeug auf, und als sie selbst dann noch vor Kälte schnattern, nehmen sie pelzgefütterte Ledermäntel hinzu, die der *Atlantis* auf *Teddy* zur Beute gefallen sind. Auf der Back steht ein Offizier in gelbem Ölzeug als »Eisberg-Ausguck«.

In der Nähe der Crozet-Inseln begeht die Besatzung feierlich ihren 500. Seetag. Die Bordzeitung erscheint mit einer umfangreichen Sondernummer.

Und jeden Tag der gleiche Vermerk im KTB: »*Nichts gesichtet!*«

Neuseeland und die vorgelagerten Inseln bleiben achteraus; Auckland Island erscheint eben noch an der Sichtgrenze in der Kimm. Dort hat der deutsche Dampfer *Erlangen* kurz nach Kriegsausbruch Holz für die Blockadebrecherfahrt nach Südamerika geschlagen.

Sieben lange Reisewochen nach dem Abschied von ›36‹ – *Orion* – kommt *Atlantis* endlich wieder in Zonen, in denen mit feindlicher Schiffahrt und neuer Beute gerechnet werden darf.

Der Kommandant hat inzwischen die operativen Verhältnisse, die ihn im Pazifik erwarten, gründlich studiert.

»*Die geographischen Verhältnisse*«, heißt es im Kriegstagebuch, »*erlauben es hier nicht, den Verkehr in Küstennähe zu führen wie im Indischen Ozean oder in Anlehnung an Stützpunkte wie im Atlantik. Die wichtigste Defensivmaßnahme des Gegners muß demnach weitgehendste Auseinanderziehung des Verkehrs sein, Ausnutzung der Weite des Raumes, um Raidern das Finden zu erschweren. Zur Zeit allerdings haben wir noch keine Anhaltungspunkte dafür, ob nur eine mäßige Verbreiterung der Friedenswege oder eine so radikale Auseinanderziehung wie im Südatlantik durchgeführt worden ist.*«

Und er fährt fort: »*Eine gewisse Einschränkung bilden die zahlreichen Inselgruppen, die zum Teil erhebliche Ausdehnung besitzen und der Navigation größere Schwierigkeiten bereiten als z. B. die Comoren im Indischen Ozean. Es ist daher anzunehmen, daß, wenn nicht eine Zwangslage gegeben ist, der Gegner, falls er diesen Inselgruppen ausweicht, sich an die Friedensrouten anlehnen wird. Solche Inselgruppen sind die Kermadecs, die Paumotu- einschließlich der Australinseln und die Gruppen zwischen 170 und 180 Grad West.*

Demgemäß ist eine Verkehrsbündelung an folgenden Stellen zu erwarten: nördlich Neuseelands, südlich und nördlich der Kermadecs, in dem Gebiet zwischen 10° und 20° Süd auf 160° West und bei Pitcairn Island.

Die Tasman-See, das Korallenmeer bis etwa 5° Süd und die Gewässser nördlich Neuseelands innerhalb gewisser Grenzen scheiden wegen zu starker Luftüberwachung als Operationsgebiet für Hilfskreuzer aus. Das ist aber, da dort wahrscheinlich nur örtlicher Küstenverkehr stattfindet, der Überseeverkehr aber weiter draußen erreichbar bleibt, keine große Einschränkung der Erfolgsaussichten.«

Später zeigt sich in der Praxis, daß von diesen Ansichten diejenigen über die Umgehung der Inselgruppen falsch sind. Aus erbeuteten Dokumenten geht vielmehr hervor, daß der Verkehr z. B. bei Pitcairn nicht um die Inseln herum, sondern im Gegenteil gerade mitten zwischen ihnen hindurch geführt wird.

Im Hinblick auf die Gefahr weiträumiger Luft-Fernaufklärung errechnen Kommandant, Flieger- und Navigationsoffizier, wie weit der Hilfskreuzer zweckmäßigerweise luftüberwachten Küsten fernbleibt, um sich bei Auslösung einer QQQ-Meldung rechtzeitig aus dem Flugbereich der Fernaufklärer zurückziehen zu können.

Es zeigt sich dabei, daß dieser »Sicherheitsabstand« ungefähr übereinstimmt mit der Tagesreichweite einer normalen Dampfer-Sendestation von 300 bis 500 sm. In der Nacht allerdings reichen diese Geräte erheblich weiter. Danach erscheint ein Operationsgebiet, das 500 sm von der nächsten Küstenfunkstelle entfernt liegt, selbst für Tagesangriffe noch aussichtsreich. Andere Ozeane – andere Verhältnisse!

Zur Stunde weiß jedoch weder der Kommandant noch sonst irgend jemand an Bord, wie es um die Kriegs- und Verkehrslage und die Abwehr im Pazifik wirklich bestellt ist.

Der Hilfskreuzer zieht in nahezu grenzenlose ozeanische Räume ein, über die keinerlei sichere Nachrichten, keinerlei frische Vorgänge und Erfahrungen vorliegen. Das hat natürlich den Reiz des Neuen, aber auch den Beigeschmack erhöhter Gefahr.

Von Zeit zu Zeit läßt der Kommandant ausgefallene Sonntage nachholen. Dann tönen, überraschend für alle, morgens, etwa an einem gewöhnlichen Mittwoch, die Bootsmannsmaatenpfeifen mit einem besonders jubelnden Zwitscherschnörkel durch die Decks, und die Stimme des Bootsmaaten der Wache klingt der Besatzung wie die eines Engels vom Himmel, wenn er unerwartet aussingt: »Heute ist Sonntag! – Alle Mann sich freuen! – Heute ist nicht Mittwoch – heute ist Sonntag!«

Sonntag, das heißt, noch eine Zeitlang weiter im Korb liegenbleiben können, das heißt späteres Frühstück und anschließend nur ein wenig Reinschiff und um 10 Uhr Musterung und danach Vorträge über den Lautsprecher, Schallplattenkonzert oder Filmvorführung, es heißt, mit einem Wort, festliche Unterbrechung des Tages-Einerleis.

Das Flugzeug wird, da das Wetter ruhig und schön ist, mehrfach zu Aufklärungsflügen ausgesetzt. *Atlantis* befindet sich mittlerweile im Seegebiet östlich der Kermadecs und kreuzt bei Tage langsam nach Osten; nachts treibt sie.

Nach zehn Tagen erringt sie ihren ersten Erfolg im neuen Revier.

Der Kommandant macht an diesem Nachmittag des 10. 9. 41, wie schon oft in den letzten Wochen, mit seinen Offizieren zusammen Sport, nachdem er früher meist nur mit dem NO oder dem Schiffsarzt Pingpong gespielt hat.

Der Wind steht ungünstig für die Medizinball-Gymnastik.

»WO!« ruft der Kommandant zur Brücke hinauf: »Drei Strich nach Backbord drehen, wir können hier sonst nicht richtig spielen.«

Der WO steht drei Strich nach Backbord.

Später wird der Kurs einfach beibehalten.

Am Abend sitzen die Offiziere in der Messe und orakeln:

»Kommt bald wieder ein Schiff? Kommt endlich ...? Kommt keins?«

Vor drei Monaten ist das letzte aufgebracht worden – vor drei Monaten ...!

Da plötzlich, zwei Stunden nach Sonnenuntergang, in dunkler, mondloser Nacht, bei tiefer Bewölkung und schweren Schauern, die die Sicht oft auf wenige hundert Meter herabsetzen, kommt unerwartet und unmittelbar vor der *Atlantis* auf Gegenkurs ein höchst mangelhaft abgeblendetes Schiff hinter dem schwarzen Vorhang einer Regenbö heraus. Der Bord-Wetterfrosch, Dr. Collmann, sieht es als erster. Wie gut, daß nachmittags der Sport die Kursänderung brachte! Ein Handelsschiff! – man sieht es auf den ersten Blick, und schon zwei Minuten später fallen die Tarnungen des Hilfskreuzers, während er herumschwingt und die Verfolgung des ziemlich schnellen Fremden aufnimmt.

Rasch verringert sich der Abstand. Jeden Augenblick ist mit der QQQ-Meldung des Dampfers zu rechnen. Die Funker auf *Atlantis* haben Weisung, sofort mit dem Störsender dazwischenzugehen. Ein Schein-FT ist wie üblich vorbereitet.

Da! – »QQQ – QQQ!!«

»Stören! – Mensch, so stör doch! Hau doch auf die Taste! – Was ist denn bloß los?! Da kommt ja kein Saft 'raus!«

Nein, es kommt kein »Saft« heraus. Der Funkmaat hat in der Eile der Vorbereitung einen dreipoligen mit einem zweipoligen Stecker verwechselt. Ungestört funkt der Gegner weiter:

»Q – *Silvaplana*« – und dann die Position.

Unverzüglich läßt der Kommandant das Schiff mit der Varta-Lampe anmorsen: »Stop at once – don't use your wireless!« Er *will* nicht wieder unnötig schießen, und tatsächlich – die *Silvaplana* stoppt und stellt ihr Funken ein, so daß die Tarnungen geschlossen werden können, ohne daß die Geschütze zu Worte kommen.

»Endlich«, sagt der Kommandant, befreit aufatmend, »na, also, warum nicht gleich?!«

Silvaplana, 4793 BRT, ist lt. Schiffsregister ein norwegisches Motorschiff, Eigentum der Tschudi & Eitzen Reederei, und das Untersuchungskommando hat – einmal an Bord – keine Schwierigkeiten mehr, das Schiff ordnungsmäßig zu übernehmen. Wieder einmal zeigt sich dabei, daß die Norweger, vor vollendete Tatsachen gestellt, willig mitarbeiten, um alle für das Schiff notwendigen Arbeiten sachgemäß zu erledigen. Das hat nichts mit Gefühlen zu tun; es geschieht aus Tatsachensinn.

Die *Silvaplana* ist ein fetter Fang. Sie hat eine Ladung von 5500 Tonnen Sago, 2100 Tonnen Kautschuk, über 500 Tonnen Zinn und großen Mengen an Häuten, Zitronellaöl, Kaffee, Vanille, Cinchomarinde, Zimt und anderen typisch tropischen Produkten und befand sich auf dem Wege von Singapore über Batavia nach New York. Aus ihren Luken steigt der schwere Duft der vielerlei Gewürze betäubend empor.

Der Kommandant entschließt sich daher, sie als Beischiff mitzunehmen, bis sie mit dem versprochenen Öl aus Japan aufgefüllt und via Kap Hoorn nach Frankreich abgefertigt werden kann.

Hat es zunächst den Anschein gehabt, als wäre die QQQ-Meldung des Schiffes von den Funkstellen an der Küste nicht aufgefangen worden, so zerfließt dieser fromme Traum schon nach zwei Stunden in nichts; australische Stationen fangen an, den Notruf zu wiederholen.

Der Hilfskreuzer gibt darauf einen offenen Widerruf, und Raratonga – und einige Zeit darauf auch australische Stationen – bestätigen und wiederholen ihn, aber ganz ohne Argwohn scheinen sie ihn doch nicht angenommen zu haben; zwölf Stunden später wird *Silvaplana* aufgefordert, ihren Widerruf in Code zu wiederholen, und da das leider, aber natürlicherweise nicht möglich ist, hüllt sich das Schiff in Schweigen ... Es ist im übrigen ein sehr modernes Schiff, erst 1938 in Malmö erbaut.

Beide Schiffe laufen zunächst mit hoher Fahrt von der Aufbringungsstelle ab, um verabredungsgemäß vier Tage später auf einem Punkt 400 sm südlich der Insel Trubuai wieder zusammenzutreffen.

Atlantis übernimmt in ihren Booten in mühseliger Karrerei 120 Tonnen Gummi aus der Ladung der *Silvaplana* als Ballast zur Verbesserung ihrer See-Eigenschaften. Sie lagert die Ballen schlingersicher im Minenraum ein und entläßt dann die Prise in eine Wartestellung westlich der Ornebank.

Der Hilfskreuzer selbst wird zwischenzeitlich den Treffpunkt für seine Versorgung aus dem von Japan erwarteten Versorgungsschiff *Münsterland* aufsuchen. Den Nachteil, die Prise absetzen zu müssen, nimmt der Kommandant in Kauf, um zu vermeiden, daß zu viele Schiffe an einer Stelle zusammenkommen; denn auch einer Prise von ›45‹ – *Komet* –, die *Kota Nopan*, wird dort erwartet.

Gegen alle Erwartung trifft dann auf diesem Punkt in Begleitung seiner Prise auch »45« selbst ein. *Münsterland*, durch einen Taifun aufgehalten, erscheint mit einem Tage Verspätung.

»Nun wäre es auf einen mehr auch nicht mehr angekommen«, sagt angesichts dieser Schiffsansammlung Kapitän Rogge über die Schulter zu seinem Adju, der hinter ihm steht und schmunzelnd nickt.

»Der Kommandant *Komet* ist Admiral, Herr Kapt'än«, erinnert er, »als Flaggoffizier hat er Anspruch auf seemännisches Zeremoniell!«

»Richtig, Mohr. Bitte veranlassen Sie das.«

Und dann rollen die für einen Admiralsrang zuständigen Schüsse brüllend über die pazifische Dünung.

Es ist der erste und wahrscheinlich einzige Salut, der hier, mitten im Pazifik, jemals für einen deutschen Admiral geschossen wird. Als dann der Konteradmiral Eyssen *Schiff 16* betritt, läuft auch hier das vorschriftsmäßige Zeremoniell ab: angetretene Besatzung, trillernde Pfeifen, Kommandant zur Meldung am Fallreep – alles streng nach Brauch.

Die Besprechungen beginnen in kameradschaftlichem Geiste. Gewisse Schwierigkeiten ergeben sich erst, als am nächsten Tage das Versorgungsschiff eintrifft, die *Münsterland* mit Kapitän Uebel; denn nun möchte der

Komet-Kommandant einen Teil des für *Atlantis* eingebrachten Frischproviants für sein Schiff abzweigen.

»*Komet*«, sagt er, »ist erst ein einziges Mal – und zwar ungenügend – aus *Anneliese Essberger* versorgt worden. Ich muß darauf bestehen, an den Vorräten der *Münsterland* beteiligt zu werden.«

Und dann sitzen die beiden Kaperkapitäne über Listen und Aufstellungen gebeugt, um herauszuzählen, was jedes Schiff wann, wie oft und wann zuletzt an vitaminführender Kost aufgetischt hat, und es ist ihnen dabei keineswegs lächerlich zumute: ausreichende Frischverpflegung ist eine Lebensfrage für diese Art Krieg.

Es stellt sich heraus, daß *Atlantis* seit 540 Tagen keinmal Gemüse gehabt hat, *Komet* in 430 Tagen wenigstens fünfmal. Auf *Atlantis* hat es, seit die beim Auslaufen mitgenommenen Kartoffeln verbraucht sind, nur 35 Kartoffelmahlzeiten gegeben, die letzte davon vor drei Tagen.

Angesichts so überwältigenden Zahlenmaterials gibt sich der *Komet*-Kommandant geschlagen. »Ich will denn auch verzichten«, sagt er versöhnlich lächelnd. »Behalten Sie also den Frischproviant, Rogge. Aber von dem Bier – da geben Sie mir einen Teil ab.«

So geschieht es. Vier Tage lang liegen nun *Atlantis*, *Komet*, *Kota Nopan* und *Münsterland* friedlich beisammen. Die *Komet*-Besatzung hat viel zu erzählen. Das Schiff ist in einem einmaligen Durchbruch, teilweise geleitet, später aber im Stich gelassen, von russischen Eisbrechern und danach auf eigene Faust und Verantwortung des Kommandanten, nördlich der sibirischen Küste entlang durch die Schollenfelder und Eisbarrieren der Arktis gegangen und über die Beringstraße zwischen Sibirien und Alaska in den nördlichen Pazifik durchgebrochen. Eine glänzende seemännische Leistung!

Am 22. 9. 41 empfängt *Atlantis* ein FT der SKL, das Ansporn und Anerkennung zugleich enthält:

»*Haltung, Ausdauer, Einsatzfreude der Besatzung sowie vorbildliche operative und taktische Durchführung der Operationen im Südatlantik werden besonders anerkannt. Die Lösung der gestellten Aufgaben in der zurückliegenden Zeit ist dem Hilfskreuzer voll gelungen.*«

Kommandant und Besatzung geht dies Lob der sonst mit Anerkennungen recht sparsamen SKL gleichermaßen glatt ein.

Der planmäßigen Übernahme der Nachschubgüter aus der *Münsterland* folgt, von schlechtem Wetter behindert, die Umschiffung der Gefangenen von *Atlantis*, die Ölergänzung aller drei Schiffe aus dem Versorger und die Verproviantierung der *Kota Nopan*. Daneben benutzen die Hilfskreuzer trotz des schlechten Wetters die Liegetage zur Erledigung einer ganzen Reihe von notwendigen Arbeiten; allenthalben herrscht reger Betrieb.

Zum ersten Male erlebt *Atlantis* ein Nachschubschiff, das von einem Sachkenner wirklich mit System und Überlegung ausgerüstet worden ist. Es fehlt an nichts. Der Marine-Attaché in Tokio, Vizeadmiral Wenneker, ist selbst zu Anfang des Krieges als Panzerschiffskommandant im Atlantik gefahren; das wirkt sich jetzt aus.

Nach vier Tagen nehmen *Komet* und *Kota Nopan* Abschied und verschwinden im Süden. Für *Atlantis* dagegen, die von ›45‹ – *Komet* – schon 540 Schuß 15-cm-Granaten und 15 000 Liter Flugbenzin erhalten hat, beginnt der zweite Teil der Versorgungsarbeit, die Beölung und Abfertigung der *Silvaplana,* immer noch in schlechtem Wetter und hoher Dünung.

Danach treten die Schiffe ihre Reisen an, *Münsterland* zurück nach Kobe in Japan, wo sie mit einiger Verspätung eintrifft, *Silvaplana* unter Leutnant z. S. (S) Dittmann, rund Kap Hoorn nach Bordeaux. Der Hilfskreuzer setzt seine Suchfahrt durch den Pazifik fort.

Bei Kap Hoorn gerät *Silvaplana* in einen sehr schweren Sturm; sie erleidet Maschinenschaden und hat erhebliche Schwierigkeiten mit der Motorenanlage, aber sie schlägt sich durch. Vierzehn Tage verspätet trifft sie, ohne weitere Zwischenfälle und ohne Kriegsschiffe zu sichten, in Bordeaux ein.

Atlantis steht zu diesem Zeitpunkt gerade 18 Monate in See, ein halbes Jahr länger, als ursprünglich veranschlagt. Und sie ist nach der neuerlichen Ergänzung ihres Proviants und Auffüllung ihrer Bunker theoretisch in der Lage, länger als ein weiteres Jahr, also bis Ende 1942, in See zu bleiben. Praktisch allerdings setzen der Zustand der Motorenanlagen und die psychische und physische Beanspruchung der Besatzung ihrer Seeausdauer so klare Grenzen, daß der Kommandant an dem Entschluß festhält, die Unternehmung bis Ende 1941 abzuschließen.

Das Schiff würde dann 21 Monate in See gewesen sein. Seine Aufgaben waren erfüllt. Die unbestritten günstigste Zeit für den Rückmarsch und das Einlaufen ist die Zeit der langen Nächte im Dezember.

Dementsprechend stellt sich der Kommandant eine Zeittafel zusammen: Operation im Pazifik bis zum 19. Oktober. Marsch in den Südatlantik. Dort 8 bis 10 Tage Maschinenüberholung und weitere 10 Tage für Operation. Anschließend Heimmarsch. Der Einlauftermin liegt damit für die Neumondperiode um den 20. 12. herum fest. Weihnachten zu Hause? Ein fast unvorstellbarer Gedanke!

Aber noch ist nicht Weihnachten. Und auf See kann sich viel ereignen; nur selten geschieht das Erwartete.

Auf der *Silvaplana* hat der Adju eine Karte sichergestellt, in der die Kurse eingetragen sind, die das Schiff auf seinen letzten Reisen durch den Stillen Ozean gesteuert hat. Der Kommandant beabsichtigt, diesem *Silvaplana*-Track in flachen Schlägen nach Osten zu folgen und bei den Paumotu-Inseln quer zu dem hier durch enge Lücken laufenden Verkehr zu kreuzen. Nach Möglichkeit soll dabei das Flugzeug zur Aufklärung eingesetzt werden.

Eine Zeitlang erwägt der Kommandant eine Unternehmung gegen Papeete und Tahiti – Bombenangriffe auf die Öltanks und im Hafen liegende Schiffe –, aber das Risiko für das Flugzeug wäre sehr groß, die Erfolgsaussichten dagegen gering. So läßt er das Projekt bald wieder fallen, zumal auch die herrschende Wetterlage jeden Flugzeugeinsatz verbietet. Es stürmt tage- und nächtelang mit sieben bis acht Windstärken bei hoher, steiler, brechender See und gewaltiger Dünung; die Gischt fliegt in dicken Flocken bis zur Brücke hinauf, und vor dem Bug türmen sich weiße Mauern, wenn das Schiff hart einsetzt. An fünf von sieben Tagen einer Woche geht der Wind nicht unter Stärke sieben zurück.

Die amerikanische Presse bemächtigt sich des Themas »Hilfskreuzer« mit wahrer Gier. Sie schreibt spaltenlang über »Kaper«, »Piraten«, »Klapperschlangen der Meere« und »Naziplāne zur Vernichtung der Freiheit der Meere«. Nicht nur die Zeitungen und Zeitschriften, auch die Rundfunksendungen sind voll davon; sie versteigen sich schließlich zu der auf *Atlantis* mit einem frechen Grinsen quittierten Behauptung, im Pazifik seien schon dreizehn deutsche Hilfskreuzer vernichtet worden.

Das ist nun keineswegs der Fall, aber es ist auch nicht zu leugnen, daß sich die Tage in die Länge ziehen, ohne daß – trotz allen Eifers der Ausgucks – die einmal wieder fällige Rauchfahne in Sicht käme. Der *Silvaplana*-Track bleibt leer, die Kreuzschläge vor den Durchfahrten der Paumotu-Gruppe ergebnislos.

So entschließt sich der Kommandant, eine der Inseln anzulaufen, um dort, in Lee und vor der hohen Dünung geschützt, das Flugzeug aussetzen zu können und so seinen Sichtbereich zu erweitern.

Paumotu-Inseln heißt »niedrige Inseln«; sie »sind ein Schwarm von unzähligen kleinen und kleinsten Korallenatollen, die sich über Hunderte von Seemeilen quer durch die äquatorischen Breiten erstrecken.«

Korallenatoll – den begeisterten Lesern von Südseegeschichten und Reiseabenteuern schlug bei bloßer Nennung dieses Wortes das Herz höher. Nach Hause fahren, ohne eine solche Insel einmal gesehen, einmal betreten zu haben? – Undenkbar! Nachdem man schon einmal in ihrer unmittelbaren Nachbarschaft stand?!

Das Thema »Landung« bemächtigt sich des gesamten Schiffes; es ist wie ein Fieber, und die Spannung schlägt in Jubel um, als der Kommandant sich entschließt, dem allgemeinen Wunsche zu willfahren und eines der Eilande anzusteuern.

Vana Vana heißt das Atoll, das er auswählt, nicht so sehr seines schönen Namens wegen, der alle Vorstellungen von »braunen Mädchen, nur mit einem Kamm im Haar, einem Bonbon im Mund und mit weißen Blütenketten bekleidet« lebendig macht, als weil im Gegenteil das Segelhandbuch vermuten läßt, daß hier keine größeren Eingeborenensiedlungen und keine Missionsniederlassungen zu erwarten sind.

Die Insel Vana Vana ist ein kreisrundes, von grünen Kokospalmen bestandenes Atoll, umgeben von einem weißen Kranz steil auflaufender, kochender Brandung, von deren Wogenkämmen der Gischt mit dem Winde in weißen Fahnen davonweht. Dahinter leuchtet grell der Korallenstrand und, durch Lücken zwischen den schlanken, sacht im Winde pendelnden Palmenstämmen, die Lagune in zauberhaftem Blau.

Mit kleinster Fahrt bringt der Kommandant das Schiff auf nächste Entfernung an den Strand heran; er hat hier überall Wasser genug; denn jäh fällt kurz vor dem Ufer der Kegel der Insel in unermeßliche Tiefen ab.

Atlantis in Gazellenhafen, ihrem Liegeplatz auf den Kerguelen.

Es war harte Arbeit, die Wasserschläuche über Geröll und Fels auf den Berg und an den Gletscherbach heranzubringen.

Hier werden die Seeleute zu Gemsen. Über tausend Meter weit verlegen sie ihre Schläuche vom Wasserfall zur Atlantis.

Oben: Verwüstung und Vernichtung! Artillerietreffer auf der AUTOMEDON. ATLANTIS erbeutete wichtige Geheimpost ...

Mitte: ATLANTIS-Geschwader im Indischen Ozean. Von der Motor-Pinasse gesehen: rechts KETTY BRÖVIG bei der Ölabgabe an ATLANTIS. Dahinter in der Mitte Blockadebrecher TANNENFELS.

Unten: Wieder stirbt ein Schiff, der britische Dampfer BALZAC ...

Von der Brücke aus ist dieser unterseeische Absturz deutlich zu sehen; die Farbe des Wassers schlägt von Hellgrün in tiefstes und gleichwohl durchsichtig klares Blau um.

Zwei Tage liegt *Atlantis* vor Vana Vana. An beiden Tagen startet die *Arado* je dreimal. Nichts kommt in Sicht. Leer liegen die kontrollierten Tracks, die Wege nördlich und südlich von Tematangi, Vana Vana und Tureia.

Indessen tummelt sich die Hilfskreuzerbesatzung an Land. Das Ausbooten gelingt unter Schwierigkeiten; in dem donnernden, brausenden Brandungswall sind nur wenige schmale Lücken vorhanden. Holzboote sind überhaupt ungeeignet; sie würden an den scharfen Korallen zerschellen. Die großen Gummischlauchboote sind dagegen mit ihrem minimalen Tiefgang fast wie Flöße, und mit ihrer Hilfe gelingt es, nach und nach fast die gesamte Besatzung schubweise an Land zu setzen. Oberleutnant Fehler leitet als »Brandungsdirektor« die Aktion.

»Für diese Männer, die seit den Kerguelen, also seit fast zehn Monaten, keinen Fuß auf festen Boden gesetzt haben, sind die Stunden in der von oft erträumtem romantischem Zauber umwebten Inselwelt ein außerordentliches Erlebnis«, heißt es in einer späteren Niederschrift. »Sie bringen Erholung und Entspannung in dem ewigen Einerlei der See; außerdem nehmen die Landgänger zentnerweise Kokosnüsse mit an Bord, die erste Frischkost seit Hunderten von Tagen. Man wird zwar beim Anlandsetzen naß bis auf die Haut, aber dann winken Palmen, braune Menschen, Eingeborenenhütten, weißer Korallenstrand und sengende Sonne an der grünen, fischreichen Lagune. Mit einem Wort: Südseeromantik.«

Es ist nicht einfach gewesen, mit den Eingeborenen Kontakt zu bekommen. Als die *Arado* zum ersten Male über sie hinwegdonnerte, dachten sie: »Jetzt kommt der liebe Gott persönlich« und flüchteten in den Wald.

Erst als die *Atlantis*-Fahrer in und vor den Hütten kleine Geschenke, Zigaretten usw. niederlegten, faßten sie Zutrauen und kehrten aus ihren Urwaldverstecken zurück.

Von Vana Vana verlegt *Atlantis* ihr Operationsgebiet nach Pitcairn, der sagenumwitterten Inselzuflucht der »Bounty«-Meuterer, wiederum unter ständiger Luftaufklärung auf allen möglichen Tracks, und wieder ohne Erfolg.

In Lee von Henderson Island, 100 Meilen nordöstlich von Pitcairn, findet sie einen sicheren, ruhigen Liegeplatz. Ein 30 m hohes, steil abfallendes Riff umschließt die Insel, und wieder donnert dreimal täglich die *Arado* zur Aufklärung hinaus, ein schnelles, elegantes Ding, einer Libelle vergleichbar, die mit sonnenblinkenden Flügeln von dannen schwirrt.

Teile der Besatzung setzten auch hier an Land, aber wie Pitcairn ist auch Henderson Island kein Atoll, sondern vulkanischen Ursprungs, ein felsiges Eiland, von dichtem Urwald bedeckt. Die Insel mißt ungefähr fünf Kilometer im Umfang, aber es ist fast unmöglich, in das Unterholz und die Wirrnis dichten Gestrüpps einzudringen; es gibt seltsamerweise auch kaum Tiere, und Insekten scheinen völlig zu fehlen. Am Strande erheben sich einige Kokospalmen, aus zufällig hier angeschwemmten Früchten erwachsen, und daneben finden die entdeckungshungrigen Hilfskreuzerseeleute ein Schild mit der Inschrift:

»Diese Insel gehört König Georg dem Fünften.« Aus den weiteren, fast unleserlich gewordenen Inschriften geht hervor, daß ein englischer Kreuzer vor vielen Jahren hier gewesen ist und zur Beseitigung aller Zweifel über die Besitzverhältnisse dieses Schild zurückgelassen hat.

Auch bei den Landungen auf Henderson Island bewähren sich die Schlauchboote auf das beste; sie reiten wie Planken durch die hohe Brandung, umtost von kochender, schäumender See, von wehendem Gischt übersprüht, aber sicher; es ist fast wie ein Wellenreiten, ein prickelnder Genuß, auf der zischenden Krone der brechenden See in plötzlichem Schwung voranzufegen, das Donnern und Brausen zu beiden Seiten neben sich, und dann auf dem gefleckten Rücken der Woge zurückzugleiten, bis die nächste heranrollt, das Heck anhebt und das leichte Floß abermals zu tosender Fahrt mit voranreißt.

»*Ohne Schlauchboote*«, lautet die Eintragung des Kommandanten, »*wäre eine Landung in den meisten Fällen unmöglich gewesen.*«

Nach einigen Tagen vergeblicher Luftaufklärung läuft der Hilfskreuzer nach Süden ab, zunächst noch einmal die südlich Pitcairns verlaufenden Wege in Kreuzschlägen überdeckend, danach, als auch dies nichts bringt, mit Kurs auf Kap Hoorn.

Die Operationen im Pazifik sind damit abgeschlossen.

Während des Anmarsches auf Kap Hoorn empfängt der Hilfskreuzer die Nachricht vom Verlust des Versorgungsschiffes für die Kapstadt-U-Boote. Sofort erbietet sich der Kommandant, mit seiner *Atlantis* als U-Boot-Versorger einzuspringen.

In schlechtem Wetter, bei tiefhängendem Himmel mit jagenden, zerfetzten Wolken, bei Kälte und Sturm, der in allen Tonarten wie Stimmen verlorener Geister um die Aufbauten und durch die Takelage pfeift, schrillt und heult, rollend und schwer arbeitend in den gewaltigen schaumgeäderten, windgepeitschten Wogengebirgen der graubärtigen Sturmseen an dieser gefürchtetsten Windecke der Sieben Meere, geht der Hilfskreuzer durch die Kap-Hoorn-Region. Dann auf einmal flaut es ab; die See wird ruhig, und »bei glatter See, aber hoher Dünung und starkem Schneetreiben und Nebel, so daß besonders guter Ausguck nach Eisbergen gehalten werden mußte«, passiert er am 29. Oktober das berüchtigte Kap. Die Wassertemperatur sinkt häufig unter Null; doch kommen keine Eisberge in Sicht.

Während des Anmarsches auf Kap Hoorn ist ein Plan auf *Atlantis* viel erwogen und besprochen worden: ein Angriff auf die vermutlich in Südgeorgien stationierten Walfänger! Die romantischen Gemüter diskutieren ihn mit Feuereifer, aber auch im Allerheiligsten des Kommandanten steht er ernsthaft zur Beratung.

Man könnte in Lee der Insel das Flugzeug aussetzen und – falls die Aufklärung lohnende Ziele ergibt, mit Bomben und Bordwaffen angreifen und dabei nach Möglichkeit auch evtl. vorhandene Öltanks in Brand schießen.

Der Plan ist keineswegs so abwegig. Trotzdem gibt ihn der Kommandant schließlich auf. Erstens ist keine Karte von Südgeorgien an Bord, und mit der Annäherung an unbekannte Küsten der Antarktis hat der Hilfskreuzer so seine Erfahrungen; der mit dem Plan verbundene Einsatz des Schiffes erscheint daher als zu hoch. Außerdem ist der Hilfskreuzer an den Versorgungstermin für U 68 gebunden.

Mit voller Marschgeschwindigkeit strebt er daher dem Treffpunkt zu, und eines Tages kommt der Ruf des Ausgucks aus dem Masttopp: »U-Boot in 70 Grad!«

Fast gleichzeitig erscheinen auch für den Ausguck auf der U-Bootbrücke die Mastspitzen der *Atlantis* über der Kimm, und wenige Stunden später marschieren beide Fahrzeuge miteinander zu einem zweiten, nur unter ihnen selbst vereinbarten Treffpunkt; der Kommandant will sich gegen mögliche Einbrüche in den Funkschlüssel sichern; Überraschungen beim Beölen des U-Boots kann er nicht gebrauchen. Er hat gehört, daß Treffen mit U-Booten verschiedentlich vom Feind gestört worden sind. Treffen von Überwasserstreitkräften dagegen noch nie.

Der Kommandant des U-Bootes, Korvettenkapitän Merten, ist ihm aus goldenen Vorkriegstagen gut bekannt. Die beiden Männer haben zusammen viele Regatten gesegelt und im Inland und Ausland die deutsche Marine vertreten; nun treffen sie hier wieder zusammen, älter geworden, um viele Erfahrungen reicher, bewährte kundige Salzbuckel, und der U-Boot-Fahrer genießt die herzliche und bereitwillige Gastfreundschaft auf dem großen, in seiner Sauberkeit und seinem Pflegezustand bestechend schönen Schiff, während hinter dem Hilfskreuzer sein langes graues Boot, roststreifig und gewaschen von tausend salzigen Wogen, grünem Bewuchs auf den Holzgrätings des Oberdecks und an der Wasserlinie, an einer Stahlleine hängt und das Öl in seine Bunker hinüberrinnt.

Der U-Boot-LI, ein breitwüchsiger Kapitänleutnant mit ausgesprochen baltischem Dialekt, besucht unterdessen seinen »Kollegen« auf dem Hilfskreuzer, und der eine der beiden U-Boot-Wachoffiziere und der Bootsmann bereiten die Übernahme von Proviant und Materialnachschub vor.

»Tja, Merten«, sagte der Kommandant zu seinem Besucher, als sie einander in der Kajüte gegenübersitzen, in der so viele Entscheidungen erkämpft und so viele überwundene Gegner empfangen worden sind, »so trifft man sich wieder. Haben wir nicht gedacht, als wir das letztemal zusammensaßen, was? Wann war das doch?«

»Ich weiß nicht, Herr Kap'tän«, erwiderte der U-Boot-Kommandant, »kurz vor dem Kriege glaube ich, bei den Regatten in Kiel. Es kommt einem vor, als wären es tausend Jahre.«

»Ja, so ungefähr.« Kapitän Rogge nickt. »Und annähernd weitere tausend Jahre bin ich von zu Hause weg. Na, Prost, Merten!«

»Prost, Herr Kap'tän!«

»Eigentlich wollte ich ja, nachdem ich Ihr Boot versorgt habe, meine Maschine überholen und noch ein paar Tage operieren«, fährt Kapitän Rogge fort, als sie getrunken haben, »aber nachdem ich für Sie den kleinen Finger geboten habe, nimmt der BdU gleich die ganze Hand. Ich habe Weisung, nach Ihnen noch U 126 zu versorgen.«

»Ich weiß«, nickt Merten, »126-Bauer – ich habe den Funkspruch mitbekommen.«

»Im Interesse der Gesamtkriegführung mag das ja wünschenswert sein«, fährt der *Atlantis*-Kommandant fort, »und deshalb habe ich mich ja auch, nachdem ich schon mal hier bin, angeboten, Sie zu versorgen, Merten, obwohl das bei dem Schweinewetter, das wir uns ausgesucht haben, kein Vergnügen ist. Aber diese zusätzliche Versorgungsaufgabe ist mir durchaus unerwünscht, und ich verstehe den Befehl dazu um so weniger, als das Versorgungsschiff *Python* eben jetzt auf seiner Reise in das Versorgungsgebiet St. Helena den Äquator passieren muß. Bauer könnte doch ebensogut aus *Python* versorgen. Aber – na, ja – wir führen den Befehl aus . . .«

Am ersten Tage des Zusammenliegens hat es mit acht Windstärken geweht; nun, am zweiten, ist es ruhiger; die Beölung geht ohne Zwischenfälle vonstatten. Schwieriger ist die Übernahme des Nachschubproviants; die Kutter tanzen beängstigend an der Bordwand, und das Deck des U-Boots drüben wird unausgesetzt von Brechern überwaschen.

Auf dem Hilfskreuzer hat indessen nach Beratung zwischen Kommandant und Leitendem Ingenieur die Überholung der Hauptmotoren begonnen. Darin liegt zwar, da sich das Schiff auf einem Treffpunkt befindet, ein gewisses Risiko, um so mehr als der Versorgungsplatz mitten in den noch im September recht befahrenen Schiffahrtswegen liegt, aber das muß, wie der Kommandant schreibt, »*im Interesse der Gesamtlage in Kauf genommen werden*«.

So schwitzen und schuften »Kielhorns Schwarze Scharen« in der Tiefe der Maschinenanlage, ziehen Kolben, reinigen und schleifen Ventile, wechseln Öl aus, ersetzen Zylinderbuchsen und Kolbenringe, stellen Nockenwellen nach – es ist eine vollwertige Überholung der Motorenanlage, und sie führen sie durch, obwohl das Schiff in der groben See stark arbeitet, obwohl zeitweilig mit dem einen Hauptmotor voll gefahren werden muß und obwohl, sobald das Wetter sich beruhigt, das Schiff zum Malen des Wasserpasses durch einseitiges Fluten von Tanks gekrängt wird.

Am Nachmittag des zweiten Tages nimmt U 68 Abschied.

»Es wird auch Zeit, daß Sie hier verschwinden, mein Lieber«, sagt Kapitän Rogge scherzhaft zu Merten, »sonst muß ich nachher noch wieder zu Ihnen kommen und bei Ihnen ergänzen – so viel haben Sie mir von Bord geschleppt.« Er ahnt nicht, in wie kurzer Zeit sich dieser Scherz in bitteren Ernst verwandeln soll. –

Im Ablaufen signalisiert Merten zur *Atlantis* hinüber: »Vielen Dank – weiterhin viel Erfolg und glückliche Heimkehr.«

»Machen Sie zurück: K. an K. Danke gleichfalls«, sagt Kapitän Rogge, während er gleichzeitig die weiße Mütze abnimmt und zum Abschied hinüberwinkt. ›Viel Erfolg und glückliche Heimkehr‹ – das hat ihm doch schon U 37 beim Abschied in der Dänemarkstraße gewünscht, damals, als

Atlantis ausbrach in die Freiheit der Ozeane. Wie lange ist das her? Mehr als 600 Tage ...

Der Hilfskreuzer setzt, kräftig nach Westen ausholend, zu neuer Jagd an. Er will auf den weit in den Südatlantik hinausgezogenen Schiffahrtswegen operieren, solange die Wetterverhältnisse noch den Einsatz des Flugzeugs gestatten.

Nach zwei Tagen bringt denn auch Bulla von einer seiner Erkundungen einen Dampfer mit.

Zwölf Stunden knüppelt *Atlantis* an der Sichtgrenze dieses Gegners einher. Am Abend, als sie heranschließt, um anzugreifen, setzt er Lichter – ein Neutraler.

Anhalten und durchsuchen? Nein, keine Zeit mehr – weiter!

Gleich am nächsten Tage macht die Maschine wieder ein Schiff aus, das Kurs auf Pernambuco steuert; aber es läuft so schnell, daß die Verfolgung aussichtslos erscheint. Trotzdem versucht der Hilfskreuzer, was er vermag – er ist nicht annähernd mehr so schnell wie zur Zeit seines Auslaufens, aber der Gegner steuert etwa den gleichen Kurs, den *Atlantis* ohnehin auch steuern wollte; man kann es also darauf ankommen lassen.

Bald zeigt sich: der andere ist zu schnell ...

Das Flugzeug erleidet bei der Landung einen Bruch des Motorgebläses – an sich eine Kleinigkeit, aber der Motor muß ausgewechselt werden, und das dauert immerhin so lange, daß die Maschine am kommenden Tage nicht fliegen kann, und danach weht eine Zeitlang der Passat so hart, daß an Starten nicht zu denken ist.

Nach fünf Tagen kann das Flugzeug endlich wieder ausgesetzt werden. Fröhlich brummend zieht es davon. Es findet nichts.

Bei der Landung in der ziemlich hohen, regellosen Dünung setzt es unglücklich auf, schneidet mit den Schwimmern unter und überschlägt sich. Die Besatzung kommt glücklich und unbeschädigt heraus. Sogar die Maschine selbst kann geborgen werden, aber die Schäden sind dann doch so erheblich, daß selbst bei größter Beschleunigung keine Aussicht besteht, am nächsten Tage wieder startklar zu sein, wie es dem Kommandanten besonders erwünscht gewesen wäre, um das Treffen mit U 126 abzudecken.

Der Treffpunkt »Lilie 10« mit U 126 – Bauer – liegt 350 sm nordwestlich von Ascension. Im Morgengrauen des Versorgungsdatums, am 22. 11. 1941, kommt das U-Boot in Sicht.

22 DAS ENDE

In kurzer Zeit sind der Hilfskreuzer und das U-Boot einander auf Rufweite nahe. Es ist noch früh, ein frischer, klarer Morgen, wie ihrer so viele dem Schiff aus seiner langen Reise begegnet sind: leichte Brise über leuchtendblauer, kaum gerippter See, in der eine lange Dünung nachläuft wie lautlos drehende Walzen unter einem Teppich. Am Himmel weiße flauschige Wolken und opalen schimmernde Kumulustürme rings um die Kimm.

Der Hilfskreuzer stoppt. Das Motorboot wird ausgesetzt und tuckert zu dem langen grauen Boot mit dem niedrigen Turm hinüber, auf dem bärtige junge Männer sich drängen und dem großen Schiff zuwinken, das vor ihnen liegt und, als ob es atmete, in der Dünung sich sachte hebt und senkt.

Der Leitende des Hilfskreuzers kommt und meldet dem Kommandanten einen Schaden am Backbordmotor. »Am besten«, sagt er, »gehen wir gleich dabei; ein Zylinder muß aufgenommen und der Kolben ausgewechselt werden.«

»Gut«, entscheidet der Kommandant, »wenn es sein muß, Kielhorn, dann 'ran! Je schneller Sie fertig sind, desto besser! Ich liege nicht gern halbklar an Treffpunkten; der Atlantik ist darin mit dem Indischen Ozean und dem Pazifik nicht zu vergleichen – zu eng und zu belebt.«

Vom Achterschiff des Hilfskreuzers wird indessen die Schlauchverbindung zu dem U-Boot hergestellt. All das ist oft geübt; Leine und Ölschlauch kommen daher schnell von Bord zu Bord, und das Öl beginnt zu fließen.

Der U-Boot-Kommandant erscheint mit seinem Zweiten Wachoffizier, dem Assistenzarzt, dem Verpflegungsunteroffizier und vier weiteren Maaten an Bord des Hilfskreuzers. Klein, drahtig und straff aufgerichtet, macht er dem *Atlantis*-Kommandanten seine Meldung, und dann nimmt ihn Kapitän Rogge freundschaftlich beim Arm und führt ihn zum Frühstück, während die andern Mitglieder der U-Boot-Abordnung ihre jeweiligen Kontaktmänner aufsuchen, um die Proviant- und Materialübernahme einzuleiten.

Kapitänleutnant Bauer ist erst vor wenigen Wochen aus Westfrankreich ausgelaufen. Während des Frühstücks – Sonderanfertigung mit frischen Brötchen und Kaffee am weißgedeckten Tisch und mit einem Lloydsteward in Paradehemd und blauer Hose – die ungewohnte Geräumigkeit genießend, erzählt er, wie es zu Hause aussieht, was, soweit er es beurteilen kann, die Heimat, was sein Befehlshaber, der BdU, denkt und wie die Kriegslage nach seiner, des U-Boot-Fahrers Ansicht, sich entwickelt. Er beantwortet frisch und kurz und entschieden die vielen Fragen, die ihm gestellt werden. Fragen nach dem, was man wissen will, wenn man so lange ohne andern als gelegentlichen Funkkontakt mit der Außenwelt gewesen ist wie *Atlantis*.

Dr. Reil und Dr. Sprung kommen in die Messe, mit ihnen der U-Boot-Assistenzarzt. Sie sind in lebhaftem Gespräch begriffen; jeder Mensch aus der anderen, der so unendlich lang schon verlassenen »großen« Welt ist ein Ereignis.

Der Adjutant des Hilfskreuzers, Oberleutnant z. S. Mohr, liegt währenddessen noch in der Koje im Morgenschlaf. Ihn quält wieder einmal der Traum, der sich in unregelmäßigen Abständen während des letzten halben Jahres immer präzis in der gleichen Form wiederholt hat:

Er sieht im Schlafe, zwei Dez an Backbord voraus, einen feindlichen Kreuzer. Er sieht, was er, wie jeder an Bord am meisten fürchtet, weil es das unausweichliche Ende des Hilfskreuzers, Untergang, Verderben, vielleicht den Tod bedeuten würde; denn ein Hilfskreuzer ist ja kein schwer gepanzertes Schiff, und ein wirkliches Kriegsschiff ist schneller und hat stärkere Kanonen; das ist klar.

An diesem Morgen nun fährt in den Halbschlaf des Adjutanten der Ruf: »Zwei Dez an Backbord voraus ein Dampfer mit drei Schornsteinen!«

»Alarm!« gellt es in der gleichen Sekunde, »Alarm!«

Noch ehe er voll aufgewacht ist, weiß der Adju, daß das der Kreuzer ist. Die Stunde der Entscheidung hat geschlagen. Man kann ihr nicht mehr davonlaufen, sowenig wie *Atlantis* der überlegenen Geschwindigkeit und den weit überlegenen Waffen dieses Gegners. Das Glück, das ihr so lange treu gewesen ist, verläßt sie; es wendet sich jäh von ihr ab.

Bei nichts in der Welt kann das Glück eine größere Rolle spielen als bei der Unternehmung eines Hilfskreuzers in der Weite vom Feinde beherrschter Meere. Das heißt nicht, daß man sich ihm einfach überlassen darf, blind und untätig; man muß es unterstützen. Man muß ein Gefühl für eine Mastspitze an der Kimm, man muß eine Empfindung für die Wichtigkeit oder Unwichtigkeit eines Fetzens Rauch haben, der sich irgendwo am Horizont kräuselt.

All dies schießt dem Adju durch den Kopf, selbsttätig, ohne daß er sich bewußt ist, zu »denken«, während er hastig in seine Kleider fährt und hört, wie nun das Schiff wie ein aufgestörter Bienenstock zu leben beginnt.

Unser Kommandant, denkt er weiter, hat dieses Gefühl und diese Empfindung in hohem Maße. Wir sind daher insgeheim immer überzeugt gewesen, daß uns nichts passieren kann, daß uns seine Geschicklichkeit und unser Glück schon wieder heil nach Hause bringen werden, außer wenn Pech und Zufall zusammenkommen – wenn das Schicksal selbst gegen uns ist. Und wenn die drei Schornsteine da draußen mein Kreuzer sind, dann hilft auch die großartigste seemännische Geschicklichkeit uns nicht mehr, dann ist das Schicksal unsres Schiffes besiegelt.

Er wirft einen hastigen Blick auf die Uhr: 8.16 Uhr!

Als er an Deck kommt, verstummen eben die Alarmhupen, die eine volle Minute lang das Schiff mit ihrem durchdringenden Ruf erfüllt haben. Achtern werden schon die Leinen losgeworfen und der Ölschlauch gekappt, die Hilfskreuzer und U-Boot verbinden. Der Maschinentelegraf klingelt: »Volle voraus!« und in der Maschine pfeift das Sprachrohrmundstück: »Von Kommandant an LI: Backbord-Hauptmotor mit größer Beeilung fahrklar machen!«

Zugleich dreht der Hilfskreuzer schon mit Hartruder nach Backbord, um den drei Schornsteinen das Heck zu zeigen und zugleich das U-Boot seiner Sicht zu entziehen.

Der Kommandant kennt diesen britischen Kreuzertyp sehr genau, er hat 1936 als IO des kleinen Kreuzers *Karlsruhe* mit der *Doretshire* in Hongkong zusammengelegen.

Der Gegner hat inzwischen sein Bordflugzeug katapultiert; jeder Zweifel, ob es sich wirklich um ein Kriegsschiff handelt, ist damit hinfällig.

Dem U-Boot-Kommandanten und seinen Männern bleibt keine Zeit mehr, von Bord zu gehen. Das Verkehrsboot des Hilfskreuzers liegt gerade bei

U 126 längsseits, und der Erste Wachoffizier, der seinen Kommandanten vertritt, taucht sofort, nachdem die Schlauch- und Leinenbindung gelöst ist. Fluchend, ein wenig blaß und hilflos, steht Kapitänleutnant Bauer auf dem Achterdeck der *Atlantis*. Daß ihm das passieren muß! Was wird der BdU dazu sagen, sein Befehlshaber? Verdammte Sauzucht!

Von der Brücke des Hilfskreuzers beobachten indes glasbewehrte Augen das Flugzeug. Noch kreist es in großem Abstand. Hat es das U-Boot gesehen? Aber wenn nicht, dann gewiß das Verkehrsboot, das noch draußen ist, und den Ölschlauch, die verräterische Schlange, die in einem großen, glatten Ölfleck zwischen Boot und Hilfskreuzer treibt?!

»Flugzeug signalisiert«, meldet eine Stimme mit einer Ruhe, die in hartem Gegensatz zu dem Inhalt der Meldung steht: »Flugzeug gibt SSS mit Vartalampe.«

SSS ist das englische Signal für U-Boote – Submarine Submarine Submarine! Also hat das Flugzeug das U-Boot erkannt!

Der Gegner, der zum Katapultieren seiner Maschine nach Südost gedreht hatte, läuft ständig außerhalb der Geschützreichweite der *Atlantis* mit hoher Fahrt auf und ab und zeigt seine Breitseite. Deutlich stehen die charakteristischen Umrisse eines schweren Kreuzers vor der Kimm. Dann blitzte es drüben auf. Eine Anhalte-Salve heult darüber.

»Kaliber zwanzigkommadrei«, sagt jemand, »besten Dank!« »Ja«, sagt ein anderer, »geben ist seliger denn nehmen.«

Atlantis hat inzwischen nach Südsüdwest abgedreht; das Verkehrsboot folgt ihr mit den Hilfskreuzerseeleuten, die auf dem U-Boot gewesen sind. Der gekappte Ölschlauch in seiner blanken Lache liegt schon ein Stück weit achteraus. Das Flugzeug signalisiert nun nicht mehr; es umkreist das Schiff in weitem Bogen. Die *Atlantis*-Besatzung winkt ihm scheinheilig-freundlich zu.

Zeit gewinnen, denkt der Kommandant, Tarnung aufrechterhalten und Zeit gewinnen. Kämpfen können wir nicht – so weit läßt der uns gar nicht herankommen; er macht uns aus der Ferne zu Kleinholz. Die einzige Chance ist, ihn über das U-Boot zu ziehen. Ob der Wachoffizier drüben das begreift und mitspielt? Wenn bloß der Kommandant noch hinübergekommen wäre! Und zugleich schießt ihm, schon jetzt, die Frage durch den Kopf: Ist das Zufall, daß wir hier überrascht worden sind? Genau zur vereinbarten Treffzeit? Gibt es so etwas an Zufall? Oder ist Verrat im Spiel?

Während der Hilfskreuzer noch abdreht, um abzulaufen, blitzt es drüben beim Gegner zweimal kurz auf: Mündungsfeuer – und bräunliche Rauchballen stoßen aus seinen Rohren. Dann hört man das hohe Sausen, mit dem die schweren Kaliber heranrauschen, die harten Schläge, mit denen sie detonieren, und man sieht die Aufschlagfontänen kurz hinter dem Heck aus dem tiefblauen Wasser emporwuchten.

»Beide stopp!« sagt der Kommandant, »Ruder hart Backbord – er muß sehen, daß wir liegenbleiben.«

Keinen Zweck, weiterzulaufen, denkt er dabei. Wir machen ja nur zehn Meilen mit unserem einen Motor; er ist außerhalb unserer, wir sind innerhalb seiner Reichweite. Er braucht uns also nicht zu folgen, um uns zusammenzuschießen, und infolgedessen läßt er sich auch nicht von uns über das U-Boot ziehen. –

»›Habe gestoppt‹ – Signal setzen!« befiehlt er, und die bunten Flaggen steigen zur Signalraa empor.

Zugleich haut der Funker ein vorbereitetes Signal hinaus: »RRR – *Polyphemus!* R – R – R – *Polyphemus*« – und die Position. Vielleicht kann man, indem man den harmlosen Überfallenen spielt, dem U-Boot doch die erforderliche Zeit geben, um unter Wasser auf Torpedoreichweite an den Kreuzer heranzuschließen?!

Mit allem verfügbaren Saft drücken die Funker der *Atlantis* die RRR-Meldung des »Holländers« hinaus. »Siehste«, sagt einer von ihnen, »so ist den andern immer um die Rosette gewesen, wenn *wir* ihnen auf den Pelz rückten.«

»Flugzeug ruft uns an – Nanni Nanni Jota«, meldet der Signalgefreite auf der Brücke hinter seinem Glase hervor, und »nicht mehr Nanni Nanni, Willi Willi«, murmelt dazu ein Witzbold, mit etwas beklommenem Galgenhumor auf den Lieblingsspruch des Kommandanten anspielend: »Nanni Nanni, Willi Willi: nur nicht weich werden.«

»Auch der Kreuzer ruft jetzt«, folgt die nächste Meldung. »Kreuzer ruft mit Scheinwerfer ›Nanni Nanni Jota! ...‹ und ... ›what ship?‹ Frage: Soll was zurückgemacht werden?«

Der Kommandant weiß: die Lage ist aussichtslos. Selbst wenn das Flugzeug das U-Boot nicht gesehen haben sollte – aber hätte es dann SSS gegeben?! – muß ihm der große Ölfleck mit dem Schlauch darin und das Motorboot nicht verdächtig vorkommen, das hinter dem Schiff dreinfährt? Aber: Zeit gewinnen! Vielleicht ist mit Zeitgewinnen etwas gewonnen. Wenn das U-Boot ... Oder wenn ein Wunder geschieht ... Nur wer sich selbst aufgibt, ist wirklich verloren.

»Signalverkehr schleppend weiterführen«, befiehlt er daher, »nur nicht zu prompt und nicht ohne Fehler antworten und nicht zu schnell ablesen. Wiederholung anfordern ...«

»Wiederholung anfordern, jawoll, Herr Kap'tän.«

Fast eine volle Stunde zieht sich dieses Hinundhersignalisieren hin, eine Stunde, in der von dem Hilfskreuzer aus nur noch stur das Rufzeichen des holländischen Dampfers *Polyphemus* und ganz zuletzt die Frage: »What do you want now?« hinübergegeben wird.

Immer noch besteht eine geringe Chance, daß das U-Boot auf Torpedoreichweite an den Kreuzer herankommen könnte, wenn das auch unter den Augen des ständig bald näher, bald ferner kreisenden Flugzeugs sehr schwierig erscheint. Aber: Nanni Nanni, Willi Willi! Nun eben doch Nanni Nanni, Willi Willi.

Was der Kommandant in diesem Augenblick nicht weiß, ist, daß sich das U-Boot seit dem Tauchen in der Nähe des Hilfskreuzers hält in der Annahme, der Kreuzer werde zum Gefecht näher herankommen und damit eine Angriffschance für das U-Boot entstehen.

Ebenso weiß er nicht, daß der IWO des U-Bootes in dem Glauben, die krepierenden Granaten der ersten Salve des Gegners seien Fliegerbomben auf ihn selbst, sich zunächst für einige Zeit auf 90 m Tiefe begeben hat und daß es ihm nachher nicht gelungen ist, sich durch das Sehrohr ein klares Bild der Lage zu machen und zu erkennen, wo das Flugzeug und wo der Kreuzer sich überhaupt befinden. Eine Schußgelegenheit für U 126 ergibt sich demgemäß nicht.

Der Kreuzer dampft während der ganzen Zeit mit hoher Fahrt an der Backbordseite des Hilfskreuzers zwischen voraus und querab hin und her. Er hält sich sorgfältig über 15 km entfernt, woraus sich ergibt, daß er die Reichweite der *Atlantis*-Batterien durchaus richtig einschätzt. Er hat jetzt im Vortopp ein Signal wehen.

Endlich eröffnet er, als er bei einer seiner Passierbewegungen fast querab steht, auf 16,5 km das Feuer zum Wirkungsschießen auf das gestoppt liegende Schiff.

Über die nun folgenden Ereignisse berichten die Aufzeichnungen des Kommandanten:

»*Die erste Salve lag zu kurz, die zweite fraglich links, deckend. Ein Sprengstück dieser Salve schlug im Vorschiff in die Back ein.*

Das Schiff drehte jetzt mit Hartruder nach Steuerbord. Gleichzeitig wurde Befehl gegeben, mit Bug- und Heck-Nebelanlage zu nebeln.

Noch bevor das Schiff gedreht hatte, schlug eine dritte Salve ein und bewirkte durch einen Treffer im Flugzeugluk den Ausfall der gesamten Stromversorgung vom E-Werk II. Das Flugzeug bzw. Flugzeugteile gerieten in Brand.

Die weiteren Ereignisse folgten einander sehr schnell. Der Ausfall sämtlicher Telefone machte von jetzt ab die Befehlsübermittlung und das Durchkommen von Meldungen sehr schwierig.

Auch nach Umschalten auf E-Werk I blieb die Stromversorgung unregelmäßig, so daß das vorbereitete Kurzsignal an die Heimat nicht mehr hinausgehen konnte. Die Winschen waren unbrauchbar, was später das Aussetzen der Boote sehr erschwerte.

Da der Gegner sich stets sorgfältig außerhalb der Reichweite unserer eigenen Waffen hielt, bestand keine Möglichkeit, ihn zu schädigen; die Vernichtung des Hilfskreuzers war unvermeidlich; mit seinen acht 20,3-cm-Geschützen deckte der Kreuzer die ohnmächtige ›Atlantis‹ ein, auf der bald schwere Brände wüteten.

Die Brandbekämpfung in Luke II hatte sich als vergeblich erwiesen. Die vordere Brücke mußte verlassen werden. Ruder und Maschinentelegraf fielen aus. Alle Befehle an Maschine, Handruder und Besatzung ergingen von nun ab über eine Kette von Meldern.

Das Schießen des Gegners wurde sofort nach Beginn des Nebelns unruhig; das Schiff erhielt daher zunächst verhältnismäßig wenige Treffer, um so mehr, als es nach dem Nebeln und Drehen hinter der Nebelwand gestoppt hatte, um die Rettungsboote auszusetzen. Die Einschläge lagen dadurch überwiegend weit.

Angesichts der unvermeidlichen Vernichtung des Schiffes ging es jetzt nur noch darum, möglichst große Besatzungsteile zu retten, dafür die Rettungsmittel zu Wasser zu bringen und dann das Schiff zu sprengen. Es galt, keine Zeit mehr zu verlieren; einige Boote waren schon von Granaten zerfetzt.

Um von dem Nebel freizukommen, drehte der Kreuzer mit hoher Fahrt auf. Aus 17 km Entfernung feuerte er unaufhörlich 20,3-cm-Vollsalven, die rings um das Schiff und auf dem Schiff einschlugen. Die Zeit des Nebelschutzes hatte jedoch ausgereicht, um sämtliche Flöße über Bord zu werfen und außer den ohnehin ausgeschwungenen Booten noch zwei Kutter anzuheißen und auszusetzen.

Das Wirkungsschießen hielt zunächst auch weiterhin an. Das Schiff hatte bis jetzt mindestens acht schwere Treffer erhalten: in Luk V, an Backbord und in Luk II. Trotzdem waren die Verluste an Bord bis jetzt außerordentlich gering.

Der Rollenoffizier erhielt nunmehr Befehl, die Sprengladungen abzureißen, die Besatzung war befehlsgemäß fast vollzählig von Bord.

Unmittelbar vor dem Verlassen des Schiffes fielen an Steuerbord zwei Mann; der Erste Offizier wurde verwundet. Weitere Verluste traten dadurch ein, daß Sprengstücke der im Schiff detonierenden Granaten die Bordwand durchschlugen und nach außen flogen.

Kurz nach dem Aussetzen der Boote ging die Sprengladung am Maschinenschott hoch. Das Schiff nahm sofort Schlagseite nach Backbord und fing langsam an, achtern wegzusacken. An Bord waren nur noch der Kommandant, der Adjutant, der Stabsobersteuermann und eine Gruppe von Mannschaften unter dem Kommando des Rollenoffiziers; sonst war niemand zu sehen.«

»In Bruchteilen von Sekunden«, schreibt der Kommandant weiter, »schossen mir indessen die Gedanken durch den Kopf, fast wie ein zu schnell abgespielter Film: Hast du auch das Letzte versucht? Gibt es nicht doch noch eine andere Möglichkeit? Wie können möglichst viele von deinen Männern gerettet, welcher Schaden dem Gegner noch zugefügt werden? Kannst du – und willst du ohne dein Schiff in die Heimat zurückkehren? Ohne das dir anvertraute Schiff?! Tust du nicht lieber das andere ...? Was so viele Kapitäne vor dir getan haben, wenn sie ihr Schiff verloren? Das, womit jeder mögliche Vorwurf schweigt, jede Schuld endet? Und dazwischen, als letzter Halm, an den sich die Hoffnung klammerte: Kommt nicht das U-Boot doch vielleicht noch zum Angriff?

Es war nicht viel Zeit für Gedanken; jede Sekunde forderte wichtige Entscheidungen, neues Handeln. Fast mit der Detonation der achteren Sprengladung flog die vordere Bereitschaftsmunition durch einen Volltreffer in die Luft.

Ich war allein noch auf der Brücke. Der Adjutant vernichtete die Geheimsachen. Dann kam Stabsobersteuermann Pigors. ›Es wird Zeit‹, sagte er, ›wir müssen aussteigen, Herr Kap'tän.‹ Ich antwortete nicht, schüttelte den Kopf. ›Oder wenigstens erst mal in Feuerlee gehen‹, beharrte er. Wir gingen auf die andere Seite des Funkraums. Das Prasseln und Knakken des Feuers und der Lärm der Granateinschläge machten es schwer, sich zu verständigen.

Pigors drängte. Aber ich konnte mich immer noch nicht entschließen, das Schiff zu verlassen. ›Es hat doch keinen Sinn hierzubleiben, Herr Kap'tän‹, schrie er mir ins Ohr, ›hier ist alles getan und nichts mehr zu retten. Aber da, die Männer, die brauchen Sie noch.‹

Ich schüttelte den Kopf. ›Pigors, bitte lassen Sie mich ...‹

›Nein‹, schrie er wieder, ›jetzt ist die letzte Chance, und wenn Sie jetzt nicht mitkommen, Herr Kap'tän, dann bleibe ich auch hier.‹

Das entschied schließlich. Wir verließen die Brücke. Adjutant, Rollenoffizier und die Männer des Sprengkommandos hangeln sich an den Manntauen abwärts oder springen außenbords.

Es ist nun keine Zeit mehr zu verlieren. Als letzte springen Pigors und ich, und wir müssen uns beeilen, von dem sinkenden Schiff freizuschwimmen.

In diesem Augenblick schlugen unaufhörlich Salven in das Schiff und neben dem Schiff in das Wasser zwischen die dort treibenden Boote und Menschen; hierbei fielen zwei Mann, ein Ergebnis, das nur der Tatsache zuzuschreiben ist, daß der Gegner Bodenzünder verwandte. Hätte er mit Kopfzündern geschossen, so wären vermutlich nur wenige mit dem Leben davongekommen.

Über hundert Mann schwammen im Wasser. Noch etwa fünf bis sechs Salven fielen. Dazwischen detonierte die zweite Munitionskammer mit einer hohen Stichflamme. Das Schiff lag dabei achtern bereits bis zum Bootsdeck im Wasser.«

Plötzlich erscheint noch ein Mann auf dem Vorschiff. Er hat seine Gefechtsstation als Leckposten im Zwischendeck gehabt und auf Anfrage durch Telefon und Sprachrohr nichts mehr gehört. Er hat auch, wie er dem Kommandanten später meldet, auf Parole-Anfrage keine Antwort mehr erhalten, und da will er denn doch lieber einmal nachsehen, was eigentlich oben los ist. Das Schiff hat auch eine so komische, schiefe Lage ... Und dann sieht er, besinnt sich nicht lange und springt ...

Gegen 10 Uhr ging die Atlantis in 4° 20 S 18° 35 W über das Heck unter. Sie trug keine Flagge. Der Kommandant hielt die Tarnung selbst jetzt noch aufrecht. Der Gegner sollte nicht wissen, wen er versenkt hatte, damit seine Abwehrmaßnahmen weiterliefen.

Die im Wasser treibenden Besatzungsangehörigen brachten drei Hurras aus: »Unserem braven Schiff ...« Dünn und hell klangen die Stimmen über das Wasser hin, in dem die vielen dunklen Punkte auf und nieder schwankten.

Das Flugzeug kreiste noch einmal über der Untergangsstelle. Von dem Kreuzer war nichts zu sehen; er muß sofort nach dem Untergang abgelaufen sein.

In einem der Gummiboote saß Prochnow, der Oberfeuerwerker, eine der unverwüstlichen Stützen der Besatzung, und als nun sein Schiff weg war, das ihn so lange Zeit treulich getragen, das er so gut gekannt, das er geliebt und auf das er so oft geflucht hatte, da saß ihm etwas dick in der Kehle, und er dachte, daß es besser sei, davon niemand etwas merken zu lassen. Und also zog er ein Blatt Karten aus seinem verwaschenen Khaki-Jackett, nasse Karten natürlich, die nicht mehr recht schnarrten, wenn man mit dem Daumen über ihre schmale Kante strich, aber doch Karten immerhin, und sagte: »Kein Ding ohne gute Seiten, Kameraden. Jetzt haben wir endlich mal Zeit, ungestört einen anständigen Skat zu spielen. Wer gibt?«

»Mensch!« sagte einer, »du hast vielleicht 'n Nerv ... Aber meintswegen.«

»Um wieviel denn?« fragte ein zweiter, »'n Zehntel?« und schon war das Spiel im Gange.

Die Schilderung des Adjutanten fährt an dieser Stelle fort:

In dem Boot, in das ich schließlich hineingezogen war, herrschte eine drangvolle Enge. Wir waren etwa sechzig Mann, die auf den Duchten hockten. Ich sah mich um und freute mich, die vertrauten Gesichter zu sehen. In meinem Boot war der Obersteuermann, der bis zuletzt auf der Brücke beim Kommandanten gewesen war und jetzt hier am Ruder saß. Noch hatten wir aber nicht die Riemen genommen, um zu pullen; soweit waren wir noch nicht.

Das Wetter war außergewöhnlich ruhig. Die Sonne schien aus einem mit leichtem Dunst verhangenen Himmel. Es wehte fast kein Wind. Eine lange, mittelhohe Dünung hob und senkte unser Boot, und wenn wir auf den höchsten Punkt emporgehoben waren, konnten wir einige hundert Meter entfernt hier und dort die anderen Boote sehen, die wie wir, vorläufig noch ohne zu rudern, dahintrieben. Wir befanden uns am Rande des Trümmerfeldes über der Untergangsstelle des Schiffes, und überall sahen wir Gegenstände, die uns vom langen Gebrauch bekannt und lieb geworden waren, im Wasser schwimmen. ›Was ist denn das?‹ fragte einer, und der andere antwortete: ›Das muß die Backbord-Sonnensegelstütze sein.‹

Ein anderer erkannte den Steuerbordbrückenaufgang, und so ging es fort, bis plötzlich Oberleutnant Bulla rief:

›Da kommt ja meine Kommode!‹, und wirklich, da trieb sie. Eine der Schubladen war halb offen. Sie kam in Greifweite, wir hielten sie fest, und Bulla nahm heraus, was er glaubte für die nun kommende Reise brauchen zu können, Taschentücher und die geliebte Dunhillpfeife. Dann schwamm die arme Kommode davon.

Wo aber war der englische Kreuzer? Nachdem uns sein Flugzeug noch einmal in niedriger Höhe überflogen hatte, hatten wir zuerst nicht mehr an ihn gedacht. Jetzt suchten wir den Horizont ab. Nichts mehr von ihm war zu sehen.

Da hörten wir eine Trillerpfeife. In einem der Boote sahen wir den Kommandanten aufrecht stehen. Er rief über das Wasser: ›Boote hierher sammeln!‹

Wir erwachten aus unserer Untätigkeit. Die Riemen wurden hervorgeholt. Unsere Männer begannen zu rudern. Man hörte Kommandolaute. Dann waren alle Boote um den Kutter des Kommandanten herum. Es waren vier große, eiserne Kutter, unsere zwei Motorboote und fünf Schlauchboote.

Die Stimme des Kommandanten rief uns in die Wirklichkeit zurück. Wir waren alle ein wenig benommen gewesen von dem Ereignis, das uns, die wir so fest an das Glück geglaubt hatten, so unwirklich vorkam. Aber jetzt tauchten auf einmal große Probleme auf, die gelöst werden mußten, wollten wir leben und vielleicht sogar einmal in die Heimat zurückkehren ...«

An dieser Stelle fährt der Bericht des Kommandanten fort:

»*Mit Stimme und Batteriepfeife wurden nunmehr die einzelnen Besatzungsteile zusammengeholt und aus Wrackteilen behelfsmäßige Flöße zusammengezurrt, an denen sich diejenigen, für die in Booten und auf Flößen kein Platz mehr war, halten konnten.*

Das Wetter war günstig; es wehte ein leichter Passat mit Stärke 3; die Dünung war nicht besonders hoch; es war heiter und warm. Die zahlreichen Haie, die sich sofort angefunden hatten und die Schwimmenden umkreisten, griffen nur die Toten, aber keinen Lebenden an. Gegen 12 Uhr, kurz vor dem Wiederkommen des U-Bootes, war auch die letzte Gruppe Schwimmender mit dem Kommandanten von einem Boot aufgenommen.

Das U-Boot, das nun endlich seinen Kommandanten und auch seine übrigen Besatzungsangehörigen glücklich vollzählig wiederbekam, übernahm zunächst die Verwundeten und die auf Flößen Treibenden. Danach nahm es einen leeren Kutter, der nach dem Untergang aufgeschwommen war, und das vollgelaufene ›Teddy‹-Motorboot, das morgens vor Insichtkommen des Kreuzers ausgesetzt worden war, in Schlepp und sammelte dann die übrigen Boote.

Als alle beisammen waren, ergab der Namensaufruf, daß sieben Mann fehlten. Der Oberbootsmannsmaat Dettenhofer und der Obermechanikermaat Gerstenhauer, die Matrosenobergefreiten Schäfer und Kroos waren bei der Beschießung gefallen, der Oberbootsmannsmaat Büehrle und der Oberfunkgefreite Felchner an ihren Verwundungen gestorben. Vermißt, vermutlich im Wasser gefallen, war der Oberfunkgefreite Heinz Müller.

Außer den Verwundeten nahm das U-Boot in erster Linie die für die Heimat wichtigsten Spezialisten an Bord: 10 Offiziere, 6 Oberfeldwebel, 16 Unteroffiziere und 23 Mann – insgesamt 55.

Für die übrigen 201 Mann standen 6 Boote zur Verfügung: 2 Motorboote und 4 große, eiserne Kutter, jedes unter dem Befehl eines Seeoffiziers; auf sie wurde der Rest der Besatzung verteilt. Um sie aber im Hinblick auf die bevorstehende lange Schleppfahrt nicht zu überlasten, blieben 52 Mann mit Schwimmwesten an Deck des U-Bootes. Sie bekamen Befehl, im Alarmfalle, wenn das U-Boot tauchen müßte, über Bord zu springen und sich auf die Boote zu verteilen.

Am 22. November, nachmittag 16 Uhr, begann die Schleppfahrt. Ziel: die brasilianische Küste, sofern nicht die Seekriegsleitung andere Anweisungen geben würde.

Das U-Boot hatte inzwischen an den BdU gefunkt: ›Schiff 16‹ während Versorgung auf Treffpunkt von englischem 10 000-t-Kreuzer versenkt. Versuche, mit Rettungsbooten 305 Mann südamerikanische Küste zu erreichen ...‹

Das gute Wetter und die achterliche See erlaubten, ziemlich hohe Fahrt zu laufen, so daß zeitweise mit 6–7 Meilen geschleppt werden konnte. Leinenbrüche machten jedoch häufige Aufenthalte erforderlich, und weitere Schwierigkeiten entstanden dadurch, daß die schweren Motorboote in der Dünung stark nachliefen und dann sehr heftig einruckten, was zu einer starken Beanspruchung ihrer Verbände führte, so daß die Boote, ebenso wie durch Spritzwasser, durch ihre arbeitenden Plankennähte viel Wasser machten ...

Am Mittag des 23. November ergab das Besteck, daß unser Schleppzug von den insgesamt 950 sm bis Pernambuco 150 zurückgelegt hatte. Es blieben also noch 800 sm – oder 5 bis 6 Tage weiterer Fahrt bei günstigen Wetterbedingungen. In dieser langen Zeit drohte die Unternehmung zum reinen Leinenproblem zu werden, da das U-Boot nur über wenige Festmacher verfügte und die in den Booten vorhandenen Leinen sich schnell abnutzten.

Auch der seemännischen Nummer Eins des U-Bootes machte die Leinenfrage großes Kopfzerbrechen; ›denn‹, so sagte er zu seinem Kommandanten, als er die letzte Leine ausgegeben hatte, ›womit sollen wir nun in Lorient festmachen?!‹«

Der Adjutant schreibt an dieser Stelle:

»Schon nach zwei Tagen schienen wir eine Ewigkeit in den Booten gesessen zu haben. Wir waren durchweicht. Das ständig bei der Schleppfahrt überkommende Seewasser breitete sich auf den Sitzbänken aus, und auf diesen Bänken scheuerten wir uns durch. Tagsüber brannte die Sonne erbarmungslos auf uns herab, und nachts war es eiskalt, so daß wir uns zitternd zusammendrängten. Wir lebten von dem Schiffszwieback und dem Wasser, das sich als eiserner Bestand in jedem unserer Boote befand und das noch eine Weile reichen würde. Später konnte uns das U-Boot weiterhelfen.

Jeden Morgen wurde vom U-Boot die zurückgelegte Distanz an uns durchgegeben, und mit Schrecken rechnete ich mir aus, daß bei dieser Art zu fahren wohl noch 14 Tage Schleppfahrt vor uns standen. Aber niemand im Boot ließ den Mut sinken.

Gegen Abend des zweiten Tages wurde ich, während ich dahinträumte, von einem lauten, freudigen Ruf aufgeweckt, der aus dem Boot vor uns kam: Vom Turm des U-Bootes wurde ein Winkspruch an uns abgegeben: ›Soeben Eingang FT von SKL: Drei U-Boote und ›Python‹ zur Hilfeleistung auf Schleppzug angesetzt. BdU.‹

Das Gefühl der Erleichterung bei dieser Nachricht ist schwer zu beschreiben.

Im Morgengrauen des nächsten Tages kam tatsächlich das Schiff in Sicht. Noch nie hatten wir ein Schiff so begeistert begrüßt. Eine Stunde später, als das Deck begann sich in der Sonne zu erwärmen, standen wir auf den Planken unserer neuen Heimat. Unsere Boote hatte die ›Python‹ an Bord genommen. Dem U-Boot winkten wir dankbar ›Gute Fahrt‹ nach.

Wie die Wölfe stürzten wir uns auf die erste warme Mahlzeit, die uns die Kameraden bereiteten. Es war Labskaus. Das war großartig. Es gab auch einen Schnaps und Kaffee. Ein Paradies! Dann halfen sie uns mit ihren Sachen aus. Wir waren bald recht abenteuerlich angezogen. In den Laderaum *waren Matratzen gelegt worden, auf denen betteten wir uns, glücklich, uns einmal wieder ausstrecken zu können. Ich selbst lag in einer herrlichen Passagierkabine. Aber nachts fuhr ich auf und war sehr unglücklich. Mein Traum war wieder da. Wieder sah ich zwei Dez an Backbord einen feindlichen Kreuzer . . .«*

Soweit der Adjutant, seine Erlebnisse und Träume.

Der Kommandant schreibt:

»*Die Besatzungen der Rettungsboote waren froh, einer weiteren Bootsfahrt entronnen zu sein. Die in den Booten verbrachten Nächte waren bereits wenig erfreulich gewesen, vor allem, weil die Boote mit bis zu 42 Mann völlig überfüllt, zum andern, weil die Nächte empfindlich kalt waren und weil fast niemand mit mehr bekleidet war als mit einem Hemd oder einem umgehängten Handtuch. Auch die auf dem U-Boot untergebrachten Leute hatten es nicht viel besser gehabt als die in den Booten, da beim Gegenangehen gegen die See das Boot viel Wasser an Deck nahm und auf dem Turm kein ausreichender Platz vorhanden war . . .*

›*Python*‹ *stand bereits weit südlich, als die Anweisung der SKL bezüglich der Hilfeleistung einging. Sie hatte sofort kehrtgemacht und in der Nacht einen Suchstreifen auf der wahrscheinlichen Breite von Osten nach Westen abgelaufen. Dieser sinngemäßen Navigation und Schiffsführung des* ›*Python*‹*-Kommandanten, Kapitänleutnant (S) Lueders, war es zu verdanken, daß die Boote gleich beim ersten Anlauf gefunden wurden.*«

Die *Python* war ein Schiff der Afrikanischen Frucht-Companie in Hamburg, ein P-Liner, ein Laiesz-Schiff, und der seltsame Zufall wollte es, daß der Kommandant schon einmal in glücklicheren Zeiten, 1937, auf der *Python* zu den Krönungsfeierlichkeiten nach England gefahren war. Nun bezog er wieder die gleiche Kammer wie damals . . .

Der Kommandant U 126, Kapitänleutnant Bauer, schreibt über die Schleppfahrt:

»*Die Aktion forderte von der U-Boot-Besatzung vollen Einsatz. Durch die rasche Vernichtung von* ›*Schiff 16*‹ *konnten nicht alle Rettungsboote ausgesetzt werden, so daß die vorhandenen übersetzt und zum Schleppen nicht klar waren. Die Flöße konnten nicht geschleppt werden, weil sie bei Seegang zuviel Wasser übernahmen. Es mußten daher 55 Mann unter Deck genommen werden . . . 52 Mann standen an Deck . . . Fast jeder Mann an Deck oder in den Booten mußte für die Nacht mit Kleidern oder Decken ausgerüstet werden, da die meisten außer einer kurzen Hose nichts auf dem Leibe hatten. Die Verpflegungsfrage war sehr akut . . . Wir hatten von* ›*Schiff 16*‹ *nur ein paar Kleinigkeiten erhalten und waren vorher durch Ausfall vieler Konserven ziemlich abgebrannt . . . mußten mit unserem Rest 10 Tage rund 360 Mann ernähren . . . rigorose Sparmaßnahmen . . . Versorgung der Rettungsboote im Schlauchboot. Die Leute in den Booten bekamen zweimal am Tage etwas Warmes.*

Die Haltung der Besatzung von ›*Schiff 16*‹ *und meiner Besatzung war sowohl bei der Vernichtung von* ›*Schiff 16*‹ *als auch während der Rettungsaktion vorzüglich . . .*«

Mechanikergefreiter Rother überreicht dem Kommandanten das selbstgebastelte Ritterkreuz.

Kapitän z. S. Rogge, Kommandant SCHIFF 16.

Fort mit den Krücken! Die Kunstbein-Gemeinschaft hatte den Ehrgeiz, amputierten Gefangenen tadellos funktionierende Ersatzgliedmaßen zu basteln.

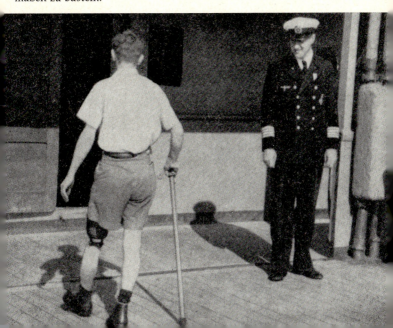

Nach der Vernichtung: U 68 schleppt Boote mit Überlebenden der ATLANTIS und PYTHON.

Eine zweite Gruppe hockt in Schlauchbooten an Deck.

Unbarmherzig brennt die Tropensonne. Das behelfsmäßige Sonnensegel bietet nur ungenügenden Schutz.

Am Abend des 24. November ist die Versorgung des U-Bootes beendet; es legt ab und läuft, von Rufen und Winken begleitet, in der beginnenden Dämmerung rasch außer Sicht.

Für die dreihundert *Atlantis*-Überlebenden kommt die erste Nacht in relativer Sicherheit, für den Kommandanten in dieser Nacht und am folgenden Tage die erste Gelegenheit zu ruhiger Überlegung und etwas distanzierter Betrachtung der Ereignisse. Aber es kommt auch der Nachschock, die tiefe Niedergeschlagenheit, die Frage nach dem »Warum«, die Selbstprüfung, ob auch alles geschehen ist, die Katastrophe zu verhindern.

Am 25. November schreibt Kapitän Rogge das Schlußkapitel seines Kriegstagebuches. Dort heißt es:

»›Schiff 16‹ ist nach erfolgreicher Durchführung seiner Aufgaben nach 622 Seetagen und 102 000 Seemeilen Fahrtstrecke unmittelbar vor dem Antritt des Heimmarsches bei einer außerhalb seiner eigentlichen Aufgaben liegenden Versorgungsaktion erfaßt und vernichtet worden ... Der tragische Untergang des Schiffes wirkt um so bitterer und bedrückender, weil das Schiff, da Gegenwehr nicht möglich war, kampflos aufgegeben werden mußte, obwohl die Besatzung immer von gesundem Kampfeswillen beseelt war. Für den Soldaten ist es nicht so hart, dem überlegenen Material im Kampfe zu erliegen, wie überhaupt nicht kämpfen zu können.

Zum Abschluß bleibt hervorzuheben, daß die Besatzung des Hilfskreuzers sich während des gesamten Einsatzes voll bewährt und stets freudig und einsichtig ihre Pflicht erfüllt hat. Sie hat gezeigt, was deutsche Seeleute, auch unter erschwerten Bedingungen, auf allen Gebieten zu leisten imstande sind.

In gleicher Weise hat sich die Maschinenanlage ebenso wie das Schiff selbst voll bewährt und sich für die hohe und ununterbrochene Beanspruchung als hervorragend geeignet erwiesen.

Es ist bedauerlich, daß dem Schiff und seiner Besatzung die volle Erfüllung der Aufgabe – die Rückkehr mit dem Schiff in die Heimat – versagt geblieben ist.«

Nüchtern, wie diese Eintragung ist, läßt sie doch etwas durchschimmern von den wahren Empfindungen des Kommandanten in diesen ersten Tagen nach dem Untergang der *Atlantis*.

»... außerhalb seiner eigentlichen Aufgaben vernichtet ... tragischer Untergang ... bitter ... bedrückend ... kampflos aufgeben ... volle Erfüllung versagt ...« Der Kommandant hat alle Mühe, sich allzu düsteren Stimmungen zu entziehen, aber er kann es nicht ändern, daß ihm unablässig die Frage nach dem »Warum« im Kopfe herumgeht: Warum mußte seinem Mitdenken im Gesamtkriegsinteresse, seiner Bereitwilligkeit, Merten zu versorgen, die zweite Aufgabe – U 126 – folgen? Warum an dieser Stelle? Und warum war er nicht, wie sonst immer, zusammen mit dem U-Boot die üblichen 200 sm weitermarschiert, um vor jeder Überraschung sicher zu sein? Weil der Backborddiesel eine Panne hatte? Keine Entschuldigung; man hätte mit dem Steuerborddiesel allein fahren können. Aber hätte einen deswegen das Bordflugzeug des Engländers nicht erwischt? Unmöglich, solche Fragen zu beantworten, unmöglich aber auch, sie zu unterdrücken.

War Verrat im Spiele? Oder wie anders sollte man sich erklären, daß genau zur festgesetzten Treffzeit der Kreuzer auf dem vorgesehenen Treffpunkt erschien? Auf scheinbar ganz sinnlosem Kurs? Und daß er sofort sein Flugzeug katapultierte, als er ein Schiff sichtete, das er zunächst doch für ein Handelsschiff halten mußte?! Ob es jemals gelingen würde, das Dunkel über diesem Geheimnis aufzuhellen?

Einen Trost erhält der Kommandant mit Eingang eines Funkspruchs des Großadmirals: »*Ich billige Ihren Entschluß, zur Erhaltung der Besatzung und zur Verschleierung des Hilfskreuzer-Charakters das Schiff zu versenken, nachdem Sie, selbst in schwerem Feuer liegend, keine Möglichkeit zur Gegenwehr hatten.*«

Am gleichen Tage, dem 26. November, erhält der Versorger *Python* Befehl zur Auffüllung von U 68 – *Merten* und UA – *Eckermann* am 30. November, und von U 124 – *Jochen Mohr* und U 129 – *Nico Clausen* am 4. Dezember auf einem Treffpunkt vor der Küste von Südwestafrika. Anschließend soll das Schiff mit der *Atlantis*-Besatzung in die Heimat zurückkehren.

Python hat dazu noch einmal ein Stück südwärts zu laufen. Am 30. November abends trifft sie auf 27° 53' Süd, 3° 55' West, etwa 700 Seemeilen südlich von St. Helena mit U 68 zusammen. Vor wenig mehr als zwei Wochen noch hat der Kapitän Rogge den U-Boot-Kommandanten auf eigenen Planken willkommen geheißen; nun stehen sie einander wieder gegenüber, der eine als Überlebender auf einem fremden Schiff, der andere nach erfolgreicher Unternehmung bis nach Walfischbay und fast bis nach Kapstadt.

UA – *Eckermann* läßt auf sich warten; es erscheint erst am Morgen des 1. Dezember, und unverzüglich beginnt die Versorgung beider Boote. UA erhält Öl und Proviant, U 68 Torpedos und Proviant. Ein Verkehrsboot der *Python* tuckert zwischen dem Versorger und den Booten hin und her, schwer beladene Schlauchboote in Schlepp. Das Wetter ist ruhig, Windstärke 3 bei allmählich zunehmender Dünung – die Torpedoübernahme, bei der das Deckluk des Bootes geöffnet werden muß, scheint gerade noch möglich; nun ist der Proviant, nun sind die Maschinenersatzteile an der Reihe, und sie werden im Boot unter Deck zunächst provisorisch, d. h. irgendwohin gestaut.

Später wird Zeit sein, sie ordnungsmäßig wegzupacken und daran den Trimmversuch anzuschließen, durch den die Tauchbereitschaft des Bootes wiederhergestellt wird.

Der Vormittag vergeht. Die Tropensonne knallt auf das Meer, auf die Boote, den in der Dünung tanzenden Motorkutter und den leise in der Dünung rollenden Versorger herab.

Der Adjutant der *Atlantis* kommt aus seiner feudalen Passagierkabine. Er hat zu Mittag geschlafen und will auf die Brücke, um etwas mit seinem Kommandanten zu besprechen. Plötzlich vernimmt er Unruhe; dann, als er genau hinhört, erreicht ihn der Ruf des Salingsausgucks, der verhaßte, insgeheim erwartete Ruf: »Dampfer mit drei Schornsteinen zwo Dez an Backbord!« Ohne sich zu besinnen, schreit er laut durch die Brückenaufbauten:

»Feindlicher Kreuzer in Sicht!« – »*und schlagartig*« – so beschreibt er es selbst – »*öffneten sich sämtliche Türen. Unsre Offiziere erschienen und fluchten gräßlich. Was sie im einzelnen sagten, kann ich nicht schreiben.*

Nun spielte sich alles ab wie in einem Theaterstück. Unsere Leute von der ›Atlantis‹ wußten genau, was jetzt kommen würde. In aller Ruhe verschafften sie sich alles, was sie für die Fahrt in den Booten brauchen würden. Berge von Wolldecken wurden in die Boote gebracht, Konserven über Konserven wanderten hinein, und sie vergaßen keineswegs, aus der Bäckerei die eben fertig gewordenen frischen Brötchen zu holen, die sie, in Beutel verpackt, in die Boote warfen.«

Und der Kommandant schreibt:

»*Am 30. November abends traf ›Python‹ mit U 68 zusammen und begann sofort mit der Ölabgabe. UA erschien erst in der Morgendämmerung des folgenden Tages, eine Verspätung, die sich auf den Verlauf der Ereignisse sehr schwerwiegend auswirkte. Unter Mithilfe der ›Atlantis‹-Besatzung begann nun die gleichzeitige Abfertigung beider U-Boote.*

Der Salingsausguck wurde von erfahrenen Ausgucks der ›Atlantis‹ zusätzlich gestellt. Darüber in der Tonne saß ein Mann der ›Python‹. Der unserer Erfahrung nach notwendige Topp-Ausguck in der Mastspitze blieb leider unbesetzt, da sich ›Python‹ nicht entschließen konnte, von einem diesbezüglichen Angebot Gebrauch zu machen.

Wegen der Unsicherheit der Wetterlage – zunehmende Dünung, die Torpedoübernahme nur gerade noch zuließ – war darauf verzichtet worden, mit den Booten sicherheitshalber nach einem nördlicher liegenden Ausweichtreffpunkt zu laufen. Möglicherweise würde in einer aufkommenden Schlechtwetterperiode überhaupt keine Torpedoübernahme stattfinden können. Wahrscheinlich wäre dieser Entschluß anders ausgefallen, wenn UA planmäßig schon am 30. abends eingetroffen wäre.

Am 1. Dezember nachmittags 15.30 Uhr, als eben mit der Proviantversorgung von U 68 begonnen wurde, meldete ein Salingsausguck ein Fahrzeug mit drei Schornsteinen, das, bald darauf als Kreuzer ausgemacht, in etwa 30 km Entfernung langsam aufkommend vorbeidampfte. Der Ausguck in der Tonne, zwei Meter über der Saling, hatte nichts gesehen!

Die Versorgung der Boote wurde daraufhin sofort abgebrochen, die Leinen eingeholt, die längsseits liegenden Schlauchboote losgeworfen, die Schlauchverbindung mit den U-Booten gelöst. ›Python‹ ging sofort auf dreimal äußerste Kraft voraus und drehte nach Nordost ab. Sie stieß dabei im Hochfahren der Maschinen einen Qualmballen aus, der offenbar den Gegner erst auf das Schiff aufmerksam machte; denn nun drehte er plötzlich nach und fing stark an zu qualmen und in unserem Kielwasser zu folgen.

Es wäre zweifellos richtiger gewesen, ganz langsam mit der Fahrt anzugehen, um die verräterische Rauchwolke beim Anfahren des Hauptmotors zu vermeiden. Daß das nicht geschah, ist verständlich, da es den Kommandanten der Versorgungsschiffe an jeglicher Art von Schulung oder Unterrichtung über grundsätzliche Fragen der Handelskriegstaktik fehlte.

Weder die Heimatdienststellen noch die Kapitäne der Versorgungsschiffe und der Blockadebrecher verfügten überraschenderweise über die einfachsten Begriffe von Tarnung, Verhalten gegenüber fremden Schiffen, Anhalteverfahren der Gegner und dgl. Eifer und Pflichtbewußtsein führten daher selbst bei einem so umsichtigen und geschickten Schiffsführer wie dem ›Python‹-Kommandanten zu Maßnahmen, die im Lichte längerer Erfahrung als überflüssig, falsch oder schädlich angesehen werden mußten.

Während der fast einstündigen Verfolgung durch den bald als schweren Kreuzer der ›London‹-Klasse ausgemachten Feind machten sich die beiden U-Boote mit größter Beschleunigung klar und tauchten. U 68 war noch bei der Übernahme der letzten Oberdeckstorpedos und lag bei dem Alarm mit offenen Luken und Oberdecksbehältern da. UA brauchte nur die Schlauch- und Schleppverbindung loszuwerfen. Das Verkehrsboot der ›Python‹ mit einigen Seeleuten konnte nicht mehr eingesetzt werden und blieb daher an der Versorgungsstelle zurück. Der Kreuzer passierte das Boot mit einer Ausweichbewegung eine Stunde nach Insichtkommen um 16.33 Uhr.

Von den beiden U-Booten, über die der ›Python‹-Kommandant seinen Verfolger richtigerweise hinwegzog, kam nur UA zum Schuß. U 68, das überstürzt getaucht war, ohne seine Trimmrechnung vorher in Ordnung bringen zu können, sackte zuerst weg wie ein Stein, mußte mit Preßluft abgefangen werden und brauchte so lange, ehe es gelang, das Boot einzusteuern, daß der Kommandant dem inzwischen seiner Reichweite entronnenen Gegner nur noch einen Fluch nachschicken konnte. UA schoß fünf Torpedos in zwei Fächern aus 3000 m Entfernung. Der Kommandant unterschätzte die Fahrt des Kreuzers, die er mit 12 sm/st einsetzte, offenbar erheblich; kein Torpedo traf.

Die Ereignisse verliefen von da an erwartungsgemäß. Der Kreuzer kam schnell auf und schoß aus 18 km eine Anhaltesalve, worauf ›Python‹ aufdrehte und stoppte.

Durch Kopflosigkeit wurde gleich darauf ohne Befehl die Heck-Nebelanlage eingestellt; glücklicherweise ohne daß der Kreuzer das Schiff daraufhin weiter beschoß.

Die Rettungsboote konnten jetzt in Ruhe gefiert und von dem an Deck für die U-Boote bereitliegenden Proviant noch größere Mengen hineingeworfen werden. Dann wurden die Schlauchboote in Schlepp genommen, und der ganze Troß von Booten entfernte sich von dem Schiff, um möglichst aus dem Bereich der Beschießung zu kommen, mit deren Beginn in jedem Augenblick zu rechnen war. An Bord blieben nur der Kommandant der ›Python‹, Kapitänleutnant (S) Lueders, das Sprengkommando und der Sprengoffizier der ›Atlantis‹, Oberleutnant z. S. Fehler, zurück.«

Der Adjutant schreibt an dieser Stelle:

»Der Kreuzer kam näher und schoß. Unsre Leute ließen sich nicht stören. Sie gingen ruhig in die Boote. Wir stoppten dann unser Schiff ab. Es blieb uns nichts anderes übrig, als es zu versenken.

Die Leute des Hilfskreuzers gingen zum Materialverwalter. Ich sehe ihn noch vor mir, wie er da stand und darauf bestehen wollte, daß er für jede Lederhose und Lederjacke, die er an unsre Leute ausgab, auch eine korrekt *ausgeschriebene, vom Verwaltungsoffizier gegengezeichnete Quittung erhalte. Schließlich ging er ins Boot, und wir bekamen Hosen und Jacken ohne Quittung.*

Am Abend dieses Tages trieben wir wiederum auf der Weite des Ozeans in unseren Booten . . .«

Und nochmals der Kommandant:

»*Um 18.40 Uhr wurde gesprengt, nachdem zuvor die Brücke in Brand gesetzt worden war. Auch die Maschine stand schnell in hellen Flammen, da gründliche Vorbereitungen getroffen und überall brennbares Material gestapelt und Benzinfässer aufgestellt worden waren. ›Python‹ kenterte nach 40 Minuten nach Backbord und sank. Der Kreuzer entfernte sich in südlicher Richtung.*

Kurz vor Sonnenuntergang erschienen die beiden U-Boote; sie mußten jedoch gleich nach Beginn der Bergungsarbeiten vor dem Bordflugzeug des Kreuzers wegtauchen, das die Untergangsstelle überflog und über dem V-Boot und dem Versenkungsplatz kreiste, ehe es endgültig verschwand.

Auf dem Trümmerfeld zwischen den beiden U-Booten blieben nach Ankunft des V-Bootes 11 Boote und 7 Schlauchboote zurück, in die sich die Doppelbesatzung ›Atlantis‹ — ›Python‹, 414 Köpfe stark, vollzählig gerettet hatte.«

Zwischen ihnen und der Heimat lagen 5000 Seemeilen vom Feinde beherrschter Meere.

23 »DIE ADMIRALITÄT GIBT BEKANNT...«

Am gleichen Tage und zur gleichen Zeit, da das Glück der Besatzung der *Atlantis* nach über 600 Seetagen ein zweitesmal den Rücken kehrt und das Schicksal sie ein zweitesmal der Ungewißheit einer stündlich vom Untergang bedrohten Existenz in Kuttern und Schlauchbooten aussetzt, veröffentlicht die britische Admiralität ihren Bericht über die Versenkung der *Atlantis*:

»*London, 1. Dezember. Die Admiralität gibt bekannt: Am 22. November, bei Tagesanbruch, sichtete das Bordflugzeug des britischen Kriegsschiffes ›Devonshire‹ auf einem Patrouillenflug im Südatlantik ein gestoppt liegendes Handelsschiff. Die ›Devonshire‹ schloß mit Höchstfahrt heran und katapultierte ihr Flugzeug zur genaueren Besichtigung des Schiffes. Es stellte sich heraus, daß es Ölfässer geladen hatte und im Äußeren ganz einem deutschen Piratenschiff glich. Seine Antwort auf die Signale der ›Devonshire‹ blieb unbefriedigend, weshalb mit der Beschießung begonnen wurde. Das feindliche Schiff versuchte hinter einer Nebelwand zu entkommen; es stand jedoch innerhalb von 10 Minuten in Brand. Die Besatzung verließ das Schiff in ihren Booten. Die Munitionskammer explodierte, das Schiff sank.*

Die Anwesenheit eines U-Bootes, die bereits vermutet worden war, bestätigte sich. Unter diesen Umständen war es nicht möglich, die Überlebenden an Bord zu nehmen. Die ›Devonshire‹ und ihr Flugzeug erlitten weder Beschädigungen noch Verluste.«

Es darf festgestellt werden, daß sich der Ausdruck »Piratenschiff« in dem Bericht des Kommandanten der *Devonshire* vom 26. November 1941 an den Oberbefehlshaber Südatlantik an keiner Stelle findet. Sieben Jahre nach der Versenkung der *Atlantis*, am 9. Juli 1948, wurde dieser Bericht im Anhang zur »The London Gazette« amtlich veröffentlicht.

Der Kreuzerkommandant, R. D. Oliver, Captain R. N., meldet darin, das Walrus-Bordflugzeug der *Devonshire* sei am 22. November im Rahmen der bei geeignetem Wetter üblichen Morgenaufklärung zur U-Boot-Sicherung und Vorausaufklärung gestartet. Da während dieser Flüge Funkstille herrschte, habe der Pilot erst bei Rückkehr gemeldet, daß er in 4° 20′ Süd 18° 50′ West ein Handelsschiff gesichtet habe.

»Unverzüglich«, fährt der Bericht fort, »wurde Kurs geändert und mit 25 sm/st auf diese Position zugehalten. Die Beschreibung des Beobachters gab hinreichend Anlaß zu der Vermutung, daß es sich bei diesem Schiff um einen deutschen Hilfskreuzer handeln könnte.

Die Masten des Schiffes wurden um 8.09 Uhr ... gesichtet. Wind Südost, Stärke 4, teilweise bedeckt, Sicht 10 sm. Leichte See, kurze, leichte Dünung.

8.20 Uhr: Einsatz des Bordflugzeugs zur genaueren Aufklärung; es war für diesen Zweck mit Fotos bekannter deutscher Hilfskreuzer ausgerüstet worden ... Das Aussehen des Schiffes war sehr ähnlich der Beschreibung des Hilfskreuzers ›Schiff 16‹, abgedruckt im Weekly Intelligence Report Nr. 64 und der amerikanischen Zeitschrift ›Life‹ vom 23. Juni 1941 — ausgenommen die wegnehmbaren Kennzeichen wie Ventilatoren, Samson Posts usw.

›Devonshire‹ hielt sich mit 26 sm Geschwindigkeit — zur Vereitelung von Torpedoangriffen — und häufigen Kursänderungen in 12 000 bis 18 000 Yards Entfernung von dem Handelsschiff ...

Um 8.37 Uhr feuerte ›Devonshire‹ zwei Salven, rechts und links von dem Schiff verteilt. Ich bezweckte damit

a) Feuererwiderung und damit einwandfreie Feststellung der Identität oder
b) den Gegner dazu zu bringen, sein Schiff zu verlassen, um Blutvergießen zu vermeiden — dies hauptsächlich, da vermutlich eine Anzahl britischer Gefangener an Bord war.

Der Gegner stoppte und gab um 8.40 Uhr ein Funksignal in der Form ›RRR RRR RRR Polyphemus ...‹ Es wurde festgestellt, daß keine Signalbuchstaben beigefügt waren und je drei R's in einer Gruppe gemacht wurden anstatt vier. Die Möglichkeit, daß das Schiff tatsächlich ›Polyphemus‹ war, mußte jedoch in Betracht gezogen werden ...

Laut Funkspruch der Admiralität ... vom 22. Oktober ... war ›Polyphemus‹ am 21. September in Balboa, also innerhalb meines Bereichs. Um meine letzten Zweifel zu beseitigen, machte ich einen Funkspruch an Freetown: ›Ist Polyphemus einwandfrei?‹ ... Die Antwort lautete verneinend.

In der Zwischenzeit antwortete das Flugzeug auf die Frage ›Welche Heckform hat das Schiff?‹ mit: ›Kreuzerheck – Rumpf ähnlich ›Atlantis‹.

Um 9.35 Uhr eröffnete daher ›Devonshire‹ das Feuer, um den feindlichen Handelskreuzer zu vernichten ... Dreißig Salven wurden insgesamt gefeuert. Der Gegner drehte ab und begann sehr wirksam von seinem Heck und beiden Seiten querab der Brücke zu nebeln. Zugleich verließ er das Schiff. Es wurde kein Versuch gemacht, mein Feuer zu erwidern. Infolge des Qualms stellte ich ... das Feuer ein und änderte Kurs ..., um wieder ... frei von dem Qualm zu kommen. Indirektes Feuer mit Radar wurde versucht, schlug aber fehl ... 9.53 Uhr kam das Ziel wieder in Sicht, und das Feuer wurde wieder eröffnet und bis 9.56 Uhr fortgesetzt. Das Schiff brannte nun heftig vorn und achtern ... um 10.02 Uhr flog eine Munitionskammer in die Luft, und es war klar, daß keine weitere Beschießung nötig war ... Es folgte eine weitere heftige Explosion um 10.14 Uhr, und der Hilfskreuzer sank um 10.16 Uhr ...

Nach den mündlichen Berichten von Pilot und Beobachter bestand kein weiterer Zweifel über die Identität des Hilfskreuzers; ebenso war es fast sicher, daß ein U-Boot in der Gegend stand. Es war daher fraglos nicht möglich, die Überlebenden zu retten, ohne zugleich ein schweres Risiko eigener Torpedierung einzugehen ...«

Soweit – auszugsweise – der Bericht des *Devonshire*-Kommandanten Captain Oliver. Keine Herabsetzung des Gegners ist in ihm enthalten, ebensowenig aber auch ein Anhalt dafür, daß die *Devonshire* anders als durch Zufall auf einer ihrer gewöhnlichen Patrouillen und durch ganz normale Vorausaufklärung ihres Bordflugzeuges die *Atlantis* entdeckt hatte. Besonders aufschlußreich in dieser Hinsicht ist die Bemerkung: »Bei der Luftaufklärung herrscht Funkstille – außer im Falle Sichtens eines feindlichen Kriegsschiffes.«

Atlantis jedoch wurde von dem englischen Beobachter als Handelsschiff angesprochen und auch *behandelt*, nicht wie ein Kriegsschiff, von dem man in Erfahrung gebracht hatte, daß man es zu bestimmter Zeit an einem bestimmten Ort abfangen könnte. Der Verdacht, daß Verrat oder ein Einbruch des Gegners in den deutschen Funkschlüssel zum Verlust der *Atlantis* geführt hätte, bleibt aber trotzdem bestehen.

Auch der Bericht des Kommandanten der *Dorsetshire*, Captain A. W. S. Agar, RN, über die Versenkung der *Python* ist in dem gleichen Anhang zur »The London Gazette« amtlich veröffentlicht: Danach hat der schwere Kreuzer *Dorsetshire* auf einer seiner normalen Suchfahrten nach Hilfskreuzern und U-Boot-Versorgern »*in einer bestimmten Gegend nahe der verhältnismäßig ruhigen Zone 720 sm südlich und westlich von St. Helena*« durch besonders guten Ausguck im Krähennest zunächst »*einen Schiffsmast*« gesichtet. Dem folgte, als der Kreuzer mit 25 sm/st an das Ziel »*zu einer genaueren Inaugenscheinnahme*« heranging, die Beobachtung, »*daß das gesichtete Schiff erheblichen Qualm machte und der Rumpf unsichtbar blieb, was meine später gewonnene Meinung bestätigte, daß das Schiff gestoppt war, als wir es sichteten, und daß es später, als es seinerseits ›Dorsetshire‹ gesichtet hatte, mit Höchstfahrt von uns fortstrebte.*

Die Geschwindigkeit wurde daher auf 30 sm/st erhöht, um näher heranzukommen, die Besatzung auf Gefechtsstationen befohlen und das Bordflugzeug mit FT zurückgerufen ...

Es wurden kleine Ölflecke auf der Wasseroberfläche beobachtet — außerdem eine Ölspur, die nicht zu dem verfolgten Schiff gehörte. Diese Spuren, die alle in die Richtung wiesen, in der das Schiff zuerst gesichtet worden war, gaben sofort Anlaß zu der Vermutung, daß ein U-Boot in der Nähe sein könnte.«

Captain Agars Bericht fährt dann fort mit der Schilderung, wie er das zurückgelassene Verkehrsboot der *Python* mit geschleppten Schlauchbooten in Sicht bekommt und es zunächst für einen U-Boot-Turm hält, wie der Kreuzer dem Schlepper ausweicht, dann seinen Irrtum erkennt und daraus den richtigen Schluß zieht, daß das mit Höchstfahrt von dannen strebende Schiff ein feindliches sein müsse. Wie er aber auch erwägt, daß das flüchtige Schiff ein englisches sein könnte, das die *Dorsetshire* für ein deutsches Kriegsschiff hält und das dabei gestört worden ist, Überlebende eines Opfers der deutschen U-Boote aufzufischen.

Er schildert weiter, wie er nach den ersten Warnschüssen »*einen Ausstoß von weißem Qualm am Heck des Schiffes*« beobachtete, der »*entweder eine Nebelwand sein konnte, eine Nebelboje, die in das Wasser geworfen wurde, um ein U-Boot heranzurufen, oder eine Sprengladung, um sich selbst zu versenken*«. Er entschließt sich daher, »*unter diesen Umständen mit der ›Dorsetshire‹ die hohe Geschwindigkeit beizubehalten und sich außerhalb einer Entfernung von 8 sm zu halten, um soweit wie möglich das Risiko eines U-Boot-Angriffs herabzusetzen ... innerhalb weiterer drei Minuten ...*«, heißt es dann, »*drehte der Feind nach Steuerbord, stoppte und begann, seine Boote zu Wasser zu lassen. Ich entschloß mich, nicht zu feuern und hielt mich weiter mit hoher Geschwindigkeit und Zickzackkursen außerhalb seiner Torpedo- und Artillerie-Reichweite, aber innerhalb der eigenen. Ich hatte dabei die Möglichkeit im Auge, daß der Feind ein Hilfskreuzer sein und britische Handelsschiff-Seeleute an Bord haben könnte und daß ihm deshalb genügend Zeit gelassen werden sollte, die Boote klarzumachen, um so den unnötigen Verlust britischen Lebens zu vermeiden.*«

Der englische Kommandant berichtet dann, wie er weiter mit hoher Geschwindigkeit auf- und abgestanden und beobachtet habe. »*Um 17.51 Uhr*«, schreibt er, »*begann Qualm aus Brücke und Vorschiff aufzusteigen, ein Zeichen, daß das Schiff in Brand gesetzt war. Das Feuer nahm rasch und erheblich zu, die Flammen erreichten Schornsteinhöhe. Gelegentlich ereigneten sich kleinere Explosionen, wahrscheinlich durch Munition verursacht. Wir beobachteten, daß sich die Boote von dem Schiff, das Backbordschlagseite hatte, fortbewegten. Um 18.05 Uhr brannte das Schiff heftig, als eine erhebliche Explosion im Vorschiff dem Schauspiel ein Ende machte; das Schiff sank um 18.21 Uhr und hinterließ nur eine Qualmwolke und eine Anzahl von Überlebenden in den Booten ...*

Der Gegner feuerte nicht auf ›Dorsetshire‹, auch wurden keine Torpedolaufbahnen beobachtet ... Auf 18 000 Yards oder mehr Entfernung hätte er auch wenig Aussicht gehabt, ›Dorsetshire‹ viel anzuhaben, bevor er selbst mit schweren Verlusten außer Gefecht gesetzt war ... Meine persönliche Meinung ist, daß sich der Gegner auf seinen U-Boot-Schutz verließ und angesichts der großen Zahl von Menschen an Bord sich bei der ersten Gelegenheit entschloß, das Schiff zu verlassen in der Hoffnung, ›Dorsetshire‹ würde kommen, um die Überlebenden zu bergen, wobei sich dann für die U-Boote günstige Angriffsgelegenheit bieten würde. – Die Präzision und Schnelligkeit, mit der das Manöver ›Alle Mann von Bord‹ ausgeführt wurde, zeigt, daß es häufig exerziert sein mußte – ebenso wie die Vorbereitungen zur Inbrandsetzung und zur Selbstversenkung des Schiffes. Die große Zahl an Überlebenden – das Flugzeug schätzte sie auf etwa 500 – ist bemerkenswert. Wenn das Schiff ein Hilfskreuzer war, würde das für britische Handelsschiffsseeleute sprechen, falls nicht, so ist die einzig plausible Erklärung, daß es sich um Reserve-U-Boot-Personal handelte ...«

Soweit, in Kürze, die Berichte und Veröffentlichungen des Gegners zur Versenkung der *Atlantis* und *Python*. Sie zeigen, wenn man sie mit denen ihrer deutschen Gegenspieler vergleicht, wie schwer es ist, aus Beobachtungen und aus Vermutungen über die Motive des Gegners zu einer wirklich richtigen, in allen Punkten zutreffenden Lagebeurteilung zu gelangen.

24 TROTZ ALLEM – HEIMKEHR

Die beiden U-Boote der Kapitäne Eckermann und Merten, UA und U 68, stehen nach dem Abfliegen des Bordflugzeugs der *Dorsetshire* vor der Aufgabe, 414 Überlebende der *Atlantis* und *Python* in elf Booten und sieben Schlauchbooten über eine Strecke von mehr als 5000 Seemeilen – d. h. fast 10 000 km oder ein Viertel des Erdumfangs – sicher nach Hause zu schaffen; ein Vorhaben, das nicht dadurch erleichtert wird, daß der Kommandant UA als »rangältester Kommandant eines in Dienst befindlichen Kriegsfahrzeuges« den Anspruch erhebt, die Operation zu befehligen. Es gelingt dann jedoch den vereinten Bemühungen der Kapitäne Rogge und Merten, ihn von der Unangebrachtheit von Kompetenzbedenken in der gegenwärtigen Lage zu überzeugen, und so wird, da sich der Kommandant des Hilfskreuzers als Ältester bei Merten einschifft, U 68 das Boot des Befehlsträgers.

Jedes der beiden Boote erhält sodann zunächst etwa hundert Mann unter Deck zugewiesen; der Rest wird gleichmäßig auf die Boote und die Schlauchboote verteilt, die die U-Boote an Deck nehmen. Damit bleiben für jedes der beiden U-Boote fünf Rettungsboote in Schlepp zu nehmen; das Verkehrsboot soll mit eigener Kraft fahren und die Versorgung der Schleppboote mit Getränken und Verpflegung übernehmen. In den nächsten Tagen wird dies

Verkehrsboot mit seiner kleinen und als störanfällig berüchtigten Maschine unermüdlich und ohne einmal stillzustehen und auszufallen, zwischen den beiden U-Booten und den Schleppbooten hin und her pendeln, unablässig verfolgt und beobachtet von den durstgepeinigten, unter unbarmherziger Äquatorsonne lechzenden Bootsinsassen.

Am Abend des 1. Dezember 1941, lange nach Dunkelwerden, um 22.15 Uhr, setzten sich die beiden Schleppzüge in Marsch, Kurs Nordwest, und noch am gleichen Abend wird auch eine Lagemeldung an den BdU herausgegeben.

Der Kommandant *Atlantis* segnet nachträglich seinen Befehl, die Boote des Hilfskreuzers nicht zu versenken, sondern sie vollzählig, ungeachtet der Raumschwierigkeiten, auf der *Python* an Bord zu nehmen und sofort wieder in seeklaren Zustand zu versetzen. So sind sie jetzt reichlich verproviantiert, und das ist besonders wichtig, da die Verproviantierung von U 68 in ihren Anfängen hat unterbrochen werden müssen.

Zu der Zeit, als sich der Schleppzug in Marsch setzt, stehen zwei weitere U-Boote, U 124 – Jochen Mohr, und U 129 – Nico Clausen, etwa 400 bis 600 sm weiter nördlich. Beiden Booten erteilt der BdU in der Nacht vom 2. zum 3. Dezember den Befehl, unverzüglich zu UA und U 68 zu gehen und je ein Viertel der Überlebenden von ihnen zu übernehmen.

Auf U 68 und UA läuft sich inzwischen der Schleppbetrieb ein. Jeweils ein Drittel der »Passagiere« befindet sich unter Deck, ein Drittel mit Schwimmwesten in den Schlauchbooten an Oberdeck, das letzte Drittel in den Booten. Nach Bedarf werden die Stationen gewechselt, kommen die Leute aus den Booten an Oberdeck, die von Oberdeck unter Deck, und die von unter Deck in die Boote.

Muß das U-Boot alarmtauchen, so werden die Boote losgeworfen, die Schlauchboote mit ihrer Bemannung schwimmen auf, und die »Unterdeckspassagiere« nehmen an dem Tauchmanöver teil, wie es ohnehin an jedem Morgen nach Vorschrift als Prüfungstauchen durchgeführt wird.

Am Mittag des 2. Dezember setzt der Kommandant UA ein FT mit dem Standort des Schleppzuges ab. Er fordert außerdem Mohr und Clausen auf, die »Afrika-Welle«, die Funkverkehrswelle der im Südraum operierenden U-Boote, ständig besetzt zu halten.

U 124 – Mohr empfängt dieses FT nicht. Das Boot ist zur Abgabezeit empfangsseitig nicht besetzt. Erst in der Nacht zum 3. Dezember erhält es den Befehl des BdU, auf den Standort von UA zu operieren.

Nico Clausen mit U 129 trifft schon am Nachmittag des 3. Dezember bei den Schleppzügen ein und übernimmt bis auf drei Mann die gesamte *Python*-Besatzung einschließlich des Kapitäns Lueders. Da aber U 124 noch nicht zur Stelle ist und auch nichts von sich hören läßt, entschließt sich Kapitän Rogge, U 129, das außerdem brennstoffschwach ist, noch nicht zu entlassen.

Am Nachmittag des 2. Dezember hat U 68 einen Tanker in Sicht bekommen, aber Kapitän Merten hat, obwohl es ihm in Fingern und Füßen juckte, zugunsten seiner Rettungsaufgabe auf die verlockende Beute verzichtet.

Am 3. Dezember bekommt UA einen Dampfer in Sicht, wirft seine Schleppboote los, setzt seine Schlauchboote zu Wasser und jagt trotz aller Vorhaltungen hinter dem Dampfer her. Kapitän Merten bleibt fluchend zurück und dampft nun für die Stunden, in denen UA – im übrigen vergeblich – seinem Dampfer nachjagt, mit der Hinterlassenschaft seines jagdeifrigen Kameraden mit kleinster Fahrt weiter, »*im Fußgängertempo über eine Strecke, die Tausende von Meilen weit ist*«, wie es eine spätere Niederschrift beschreibt, die dann fortfährt:

»*Eine ganze Woche lang verbringt der größere Teil der Besatzung in den offenen Booten. Kaum einer hat mehr als ein Hemd auf dem Leibe, wenige nur etwas Wärmendes für die Nächte, die kalt sind und eisig ans Mark gehen. Tagsüber brennt die Sonne unbarmherzig hernieder und sticht in die von Seewasserstaub rot entzündeten Augen. Die Boote sind voll besetzt; man kann sich nicht bewegen, nur sitzen und schlaflos dahindämmern, von der Dünung ununterbrochen hin und her geworfen. Nur selten kommt warmes Essen von den U-Booten an die Kutter; denn jede Minute guten Wetters ist kostbar, und dabei brechen immer öfter die morsch gewordenen Leinen. Dann müssen in mühsamer Arbeit die Riemen hervorgeholt werden, um den Anschluß zum Vordermann wiederherzustellen . . .*«

Nach Rückkehr von UA und Eintreffen von U 129 entschließt sich Kapitän Rogge, die Boote der *Python* und die Motorboote der *Atlantis* zu versenken. U 68 und UA nehmen von nun an je zwei der großen eisernen *Atlantis*-Kutter in Schlepp, das V-Boot fährt weiter aus eigener Kraft nebenher.

U 124 läßt weiter nichts von sich hören; nur ein Funkspruch, in dem Mohr die Versenkung eines englischen leichten Kreuzers an den BdU meldet, zeigt durch den angegebenen Standort, daß sich das Boot auf dem Vormarsch zu den Schleppzügen zu befinden scheint.

Beunruhigt und verärgert über so wenig Zusammenarbeit, beschließt der *Atlantis*-Kommandant, notfalls mit drei Booten die Bergung der 414 Mann zu versuchen; das immer wiederholte und ergebnislose Peilzeichen-Senden macht ihn nervös und mißtrauisch. Er hält nun einmal nichts davon, zu oft auf die Taste zu drücken. Wenn der Gegner sich einpeilt, ist es durchaus möglich, daß er Streitkräfte in Marsch setzt, um das so hartnäckig sendende Fahrzeug unter die Lupe zu nehmen.

Als am 4. Dezember immer noch nichts von U 124 zu sehen ist, gibt UA nochmals den Standort des Verbandes – unglücklicherweise nicht den richtigen, sondern einen um 30 Meilen falschen – sowie danach laufende Peilzeichen.

Nunmehr ist die Lage so unklar, daß U 68 selbständig eingreift. Kapitän Merten fordert U 124 auf Afrikaschaltung zur Standortmeldung auf.

Eine Stunde später funkt wieder UA und fordert Mohr auf, auf Peilzeichen zu achten, seinen eigenen Standort herzugeben und den nunmehr berichtigten Standort des Verbandes aufzunehmen.

Aber Mohr äußert sich nicht.

»*Die Lage*«, schreibt hier Kapitän Rogge, »*wird allmählich sehr unerfreulich. Der Verband kann bei günstigsten Voraussetzungen mit den Booten in Schlepp 6–7 sm/st laufen; jetzt wird Öl und Proviant verbraucht, ohne daß wir einen entsprechenden Weggewinn erzielen. Zudem besteht die Ge-*

fahr, daß die bisher ausnehmend günstige Wetterlage sich ändert und daß dann überhaupt nicht mehr geschleppt werden kann.

Da U 124 keinerlei Meldung abgibt, muß damit gerechnet werden, daß das Boot verlorengegangen ist. Daher beabsichtige ich, die Vorbereitungen zur Aufteilung der noch in den Booten befindlichen Männer zu treffen.«

Gleichzeitig kommt er mit Kapitän Merten überein, die Fahrt des Verbandes herabzusetzen, da der Versenkungsort des Engländers inzwischen erreicht ist und U 124 also, wenn es noch existiert, keinesfalls mehr nördlicher stehen wird. Wahrscheinlich ist es auf die falsche Standortangabe von UA hin an dem Schleppverband vorbeigestoßen.

Am Abend fordert der BdU überraschend UA auf, Peilzeichen abzugeben, und in der Nacht antwortet UA mit der Bitte, der BdU möge Mohr zur Dauerbesetzung der Afrikawelle veranlassen, um so mehr, als U 124 seine Meldung über die Versenkung des Engländers ausgerechnet auf einer sonst kaum benutzten Ausweichwelle abgegeben hatte.

Den ganzen 5. Dezember steht nun der Verband mehr oder weniger auf der Stelle. Kapitän Rogge trifft ernsthaft Anstalten, die auf den Booten verbliebenen hundert Mann zusätzlich auf UA, U 68 und U 129 zu verteilen; er ist entschlossen, nicht länger als bis längstens zum Mittag des 6. Dezember auf Mohr zu warten.

Am Abend des 5. Dezember, nach Dunkelwerden, erscheint U 124; sein Kommandant hat keineswegs das Gefühl, etwas falsch gemacht zu haben; er hat einen vollen Tag auf den Engländer operiert, ehe er ihn zur Strecke bringen konnte, und das war, seiner Ansicht nach, im Kriege seine vordringliche Aufgabe. Die Aufforderung von UA, die Afrikawelle dauernd besetzt zu halten, hat er nicht bekommen, und von sich aus ist er nicht darauf verfallen. Er ist gemäß dem Befehl des BdU hierhergekommen; nun ist er da, um seinen Anteil an Schiffbrüchigen zu übernehmen.

Der Kommandant *Atlantis* sagt ihm sehr deutlich, daß seinetwegen die Überlebenden der beiden Schiffe zwei Tage nutzlos hätten warten müssen; der ganze Verband sei dadurch gefährdet worden. Kapitänleutnant Mohr quittiert diese Zurechtweisung mit einem »Jawohl, Herr Kap'tän!« und einem undurchdringlichen Gesicht.

In der Nacht zum 6. Dezember gibt U 68, obwohl selbst nicht übermäßig brennstoffstark, 50 cbm Treibstoff an U 129 ab. Damit hat Clausen, der lange Holsteiner mit den freundlichen blauen Augen, zwar immer noch nicht genug und wird unterwegs eine Zwischenversorgung brauchen, aber der Kommandant UA, der allein über reichlich Treiböl verfügt, weigert sich strikt, auch nur einen Kubikmeter abzugeben; er wolle, sagt er, mit 14 Meilen den Heimmarsch antreten.

Am Abend des 5. Dezember treten UA und U 129 getrennt den Rückmarsch nach Westfrankreich an. Jedes der vier Boote hat nun rund 100 Mann zusätzlich an Bord; es herrscht eine unvorstellbare Enge. Die Normalbesatzung von 50 bis 60 Köpfen muß schon mit einem Minimum an Raum auskommen; sie schläft buchstäblich auf und neben ihren Waffen – jetzt kann kein

Mensch mehr eine Bewegung tun, ohne einen Nebenmann anzustoßen. Am Morgen des 6. Dezember treten auch U 68 und U 124 ihren Heimmarsch an.

Von dem Leben auf den Booten in diesen Tagen zeichnet der Adjutant der *Atlantis* ein sehr eindringliches Bild:

»*Jedermann weiß, wie eng es schon unter normalen Verhältnissen an Bord eines solchen Schiffes ist. So eng, daß immer nur die halbe Besatzung gleichzeitig essen oder schlafen kann. Jetzt war die schier unglaubliche und unwirkliche Situation eingetreten, daß der Platz zum Hocken, zum Sitzen und zum Liegen auf diesem Boot noch strenger eingeteilt werden mußte. Stundenweise hockten wir, stundenweise standen wir, und stundenweise lagen wir. Wir Offiziere teilten uns zu acht die Koje des Wachoffiziers. Der Kommandant, der sehr groß gewachsen ist, hatte es ganz besonders schwer, aber er hatte Glück im Unglück; denn der erste LI, der auf diesem Boot gefahren hatte, war auch so groß gewesen und hatte seine Koje in der Werft schon ›nach Maß‹ machen lassen.*

Mit Ferry, dem Hund des Kommandanten, der selbstverständlich mit gerettet worden war, hatte ich unentwegt Auseinandersetzungen, denn er bestand immer darauf, sich dahin zu legen, wo ich liegen wollte und nur einer von uns liegen konnte, Ferry oder ich. Schließlich fanden wir einen Ausweg: Ferry legte sich auf mich.

Natürlich war der Koch des U-Bootes verzweifelt. Aber wie Köche von U-Booten sind: er war ein Zauberer. Auf einer Herdplatte, die nicht größer ist als dreiviertel Meter lang und 40 cm breit und die sich in einem Raum befindet, der nicht größer ist als ein Besenschrank, zauberte er alltäglich mehrmals für über 150 Mann Gulasch, Makkaroni, Gemüse und anderes.

Wir fuhren über den Äquator. Die Temperatur im Boot lag zwischen 36 und 38 Grad. Wenn das Boot aufgetaucht war, durften nur wenige von uns nach oben, um frische Luft zu schöpfen; denn nur wenige Mann können natürlich oben sein, weil bei einem plötzlichen Alarm das Boot schnell tauchen muß ...«

Während so die Boote mit ihrer Überfracht an Menschen nordwärts marschieren, läßt am 7. Dezember der Sender Slangkop der Veröffentlichung der Admiralität über die Vernichtung der *Python* folgende Warnung an die Schiffahrt folgen:

»Überlebende des in 27° 53′ Süd, 3° 55′ West versenkten deutschen Schiffes, möglicherweise bewaffnet, befinden sich wahrscheinlich in etwa 15 Booten. Sie stehen vermutlich beieinander und sind von einem U-Boot oder U-Booten begleitet.

Bei Sichten ist ihnen sehr weit auszuweichen und so bald wie möglich FT-Meldung zu geben.«

Am 12. Dezember erhalten die Boote Befehl, zwischen dem 13. und 17. Dezember in der Nähe der Kapverden mit vier italienischen U-Booten – *Tazzoli, Finzi, Calvi* und *Torelli* – zusammenzutreffen und einen Teil ihrer Passagiere abzugeben. So gelangen schließlich jeweils 60 bis 70 Mann in die Obhut der Italiener, die nach der Übernahme sofort den Rückmarsch antreten.

Torelli gerät dabei in die Sicherung eines Gibraltar-Geleitzuges, und seine Gäste bekommen zum Schluß ihres nun 640tägigen Abenteuers zu allem Überfluß auch noch eine vollwertige Wasserbombenverfolgung aufs Haupt. Am 23. Dezember läuft das Boot beschädigt ein.

Über den letzten Teil der Reise auf den deutschen Booten schreibt einer der unfreiwilligen U-Boot-Fahrer:

»*Weihnachten wird in der Biscaya gefeiert. Eine dünne Suppe, ohne Löffel aus einer alten Konservendose genossen, ist das Festmahl. Leuchtbomben englischer Flieger, die vergeblich angreifen, bilden den Ersatz für den festlichen Lichterschimmer. Einen Tag später ist endlich die heimatliche Küste erreicht. Die Argonautenfahrt hat ihr Ende gefunden.*«

Weihnachten in der Biscaya... U 68 mit Kommandant Rogge an Bord läuft nach einem kurzen Schlußrennen mit UA als erstes der an der Rettungsaktion beteiligten deutschen Boote schon am 24. Dezember in St. Nazaire ein! 655 Tage ist es her, seit der *Atlantis*-Kommandant, seit das Häuflein, das jetzt mit ihm an Land steigt, zuletzt auf europäischem Boden gestanden hat. 110 000 sm haben sie zurückgelegt, davon rund 1000 in Rettungsbooten. 22 Dampfer mit 144 500 BRT fielen ihnen zum Opfer. Und nun sind sie daheim – ohne ihr braves Schiff zwar, aber – daheim! In Sicherheit! Zum ersten Male fällt ihnen wieder die fast schon unbewußt gewordene Last von den Schultern, wie damals, als sie eine Nacht mit dem Gefühl der Sicherheit unter den drohenden Rohren des *Admiral Scheer* schliefen – im Indischen Ozean, vor einer halben Ewigkeit...

Kapitän Rogge hält kurze Musterung in der Schleuse von St. Nazaire auf U 68, das ihn hierhergebracht hat. Er hat »Rumschließen« befohlen, und nun steht er da inmitten seines Häufleins, in dem keiner eine Uniform, sondern jeder ein anderes Phantasiekostüm trägt und von dem er jedes einzelne Gesicht so genau kennt, daß er es nie mehr vergessen wird. Es ist ein feierlicher Augenblick. Am 25. Dezember läuft *Tazzoli* ein, am 27. Dezember U 129 und *Calci*, am 28. *Finzi* und als letztes am 29. Dezember U 124.

In Nantes treffen die schubweise angekommenen Besatzungsteile wieder zusammen, in Nantes bleibt die Besatzung bis zum 1. Januar des neuen Jahres; hier empfängt sie die Berge ihrer fast zwei Jahre alten Post; hier werden die wichtigsten Abwicklungsmaßnahmen getroffen, hier die Soldaten befördert und neu eingekleidet. Der Kommandant ist höchst zufrieden: alle organisatorischen Fragen sind dank hervorragender Vorarbeit des Heimatstabes in kürzester Zeit erledigt.

In Nantes ist es auch, wo Kapitän z. S. Rogge, nachdem er seine Männer noch einige Tage wie in einem Kloster abgeschlossen zusammengehalten hat sich in einer letzten Musterung von der Besatzung verabschiedet.

Da stehen sie noch einmal vor ihm, die Gefährten fast unzählbarer guter und böser Tage, die Kämpfer vieler Gefechte, die Überlebenden zweier Schiffbrüche und unverbrüchlich getreuen und gehorsamen Fahrenskameraden, und er empfindet Stolz und Dankbarkeit zugleich. – Stolz, der Kapitän dieser wohl letzten Kaperfahrer der Geschichte gewesen zu sein, Dankbarkeit gegen das Schicksal, das ihm diese Rolle zugewiesen hat.

In Nantes endlich ist es, wo er, um dieser Abschiedsstunde die rechte Weihe zu geben, an der Spitze seiner Männer in feierlichem Zuge in die Kirche marschiert und ernst und bewegten Herzens an einem Dankgottesdienst teilnimmt. »Nun danket alle Gott...«, singen sie, »Nun danket alle Gott!«, und der Pfarrer oben auf der Kanzel denkt, daß er Soldaten *so* noch nie habe singen hören.

Am 1. Januar wird die Besatzung der *Atlantis* geschlossen im Sonderzug nach Berlin in Marsch gesetzt.

An der Reichsgrenze hat der Zug kurzen Aufenthalt, und da sehen einige *Atlantis*-Fahrer, als sie ihren Skat unterbrechen und hinausschauen, ihren Kommandanten auf dem Bahnsteig dahingehen, den struppigen schwarzen Ferry an seinem Fuße folgend. Und sie sehen, wie er vor einem nackten, blumenlosen Winterbeet an dem kleinen Bahnhofsgebäude plötzlich stehenbleibt, wie er nach einer Weile sich bückt und etwas in der Hand hält, als er sich wieder aufrichtet – schwarze feuchte Wintererde, die er, nachdenklich darauf niederblickend, zwischen seinen Fingern zerkrümeln läßt.

ENDE

NACHWORT

Menschenführung auf »Atlantis«

Ich bin oft gefragt worden, wie es möglich gewesen sei, die »Atlantis«-Besatzung so lange in See zu halten, ohne daß ihre Dienstwilligkeit nachließ und ihre Moral zerbrach – ohne daß sie sich gegen ihre Vorgesetzten auflehnte oder sich untereinander bis aufs Blut befehdete und verfeindete. All dies, obwohl vom Auslaufen bis zur Rückkehr sechshundertfünfundfünfzig Tage vergingen und immer die gleichen Menschen auf dem engen Raum des Schiffes einander begegnen, einander dulden und miteinander auskommen mußten – oftmals vermehrt um ein halbes Tausend Gefangene jeder Farbe und Herkunft. Ich wurde gefragt, wie dies möglich war trotz arktischer und antarktischer Kälte, tropischer Hitze, unruhigen Schlafes in stickigen, dumpfen Unterkünften, einförmiger Ernährung, trotz des Mangels an frischem Obst, Gemüsen und Kartoffeln, des Fehlens jeglicher Verbindung mit den Familien daheim und täglicher schwerer Arbeit – immer mit dem gleichen und niemals weichenden Druck auf dem Herzen: Wann kommt der Gegner und vernichtet uns?! Man fragte, wie dies möglich gewesen sei, obwohl die »Atlantis«-Fahrer in fast zwei Jahren nur zweimal – auf den Kerguelen und auf dem Atoll Vana Vana – für kurze Stunden den Fuß hatten an Land setzen können, die übrige Zeit aber in dem »eisernen Gefängnis« zugebracht hätten, als das manche ein Schiff auf See ansehen.

Nicht zuletzt, weil ich hoffte, alle solche Fragen auf diese Weise beantworten zu können, habe ich das Buch über die »Atlantis« herausgegeben. Das meiste über dieses »menschliche Geheimnis« ist, glaube ich, in und zwischen den Zeilen der vorhergehenden Kapitel zu lesen. Trotzdem bleibt ein Rest zu sagen übrig. Ich will versuchen, das mit wenigen Worten zu tun:

Ein Hilfskreuzer hat die Aufgabe, möglichst lange an immer wechselnden Orten den Gegner zu beunruhigen, zu schädigen, seinen Seehandel zu stören und seine Streitkräfte zu binden. »Möglichst lange« – hier liegt der Punkt. Nicht das Material, die Bewaffnung, entscheidet – auf einem Hilfskreuzer schon gar nicht! –, sondern die moralische Qualität der Besatzung, ihre Fähigkeit, Belastungen zu ertragen und zu überwinden. »Möglichst lange« – die Grenze des Möglichen fällt hier zusammen mit der Grenze der Fähigkeit einer Besatzung, Strapazen auf sich zu nehmen, seelische Lasten zu tragen und in sich zu »verkraften«.

Was konnte die Führung tun, diese Fähigkeiten zu steigern?

Jedes Schiff, jede Besatzung hat eine Seele, gebildet aus der wechselseitigen

Der U-Boot-Smutje hat 24-Stunden-Tag. 400 zusätzliche Esser wollen satt gemacht werden.

Zum zweitenmal – Vernichtung! Deutlich stehen die drei Schornsteine der DORSETSHIRE vor dem Horizont. Wieder heißt es: In die Boote!

Dicht gedrängt liegen die Rettungsboote der ATLANTIS neben dem Versorgungsschiff PYTHON.

Acht Tage später sitzt die ATLANTIS-Besatzung schon wieder auf einem U-Boot. Trotz allem Heimkehr! In der Schleuse von St. Nazaire, auf dem Oberdeck von U 68, das ihn glücklich heimbrachte, spricht der Kommandant zu seinen ATLANTIS-Männern.

Einwirkung der einzelnen aufeinander. Der einzelne in der Besatzung mußte demnach angesprochen, geformt, erzogen, überzeugt, innerlich für seine Aufgabe gewonnen werden. Erst Einsicht in die Notwendigkeiten des Dienstes konnte das Ziel erreichen: freiwillige, freudige Gefolgschaft. Haltung und Charakter des einzelnen waren dafür bedeutsamer als seine Intelligenz. Nichts wirkte in diesem Sinne stärker auf die Besatzung als das Auftreten und Vorbild des Offiziers. Gutes Vorbild bringt gute — schlechtes die schlechten Anlagen zum Klingen.

Es ging also darum — besonders auf dem Hilfskreuzer, dessen wichtigste Aufgabe es war, »möglichst lange« in See zu stehen —, den inneren Menschen jedes einzelnen Mannes zu erfassen. Dazu waren Drill und unpersönliche Maßnahmen ebensowenig geeignet wie bloße zweckmäßige Diensthandhabung und Freizeitgestaltung.

»Die dienstlichen Verhältnisse auf einem Hilfskreuzer«, sagt schon das Amtliche Deutsche Seekriegswerk von 1914–1918, »müssen ganz anders bewertet werden als auf einem Kriegsschiff«, und es fügt hinzu, daß »die vielen Tage, die ein Hilfskreuzer ohne sichtbaren Erfolg verbringt, die Länge der Zeit und die Eintönigkeit Gesichtspunkte bilden, die stark in Rechnung gestellt werden müssen.«

Ich habe auf »Atlantis« versucht, diesen Hinweis zu beherzigen. Für meine eigene Person bemühte ich mich jeden Tag, den mir anvertrauten Männern nicht etwas vorzureden, sondern ihnen vorzuleben. Im übrigen ging ich davon aus, daß die Überlegungen und Maßnahmen vor dem Auslaufen den Erfolg bereits zur Hälfte bestimmen.

Für den wichtigsten Punkt hielt ich die Auswahl der Besatzung: Offizierskorps, Unteroffiziere, Mannschaften.

Das Offizierskoprs wählte ich nach den Grundsätzen eines preußischen Generals: »Offiziere mit Charakter, beruflichen Kenntnissen, Persönlichkeitswert, Selbstverleugnung, Energie, Takt und Verschwiegenheit – – –«

Ich fand sie und sah außerdem darauf, daß möglichst viele von ihnen eigene ozeanische Erfahrung besaßen. Wir fanden uns zusammen nach dem Satz, den ich von einem Auslands-Kreuzer-Kommandanten im Frieden gelernt hatte: »Nicht jeder kann des andern Freund, aber jeder kann dem andern guter Kamerad sein.« Ich mußte im übrigen, wo es notwendig war, den Mut zur Unbeliebtheit aufbringen; denn auch der junge, mit Energie geladene Mensch, der alle Ordnungen und Einrichtungen für rückständig hält und dem die ganze Welt zu eng ist, muß sich zur Ritterlichkeit, Bescheidenheit, Freundlichkeit, Hilfsbereitschaft, Ehrerbietung, Rücksichtnahme, Ehrfurcht und Güte erziehen lassen und selbst erziehen und darauf achten, daß bei aller Männlichkeit seine seelischen Kräfte nicht verkümmern.

Ich versuchte, die gleichen Grundsätze wie für die Erziehung der Offiziere auf die ganze Besatzung anzuwenden und bei der Auswahl jedes einzelnen Mannes nur solche zu wählen, die wirklich innerlich Seemann und Soldat, die begeisterungsfähig und bereit waren, aus sich heraus Schwierigkeiten zu überwinden und Opfer zu bringen. Sie sollten Verständnis für wirkliche Kameradschaft besitzen, die eigene Person zurückstellen und sich *jederzeit bedingungslos voll unterordnen und einordnen können. »Abenteurernaturen« waren unbrauchbar, ebenso arrogante, unduldsame Männer, etwa Parteifunktionäre u. ä. Was sich am Ende ergab, war eine gute Mischung aus Aktiven und Reservisten, alten und jungen Seeleuten, Nord- und Süddeutschen, Verheirateten und Unverheirateten, verstärkt durch eine Gruppe von etwa dreißig Handelsschiffsseeleuten.*

Männer ohne erlernten Beruf waren ungeeignet. Sie sind am schnellsten unzufrieden, sind unausgeglichen, finden schwer Kontakt, können sich in der Freizeit nicht selbst beschäftigen und finden auch schwer einen Gesprächsstoff. Ich schied sie möglichst weitgehend aus.

Was konnte, nachdem die Auswahl getroffen und mit der Erziehung begonnen worden war, getan werden, um der Besatzung die endlose Zeit auf See zu erleichtern und zu verkürzen? Auch hier bedeuteten Voraussicht und Vorbedacht den halben Erfolg. Wir sorgten für gute, wohnliche, für den Tropenaufenthalt geeignete Unterkünfte, ausreichende Wasch- und Duschräume, feste Kojen, genügend Spindplatz, einen Lese- und großen Kantinenraum, eine geräumige Bücherei, die günstig zu den Wohnräumen lag, eine Friseurstube, Schuhmacher- und Schneiderwerkstatt, Wäscherei, Plätterei, große Kombüse und Bäckerei und bauten, was sich sehr bewähren sollte, eine leistungsfähige Selterswassermaschine und eine große Speiseeis-Anlage in einem besonderen Raum ein, außerdem Kühlschränke in verschiedenen weiteren Räumen. Das war für die Tropen von außerordentlicher Bedeutung. Ferner schufen wir von vornherein anständig ausgestattete und getrennt voneinander liegende Gefangenenräume mit den dazugehörigen sanitären Anlagen.

Die Bücherei wurde, weitgehend unter meinem persönlichen Einfluß, so zusammengestellt, daß möglichst für jede Geistesrichtung etwas Brauchbares – und daß für die geplante Vortragstätigkeit geeignetes Grundmaterial vorhanden war. Die lange Seezeit sollte möglichst zur Hebung des allgemeinen Bildungsstandes und zur Bereicherung des Wissens genutzt werden. Unseren 350 Mann standen zunächst 900 Werke aus Fachliteratur, Reiseberichten, Geschichte, Natur und Kultur und guten Romanen zur Verfügung. Es ist selbstverständlich, daß bei der Zusammenstellung der Humor nicht zu kurz kam. Später wurde die Bücherei durch eine fremdsprachliche Gefangenenbibliothek ergänzt.

Es ergab sich, daß mit zunehmender Reisedauer das Lesebedürfnis stetig anstieg. Der Bibliothekar zeichnete genau auf, für welche Bücher besonderes Interesse vorlag und wie oft jedes einzelne ausgeliehen wurde.

Die Bücher waren eine große Kraftquelle; sie halfen uns, die seelischen und geistigen Energien aufzufüllen, und waren eine Brücke zur Heimat. Eine gute Lernbücherei für den Unterricht war außerdem von der Inspektion des Bildungswesens an Bord gegeben worden und leistete gute Dienste.

Unterhaltungsspiele sowie Material und Werkzeug für Bastelarbeiten eine große Schallplattensammlung und eine beträchtliche Anzahl großer Spielfilme vervollständigten die Ausrüstung.

Mit all diesem aber war nicht mehr als die materiellen Voraussetzungen für die sinnvolle Menschenführung an Bord gegeben. Es waren Hilfsmittel, und sie wurden als solche gewertet und eingesetzt. Im Mittelpunkt blieb immer der Mensch, und die Arbeit begann damit, daß wir dahin strebten, eine feste Schiffsgemeinschaft zu schaffen, uns in die zukünftigen Aufgaben hineinzuleben und mit unserem Schiff als unserer Heimat vollständig zu verwachsen. Die Kameradschaft, die Schiffsgemeinschaft, die nicht von vornherein als gegeben angenommen werden kann, wurde behutsam gepflegt. Für den Erfolg all dieser Maßnahmen war wiederum entscheidend das Auftreten und Vorbild des Offizierskorps. Es galt für den Offizier, sich immer wieder selbst zu prüfen und zu berichtigen, sich selbst gegenüber ehrlich und möglichst objektiv zu sein, sich selbst zu erkennen und endlich sich in erster Linie als »Verpflichteter der ihm anvertrauten Männer« zu fühlen. Nach den Worten des Freiherrn vom Stein in einer Ansprache an preußische Offiziere:

»Sie sind Offiziere – woher stammt dieses Wort? Aus dem Lateinischen – ›officium‹ = Pflicht. Auf gut deutsch können Sie sich Verpflichtete nennen; Verpflichtete Ihrer Ehre, Ihres Standes, Ihrer Heimat. Achten Sie wohl darauf, daß von Ihren Rechten nicht die Rede ist. Diese ergeben sich zwangsläufig aus der Erfüllung Ihrer Pflichten, und somit können wir sagen, daß es Ihr oberstes Recht ist, Ihre Pflicht zu erfüllen.«

Solche Anschauungen sind in unseren Tagen nicht sehr populär. Trotzdem sind sie richtig. Wir auf »Atlantis« versuchten danach zu handeln.

Die Erziehung des einzelnen Mannes, die uns oblag, war nicht allein ein militärisches oder nur soldatisches Problem, nicht nur eine Frage der Dienstvorschriften und ihrer Einhaltung, sondern ein psychologisch-pädagogisches, wie es jeden angeht, der Menschen zu betreuen hat, sei er nun Offizier, Unteroffizier, Arzt, Pfarrer, Lehrer oder Politiker. Es begann mit der Frage der Grunderziehung des Menschen in Elternhaus und Schule und ihrer Fortsetzung in der Selbsterziehung auf Grund der erlebten menschlichen und religiösen Erfahrungen und Grundauffassungen. Für uns und auf einen Satz gebracht, hieß das: Anerkennung der Schöpfung im Angesicht eines Verantwortung setzenden und Verantwortung fordernden Gottes. Daraus als Vornehmstes resultierend: Ehrfurcht vor dem Lebendigen, Achtung des Menschen, Wahrung der Menschenwürde. Gerade dieses letztere würde in der Berührung mit Gefangenen Bedeutung erlangen. Das Verständnis des einzelnen Mannes für diese Frage war daher frühzeitig zu wecken.

Grundlage der gemeinsamen Erziehungsarbeit mußte der persönliche Kontakt sein. Der Vorgesetzte mußte das Vertrauen seines Untergebenen gewinnen. Das begann damit, daß baldmöglichst jeder Offizier und Unteroffizier an Bord jeden Mann kennenzulernen und seinen Namen zu wissen hatte, was es z. B. unerläßlich machte, »Guten Morgen« statt »Heil Hitler« zu sagen und den Namen des Mannes hinzuzufügen. »Heil Hitler« in Verbindung mit nachfolgendem Namen war laut Verordnung unzulässig; ohne den Namen aber war es völlig unpersönlich und schon deshalb für uns unbrauchbar.

Wir richteten ferner, um recht bald auch an Bord zur »Familie« zusam-

menzuwachsen, in größeren Städten »Familienstützpunkte« ein, an die sich die Angehörigen unserer Männer mit Fragen und Wünschen wenden konnten. Bei Verheirateten mit Kindern, die in kleineren Orten zu Hause waren, unterrichteten wir den Bürgermeister, daß von unserem Manne möglicherweise längere Zeit keine Nachricht kommen würde. Auch möge er der Familie inzwischen, z. B. bei Kohle- und Kartoffelbeschaffung oder in anderen Schwierigkeiten, beistehen.

Die Familienstützpunkte hatten ihrerseits die Aufgabe, von Zeit zu Zeit, etwa nach Luftangriffen, zu prüfen, ob den Angehörigen von »Atlantis«-Männern etwas »passiert« sei und der Seekriegsleitung Nachricht zu geben, die dann ihrerseits ihrem nächsten Funkspruch ein »Kiel alles klar« oder »Wilhelmshaven alles klar« anhängte.

Mit Beginn der Unternehmung riß für den einzelnen die Möglichkeit ab, mit der Heimat Verbindung zu nehmen. Jetzt hatte daher die geistig-seelische Betreuung einzusetzen. Offizier und Unteroffizier mußten, um dazu fähig zu sein, psychologisches Einfühlungsvermögen besitzen und menschliches Verstehen für die Sorgen und Nöte aufbringen, die vor allem auch den Reservisten, die Verheirateten und die älteren Seeleute bewegten und ihre innere Einstellung bestimmten. Wo der jüngere Offizier oder Unteroffizier nicht helfen konnte, mußte der ältere, reifere seine Aufgabe übernehmen; denn geistig-seelische Betreuung verlangte nicht nur dienstliche, sondern vor allem menschliche Achtung und schuf weitgehende persönliche Bindungen. Der Mann muß wissen, daß er zu seinem Vorgesetzten mit allen Sorgen kommen kann und dort Wohlwollen und Verständnis findet; dann ist er auch bereit, sich für den Vorgesetzten einzusetzen, weil es sich »lohnt«. Über das Gefühl, nicht über den Verstand geht der Weg zum persönlichen Vertrauen, das das Ziel der Menschenführung ist und den Geführten zu der freudigen Gefolgschaft bringt, aus der die außerordentlichen Leistungen erwachsen. Vertrauen zu erringen, diese Aufgabe kann der Vorgesetzte, der ein wirklicher Menschenführer werden will, gar nicht ernst genug nehmen. Vertrauen gibt Mut – Vertrauen gibt Kraft – Vertrauen gibt Achtung; es ist durch nichts zu ersetzen, und es vollbringt die wunderbarsten Dinge.

Wir hatten einen Mann namens von Schassen an Bord, einen älteren Seemann aus dem Besatzungsstamm der »Goldenfels«. Er war nicht Offizier und nicht Unteroffizier. Aber er war eine Persönlichkeit, ein ruhiger, ausgeglichener, gefestigter Charakter, und er besaß das Vertrauen seiner Kameraden. Nicht, weil er darum gebuhlt hätte, sondern weil er war, wie er war. Und als wir Zeiten erlebten, die unsere Geduld und unser aller Nerven auf die härteste Probe stellten, als wir Wochen und Wochen ohne Erfolg in der Glut der Äquatorsonne schmorten und die Stimmung in der Besatzung unzufrieden werden wollte, da war es nicht so sehr das Wort der Vorgesetzten, da war es der Einfluß des Gleichgestellten, der Einfluß von Schassens, der das Vertrauen und die Achtung seiner Kameraden in besonderem Maße besaß, dem ich es zu danken hatte, daß die Unzufriedenheit einzelner mit ruhigem Wort gedämpft und die kritische Stimmung überwunden wurde. Auch das soll in diesem Buche gesagt werden.

Ich hatte bei früheren Bordkommandos gelernt, aus dem Gesichtsausdruck eines Mannes auf seine innere Verfassung und Stimmung zu schließen, und den einzelnen entsprechend anzureden. Die Seelenkundigkeit, die unerläßlich ist und die man durch Erfahrung und ruhiges, aufmerksames Beobachten allmählich gewinnt, schafft die menschliche Autorität, die Achtung vor dem Vorgesetzten als einem überlegenen Menschen, die, wie ich glaube, in Zukunft allein die Grundlage des Offizierstums sein wird; denn infolge der sozialen Umwälzungen, die wir erlebt haben, gibt es nicht mehr, wie früher, eine Schicht, deren Führungsanspruch unbestritten anerkannt wird.

Auf »Atlantis« bemühten wir uns, der Besatzung die Verbundenheit des Seemanns mit seinem Element – dem Meer, dem Himmel, dem Wind – klarzumachen. Das Verständnis dafür führt zur Bescheidenheit. Wie klein ist der Mensch vor dem Element! Es erzieht zugleich zu Duldsamkeit, Ritterlichkeit, Takt und Ausgeglichenheit. Von Angeberei und naßforschem Auftreten hielten wir gar nichts; es ist überdies unseemännisch und nimmt meist kein gutes Ende. Auch im Erfolg galt es, bescheiden und zurückhaltend zu bleiben. So versuchten wir, der Besatzung Begriffe wie Ehrerbietung, Ehrfurcht und Güte durch Vorleben nahezubringen, je länger die Unternehmung dauerte, mit desto größerem Erfolg: denn mehr und mehr wuchsen diese Begriffe zusammen zu einer festen Grundlage gelassenen Ausharrens.

»Geduldiges Ausharren ist schwerer als mutiges Dreinschlagen«, hatte Kapitän Nerger, der Kommandant des Hilfskreuzers »Wolf« im Ersten Weltkriege, uns gelehrt, und der britische Admiral Jellicoe schreibt in seinen Erinnerungen über 1914–1918: »Ich möchte nicht verfehlen, noch einmal hervorzuheben, daß der Sieg weniger von ermunternden Erfolgen abhängt, als von den geduldigen und gewöhnlichen, gleichförmigen Diensttun bei Tag und bei Nacht und bei jedem Wetter.« Diese Fähigkeit »geduldig auszuharren« – »gewöhnlichen, gleichförmigen Dienst zu tun bei jedem Wetter« entwickelte und besaß die »Atlantis«-Besatzung, je länger sie draußen war, um so mehr. Daß sie dahin kam, war der Bemühung der Vorgesetzten, in gleichem Maße aber auch dem Willen der Männer zuzuschreiben, sich selbst zu erziehen und ein- und unterzuordnen.

So konnten wir Zeiten bis zu drei Monaten überwinden, in denen sich nichts ereignete, kein Schiff, keine Mastspitze gesichtet, nichts aufgebracht und nichts versenkt wurde, während die Sondermeldungen von den Schlachterfolgen auf dem Lande die Eintönigkeit und Ereignislosigkeit unseres Lebens auf See in besonderer Weise salzten.

Sport, Unterricht, Kino und humorvolle Freizeitgestaltung schafften den gerade in solchen Zeiten besonders notwendigen Ausgleich. Schlechte Stimmung, Verärgerung und Schimpfen blieben nicht aus, aber Geist und Haltung der Besatzung wurden davon nicht berührt; das war das Entscheidende. Langeweile und Untätigkeit, die ärgsten Feinde jeder Disziplin, konnten nie aufkommen. Zu tun, reichlich zu tun, gab es immer, aber wir suchten jeder Tätigkeit Sinn und Inhalt zu geben und nicht nutzlose »Beschäftigung« zu treiben. Für jeden Dienst war ein Offizier verantwortlich; keinesfalls wurde die Diensthandhabung einem Unterführer allein überlassen. Ich selbst gab

Mitteilungen zu Maßnahmen, Absichten und Plänen des Schiffes im Rahmen der durch die Geheimhaltungspflichten gezogenen Grenzen. Offiziere, Unteroffiziere und Männer aus der Besatzung sprachen in Vorträgen zu den verschiedenartigsten Themen; »Atlantis« hatte schließlich ihre »Volkshochschule im Bordrahmen«.

Gleichmäßige Verteilung der materiellen Dinge an alle Dienstgrade war selbstverständlich. Für jedermann an Bord gab es die gleiche Menge Verpflegung, Bier, Rauchwaren, Frischwasser und Sonderzuteilungen, so daß Neid und Mißgunst gar nicht erst aufkommen konnten. Das ging so weit, daß ich, als ein Seemann sein warmes Bier außenbords goß, kurzerhand den Kühlschrank in der Offiziersmesse abstellen ließ, was alsbald den gewünschten Erfolg zeitigte: es wurden Mittel und Wege gefunden, auch den Mannschaften gekühltes Bier zukommen zu lassen.

Die Behandlung der sexuellen Frage fand die Aufmerksamkeit, Beobachtung und saubere, verständnisvolle Mitarbeit des Offizierskorps, besonders der Ärzte. Wir hatten daher damit keine Schwierigkeiten.

Die Untergebenen waren, darauf hielt ich von vornherein, ruhig, korrekt und gerecht zu behandeln; »Brüllerei« lehnten wir grundsätzlich ab. Man brüllt schon in einen Hund nichts an Gehorsam hinein, viel weniger in einen Menschen. Dies schloß nicht aus, daß gelegentlich irgendwo energisch dazwischengefahren wurde; das Selbstbewußtsein des Mannes jedoch durfte nicht zerstört werden, Mutlosigkeit und Gleichgültigkeit nicht aufkommen. Lob und Tadel, richtig angewandt, stärkten Selbstvertrauen und Verantwortungsgefühl und förderten die freudige, freiwillige Gefolgschaft und Mitarbeit, die das Ziel all unserer Erziehungsarbeit bildete. Der Vorgesetzte hatte unter allen Umständen im Untergebenen immer zuerst den Menschen zu sehen. Das erwarb ihm Vertrauen, so daß er es nicht mehr nötig hatte, den »Vorgesetzten« herauszukehren.

In den Erziehungsmaßnahmen folgten einander Belehrung, Ermahnung, Donnerwetter und Bestrafung, wobei im letzteren Falle das Strafmaß genau bedacht und mit Besonnenheit festgesetzt wurde und nichts aus Verärgerung vorschnell veranlaßt werden durfte.

Alles, was den einzelnen besonders ansprach, erhielt sorgliche Pflege. Geburtstage fanden Erwähnung im Bord-Radio, Kranke erhielten Besuch ihrer Vorgesetzten im Lazarett; wir sprachen mit unseren Männern über ihre Angehörigen, wir zeigten Interesse an allen persönlichen Fragen, so daß der Untergebene sah: ich bin hier nicht Nummer, sondern Mensch. Bei alledem versuchten wir, in der Sprache der Männer zu reden, ihr eigenes Denken anzuregen, ihr Interesse am Schiff wachzuhalten und zu stärken. So wurde das Schiff, wie ich es wünschte, ihre Heimat im besten Sinne.

Wo Männer sich scheuten, in rein persönlichen Angelegenheiten sich ihren dienstlichen Vorgesetzten anzuvertrauen, wußten sie, daß sie sich an Offiziere außerhalb des rein militärischen Dienstverhältnisses oder an die Ärzte wenden konnten und jederzeit ein offenes Ohr fanden. Hier brachten sie manche nagende Sorge um ihre Angehörigen vor, hier erbaten sie den Schiedsspruch, der Meinungsverschiedenheiten mit Kameraden regelte und beendete, hier fanden sie Hilfe bei der Lösung von Problemen, die für sie allein nicht lösbar waren. Hier vor allem war die gesuchte Gelegenheit gegeben, kleine Mißhelligkeiten durch die befreiende Wirkung der Aussprache zu erledigen. Der Kommandant als höchste Spitze war ohne Rücksicht auf Tag- und Nachtzeit für jeden Besatzungsangehörigen zu sprechen, d. h. dann, wenn der Betreffende selbst für eine Aussprache aufgeschlossen war. Das Bewußtsein, daß dem so war, genügte, um jeden Mißbrauch dieses Privilegs auszuschließen. Aus den gelegentlichen Unterhaltungen ergaben sich manche Erkenntnisse für Ansprachen und Belehrungen.

Wie es nur eine »Atlantis«-Familie gab, so auch nur ein Offizierskorps ohne Unterschied der aktiven, Reserve-, Sonderführer- oder Handelsmarine-Offiziere von Fracht- oder »Musik«-Dampfern. Unbedingte schonungslose Gerechtigkeit lag uns ebenso am Herzen wie Offenheit ohne Rücksicht auf den Dienstgrad und strenge, straffe Manneszucht unter Wahrung der traditionellen Bordförmlichkeiten. Offiziere in Schlappen und Hemdsärmeln – um ein Beispiel zu nennen – gab es auf »Atlantis« nicht. Die praktische Führung war abgestellt auf die innere Aufnahmefähigkeit und das Begriffsvermögen des einzelnen.

Phrasen und Schlagwörter wurden unseren Männern nicht vorgegaukelt, sondern auf Wahrhaftigkeit und nüchternen Wirklichkeitssinn gesehen. Ohne das wäre Vertrauen von »unten« nach »oben« nicht möglich gewesen. Die Frage des »Beutemachens« und der Beuteverteilung war bald klar geregelt und machte danach keine Schwierigkeiten mehr.

Unsere Gefangenen behandelten wir grundsätzlich so, wie wir im umgekehrten Falle wünschten behandelt zu werden: menschlich und fair. Sie waren für uns eine Art durch Ungunst des Schicksals verhinderter Kameraden, die für ihr Land ihre Pflicht taten wie wir für das unsrige, und denen wir darum mit Achtung und Würde gegenüberzutreten hatten. Diese Einstellung hat dem Namen »Schiff 16« einen guten Klang verschafft, der noch heute nicht vergessen ist.

Bleibt zu sagen, daß wir uns bemühten, kein Versturen aufkommen zu lassen und immer neue Anregungen zu geben, die aus dem Alltagstrott herausführten und neuen Gesprächsstoff boten. Humor und Fröhlichkeit kamen in der bordeigenen Kleinkunstbühne zu ihrem Recht; sie gaben Entspannung und bewahrten vor Verkrampfung: »wer mitmachen wollte, war willkommen«.

Weihestunden an hohen Festtagen, wie Weihnachten oder dem Heldengedenktag, sprachen das Gemüt des einzelnen an. Das gemeinsame Vaterunser am Morgen nach der Begegnung mit dem Schlachtschiff »Nelson« und dem Flugzeugträger »Eagle« wird, glaube ich, keiner, der es miterlebt hat, vergessen.

Einheitlicher und jederzeit sauberer Anzug, auf den ich großen Wert legte, förderte das Gefühl für die eigene Würde und das Selbstbewußtsein ebensosehr wie Pflege des Schiffes und der Unterkünfte. Anzug und Haltung der Männer war eigentlich immer ein Spiegelbild ihrer inneren Einstellung.

In der Freizeit förderten wir jede Art von Bastelarbeit. Daneben gab es

Arbeitsgemeinschaften für Mathematik, Geschichte, Englisch u. a. m. unter Mitarbeit der Offiziere. Ein großer Teil der Männer war ernstlich gewillt, etwas zu lernen oder Gelerntes zu vertiefen; wenn wir Vorträge ansetzten, waren wir darauf bedacht, den richtigen Zeitpunkt dafür zu wählen, und mit gleicher Sorgfalt pflegten und berücksichtigten wir das Verlangen nach guter, klassischer Musik, die nicht »Vergnügen«, sondern »Freude« bereitete. Wenn das auch nicht jeder an Bord empfand, so hatten doch sehr viel mehr Männer Verständnis für Musik von Beethoven, Bach oder Mozart, als zumeist angenommen wird. Die ganze Besatzung sang fast jeden Abend geschlossen während der Abendronde, oft unter Beteiligung der Offiziere, in einem großen Wohnraum oder in den Tropen an Deck, und jeden Abend schloß das Singen mit dem »Guten Abend – Gute Nacht ... Morgen früh, wenn Gott will, wirst du wieder geweckt.« Wenn Gott will ... Jeder empfand die Realität dieser Abhängigkeit und beugte sich bejahend hinein.

Über den »Urlaub an Bord« ist das Nötige, glaube ich, an anderer Stelle dieses Buches berichtet. Bleibt zu sagen, daß die erste Maßnahme nach unserer Rückkehr war, die Besatzung zusammenzuhalten und sie den Verlockungen des Landlebens und der damals in den besetzten Gebieten bereits vorhandenen Korruption zu entziehen. Als die Besatzung Anfang 1942 auseinanderging, neuen Kommandos zugeteilt, wußte jeder, daß die »Atlantis-Familie« trotzdem weiterbestehen würde, und das tut sie bis auf den heutigen Tag, ein durch nichts zu erschütternder Zusammenhalt für das Leben, der dem einzelnen auch nach dem Zusammenbruch oft Halt und Stütze gegeben hat. Die lange Zeit auf See, das völlige Alleinsein des Schiffes, das Auf-uns-selbst-gestellt-Sein hatte uns alle nachdenklicher, ernster, besinnlicher und reifer gemacht und uns zur vollen Selbsterkenntnis kommen lassen. Das unendlich weite Meer, der ferne Horizont, hinter dem so vieles unserem menschlichen Auge verborgen lag, hat uns begreifen gelehrt, daß es Dinge gibt zwischen Himmel und Erde, die wir nicht erfassen und mit menschlichen Worten oder Begriffen nicht erklären können. Diese Erkenntnis hat die »Atlantis«-Fahrer bescheiden, duldsam, frei und zugleich ehr- und gottesfürchtig werden lassen und ihr Ja-Sagen zu Autorität und Gehorsam vertieft.

Es hat, um dies eine noch zum Abschluß zu sagen, bei uns keinen »Drill« keinen »Kadavergehorsam«, keine »Brechung des eigenen Willens« gegeben wie man es heute versucht, dem alten Soldatentum zu unterstellen. Die freudige Unterordnung und Mitarbeit, die menschliche Bindung zwischen Vorgesetzten und Untergebenen, die anerkannte Autorität des Vorgesetzten waren bei den Schiffs- und Bootsbesatzungen der deutschen Kriegsmarine einmalig und sind noch heute von gleichem Bestand. Unsere für das ganze Leben geschlossenen unlösbaren Kampf- und Schicksalsgemeinschaften waren nur zu erreichen durch eigenes Vorbild und sinnvolle Menschenführung.

Hamburg, im September 1955   *Bernhard Rogge,* Vizeadmiral a. D.

NACHLESE

Die andere Seite ...

Jahre sind vergangen, seit Deutsche und Engländer, Deutsche und Südafrikaner einander im Kriege gegenüberstanden, Jahre vergangen, ohne daß die Gegenspieler der damaligen Zeit Gelegenheit fanden, Erlebnisse und Erfahrungen miteinander auszutauschen und Fragen zu klären, die den einen bewegten und für die der andere die Antwort besaß.

Mancher Punkt steht noch heute nach dem unerfindlichen Ratschluß höchster politischer oder militärischer Stellen unter dem roten Streifband der Geheimhaltung. Aber das wenigstens begonnene Gespräch und die Bereitwilligkeit, mit der die Unterlegenen von damals die Fragen des Siegers beantworteten, haben dazu beigetragen, daß auch von »drüben« der Schleier manches Geheimnisses gelüftet, daß manche Antwort gegeben, manche, die noch nicht gegeben werden durfte, wenigstens angedeutet worden ist. So weiß der ehemalige Kommandant der »Altantis« heute wenigstens in groben Umrissen, wie es auf der Gegenseite aussah, als er seine ersten Minen bei Cap Agulhas geworfen hatte, und wie die Zusammenhänge waren, als er mit »Atlantis« das erstemal und dann endgültig das zweitemal in den Südatlantik zurückkehrte.

Als die Minen vor Cap Agulhas fielen, als in der Tropennacht der Lichtbalken des Scheinwerfers immer wieder über den Hilfskreuzer hinwischte und ihn dem Schutze der Dunkelheit entriß, besaß der Gegner nur wenige Minensuchfahrzeuge, in der Mehrzahl beschlagnahmte und für den Kriegszweck hergerichtete Wal-Fangboote und eine geringe Zahl von Flugzeugen mit verhältnismäßig unbedeutender Reichweite. Mit diesen unzulänglichen Kräften, von denen sogar noch ein Teil nach Mittelost abgegeben werden sollte, mußten Sicherung und Aufklärung in einem weit ausgedehnten Küstenbereich durchgeführt werden. Es war fast das gleiche Bild wie auf deutscher Seite: zuwenig Kräfte, zu große Aufgaben, Behinderung durch Schlechtwetter, durch technische Ausfälle, durch Verluste an Material und Menschen, durch undurchsichtige Meldungen, die doch überprüft werden mußten. Hin und wieder ein magerer Erfolg: eine Mine geschnitten ... eine Mine treibend gesichtet und abgeschossen ... Kriegsalltag der Küstenverteidigung ...

Draußen, auf See, rückte indessen der U-Boot-Krieg langsam weiter nach Süden vor. 1940 schon – und in zunehmendem Maße 1941 – haben die U-Boote vor der Küste Westafrikas, im Freetownbereich, die alliierte Schiff-

fahrt angegriffen. Sie sind allmählich weiter südwärts gestoßen. In der Bucht von Tarafal, auf der Insel St. Antoa, ist es zu jenem undurchsichtigen Zwischenfall mit einem englischen U-Boot des Clyde-Typs gekommen. »U 68«, Merten, hat kurz danach dem Hafen von Ascension einen unbemerkten Besuch abgestattet und im Hafen von St. Helena den englischen Marinetanker »Darkdale« versenkt — die bis dahin südlichste Versenkung des Zweiten Weltkrieges. Folgerichtig schlossen Engländer und Südafrikaner auf eine weitere Ausdehnung der U-Boot-Tätigkeit nach Süden und begannen, sich auf Angriffe im Raume von Kapstadt vorzubereiten, Maßnahmen, deren Richtigkeit durch die Versenkung der englischen Frachter »Hazelside« (5279 BRT) und »Bradford City« (4953 BRT) in der Nähe von Walfischbay nur unterstrichen wurde. Überlebende der »Hazelside« wurden von SS »Mallayan Prince« aufgenommen; Boote der »Bradford City« erreichten die südafrikanische Küste, wurden von Suchflugzeugen entdeckt, die Insassen auf dem Landwege abgeholt

Es war also klar: die U-Boote drängten südwärts. Und ebenso klar war, daß sie aufgefüllt, daß sie mit Proviant und Verbrauchsstoffen versorgt werden mußten. Die britische Admiralität wußte, daß jeder weiträumigen deutschen Seeoperation eine genau vorbereitete Versorgungsaktion vorauslief. Für den Ausbruch der »Bismarck«-»Prinz Eugen«-Gruppe allein war ein Nachschubdienst aufgezogen, der von Grönland bis weit in den Mittelatlantik reichte, wie die Orte zeigten, an denen die Nachschubschiffe aufgebracht oder versenkt worden waren: ein Tanker, aufgebracht von den Kreuzern HMS »Aurora« und »Kenya« bei Grönland am 3.6.; ein Tanker und Nachschubschiff am 4.6. westlich Cap Finisterre; am gleichen Tage der Tanker »Esso«, angehalten von HMS »London« zwischen Freetown und Südamerika. Am 5.6. wurde von HMS »London« und dem Zerstörer »Brilliant« die »Egerland« vernichtet, am 8. 6. vor der Portugalküste die »Alstertor« durch HMS »Marsdale« und am 21. 6. die »Babitonga«, die sich vor der aufkommenden HMS »London« selbst versenkte.

Wie für die »Bismarck«, so folgerte die Admiralität, mußte auch für einen geplanten U-Boot-Vorstoß ins Kapstadtgebiet zuerst eine Versorgungsflotte verfügbar sein: Nachschubschiffe und — vielleicht — Hilfskreuzer.

Genaue Überprüfung aller vorhandenen Nachrichtenunterlagen, aller verfügbaren Peilungen und Hinweise ergab, besonders wenn die Wetterkarten hinzugezogen wurden, in denen die Gebiete mit überwiegend windarmem, ruhigem Wetter verzeichnet standen, bestimmte Anhaltspunkte dafür, wo möglicherweise deutsche Versorgungspunkte in See liegen konnten.

Dieser Auswertung und der daraus resultierenden richtigen Folgerung verdanken die Engländer schließlich (nach ihren eigenen Angaben) ihren Erfolg. Sie selbst sowohl wie die offiziell noch im Frieden mit den Deutschen lebenden Amerikaner entwickelten nunmehr im Mittel- und Südatlantik eine außerordentliche Aktivität. Auf die Meldung des Ölschiffs »Olwen« vom 4. 11., daß es von einem Raider beschossen worden sei, detachierte der Oberkommandierende Südafrika 5 Kriegsschiffe, darunter den schweren Kreuzer »Dorsetshire«, um den angeblich in der Äquatorzone auftretenden

Raider zu jagen. Die friedlichen Amerikaner steuerten die Kreuzer »Omaha« und »Memphis« und den Zerstörer »Somers« bei. Die »Omaha« brachte, ohne daß zwischen den USA und Deutschland ein Kriegszustand bestanden hätte, den deutschen Blockadebrecher »Oldenwald« auf und zwang ihn, nach Trinidad zu gehen.

Die rastlose Karrerei der »Raider-Jagd-Gruppen« blieb zuletzt nicht ohne Erfolg. Es kam zu jener fatalen Begegnung zwischen »Atlantis« und »Devonshire«, die das Frühstück der Kapitäne Rogge und Bauer beendete und der Anfang vom Ende der »Atlantis« war.

Der Kommandant der »Devonshire« hat bis heute nichts anderes erklärt, als daß er bis zum Morgen des 22. November keine genaue Kenntnis der Bewegungen der »Atlantis« besessen habe, aber die Schiffsverluste der letzten Zeit und sorgfältige Peilungen des deutschen Funkverkehrs (!) hätten die Anwesenheit von U-Booten und Versorgungsschiffen in dem verkehrsarmen Gebiet um Ascension wahrscheinlich gemacht. Dem steht allerdings die Äußerung eines früheren Offiziers der »Devonshire« entgegen, daß Capt. Oliver am Abend vor der Begegnung mit »Atlantis« in die Offiziersmesse der »Devonshire« getreten sei mit den Worten: »Meine Herren, morgen früh treffen wir einen deutschen Raider!« Diese Äußerung wurde 10 Jahre nach dem Kriege mündlich gegenüber dem ehemaligen Adjutanten der »Atlantis« gemacht.

Die Frage, ob Einpeilung und der Scharfsinn der aus vorliegenden Unterlagen gezogenen Schlüsse, oder ob bloßer Verrat zu der Begegnung der beiden Schiffe führte, ist damit nach wie vor ungelöst.

Noch ein anderer Umstand aber verdient Erwähnung: Ehe Capt. Oliver auf »Devonshire« den Feuerbefehl gab, ließ er sich durch die Verzögerungstaktik seines Gegenspielers auf »Atlantis« fast eine Stunde lang hinhalten. Kapt. Rogge nämlich gab sich konsequent als Holländer »Polyphemus« aus und sandte Notsignale, »RRR Polyphemus ...« Er machte dabei allerdings den Fehler, je nur dreimal und nicht viermal »R« zu senden, wie es richtig gewesen wäre, und keine Unterscheidungsbuchstaben zu senden (die er nicht kannte).

Was dann geschah, grenzt an echte Tragödie:

Capt. Oliver auf »Devonshire« fragt sicherheitshalber beim Oberkommandierenden Südatlantik an: »Kann verdächtiger Frachter in Position xy, wie er behauptet, holländisches Schiff ›Polyphemus‹ sein?«

Kurze Wartezeit. Dann die Antwort der Landdienststelle: »Nein. – Wiederhole – nein.«

Kaum aber ist dieser Funkspruch hinausgegangen, der das Ende der »Atlantis« besiegelt, als dem Admiralstab an Land Bedenken kommen. Irgend jemand stellt plötzlich fest, daß, wenn auch keine Wahrscheinlichkeit, so doch eine gewisse Möglichkeit bestehe, daß sich die richtige, echte »Polyphemus« tatsächlich in der Position der »Devonshire« befinden kann. Mit höchster Dringlichkeit wird daher ein neuer Funkspruch hinausgedrückt, der den ersten widerruft. Nur Minuten ist der erste dem zweiten voraus.

Aber das Glück hat gegen die beharrliche Harmlosigkeitstaktik des »Atlantis«-Kommandanten entschieden: der zweite Funkspruch kommt zu spät. Die lakonische Antwort Capt. Olivers von der »Devonshire« umfaßt nur zwei Worte. Sie lauten: »Opened Fire.« Und damit war das Schicksal der »Atlantis« entschieden.

Wollen Sie laufend über eines der umfangreichsten und vielseitigsten Taschenbuchprogramme informiert werden? Wenn ja, machen Sie sich bitte die kleine Mühe und schicken Sie uns Ihre vollständige Adresse auf einer Postkarte ein. Sie erhalten dann völlig kostenlos und unverbindlich mehrmals im Jahr unsere Verlagsverzeichnisse und Sonderprospekte über die Neuerscheinungen von einem der größten deutschen Spezial-Verlage für Taschenbücher, dem

Wilhelm Heyne Verlag · 8 München 2 · Türkenstraße 5—7

Heinz G. Konsalik

Seine großen Bestseller als Heyne-Taschenbücher

Die Rollbahn (497 / DM 5,80)
Das Herz der 6. Armee
(564 / DM 5,80)
Sie fielen vom Himmel
(582 / DM 3,80)
Der Himmel über Kasakstan
(600 / DM 4,80)
Natascha (615 / DM 5,80)
Strafbataillon 999 (633 / DM 3,80)
Dr. med. Erika Werner
(667 / DM 3,80)
Liebe auf heißem Sand
(717 / DM 4,80)
Liebesnächte in der Taiga
(729 / DM 5,80)
Der rostende Ruhm
(740 / DM 3,80)
Entmündigt (776 / DM 3,80)
Zum Nachtisch wilde Früchte
(788 / DM 4,80)
Der letzte Karpatenwolf
(807 / DM 3,80)
Die Tochter des Teufels
(827 / DM 4,80)
Der Arzt von Stalingrad
(847 / DM 4,80)
Privatklinik (914 / DM 3,80)
Das geschenkte Gesicht
(851 / DM 4,80)
Ich beantrage Todesstrafe
(927 / DM 2,80)
Auf nassen Straßen
(938 / DM 3,80)
Agenten lieben gefährlich
(962 / DM 3,80)
Zerstörter Traum vom Ruhm
(987 / DM 3,80)
Agenten kennen kein Pardon
(999 / DM 3,80)
Der Mann, der sein Leben vergaß
(5020 / DM 3,80)
Fronttheater (5030 / DM 3,80)
Der Wüstendoktor
(5048 / DM 4,80)
Ein toter Taucher nimmt kein Gold
(5063 / DM 3,80)
Die Drohung (5069 / DM 4,80)
Eine Urwaldgöttin darf nicht
weinen (5080 / DM 3,80)
Viele Mütter heißen Anita
(5086 / DM 3,80)
Wen die schwarze Göttin ruft
(5105 / DM 3,80)
Ein Komet fällt vom Himmel
(5119 / DM 3,80)
Straße in die Hölle
(5145 / DM 3,80)
Ein Mann wie ein Erdbeben
(5154 / DM 4,80)
Diagnose (5155 / DM 4,80)
Ein Sommer mit Danica
(5168 / DM 5,80)

Preisänderungen vorbehalten

Weltauflage über 13,5 Millionen

Hans Hellmut Kirst

der international erfolgreichste deutsche Autor nach 1945.
Seine großen Romane als Heyne-Taschenbücher:

Letzte Station Camp 7
(839/DM 4,80)

Kein Vaterland
(901/DM 4,80)

Faustrecht
(937/DM 3,80)

Gott schläft in Masuren
(981/DM 3,80)

Mit diesen meinen Händen
(5028/DM 4,80)

Held im Turm
(998/DM 5,80)

Kameraden
(5056/DM 7,80)

Die Wölfe
(5111/DM 6,80)

Aufstand der Soldaten
(5133/DM 5,80)

Fabrik der Offiziere
(5163/DM 7,80)

Preisänderungen vorbehalten

WILHELM HEYNE VERLAG · 8 MÜNCHEN 2 · TÜRKENSTR. 5–7

Sachbuch-Bestseller als Heyne-Taschenbücher

De Camp
New York lag einst am Bosporus
7001 / DM 6,80

Hans Hass
In unberührte Tiefen
7002 / DM 7,80

Pauwels/Bergier
Der Planet der unmöglichen Möglichkeiten
7003 / DM 4,80

François Truffaut
Mr. Hitchcock, wie haben Sie das gemacht?
7004 / DM 7,80

Eugéne N. Marais
Die Seele der weißen Ameise
7005 / DM 3,80

Heinz Sielmann
Mein Weg zu den Tieren
7006 / DM 8,80

Reinhard Raffalt
Wohin steuert der Vatikan?
7007 / DM 5,80

Werner Höfer's
Talk-Show der Weltgeschichte
7008 / DM 4,80

Pauwels/Bergier
Die Entdeckung des ewigen Menschen
7009 / DM 4,80

De Camp
Versunkene Kontinente
7010 / DM 6,80

Hans Holzer
PSI-Kräfte
7011 / DM 4,80

Heydecker/Leeb
Bilanz der tausend Jahre
7012 / DM 8,80

HEYNE BÜCHER Jeden Monat mehr als dreißig neue Heyne-Taschenbücher

... ein vielseitiges und wohldurchdachtes Programm, gegliedert in sorgfältig aufgebaute Reihen aller Literaturgebiete: Große Romane internationaler Spitzenautoren, leichte, heitere und anspruchsvolle Unterhaltung auch aus vergangenen Literaturepochen. Aktuelle Sachbuch-Bestseller, lebendige Geschichtsschreibung in den anspruchsvollen „Heyne Biographien", Lehr- und Trainingsbücher für modernes Allgemein- und Fachwissen, die beliebten Heyne-Kochbücher und praxisnahen Ratgeber. Spannende Kriminalromane, Romantic Thriller, Kommissar-Maigret-Romane und Psychos von Simenon, die bedeutendste deutschsprachige Science-Fiction-Edition und Western-Romane der bekanntesten klassischen und modernen Autoren.

Ausführlich informiert Sie das Gesamtverzeichnis der Heyne-Taschenbücher. Bitte mit nebenstehendem Coupon anfordern!

Senden Sie mir bitte kostenlos das neue Gesamtverzeichnis

Name
PLZ/Ort
Straße

An den
Wilhelm Heyne Verlag
8000 München 2
Postfach 201204